W0085878

ARIS FIORETOS

DIE DÜNNEN GÖTTER

Roman

Aus dem Schwedischen
von Paul Berf

Hanser

Die schwedische Originalausgabe erschien 2022
unter dem Titel *De tunna gudarna* bei Norstedts.

Der Übersetzer dankt der Kunststiftung NRW für
die überaus großzügige Förderung dieser Übersetzung.

**Kunststiftung
NRW**

The cost of this translation was supported by
a subsidy from the Swedish Arts Council,
gratefully acknowledged.

**SWEDISH
ARTS**COUNCIL

1. Auflage 2024

ISBN 978-3-446-27953-7
© Aris Fioretos, 2022
Alle Rechte der deutschen Ausgabe
© 2024 Carl Hanser Verlag GmbH & Co. KG, München
Umschlag: zero-media.net, München
Motiv: FinePic®
Satz: Satz für Satz, Wangen im Allgäu
Druck und Bindung: GGP Media GmbH, Pößneck
Printed in Germany

MIX
Papier | Fördert
gute Waldnutzung
FSC® C014496

The world was so thin between my bones and skin.

TELEVISION

KNOCHEN

Wir wissen, dass es mit der Mutter begann. Dem Halbblut, das nur Knochen und Kanten war. Theresa Stern, Dichterin. Sie zog die Unterhemden aus, das eine weiß, das andere schwarz, indem sie mit den Händen über Kreuz den unteren Saum griff und sie sich über den Kopf zog. Der Slip folgte der Jeans. Kein BH. Aus irgendeinem Grund blieb ein Strumpf am Fuß zurück.

Dann stampfte sie so ungeduldig auf, dass der Wecker am Bett zu Boden fiel. »Aus, aus, aus«, keuchte sie, die Lippen auf denen von Ache, an seinem Gürtel nestelnd. Ihre Nägel waren kurz, vielleicht abgekaut. Und schwarz lackiert.

Zehn kleine Kohlestücke, hatte er in der Bar gedacht, wo sie tranken und über den Sternenhimmel sprachen, bis keiner der beiden mehr Lust hatte, sich etwas vorzumachen. Auf dem Weg zu der Wohnung, die sie sich von holländischen Freunden lieh – die Nacht war lau und feucht, die Bleibe lag über einem asiatischen Restaurant –, bat sie um eine Marlboro Menthol. Er fragte, wessen Erkennungsmarke sie um den Hals trage. Sie zog an dem Gummi, der ihr Haar gebündelt zusammenhielt. Lachend, die Zigarette zwischen spärliche Zähne geklemmt, schob sie den Arm unter seinen; Erklärungen könnten doch sicher warten?

In der dritten Etage schlug Theresa die Tür mit dem Ellbogen zu und zog in derselben Bewegung ihre Hemden aus. Ache bekam die Hose nur bis zu den Oberschenkeln herunter, als sie auch schon die Faust um seine Hemdbrust schloss und ihn an sich zog. Sie fielen auf die Matratze. Sie rücklings, er kam mit Hüfte und Brustkorb auf. Das Laken hob sich mit einem sanften Schock, ehe es landete – wie das Nachdenken, von dem keiner etwas wissen wollte.

Zwei Wesen, ruhelos vor Hunger.

Als Ache erwachte, stotterte irgendwo ein Belüftungsrohr. Er lauschte eine Weile dem unseligen, wenngleich vertrauten Lärm, rauchte mit Theresa neben sich. Sie schnarchte nicht, er hörte aber, dass sie atmete. Ruhige Atemzüge, friedvolle. Manchmal bewegte sich die Erkennungsmarke, die, wie sie ihm erzählt hatte, die ihres Vaters gewesen war. Sie war nach innen gedreht, der Name nicht lesbar. Eigentlich hatte sie bloß »der Alte« gesagt; das mit dem Vater hatte Ache selbst ergänzt. Ihre Augen flackerten unter dünner Haut.

Als er sich angezogen hatte, überlegte er, ob er Theresa wecken sollte. Stattdessen hob er den Wecker vom Boden auf. Die Batterie war herausgefallen; er verglich die Uhrzeit mit seinem neuen Handy und stellte ihn. 8:22. Sie hatten kein Kondom benutzt.

Eine Viertelstunde später schimmerten die Fenster auf der anderen Seite der Gracht unwirklich. Der Müll roch bereits, sein Kopf rauschte vor Müdigkeit. Verkatert ging er die Raadhuisstraat hinab zum Hotel. Nachdem er seine Sonnenbrille aufgezogen hatte, wandte er den Blick nach oben, zum wolkenlosen Himmel. Später erfuhr er, dass sich ein Fleck über den unteren Rand der Sonne bewegt hatte, dunkel wie geronnenes Blut, für das bloße Auge aber nicht zu erkennen. Da dachte er: ein bewegliches Einschussloch.

In der Bar hatte Theresa Gedichte rezitiert, während Ache sich an alte Liedtexte hielt. Als er ihr von seinem Traum erzählte, in der Musik aufzugehen, mit Knochen und allem, hatte sie die Nase gerümpft. Hohe Ansprüche. Sie selbst fand, seien »Kalk, Phosphor etc.« das Los des Menschen, reiche ihr das.

Kalk. Phosphor. Er mochte die Wörter.

Im Jahr darauf kam die Postkarte. Über der Briefmarke stand *Hobo*, die Druckerschwärze war verschmiert, der Rest unleserlich. Die Vorderseite zeigte einen gewaltigen Nachthimmel mit brennenden Krümeln. Der größte Stern, eigentlich ein Planet, war von einem holprigen blauen Ring umgeben. *Copyright: Planetary Society.*

Theresa hatte an die Plattenfirma geschrieben. Obwohl Ache seinen Vertrag gebrochen hatte, leiteten sie die Postkarte in einem Umschlag weiter. In Sorge, das Unternehmen beabsichtige, den Vorschuss zurückzufordern – er hatte den größten Teil ausgegeben –, ließ er ihn zwischen Schuhlöffeln und anderem in der Schublade des Flurtisches liegen. So ging er meistens mit Sorgen um: ignorierte die Bedrohung, bis sie vorüberging. Wenn er etwas benötigte, kitzelte der Puls an den Handgelenken. Aber erst als Why ihm eines Vormittags den Umschlag reichte, nachdem sie bei ihm übernachtet hatte, verschwand das Gefühl von Gefahr. Es geschah, bevor sie zusammenzogen. »Kommt mir für eine Mahnung nicht dick genug vor.« So erfuhr er, wie das Kind hieß.

Seine Tochter war am 20. März 2005 geboren worden – im Morgengrauen, drei Tage früher als ausgerechnet. In den Minuten nach ihrem ersten Schrei war sie 48 Zentimeter groß und wog 2860 Gramm. Eine Welt im Miniaturformat, schutzlos, aber intakt. Nach dem Gruß an Ache und Informationen über die Entbindung ergänzte Theresa: »Ich möchte nur, dass du es weißt. Mark, Knorpel, Blut – du bist überall in ihr. Das ist genug.« Unstete Buchstaben, mit Kugelschreiber geschrieben, blaue Tinte in den geschwungenen Bäuchen der *g*s.

Ache schämte sich, weil die Neuigkeit ihn nicht so berührte, wie sie es tun sollte. Er, den man einst den Eiskönig genannt hatte, lebte ein zurückgezogenes Leben; die Erleichterung war größer.

Danach verging die Zeit.

Elf Jahre später bekam Ache wieder Post, diesmal war der Umschlag dick und mit Luftpolsterfolie wattiert. Als er selbst so alt war wie seine Tochter jetzt, hatte sich etwas ereignet, was ihn hatte glauben lassen, er wäre unsichtbar. Hingerissen hatte er im strömenden Regen gestanden. Seine Lunge fühlte sich federleicht an, die Haut durchsichtig. Inzwischen war er sechsmal älter und wusste es besser. Dennoch kam es immer noch vor, dass er sich einbildete, unsichtbar zu sein. Die Umstände hatten ihn gelehrt, es war eine vorteilhafte Art zu leben. Die Sinne blieben empfänglich, aber wer Ache Middler war, spielte keine Rolle. Der Körper wurde zu Zellophan ausgedünnt. Er atmete frei.

Why hatte dieses Bedürfnis zu existieren, ohne zu sein, mit ihm geteilt. Einige Jahre vor der Verfinsterung, wie sie nannten, was geschah, als er ihr krank und betrübt von Amsterdam erzählt hatte, gestand sie, die gleiche Sehnsucht habe sie dazu getrieben, das Pulver zu rauchen, das auf der Alufolie über dem Feuerzeug blubberte. Ache wollte nicht, dass sie wieder anfing, weshalb es besser war, sie glaubte, die neue Sendung enthalte Fanpost. Als er den Umschlag aufgeschlitzt hatte, orange wie Feuer, seufzte er, manche Bewunderer kannten keine Grenzen. Kinderzeichnungen, echt jetzt?

Obwohl die Lunge erneut Probleme bereitete und Ache bei so einfachen Tätigkeiten wie dem Schnüren seiner Schuhe ins Schwitzen geriet, fühlte er sich endlich im Dasein geborgen. Die Wohnung, die Herr Deeb ihnen besorgt hatte, war das Beste, was ihnen passieren konnte. Seither stand er in der Schuld des Maklers, was Why nicht wusste, aber wenn er sein Versprechen hielt, würde sie es auch niemals erfahren müssen. Wenn er die Reise erst einmal gemacht hatte, die Deeb sich als Gegenleistung wünschte, wenn er aus der Hölle zurückgekehrt war – »über alle Meere und Berge hinweg«, wie es bei dem Dichter hieß, den Ache in seiner Jugend gelesen hatte –, würde die Situation sicher sein und seine Notlüge der Vergangenheit angehören. Endlich würde er aufatmen können.

Ache versteckte die Sendung unter den Zeitungen, die er im Arbeitszimmer aufbewahrte, er wusste nicht recht, was er mit einem Umschlag tun sollte, der zu brennen schien. Aus Sorge, Why wolle sich die Zeichnungen womöglich anschauen, überlegte er sogar, sie in den Müllcontainer im Hof zu werfen. Dann las er Theresas Begleitschreiben noch einmal. Sie flehte so eindringlich – »erzähl dem Mädchen zuliebe von dir, für später, wenn sie erwachsen ist« –, dass er nicht zurückrief, als Deeb Anweisungen auf dem Anrufbeantworter hinterließ.

Stattdessen schrieb er zehn, manchmal auch zwölf Stunden am Stück. Morgens ging er mit dem Tee ins Arbeitszimmer. Bevor Why ins Atelier verschwand, arrangierte er das Material für die neue Platte, es sollte ein Konzeptalbum werden; sobald die Tür ins Schloss gefallen war, zog er jedoch an den Computer um, den er übernommen hatte, als sie sich einen neuen gekauft hatte. Die ersten Erinnerungen stellten sich seltsam leicht ein, wie von selbst. Nach ein paar Tagen hatte er schon mehrere Dateien angelegt. Wenn er nicht sicher war, wie er in der einen weitermachen sollte, öffnete er eine andere und schrieb weiter, wo er zuletzt aufgehört hatte. Danach ging er auf seine Zeit in der Band und auf das ein, was mit seinem Bruder passiert war. Da lief es stockender. Und als er den Gig in Holland und die Begegnung mit Theresa erreichte, war es, als bliebe die Uhr ein zweites Mal stehen. Unschlüssig verschob er die Dateien in einen Ordner, der den allumfassendsten Namen erhielt, den er sich vorstellen konnte.

Ache wusste, dass Deeb wartete, und als der Makler zwei Nachrichten am selben Tag hinterließ (er fragte sich, ob es ein Zufall war, dass es am Geburtstag seiner Tochter geschah), machte er weiter. Am letzten Abend hörte er Why nicht nach Hause kommen. Sie steckte den Kopf zur Tür herein, die braune Strickjacke hing ihr über den Schultern. Hatte er den ganzen Tag am Computer gesessen? Er lächelte schief. »Gleich fertig …« Sie hatten so oft über das neue Album gesprochen, dass sie wohl glaubte, er würde an dem Text arbeiten, der es begleiten sollte.

Wenn sie nur wüsste.

Vor langer Zeit hatte sich auch Ache der Poesie gewidmet. Mit seiner ersten Freundin hatte er sogar eine Gedichtsammlung veröffentlicht. *Nocturnes* hieß sie, ins Reine geschrieben auf ihrer Hermes 2000 in der

Wohnung in der East 11th Street. Die Zusammenarbeit ließ ihn erkennen, dass ihm Dichtung nicht so große Kraft schenkte wie Musik, wie er in Amsterdam erklärt hatte. Als Theresa wissen wollte, warum, murmelte er, Töne erschüfen im Unterschied zu Worten Raum für »sie«.

»Sie?« Theresa verstand nicht.

Ache, der spürte, dass er zu viel gesagt hatte, wechselte das Thema. Der erste Auslandsaufenthalt sei für ihn als Musiker gut, wenn auch nicht leicht gewesen. Als er nach New York zurückkehrte, sei der Gesang aus den Liedern verschwunden. Endlich habe er sich nicht über das Dasein äußern müssen, es habe ausgereicht, es zu leben.

Das machte es schwierig, alles in den Briefen unterzubringen. Wenn es ihm jedoch gelang, nicht nur der Lust und dem Eifer Ausdruck zu verleihen, die er erlebt hatte, sondern auch dem Schaden, den er angerichtet hatte, würde seine Tochter eines Tages verstehen, warum er in die Hölle gehen musste.

Nur Fakten, wie seine Großmutter zu sagen pflegte.

Aus dieser Welt zwischen Knochen und Haut.

Und wir, die wir so verworren sprechen, ohne uns zu erkennen zu geben?

Kehren zurück.

DIE WELT

DIE WELT

STIRB NICHT

Die Stadt, in der ich aufwuchs, war ein verschlafenes Kaff. Ruhige Straßen, stille Viertel. Die wenigen Gebäude, die bis zu den Wolken reichten, standen Downtown. Vorerst dominierten flache Wohnhäuser, Vegetation und Offenheit. Die Boote fuhren auf dem Fluss ein bisschen wie sie wollten zwischen Prahmen und Containerschiffen, die Parks hatten ihre derbe Wildheit noch nicht verloren.

In den ersten Jahren lebten wir in einer Wohnung. Ich erinnere mich nur, dass ich in der hellblauen Wanne sitzend dachte, dass mein Bruder und ich im Himmel badeten. Mom wusch unsere Arme und Beine, während wir Schaum aufeinander pusteten. Wenn die Seifenblasen wie Kleister auf der Haut hafteten, blieb uns vor Lachen die Luft weg. Wir schafften es selten, uns einen ganzen Tag zu vertragen, aber in der Wanne, umgeben von kaugummiduftenden Wolken, waren wir unzertrennlich.

1955 wurde das Haus, das Mom und Dad bauten, endlich fertig. Es war nicht so groß oder schön wie die der Nachbarn, hatte aber Linoleumböden und eine Klimaanlage. Der gelbe Bungalow mit einer Veranda auf der Rückseite lag am Stadtrand, in einer Siedlung, deren Straßen nach Schriftstellern benannt waren. Fielding Road, Milton Drive, London Lane … Dad, der sich an Mickey Spillane hielt, wenn er etwas anderes als die Zeitung las, erklärte stolz, wir wohnten unter Literaten. Die Straßennamen waren mir bald vertraut, weshalb ich mich später, als ich vom Findelkind Tom Jones las, nicht damit abfinden mochte, dass die Illustrationen eine andere Welt zeigten als meine. Obwohl unser Lehrer in dem Internat, das ich besuchen sollte, in das ich bis dahin aber kaum gegangen war, Fieldings Roman anpries, verstand weder ich noch sonst jemand in der Klasse, wie die englische Gesellschaft des achtzehnten Jahrhunderts funktionierte. Milton war nur ein Name, aber schon als Kind vergötterte ich Jack London.

Zwischen Jim und mir lagen siebzehn Minuten. Da wir zu beiden Seiten der Mitternacht geboren worden waren, fand er, es könnten genauso gut Jahre sein. Ich war fünf oder sechs, als ich den Abstand ausrechnete: eintausendundzwanzig Sekunden. Wir hatten beide Stupsnasen und bekamen mit der Zeit lange Hälse und große Hände. Wir verstanden uns wortlos, häufig reichte uns eine Geste, doch alles, was für unsere Spielkameraden von Bedeutung war – was wir mochten und hassten, unsere Art, in der Welt zu sein –, unterschied sich.

Jim war frech und einfallsreich wie Dad, ich schweigsam und nachdenklich wie Mom. Aber auch hartnäckig, was bedeutete, dass ich vor meinem Bruder lesen lernte. Während er die Cowboys unseres Viertels auf die Prärie führte, die sich westlich des Lea Boulevard ausbreitete, schlenderte ich mit einem Comicheft hinterher, das mir Gesellschaft leisten würde, wenn sie wie üblich Indianer erspähten und mich zurückließen, um das Gepäck zu bewachen (Mützen, Jacken, ein Eishockeyschläger). Oder er dirigierte die Soldaten, von denen die Menschheit vor dem »Ding« gerettet wurden, das im arktischen Eis des Haynes Parks gelandet war, ich war das lesende Monster, das sie in Asche verwandelten, nachdem sie es in eine elektrische Falle gelockt hatten.

Manchmal ließ ich mir etwas einfallen, was den Beifall aller fand, aber es war Jim, der das Leben spannend machte. Nichts war unmöglich und das meiste vorstellbar, wenn er das Spiel anführte. Wir wirkten so verschieden, dass die Bande mich nicht so sehr wie einen gefügigen Bruder, sondern eher wie einen introvertierten Verwandten behandelte, wenn Jim den Bann aufhob, der früher oder später über mich verhängt wurde.

Wären wir Wetter gewesen, mein Bruder hätte für den Blitz, ich für den Donner gestanden. Das klingt sicher seltsam, deshalb werde ich es erklären. Er schlief im oberen Bett, ich im unteren. Wenn er sich herabbeugte, bedeutete ein Schnippen mit den Fingern, dass es an der

Zeit war, das Heft zu tauschen, eine ausgestreckte Handfläche, dass er die Astronauten sehen wollte, die unter meinem Kissen versteckt lagen. Eines Abends lieh er sich Vaters Bademantel, warum, begriff ich nicht. Als es still geworden war im Haus, stieg er herunter. Aus der Manteltasche fischte er seine Hypnosebrille, dann hob er die Arme wie Mandra, der Zauberer. Die Gläser zeigten schwarzweiße Wirbel, in deren Mitte die Augäpfel durch kleine Löcher flackerten. Als er mir bedeutete aufzustehen, hatte ich keine Lust, mich zu streiten, stattdessen gab ich vor zu taumeln und stolperte ihm hinterher – zum Schnaps auf dem Wagen neben den Porzellanfiguren im Wohnzimmer, wo ich wie in Trance Bourbon trank.

Das meine ich. Als Kind ließ Jim sich immer etwas einfallen, ich, der ich lieber in meinem Kopf lebte, folgte ihm.

Wochenlang hatte mein Bruder wegen des Handbuchs gequengelt, das zu der Brille gehörte, bis Mom es schließlich bestellte. Die Anleitung wurde von der Firma vertrieben, deren Anzeigen in den Heften über den Gentleman im Umhang ganz hinten zu finden waren. Sie steckte einen Scheck in einen Briefumschlag, leckte die Klebefläche mit einer Zunge zu, die glatt war von Phosferine Tonic Wine, und bat uns, sie in Ruhe zu lassen. Großvater war kürzlich gestorben; bald würde Nana einziehen und Mom musste offensichtlich Kraft schöpfen vor dem Kontakt mit der osteuropäischen Seite unserer Familie. Als ich mich weigerte zu gehen, erkannte sie, dass nur Jim etwas bekommen hatte. Mit einer stummen Geste bat sie mich, die Blechdose aus der Küche zu holen, aus der sie einen Geldschein zog. Ihre Augen waren glasig; sie wirkte nicht anwesend, als sie das Glas auffüllte.

Als mein Bruder mich das nächste Mal hypnotisierte, sprach er zungenbrecherische Formeln, die er, behauptete er, in dem Handbuch gelesen hatte, um mich damit zu seinem mentalen Sklaven zu machen. Diesmal tapste ich auf die Veranda hinaus, statt Schnaps zu trinken – er ging rückwärts mit erhobenem Zauberstab, ich folgte ihm wie ein willenloses Wesen. Auf dem Tisch stand ein Teller voller Cornflakes, die er mit Orangensaft und Ketchup verrührt hatte. »Iss das Licht, Dummkopf, iss das Licht.« Ich schüttelte den Kopf. Niemals.

Jim schlug mit dem Stab. Wenn ich zwei, nein, drei Löffel »Sonnen-matsch« äße, werde er mir sein Orbitop leihen. Wir hatten beide eins von Onkel Ray bekommen. Meins war schon nach zwei Wochen ka-puttgegangen, seither wollte Jim die Astronauten sehen, die ich her-ausgeholt hatte und wie Heilige behandelte. Bis ich entschieden hatte, ob sie beim Absturz gestorben waren oder überlebt hatten, durften sie unter meinem Kissen jedoch nicht gestört werden. Schweigend starrte ich in die schwarzweißen Wirbel der Brille. Während er Zauberformeln zischte, ließ er die Finger zittern und bewegte den Kopf vor und zu-rück, damit sich der Dämmerzustand vertiefte.

Diesmal funktionierte die Hypnose. Das Gehirn kreiste um sich selbst, bis es kaum größer war als ein Stecknadelkopf. Der Körper wankte, der Wille löste sich in Äther auf. Auf der Kante von Moms Liegestuhl sitzend hob ich apathisch den Löffel zum Mund. Jedes Mal schlug das Blech gegen die Zähne, der Matsch rann aus den Mundwin-keln. Schließlich schnippte Jim mit den Fingern.

Ich zuckte zusammen, aus einer Wolke gefallen. Über den Rasen gebeugt, spuckte ich die letzten Reste aus, die sich in den Backen ge-sammelt hatten. Das reichte ihm, um mir seinen Plastiksatelliten doch nicht auszuleihen.

Kurz vor unseren Geburtstagen tauchten die Plakate für einen Film auf, über den bald jeder redete. Ein Mann und eine Frau rannten auf den Betrachter zu, beide waren verzweifelt. Im Hintergrund sah man andere Paare, auch sie auf panischer Flucht vor einer unbekannten Be-drohung. Das Plakat war in zwei Bereiche aufgeteilt – der obere rot, der untere gelb – über denen der Abdruck einer Handfläche schwebte. Es war unklar, ob die Hand an dem brennenden Himmel dem Betrach-ter drohte oder als Warnung gehoben wurde.

Obwohl die Kinobesucher fünfzehn sein mussten, bettelten wir, hineingehen zu dürfen. Dad sagte Nein, versprach aber, den Film mit Mom zu sehen und zu berichten. An unserem Geburtstag lag neben den anderen Geschenken ein Umschlag. Der Film kam erst nach Neujahr in die Kinos, aber er hatte die Filmfotos gekauft, die übrig geblieben waren, als die Vitrinen im Aldine Theatre in der Market Street bestückt wurden.

Später gab Mom die Handlung wieder, danach bauten Jim und ich die Story mit Hilfe der Bilder aus. Und erschreckten die Bande mit Zitaten, ausgesprochen unter schicksalsschwerer Qual.

»Kein gewöhnlicher Körper, nicht wahr?«

»So etwas habe ich noch nie gesehen. Er sieht ... *unbenutzt* aus.«

»Kapiert ihr nicht? Sie sind schon hier. Ihr seid als Nächstes dran!«

Obwohl ich *Die Dämonischen* erst viele Jahre später sah, beeinflusste mich der Film. Im Unterschied zu dem *Ding aus einer anderen Welt*, das in dem Film gleichen Namens in einen Gletscher abgestürzt war, fremd für alles in der Welt eines Kindes, regneten Sporen auf eine verschlafene Kleinstadt in Kalifornien herab. Das konnte jederzeit auch in der Coleridge Road passieren. Mit der Zeit wuchs der Staub, fein wie Asche, zu riesigen Samenkapseln heran, in denen Doppelgänger der Menschen in ihrer Nähe entstanden. Wenn die Einwohner schliefen, wurden Gedanken und Erinnerungen, ganze Persönlichkeiten aufgesaugt. Keiner war sicher.

Von da an trug ich im Haus eine Mütze mit Ohrenklappen. Die Vorstellung, dass ein Freund der Feind sein könnte, beunruhigte mich so sehr, dass ich in unserem Sternenatlas nach dem Planeten suchte, von dem die Sporen kommen könnten. Als Mom zum fünften oder achten Mal hereinschaute, und ich zum fünften oder achten Mal das Licht löschte, rief sie Vater hinzu. »Das haben die sich nur ausgedacht, Tim. Schlaf jetzt.« Ich war nicht wirklich überzeugt. Vermutlich gehörte die Hand, die mir die Mütze abstreifte, keinem falschen Menschen. Aber was garantierte mir, dass Fremde – in den Geschäften, in der Schule, in die Jim und ich bald gehen sollten, in der Kirche, zu der uns Mom an den Wochenenden mitnahm –, was machte Vater so sicher, dass sie wirklich waren?

Ich wollte nicht von fremden Wesen besetzt werden; ich beabsichtigte, mich vor Sporen zu schützen, die so fein, aber gefährlich waren, dass sie sich mit bloßem Auge nicht erkennen ließen. Hatte Vater nicht die Schlussfolgerung zitiert, zu der die Hauptperson gelangt war? In dem Programmblatt, aus dem er lachend vorgelesen hatte, bis Mom es weglegte, weil sie befürchtete, es könnte mich beunruhigen, erklärte ein gewisser Dr. Bennell: »Um welche Intelligenz oder welchen Instinkt es sich auch handeln mag, kann diese menschliches Fleisch und Blut aus der dünnen Luft formen, sie ist wahnsinnig mächtig, jenseits unserer Auffassungsgabe.«

Aus der dünnen Luft …

Wenn es nicht nur Sporen regnen konnte, sondern die Kraft, die sie hervorbrachte, außerdem alles übertraf, was ein Mensch sich vorzustellen vermochte, gab es keinen Schutz. Nicht ganz, nicht dauerhaft, nicht so, dass man sich vollkommen sicher fühlte. Und zu schlafen wagte.

Eines Abends, als die Gedanken wilder rumorten als sonst, legte Vater sich zu mir. Nach der Arbeit rasierte er sich immer, weil er morgens lieber etwas länger im Bett blieb. Ich mochte den frischen Wind seiner Wangen; an einem Ohr klebte ein Stück Toilettenpapier mit einem roten Fleck darin. Vater bedrückte es, dass ich schwächer war als Jim, vielleicht fürchtete er, ich würde einmal so werden wie sein Bruder Ray, aber diesmal war deutlich, dass er sich kümmerte. Als er anfing zu schnarchen, wurden meine Lider magisch schwer, als hätte mich sein Vertrauen in den Schlaf angesteckt, und die Gedanken setzten sich im Traum fort. Am nächsten Morgen zog Jim mich auf. Mom, die schlecht hörte, begriff nicht, dass mein Bruder so tat, als würde er schnarchen. Dann gähnte er, streckte die Arme und bat sie, uns den Schluss des Films noch einmal zu erzählen. »Wahrscheinlich wurden die Samenkapseln getötet. Nicht?« Sie stöhnte. »Woher soll ich das wissen? Mit Flammenwerfern oder so etwas.«

Obwohl der Tod durch Feuer mich beruhigte, ärgerte Jim mich weiter. Eine Woche später, als unsere Mom endgültig mit den Nerven am Ende war, weil er sich die Lippe blutig geschlagen hatte, als ich ihn durchs Haus jagte, rief Großmutter mich zu sich. Nach dem Frühstück brachte sie stets die Bettcouch in Ordnung. Einzig die Nylonstrümpfe über der Armlehne des Sessels deuteten an, dass unser Wohnzimmer für mehr als Tagesaktivitäten genutzt wurde; der von den Füßen geweitete Stoff schwebte ein Stück in der Luft – nicht ganz lebendig, nicht vollkommen tot.

Nana konnte verstehen, dass ich nicht hirnlos, willenlos und hungrig aufwachen wollte. Wenn es so sei, gebe es nur einen Weg, sich zu schützen. Sie streckte sich nach den Zigaretten. Kein Mensch sei in der Lage, sich im Schlaf zu verteidigen. Sie begreife nur zu gut, dass die Sporen dann durch Ohren und Mund hereinkrochen, in die Gedanken übergingen, den Körper in einen Rohstoff verwandelten. Sie zog an ihrer Chesterfield, bis sie von Rauch umgeben war. Während der schwersten Jahre im Heimatland, als die örtliche Bevölkerung die Felder in Brand steckte und Familien ihrer Art wie Vieh vor sich hertrieb, habe sie sich auf ihre Puppen verlassen. Ihre Puppen? Mm. Nana hustete. Drei Stück.

Ihr Vater hatte die Figuren aus Stöcken, Halmen und Stoffresten gefertigt. Vor der Reise über den Atlantik packte sie alle in einen geblümten Pappkoffer; die Eltern legten ihre Kleider zwischen ihre. Als sie eine Woche später an Land gingen, war das Gedränge groß, deshalb musste die Mutter ihre Tochter tragen. Als sie in der Ankunftshalle saßen und auf die medizinische Untersuchung warteten, vermisste Nana auf einmal ihre Tasche. Sie wurde hysterisch, biss den Bruder, der versprochen hatte, sie zu tragen, und wollte zurücklaufen. Am Ende zeichnete ihr Vater Konturen in die Luft. Nur weil sie ihre Puppen verloren habe, seien sie nicht fort. Es sei wie mit ihren verstorbenen

Verwandten: Wenn sie bloß fest daran glaubte, dass sie noch lebten, träten sie hervor – aus der Luft im Inneren der Luft. Die aus etwas bestehe, das Äther heiße. Früher oder später gingen alle Menschen darin auf.

»Ich kann sie hier spüren.« Nana berührte ihre Schläfen. Die Schutzgeister waren so dünn, dass sie nicht sichtbar waren, aber wenn sie auf der Hut sein musste, flatterten sie. Deshalb sagte sie, dass die Ventilatoren »Mucken machten«; die Götter waren ja mit der Luft verflochten. Lachend nahm sie einen letzten Zug. Als sie wieder sprach, war es, als hätte der Rauch eine Stimme bekommen. »Worauf verlässt du dich so richtig, Timikin?«

Ich lief meine Weltraumreisenden holen. »Hier, auf die.«

»Was. Ist. Das?« Nana schlug sich auf die Brust.

»Astronauten, natürlich.«

Ihr Husten löste den Rauch auf. »Dann bist du auch viele.«

Ein paar Wochen später durfte ich Dad zu The Dry begleiten. Am Tag zuvor war ich mit der Bande in unserem verschneiten Garten spielen gewesen. Mom fand mich an den Baum neben der Hecke gefesselt, wo laut Jim die Sporen herabfallen würden. Während ich den Kopf schüttelte, hatte ich aus vollem Hals gesungen wie ein von Gott besessener Novize, aus panischer Angst, dass die Sporen durch Mund und Ohren eindringen würden, wenn ich aufhörte. Es war das mit Abstand Schlimmste, was mein Bruder jemals getan hatte. Als Dad nach seiner täglichen Verkaufsrunde heimkam, wurde beschlossen, uns zu trennen. Er sägte die Betten auseinander und trug das obere in das Zimmer, das er als Büro benutzt hatte. Seither war es Jims.

Am nächsten Vormittag nahm Dad mich mit. Zweimal im Jahr veranstaltete The Dry Goods Company einen Schlussverkauf. Die Leute kamen von nah und fern. Die eifrigsten warteten stundenlang, bis Joseph Lazarus hinter den Glastüren auftauchte. Auch wenn die Besucher am Eingang ahnten, dass er sie nicht wiedererkannte, wenn er um

Punkt zehn Uhr aufschloss, wussten sie den herzlichen Empfang zu schätzen. Mittlerweile ringelte sich die Schlange um den Häuserblock. Traf man wie wir erst kurz vor dem Öffnen ein, musste man sich ganz hinten auf der Rückseite anstellen.

Dad schob den Hut hoch und unterhielt sich mit Frauen in der Schlange, ich trieb mich am Wareneingang herum, wo einem die Kälte am wenigsten zusetzte. In dem schummrigen Licht im Inneren waren Reihen von Kleidern auf Bügeln zu sehen. Kartons verziert mit Zeichnungen von Toastern oder Föhns standen aufgestapelt an den Wänden, Schellackplatten in Pappfutteralen drängten sich mit Singles in Zellophanhüllen. The Dry hatte alles.

Früher war Mom immer an den Lazarustagen einkaufen gegangen. Nach unserem Umzug blieb sie jedoch lieber zu Hause. Es war ihr zu eng, außerdem rochen die Kunden schlecht. Zweimal im Jahr war es Dads Aufgabe, vorteilhaft einzukaufen. Die Verpackungen sollte er am liebsten auf dem Heimweg wegwerfen. Als er unseren Chevrolet rückwärts hinausgesetzt hatte – der Blick in die eine Richtung, der Pfeifenhals in die andere –, klopfte er auf die Tasche mit dem Einkaufszettel. Wir wussten beide, dass Moms Einstellung eigentlich mit dem Besitzer zusammenhing, der wie Familie Middler ein Einwanderer war. »Und so weiter.« Ich war inzwischen alt genug, um zu verstehen, was Letzteres bedeutete.

Mom, die uns sonst nie die Gottesdienste in St. Mary's verpassen ließ, machte für die Lazarustage eine Ausnahme. Auch wenn sie gezwungen war, dem Pfarrer auszurichten, dass eines der Kinder krank war, hatte sie nichts gegen einen glänzenden elektrischen Mixer, einen neuen, runden Flurteppich oder eine Brennschere, Blumensamen, Porzellan ... Ganz oben auf der Liste standen jedoch Kleider. Nylonstrümpfe für sie, Unterhosen und -hemden für Dad, immer weiß und im Fünferpack, Sommer- oder Winterkleidung für die Söhne.

Als wir endlich den Eingang erreichten, hatte Mr. Lazarus sich in das labyrinthische Innere des Kaufhauses zurückgezogen. Während

Dad sich nach Inspiration umschaute, aber hoffte, auf den Besitzer zu stoßen, schlenderte ich zu den Spielsachen. Als er mich eine Stunde später fand, hatte ich die Regale durchgesehen, nun saß ich vor den Comics. In der Regel schaffte ich es, zwei, drei illustrierte Klassiker abzuhaken und konnte mir vorstellen, im Austausch gegen eine Wurst zu gehen. Diesmal weigerte ich mich allerdings, das Heft mit dem braun-weißen Hund auf dem Umschlag loszulassen. Ich hatte darum gebettelt, dass wir uns einen Hund anschafften, wenigstens den in dem Heft wollte ich bekommen. Am Ende gab Dad nach. Wenn ich auf das Würstchen verzichtete, würde er mir *Ruf der Wildnis* kaufen.

Wir konnten nicht ohne etwas für Jim zurückkehren, sodass wir zusätzlich das neueste Heft mitnahmen. Als ich darauf hinwies, dass *Die Zeitmaschine* zehn Cent mehr kostete als meins, das mehrere Jahre vorher erschienen war, aßen wir doch noch eine Wurst. Ich bekam sogar Krautsalat dazu.

Eine Zeitlang ersetzte Buck die Astronauten. Wenn Jim mit seiner Bande spielte, trieb ich mich mit meinem Hund herum. Die sechzig Kilo schwere Mischung aus Bernhardiner und Collie trottete ungesehen, aber treu an meiner Seite, wir kommunizierten per Gedankenübertragung. Wenn er bellte, bedeutete das »Schau!« oder »Hierher!«. Mal hing die Klappe eines Briefkastens herunter, mal hatte der Nachbar die Schneeschaufel in der Auffahrt vergessen. Aber manchmal strich er wimmernd mit der Schnauze über meine Wange und flüsterte. »Was ist los, Tim? Wollten wir nicht Spaß haben? Komm!«

Buck verwandelte unsere Gegend in ein unbekanntes Schneereich voller Vergnügungen und Geheimnisse. Schon bald waren die Straßen jedoch ausgetreten, außerdem riskierten wir, auf die Jungen der Bande zu stoßen, die meinen Begleiter nicht sahen und stattdessen meinten, ich würde lügen, bis meine Zunge schwarz wurde, also verlegten wir unsere Entdeckungsreisen mit der Zeit in die Grünfläche zwischen dem westlichen und östlichen Teil des Matson Run Parkway. Dort bauten wir uns unter einer Fichte ein Iglu. Der Schnee war voller Kies und Nadeln, die Wände wurden nicht wie gedacht, das Dach stürzte ein. Als ich eine Decke aus dem Haus schmuggelte, erwies sich das Versteck trotzdem als erstaunlich bequem. Ich fühlte mich wie Mom am Küchentisch, allein mit Buck statt mit einer Flasche. Manchmal nahm der Hund Bewegungen zwischen den Bäumen wahr oder hörte Pfiffe, die bedeuteten, dass die anderen in der Nähe waren. Dennoch fanden sie uns nie.

In dem Heft, das ich bekommen hatte, wurde geschildert, wie der Gärtner Manuel den Hund von Richter Miller verkaufte, um Spielschulden zu begleichen. Der Name ähnelte unserem, außerdem verlief die Miller Road parallel zu unserer Straße, sodass jedes Mal, wenn ich zu dieser Szene kam, meine Brust schmerzte. Nach einer zweitägigen Zugreise – vom Santa Clara Valley nach Seattle – wurde Buck an einen kanadischen Kurier weiterverkauft. Perrault, der ahnte, dass der Hund »der eine unter tausend« war, hatte vor, ihn nach Norden zu bringen.

Mein Freund war nie verkauft oder jemandem überlassen worden, wenngleich ich wusste, dass er sich nach der Wildnis sehnte. Der Bach vor unserem Iglu war einen Meter breit und voller eisiger Steine. Auch wenn ich mir große Mühe gab, ähnelten sie doch nicht den kargen Inseln entlang der Küste bis nach Anchorage hinauf. Wenn Buck wahre Einöde erleben sollte, mussten wir uns weiter weg begeben, zu der unbekannten Landmasse, die sich im Rockwood Park ausbreitete. Wenn wir in der Mitte der Straße blieben, die man kürzlich geräumt hatte, würden keine Spuren zu sehen sein. Eiskristalle rotierten träge in der Luft; im Gegensatz zu den Sporen wollten sie mir nichts tun.

Als wir die East Matson überquert hatten, folgte ich Buck die Lowell Road hinab und bog in den Milton Drive, ein paar Straßen weiter setzten wir unseren Weg auf der Serenity Lane fort. Dann endete er abrupt an einem Zaun, der sich aus wattegleichem Schnee erhob. Bucks Ohren ließen mich verstehen, dass hinter den dunklen, glänzenden Baumstämmen die Wildnis rief, bald würde auch ich ihre Lockrufe empfangen. Wir kletterten hinüber und gingen durch den Wald, danach kamen wir auf ein riesiges Feld hinaus. Vor uns nur Tundra – Heimat von Wühlmäusen und Wölfen, von Menschen unberührt.

Alaska.

Hier war es unmöglich, keine Spuren zu hinterlassen, deshalb stapften wir schnell durch den Schnee. Der Himmel wölbte sich tosend blau über unseren Köpfen. Die Ohrläppchen brannten, unter der Jacke dampfte mein Pullover. Meine Stiefel schienen trocken zu sein, wenngleich ich mir nicht sicher war, ob ich meine Zehen noch spürte. Die Adern kitzelten bei dem Gedanken, dass kein Mensch je zuvor hierhergekommen war. Manchmal lief Buck vor, aufgekratzt vor lauter Freude. Ich rief, er bellte, genauso kohlensäureschwindlig wie sein Herrchen.

In dem Comicheft hatte der Familienhund eine Reihe von Abenteuern zu überstehen, ehe er schließlich mit der Wildnis vereint wurde. Auch wenn Perraults Schlittenhunde feindselig waren – vor allem Spitz, der von Spitzbergen über die Arktis und Kanada nach Seattle hinuntergewandert war –, zogen sie den Schlitten Kilometer für blendenden Kilometer. So lernte Buck den Wert gemeinsamer Anstrengungen. Er studierte, wie die anderen Kleinwild jagten, und suchte Schutz, wenn Stürme losbrachen. Auch wenn er Spitz aus dem Weg ging, der ihn herausforderte, sobald sich ihm die Gelegenheit dazu bot, lehrte der weiße Leithund ihn doch, Perraults Peitsche zu entgehen, »denn nur der Klügste und Listigste überlebt«. Mit jeder neuen Seite verwandelte sich Buck immer mehr von einem zahmen Tier in ein wildes Wesen.

Mein Beschützer hatte noch etwas von beidem. Er war verschmust und fürsorglich, aber auch kühn und ungestüm. Als unsere Kräfte schwanden, suchte ich nach einer warmen Stelle unter dem Schnee, was, wie einige bewegende Comicpanels mir gezeigt hatten, erforderlich war, um die Polarnacht zu überleben. Buck fand den perfekten Ort. Am Waldsaum hatte sich der Schnee auf einige Blätterhaufen gelegt. Dankbar sank ich nieder und tastete mit den Händen. Die untere Blätterschicht fühlte sich trocken, fast angenehm an.

Dort saß ich mit dem Rücken an einen glasartigen Stamm gelehnt und Bucks Schnauze lag auf meinem Oberschenkel. Mein Begleiter hatte gezeigt, dass er die Eigenschaft besaß, die sowohl Nana als auch das Comicheft am wichtigsten fanden: Fantasie. Hätte ich Kekse dabeigehabt, ich hätte ihm alle gegeben. Stattdessen streichelte ich ihn steif und wischte mir den Rotz von der Nase.

Mittlerweile war es dunkel, sodass ich nicht mehr als ein paar Meter unserer verschlungenen Schritte über den Schnee sah, aber das reichte. Wir würden uns in Sicherheit bringen können, ehe Verfolger die Gestalten unter dem Ahornbaum entdeckten. Der Mond war rund, die Sterne waren unfassbar fern. Ich wusste nicht viel über Konstellationen oder Navigation, es fiel jedoch nicht weiter schwer zu verstehen, dass jemand, der sich mit Hilfe des Himmels orientierte, im Einklang mit der Natur lebte. Frei war allein das Wesen, das sich auf seine Sinne und das Firmament verließ.

In der Szene, die mich am stärksten berührte, hatte Buck gerade den Mann verloren, der sich in Alaska um ihn gekümmert hatte. Nun war er erfüllt von »großer Leere, ähnlich wie Hunger, allerdings einer Leere, die schmerzte und schmerzte …«. Schon als ich das Heft im The Dry las, hatte ich gewusst, dass ich mich an diese Worte erinnern würde, es war, als spräche die Zukunft zu mir. In dem Bild, das mich so fesselte, hatte Buck die Augen geschlossen, als wäre sein Blick nach innen auf eine Verlassenheit gerichtet, die größer war als die um ihn herum. Einsam im Schnee, geschützt von Fichten, war er ganz für sich allein. Ich spürte den gleichen Hunger schmerzen und schmerzen, hatte aber weiterhin den Hund an meiner Seite.

Die Finger waren starr, genau wie Arme und Beine, aber das Blut kitzelte in Millionen Nadelstichen, die an die Krümel über mir erinnerten. Mit jedem neuen Pulsschlag erblühte der Himmel, kribbelte und wurde zerstreut wie gefrorene Löwenzahnhärchen. Die Lunge verlangte kaum noch Sauerstoff, der Kopf schwamm zwischen Wachen und Schlaf. Der Äther befand sich zugleich über und in mir, wie funkelndes Blut.

Ich weiß nicht, wann ich das Bewusstsein verlor.

Nur, dass es schön war, der Kälte zu entgehen.

Ein Aufseher entdeckte mich. Auf dem Weg zum Glaspavillon hatte er Spuren im Schnee gesehen, war ihnen gefolgt und hatte mich stark unterkühlt unter dem Ahornbaum gefunden. Ich war nicht ansprechbar. Mein Atem ging schwach, der Puls ließ sich nicht ertasten. Er wählte 911, dann brachte mich ein Löschzug ins Krankenhaus. Das mit dem Löschzug erfuhr ich erst später; offenbar war er in der Nähe gewesen. Als ich es hörte, stellte ich mir Männer vor, die auf den Bänken entlang der Seiten schweigend mit den Helmen im Schoß zusammensaßen wie bei einer Totenwache, während ich in Löschdecken gewickelt auf dem Boden lag. Eine Samenkapsel zwischen schweren Stiefeln.

Mom und Dad brauchten eine ganze Weile, um mich zu finden. Mom fragte Jim aus, der weinte, aber nichts wusste. Als Vater endlich nach dem letzten Kundenbesuch heimkam, nahm er Kontakt zur Polizei auf, die vorschlug, dass sie im Krankenhaus anrufen sollten. Dort teilte man ihnen mit, ein namenloser Junge sei in die Notaufnahme eingeliefert worden. Die Krankenschwester, die sie gegen elf Uhr abends in Empfang nahm, nannte mich scherzhaft John Doe. Als Vater mich beschrieb, sagte sie zwar nichts über meinen Zustand, aber es lag auf der Hand, dass die Lage kritisch war. Als ich das hörte, dachte ich, dass nicht nur Jim, sondern die ganze Welt Reue zeigen musste.

Keiner konnte sich erklären, wie ich unter einem Ahornbaum gelandet war, nicht einmal der Aufseher, der mich ins Krankenhaus begleitet hatte. Die Körpertemperatur hatte bei meinem Eintreffen bei ungefähr 16° gelegen, was bedeutete, dass sie im Park niedriger gewesen war. Noch war ich bewusstlos, der Puls war jedoch lokalisiert worden. Der diensthabende Arzt erkundigte sich, ob ich an Krankheiten litte: Offenbar wimmerte Mom; Dad schüttelte den Kopf, unfähig, mehr zu stammeln, als dass ich immer gesund gewesen sei. Der Mann dankte ihm für die Information. Wenn keine Gebrechen die Situation komplizierten, müssten sie möglichst schnell feststellen, ob das Gehirn geschädigt worden sei.

Die Erwärmung war in vollem Gange. Bevor ich wieder bei Bewusstsein war, wagte der Arzt jedoch nicht, meine Eltern zu mir zu lassen. Zunächst hatte er ein heißes Bad in Erwägung gezogen. Es galt, die Temperatur zu erhöhen, damit die Sauerstoffzufuhr stimuliert wurde. Weil die inneren Organe am wichtigsten waren, geschah dies allerdings am leichtesten, indem man das Blut außerhalb des Körpers erwärmte. Deshalb war ein äußerlicher Schlauch angeordnet worden. Im Moment lief die Flüssigkeit durch einen Apparat, der die Temperatur alle fünf Minuten um einen Grad erhöhte. Gerettet wurde ich also dadurch, dass mein Blut vorübergehend den Körper verließ. Der Arzt nahm Moms Hände; das sei nichts, was Eltern erleben müssten. Sie werde jedoch sehen, bald würde ihr Junge wieder zu sich kommen. Wenn das Herz regelmäßig schlug, verbesserte sich die Pumpfunktion automatisch. Sobald ich aus der Gefahrenzone war, würde mir intravenös warme Flüssigkeit verabreicht. Dann wurde sie an meiner Seite gebraucht.

Dad wollte wissen, ob andere Organe geschädigt seien. Der Doktor hatte offenbar erkannt, dass eine beschwichtigende Antwort nicht ausreichte, denn er erklärte, es gebe Fälle, in denen Unterkühlung zu einem akuten Nierenversagen geführt habe. Schlechte Blutzirkulation habe außerdem leicht Blutgerinnsel zur Folge. Zum Glück geschah dies vor allem bei Erwachsenen, deren größere Körperfläche über einen längeren Zeitraum Wärme verloren hatte. Ich war dagegen so schmächtig, dass die Glieder schockgefroren waren. Zwar musste ich besser essen, denn Phosphormangel führte zu Knochenschwund, aber diesmal war meine Magerkeit ein glücklicher Umstand. Ich war ja die reinste Bohnenstange.

Schließlich hüstelte ich. Danach stabilisierte sich mein Zustand, und zwei Stunden später konnte ich Besucher empfangen. Mittlerweile war es nach zwei Uhr. Mom und Dad flüsterten im Flur. »Der Junge hat keinen Überlebensinstinkt ...« Die folgende Pause bedeutete, dass Dad mit dem Unterkiefer ruckte, was er immer tat, wenn ihn etwas störte. »Hörst du, Ruthie? Keinen.«

Statt zu antworten – ihr Verhältnis war steif und unglücklich; sie sprachen wie immer eher aneinander vorbei als miteinander –, wollte Mom wissen, warum Dad nicht zu Hause gewesen war. Wer ließ denn abends eine Klimaanlage installieren? Wenn er seiner Familie doch nur die gleiche Fürsorge zukommen lassen würde wie seinen Kunden. Dads verbissener Reaktion war anzuhören, dass sie dieses Gespräch nicht zum ersten Mal führten. »Wenn du weniger trinken würdest, hättest du gemerkt, dass er nicht nach Hause gekommen ist.« Als sie eintraten, streichelten mich jedoch beide überall – Beine und Arme, Bauch und Brust. Lag da wirklich ihr Junge unter der Decke?

Mom roch nach Pfefferminzbonbons, Dad strich mir die Tolle aus der Stirn. Auch er roch, aber nach Pfeife und etwas anderem, nicht Rasierwasser. Normalerweise tat es weh, wenn er mich in die Wange kniff, diesmal drückte er mich allerdings, als wäre ich sein vornehmster Besitz. »*Du farkirtst mir die yorn, zun ...*«

Ich begriff nicht, dass ich tot gewesen war, ohne gestorben zu sein.

Weder Mom noch Dad wollten mich allein lassen, am Ende wurden sie dennoch überredet, nach Hause zu fahren. Da war es vier Uhr morgens. Trotz einer Lungenentzündung bestehe kein Grund zur Sorge. Dass die Bohnenstange nicht bereit sei zu sprechen, sei normal; jetzt müsse der Junge sich erholen. Die Pflegerinnen, die regelmäßig Kontrollen durchführten, würden abwechselnd an meinem Bett sitzen. Wenn Dad und Mom zurückkamen, versprach ihnen der Arzt, dürften sie so lange mit mir reden, wie meine Kraft reichte.

Am nächsten Morgen hatte ich meine motorischen Fähigkeiten wiedererlangt. Ich fühlte mich ausgelaugt, aber das war nicht weiter schlimm, sodass ich mich aufsetzen konnte. Die Angiografie hatte keine blockierten Gefäße offenbart, wenn ich angesprochen wurde, reagierte ich.

»Timmy, Liebling …« Mom versuchte sich zu beherrschen. »Hast du Schmerzen? Ist dir warm? Was hast du getan?«

Dennoch wollte ich nicht sprechen.

»Soll er so sein?« Dad suchte nach einem Aschenbecher, um seine Pfeife darin auszukratzen; als er keinen fand, steckte er sie in die Jacketttasche. Dads Unterkiefer bewegte sich.

Dem Doktor zufolge ließ sich unmöglich sagen, wie schnell ich mich erholen würde. Im Moment benötigte ich meine Kräfte für wichtigere Dinge als das Sprechen. Eine Stunde später kehrte er zurück. Es sei gut, dass ich Gesellschaft hätte, aber nun müssten sie mich in Ruhe lassen. Auch wenn die Lungenentzündung nicht gravierend zu sein scheine, werde mir der Schlaf helfen. Bevor meine Eltern gingen, senkte er die Stimme: »Ich habe schon Schlimmeres gesehen.«

Die Krankenschwester, die am ersten Abend Dienst gehabt hatte, tauchte nicht wieder auf, aber das restliche Personal fand immer neue Gründe, sich um den jüngsten Patienten der Station zu kümmern. Eine Pflegerin versorgte mich mit Mandarinen und selbstgemachtem Fudge, eine andere mit Comicheften, die sie sich von ihren Kindern ausgeliehen hatte. Niemand begriff, was ein Junge, der nicht einmal in die Schule ging, an einem Februarabend 1956 allein im Schnee gemacht hatte.

Nur die breite, mürrische Cadence fragte nie. Wie die übrigen Schwestern kontrollierte sie Puls und Blutdruck, maß die Temperatur und schlug die Kissen auf. Doch sie bot mir keine Spezialbehandlung an. Ihre Hände waren fest, aber unsanft, wenn sie mir zur Toilette half. Wollte ich etwas trinken, musste ich mich selbst nach dem Glas strecken. Wenn sie entdeckte, dass ich las, obwohl es nach zehn war, zeigte sie auf die Lampe, bis ich sie ausschaltete. Sie blieb vor der Tür stehen; nach einer Weile hörte ich sie etwas murmeln, anschließend davonwatscheln.

Mom und Dad besuchten mich abwechselnd. Am ersten Sonntag, sechs Tage nach meiner Expedition, kamen auch Jim und Großmutter. Nana setzte sich in den Sessel, Mom faltete Kleider neu, die bereits zusammengefaltet gewesen waren, und schielte in einer Weise zum Bett, die bedeutete, dass ich beichten sollte. Dad rauchte im Flur, mein Bruder starrte aus dem Fenster. Nana fingerte an ihrer Schachtel Chesterfields herum. Sie sagte nicht viel, es war eher ihre Art zu brummen, die mich aufhorchen ließ. Schließlich kapierten Mom und Jim.

Als sie uns allein gelassen hatten, bemerkte Großmutter, sie habe vieles erlebt, allerdings noch nie etwas so Idiotisches. Natürlich sei es klug, die Welt auf eigene Faust zu erforschen. Wie sollte ein Junge sonst etwas lernen? Aber man dürfe nicht aufbrechen, ohne Bescheid zu sagen. Tatsächlich sei mein Vater einmal ausgebüxt, als er ein *bucher* war, weil er seine Geschwister in der engen Wohnung in Morristown, New Jersey, sattgehabt hatte. Er hatte es bis zu Mintz's Diner geschafft, ehe ihm die Puste ausging. Harry Mintz, ein Freund der Familie, hatte ihn zu einem Milkshake eingeladen, während ein Laufbursche Großvater holte. Ich hätte sehen sollen, wie rot der Po geworden sei, als sein Vater den Gürtel ausgezogen hatte. Wie die Sonne, bevor sie unterging!

Das sei Dad eine Lehre gewesen. Und hier kam noch eine: Ausreißer waren dennoch das Salz der Erde, das durfte ich nie vergessen. So wie die weißen Körnchen in einem Streuer niemandem etwas nutzten, mussten die Menschen sich auf der Welt verteilen. Flüchtlinge, Landstreicher oder fahrendes Volk, es lag Stärke in der Zerstreuung. »Sonst binden die Zellen kein Wasser, das Geschlecht vertrocknet.« Salz verkörpere eine andere Version ihrer Puppen. Oder meiner Astronauten. Großmutter lächelte verschmitzt. Im Moment war die Familie mein Streuer, aber wenn ich älter wurde, würde ich mich an andere binden. Wenn ich brav war, konnte Vater bis dahin sogar einen Hund anschaffen.

Ich schüttelte den Kopf.

»Keinen Hund?«

Wieder schüttelte ich den Kopf. Nur Buck kam in Frage. Und er befand sich, wo er sein wollte.

Bevor meine Familie an jenem Tag ging, legte Jim sein Orbitop auf die Decke. »Stirb nicht.« Während sich ihre Schritte entfernten, ließ ich mir nichts anmerken, dann stürzte ich mich auf das Spielzeug.

Hinter dem Plexiglas saßen die Astronauten Rücken an Rücken, in Overalls und bis zur Taille sichtbar. Wie eine moderne Version von Janus wurden die Hälften durch einen Spalt getrennt, was erklärte, warum ich keine eigene Kapsel mehr hatte. Der Satellit, der durch die Luft geschwungen werden sollte, orientierte sich ebenso sehr mit abstehenden Antennen wie mit der Schnur. Laut Anzeige konnte er »auf Mars oder Venus landen und viele, viele Abenteuer im Orbit erleben«. Ich hatte vor dem Badezimmerspiegel geübt, bis es mir gelang, einen Bogen auszuführen und auf dem runden roten Teppich zu landen. Ich mochte besonders das energische Plumpsen des Raumschiffs. Der Untergrund hinderte es daran, wegzurollen und den letzten Treibstoff zu verbrauchen, stattdessen brütete es angespannt auf die Rückreise wartend.

Der Besuch auf dem nächsten Planeten endete jedoch in einer Katastrophe. Die Landung auf Moms gelbem Kopftuch im Flur misslang ein ums andere Mal. Die Energie, die das schnurrende Raumschiff antrieb, saß wie bei einem Jojo in der Nabe zwischen den Hälften und ließ mich vor Wut rot anlaufen, weil ich nicht begriff, wie der Satellit auf Venus bleiben können sollte, ohne Treibstoff zu verlieren. Am Ende schleuderte ich ihn so fest zurück, dass er gegen Jims Tür schlug. Das Plexiglas riss, weitere Fahrten waren undenkbar. Nun konnte ich zumindest die Figuren studieren, dafür bog ich die Glashaube ab und hebelte die Reisenden mit einem Messer heraus. Beiden fehlte ein Unterleib; als ich sie zusammengeleimt hatte, dachte ich an Jim und mich in der Badewanne.

Mein Bruder war das Orbitop schon nach ein paar Tagen leid gewesen, hatte sich aber geweigert, es mir auszuleihen. Im Bett liegend drehte ich seinen fast kratzerlosen Satelliten. Zog an den Silberantennen, die an die Fühler von Schnecken erinnerten, polierte mit dem Pyjamaärmel die Glaskuppel. In gewisser Weise waren es die gleichen Astronauten, die zu Hause unter meinem Kissen lagen. Wenn es sich schon um falsche Menschen handelte, waren sie einem wenigstens wohlgesonnen. Ganz gleich, wie ich das Raumschiff drehte, einer der Männer suchte immer meinen Blick. Die Spalte, die sie trennte, verstärkte diesen Eindruck: Verschwand der eine aus dem Blickfeld, übernahm der andere. Stoisch folgten sie mir mit vom Weltall erfüllten Augen.

»Leg das Ding weg.« Cadence stellte das Essen ab, mit dem sie hereingekommen war, dann räumte sie die Kleider ein, die Mom nochmals gefaltet hatte. Erst auf dem Weg nach draußen sagte sie wieder etwas. »Du magst also den Weltraum.«

Ich nickte stumm.

»Weißt du, wie groß er ist?«

Als die Schwester das nächste Mal Abenddienst hatte, trug sie einen Mantel über ihrer Tracht. Es muss am Valentinstag gewesen sein, denn die Angestellten hatten ein Herz aus Plastik mit einer Sicherheitsnadel über der Brusttasche befestigt. Als das Schmuckstück wegen des scheuernden Mantels herunterfiel, steckte Cadence es in die Tasche, was uns beide zum Lachen brachte. Sie holte Jacke und Mütze aus dem Schrank, fand meine Stiefel aber nicht. Ich zeigte auf den Tisch, unter dem Mom sie abgestellt hatte, und streckte mich nach dem Satelliten. Zwei Minuten später schlichen wir uns zu den Aufzügen.

Die knirschenden Stiefel fühlten sich steif an; seit Alaska hatte ich sie nicht mehr getragen. Cadence hob den Finger an die Lippen, als eine Schwester von der Nachbarstation die Handflächen in einer fragenden Geste nach oben drehte. Als der Aufzug kam, bat sie mich, auf den Knopf zu drücken. »Dreizehnter Stock.«

Ich zuckte mit den Schultern. Einen solchen Knopf gab es nicht.

»Dann wirst du wohl auf die zwölf drücken müssen.«

Als der Aufzug plingte, stiegen wir ganz oben im Gebäude aus. Dort gab es nur eine Station, dafür wurde der Korridor auf unserer Seite von Lagerräumen gesäumt. Entlang der Wände standen zur Hälfte uralte, zur Hälfte futuristische Maschinen, alle von einer zentimeterdicken Staubschicht bedeckt. Cadence bewegte sich zur letzten Tür. Sie war abgeschlossen, auf der Axt, die an der Wand hing, lag aber ein Schlüssel.

Sie stellte die Tür mit einem Stuhl auf und bat mich vorzugehen. Die Treppe war steil und dunkel, ich hörte sie hinter meinem Rücken schnaufen. Auf dem Treppenabsatz am oberen Ende wartete eine neue Tür, die sie mit einer Schnur festhakte. Dann standen wir auf dem Dach, im Freien.

Schnee wirbelte puderleicht über das Blech, Leitungen schlugen im Dunkeln. Ich wagte nur ein paar Schritte und hielt Cadence' Hand fester, als es sich für einen kanadischen Kurier gehörte. Auch wenn das Dach von einer Balustrade umgeben war und die Schwester dreimal so viel wog wie ich, konnte der Wind uns jeden Moment fortreißen. Mühsam kämpften wir uns um das Treppenhaus herum in den Windschatten. Ein Aschenbecher zeigte, dass wir nicht die einzigen Besucher waren.

»Ich gehe jede Wette, dass du ihn so noch nie erlebt hast.« Über uns wölbte sich der Himmel größer als alles, was ich je zuvor gesehen hatte. »Man wird leicht weggeweht.« Cadence zündete sich eine Silk

Cut an – der Rauch verließ ihre Lippen, als wollte er das Gesagte beweisen. »Angst?«

In der Ferne fuhr wütend hupend ein Fahrzeug durch die Straße. Ich bildete mir ein, dass es ein Löschzug war, obwohl es sich wie ein Krankenwagen anhörte. Die dunklen Leiber der Schiffe bewegten sich steif auf dem Fluss; es glitzerte ebenso viel aus den Fenstern der umliegenden Gebäude wie am Himmel. An die Wand gelehnt schüttelte ich den Kopf, stimmte ihr aber zu. Die Welt war wirklich gewaltig, wir selbst waren weitaus kleiner als Staubkörner.

Einige Minuten vergingen. Ich mochte die mürrische Schwester. Und die Dunkelheit, die über uns sprudelte wie die Kohlensäure in meinem Blut.

»Sie steht für Pech.« Der Dampf aus Cadence' Mund löste sich auf, es bildete sich unverzüglich neuer. Weil die Dreizehn Unglück bringe, fehle der entsprechende Knopf in Aufzügen. Zwar habe das Krankenhaus nur zwölf Stockwerke, doch selbst wenn es vierzehn oder siebzehn gewesen wären, würde die dreizehnte Etage fehlen. »Auf was für Ideen die Leute kommen, was?«

Auch jetzt sagte ich nichts.

Die Zigarette zischte kurz, als sie den Schnee traf.

Du verstehst sicher, warum ich das erzähle. Ich wurde bei zwei Gelegenheiten geboren. Das erste Mal eintausendundzwanzig Sekunden nach meinem Bruder. Das zweite Mal allein, durch altes Blut, das neu geworden war.

Auch wenn ich zu klein war, um die richtigen Worte zu finden, erkannte ich auf dem Dach, mit kitzelnden Venen, dass die Fantasie gleichzeitig Hilfe und Gefahr war. Ich würde niemals alles wissen, was der Himmel enthielt. Es konnte Sporen regnen, es war möglich, zu fernen Planeten zu reisen. Der Weltraum war so unfassbar groß, so unvorstellbar vielfältig, dass keiner ihn gedanklich zu erfassen vermochte. Es war mit Sicherheit klug, eine Mütze auf dem Kopf zu tragen, man wusste ja nie, aber besser war es, das Orbitop dort zu lassen. Es würde eventuelle Sporen vernichten, noch ehe sie auf die Erde fielen. Und mich eines Tages vielleicht zu der besseren Luft bringen, zum Äther.

»Ich habe keine Angst.«

»Komm.« Cadence watschelte zur Tür. »Sonst frieren wir hier noch fest.«

VERZÜCKUNG

In dem Brief zwischen den Zeichnungen, die deine Mutter mir geschickt hat, bittet sich mich, dir alles Wichtige aus meinem Leben zu
erzählen. Ich darf dich nicht mit Dingen langweilen, über die Musiker sich am liebsten auslassen – Konzerte, Erfolge, Technik –, sondern
muss mich auf das Dasein hinter Bühne und Image konzentrieren. Früher habe ich ja Lyrik geschrieben, es sollte also gehen. Auch wenn ich
nie ein richtiger Vater gewesen bin, hast du, sobald du volljährig wirst,
das Recht, mich »von innen nach außen« kennenzulernen.

Ich nehme an, sie meint, worüber wir in Amsterdam gesprochen
haben: Kalk, Phosphor etc. ... Ich werde es versuchen.

Am schwierigsten wird etc.

Es gibt keine selbstverständliche Gelegenheit, es zu erwähnen, deshalb
kann ich es genauso gut sofort tun: Es ist vorgekommen, dass dein
Vater geglaubt hat, nicht aus Knochen und Haut, sondern aus Luft zu
bestehen. Zum ersten Mal passierte es in dem Jahr, als ich elf wurde –
wie du in ein paar Wochen.

Zu der Zeit spielte ich zwar noch mit Jim und seiner Bande, hielt
mich aber häufiger fern. Die Nacht auf dem Krankenhausdach ruhte
noch wie ein geheimer Schatz in meinem Inneren. Wenn ich nicht
von der Logopädin zu den Klavierstunden hetzte, weil Mutter davon
träumte, einen ihrer Söhne an der Orgel in St. Mary's zu sehen, streunte
ich durch unseren Teil der Stadt. Eines Tages fand ich einen rostigen
Nagel, den ich über den Zaun um die brachliegenden Grundstücke
am Haynes Park zog. Das holpernde Rasseln erfüllte mich mit Trotz
und Freude; ich hielt Donner in der Hand. Am nächsten Tag folgte ich
einer Promenadenmischung, die entlang der Miller Road schnüffelte,

ehe sie auf der Rückseite einer Lagerhalle verschwand. Ich lief ihr hinterher und fand die Hündin an ein paar Benzinfässern, wo sie winselnd drei magere, fast durchsichtige Welpen leckte, in denen ich mich seltsamerweise wiedererkannte.

Aus Angst, sie zu erschrecken, blieb ich mit meinem scheuernden Rucksack stehen. Die Welpen, die in der Grube lagen, die sich an einem Fallrohr gebildet hatte, starrten mich mit trägen Augen an. Ich wollte sie retten, aber man sah, dass sie krank, vielleicht todkrank waren. Diesen Blick wie faules Wasser hatte auch Nana. Ich weigerte mich zu akzeptieren, dass Großmutter von uns gehen würde, wusste jedoch, was der Blick bedeutete. »Nur Fakten«, pflegte sie zu sagen, ehe ihr Lachen in Husten überging. »Wir hatten eine schöne Zeit zusammen.« Sie meinte ihre Chesterfields.

Es sind solche Augenblicke, an die ich mich aus meiner Jugendzeit erinnere. Alltägliche Ereignisse haben kaum überlebt, allein das Vage, aber Gewaltige, was sie manchmal umgab. Dann erreichte die Arbeit an der I-95 die Stadt, und als Dad das Kaddisch für seine Mutter las, verschwand auch die Kindheit.

Im Sommer 1961 wurde überall für die Autobahn gebaggert. Die Lastwagen fuhren von morgens bis abends Kies, ihr Gewicht ließ die Erde beben. Weil sich ein neues Zeitalter ankündigte, nutzte der Bürgermeister die Gelegenheit, um Straßen neu zu pflastern. Schon bald war es unmöglich, dem beißenden Geruch von Asphalt zu entkommen. Wenn der Wind in unsere Richtung wehte, schienen sogar Bewegungen zähflüssig zu werden und Kleider zu kleben. Kein Wunder, dass Nana Probleme bekam. Den Jahren, die sie im stürmischsten Dorf in der ukrainischen Provinz verbracht hatte, »gemacht aus Wind«, waren siebzig in den USA gefolgt, die meisten davon als Kettenraucherin. In den letzten Tagen muss ihre Lunge geklebt haben wie Teer.

Nach der Beerdigung wurde es still. Kein Husten, keine Unterhaltungen in der Sprache, die Mutter nicht ertrug, obwohl sie kaum einmal hörte, wie sie gesprochen wurde. Und sie am liebsten allein in der Küche saß. An dem Abend, als Dad den Fernseher wegen *Dragnet* ausschaltete – er wollte den Mann nicht sehen, der Detektiv Friday spielte und in Werbeanzeigen damit prahlte, zwei Schachteln am Tag zu rauchen –, wurde beschlossen, dass Jim und ich in ein Ferienlager fahren sollten. Der Verkauf von Raumklimatisierungsgeräten lief gut, endlich konnte er sich leisten, was andere Väter seit Jahren taten. Später begriffen wir, dass er Mom bestochen hatte. Wenn sie uns in das Sommerlager fahren ließ, das vom Jewish Community Center organisiert wurde, versprach er, mit ihr nach Florida zu reisen. Jetzt, da Nana nicht mehr gepflegt werden musste, träumte Mom davon, dorthin zu ziehen. Als ich protestierte, dass Großmutter nicht tot sei, nur woanders, kniff Dad mich in die Wange; der Schmerz wärmte. Jim fand es eigenartig, dass sie braungebrannt waren, als wir im August heimkehrten, aber ich glaubte Mom, als sie uns schwor, sie hätten trotz Lärm und Asphalt jeden Nachmittag auf der Veranda gesessen.

Im Bus zum Lager staunte ich über die Welt. Mein Bruder fand, ich müsse mich zusammenreißen, aber ich hätte mir niemals vorstellen können, dass die Erde genauso weit und unbekannt war wie der Himmel. Die Reklameschilder entlang der Straße, die Autos mit ihren chromglänzenden Flossen, die Wälder, die vor Grün trieften – alles war zwei Nummern größer. Als wir an den Raffinerien außerhalb von Newark vorbeifuhren, schimmerte in der Ferne Manhattan, eine Luftspiegelung aus Schweiß und Gusseisen.

Die Fahrt dauerte mit Pausen sechs Stunden. Während Ezra tankte, konnte man, wenn man wollte, das Restaurant besuchen. Jim und ich blieben auf dem Parkplatz. Wir hatten einen Dollar pro Woche bekommen, und er weigerte sich zu prassen. Mein Bruder war so geizig wie Mom – obwohl sie an Gott glaubten, legten beide Kupfermünzen in den Klingelbeutel. Um unser Mittagessen spannend zu gestalten, tauschten wir unsere belegten Brote gegen die anderer Jungen.

Es war erst Nachmittag, als wir in Camp Orange ankamen, trotzdem mussten alle auspacken. Die Hütten formten ein Hufeisen um einen Fahnenmast. Matt, der auf uns gewartet hatte, hisste die Flagge, das weiße *J* baumelte wie ein Angelhaken in allem Rot. Mitten in dem Hufeisen standen Bänke und Tische. Die Feuerstelle lag neben der Hütte der Lagerleiter, in der Ezra mit Matt wohnen würde und wo sich außerdem die Vorratskammer befand. Hinter dem Bastschutz auf der Rückseite waren über einer Blechrinne Wasserhähne montiert worden; drei klapprige Duschen ließen die Köpfe hängen. Nur kaltes Wasser. Die Toiletten lagen am Waldrand und stanken. Jim, der sie mit einem anderen Jungen inspiziert hatte, wettete, dass es keiner mehr als eine Minute inmitten der opalgrünen Fliegen aushalten würde.

Mein Bruder hatte schon mit anderen gesprochen, obwohl die meisten ein Jahr älter waren als wir, deshalb ahnte ich, dass er nicht vorhatte, mit mir zusammen zu wohnen. Als Matt, der uns verteilte, erklärte, es gebe noch einen Platz in Mohawk – die Hütten trugen die Namen von Indianerstämmen –, meldete sich Jim. Ich gab nichts darauf, wusste aber, dass mich Unbehagen erwartete. Die Feuchtigkeit war noch nicht aus Apache gewichen, wo ich mit zwei Jungen landete, die kaum etwas sagten. Die Matratze schienen mit Sand gefüllt zu sein. Frühere Gäste hatten Versautes ins Holz geschnitzt, von dem ich meinen Blick nicht losreißen konnte, obwohl in jeder Toilette des Landes das gleiche stand.

Außerdem vergaß immer irgendwer, das Mückennetz vorzuziehen. Wenn wir nach dem täglichen Ausflug zurückkehrten, war es im Haus schlimmer als im Unterholz, wo wir auf dem Heimweg mit immer blutigeren Händen Beeren pflückten. Trotzdem mochte ich die Stunde voller Müßiggang und Unordnung vor dem Abendessen. Die Leute machten, was sie wollten. Einige verschwanden den Hang hinunter, zum Sportplatz, andere bereiteten sich für den Wettbewerb im Knotenschlagen vor, der am letzten Wochenende stattfinden sollte. Und dann gab es immer irgendwen, dem man Colgate in den Schlafsack geschmiert hatte oder der aufs Dach kletterte, obwohl es verboten war.

Ich beobachtete das Wirrwarr auf dem Schemel vor unserer Hütte sitzend. Regelmäßig legte ich eine blaue, fast schwarze Beere auf die Zunge und spürte, wie das Fruchtfleisch am Gaumen explodierte.

Nach dem Frühstück studierten wir jeden Tag die Stellen in der Thora, die Ezra ausgewählt hatte. Ein Jahr jünger als die anderen Jungen mussten Jim und ich uns nicht auf die Bar Mitzwa vorbereiten, saßen aber dabei; keiner von uns hatte Lust zu erzählen, dass wir sonntags dem Pfarrer in St. Mary's zur Hand gingen. Oder dass wir mit Mutters Heiligenlegenden aufgewachsen waren.

Nach dem Mittagessen brachte Matt uns bei, wie man in der Wildnis überlebte. Das Messer war unser bester Freund. Ameisen errichteten ihre Haufen immer auf der Südseite. »Das Feuerdreieck« stand für Sauerstoff, Brennbares und Wärme. Wenn es regnete oder die Erde feucht war, fand man unter Fichten brauchbare Zweige. Trocken in einer Plastiktüte aufbewahrte Birkenrinde brachte die Flammen in Schwung. Ein Schutz sollte so gebaut werden, dass die Wand den Wind blockierte. Wasser, das nicht rieselte, musste abgekocht werden. Salz löschte Feuer.

Mir persönlich gefiel der Moment nach Sonnenuntergang am besten. Während die anderen spielten, bevor es um Punkt zehn Uhr dunkel in den Hütten sein sollte, lag Matt auf dem Rasen vor dem Fahnenmast und erzählte von Sternbildern. Im Westen sah man den Löwen. Denebola, der drittlichtstärkste Stern, bildete die Schwanzspitze, darunter schimmerte Jupiter. Weiter westlich funkelten Jungfrau und Waage. Das intensive orangefarbene Licht kam vom Mars, der wie Jupiter einer von fünf Planeten außerhalb der irdischen Umlaufbahn um die Sonne war. Weiter oben schimmerte unendlich fern Saturn – und natürlich der Mond, der wesentlich größer wirkte, weil er sich wie Venus und Merkur innerhalb der Bahn der Erde um die Sonne befand. Wussten wir eigentlich, wie man es nannte, wenn ein Himmelskörper so schaukelte?

Als keiner etwas sagte, erläuterte Matt, der Effekt entstehe bei rotierenden Körpern in Relation zueinander. Die Vorderseite des Monds sei an die Erde gebunden, was bedeutete, dass er sich nicht zu drehen schien und wir seine Rückseite nie zu Gesicht bekommen würden. Ich schwor mir, mir den Begriff zu merken, denn er benutzt hatte, vergaß ihn aber.

Als wir uns hingelegt hatten, flüsterte einer der Apachenjungen, das Hotel, an dem wir auf dem Weg aus der nächstgelegenen Ortschaft vorbeigefahren seien, habe im Vorjahr eine Konferenz organisiert. Man brauche dort Hilfe bei den Grünanlagen, sodass mehrere Teilnehmer zu Hause angerufen hätten und nach dem Lager bleiben durften. Den Rest des Sommers mähten sie Gras oder beschnitten Sträucher. Sie hatten sogar im Pool baden und Tennis spielen dürfen, solange die Plätze nicht von den Gästen genutzt wurden.

»Was für eine Konferenz?«

»Strahlung und so.« Der Junge wusste nur, dass es um Lichtphänomene gegangen war. Die Zusammenkunft hatte nach dem Labor Day stattgefunden; da war er schon wieder in der Schule gewesen. »Frag Ozzy. Er kannte jemanden.« Bei schönem Wetter diskutierten die Forscher im Freien, deshalb mussten die Blumenbeete in der Shawanga Lodge gepflegt werden, vor allem die Bergamottepflanzen, die im September blühten. Die Jungen schufteten wie die Irren. Bald konnte sich nicht einmal Ozzy dazu aufraffen, Tennis zu spielen. Am Abend, wenn die Gäste Musik lauschten, trieben sie im Pool. Das Chlor ließ die Blasen an den Händen brennen. »Es war die Mühe wert! Wir haben richtig viel Kohle verdient.«

Am nächsten Morgen setzte ich mich an den Tisch, an dem Ozzy Dimond frühstückte. Wie Jim und ich war er spät im Jahr geboren worden, es war somit sein zweites Sommerlager; es konnte nicht schaden, sich nach einem Sommerjob zu erkundigen. Da sich alle vorgestellt hatten, wusste er, wer ich war, trotzdem behandelte er mich wie Luft. Als ich die Knoten erwähnte, die ich ihn hatte üben sehen, drehte er sich zur Seite. Ich ahnte, dass mein Bruder irgendetwas erzählt hatte, wusste aber nicht, was. Vielleicht fand Ozzy, dass ein Middler im Lager reichte. Als ich Tasse und Teller zur Spüle trug, ging er bereits.

Erst hörte ich nicht, was er zischte. Dann verstand ich es.

»*Retard.*«

Am zweiten Wochenende fand die lange Wanderung statt, für die das JCC berühmt war. Wir sollten in Reih und Glied über den nächstgelegenen Berg zu einem namenlosen See auf der anderen Seite marschieren, dort grillen und im Freien schlafen. Am nächsten Tag würden wir auf der Landstraße zurückkehren.

Schon nach einer Stunde hinkten manche hinterher. Sie zankten sich oder fanden immer neue Gründe, um zu rasten. Jemand musste pinkeln, ein anderer hatte ein Steinchen im Schuh. Ezra, der als Letzter ging, erzählte, was bei früheren Wanderungen passiert war. Pumas seien gesichtet, Bären gehört worden. Als das die Nachzügler nicht auf Trab brachte, sang er Marschlieder. Ich ging ganz vorn mit Matt und dachte, wenn ich trainierte, würde ich die Kraft haben, richtige Berge zu besteigen. Trotz der neuen, schweren Stiefel ließen die Vibram-Sohlen meine Füße federn. Die Waden waren stark, meine Beine kribbelten vor Eifer.

Als Ezra rief, dass wir vorgehen und Feuer machen sollten, empfand ich zum ersten Mal seit der Ankunft Freude. Man merkte, dass Jim mitkommen wollte, Ozzy zog jedoch eine Grimasse. Er hatte den Aussichtsplatz gesehen, er war nichts Besonderes. Stattdessen schnitzten sie an Zweigen, die angeblich Wanderstöcke werden sollten, die sie aber als Speere benutzen wollten. Ezra war ganz mit den Fußblasen der Leute beschäftigt, sodass er sie gewähren ließ, obwohl Waffen verboten waren.

Von der immer kühleren Luft mit einem Hauch von Nadeln und Harz wurde mir schwindlig. Die Brust weitete sich, die Adern sangen, als wir unter mächtigen Kastanieneichen mit Laubkronen weitergingen, die Welten für sich waren. Fichten rührten mit langen Ästen, steif knirschend lehnten sich die Kiefern mit Kronen über uns, die eine Aufzugfahrt weit im Himmel hingen. Mücken schwirrten vor den Gebüschen, die den Pfad säumten, auf dem sich geschwollene Wurzeln schlängelten, dennoch setzten sie sich nur selten auf unsere verschwitzten Unterarme.

In regelmäßigen Abständen wiesen uns gelbe, auf größere Steine gemalte Pfeile den Weg – laut Matt stand die Farbe für »vorwärts« –, wenngleich manche schwer zu finden waren, weil das Moos zurückgeklettert war. An einer Weggabelung zögerten wir, bis er das feuchte Kissen wegbürstete und in die korrekte Richtung nickte; der andere Weg führte in eine ungewisse Senke hinab. Überall sah man Blumen, die er mit ähnlichem Kopfnicken identifizierte. Fichtenspargel. Bitterkraut. Kratzdistel. Im Herbst waren Wasserdost, Goldrute, Klapperschlangenwurzel an der Reihe. Und die Wilde Bergamotte.

Als sich der Wald lichtete, fragte er mich, was ich einmal werden wolle. Ich wusste nicht, ob ich Astronaut oder Ermittler antworten sollte, deshalb fragte ich ihn nach Sommerjobs. Ich hätte gehört, das Hotel veranstalte Konferenzen. Während ich wiedergab, was gesagt worden war, erkannte ich, dass Waldhüter eine Alternative sein könnte, falls die NASA oder das Los Angeles Police Department mich nicht annehmen sollten. Lange Winter bildeten kein Hindernis. Der Schnee würde mir verraten, wo sich Menschen verlaufen hatten, an den Abenden konnte ich so lange fernsehen, wie ich wollte.

Matt pfiff leise, vielleicht lächelte er. Diese Konferenz sei bereits berühmt. Las ich keine Zeitungen? Hatte ich wenigstens schon einmal von Ted Maiman gehört? Nicht. Ein Jude, natürlich. Und von Laserstrahlen? Nein? Kürzlich habe Maiman ein Licht entdeckt, das fokussiert, beständig und genau war wie eine Wasserwaage.

»Beständig?«

»Also ›kohärent‹.« Er zeichnete Anführungszeichen in die Luft. Es bedeutete, dass die Wellen gebündelt waren. Die Strahlen wechselten ihren Charakter nicht auf die Art, die Sterne funkeln ließ, es war von Anfang bis Ende das gleiche, dichte Licht. Die Forscher hatten das Phänomen in der Shawanga Lodge diskutiert. Allerdings wurde es da noch Maser genannt. »Optischer Maser.«

Matt, der in einer Schreinerei in Middletown arbeitete, leitete das Sommerlager seit einigen Jahren und war mit dem Hotelbesitzer befreundet. Wenn die letzte Gruppe nach Hause gefahren war, bereitete er alles für den Winter vor. Dächer mussten repariert, die Hütten geputzt, die Latrinen geleert und gesäubert werden. Es durfte kein Essen zurückbleiben, weil die Bären es unweigerlich finden würden. Manchmal schlichen auch Pumas um die Häuser. Wenn sein Vater ihn eine Woche später abholte, wanderten sie erst über den Berg zum See und zurück. Dann lagerten sie Werkzeuge und andere Ausrüstung im Hotel und fuhren in einem Pick-up heim, der mit vergessenen Kleidern und übriggebliebenen Konserven beladen war. Vielleicht auch mit Bergamotten.

Als wir den Aussichtsplatz erreichten – eine Feuerstelle mit ein paar rußigen Steinen –, verschwand die Sonne gerade hinter Wolken. Matt bat mich, kleine Zweige zu sammeln. Er selbst brach größere Äste übers Knie und ordnete sie über den Zweigen, die ich anhäufen sollte, zu einem »Tabernakel« an. Als die anderen eintrafen, strich er ein Streichholz an. Wir hatten bereits die Stöcke geschnitzt, die benötigt wurden, um Würstchen und Marshmallows zu grillen.

Als ich die Erwartung der Jungen sah, verhärtete sich mein Herz. Das Alleinsein mit Matt hatte mir gefallen, deshalb zog ich mich nach dem Essen zurück. Matt nickte, als ich verschwand. Manche Menschen fühlten sich wohler, wenn sie für sich waren; obwohl ich nichts gesagt hatte, vertraute er darauf, dass ich mich nicht verlief.

Bei dem Stein, an dem wir gezögert hatten, wählte ich den anderen Weg. Auch dieser führte vorwärts, wenngleich abwärts, hier war jedoch nichts vorherbestimmt. Kaum hatte ich die Senke erreicht, als ein Grollen zu hören war. Das Gewitter zog vage und gewaltig über die Berge.

Mal krachte es in der Ferne, mal schepperte es wie ein Kühlschrank im Nebenraum. Aber erst als ich das hohe Dach der Kiefernwipfel verließ und ins Freie hinaustrat, spürte ich den Regen. Leicht, fast unsichtbar fiel er auf meine bloßen Arme.

Ich blieb auf der Lichtung stehen, balancierte auf ausgebeulten Wurzeln. Irgendwie hatte sich der Tag verdichtet und war heiß geworden. Die Tropfen wirkten schwerelos, die Luft schwitzte. Und die Zeit wurde träge, so gut wie regungslos. Als ich das Gesicht zum Himmel wandte, war er von einer Watte bedeckt, die so bläulich schwarz war wie die Beeren, die ich immer aß. Trotz der lauen Feuchtigkeit ließ sich unmöglich entscheiden, wo der Körper aufhörte und die Welt begann.

Plötzlich erzitterte alles, es ertönte ein ohrenbetäubender Knall. Die Senke war soeben mit einem Riesenapparat fotografiert worden. Reglos, dachte ich, für einen Moment war die Welt reglos gewesen. Dann fing es richtig an zu regnen. Unmittelbar darauf waren meine Kleider so nass, dass weiterer Regen mir nichts mehr ausmachte. Ich stand barhäuptig im Wolkenbruch, das Gesicht aufwärts gewandt, Knall auf Knall auf Knall. Der Himmel verdunkelte sich wie Wasser, in dem Tinte verrührt wird, über mir herrschten Lärm und Tumult. Der Körper erschien mir jedoch gefügig, es regnete direkt durch mich hindurch. Nach einer Weile wusste ich nicht einmal zu sagen, ob ich stand oder schwebte. Vielleicht wurde auch ich verrührt. Währenddessen donnerte es weiter. Jetzt bebte die Senke nur dann nicht, wenn die Elektrizität meine Umgebung in ein neues Stillleben verwandelte. Das Licht war sicher anders als ein Laser, Maser oder wie Matt es genannt hatte. Ungezügelt und kurzlebig. Aber irgendwie dennoch … »beständig«? Keiner sah mich in seinem weißen Schein. Gab es mich überhaupt?

Die Augenblicke, in denen die Welt den Atem anhielt, hatten das Gehirn offenbar veranlasst, langsamer zu reagieren als andere Körperteile. Jedenfalls begriff ich erst, als ich das Gleichgewicht verlor und auf die Bäume zulief, zunächst plump, dann panisch, welcher Gefahr ich mich ausgesetzt hatte. Jeder Blitz konnte mich treffen; in weniger als einer Sekunde würde ich zu Asche werden.

Im Schutz des Waldes betrachtete ich die Tropfen, die, zu Kugeln gehärtet, auf die Erde prasselten. Tausende Einschläge von Wasser! Gleichzeitig fiel der Regen zischend durch die Fichten, und silber leuchtend. Während sich der Himmel entlud und das Licht immer wieder zu Nervenfäden erstarrte, überkam mich das Gefühl, nicht mehr ganz Mensch zu sein. Gleichzeitig wollte ich mit weitaus mehr als nur der Kehle lachen. Die Blitze hatten mich in Frieden gelassen, weil ich regungslos gestanden hatte, aufgelöst im strömenden Regen.

Unsichtbar.

Ein ums andere Mal blieben frostige Fäden in der Senke hängen, ein ums andere Mal donnerte es hinter dem Bergrücken. Das Licht erschien mir wie die Erinnerung an etwas, das ich nie erlebt hatte. Ein Tabernakel aus Elektrizität.

Oben in den Catskills akzeptierte ich schließlich, dass Nana tot war.

Die Frau, die mir geraten hatte, ganz fest auf etwas zu vertrauen, denn dann konnte nichts Schlimmes passieren. Die Frau, die mit dem Aschenbecher auf der Decke über ihren Beinen im Fernsehsessel gesessen hatte, umgeben von grauem Rauch wie eine Pythia. Die Frau, die mit Jim und mir *Dragnet* eher gehört als gesehen hatte, weil wir uns fürchteten, es aber nicht zugeben wollten. Sie mit den fahlen Augen und den rissigen Nägeln, die beim Rollen des Abspanns »Nur Fakten« gegluckst und etwas Unverständliches in ihrer alten Sprache ergänzt hatte, vermutlich ein Ausdruck für Verblüffung oder Freude, sie war nicht wie Friday, Gannon und die anderen Detektive. Die Männer im Fernsehen kehrten Woche für Woche zurück, ohne Kleider oder Haltungen zu wechseln; Großmutter war kostbar wie die Parfümflasche, die in einer Folge gestohlen wurde, einzigartig wie das Kind, das in einer anderen Folge verschwand, unersetzlich wie die Frau, die Selbstmord begangen hatte, nachdem sie von Talentscouts betrogen worden war, die einen Prostituiertenring betrieben. Nun war sie eines dieser dünnen Wesen geworden, gemacht aus Äther und schmerzlicher Sehnsucht, und wachte über mich.

Als das Gewitter schließlich nachließ und das weiße Licht kalt in der Ferne flackerte, fröstelte ich. Durchnässt erhielt mein Körper sein Gewicht zurück. Hoch oben versuchte eine Wattedecke, sich vom Berg zu lösen. Bald würde sie davongleiten. Nein, vorwärtsfliegen.

Ich habe keine Ahnung, wie die anderen mich fanden. Ozzy Dimond murmelte, wie ich seiner Meinung nach genannt werden sollte, aber Jim legte den Arm um meine Schultern und boxte mir sanft in den Bauch. »*Retard*«, wiederholte er. Man merkte, dass er es nicht so meinte wie Ozzy.

LANDSTREICHER

Ein paar Jahre später im Herbst, als die Blätter schwerer geworden waren und das Licht schräg fiel, wurde ich in die Sanford School geschickt. Es war Ende September 1966. Das Internat lag eine halbstündige Busfahrt westlich der Stadt, wenn Dad mich hinfuhr, dauerte es zwanzig Minuten. Die meisten wohnten auf dem Campus; ich war einer der wenigen Externen.

Die Entscheidung war getroffen worden, als das Ausmaß meines pubertären Schwänzens aufgeflogen war und ich einen Kugelschreiber in Jims Oberschenkel rammte, weil er gedroht hatte, mich zu verpetzen. Es war dumm gewesen, mich zu reizen, aber verrückt zuzustechen. Dad und Mom hatten genug von unseren Streitereien. »Du musst aufhören, in deinem Schädel zu leben«, sagte Dad, glaube ich. »Denk dir nichts aus«, nickte Mom taub.

Obwohl Jim hinter der Schultoilette rauchte und darüber hinaus Gras probiert hatte, achtete er stets drauf, seine Hausaufgaben zu machen, häufig mit Hilfe von *Cliffs Notes*, weil es die einfachste Methode war, in Ruhe gelassen zu werden. Die Lehrer verdächtigten niemanden, der das periodische System beherrschte oder wusste, wer die Eltern von Tom Jones waren. Im Gegensatz zu meinem Bruder interessierte ich mich ebenso wenig für Drogen wie für die Schule. Wenn ich keine Lust hatte teilzunehmen, saß ich zwei Häuserblocks entfernt im Park, bis es Zeit wurde, nach Hause zu gehen. Ich las dort Science-Fiction-Romane, die ich für einen Quarter in den benachbarten Trödelläden kaufte. Schwänzte ich erst nach Mittag, reichte ein Paperback für zwei Tage, sonst für einen. Wenn ich das Buch ausgelesen hatte, ließ ich es auf der Bank liegen. In der Woche vor Sanford war *Die Zeitmaschine* dran.

Jims illustrierte Version des Romans hatte unseren Streit ausgelöst. Er verlangte Geld, um mir sein altes Comicheft auszuleihen, obwohl er schon seit einer Ewigkeit nicht mehr hineingeschaut hatte. Wenn ich zehn Cent in der Stunde zahlte, versprach er mir, es in Erwägung zu ziehen. Wenn ich kein Geld hätte, könne er gern erzählen, was ich tagsüber trieb. In dem Heft blätternd, als wäre es plötzlich eine heilige Schrift, nickte er aufgeklärt zu einzelnen Bildern, ehe er die Tür abschloss.

Ich starrte auf die Anzeige für Ray-Ban-Brillen, die unter einem Texaco-Aufkleber festgetapt war. Als ich erneut anklopfte, öffnete Jim mir in dem Glauben, dass ich bezahlen wollte. Stattdessen stach ich den Stift in seinen Oberschenkel. Ich weigerte mich zu akzeptieren, dass es wehtat, aber die Spitze blieb hängen und er schrie. *Vid Middler's Air Conditioning Supply* stand in Silberschrift auf der Seite.

In den Läden auf der anderen Seite des Parks wurde alles von College-Sweatern und schiefgelaufenen Schuhen bis zu Porzellan und Schreibmaschinen verkauft, denen ein paar Tasten fehlten. An jenem Tag, an dem ich mich von der Klasse verabschiedete – mein Bruder wirkte gerührt, sagte aber nichts –, fand ich eine Biografie über einen französischen Dichter. Der Schutzumschlag war cyanfarben, das Porträt auf der Vorderseite zeigte einen Jungen in meinem Alter mit der gleichen Stupsnase. Ich bekam das Buch für einen Dollar, obwohl es einen festen Einband hatte. Jemand hatte es offenbar in eine Badewanne fallen gelassen, denn die Seiten waren aufgequollen, das Buch war vorne breiter als am Buchrücken. Auch wenn ich mich in dem weichen Gesicht wiedererkannte und die Handfläche, in die der Dichter sein Kinn stützte, mich außerdem daran erinnerte, wie ich häufig saß, wenn ich aus dem Fenster des Klassenzimmers starrte, dauerte es mehrere Tage, bis ich mich in sein Leben vertiefte. Und Wochen, bis ich selbst anfing, Gedichte zu schreiben.

Sanford nahm sowohl Jungen als auch Mädchen auf. Es waren jedoch nicht die gemischten Klassen, die Mom und Dad anzogen, sondern das Motto der Schule, das unter der Kiefer auf der linken Seite des Blazers eingestickt war. Dad muss geglaubt haben, *No talent lies unfulfilled* – »Kein Talent bleibt unerfüllt« – würde seinen Sohn auf den richtigen Weg führen. Mom war wichtiger, dass die meisten Schüler aus christlichen Familien der näheren Umgebung kamen. Zwar stammten einige aus zerrütteten New Yorker Dynastien, aber das zeigte nur, dass die Schule der richtige Ort für jemanden war, der als Erwachsener ein Leben in der Metropole der Erfolge anstrebte. Als Mom mit glasigen Augen lächelte, roch sie schon so stark nach Pfefferminzpastillen, dass es mir schwerfiel, an ein Leben in Zucht und Ordnung zu glauben.

Eine Woche nach meiner Ankunft wurden die Fotos für das Schuljahrbuch gemacht. Die Klassen lösten einander auf der Böschung unterhalb der großen Kiefer auf der Rückseite des Gebäudes ab. Jemand scherzte über die Kühe auf der Weide. Nach einigen Änderungen landete ich ganz hinten, in der dritten Reihe, zwischen einem Jungen aus Manhattan und dem Einzigen in der Klasse, der sich traute, die Haare modern zu tragen. Er hieß Ralph Merkin, wurde aber Raff genannt. Lachend hielt er die Hände hoch – die Daumen berührten einander, die übrigen Finger wurden zwei an zwei gruppiert –, als wollte er die Kühe segnen. Durch die pilzähnliche Frisur ähnelte er Ringo Starr. Schon bald stellte sich allerdings heraus, dass er die Beatles hasste, Brian Jones dagegen vergötterte, dessen wüste Rhythmusgitarre in einer roheren Welt beheimatet war als unserer.

Als wir ins Gebäude zurückkehrten, landete ich neben Raff. »Die Kühe?« Ich wiederholte seine Geste.

»Heilig.«

Er bebte vor unterdrücktem Lachen. Der Lehrer wollte wissen, ob Merkin der Klasse etwas mitteilen wolle, Raff schüttelte den Kopf. »Middler?« Ich senkte den Kopf, darauf wartend, dass das Unwetter im Zwerchfell abzog. Die Geste besiegelte unsere Freundschaft.

Mein Nachbar besuchte Sanford schon seit einem Jahr, nachdem ihn ein Internat in Kentucky der Schule verwiesen hatte. Die Leute redeten über ihn, aber erst jetzt begriff ich, wer »der verrückte Merkin« war, da er in der Vorwoche vom Unterricht suspendiert gewesen war. Für Raff war die Schule vergeudete Mühe. Auch wenn er eher ein Rebell als ein Raufbold war, ging er den Beatniks der Klasse aus dem Weg. Er hatte nichts übrig für Typen mit *Howl* in der Tasche, die sich aufführten, als gehörten sie einem Orden an, und zog Grimassen, sobald jemand barfuß über die Wiese lief, zu dem Wäldchen, wo die Kühe muhten.

In der Hinsicht erinnerte Raff mich an mich selbst. Er mied Kollektive und hasste es, dass andere bestimmten, vertraute jedoch auf Autoritäten, solange er sie selbst wählen durfte. Während meine Helden noch Joe Friday und Alexander Hartdegen hießen, bestanden seine aus Fleisch und Eigensinn. »Heilige Monster« wie Brian Jones, Chuck Berry und ein französischer Graf, dessen Namen er nie gleich aussprach, machten, was sie wollten. Der Herde folgen könne jeder; ein Lebenskünstler suche sein Schicksal. Ich nickte. Auch wenn es mir an Erfahrung mangelte, waren mir die zukünftigen Zahnärzte und Rechtsanwälte an den Nachbarpulten genauso fremd.

Als externer Schüler verpasste ich das meiste, was außerhalb des Unterrichts vorging, als ich mich deshalb erkundigte, warum Raff suspendiert worden war, antwortete er schläfrig: »*Heavenly blues, man* …« Ein Typ in der Klasse unter uns hatte ihm erzählt, die Samen gewisser Windengewächse besäßen halluzinogene Eigenschaften. Raff hatte daraufhin den Bus in die Stadt genommen und in einem Blumengeschäft fünf Tüten gekauft. Als er die Samen in der Kantine abgespült hatte, zerdrückte er sie mit einem Löffel so gut es ging. Weil sie schlecht schmeckten, vermischte er die Krümel mit Erdnussbutter, strich eine breite Schicht auf und aß das Sandwich vor seinen große Augen machenden Kameraden. Erst später verstand ich, dass »himmlisches Blau« nichts war, was er sich ausgedacht hatte, sondern der Name der Samen, die Will Fabris Tipp gewesen waren.

Eine Viertelstunde verging, vielleicht auch eine halbe Stunde, dann durchströmten Wellen sexueller Energie seinen Körper. Raff fühlte sich zugleich nackt und konzentriert, als wäre er auf ein höheres Niveau der Existenz gehoben worden. Obwohl dieses dem Himmel näher lag als der Erde, floss und strömte alles. »Stell dir ein Meer in zehn Meter Höhe vor!«

Auf dem Weg zum Wohnhaus hatte er versucht zu winken, seine Hand hatte leuchtende Schweife in der Abendluft hinterlassen. Die Fingerspitzen verwandelten sich in Kometen; er bildete die träge Mitte in einem veränderlichen Universum. Zum ersten Mal hatte Raff begriffen, wie gewaltig die Wirklichkeit war und wie wenig der Mensch normalerweise wahrnahm. Auch wenn das Dasein größer erschien als das, in dem der Präsident LBJ genannt wurde, fand es magischerweise Platz im Gewöhnlichen. In diesem Augenblick erkannte er, dass er ein heiliges Monster geworden war. Ich erzählte nicht, was ich in den Catskills erlebt hatte, verstand das Gefühl aber genau.

Mehrere aus seinem Flur hatten gehört, was Raff getan hatte. Als er sich aufs Bett legte und sie wissen wollten, was er sah, reichte die Sprache allerdings nicht aus, um den sagenhaften Überfluss zu beschreiben, den die Samen offenbart hatten. Jeder Versuch tat der Vision Gewalt an. Man nehme nur die Falten in seinem Laken. Wenn die Flurnachbarn wüssten, wie unglaublich schön, wie unmöglich reich an Bedeutung sie waren … Seine Stimme versagte, Raff wimmerte aus schierer Dankbarkeit.

Etwas später wollte er dennoch aufstehen. Das Herz donnerte, die Beine zitterten. Er musste die ganze Herrlichkeit im Freien erfahren – in stiller Ehrfurcht unter dem Himmelsgewölbe. Die Kameraden zwangen ihn jedoch liegenzubleiben, aus Sorge, dass etwas schiefgehen könnte und man daraufhin alle bestrafen würde. Während sie diskutierten, was sie tun sollten, wartete Raff ab. Es verging eine Weile. Dann, als sie dazu übergingen, über den Schultanz zu sprechen, schoss er plötzlich in die Höhe wie in einem Comic und lief schreiend aus dem Haus.

Die Abendluft hatte eine beruhigende Wirkung. Aber woher kamen die wunderbaren Klänge und all das gefärbte Licht? Im angrenzenden Gebäude fand der Tanz statt. Die Lehrer, die die Veranstaltung beaufsichtigten, rauchten vor dem Eingang; sie grüßten kaum, als Raff hineinschlenderte. Als seine Augen sich an das Licht gewöhnt hatten, ahnte er ein heimliches Fest tiefer im Dasein. Ja, der Überfluss war nur ins Haus umgezogen.

Will Fabri wollte gerade auf die Tanzfläche, angestachelt von älteren Schülern. Ihre Bewegungen ließen Raff verstehen, dass sie so taten, als stünden sie auf Wills Seite. Das Mädchen, in das er verliebt war, unterhielt sich mit ein paar Freundinnen. Als er um einen Tanz bat, sie aber ablehnte, begann Raff zu weinen. Tränen liefen ihm die Wangen herab, groß und heiß und hingebungsvoll. Er schluchzte so untröstlich, als wäre seine Lunge kaputtgegangen, dass die Leute schließlich aufhörten zu tanzen. Als das nicht reichte, er außerdem den Plattenspieler abstellen musste, wurden die Lehrer hinzugerufen. »Ab da weiß ich nicht mehr, was passiert ist.«

Am nächsten Morgen mieden alle Raff, der allein beim Frühstück saß. Die Grütze schmeckte nach Zellulose, der Saft nach Urin. Kaum hatte er das Tablett von sich geschoben, als auch schon ein Wachmann auftauchte. Der Rektor wolle ihn sehen. In dessen Zimmer mit Eichenpaneelen und dem Porträt des Schulgründers musste er sich rechtfertigen. Es habe sich lediglich um ein Experiment gehandelt. Er liebe den Religionsunterricht und beabsichtige, seinen Aufsatz im letzten Jahr über Schamanenkulturen zu schreiben. Der Rektor könne beruhigt sein, der Versuch werde nicht wiederholt, aber Anthropologen hätten gezeigt, wie wichtig es sei, die Erfahrungen der Naturvölker zu teilen; als Forscher müsse er wissen, worüber sie sprachen. Seine Entschuldigung war so einfallsreich, dass sie einen zweiten Schulverweis in ebenso vielen Jahren verhinderte. Stattdessen wurde er eine Woche suspendiert.

»Wow.«

Sieben Tage hatte Raff gebraucht, um die tiefere Wahrheit in seinen Visionen zu verstehen. Die schleppenden Lichtstrahlen, die von seinen Fingern ausgingen, schön wie Haarsträhnen, hatten ihm enthüllt, dass es Arten gab, die Welt zu erfahren, die sowohl herrlicher als auch tragischer waren. Die wirkliche Erkenntnis war jedoch eine andere. Ohne Samen, Pilze oder andere bewusstseinserweiternde Mittel merkte der Mensch nicht, dass er in einem farblosen Teil der Existenz eingesperrt saß.

Als wäre das nicht elend genug, bildete die Schule ein Gefängnis in einem anderen. Ging der Religionsunterricht ohne Respekt vor praktischer Erfahrung weiter, würden seine Erinnerungen zerstört werden. Die himmelblauen Samen hatten gezeigt, dass die Ketten des Menschen selbstauferlegt waren. Wenn Raff ein heiliges Monster bleiben wollte, musste er das Einzige retten, für das es sich zu leben lohnte. Seine Unabhängigkeit. Ende Oktober fasste er den logischen Entschluss. »Wir hauen ab, so schnell es geht.«

Ich nickte unsicher.

Raff machte einen Schnitt im Handteller und forderte mich auf, es ihm nachzutun. Als wir uns die Hand gegeben hatten, waren wir Brüder fürs Leben.

Unser Geld reichte für den Zug nach Washington, von da aus wollte Raff nach Florida trampen. Weder ich noch er kannten dort jemanden, aber als ich erzählt hatte, dass meine Eltern vorhätten, dorthin zu ziehen, stand es fest. Laut Mom war es dort auch im Winter warm, was bedeutete, dass man am Strand schlafen konnte. Überall wuchsen Zitrusfrüchte, die Schalentiere waren göttlich und das Meer endlos. Raff schmückte die Informationen aus. Ja, die Mädchen hatten bestimmt Sand an den Waden und an heimlicheren Stellen. Mit Händen, die nach Sonnenöl rochen, würden sie zwei Rebellen auf der Flucht vor dem Routineleben in ihre Obhut nehmen.

Als wir die Route besprachen, erlebte ich den gleichen Schauer wie in Alaska. Es gab viele Wege, sein altes Leben zu verlassen – familiäre Pflichten und Verbindungen aufzugeben, dieses ganze Gewirr, das einen Menschen an einen Ort und einen Zusammenhang band, war jedoch am berauschendsten. Zehn Jahre zuvor war ich mit Buck durch unberührten Schnee gestapft, jetzt hatte ich Raff. Zusammen würden wir Abenteuer erleben, von denen Jack London nur hatte träumen können.

Wir stopften Pullover und Zahnbürsten in die Rucksäcke. Raff packte zusätzlich eine übrig gebliebene Samentüte sowie mehrere Gedichtsammlungen ein, ich nur *Arthur Rimbaud* von Enid Starkie. Mittlerweile hatte ich die Biografie mit dem cyanblauen Umschlag halb gelesen und meine ersten Zeilen auf die Innenseite des Einbands geschrieben. Besonders gefesselt hatte mich die Infernoschilderung des Dichters, die mit einer Fahrt »über alle Meere und Berge hinweg« endete; das gefiel mir, weil es klang, als wäre die Welt nach dem Besuch in der Unterwelt eine andere geworden. Auf Raff und mich warteten garantiert ähnliche Umwälzungen. Als wir von dem Bett aufstanden, auf dem wir unsere Barschaft gezählt hatten, fühlte ich mich bereits rein und anonym, befreit von der Identität als Schüler. Mein Blutsbruder hängte die Blazer in seinen Schrank, danach verdrückten wir uns, während Sanford den Leichtathletikwettbewerb am Wochenende vorbereitete.

Der Tag war mit Bedacht gewählt worden. Ich durfte in der Schule schlafen, sodass Mom und Dad mich erst Sonntagabend vermissen würden. Mit etwas Glück würden sie annehmen, dass ich dortblieb und sich erst Sorgen machen, wenn das Sekretariat am Montag anrief und sich erkundigte, ob ich krank sei.

Zwei Tage später befanden wir uns neun Autostunden entfernt – in Kentucky. Raff hatte ein paar Schulkameraden aus seinem alten Internat angerufen. Die Familie eines seiner Freunde besaß Plantagen außerhalb der Stadt, nach der Ernte stand ihre Hütte dort leer. Zwar fehlte es an dem meisten, woran Stadtkinder gewöhnt waren – Strom, Essen, Telefon –, dafür ließ sich dort aber frei leben.

Weit draußen auf einem Acker, mit quietschenden Betten in einem Zimmer und Sesseln, aus denen Spiralfedern hochragten, in einem anderen, waren wir Flüchtlinge, Vagabunden, Helden. Wir wuschen uns mit Wasser aus der Pumpe, die Jacken, die an der Rückseite der Tür hingen, hielten uns warm. Ich fand sogar eine Baseballkappe, die nach schmutzigen Haaren roch. Am letzten Tag liefen wir über die rußigen Felder, verzweifelt an rohen Maiskolben nagend, bis dahin ernährten wir uns von der Limonade und den Konservendosen, mit denen uns Raffs Freunde versorgten.

Die Kameraden waren beeindruckt von unserer Abenteuerlust und davon, dass wir die Tage über den wackeligen Formica-Tisch gebeugt verbrachten. Die Hefte, die wir mit Gedichten füllten, lagen so eng nebeneinander, dass eine Zeile manchmal vom einen zum anderen lief. Besser wurden die Texte allerdings, wenn wir abwechselnd schrieben. Raff mischte Gewalt mit Alltag und war immer konkret: »Ja, wir haben so viel gemeinsam«, hieß es etwa, »auf dem Boden liegend in einer Pfütze aus Chromosomen.« Während ich, zum Schwerelosen hingezogen, fortfuhr:

Wir berechnen die Möglichkeiten, den brennenden Planeten zu erreichen
– und kommen unausweichlich zu:
»Ich muss etwas ausgelassen haben.«

Oder ich blätterte in Starkies Biografie, bis ich bei dem Dichter auf einen Gedanken stieß, der es wert war, übernommen zu werden. »Ein Wurf Hundewelpen zeigt, dass jedes Lebewesen mehrere Leben hat«, war eine solche Stelle. Zu der Raff die Fortsetzung fand: »Also glaube nicht an deinen Rabbi, du *kannst* selbst Spaß haben.« Als er, die Finger um einen unsichtbaren Besenstiel geschlossen, die Hand auf und ab führte, ahnte ich, wie verschieden wir trotz allem waren.

Bevor wir die Hütte verließen, organisierten seine Freunde ein

Abschiedsfest. Es war das erste Mal, dass ich richtig betrunken wurde. Die Getränke zum Mixen gingen uns schnell aus, danach tranken wir den Selbstgebrannten abwechselnd direkt aus der Flasche. Am späten Abend faselte ich draußen auf dem Feld mit den anderen über unsere zukünftigen Leben. Doch die Gedanken glitten langsam fort von unserem Gespräch – in die Dunkelheit hinaus oder den Weltraum hinauf. Obwohl der Schnaps in den Adern kochte und es mir schwerfiel stillzuliegen, erlebte ich eine kühle, fast kalte Zusammengehörigkeit mit der Nacht. Es gab einen Schmerz im Dunkeln, untrennbar von der Sehnsucht.

Raff hatte eines der Mädchen überredet, mit ihm nach drinnen zu gehen. Ehe sie verschwanden, bat er mich, dafür zu sorgen, dass man sie in Ruhe ließ. Als die anderen anfingen, an die Tür zu klopfen, war ich jedoch zu betrunken. Die Jungen lachten über meine unkontrollierten Bewegungen, die Mädchen drohten, es einem gewissen Freund zu petzen.

»Einmal ist kein Mal!« Lachend weigerte sich Raff, die Tür zu öffnen, die er zuhielt.

Am Ende kam das Mädchen dennoch heraus, ordnete ihren Rock und bat, nach Hause gefahren zu werden. Als sich die Rücklichter in der Dunkelheit auflösten – zwei Knutschflecken –, konnte ich mich endlich hinlegen. Ich faselte von Schmerzen in der Brust, mein Freund rauchte zufrieden mit einer Konservendose als Aschenbecher. So sehr ich mich auch anstrengte, verstand ich doch nicht, was er meinte. »Wie, Taschenlampe?« Das Gehirn schwamm in verschiedene Richtungen, genau wie das Bett.

Es war nach zwölf, als wir auf die Beine kamen. Ich übergab mich, anschließend ging es mir besser. Als wir aufgeräumt hatten, brachen wir auf. Unsere Köpfe waren träge, die Hälse heiser vom Reden und von Zigaretten. Nicht einmal Raff, der damit angegeben hatte, wie viel er vertrug, war in Form. Trotzdem hob er den Daumen; während wir darauf warteten, dass jemand anhielt, erzählte er von der Stunde in der

Hütte. Er habe sich gefühlt, wie die Soldaten sich gefühlt haben müssen am Abend, bevor sie in den Weltkrieg zogen – heilig. Das Mädchen habe unerfahrene, aber forsche Hände gehabt. Als er sie gefragt habe, ob er ihr zwischen die Beine leuchten dürfe, habe sie stumm genickt. »Eine Göttin.«

Mein wirres Gehirn machte es mir unmöglich, neidisch zu sein. Im Gras liegend, unfähig, Raff abzulösen, der den Wagen hinterherschrie, die uns nicht mitnahmen, fühlte ich mich halb wie ein Landstreicher, halb wie ein Gegenstand. Ich döste sicher ein, denn ich erinnere mich nur, dass wir von einem Fernlaster mitgenommen wurden, dessen Holzladung nass und dumpf duftete.

Und an die Taschenlampe. Jedes Mal, wenn Raff einem Auto hinterherfluchte, stöhnte ich: »Taschenlampe …«

Zwei Tage später erreichten wir matt und schmutzig nach schlechtem Schlaf auf hartem Untergrund Clio, Alabama. Die Reklameschilder an der Ortseinfahrt waren so rostig, dass die Erde darunter rot gefärbt war, als wären die Versprechungen darauf verblutet, der Ort war so klein, dass man zehn Minuten brauchte, um vom einen zum anderen Ende zu gelangen. Wichtige Gebäude lagen um die Kreuzung mitten im Dorf verteilt. Ein Eisenwarenladen an einer Ecke, gegenüber einer Tankstelle, außerdem eine Kirche und eine Bäckerei, eine Bar, ein Friseursalon, zwei Drugstores …

Wir kauften im einzigen offenen Geschäft ein. Die Frau hinter dem Tresen litt an Zuckungen am Auge, wodurch sie ständig etwas zu wollen schien. Falls wir wegen der Ernte gekommen seien, dafür sei es zu spät. Aber vielleicht waren wir ja auf der Durchreise? Wollten wir über Nacht bleiben? Mehrere Familien ließen Saisonarbeiter in der Scheune schlafen. Sie empfahl uns einen Besuch im Museum of Moonshine. Normalerweise öffnete es nicht vor zehn, aber wenn wir wollten, könne sie es eine Stunde früher aufschließen.

Raff hatte fürs Erste keine Lust mehr, Selbstgebrannten zu sehen.

Trotzdem hatte die Frau recht: Wir waren auf der Durchreise. »Mein Freund sagt nicht viel, lassen Sie mich ihn deshalb vorstellen: Das hier ist Billy the Kid.« Er klopfte mir auf den Rücken. »Und mein Name ist Jesse James.«

Das Auge zuckte mehr als zuvor. Die Frau zählte die Waren zusammen, dann wedelte sie eine Fliege fort. Anscheinend glaubte sie, ich hätte Migräne, denn sie schob uns eine grüngelbe Blechdose zu. »Anacin.« Die Dose enthielt zwölf Tabletten. »Geht aufs Haus.«

Raff reichte mir das Medikament, ehe er den Rucksack mit *beef jerky* und *root beer* füllte. »Danke, *ma'am*. Wir werden Sie in unsere Gebete einschließen.«

Auf dem Weg aus der Ortschaft hinaus versuchten wir, bei Laune zu bleiben. Raff hob die Hand an die Stirn und spähte nach Leben, ich watschelte wie ein Cowboy mitten auf der Fahrbahn. Wir kamen an weiteren rostigen Reklameschildern sowie verlassenen Gebäuden vorbei, auf die ich mit wohlgezielten Schüssen aus der Hüfte feuerte. »*Desperado* …« Raff sah bewundernd, wie ich den Pulverrauch von den Zeigefingern blies und den Revolver ins Halfter zurücksteckte.

Der Mond verschwand immer wieder hinter trägen Wolken, ich glaubte nicht mehr, dass uns jemand vor dem nächsten Morgen mitnehmen würde. Das letzte Auto hatte uns an der Einfahrt nach Clio abgesetzt und war geradeaus weitergefahren, der Mann, der mit seinem schweigsamen Sohn auf dem Beifahrersitz fuhr, schien sich davor zu fürchten, uns zu zeigen, wo sie wohnten. Möglicherweise hatten Raffs Versuche, wie ein nobler Jüngling aus einer Plantagenbesitzerfamilie zu klingen, verdächtig gewirkt.

Das Dorf war wie ausgestorben, ich stellte mich darauf ein, die Nacht in den Decken zu verbringen, die wir aus der Hütte mitgenommen hatten. Raff weigerte sich jedoch aufzugeben. Es waren nur ein paar Stunden nach Tallahassee, mit etwas Glück nahm uns ein Auto vor der Nacht bis dorthin mit. Selbst wenn man uns nicht bis zum Strand fuhr, konnten wir immer noch am nächsten Vormittag ans Meer gehen.

Ich stöhnte.

»Zwei Anacin sind besser als vier Aspirin.« Raff klang wie die Werbung im Fernsehen, aber man merkte, dass ihn mein Misstrauen beeinflusste. Als er die Tabletten herausgeschüttelt hatte, nahmen wir jeder vier und spülten sie mit *root beer* hinunter. Anschließend legte ich mich neben der Straße ins Gras. Es dämmerte, ab und zu sirrten die Leitungen, die schlaff zwischen geteerten Masten hingen. Die Isolatoren waren auf Querstangen verteilt, die Keramikglocken ließen die Masten aussehen wie Kandelaber einer rudimentären Religion.

»Stell dir vor, sie könnten ein Museum für richtigen Mondschein bauen.« Raff blickte zum Himmel. Die Scheibe hing freundlich gelb am Gewölbe, als würde sie uns beschützen. Er drehte und wendete die Hände, schließlich verstand ich, dass er versuchte, Licht zu schöpfen.

In dem Fall sei ich der Meinung, dass das Museum Räume für unterschiedlichen Mondschein enthalten solle. Zwar müsse künstliches Licht benutzt werden, vermutlich Neonröhren, aber die Techniker könnten es so justieren, dass man den Unterschied nicht merke. Abhängig von der Tageszeit solle die Strahlung ihren Charakter ändern. Krater im Halbschatten, glänzende Hochebenen, weiße, lodernde Meere … Wie nannte man das noch?

»Was denn?« Raff kam nicht mit.

Wenn der Mond schaukelte wie … wie …

»Florida!« Plötzlich waren auf der Straße Scheinwerfer zu sehen.

Raff hatte kaum begonnen herumzufuchteln, als auch schon ein Pick-up abbremste. Ich schnappte mir unsere Rucksäcke und lief hinterher, aber als wir die Ladefläche erreichten, gab der Fahrer Vollgas. Die Reifen quietschten, man hörte wüstes Lachen, binnen weniger Sekunden war das Auto fünfzig Meter vor uns. Örtliche Jugendliche amüsierten sich auf unsere Kosten.

Eine halbe Stunde verging ohne weitere Fahrzeuge, schließlich gaben wir auf. Raff wollte die Nacht an einem Haufen Maislaub abwarten, wo Autos uns am leichtesten entdecken würden. Weiter entfernt sah man ein Lagerhaus, das vielversprechender wirkte, als ich es näher untersuchen wollte, zeigte er jedoch auf ein Schild, das am Zaun hing: BEWARE OF DOG. Zwischen die letzten beiden Worte hatte jemand MAD gemalt. Ich hatte keine Lust, unnötig zu frieren, deshalb begann ich, Zweige zu sammeln. Wir sollten einen Tabernakel errichten; man formte die größten zu einem Heiligtum, in dem die Flammen für Sauerstoff beteten.

Raff begriff nicht, was ich da faselte, aber als wir das Feuer in Gang bekommen hatten, erzählte er mir von einem Lurch, der ein unansehnliches Leben in Europa führte, am liebsten in feuchten Baumstämmen oder im Moos verborgen, und dessen Sekret angeblich Brände löschte. Als die Menschen im Mittelalter das Tier in die Flammen warfen, stellten sie fest, dass es nicht starb. Es zuckte zwischen den letzten glühenden Kohlen, dann flitzte es aschfarben davon. Das ließ die Leute annehmen, dass dieses Tier unzerstörbar und folglich die personifizierte Reinheit war. »Seither ist der Salamander heilig.«

Obwohl es Herbst geworden war und das Lagerhaus der perfekte Ort zum Übernachten gewesen wäre, litten wir keine Not, solange das Feuer brannte. Nachdem wir uns das letzte *beef jerky* geteilt hatten, rauchten wir. Ich erzählte, dass es in den Catskills weder Hunde noch Salamander gegeben habe, nur Bären; Raff hörte zu, ohne mich zu unterbrechen, dann erläuterte er die Eigenheiten der Qualle sowie der Schildkröte. Ich begriff nicht, woher er das alles hatte. Dass die Qualle keine Beine hatte, wusste ich, dagegen nicht, dass eine Schildkröte bis zu fünf Erwachsene auf ihrem Panzer tragen und mehrere Jahre ohne Nahrung auskommen konnte. Als der Tabernakel verglomm, fütterten wir ihn mit neuen Zweigen.

Schläfrig zog ich an der Decke, ich war kurz davor einzuschlafen. Während ich schlummerte, hatte Raff offenbar mit einem Ast herumgestochert, denn plötzlich fing sie Feuer. Erstaunt schwenkte er sie durch die Luft, wovon ich erwachte. Je mehr Funken flogen, desto wilder wurden die Flüche, die er gegen die örtliche Bevölkerung ausstieß, die nicht das Herz hatte zu begreifen, was Gastfreundschaft bedeutete. Die Propheten der Bibel hätten geweissagt, wie die Welt untergehen würde. Rote Wolken, brüllende Flammen, heiße, wütende Luft … Wenn Raff mit seinen Verwünschungen fertig sei, werde Clio nicht mehr zu retten sein.

Belebt von seinen Schmähungen suchte ich nach Zweigen. Einen nach dem anderen hielt ich sie in die Flammen, dann schleuderte ich sie wie Pfeile durch die Dunkelheit. Am liebsten hätte ich das Lagerhaus getroffen, das den Überfluss symbolisierte, den die Bauern uns verwehrten, aber es lag zu weit weg. Außerdem beunruhigte mich der Gedanke an einen irren Hund mit Kiefern wie eine Kreuzung aus Schraubstock und Fuchseisen. Doch der Rauch stieg zum Himmel, die glühenden Spitzen schlugen ein und fanden Halt auf dem Feld. Der Anblick, wie die Dunkelheit langsam angezündet wurde, hatte Raff offenbar mit Freude erfüllt, denn er ging dazu über, die geilsten Zeilen aus den Gedichten zu grölen, die wir geschrieben hatten. Während er Laute ausstieß, die zwischen den Leisten genauso daheim waren wie im All, schoss ich neue Pfeile ab und trommelte auf Brust und Schenkel. Bald blies er plärrende Soli auf einem unsichtbaren Saxofon, ich schrie »*aik, aik, aik*« in einem hungrigen Gebet zum Mond, zusammen fanden wir einen Rhythmus, der von innen und außen wärmte.

Inzwischen brannte auch mein Schädel prophetisch. Wir waren Orakel, trunken von Hitze und Mondlicht, die wahren Häuptlinge im Reich der verkannten Kunst. Um den unberührten Himmel herauszufordern, riss ich schließlich die Baseballkappe herunter. »Warum? Oder traut ihr euch nicht?« Trotzig stemmte ich die Hände in die Seiten und lief um die Flammen herum. Die kleinen Feuer rückten enger zusammen, als wären sie in Wahrheit eins und strebten einen ursprünglicheren Zustand an. Mit den Ellbogen flatternd stellte ich mir ein Indianerritual vor. Raff fand, dass ich einem kopflosen Huhn ähnelte und ahmte die Laute nach, die ich von mir gab – »*aik, aik*« –, aber ich fühlte mich endlich frei, ich fühlte mich endlich grenzenlos, ich würde das Feuer hetzen und den irren Niederschlag anzünden, der zu regnen wagte …

Plötzlich stand mein Freund vor mir. Offenbar hatte ich mich in Fantasien verloren, denn nun packte er mich an den Schultern, schüttelte mich und schrie. »Hör auf, Tim! Verdammt, hör auf!«

Ich verstand nicht, was er meinte. Es tat weh; begriff er nicht, dass er mich behinderte? Keuchend erklärte ich, wir bräuchten mehr Zweige. Das sei wichtiger als alles andere. Wenn wir den Tanz bis zu seinem logischen Ende fortsetzten, sei der Himmel endlich unser Tabernakel und dann würden nie mehr Sporen fallen, sondern einfach ein für alle Mal verbrennen, und die Luft würde rein werden, und dann …

»Lass das, verdammt!« Raff gab mir eine Ohrfeige, dann nickte er in Richtung Landstraße.

Obwohl meine Wange brannte, drehte ich mich um. Und entdeckte den Streifenwagen. Die Strahlen des Blaulichts flackerten kalt im Schein der Feuer. Ein Mann näherte sich mit der Hand an der Hüfte, gleichzeitig traf ein Löschzug ein. Während die Männer Decken auf das Feld warfen, was Rußflocken wirbeln ließ, vernahm uns der Sheriff. Welches gottvergessene Krankenhaus hatte uns herausgelassen? Waren wir high oder nur verrückt?

Mir fiel es weiter schwer zu glauben, dass wir keine höheren Mächte herabgerufen hatten und so plapperte ich verwirrt, Raff erkannte dagegen den Ernst der Lage. Erwachsen erklärte er, wir hätten Essen zubereitet, als glühende Funken geflogen seien. Natürlich seien wir unbesonnen gewesen, aber als die Polizei eingetroffen sei, hätten wir das Feuer gerade ausgetreten. Er lächelte entschuldigend. Wir gingen in Florida aufs College, es seien Herbstferien. Zwei Tage zuvor habe jemand die Portemonnaies mit unseren Ausweisen gestohlen. Wenn die Polizei uns laufen lasse, verspreche er, dass wir nichts anstellen würden. Tallahassee liege nur ein paar Stunden entfernt, schlimmstenfalls könnten wir die letzte Strecke auch zu Fuß zurücklegen.

Der Sheriff schüttelte den Kopf, er ahnte, wer wir waren. Als die

Schulführung in Sanford entdeckte, dass wir ausgerissen waren, hatte man Kontakt zur Polizei aufgenommen, die eine Suchmeldung in Delaware und den angrenzenden Bundesstaaten herausgegeben hatte. Die Rucksäcke landeten im Kofferraum, dann zwang der Sheriff uns mit einer Hand auf den Köpfen, uns auf die Rückbank zu setzen. Die Feuerwehr würde bleiben, bis nichts mehr glühte.

Die »Schöpfungsakte auf der Grenze zum Destruktiven«, von denen Raff in einem späteren Gedicht schrieb, endeten außerhalb von Clio. Wir verbrachten die Nacht in einer Zelle – unter den Decken aus Kentucky, auf Pritschen, geformt von früheren Körpern. Nach ein paar Stunden Schlaf servierte man uns Kaffee und Maisbrei. Weder Raff noch ich bekamen mehr herunter als ein paar Löffel – der Brei war rau wie Holzsplitter. Als der Assistent des Sheriffs die Schalen holte, erkundigte sich mein Blutsbruder, was sie zu tun gedachten. Die Polizei könne uns nicht festhalten, das verstoße gegen das Gesetz. Der Mann musterte ihn stumpf. »Das Gesetz?«

Am Nachmittag ließ man uns laufen. Als der Sheriff meine Eltern angerufen hatte, war Dad heruntergefahren. Raff und ich saßen steif wie Kerzen auf der Rückbank. Keiner von uns wagte es, während der Heimfahrt um eine Pause zu bitten. In der nächsten Woche wurden wir von Sanford verwiesen.

ENFANT TERRIBLE

Im Spätherbst 1966 zog Raff nach Lexington zurück und von dort zu einer Tante in New York. Ich ging auf die einzige Schule in der Stadt, die mitten im Halbjahr Schüler aufnahm.

Wenn ich keine Hausaufgaben machte, übte ich auf einem gebrauchten Saxofon, das ich nach meiner Heimkehr gekauft hatte. Raff hatte meine Sehnsucht nach heftigeren Abenteuern geweckt. Dad ertrug den Lärm nicht, deshalb wurde ich in die Garage verbannt. Umgeben von defekten Ventilatorteilen ließ ich auf meinem tragbaren Fisher-Price Phonograph Albert Ayler laufen, angeschlossen an die Steckdose für die Bohrmaschine, und improvisierte zu dem Sound, der im Körper verharrte.

Obwohl Jim psychedelische Bands von der Westküste hörte, fand er, das Saxofon klinge seekrank. Ich scherte mich nicht um diese Unfähigkeit, unzählige Nuancen von Lärm zu unterscheiden. Die Lust, Klänge zu finden, übertraf bald alles, und im Übrigen knüpfte das Röhren an Abenteuer an, von denen mein Bruder nur träumen konnte. Die Klappen offenbarten immer neue Möglichkeiten, die Kräfte von Clio zum Leben zu erwecken. Besonders verlockend fand ich verzerrte Töne; aus ihnen schlugen die gleichen eigensinnigen Flammen wie bei Ornette Coleman.

Manchmal meldete sich Will Fabri bei mir. Neben Raff war er der Einzige gewesen, den ich in Sanford kennengelernt hatte. Will war noch dort, aber nach Weihnachten wurde er für ein Halbjahr Externer, weil er Probleme mit dem Stoffwechsel hatte und beaufsichtigt werden musste. Nun schaute er vorbei, so oft er konnte. Während er auf einer Möhre kauend die Beine von der Werkbank baumeln ließ, lauschte er meinen Versuchen, die Luft aufzuwiegeln. Ab und zu hob er den

Daumen, manchmal schüttelte er die Locken. Will war das Wohlwollen selbst, aber schwer zu bezirzen. Sagte er nichts, hieß dies, ich musste weitermachen, dann gab es Töne, zu denen das Instrument noch nicht vorgedrungen war. Eines Tages sprang er jedoch von der Bank. Ruhig dehnte er die Glieder, dann erklärte er, er habe begriffen, was fehle. Begleitung. Er beabsichtige, Schlagzeug zu lernen.

Nach einiger Quengelei war Dad einverstanden, die Garage in einen Probenraum zu verwandeln; Familie Fabri hatte nicht mehr Platz, besaß aber zwei Autos. An einem Wintertag schleppten wir Wills frisch erworbenes Schlagzeug durch den Schnee, danach jammten wir an zwei Nachmittagen in der Woche und jedes Wochenende. Manchmal musste die Auffahrt freigeschaufelt werden, damit der Chevrolet hinausfahren konnte. Als der Raum plötzlich offen war, stellten wir uns vor, wie es sein würde, auf der Bühne zu stehen. Ich spielte mit einem um den Kopf gewickelten Schal, Will mit Handschuhen, deren Fingerkuppen er abgeschnitten hatte. Die Kälte verschlimmerte den Klang, die Instrumente hörten sich abwechselnd wahnwitzig und verängstigt an, dennoch erkannten wir in jenem Winter das Wichtigste: Die Kunst bestand nicht darin, sich selbst zu lauschen, sondern anderen zuzuhören.

Bald war der Geruch von Benzin und Motoröl so mit dem Kreischen verwoben, dass ich erstaunt war, als wir im Frühjahr den Bus nach Philadelphia nahmen. Es war zu weit zu den Clubs in der 125th Street, in der Bleecker und den anderen berühmten Straßen New Yorks, deren Namen wir gelernt hatten. Um in Stimmung zu kommen, kaufte ich im Terminal eine Schachtel Chesterfield; eine andere Marke kam mir nicht in den Sinn. Zwei Lokale weigerten sich, uns hineinzulassen, das dritte war ein Restaurant ohne Türsteher. Der Geruch von warmen Körpern und Parfüms, der in die Garderobe hinausdrang, wo Will und ich kettenrauchend versuchten, den Mann, der unsere Mäntel in Empfang nahm, zu überzeugen, dass wir achtzehn waren, erschien uns unfassbar anders als der in unserer Garage. Erwachsen, verhalten, irgendwie sexuell.

Als wir zum Bus zurücktrotteten und uns schlecht wurde vom Nikotin, erklärte ich trotzig, dass die Töne von Aylers *Spirits Rejoice* nichts zwischen Samtcouchen und klirrendem Eis in Gläsern zu suchen hatten. Die Klänge kamen von der gleichen Stelle wie die Ventilatoren in Dads Garage. Musik musste flattern und krängen und sich verändern – sie war kein Gericht, das sich genießen ließ wie steife Salatblätter in Jell-O.

Seit man uns getrennt hatte, schrieben Raff und ich uns. Er hämmerte fünfseitige Ergüsse auf einer Schreibmaschine mit schlechtem Farbband, ohne Einzug bei neuen Absätzen, aber mit handgeschriebenen Änderungen, die sich wie Ameisenstraßen zwischen den Zeilen hindurchschlängelten, ich träumte davon, den Himmel zu stürmen, auf halb gefüllten, in der Mitte geteilten Blättern, damit das Fehlen von anderem, was es zu berichten gab, nicht auffiel.

Wir vermissten uns. Ich hatte geglaubt, dass es daran lag, was in der Hütte auf dem Maisfeld geschehen war, erkannte nun jedoch, dass dies nicht erklärte, warum die Freundschaft anders war als meine zu Will oder die brüderliche Beziehung zu Jim. Raff hatte nicht Wills sanftes Gemüt, er war roh und gemein und frech. Darin erinnerte er eher an meinen Bruder – selbstsicher, manchmal hochnäsig und mit dem Dasein stets schnell auf Kriegsfuß. Trotzdem konnte er plötzlich weich werden, weit offen sein für alles, was die Welt einem bot, was nicht nur Vertrauen einflößte, sondern auch begeisterte.

Als wir auf dem Weg gen Süden waren, hatten wir ununterbrochen geredet. So wie die Gedichte im Heft des anderen weitergegangen waren, hatte der eine einen Gedankengang begonnen, den der andere verschoben und zur weiteren Gestaltung retourniert hatte. Hinterher vermochte keiner mehr zu sagen, wer auf was gekommen war. Mir gefiel dieses Unfertige in unserer Freundschaft. Mit Raff hatte ich nicht die Herkunft gemeinsam wie mit Jim, und auch nicht das Ziel wie mit Will, sondern alles dazwischen, was unser Zusammensein in ein fortwährendes Abenteuer verwandelt hatte. In nachtoffenen Lokalen in Tennessee hockend, ohne Geld für ein Hotel und zu müde, um zu trampen, erlebten wir die Bewusstseinserweiterung, von der Rimbaud gesprochen hatte. Wir waren viel mehr als die Personen, denen wir am Morgen im Spiegel begegneten, und trotzdem ganz und gar wir selbst. Der Ausbruchsversuch hatte Wesen offenbart, nach denen ich mich beim Lesen von Raffs Briefen sehnte.

In den Läden, in denen wir die Nächte verbrachten, redeten wir in dem abgehackten Fieber, das einen nach schlaflosen vierundzwanzig Stunden mit Kaffee und Limonade erfasste, auf Lastwagen sitzend, weit über den anderen Fahrzeugen oder frierend auf Pick-up-Ladeflächen. Halb liegend auf Kunstlederbänken, darauf achtend, nicht einzuschlafen, weil man uns dann hinauswerfen würde, verbrannten wir uns kettenrauchend die Lippen an übersüßtem Kaffee. Die Neonröhren schlossen uns in ihre heimliche Sphäre ein, auf der anderen Seite der Fensterfront wurde die Dunkelheit von den Scheinwerfern vorbeidonnernder Trucks durchzogen. Wenn ich meinen Freund vermisste, vermisste ich auch mich selbst.

Trotz gemeinsamer Interessen und obwohl wir uns schon nach wenigen Tagen ähnlich verhalten hatten, verdoppelten wir uns nicht, sondern komplettierten einander. Raff besaß eine Wildheit, die mir fehlte, ich einen Willen zur Klarheit, der ihm abging. In den Briefen wurden die Unterschiede deutlicher. Mein Freund konnte etwas Fantastisches, das sich ereignet hatte, in verschlungenen Ausführungen beschreiben, verlor früher oder später aber die Lust, den Kern des Erlebten zu erfassen und gab sich surrealistischen Vulgaritäten hin. Dennoch war es leicht, das Korn von Erfahrung zu identifizieren, das den Brief vor Möglichkeiten funkeln ließ. Die Schilderungen erschienen wahr, wenn auch zu den Bedingungen des Gedichts.

Meine bestanden nur aus einer Handvoll Zeilen. Der Ton war im einen Moment ernst, im nächsten ausgelassen wie *Spirits Rejoice*. Hartgesottene, aus Fernsehserien geklaute Phrasen – »Nur Fakten« war noch ein Favorit – vermischten sich mit unbeholfenen Versuchen, dem Fieberwahn meines Blutsbruders gerecht zu werden. Ein einziges Mal berührte ich, wie ich begonnen hatte, mich zu sehen. Warum ich in diesem Brief mit Reimen experimentierte, weiß ich nicht. Aber auf die Rückseite des Umschlags schrieb ich ein paar Zeilen, die für mich klangen wie »Prophet«, wenn es zu Aylers Lied einen Text gegeben hätte:

> Muss irgendwie nicht hier sein.
> Kapierst du? Nicht hier und nicht allein.
> Ein Satz aus dem Käfig, durch das Feuerland,
> O mein Gott, dann wäre der Körper niemand.
> Im Lärm brennst du splitternackt,
> Der Puls schlägt, doch anderes ist nicht intakt.
> Wie die Welt lodert! Das Ich siegt
> Auf dem Körper, der verfliegt.

Anschließend wartete ich auf Raffs Kommentar. Als eine Woche später seine Reaktion kam, schrieb er bloß: »*Intense, man!*« Anschließend meinte er, dass ich jemanden finden sollte, mit dem ich schlafen konnte, und wandte sich seinen letzten Eroberungen zu.

Da wir uns nicht sahen, gab es nur Worte. Raff benutzte sie, um näher an die Welt heranzukommen, ihre Verstecke zu finden und die Schätze darin auszuplündern. Ich erlebte im Gegenteil, dass mir die Sprache im Weg stand. Wir hungerten beide nach Intensität, aber die Wege zur Sättigung waren verschieden. Raff ging es um das Schlampige und Lustvolle, er blieb am Boden und wollte das Leben in seiner chaotischen Spannweite erobern. Dagegen träumte ich davon, wie Sauerstoff in Feuer aufzugehen. Entsprechend waren die Briefe: kurz, flackernd, wirr.

Die Monate mit Will in der Garage hatten mich jedoch überzeugt. Nun wusste ich, dass es eine Intensität gab, so ungreifbar, aber Funken sprühend, dass nur ein Narr sie mit Luft verwechselte.

An einem heißen Junitag hörte ich Musik aus Jims Zimmer. Seit dem letzten Schultag arbeitete er im Containerhafen, im September würde er aufs College gehen. Mittlerweile hatte er Freunde, die ich nicht kannte, und kam selten vor Mitternacht nach Hause. Wenn er keine Fracht einlud, schlief er am liebsten bis drei Uhr nachmittags. Im Grunde sahen wir uns nur, wenn er nichts Besseres vorhatte.

Ich schrieb gerade ein längeres Zitat aus Starkies Buch ab, das mir besonders gefiel, als Jim lauter drehte, bis die Wände zitterten. Es war unmöglich, sich zu konzentrieren, deshalb rief ich, er solle leiser stellen. Als er nicht gehorchte, klopfte ich an; als ich die Handflächen gegen die Tür presste, staute sich der Klang in den Armen wie Mehl in Tüten. Die Anzeige für Sonnenbrillen hing noch da, aber ich war zu alt, um mich von ihr abschrecken zu lassen. Unsere zweiten Vornamen hatten wir beide von Dads Brüdern; meiner war Raymond nach dem jüngsten, was abgekürzt bedeutete, dass die Reklame mir Hausverbot erteilte.

Ich zerrte an der Klinke, schließlich öffnete Jim in Unterhose. Er wirkte verschlafen, nichts deutete jedoch darauf hin, dass er wie üblich streiten wollte. »Hör dir mal das Intro an.« Das Vinyl knisterte, dann ertönten Sirenen, und die Gitarren begannen erneut zu heulen. Bisher hatte mich die Lautstärke geärgert, nun packte mich der Drive. Es ist schwer zu erklären, wie ein paar manische Akkorde, verteilt auf drei Minuten und dreiundzwanzig Sekunden ausreichen konnten – deine Mutter schreibt, dass du manchmal wie in Trance zu Rihanna tanzt, vielleicht verstehst du also doch, was ich meine –, aber noch ehe der Song das Ende der ersten Strophe erreicht hatte, war ich verzaubert:

Let me take you to the empty place in my fire engine
Let me take you to the empty place in my fire engine
It can drive you out of your mind
Climb the ladder of your own design in my fire engine

»Was das war?« Die Zunge verhaspelte sich, als die Sirenen erstarben und die Nadel kratzte.

»Der beste Titel.« Jim zog schläfrig seine Jeans an, erst verkehrt herum, dann richtig. Als er den Gürtel geschlossen hatte, wirkte er wieder blasiert, als hätte es sich nur um ein Lied und nicht um einen Zustand gehandelt. Seine Haare waren zerzaust, gähnend hantierte er am Schloss zum Schreibtisch herum. Das Unterhemd spannte zwischen den Schulterblättern hin und her, während er die Anzahl der Blättchen Zigarettenpapier kontrollierte. Die Wochen im Hafen hatten seinen Körper mit Muskeln bepackt. Als er sich vergewissert hatte, dass genügend da waren, suchte er noch länger in der Schublade. Die Plastiktüte, die er herauszog, enthielt grünbraune Blätter. »Wollen wir?« Kurzes Nicken zum Garten hin; Dad und Mom würden erst in ein paar Stunden zurückkommen.

Ich schaute mich nach der Plattenhülle um.

Jim, der sich nicht sicher zu sein schien, ob er mir die Freude gönnen sollte, die mir der Lobgesang auf *the empty place* offensichtlich bereitet hatte, stieß die Schublade mit der Hüfte zu. »Wollen wir, habe ich gesagt?« Als er abgeschlossen hatte, legte er den Schlüssel unter den Zinnpokal, den er bei einem Chemiewettbewerb in der Schule gewonnen hatte.

Mein Bruder wollte mich hinausscheuchen, sonst wäre er vorsichtiger gewesen, aber es interessierte mich nicht, wo der Schlüssel versteckt lag. Etwas in den mal ansteigenden, mal abfallenden Tonfolgen der Gitarren rührte an Gefühle, die mir so vertraut waren, dass ich darüber staunte, wie ein Song, den ich ein einziges Mal gehört hatte, ihnen näher kommen konnte als die Gedichte, in denen ich immer wieder nach den richtigen Worten suchte. Könnten wir die Platte noch einmal auflegen?

»Glaub nicht.«

Die Sonnenbrille nahm wieder ihre Bedeutung in unserem Leben ein.

Soweit ich bis dahin elektrische Musik gehört hatte, war sie im Radio gelaufen – Gene Pitney, Roy Orbison, The Supremes … Ich bevorzugte Jazz, weil er Raum für Improvisation ließ, was nach Meinung meiner Hausgötter das Schwierigste in der Musik war. Das Lied, das Jim aufgelegt hatte, war jedoch wie ein Lenkflugkörper durch lange, hallende Tunnel geschossen, angetrieben von dornigen Gitarren und rollenden Trommeln. Ich wollte zurück zu diesem heulenden Drive, zu seinen dunkel pochenden Verheißungen.

Zwei Tage später kannte ich das Album auswendig. Es auszuleihen hatte mich ein Paar Sneakers gekostet, die meinem Bruder besser gefielen als seine eigenen. Während sich die Platte in der Garage drehte, studierte ich die Hülle. Sie ähnelte den Covern der Westküstenbands, aber als ich las, dass die Gruppe aus Texas stammte, entdeckte ich Unterschiede. Die Symbolik war klarer, die psychedelische Grafik nicht so hippiesk. Die Mitglieder schienen sich eher als Handwerker denn als Künstler zu sehen. Jahre später erklärte ich in einem Interview, das sei der Moment gewesen, in dem ich beschlossen hätte, ein Techniker der Bewusstseinserweiterung zu werden. Kontrolle war genauso wichtig wie Beteiligung.

Die Rückseite wurde von der Pyramide auf den Eindollarscheinen eingenommen, entlang der Seite lief handgeschriebener Text in Rot und Grün. Der grüne war dem Dank an Menschen vorbehalten, die bei der Produktion geholfen hatten; der rote, mit *Elevators* unterzeichnete, war verworren, aber spannender. Die Band verwarf Aristoteles' »vertikale« Art, Wissen zu erlangen, zugunsten einer »horizontalen« Ordnung. Ich ahnte, was das bedeuten sollte, aber mich verblüffte die Spitze der Pyramide, auf der, über der Basis schwebend, das allsehende Auge saß. Außerdem war der Name der Gruppe doch sicher kein Missverständnis? Zumindest hatte ich nie einen Aufzug gesehen, der seitlich fuhr. Als der Text unterstrich, das Ziel sei *perfect sanity*, stimmte ich allerdings zu. Der einzige Sinn, Kunst zu erschaffen, liege darin, die brennende Klarheit zu erreichen, die perfekte Vernunft, die in einer besseren Dimension herrsche. Rimbaud hatte in dem Zitat, das ich kopiert hatte, von etwas Ähnlichem gesprochen. Kunst schenkte wichtigere Gaben als den materiellen Wohlstand von Geldscheinen; trotz des Strebens nach einer anderen Welt blieben diese Genüsse »konkret«.

Das Wort stammte von der Band. Als ich die Hülle umdrehte, ließ sich unschwer erkennen, dass sie dem gleichen Traum von neuer Unschuld nachhingen wie der französische Dichter. Weiche Linien bildeten dort ein Auge im Inneren eines anderen. Die dunkle Pupille in der blauen Iris mit grünem Rand enthielt ein kleineres Auge in den gleichen Farben, über dem wie ein Fuchsschwanz eine dicke rote Augenbraue schwebte. Zwischen sechs und neun Uhr in der Pupille schob sich eine limettengrüne geometrische Form hinein. Die Kanten sollten wahrscheinlich die Spitze einer Pyramide bilden, konnten aber ebenso gut das Blickfeld des kleineren Auges anzeigen.

Ganz gleich, wie ich die Hülle hielt, es blieb unmöglich, sich dem Blick im Inneren des Blicks zu entziehen. Obwohl ich das Album drehte, folgte er mir wie die Astronauten in einem Orbitop – als gäbe es weiter innen im Auge ein Sehen, das beim Menschen an etwas Ursprünglicheres rührte. Nur natürliche Begrenzungen hatten es unmöglich gemacht, ein weiteres Sehorgan in das Innere des kleineren zu zeichnen, und so weiter, bis der Blick sich im wahrhaft grenzenlosen Raum verlor.

Kaum war mir dieser Gedanke gekommen, als mir klar wurde, dass die Richtung dann auch umgekehrt verlaufen konnte. Würde sich ein größeres Auge zeigen, wenn man den Rahmen erweiterte? Da die geschwungenen Formen am Rand der Hülle abbrachen, war es ja genauso wahrscheinlich, dass sie sich nach außen bewegten. Es schwindelte mir, als ich verstand, dass meine eigenen Augen einen solchen mehr umfassenden Blick bildeten. Die Ewigkeit erstreckte sich also nicht nur tiefer nach innen, bis das Motiv so stecknadelkopf- nein, spitzenklein wurde, dass es nicht mehr erkennbar war, sondern auch nach außen – zunächst durch mich, aber hinter mir bis hin zu unzähligen, mehr sehenden Augen.

Die gleiche Kombination aus auf- und absteigenden Tonfolgen gab es gegen Ende des Songs, mit dem alles begann. »Fire engine« verwandelte eine Sirene in pulsierenden Schwindel. Keine Einfälle, keine Suggestion. Doch der Song stürmte auf eine Weise durchs Blut, die mich vor Glück verwirrte. Hier war sie, die fiebrige Unschuld, die mich vor den Toren Clios erfasst hatte.

Als Jim die Platte zurückforderte, wusste ich, dass der Sound von innen untersucht werden musste. Ich legte das Saxofon in den Koffer und rief Will an. Gemeinsam nahmen wir den Bus auf die andere Seite der Stadt. Der Mann, der mir das Instrument im Vorjahr verkauft hatte, konnte sich vorstellen, es gegen eine E-Gitarre einzutauschen, wenn ich allerdings einen Verstärker benötigte, würde das Saxofon nicht einmal für ein billiges, japanisches Fabrikat reichen. Will zog ein paar zerknitterte Geldscheine aus der Tasche. »Lass uns Lärm bauen, *amico*.«

An den folgenden Tagen übten wir mit einer Disziplin, die sogar uns selbst überraschte. Mehrmals beschwerten sich die Nachbarn, sodass wir schließlich Fenster und Türen schlossen. Dad installierte eine Klimaanlage, danach lag der Schweiß, der unter den Achselhöhlen hing, nicht am Wetter, sondern daran, dass wir die Bewegungen entdeckt hatten, die zum Rock gehörten. Wenn ich auf die Knie fiel oder Will die Trommeln mit grober Euphorie bearbeitete, ahnten wir, wie befreiend es sein würde, eines Tages in einem engen, warmen Raum aufzutreten.

Gelegentlich gab ich jedoch auf – ich kam falsch in manche Soli oder die Akkorde waren in Verzerrung gehüllt und ich fand nicht mehr aus dem metallischen Nebel heraus; meine Wut vertiefte die Verzweiflung nur noch. Dann lächelte Will still und hörte auf zu trommeln, bis ich den Verstärker ausgeschaltet hatte. Zeit zu ruhen, auch Gott hatte das getan.

Die meiste Zeit jagten wir dennoch mit einer ebenso schwindligen wie unerschöpflichen Freude los. Bald kamen Splash- und Crashbecken und eine weitere Basstrommel dazu. Mit der Zeit wurde Wills Schlagzeug so groß, dass es weiter in die Garage hineingeschoben werden musste, damit Dads Auto Platz fand. Eines Abends vergaßen wir es, woraufhin das HiHat beschädigt wurde. Will lachte nur; der verbeulte Klang passe zu meinem Tremolohebel. Als ich die Verzerrung hochdrehte und die Gitarre Kaskaden ungehobelter Riffs versprühte, nickte er mir zu weiterzumachen. Die Instrumente stachelten einander an. Wenn wir wirklich nicht mehr weiterspielen konnten, grinsten wir still und idiotisch, umgeben von elektrischem Staub. Die Garage funkelte von rohester Schönheit.

Weder Will noch ich arbeiteten mehr als nötig. Ab und zu sortierte er Dokumente im Büro seines Vaters, ich trug Zeitungen aus oder half auf dem Fischmarkt an der West 7th Street. Auf die Art konnten wir täglich vier bis fünf Stunden proben. Die einzige Ausnahme war der Vierte Juli. Während die Familien der Stadt in die Parks pilgerten, wo sie in Erwartung des Feuerwerks grillten, probten wir bei aufgeschobenem Garagentor von morgens bis abends. Als wir schließlich durchatmeten, in der Auffahrt liegend, mit Zigaretten, die in der Sommerdunkelheit glühten, waren wir uns einig: Was wir zustande gebracht hatten, sollte die neue Hymne des Landes werden. Niemals hatten wir besser geklungen.

Auch wenn ich nicht mehr Klavier spielte, konnte ich Noten lesen und bot Will an, es ihm beizubringen. Er verließ sich allerdings lieber auf seine Ohren. Wenn wir nicht probten, trommelte er zu Hause auf Töpfen oder Ordnern im Büro seines Vaters, während ich untersuchte, wie Töne sich abhängig davon verschoben, welche Saiten man benutzte. Wenn wir uns wiedersahen, zeigten wir uns die neuesten Tricks, voller Begeisterung über Entdeckungen, von denen wir später begriffen, dass sie zum Standardrepertoire gehörten.

Noch befand sich unser Lärm zwischen Jazz und Rock. Zwar hatte

»Fire Engine« mein – und bald auch Wills – Interesse an psychedeli-
scher Musik geweckt, aber die Ideale waren Teil einer Welt, in der die
Götter Namen wie Coleman und Coltrane trugen. Würden wir jemals
ihr Können erreichen? Fleißiges Üben machte jeden Musiker besser,
das war leicht einzusehen, aber Kunstfertigkeit allein reichte nicht aus.
Um denkwürdige Lieder zu schreiben, war Eigensinn gefordert, was
das Einzige war, worauf wir in düsteren Momenten von Selbstzweifeln
zu hoffen wagten.

Gegen Abend verweigerten die Arme vor lauter Milchsäure den
Dienst, ein Solo mehr hätte eine übermenschliche Anstrengung erfor-
dert. Wenn unser Eifer nicht ermattete, spielten wir jedoch, bis Mom
an die Tür klopfte. Wills Eltern hätten zum dritten Mal angerufen. Widerwillig hörten wir auf. Mein Freund war einen Kopf kleiner als ich,
mit Oberarmen so schmal wie die Unterarme, besaß aber die Ausdauer
eines Marathonläufers. Ich schaltete den Verstärker aus, Will, der sich
das Gesicht abgetrocknet hatte, trank einen Schluck Wasser. »Sehen
wir uns morgen?«

Dann kam Labor Day. Will kehrte nach Sanford zurück, nächstes Jahr
hoffte er, an der Universität in Boston angenommen zu werden, wo sein
Vater studiert hatte, ich wurde zu einem College in South Carolina geschickt.

Eine Woche später war ich zurück. Dem Rektor zufolge schwieg
ich trotz direkter Fragen und offenbarte auch andere Unzulänglich-
keiten. Statt mich an gemeinsamen Aktivitäten zu beteiligen, tischte
ich beispielsweise eine Lüge über meine schlechte Lunge auf. Danach
folgten sechs Wochen an einer Militärakademie in Pennsylvania, ehe
ich erneut heimgeschickt wurde. Diesmal lautete das Urteil »asozial«,
was mich Jahre später vor Vietnam bewahren sollte. Dad gab mit einem Schulterzucken auf. Die Akademie war seine Alternative zu dem
Priesterseminar gewesen, in das Mom mich hatte schicken wollen. Ich
wusste, dass er Onkel Ray in mir erkannte – der kleine Bruder, der in

den Augen seiner Geschwister immer zu nervenschwach für die Welt gewesen war –, deshalb hatten ihm die Wochen in Baracken Sorgen gemacht. Mom redete sich ein, dass ich mich eine Weile ausruhen müsse, dann gab auch sie auf.

Zu der Zeit hatten die Blätter ihre Farbe gewechselt und nicht einmal schlechtere Colleges nahmen noch neue Studenten an. Auch wenn ich anders war als Jim, erschien es unmöglich, mit dem Kopf in den Wolken weiterzumachen. Mom wandte sich Zustimmung suchend an Dad. Am zwölften und dreizehnten Dezember würden ihre Söhne achtzehn werden. Vielleicht fehle mir die Lust, die Art von Ausbildung zu durchlaufen, die einem einen anständigen Job sicherte, aber es sei höchste Zeit, Verantwortung für die Zukunft zu übernehmen. Dad nickte müde. Nach Neujahr könne ich nicht mehr damit rechnen, gratis etwas zu essen und ein Dach über dem Kopf zu haben.

Ich kehrte zum Fischmarkt zurück. Anfangs sprang ich ein, wenn Leute krank waren oder verreisten, nach den letzten Wochenenden des Jahres malochte ich sechs Tage in der Woche. Die Schichten wechselten. Am liebsten übernahm ich die von vier Uhr morgens bis Mittag, weil ich die stillen Arbeiten unter gelben Neonröhren mochte, sowie den Himmel heller werden zu sehen. Mit der Zeit übernahm ich allerdings genauso oft die Schicht von zwölf bis acht, was hieß, bei ohrenbetäubendem Lärm als Spüler zu arbeiten. Für die einzige Unterhaltung sorgten ein paar Hippies, die zwischen den Fischen im Lotussitz demonstrierten, wie kosmische Atemübungen den Puls senkten und den Solarplexus mit Licht füllten.

Wenn ich nicht übte, trieb ich mich Downtown herum. Manchmal schrieb ich Gedichte in einem Diner, ab und zu ging ich ins Kino. Normalerweise endeten die Tage in The Dry, wo ich, die Kopfhörer auf heiße Ohren gedrückt, The Kinks oder The Yardbirds hörte. Meine Plattensammlung wuchs parallel zu meinem Einkommen.

Jetzt, da ich für Kost und Logis bezahlte, war es nicht mehr so einfach, über mich zu bestimmen. Außerdem kam Jim nur in den Ferien nach Hause, sodass die Stimmung in der Coleridge Road friedlich blieb. Obwohl ich überlegte auszuziehen und mir auch eine Einzimmerwohnung in einem Haus ansah, in dem ein Kollege wohnte, hatte ich daheim alles, was ich brauchte. Außer einer Zukunft.

In dem Herbst starb Onkel Ray. Das meiste erbten seine Geschwister, Jim und ich bekamen seinen Impala. Das Auto stand in der Auffahrt, als ich, kurzgeschoren und finster, von der Militärakademie zurückkehrte. An den Wochenenden machte ich Übungsfahrten mit Dad, an freien Wochentagen paukte ich auf dem Fahrersitz Theorie. Als ich den Führerschein hatte, fuhr ich nachts durch die Gegend, in der Lederjacke, die im Kofferraum gelegen hatte. Sie hatte ein Muster aus farbigen Kästchen auf der Brust, das mir gefiel – rostrot, seegrasgrün, elfenbeinweiß … Diese einsamen Stunden, schaukelnd in einem Wagen, mit WJW rauschend im Radio und Straßenlaternen als einziger Gesellschaft, wurden schnell meine Droge. Ich bewegte mich durch die Welt, war aber getrennt von ihr, unterwegs in einer Sphäre aus Musik. Endlich unabhängig, aufgekratzt von Frieden.

In den Wochen um Weihnachten, als Jim zu Hause war, machte er Probefahrten mit mir. Zum ersten Mal seit Langem hatte ich wieder das Gefühl einer Gemeinschaft. Mein Bruder zeigte sich neugierig darauf, was ich machte, fragte nach Platten, die ich gekauft hatte, erzählte von den Leuten, die er am College kennengelernt hatte. Viele rauchten Gras, andere nahmen LSD. »Ich auch.«

Da war eine neue und fremde Ruhe, er wollte nicht mehr alles bestimmen. Am Steuer sitzend lauschte er meinen Anweisungen und lernte die Verkehrsschilder, auf die ich zeigte. Ein paarmal fuhren wir nachts durch Teile der Stadt, die keiner von uns kannte. Wir sagten nicht viel, es war eher die Stille, die diese späten Fahrten denkwürdig machte. Jetzt saß ich am Steuer. Jim drehte einen Joint und lehnte sich zurück; ich konnte den Sender aussuchen. Als er fragte, wie es mit Will lief, und ich erzählte, dass wir von Jazz zu Rock gewechselt hatten, wurde er nachdenklich. Musik oder Drogen: Ich schien mein Genussmittel gefunden zu haben, er vielleicht seins. »Ich …« Er blies den Rauch aus, den er in der Lunge festgehalten hatte wie einen wohlüberlegten Gedanken, »bin nicht so hartnäckig wie du.«

Jim legte den Joint in den Aschenbecher, wenn ich wolle, könne ich den Rest haben. Ich selbst rauchte mittlerweile eine Dreiviertelschachtel am Tag – und war zu Lucky Strike übergegangen, weil es Onkel Rays Marke gewesen war –, aber Gras interessierte mich nicht. In der letzten Nacht fragte mein Bruder, ob es mir etwas ausmache, wenn er sich auf die Rückbank lege. Er habe mit Arbeitskollegen einen Trip eingeschmissen und sei platt. Ich navigierte durch leere Straßen, das Nikotin schoss durch mein Blut. Inzwischen lebte ich wie ein Einzelkind, deshalb freute es mich, Jim in meinem Rücken zu spüren. Ich summte, manchmal suchte ich einen anderen Sender und wechselte von Rock zurück zu Jazz. Die Lunge schmerzte so angenehm, dass ich mir das Glück nicht mehr ohne Tabak vorstellen konnte.

Am nächsten Tag fuhr ich meinen Bruder zum Bahnhof. Ehe er verschwand, lehnte er sich zum Fenster hinein. »Kümmere dich um ihn.« Er meinte den Impala.

Es wurde leer zu Hause. Ich arbeitete, ich kaufte Platten. Ein paar Tage vor Ostern, als ich schon gegen zehn im Bett war, weil ich Frühschicht hatte, erwachte ich von Klopfen. Die Geräusche waren schwer zu lokalisieren, ich hörte Gemurmel. Als ich aufstand, unsicher, wie viel Uhr es war, begriff ich, dass die Stimmen aus Jims Zimmer kamen. Dad und Mom schliefen am anderen Ende des Hauses, als ich ins Wohnzimmer ging – der Linoleumboden war kühl und beruhigend an den Fußsohlen –, hörte ich sie rhythmisch schnarchen. Die Tür mit den Aufklebern stand offen. Mein Bruder würde erst Karfreitag heimkehren, wer redete also?

Vor dem Fenster bewegten sich unruhig Schatten. Anfangs dachte ich, es wären Einbrecher und hatte ein flaues Gefühl im Bauch, als würden sich die Gedärme lösen, dann erkannte ich, dass Diebe niemals angeklopft hätten. Ich schaltete das Licht ein – zwei blasse Gesichter zuckten zusammen. Einen der Typen hatte ich schon einmal gesehen, als ich Jim im Hafen abholte; er hatte ein großes Muttermal auf der Stirn, das in einem den Wunsch auslöste, den Fleck abzuwischen.

»Jimmy, Jimmy, Kumpel …« Der Typ zischte, als ich das Fenster aufzog. Sein Kamerad verlagerte das Gewicht von einem Bein aufs andere, als stünde er auf Herdplatten. »Dachte schon, du wärst nicht zu Hause.«

Möglicherweise war es Neugier, vielleicht Tristesse. Als der Rastlose fragte: »Kommst du?«, nickte ich durchs Mückennetz. Fünf Minuten später saß ich in ihrem Dodge.

Durch die gefütterte Jeansjacke meines Bruders sah ich ihm ähnlicher als sonst, die hochschaftigen Converse, die ich bekommen hatte, als er meine Sneakers übernehmen wollte, trugen das ihre bei. Sicherheitshalber hatte ich zusätzlich eines seiner schwarzen T-Shirts mit weißer Schrift auf der Brust angezogen. Als ich in dem dunklen Spiegel im Flur einen kurzen Blick auf mich warf, dachte ich für einen Moment, Jim wäre heimgekehrt. Trotzdem erschien es mir am sichersten, möglichst wenig zu sagen.

Meine Sorge erwies sich als unbegründet. Dem Gespräch ließ sich entnehmen, dass die Typen meinen Bruder nicht sonderlich gut kannten, es reichte offensichtlich, dass ich mich in seinem Zimmer aufgehalten hatte. Der mit dem Kaffeefleck auf der Stirn fuhr. »Danke für das Geld, *man*. Es ist alles geregelt.« Er hieß Don und lachte heiser, als ich seinem Blick im Rückspiegel begegnete.

Sein Kumpel drehte am Radio, bis er einen Sender fand, bei dem die Leute anriefen und sich einen Song wünschten. Ich hatte ihn auch schon gehört, aber die Auswahl hatte mir selten gefallen. Mehrfach drehte er sich um. Ich wusste nicht, ob Jim andere genauso überheblich behandelte wie mich, deshalb begegnete ich seinem Blick gleichgültig. Als »Forty Miles of Bad Road« lief, verlor ich mich im Glanz von Duane Eddys Gitarre. Die Straßenlaternen wurden zahlreicher, wir näherten uns Downtown.

Der andere Typ hieß Tommy. Als Don vor einem heruntergekommenen Gebäude parkte, verschwand er darin. »Kennst ja Tommy. Muss erst checken.« Don zündete zwei Zigaretten an und reichte mir die eine. Seine Lungenzüge waren tiefer als meine.

Fünf Minuten später kehrte der Freund zurück. Bibbernd zog er die Autotür auf und lehnte sich hinein. »*Wham-bam*, worauf wartet ihr noch?« Er hatte seine Jacke ausgezogen.

Die Wohnung lag ganz oben. Die Treppen knarrten, vor der Tür im zweiten Stock standen Papptüten mit Leergut. Tommy warf eine um, die Flaschen rollten heraus, aber nicht hinunter. Die Frau, die uns im Obergeschoss empfing, war fünf, vielleicht auch zehn Jahre älter als wir. Karierte Pyjamahose unter einer langen Strickjacke, ein Pinsel hielt die hochgesteckten Haare an ihrem Platz. Sie schien nicht geschlafen zu haben.

»Don.« Die Frau grüßte, dann lächelte sie blass, als sie mich entdeckte. Sie wusste nicht, wer ich war, dennoch wandte sie sich an mich. »Redet er?« Sie meinte Tommy.

»Warte, Meg.« Don schob sich hinein.

Wir sanken auf die Lederpolster, die einen Halbkreis um einen Tisch mit Wachsflecken formten. Kerzen flackerten darauf und in den Fenstern, Düfte klebten in der Luft. Die Frau legte neue Räucherstäbchen in eine Messingschale und setzte sich auf die Matratze, die direkt auf dem Boden lag. Lächelnd schlug sie auf die Tagesdecke, Tommy wechselte zum Fußende. Die Heizungskörper knallten.

Don schien es zu reizen, dass die Frau sich in ihrem Zuhause wie ein Gast benahm. Als er in der Küche ein Paket Domino Sugar Cubes fand, zog er etwas aus der Innentasche, das wie Nasentropfen aussah. Das Etikett war abgeschabt, die Versiegelung gebrochen worden. Auf dem Boden glitzerte die Art Flüssigkeit, die Jim dazu gebracht hatte, am Tag vor seiner Rückkehr ins College so erledigt zu sein.

Don achtete sorgsam darauf, dass jeder Zuckerwürfel gleich viele Tropfen bekam. Einer nach dem anderen legten wir die Würfel auf die Zunge und pressten den feuchten Zucker an den Gaumen. Nur Meg schien abzuwarten, ich sah zumindest nicht, was sie mit ihrem Stück machte.

»Du hast bezahlt.« Er reichte mir die Flasche, die keine Nasentropfen enthielt, faltete die Jacke zu einem Kissen und lehnte sich zurück. »Nächster Halt Paradies.«

Die anderen rauchten und plauderten. Ihrem Gespräch entnahm ich, dass Meg eine Vertretungsstelle an einer Schule hatte, sich aber als Künstlerin sah. Irgendwann drehte Tommy die Platte um; Zeit musste vergangen sein, ohne dass ich es bemerkt hatte. Wieder rannen die leisen Töne einer Sitar über den Boden. Ich verschwand erneut in der Musik.

Meg zeigte gerade ein paar gefärbte Kleider, oder auch Kopftücher, als die Droge wirkte. Verblüfft spürte ich, wie das LSD eine Öffnung in meinen Fersen fand, sich in den Füßen umschaute und wie warmes Zellophan durch Waden, Kniebeugen, Schenkel schimmerte. Flirrende Wärme verteilte sich im Bauch wie Bäusche aus Sonnendunst und danach in Magen und Nieren. Als sich die Blüte schließlich oberhalb meines Unterleibs öffnete, geschah es in einem so perfekten Abstand zu Brustwarzen und Nabel, dass das Dreieck, das geformt wurde, mir wie der heiligste Teil eines Menschen erschien. Mein Brustkorb füllte sich mit selbstleuchtendem Äther, ohne den Hauch eines Zweifels wusste ich, dass beständiges Licht in mir atmete.

Weil mein Körper heiß geworden war, folgte ich Dons Beispiel, faltete die Jeansjacke zusammen und legte mich mit ihr als Kissen hin. Obwohl die Hände loderten, entdeckte ich kein Feuer. Die Flammen waren also unsichtbar. Es juckte auch im Hals, als hätte sich etwas, vielleicht Fussel, um den Kehlkopf angesammelt, und die Stirn erweichte sich zu Watte. Doch auch das erschien mir logisch. Der Körper war wie die Stimmung im Raum: lau, weich, locker. Ab und zu murmelte jemand, gleichwohl wusste ich, dass wir keine getrennten Wesen mehr waren, sondern Teil von etwas Größerem. Der Raga verwebte uns mit dem Tisch, den Polstern und den Kerzen zu einer gewaltigen rhythmischen Atmung, einem namenlosen Wesen.

Zerstreut fingerte ich an dem Armband, dass mir eine der Frauen auf dem Markt geschenkt hatte. Wenn sie Feierabend machte, zog sie stets ihre Stiefel aus und ging barfuß zum Bus. Ich merkte, dass sich etwas anbahnte, ich wusste allerdings nicht was, sicherheitshalber zählte ich deshalb die Perlen an dem Band um mein Handgelenk. Nichts konnte klüger sein, als die perfekte Klarheit zu bewahren, die in meinem Bewusstsein herrschte. Als ich die achte Perle erreichte, kam ich jedoch nicht weiter. Sie erinnerte an den oberen Teil der Zahl, aber so sehr meine Finger auch suchten, fanden sie den unteren doch nicht. Sein Fehlen machte mich unerwartet unschlüssig. Ich schaute mich um und war mir unsicher, wer am meisten von Mathematik verstand, oder ob es um die Ewigkeit ging, und wen ich fragen sollte.

Don oder Tommy bat mich, eine andere Platte aufzulegen. Die Aufforderung wurde mehrmals wiederholt. Als ich nicht reagierte, machte er es selbst. Offenbar war es Tommy gewesen, denn jetzt kicherte er: »Jim ist total weggetreten.« Ich hätte gern gewusst, wo mein Bruder abgeblieben war, akzeptierte aber, dass es aus kosmischer Perspektive unerheblich war. Auch er war in unserer Atmung, obwohl er fort war.

Beim Gedanken an meinen Bruder meinte ich ihn dennoch vage auf der anderen Seite der Wand zu erkennen. Ich hob den Kopf und starrte – auf die Ellbogen gestützt – die Stoffbahn an, die über der Matratze hing. Das Zimmer war dunkel, die Kerzen flackerten, ohne dass ihr Licht mehr als halbwegs dorthin reichte. Wo sich das Batikmuster zu einer horizontalen Falte verdichtete, genau dort, erkannte ich tatsächlich Jims Gesicht. Nach und nach tauchte er aus den Anemonen auf.

Ich hatte nicht erwartet, dass dieser Anblick mich mit so geheimnisvoller Freude erfüllen würde, aber mit vereinten Anstrengungen – der hypnotische Raga, unsere Atmung – hatten wir ihn heraufbeschworen. Nun beugte er sich über die Falte im Tuch, als wäre sie eine Balustrade. So sehr ich auch schaute, konnte ich die andere Hälfte jedoch nicht erkennen. Es musste an der Dunkelheit liegen. Bei hellerem Licht wäre er bestimmt auf die untere Hälfte gespiegelt worden wie eine Spielkarte und plötzlich … Ja, da stand er. So dicht am Stoff, dass dieser wogte. Wenn er nicht aufpasste, würde er gefüllt werden und uns in die Nacht hinaustragen.

»Jjiii …«, versuchte ich es. Und: »Mnn …« Er schien mich nicht zu hören, deshalb zeigte ich auf die Wand. In der Zwischenzeit war mein Finger so dick geworden wie eine Wurst und baumelte düster. Lachend sank ich herab. Na klar. Mein Bruder wollte sich nicht zu erkennen geben, er plante eine Überraschung. Unschuldig flötend wandte ich den Blick zur Decke.

Während ich mit Jim beschäftigt gewesen war, hatten sich von mir unbemerkt meine Pupillen geweitet. Wenn ich die Augen schloss, schluckten sie literweise Dunkel, nichts fühlte sich an wie früher. Aber »früher« … Noch bewegte ich mich in ein und demselben Augenblick, drehte ihn nach oben, nach unten, zu den Seiten. Um mich gab es nur stillstehende Zeit, in jeder Richtung. Irgendwie hielt ich mich also in sämtlichen Dimensionen auf – in der fernen Vergangenheit, in der entlegenen Zukunft, in der ungreifbaren Gegenwart –, was bedeutete, dass die Zeiten ineinandergeglitten waren und eine vierte, zusammengesetzte Form gebildet hatten. Ich lächelte innig. Die Kräfte der Droge waren wirklich grenzenlos.

Das Zimmer war jedoch das gleiche für mich wie für die anderen. Was immer passierte, das Herz des Universums würde hier weiter schlagen. Die Wände pulsierten, die fehlenden Zeitunterschiede schenkten mir Frieden. Obwohl ich Don und Tommy nicht kannte, wusste ich, dass sie aus dem gleichen dehnbaren Material bestanden. Bei Meg war ich mir nicht so sicher, aber sie strahlte die mitgenommene Mütterlichkeit aus, die auch die Hippiefrau besaß, die mir das Armband geschenkt hatte. Sie konnte der Welt niemals Böses wollen. Ich überlegte, ob das hieß, dass alle verwandt waren, dann musste ich an Fischaugen denken. Die wässrigen Linsen des Fangs, der auf den Ladeflächen mit zerstoßenem Eis lag, sahen nichts, dennoch starrten sie den Betrachter unverwandt an. Es war mit anderen Worten möglich zu sterben, ohne zu sterben. Unsicher, an wen ich mich mit dieser Einsicht wandte, legte ich erfahren die Hände auf den Solarplexus. Momentan atmete alles an mir Wahrheit.

Meg erzählte gerade etwas über Ravi Shankar, Tommy schien nicht richtig zuzuhören. Obwohl meine Augen geschlossen waren, spürte ich, dass er die Handflächen auf die Schläfen presste und sich zusammenkauerte. Das Wimmern machte mich seltsam distanziert – als hätte sich ein Teil der Welt losgelöst, zu dem ich keinen Zugang besaß. Gerade erklärte Don etwas über einen Film, in dem wir anscheinend mitwirkten, doch auch das lud zu keiner Reaktion ein. »Jungen und Acid …« Einzig Meg wirkte unberührt.

Ich wollte sie fragen, was sie mit ihrem Zuckerstück gemacht hatte, die Decke, die ich durch meine Lider hindurch wahrnahm, wogte wie eine riesige Qualle. Plötzlich begannen sie ernsthaft – die Halluzinationen, von denen Jim erzählt hatte. Wohin ich den Blick auch richtete, wurde alles, was ich sah, lebendig. Meine Augen verwandelten die Glühbirne an der Decke in eine Löwenzahnblüte. Das Indianerzelt auf dem Poster – *Montana welcomes you* – ging in Flammen auf. Die Taschenbücher im Regal über dem Bett tropften wie Wachs auf die indischen Kissen. Starrte ich einen Stift oder mein Feuerzeug an, wuchs der Gegenstand und pulsierte wie glänzender Gelee. Wenn in den Heizkörpern eine neue Blase durchstieß, sah ich jedes Mal Raumkapseln in Walnussgröße, die durch die Leitungen fuhren.

Alles lebte, alles wogte, alles atmete. Es gab nicht einen Gegenstand auf der Welt, der für immer die gleiche Form besaß. Übrigens war »Gegenstand« nur ein Wort; auch es wechselte wie alles andere im

Leben. Buchstaben gingen immer neue Vereinigungen ein. Ein Schuh verwandelte sich in einen Schlauch, der zu zwei Hacken wurde. Die Heizkörper wurden geschüttelt wie die Pailletten eines Kaleidoskops und entstanden aufs Neue in Mustern, die irre und zugleich grandios waren.

Es fiel mir schwer zu entscheiden, ob es noch Nacht oder schon Morgen war, und als ich Meg am Fenster entdeckte, ging ich zu ihr. Es dauerte eine Ewigkeit, sie zu erreichen, weil ich durch Ektoplasma waten musste. Als ich sie fragte, lachte sie nur, sie habe gehört, dass die Zeit eine Spinne sei, danach fuhr sie fort, über die Autos unten auf der Straße zu lächeln, von denen Tommy behauptet hatte, sie wären Käfer. Sie hielt ihre Uhr hoch und erklärte, die Zeiger, die auf fünf vor halb fünf zeigten, seien aus Metall und keine Rattenschwänze, wie ihr Freund glaubte. Anschließend sprachen wir zärtlich über die Wellen auf dem Asphalt. Als ein Auto vorbeifuhr, schwappte das schwarze Wasser kurz zur Seite, dann glitt es zusammen und die Welt wurde aufs Neue ganz.

»Heilige Unschuld …« Ich zeigte um mich herum, damit Meg verstand, dass ich das Universum meinte; es bedurfte keiner höheren Macht, alles war aus sich heraus gesegnet. Danach lehnte ich den Kopf an ihre Schulter, angesichts dieser Erkenntnis war er ungewöhnlich schwer zu tragen. Ich war noch nicht zur Beschreibung einer übelriechenden Baseballkappe gekommen, als Meg meine Hände in einer Weise nahm, die mich glauben ließ, dass sie den Zuckerwürfel nicht am Gaumen zerdrückt hatte. »Was für schöne, lange Finger du hast.« Immer noch war das Gefühl von der Unberührtheit der Welt so überwältigend, dass ich den Blick auf und ab wandte. Ja, es gab keinen Ort, nicht einmal die entlegenste Ecke des Himmels oder den kleinsten Winkel in der Unterwelt, der nicht heilig war. Die Autos, ihre Strickjacke, der Heizkörper mit seinem ständigen Verkehr … Alles war Teil der neuen kosmischen Unschuld.

Erst als Meg die öligen Tränen abwischte, die meine Wangen herabliefen, merkte ich, dass ich weinte. Das Universum schmerzte, das Dasein erschien mir offensichtlich und dennoch unmöglich verwirrend. Ich schnäuzte mich in mein Hemd, sie lachte über den Rotz, der hängen blieb. Dadurch wurde ich mir meiner selbst bewusst, Meg fuhr jedoch fort, mir über die Wangen zu streichen. »Arme, schöne Unschuld.« Ich umarmte sie, so gut ich konnte, aber jetzt waren meine Arme so lang wie Wurzeln, bei jedem Versuch trieben sie neu aus; nach einer Weile musste ich mich mit Gliedern wie verwickeltes Unterholz auf die Matratze legen. Ich fühlte mich jung, fast ungeboren, und gleichzeitig unendlich viel älter als die anderen Personen in der Wohnung. Vielleicht älter als die Welt.

Mir war nicht klar, ob das Gefühl mir Mut einflößte oder ihn mir nahm. Meg legte sich neben mich, ihr Mund flüsterte warm und sonderbar in mein Ohr. Als ich sie nicht verstand, bat sie mich, etwas mit den Fingern zu tun. »Was denn?« Ich lallte, doch sie griff, überraschend kraftvoll, nach meinem Handgelenk. Plötzlich hatte ich ein Armband aus Fleisch bekommen, das sich warm und eng um meine Hand schloss. »Hier, verrückter Junge, hier«, sie führte meine tausend Finger zu dem, wovon sie oder ich – diesmal sie, glaube ich – behauptete, es bilde das heilige Innere der Welt. Alles sei Hunger. Alles verzehre sich in einer unaufhörlichen Zerstörung, die dennoch Entstehung bedeute. Der Schoß der Frau gebe und nehme in Konvulsionen. Während sie sich wand, flüsterte sie mit einem festen Griff um mein Handgelenk weiter. Ich spürte Blumenmeere, die sich in Schmetterlinge verwandelten, Engel, die mit den Flügeln schlugen, Kohle, die wie rote Stücke Ewigkeit glühten.

Dann traf mich die volle Wucht dessen, was sie gesagt hatte. Hunger! Benebelt torkelte ich auf der Suche nach Essbarem in die Küche. Im Vorratsschrank fand ich eine Büchse Ravioli und Meg half mir, sie zu öffnen. Das dauerte, weil wir uns darauf einigen mussten, wie ein Dosenöffner aussah, und zudem herausfinden mussten, warum ich meinen Gürtel öffnen sollte, um ihn zu benutzen. Dann sank ich auf die Matratze. Erst als ich die Tomatensauce abrieb, die auf das Hemd gespritzt war, begannen die Arme sich wieder wie Arme, meine Beine wie Beine anzufühlen. Am besten ruhe ich mich aus, dachte ich, während die Droge nachließ.

Als ich erwachte, lag ich in eine Tagesdecke gewickelt. Passenderweise sang Dylan, das Vormittagslicht schmerzte.

> *Because something is happening here*
> *But you don't know what it is*
> *Do you, Mister Jones?*

Als ich entdeckte, dass der Gürtel nicht geschlossen war, zog ich die Hose hoch und rückte ihn zurecht. Ich fühlte mich wund und klebrig und Megs Mund wie zuvor um meinen … Nein, der Gedanke weigerte sich, vollendet zu werden. Don schnarchte auf dem Fußboden, Tommy hatte sich mit der Jacke über dem Kopf auf ein Polster gelegt. Die Stiefel standen neben ihm, seine Strümpfe hatten Löcher.

Die Matratze gab nach. »Das erste Mal?«

Ich blies auf den Tee, den Meg mir reichte. Wenn ich wählen dürfte, sollte alles trocken und unempfindlich sein. Und dieser fordernde Mund hätte sich nie in meiner Nähe befunden.

Meg streichelte mich. »Wir sind alle Teil des Universums, Süßer. Es gibt keinen Sinn des Lebens. Wir entstehen und sterben und werden wiedergeboren – als etwas anderes, aber Teil von allem. Tommy sieht Echsen. Ich habe keine Ahnung, was Don sieht. Vielleicht Vierecke und Dreiecke.« Sie lächelte. »Du siehst jedenfalls Wellen. Das gefällt mir.« Sie presste sich an mich. »Ich selbst brauche kein Acid, um zu kapieren, wie schön die Welt ist. Komm zurück, wenn du möchtest.«

Etwas an der Geste war mir unangenehm, deshalb schüttelte ich eine Zigarette aus der Schachtel. Wo war Jims Jacke?

Don lag auf ihr. Er stöhnte, als ich an den Ärmeln zog; möglicherweise war ich ein wenig hitzig, denn gleichzeitig versuchte ich, mir eine Zigarette anzuzünden. Meg begleitete mich zur Tür. Jetzt fauchte ich sie an, doch erst als ich über die Flaschen stieg, die im zweiten Stock ausgekippt lagen, rief sie, beleidigt wegen meines verschreckten Aufbruchs: »Du kannst nicht vor deinem Körper fliehen.«

Deine Mutter möchte nicht, dass ich mehr als nötig von Sex und Drogen erzähle. Da ich abgesehen von der Nacht bei Meg mit Letzteren kaum in Berührung gekommen bin, hoffe ich auf Nachsicht. Tatsächlich war ich damals zum ersten Mal hinter den Kulissen der Welt, in der Mr. Jones sich vermutlich bis heute aufhält. Und es sollte dauern, bis Drogen wieder eine Rolle in meinem Leben spielten.

Auf der Uhr am Armaturenbrett war es halb zwei, als das Taxi einen Häuserblock von der Coleridge Road entfernt hielt. Die Luft erschien mir ungeduldig, wie so oft, wenn der Winter loslässt. Obwohl Ostern war, hörte ich Dad in der Garage; religiöse Feiertage bedeuteten ihm nur etwas, wenn Geschwister zu Besuch kamen. Ich schlich mich auf die Rückseite. Die Verandatür quietschte, aber Mom, die in der Küche räumte, hörte mich nicht. Ich hatte meine Schicht verpasst und musste vor der Messe in St. Mary's schlafen – am liebsten ein paar Tage.

Da ich wusste, wo Jim den Schlüssel zu seinem Schreibtisch aufbewahrte, versteckte ich das Fläschchen mit Acid und schloss ab. Schwieriger war vorherzusagen, was er tun würde, wenn er hörte, was bei Meg geschehen war. Das Wasser in der Dusche war unerträglich heiß, das Bedürfnis, mich zu waschen, groß.

Bevor ich wegdämmerte, dachte ich an den Zettel mit dem Zitat aus Starkies Buch, der im Portemonnaie lag.

ZUKUNFT IN LÄRM

»Rufst du an, wenn du angekommen bist?« Mom justierte das Hörgerät, das sie sich endlich angeschafft hatte. Es hatte die Größe einer Streichholzschachtel und war ihr peinlich; wenn sie ausging, trug sie immer ihren gelben Schal.

»Tim weiß schon, was er tut.« Dad sah mich mit einem Blick an, der bedeutete: Enttäusche uns nicht. Heimlich hatte er mir zweihundert Dollar im Austausch gegen einen Brief in der Woche gegeben. Das Geld sollte mich in der Anfangszeit über Wasser halten.

Sobald ich einen Job gefunden hatte, würde ich nicht mehr schreiben. Mom folgte mir, als ich mit heruntergedrehtem Fenster zurücksetzte. Das Gepäck lag auf der Rückbank. E-Gitarre und Verstärker waren von so mäßiger Qualität gewesen, dass ich sie gegen eine akustische Gibson in einem harten, schwarzen Koffer eingetauscht hatte. Die Plattensammlung und meine Bücher mussten warten, bis ich eine eigene Bleibe gefunden hatte. Der Impala schaukelte kurz. Mom ging um die Kühlerhaube, um sich zu verabschieden, doch die Tränen machten es ihr unmöglich, etwas zu sagen.

Ich wusste, dass sie sich verlassen fühlte, hatte aber keine Lust, auch zu weinen, deshalb legte ich den Rückwärtsgang ein. »Grüß Jim von mir!« Mein Bruder wurde in den Herbstferien erwartet. Als er Ostern die Tropfen in der Schublade fand, hatte ich ihm geschworen, nichts zu sagen; im Gegenzug ließ er mich mit unserem Auto machen, was ich wollte. Nun hatte ich ihm geschrieben, dass ich es für den Umzug nach New York benötigte. Dad würde ihn vermutlich entschädigen.

Sobald ich auf die I-95 gefahren war, zündete ich mir eine Zigarette an und schaltete das Radio ein. »19th Nervous Breakdown« schepperte aus dem Armaturenbrett.

Als die Schilder nach Philadelphia auftauchten, fiel mir ein, dass ich etwas für Raff besorgen sollte. Immerhin wollte ich die ersten Tage bei ihm wohnen, bis ich eine eigene Bude gefunden hatte. Vielleicht eine Ausgabe von Lautréamont, den er in seinem letzten Brief zitiert hatte? Oder eine Taschenlampe? Als die Abfahrt nach Downtown kam, drehte ich das Lenkrad. Autos hupten wütend, während ich schräg hinüber und dann abfuhr. Irgendetwas würde sich schon finden.

Als sie wieder hupten, diesmal, weil die Ampel umgeschlagen war, ohne dass ich reagiert hatte, beschloss ich, zu Fuß nach einer Buchhandlung zu suchen. Leute drängten sich auf den Bürgersteigen, überall sah man Flaggen. Vielleicht fand gerade irgendein örtliches Festival statt. Die Blechmusik, der Rauch von den Grills, die herausgeputzten Menschen, die die Straße überquerten, wie sie wollten – die Situation verunsicherte mich, obwohl ich mich inzwischen als einen routinierten Fahrer betrachtete. Sobald ich eine Lücke sah, parkte ich.

Zu spät entdeckte ich, dass es eine Bushaltestelle war. Eine Frau, die über die Straße ging, tippte ihren Cowboyhut an und setzte lächelnd ihren Weg zu dem Platz fort, wohin anscheinend die meisten unterwegs waren. Um zu zeigen, dass ich wusste, was ich tat, wühlte ich im Kofferraum, fand eine Flasche und öffnete die Motorhaube. Ich hatte bloß angehalten, um Kühlerflüssigkeit nachzufüllen. Als der Bus kam, signalisierte ich, dass ich gleich fertig sein würde. Routiniert drückte ich die Kühlerhaube herunter und setzte mich wieder ans Steuer. Das Geschenk musste warten; in diesem Gewimmel war es unmöglich, einen neuen Parkplatz zu finden.

Wieder auf der I-95 fuhr ich mit heruntergedrehten Scheiben durch spülmittelgrüne Landschaften. Es war heiß, die Fahrzeuge um mich herum glitzerten. Die Reifen rauschten, schlugen in eine Fuge und rauschten erneut. Eine Elektroorgel glitt in steilen Kurven wie flüssiges Metall durch den besten Hit des Sommers. Ich spürte den Wind in der Brust wirbeln und drehte lauter. Schon bald sang ich aus vollem Hals, während ich auf das Lenkrad trommelte:

She holds her head so hi-igh
Like a statue in the sky-y

Hi-igh ... *sky-y* ... Das Ton für Ton gesteigerte Schmachten packte mich. Wenn Jim Morrison sang, war es, als streckte er sich zu einem Himmel jenseits des Himmels.

Ein paar Songs später senkte ich dagegen die Stimme und summte, während der Impala Kilometer für Kilometer septemberlauen Asphalt schluckte:

And from the sky come the Lord and the lightning
And from the sky come ...

Rohe, pochende Begierde oder sanft schwebender Sonnendunst ... Es spielte keine Rolle, um welche Musik es sich handelte, solange sie einen schaudern ließ. Der Text lieferte ein Geländer für Hörer, die Wörter für das Gefühl der Erweiterung benötigten, aber eigentlich war es so gedacht, dass man sich hingab – heulender Elektrizität oder Rhythmuswechseln, so flammend schön, dass die Brust schmerzte.

Instrumente funktionierten zur Not auch ohne Gesang, während ein Text nie ohne Begleitung auskam. War die Melodie stark genug, reichten dagegen Worte wie *love, baby*, und *I want you*. Alles hing davon ab, wie die Phrasierung Spannung und eine Balance zwischen Versen und Tönen schuf. Wenn The Fifth Dimension sich verirrten wie auf einem offenen Feld, verwirrt von Zeilen, die in unterschiedliche Richtungen zeigten, stellte ihre Musik die Ordnung wieder her und ließ die Gruppe nach einem kurzen, aber schwebenden Delirium weitermachen. Und umgekehrt: Wenn The Doors abrupt stoppten, nachdem Morrison »mein Gehirn schreit diesen Song heraus« gebrüllt hatte, als plötzlich die Luft aus dem Lied war und die Elektroorgel ohnmächtig wurde, schenkte der Text der Band wieder festen Boden unter den Füßen.

Nahe Trenton begann der Motor zu mucken. Bald hustete das Auto wie Nana.

Um fünf Uhr nachmittags rollte ich auf eine scheinbar verlassene Tankstelle. Ich bat den Mann, der aus der Werkstatt heranschlenderte, den Tank zu füllen. Als er sah, wie ich den Deckel von der Plastikflasche abschraubte – offenbar brauchte der Kühler mehr Flüssigkeit –, steckte er den Lappen ein, mit dem er sich die Finger abgewischt hatte. »Das würde ich nicht tun. Das ist der Vergaser.«

Eine halbe Stunde später fuhr er mich zur Haltestelle an der Trenton High. Ich hatte ihm den Impala für zweihundertzwanzig Dollar verkauft. Dem Mann zufolge hätte es mindestens einen Fünfziger gekostet, das System durchzuspülen, und was wollte ich mit so einer Schrottkarre in Manhattan? Es störte mich, auf die dunklen Stunden zu verzichten, von denen ich fantasiert hatte, und in denen ich, durch unbekannte Straßen gleitend, sehen würde, wie Mülltonnen glänzten und Dampf aus den Schächten aufstieg, aber ich hatte meine Barschaft verdoppelt und war eine Sorge los. Wie meine letzten Sachen von der Coleridge Road zu mir gelangen sollten, darüber würde ich mir später den Kopf zerbrechen.

Für die letzte Strecke brauchte ich vier Stunden, weil wir öfter anhielten als ein Schulbus und ich in Princeton umsteigen musste. Als wir endlich in Port Authority eintrafen, war es schon nach zehn. Raff hatte mir geschrieben, ich müsse vor sechs kommen, denn dann werde die Eingangstür abgeschlossen und seine Klingel funktioniere nicht. Von dem Glück, das ich empfunden hatte, als das Autoradio in voller Lautstärke lief, war nur der Bodensatz geblieben. Hungrig und müde fühlte ich mich, umgeben von den gewaltigen Gebäuden, unerheblich.

Der Fahrer lud das Gepäck aller Leute aus. Meins erforderte zusätzliche Hände, die U-Bahn kam also nicht in Frage. Stattdessen nahm ich ein Taxi zur einzigen Straße in der Stadt, an deren Namen ich mich erinnerte. Anschließend schleppte ich meine Taschen, die

Gitarre und einen alten Ventilator, den Dad mir gegeben hatte, die Bleecker Street hinab, an einem Kino und an Nachtclubs vorbei. Leute rauchten und plauderten auf den Treppen; der gleiche süßliche Duft, mit dem Jim den Impala gefüllt hatte, schwebte durch die Luft. Als ein Typ mit Haarband etwas rief, entdeckte ich im gleichen Moment das Schild des Village Hotel.

Die Lobby glich einer Abstellkammer, der Portier betrachtete mich mitleidig. Ich sei nicht der erste Musiker, der eine billige Bleibe suche. Er musterte das Reservierungsbuch. Eine halbe Stunde später lag ich nackt auf einem Bett in der obersten Etage des Gebäudes, in einem zusätzlichen Zimmer direkt unter dem Dachgiebel. Der Wasserhahn tropfte in das Emaillebecken an der Tür, unten auf der Straße spielte jemand Flöte.

Ich hatte es geschafft. Ich war in New York.

Auf einmal kam mir das Leben unverbraucht vor. Ich wusste nicht, was in einem Tag geschehen würde, geschweige denn in sieben oder zehn. Raff behauptete, ein Monat in Manhattan sei so lang wie die Ewigkeit, zwei unvorstellbar. Ich wusste nur, dass ich das Zimmer bis zwölf hatte und zu meinem Freund musste, sobald ich wach war. Sicherheitshalber plante ich, das Gepäck in der Lobby stehen zu lassen. Sollte er nicht zu Hause sein, hätte ich es vergeblich mitgeschleppt; wir konnten gemeinsam zurückkehren und es holen.

Ich wälzte mich hin und her und war erschöpft, viel zu aufgeregt, um einzuschlafen. Wie Raff, dessen letzte Briefe düster geklungen hatten, gehörte ich zu einer neuen Generation. Ihm zufolge waren wir zu unruhig für den Frieden, die Liebe und so weiter, dem sich die Älteren widmeten, doch auch zu ahnungslos, um etwas an deren Stelle zu setzen. Stattdessen brannten wir blank und gestaltlos – »wie weißes Feuer«.

Ich wusste nicht, warum er sich nach fast zwei Jahren in der Stadt zu teilnahmslos fühlte, um »das Licht des Monds zu feiern, wenn die

Turmuhr zwölf schlägt«, zu müde für »die denkbaren Grimassen« und zu leer für »die Verlogenheit und Faulheit«, hoffte aber, dass er es sich jetzt, da ich gekommen war, anders überlegen würde. Raff hielt sich mit Gelegenheitsjobs in Buchhandlungen und Restaurants über Wasser. Die eigensinnige Energie, die aus früheren Briefen gesprochen hatte, war nicht verschwunden, wirkte jedoch geliehen. Vermutlich stammte die Hälfte des Gejammers eigentlich von irgendeinem französischen Dichter, und er probierte nur eine neue Pose.

Im letzten Jahr war mein Freund von einer Besenkammer zur nächsten umgezogen. Kürzlich hatte er allerdings eine größere Bleibe in der Lower East Side gefunden. Er hätte sogar Platz für einen Flügel gehabt, wäre da nicht diese rätselhafte Maschine gewesen, die man zurückgelassen hatte und deren auseinandergeschraubte Einzelteile in allen drei Räumen verstreut lagen. Wahrscheinlich war die Wohnung als Werkstatt genutzt worden, er schätzte von dementen Engeln oder unter Übelkeit leidenden Mönchen. »Die Wollmäuse sind so groß wie Ratten, die Wände voller vergilbter Klebebandfetzen, die Decke ist zusammengeflickt. Der Fußboden neigt sich und was ich auch anstelle, ich finde nichts zu essen. Herzlich willkommen!«

Man merkte, dass Raff Trost bei dem Dichter suchte, dessen Huldigung der Geistesverwirrung ihm die Gewissheit schenkte, Teil eines Stammbaums von Ausgestoßenen zu sein. Diese Tradition von »Kerlen mit bösen Venen« bildete sein wahres Geschlecht. Letztlich war sie mehr wert als die Collegeprofessoren in Zoologie und Verhaltenswissenschaft, die ihn in Kentucky aufgezogen hatten – bis der Vater, ein Spezialist für Reptilien, gestorben war und der siebenjährige Raff Mutter und kleine Schwester mit der Korkenpistole an seiner Hüfte beschützen musste. Die letzten Briefe ließen sich wollüstig über das »kranke, dreckige NYC« aus, über Misserfolge und Tristesse. Die Stadt habe ihn gelehrt, keine hohen Ideale anzustreben, die den Menschen »voller Scheiße« belögen, sondern den Weg nach unten zu suchen, zu den hungernden Seelen, die am Grund der Existenz lebten.

Frechheit und Kameradschaft setzten die wahren Kräfte der Poesie frei.

In einem Augenblick der Selbsterkenntnis gestand Raff, er sei ein »sensueller Zyniker«, der die Kunst beherrsche, sich an sich selbst zu berauschen. Trotzdem merkte man, dass er sich nach Gesellschaft sehnte. Ich nahm an, dass viel Zeit zwischen den Gelegenheiten verging, bei denen eine Taschenlampe willkommen wäre, und als er ein einziges Mal Max's Kansas City besucht hatte, wo sich die Künstler mit Außenseitern trafen, hatte er sich während des Konzerts derartig wie ein »Bauerntrampel« gefühlt, dass er erst zurückkehren wollte, wenn er den neuen Gedichten gerecht wurde, die beigefügt lagen.

Auch wenn ich davon träumte, eine Band zu gründen, freute ich mich auf die kranke Poesie, der Raff sich widmen wollte. Nach wie vor füllte ich mein Notizbuch mit unverständlichen Zeilen. Manchmal wurde ein Gedicht daraus, aber mittlerweile inspirierten mich die neuesten Entdeckungen der NASA genauso oft zu halluzinatorischen Abenteuern in Prosa. Darüber hinaus fanden sich darin auch Bruchstücke jenes tieferen Wissens, das ich durch die Nasentropfen erworben hatte, die keine waren.

Als ich sah, wie Raff wohnte, beschloss ich jedoch, im Village Hotel zu bleiben. Er öffnete in Unterhose, kratzte sich im Schritt und schlurfte zu der Matratze im einzigen bewohnbaren Zimmer zurück. Es gab nicht eine Stelle, die ich hätte berühren wollen. Auf dem Fußboden lagen leere Flaschen und Backmischungsverpackungen, die Laken waren schmutzig. Er versuchte, das schwarzgestrichene Fenster am Bettende mit den Zehen aufzustupsen. Als es ihm misslang, schaltete er die Glühbirne ein, die an einem Kabel von der Decke hing; Horden von Kakerlaken kehrten in die Wände zurück. Er zog eine Grimasse, war nicht sicher, was ich dachte. Er war derselbe magere Typ, den ich zwei Jahre zuvor kennengelernt hatte, aber sein Gesicht glänzte graugelb und die Adern schlängelten sich auf seinen Armen wie Regenwürmer.

Wir lachten darüber, was mit dem Auto passiert war, dann lud ich ihn zum Frühstück ein. Als Raff sich Eier, Bacon und Bohnen einverleibt und Kaffee getrunken hatte – »heißer, schwarzer Schweiß« laut einem späteren Gedicht, »gepresst aus Asphalt« – und sich kettenrauchend seine Nervosität vom Leib geredet hatte, meinte er, es sei okay, dass ich im Hotel bliebe. »Du findest im Nullkommanichts etwas Eigenes. Doch bezahl nicht mehr als zehn Dollar in der Woche.«

Das Zitroneneis zum Abschluss der Mahlzeit schmeckte nach kaltem Gott.

Ein paar Tage später fand ich ein verwohntes, aber möbliertes Einzimmerapartment mit Kochnische wenige Häuserblocks von der East 11th Street entfernt, in der später in meinem Leben so viel passieren sollte. Der Vermieter verlangte fünfunddreißig Dollar im Monat, ich handelte die Miete auf achtundzwanzig herunter. Im dritten Stock bedeutete, sie lag so hoch, dass mir der Rauch aus der Bar im Erdgeschoss erspart blieb, nicht hoch genug allerdings, um den Rufen auf dem Bürgersteig zu entgehen. Der Ventilator, den Dad mir gegeben hatte, schenkte flatterigen Frieden.

Umgehend fühlte ich mich zwischen den Avenues A und D zu Hause. Weder Raff noch ich waren geborene New Yorker, aber wie er betrachtete ich mich schon bald als Bürger von Alphabet City. Stolz darauf, unter lebenden Buchstaben statt toten Schriftstellern zu wohnen wie in der Coleridge Road, besorgte ich mir einen Stadtplan und kreiste das Gebiet ein. Wenn es einen Ort gab, an dem Rimbaud und Verlaine in der Neuen Welt wiedergeboren werden konnten, dann in diesen Häuserblocks. Jetzt, da deine Mutter mich dazu gebracht hat, meine Zeit dort wieder zum Leben zu erwecken, kommt es mir vor, als würde Starkies Biografie von mir handeln.

In den ersten Wochen waren Raff und ich unzertrennlich. Jeden Tag wanderten wir etliche Kilometer. Mein Freund ging breitbeinig und etwas schneller als ich, mit der Hand, in der er die Zigarette hielt, zeigte er mir billige Restaurants und wo Drogen verkauft wurden. Dort wurde Heroin gedealt, da drüben Gras oder Haschischöl. Er selbst hatte sowohl Pilze als auch Amphetamin getestet. Die Pilze waren gut für Visionen, während die Tabletten benötigt wurden, um die Fantasiebilder während Marathonschichten an der Schreibmaschine umzusetzen.

Nonchalant zeigte er mir, wo der Kaffee nach Kaffee schmeckte, welche Straßenecken ich meiden sollte, weil sie lokalen Gangs gehörten, und wo das Risiko am geringsten galt, dass Prostituierte einem ein Geschenk fürs Leben machten. »Dreizehn fünfzig.«

»*Huh?*« Ich zog den Reißverschluss von Onkel Rays Lederjacke zu, das Muster glitt über der Brust zusammen.

»Der übliche Preis.«

Fünf Jahre später, als ich ein Lied über die Frauen mit schreienden Kindern und Lidern schwer von Mascara schrieb, war er auf sechzehn fünfzig gestiegen.

Raff war von der Band, die bei seinem erniedrigenden Besuch im Max's spielte, so fasziniert, dass er ihre letzte LP gekauft hatte. Die Platte, deren annähernd schwarze Hülle von einem tätowierten Schädel geschmückt wurde, stand an die Wand gelehnt. An sie hatte er das Foto eines aufgeschlitzten Tiers gepinnt, das in einem Schlachthof an Haken hing, und die Reproduktion eines Bilds, das ein Österreicher gemalt hatte, dessen Name mir nichts sagte. In Erwartung eines Plattenspielers übte er seinen Look. Die Haare trug er inzwischen halblang wie der Bassist der Band und ich hatte den Verdacht, dass er sich die Art, wie er die Schultern hochschob, vom Sänger abgeschaut hatte. Als wir zur Wohnung zurückkehrten, bearbeitete er mich, meinen Plattenspieler zu holen, damit wir endlich die kühlen Schreie der Gruppe hören konnten.

Es war jedoch zu früh, um nach Hause zu fahren. Überwältigt wollte ich New York mit jeder Bronchie einsaugen, bis die Stadt in meine Atmung übergegangen war. Aus Angst, in einen pickeligen Jungen zurückverwandelt zu werden, nahm ich eine der französischen Zigaretten, die Raff im Village kaufte. Wie war das Konzert gewesen?

Während er die Musik mit kindlicher Begeisterung über ihre schäbige Dekadenz beschrieb, las ich auf der Rückseite der Hülle. Ein paar Titel waren unter drei Minuten, nur zwei über vier. Das letzte Stück war am längsten: ganze siebzehn Minuten und achtundzwanzig Sekunden. Weil der Titel meinen zweiten Vornamen enthielt, fragte ich, ob die Band den Song gespielt habe, was Raff aufblühen ließ. Das Lied handele von einer Krankenschwester mit männlichen Zügen, die den Patienten Beruhigungsmittel gebe. Wenn deren Gehirn sich in golden braunes Glück auflöste, rollte sie die Betten hinaus und nahm den Aufzug in den Keller. Dort bekamen sie eine andere Droge, die sie in willenlose Opfer verwandelte, anschließend widmete sie sich Akten, die den Opfern dank des Medikaments nicht bewusst waren.

Ich wusste nicht, ob mein Freund die Wahrheit sagte, oder ob er im Gegenteil testen wollte, wie ähnlich ich noch Mr. Jones war. Ein paar Monate vor meiner Ankunft sei der Mann hinter der Band fast von einer »Psychobraut« erschossen worden. Raff hatte sie ein paarmal gesehen. Sie sei ein poetischer Desperado, die Pamphlete auf der Straße verteile, eine »echte Drogenhexe, garantiert zu viel Amphetamin«. Am Ende habe sie beschlossen, gegen den maskulinen Abschaum zurückzuschlagen. »Ich würde niemals jemanden umbringen, der meine Texte geklaut hat, aber verdammt, was für ein Ding.«

Das Gerede erinnerte mich daran, wie unterschiedlich wir trotz allem waren. Raff durfte von mir aus davon träumen, vom Wort zur Tat zu schreiten oder sich finstereren Verhältnissen zwischen den Körpern hinzugeben als denen, die in den XXX-Heften abgebildet waren, die er, wie ich wusste, unter seiner Matratze versteckte. Mich zog es aus anderen Gründen zur dunklen Seite des Lebens. Die Ruhe, die sich einstellte, wenn die Sonne untergegangen war, sogar der Dampf, der in jedem Film im Kino aus den Abflüssen aufstieg, das Glitzern von Autos und Neon, die Sirenen, von denen die Nacht durchschnitten wurde … »Diese nächtliche Dimension«, wie der Titel meines ersten Gedichts in Alphabet City lauten sollte, zeugte davon, dass der Mensch ein Wesen war, das Befreiung in seinem Inneren suchte. Mit seinem fahlen Licht wies ihm der Mond den Weg.

Um zu unterstreichen, dass ich nicht so ein Bauerntrampel war, wie Raff sich einbildete, erzählte ich, das Phänomen, das den Himmelskörper zittern lasse, werde Libration genannt; gute Poesie wirke auf die gleiche Weise. Dann zeigte ich ihm die Stelle in Starkies Buch, an der stand, »der Abstieg in die Hölle symbolisiert den Abstieg in einen selbst«. Auch mich erfasste Rimbauds wunderbare Raserei, auch ich ahnte, dass die Attacken auf ein erstickendes, in Ritualen erstarrtes Familienleben bedeuteten, Freiheit war nur möglich, indem man der Heuchelei entfloh. Aber es reichte völlig, sich eine Unterwelt voller Verlockungen des Fleisches vorzustellen. Obwohl Raff das anders sah, war ich überzeugt, dass es keiner Drogen bedurfte, um erschüttert zu werden. Das Gehirn erschuf eigenständig Mirakel. Man benötigte keine Taschenlampe, um die Schätze zu finden, Mondlicht reichte.

»Darling, darling …« Die Hände närrisch zitternd in der Luft ahmte er nach, wie ich auf dem Feld bei Clio herumgerannt war. »Perfekte Vernunft ist das einzig Wichtige.«

»Sei nicht albern.«

Nach den ersten intensiven Monaten, in denen wir so viel zusammen unternommen hatten, dass die Leute Probleme bekamen, uns auseinanderzuhalten, trafen wir uns seltener. Ich nahm an, dass es an meinem Desinteresse für anderes als gelegentliche Joints lag, während Raff abenteuerlustig war und sich mit Sicherheit über das ärgerte, was er als fehlende Urbanität betrachtete. Inzwischen war die Stadt jedoch ebenso gut meine wie seine. Wenn er sich nicht meldete, war er high oder traf Freundinnen, ich selbst hatte nichts dagegen, Downtown auf eigene Faust zu erkunden. Und als ich die Wohnung in der East 11th fand, bekam ich endlich den Zufluchtsort, an den unser französischer

Heiliger gedacht haben musste, als er über das Feuer, das mit seinem Opfer aufstieg, schrieb: »Ich bin verborgen und bin es nicht.«

Das Haus bestand aus zwei durch Treppen verbundenen Gebäudeteilen. Die Wohnungen im vorderen Teil waren größer, wenngleich keine mehr als drei Zimmer hatte; im hinteren lagen die für New York typischen, sogenannten Eisenbahnwohnungen, deren Zimmer eine Flucht bildeten. Ich wohnte zur Rückseite. Die Tür führte direkt in die Küche, in der auch eine Badewanne aus gelblich verfärbter Emaille stand. Das Zimmer zur Linken hatte Fenster zu den Hinterhöfen und einer Gasse, das Schlafzimmer zur Rechten war klein und dunkel und wurde von einem Schlafboden dominiert. Wenn ich das Ohr an die Wand presste, konnte ich meine italienischen Nachbarn reden hören – eingeschlossen wie in einer Dose.

Ich strich die Wohnung weiß und verbrachte die Nächte knapp unter der Decke. Der Schlafboden befreite den Fußboden, ließ aber kaum zu, dass ich mich aufsetzte. Bevor ich mich daran gewöhnt hatte, schlug ich mir ständig die Stirn an. Auf einem Flohmarkt fand ich eine Kommode; obwohl sie winzig war, musste sie jedes Mal weggerückt werden, wenn ich die Toilette besuchte. Nachts war es so kompliziert, nach unten zu kommen, dass ich in einen Kanister pinkelte.

Das Gebäude befand sich mitten im Häuserblock. Zwischen der östlichen und der nächsten Wand lag eine Gasse, die als Parkplatz diente. Abends wurde ein Rollgitter mit Stacheldraht vorgezogen. Der Zaun schepperte, die Schlösser rasselten. Erst Wochen später begriff ich, dass der Ukrainer, der im Erdgeschoss ein Briefmarkengeschäft betrieb, sich um den Parkplatz kümmerte. Wer nicht dazu gekommen war, sein Auto hineinzustellen, hatte Pech.

Auch wenn ich tagsüber am liebsten schlief, liebte ich den Blick aus dem Wohnzimmer. Der Schreibtisch – zwei Böcke mit einer unbehandelten Tür darauf – stand in der südöstlichen Ecke. Durch das Fenster neben mir sah ich die Autos und den Müll auf dem Parkplatz, das Fenster vor mir ging zu einem Kastanienbaum und zur Rückseite der Häuser in der nächsten Straße hinaus. Die Fassaden waren mit Efeu bewachsen, im Sommer sah man nur blendende Scheiben und rostige Feuerleitern. Dann saßen die Leute auf deren Gerüsten, manchmal drang Streit oder Musik aus den offenen Fenstern. Die meisten Wohnungen hatten keine Klimaanlage; meine auch nicht.

Besitztümer hatten mich nie interessiert, ich benötigte also nicht viel. Das Blechbesteck und die Teller, die ich bei der Heilsarmee fand, reichten mir, um zu essen, Block und Kuli, um zu schreiben. Einzige Ausnahme war die Musik. Sobald ich einen Job im Strand Bookstore gefunden hatte, in dessen Keller ich in den folgenden Jahren Bücher räumen sollte, kaufte ich mir einen Plattenspieler. Manchmal übte ich auf meiner tabakbraunen Gibson. Wieder machte ich es wie früher: ließ ein Lied laufen und wiederholte die Akkordfolge so gut ich konnte aus dem Gedächtnis. Doch in diesen frühen Jahren in Alphabet City empfand ich die Literatur noch als dringlicher.

An meinem wackeligen Schreibtisch sitzend füllte ich die Blöcke mit Überlegungen. Im Winter lag der Schnee so schwer, dass die Welt den Atem anhielt, wenn es Sommer wurde, drang die Stadt heiß und riesig durch die Wände. Manchmal ging ich aufs Dach hinauf. Das Gebäude hatte sechs Stockwerke, eins mehr als die meisten anderen in der Umgebung, sodass die Aussicht grandios war – auf das nächstgelegene Viertel, angrenzende Hochhäuser und die Wolkenkratzer in Midtown. Die meisten Dächer waren mit Teerpappe gedeckt, aber unseres bestand aus dem gleichen graublauen Blech, über das mich Cadence geführt hatte. Im Winter war es kalt gewesen, nun lernte ich, dass es im Sommer schnell zu heiß wurde. Die besten Monate waren April und September. Wenn es Frühling wurde, stieg der Duft von Magnolien bis zu mir hinauf, im Herbst flirrte die Luft von gestauter Wärme.

Ich schrieb gern auf dem Dach, vor allem abends. Mittlerweile rauchte ich grüne Gauloises, die ich wie Raff im Village kaufte. Wenn ich mir Mühe gab, konnte ich fühlen, wie das Grollen aus der U-Bahn durch den Asphalt ins Haus hochwanderte und vom Brustkorb bis in die Fingerspitzen hinein zitterte. Der Donner im Körper verband die Unterwelt mit den Sternen über mir. Manchmal versuchte ich, die Gebäude zu identifizieren, an denen ich auf dem Weg zur Arbeit und zurück vorbeiging. Da war die Bank, in der ich meine Schecks einlöste, dort lag Mr. Lees Waschsalon und das musste die Bodega in der Second Avenue sein. In der Ferne war vage die Grace Church zu sehen, eine Straße südlich von meinem Arbeitsplatz.

Manchmal begegnete ich Raff im Strand, wo er bei Bedarf aushalf. Er war kürzlich in eine größere Wohnung in Little Italy umgezogen, aber dort war es zeitweise so laut, dass er bei mir übernachtete. Der Lärm aus der Werkstatt im Erdgeschoss seines Hauses, der Kühlschrank, der mitten in der Nacht jammerte und seufzte, sogar die tote Schildkröte, die er in einer Erdnussbutterdose verwahrte – es gab Tage, an denen die Wohnung alles tat, um ihn loszuwerden. »Aber für Bräute reicht es.« Er fletschte die Zähne auf eine Weise, die ein Raubtier darstellen sollte. Es war schwer zu sagen, ob er die Wahrheit sagte oder nur bei mir schlafen wollte, um seiner Einsamkeit zu entgehen.

Obwohl mein Freund alles in der Vorratskammer aufaß und sich außerdem die Münzen schnappte, die ich in einer Schale sammelte, schätzte ich seine Gesellschaft. Raff beherrschte die Kunst, mich ins Leben zu rütteln, wenn ich allzu weit in mir selbst verschwand. Auf dem Dach oder in einem Diner sitzend redeten wir über alles und nichts. Noch huldigten wir der Schwermut als Mutter der Poesie, aber es kam auch vor, dass wir uns sinnlos betranken. Außer den Kollegen, zu denen keiner von uns abseits der Arbeit Kontakt pflegte, kannten wir kaum jemanden in der Stadt. Wie es ihm gelang, Frauen zu treffen, blieb mir ein Rätsel.

Manchmal vergingen Wochen, in denen ich annahm, dass er eine neue gefunden hatte und mich nicht vermisste. In einer solchen Phase blieb ich vor einem Restaurant stehen. Es war August und unwetterwarm, durch das Schaufenster flimmerte weiter hinten im Lokal ein Fernsehapparat. Etwas an dem Bericht weckte mein Interesse, aber erst als Raff sich bei mir meldete, begriff ich, was die hunderttausenden Menschen, die im Matsch auf einem Acker herumtrampelten, dort trieben.

Als mein Freund in der Woche nach Woodstock vorbeikam, trug er eine Tüte mit geschnittenem Brot und Erdnussbutter in der einen Hand, die Reiseschreibmaschine in der anderen. Es war Zeit für eine neue Schicht, diesmal über die Stadt als Wildnis des modernen Menschen. In den folgenden Tagen redeten wir, bis unsere Gehirne so übermüdet waren, dass unsere Nervenzellen die richtigen Kurzschlüsse erzeugten. Raff schrieb eine Zeile, strich zwei, drei Wörter durch und ersetzte sie, dann übernahm ich. So entstanden die Texte, die in der Undergroundzeitschrift abgedruckt wurden, die er ein Jahr später gründete. Einzelne Strophen glänzten, aber die Gedichte waren häufig so obskur, dass selbst wir sie nach ein paar Stunden komatösem Schlaf nicht mehr verstanden.

Von Zeit zu Zeit gingen wir zum Poetry Project oder sahen in SoHo Performances mit Tanz und Diabildern. Inzwischen hingen wir auch im Max's Kansas City ab. An dem Abend, bevor Raff von einem Psychologen befragt wurde, der entscheiden sollte, ob er als Soldat geeignet war, diskutierten wir, wie unsere ersten Bücher heißen sollten. Wenn Raff Vietnam erspart blieb, plante er, das seine *Point Blank* zu nennen. Ich wollte, dass meins *Ether* hieß, aber er fand, dass sich angesichts der Science-Fiction-Stimmung in den Gedichten *22nd Century* besser anhörte.

Der Psychologe, den er am nächsten Tag traf, hatte sowohl einen Ziegenbart als auch einen deutschen Akzent. Als er hörte, dass Raff in seiner Kindheit wiederholt weggelaufen war, hielt er fest, dass dieses Verhalten im erwachsenen Alter wohl kaum verschwinden werde. Mein Freund gehöre zu einem immer häufiger anzutreffenden Menschenschlag, der unfähig sei, sich Autoritäten unterzuordnen. Im Gegensatz zu anderen habe er allerdings keine Angst vor den Konsequenzen seines Verhaltens. Der Mann gewährte ihm eine Zurückstellung und gab ihm den Rat, sich ärztliche Hilfe zu suchen. Am Abend feierten wir auf dem Dach mit Whiskey und Cheez Doodles.

Während andere Typen in unserem Alter in ständiger Furcht lebten – erst recht, seit die Behörden dazu übergegangen waren, per Losentscheid festzulegen, welche zwischen 1944 und 1950 geborenen Männer nach Asien geschickt werden sollten –, gaben wir uns einer Welt hin, die nichts von uns wissen wollte, in deren Schatten sich aber leben ließ, wie wir es uns erträumt hatten, als wir trampten. Einhundert, einhundertfünfzig Dollar, mehr brauchte ein moderner Dichter nicht, um einen Monat zu überleben. Auch wenn es mir selten an Geld fehlte und Raff sich oft welches lieh, störte das unsere Freundschaft nicht.

Dann schleppte er eine Frau in die East 11th Street. »Miss Mucha« lallte er und bot ihr seinen Arm an wie ein übertriebener Gentleman. Wieder einmal gab es irgendein Problem mit seiner Wohnung, außerdem hatten wir in einer Bar gesessen, von der es näher zu mir war. Als wir den Broadway hinabtorkelten, faselte Raff über die Surrealisten, die, obwohl sie Kommunisten waren, Pazifisten geblieben und der Meinung gewesen seien, die Menschen sollten alles miteinander teilen. Als wir in die Wohnung hinaufkamen, holte er die letzten Biere aus dem Kühlschrank und plädierte weiter für eine Schönheit, die sowohl konvulsiv als auch »partizipatorisch« sei.

Am Schreibtisch sitzend, wurde ich immer verlegener. Es war offensichtlich, dass Miss Mucha, die mit einem in Schweden geborenen Pop-Art-Künstler verheiratet war, von dem sie sich scheiden lassen wollte, nicht vorhatte zu gehen. Als die beiden anfingen, sich zu küssen, beschloss ich, auf dem Dach zu schlafen.

Danach verloren wir den Kontakt zueinander. Als Raff eine Stelle im Cinemabilia bekam, einer Buchhandlung, die sich auf alles rund um Film spezialisiert hatte – Bücher, Plakate, Programmhefte –, sahen wir uns nicht einmal mehr zwischen den wankenden Kartontürmen im

Keller des Strand. Begegneten wir uns dennoch in irgendeiner Bar, kaufte ich die aktuelle Nummer seiner Zeitschrift, woraufhin er versprach, mich zu Mucha einzuladen. Dazu kam es nie.

Du fragst dich, was dein Vater in diesen Jahren vor dem Ruhm gemacht hat? Nichts, viel.

Ich merke, es ist schwierig, Einsamkeit zu beschreiben. Obwohl ich begonnen habe, mich wie meine eigene Starkie zu verhalten, dauert es, sich daran zu gewöhnen, ungeschützt zu reden. Lass mich es fürs Erste so ausdrücken: Ich verschwand in meinen Schädel.

Mittlerweile lag Alaska dort.

Als Raff wieder in der East 11th vorbeischaute – es muss im Frühjahr 1970, vielleicht auch 1971 gewesen sein –, hatte er sich verändert. Sein Blick flackerte, er sprach abgehackt. Der Körper wirkte schmal und ausweichend, man sah, dass er sich die Haare selbst geschnitten hatte. Es war, als stünde ein ursprünglicheres Wesen vor mir als der Junge, den ich in Sanford kennengelernt hatte – eher Reptil als Mensch.

Mein Freund schaute sich um, schob die Gitarre auf der Couch zur Seite und setzte sich. Während der Jahre, in denen er mit der Frau zusammengelebt hatte, hätten sie einiges an Drogen genommen. In erster Linie Acid und Haschischöl. Vor einer Woche sei er jedoch unvorsichtig gewesen. Manchmal sei das Konzentrat, das auf der Straße verkauft wurde, zu stark. Der Fehlgriff hatte zu einem Inferno geführt, neben dem das Rimbauds wie ein Kinderzimmer wirkte. Auf dem Bett seiner Freundin liegend, zusammengekauert wie ein Fötus, hatte er nicht gewagt, sich zu bewegen. Jede Sinneswahrnehmung war eine zu viel. Es reichte schon, dass ein Auto hupte oder jemand weiter oben im Haus abzog, um sein Gehirn rasen zu lassen; anschließend dauerte es eine Stunde, bis der Puls sich beruhigte und das schlimmste Grauen abebbte.

Während dieser vierundzwanzig Stunden hatte Raff etwas bodenlos Entsetzliches erkannt. Ich war der Einzige, der ihn verstehen konnte. Das Bewusstsein des Menschen bestand aus Millionen Molekülen, die auf eine mehr oder weniger praktische Art zusammenhingen. Ihr eigentliches Wesen war allerdings, wahllos in schwindelnd schwarzer Nichtigkeit zu kollidieren. Niemals hatte er sich so durchlässig und undefiniert gefühlt, niemals so zerstreut. Das Gehirn enthielt keine Verknüpfung zwischen Ursache und Wirkung, die beständig genug war, um nicht aufgelöst zu werden. Alles im menschlichen Körper war unzusammenhängend. Die Haut lieferte nur die Hülle für einen Abgrund.

»Die Sporen, von denen du in Alabama gefaselt hast, erinnerst du dich?« Raff musterte mich Unterstützung suchend. Ich war mir nicht sicher, ob ich Lust hatte, über das zu sprechen, was er als Visionen abgetan hatte. Verlegen fingerte ich an den Saiten der Gitarre herum. »Als die Wirkung des Haschischöls aufhörte, sagte Mucha jedenfalls, dass sie mich verlassen will.« Als ich trotzdem nicht antwortete, griff er nach dem Instrument. »Spielst du viel?«

Seit wir uns das letzte Mal gesehen hatten, war ich besser geworden. Ich schrieb immer noch Gedichte, auch Prosa, übte inzwischen aber ebenso oft auf meiner Gibson, verloren in Tönen. Mir fehlte das Geld für eine anständige E-Gitarre und einen Verstärker, doch das machte nichts. Solange ich nicht richtig gut geworden war, hatte ich nicht vor, das Instrument zu kaufen, das ich in einem Geschäft in Midtown auserkoren hatte. Wenn ich zu Elektrizität überging, musste dies als reifer Musiker geschehen, als stromführender Gott.

»Ist es okay, wenn ich bleibe?« Raff wirkte eifrig. »Ich könnte hier schlafen.« Er schlug auf die Polster der Couch.

Ich hatte gerade meine Wäsche bei Mr. Lee gewaschen. Die Kleider, die noch nicht trocken waren, hingen da und dort und füllten die Wohnung mit dem Duft des hausgemachten Waschmittels, das der Chinese in klebrigen Plastiktüten verkaufte. Irgendetwas in der Mixtur löste in mir Assoziationen an Dunkelheit und Neon aus; am ersten Tag nach einer Wäsche war es, als schliefe man im kühlen Inneren des Nachthimmels. Raff nahm ein Laken und die eine Decke. Ich erklärte, um drei müsse ich aufstehen. Um mir eine neue Gitarre und einen Verstärker leisten zu können, hatte ich mir einen zweiten Job gesucht. In der Perry Street gab es eine asiatische Sekte, die eine Bäckerei betrieb; als ich mich auf einen Zettel in dem Tabakwarenladen hin gemeldet hatte, wo wir beide Zigaretten kauften, verpackte ich jede zweite Nacht Brote.

Raff streckte sich aus. »Ich schlafe, bis du zurück bist.« Als der Wecker klingelte, saß er jedoch geduckt am Schreibtisch, über meine Gedichte gebeugt, und meinte, er komme mit. Durch leere, hallende Straßen laufend, beschwerte er sich über die Nachbarn, die durch die Wand gesprochen hatten. »›Oh, Engel‹, ›Oh, mein Geliebter‹ ...« Er übertrieb den Akzent. »Italiener?«

»Aus Sizilien, glaube ich.« Wenn Luigi keine Möbel transportierte oder Elsa putzte, sah man die beiden immer zusammen.

Raff stöhnte. »Mehr Liebe halte ich nicht aus.«

Als uns der Duft von Frischgebackenem entgegenschlug, verlor er augenblicklich die Lust, nach Hause zu gehen. Während ich Fladenbrote in Tüten legte, las er mir stattdessen aus dem Langgedicht vor, an dem er arbeitete. Verkürzt auf seine Initialen spielte »This Holy Cure« auf die Droge an, deren Abgründen allein die Poesie gewachsen war.

Zu der Zeit hatte ich mehrere Nummern von Raffs Zeitschrift gelesen. *Alpha:Control*, benannt nach einem japanischen Science-Fiction-Film, wurde mit der Druckerpresse produziert, die er zum Preis dessen aufgetrieben hatte, was es ihn gekostet hatte, dass zwei Männer sie aus der Werkstatt im Erdgeschoss zu ihm hinauf trugen. Miss Mucha hatte ihm beim Redigieren geholfen. Jetzt wusste er nicht, wie er weitermachen sollte. Ohne Assistentin würde unter Umständen nur noch eine Ausgabe erscheinen. Viele Beiträge stammten von Raff selbst, weshalb er häufig Pseudonyme benutzte. Arthur Mud war eins, Billy Black ein anderes. »Ich habe vor, deine Gedichte in der nächsten Nummer zu drucken. Sie passen hinein.«

Ich hatte nichts dagegen, die Texte zu veröffentlichen, die er gelesen hatte, auch wenn die Zeitschrift einem wenig Vertrauen einflößte. Die Mischung aus Popkultur und Drogenromantik, geklauten Zitaten aus Pornoheften und Comics, die Wortmassen, die sich auf die Seiten wälzten, in denen ein Bild ein anderes gebar in einem nie versiegenden Strom aus schmutzigem, visionärem Schaum – diese zweite oder vielleicht auch dritte Generation der New-York-Schule, nach Koch und O'Hara, wirkte in meinen Augen wie zweit- oder vielleicht auch drittklassige Poesie.

Für Rimbaud war das einzig Erstrebenswerte die künstlerische Unschuld. Durchaus widersprüchlich wurde diese erst nach einem Aufenthalt in der Hölle erreicht, in der Raff aus irgendeinem Grund lieber bleiben wollte. Ich zog das Portemonnaie heraus. Der Zettel hatte so lange darin gelegen, dass das Zitat kaum noch lesbar war. Einleitend betonte unser französischer Heiliger: »Seht, wie das Feuer auflodert! Ich brenne, wie es sich gehört.« Doch dann bekannte er: »Ich hatte die Bekehrung zum Guten und zum Glück geahnt, das Heil. Kann ich die Erscheinung beschreiben? Die Luft der Hölle duldet keine Hymnen!« Erst wenn man die Qualen ertragen hatte und sowohl die Sinne als auch die Buchstaben erschüttert worden waren, war es möglich zu sprechen, diesmal jedoch ohne große Worte und edle Gefühle. Unschuld war nichts, womit man geboren wurde, sondern etwas, wonach man strebte. Gegen Ende seines Aufenthalts im Inferno hatte der Dichter einen wirklicheren Morgen erahnt. Und sich gefragt: »Wann werde ich, über alle Meere und Berge hinweg, die Geburt der neuen Arbeit grüßen?«

Ruhig wischte ich das Mehl an der Schürze ab, dann schüttelte ich eine Zigarette heraus. Dahin wolle ich, zu dieser Reinheit zweiten Grades. Die Musik, von der ich träumte, klinge in Raffs Ohren vielleicht geistlich, aber mir liege nichts daran, am Lautesten oder Übelsten zu scheppern. Es zähle einzig und allein, etwas auszudrücken, das eine Vergangenheit habe und dennoch ohne Vorlage sei – ja, es sei eine eigentümliche Unschuld, gesättigt von Erfahrung, die nicht Schwindel, sondern Klarheit biete. Oder, wenn er so wolle, perfekte Vernunft.

Als die Frau eintraf, die die Bäckerei öffnen sollte, kam Raff wieder mit zu mir. Unterwegs kauften wir eine Jumboflasche Cola, dann frühstückten wir auf dem Fußboden im Wohnzimmer. Während ich ihm halbfertige Lieder vorspielte, die auf den Gedichten basierten, die er gelesen hatte, funkelte die Sonne auf dem Parkett. Die Lichtpfütze erschien mir wie die perfekte Begleitung, wie zufällig fingen die Saiten ihr goldenes Moiré ein.

An jenem Tag veränderte sich für immer die Balance zwischen uns. Ich hatte weniger erlebt als mein Freund, aber deshalb mangelte es mir nicht an Erfahrung. Die Musik zeigte, dass es möglich war, Billy Blacks »entlegene Regionen« auf andere Art zu erreichen. Raff boxte sich im Leben durch, er mochte das Gedrängte und Schmutzige, ich strebte nach dem leeren Ort, von dem die Band aus Texas, die einige Jahre zuvor meine Lust geweckt hatte, sang. Er lebte horizontal, ich sehnte mich vertikal. Der Vormittag mit Sonnenpfütze auf dem Parkett zeigte, dass keine Methode besser war, solange es uns um das gleiche Ziel ging. Eine Intensität, so mächtig, dass sie die Vorstellung davon erweiterte, wer man war.

Nach dem Mittagessen legte ich mich oben ins Bett, Raff verschwand in der Toilette. Der zittrigen Stimme hörte man an, dass er seine Blase schon geleert hatte, als er erklärte: »Ich – werde – es – auch – lernen.«

AUFLÖSEN/OFFENBAREN

Die Ausgabe, in der meine Gedichte abgedruckt wurden, war die letzte der Zeitschrift, danach beschloss Raff, einen Verlag zu gründen. Der Text, an den ich mich am besten erinnere, enthielt einige Zeilen über Nanas Puppen, die mir so viel bedeuteten, dass ich sie in Druckbuchstaben auf Hadleys Unterarm schrieb. Hadley, die wie ich im Keller des Strand arbeitete, war die einzige Frau, die ich kennengelernt hatte, während mein Freund *Alpha:Control* redigierte. Nach ein paar Wochen erklärte sie jedoch, wir passten nicht zusammen. Sie bekomme mich nicht zu fassen, sie wisse nie, woran sie bei mir sei. Außerdem scheine mein Wortschatz aus »klar« und »na ja« zu bestehen. Sie habe es satt, Männern die Kunst zu teilen, nein, zu leben beizubringen.

Als ich die Zeilen in dem neuen Gedicht wiederverwendete, das ich gemeinsam mit Raff schrieb, zog er sie begeistert in den Schmutz. Die ersten fünf Zeilen waren von mir, danach folgte seine Schlussfolgerung:

> Obwohl die Zeiger der Uhr Scheren sind
> ist es keine Frage von Vernichtung
> sondern von prähistorischer Liebe.
> Wir sind unsterblich: allzu dünn in den Augen der Menschen.
> Schnitte so perfekt, Strohhalme aus Feuer!
> Und im Kinderwagen
> glänzt Theresitas goldener Pfeil.

Theresita war die Tochter einer der Frauen auf der Third Avenue, die bald 16,50 verlangen würden. Wenn ihre Mutter Kunden empfing, wurde sie in einem Diner gelassen; anschließend mussten ihre Windeln gewechselt werden. Raff und ich hatten den Urinstrahl gesehen, der mit etwas gutem Willen als Pfeil gedeutet werden konnte. Ich selbst dachte lieber an die Nonne von Ávil, die in einer von Moms Heiligenlegenden eine Erscheinung hatte, in der ein Seraph das Herz mit einer goldenen Lanze durchbohrte.

Es schmerzt, es zuzugeben, unbekannte Tochter, aber Hadley wäre der Meinung gewesen, dass mir auch der Sinn für Kinder fehlte.

Nach seinem Horrortrip riss Raff sich zusammen. In den folgenden Monaten blieb er bei Alkohol und arbeitete vier, manchmal fünf Tage in der Woche im Cinemabilia. Darüber hinaus übernahm er Gelegenheitsjobs. Schleppte Möbel, sortierte Briefe, riss Eintrittskarten ab. Ich fuhr fort, Bücher im Strand einzupacken und in der Annapurna Bakery Brote einzutüten. Am Ende hatten wir genug zusammengespart.

In dem Geschäft, zu dem ich regelmäßig gegangen war, fanden wir einen kupferfarbigen Danelectro-Bass. Was Raffs Finger nicht bewältigten, wurde durch Einsatz aufgewogen. Bis jetzt hatten die Scherze meinen großen Händen gegolten, aber seine wirkten wie Harken, wenn er an den Saiten zog. Der Bass klang störrisch, und dennoch stark. Ich verkaufte meine Gibson, legte etwas Geld darauf und konnte mir endlich die silberfarbige Fender Jazzmaster mit Tremolohebel leisten, die ich ausgewählt hatte. Als wir die Instrumente an einen gebrauchten Marshall-Verstärker anschlossen, den wir über eine Anzeige im *Village Voice* gefunden hatten, schoss die Gitarre kühle Riffs zum Himmel, während der Bass verlottert über den Boden kroch. Wir ergänzten uns so gut wie die Götter des Lichts und des Rausches.

Meistens probten wir bei Raff, wo unser Lärm Wirbel auf dem Krach aus der Werkstatt zwei Etagen tiefer bildete. Wenn wir hungrig wurden, kochten wir Campbell's Soup in einem Topf und tranken aus den Konservenbüchsen, als wären es Bierdosen. Die Gedichte, die wir vertont hatten, polterten, aber verblüffend schnell hatten wir das Gefühl, auf dem richtigen Weg zu sein. Im Sommer nahmen wir zwanzig

Minuten auf einem Panasonic auf, den wir in einem Elektrogeschäft gestohlen hatten, dessen Verkäufer uns drei lange Häuserblocks jagte, dann schrieben wir Will. Raff versprach geistesgestörte Instrumente mit Diagnosen, in Klammern ergänzte ich, dass sie auch nicht schlimmer klängen als damals in der Coleridge Road.

Die Kassette überzeugte unseren Freund. »Die Lieder sind Müll, aber der Sound ist scharf.« Nach den Sommerferien verließ er das College; die Jazzband, in der er gespielt hatte, musste sich nach einem anderen Schlagzeuger umsehen. Raff baute ein zusätzliches Schloss ein und als Will mit dem Mietwagen ankam, trugen wir das Schlagzeug direkt in die Wohnung. Jetzt fehlte nur noch ein Name.

Obwohl keiner einen besseren Vorschlag hatte, wurde The Orbitops abgelehnt. Als ich ein paar Tage später nach Little Italy kam, hatte Raff einen Zeitungsartikel an die Wand geklebt, neben das Schlachthofbild und die Reproduktion des Gemäldes, das, wie ich mittlerweile wusste, von Egon Schiele war. Er zeigte und erklärte. Mein Namensvorschlag habe ihn ins Grübeln gebracht.

In der Reportage gehe es um das Apollo Theater in Harlem. Keiner von uns höre Funk oder Soul, aber seien wir uns nicht einig, dass die Lieder, die komponiert werden sollten, ohne die Musik der Schwarzen unvorstellbar wären? Während die ganze Welt über den Wettlauf ins All sprach, mussten wir uns auf das Einzige konzentrieren, was etwas bedeutete. Der Name sollte unsere Herkunft feiern, gleichzeitig aber einen Schritt nach vorn machen – hin zu einer zukünftigen Rockmusik. Deshalb hatte er den Artikel herausgerissen. Auf dem Foto spiegelte sich das Neonschild des Theaters im regennassen Asphalt. Dieses schimmernd Weiße, flirrend über schwarzem Teer, das waren wir. Der Glanz, der nur auf dunklem Grund auftauchte.

Will schielte wortlos zu mir hinüber. Es war ihm anzusehen, dass er sich Gedanken über den Zusammenhang zwischen Schieles knochigen Gliedmaßen und dem aufgerissenen Kadaver machte.

Raff holte das Taschenbuch, das er so oft gelesen hatte, dass die

Blätter sich vom Buchrücken lösten. Als er darin blätterte, schwebten ein paar Seiten davon. »Hier, wartet, hier, hört euch das an!« Er schlug mit dem Finger auf eine unterstrichene Zeile, schloss die Augen und deklamierte in schleppenderem Südstaatendialekt als sonst: »Ich bin von der Rasse, die auf der Folter sang; ich begreife das Gesetz nicht; ich habe keinen Sinn für Moral, ich … ich bin ein Vieh. Ja, ich habe die Augen vor eurem Licht verschlossen. Ich bin ein Vieh, ein…« Er verstummte; die Pause erschien absichtlich. »… *Neger*!«

Raff starrte uns an, als wäre er soeben aus einer Trance erwacht. »Versteht ihr?« Unser französischer Heiliger glaubte nicht, dass er aus Afrika stammte. Er verkündete nur, dass er nicht der christliche Jüngling war, den andere in ihm sahen. Als inkarniertes N-Wort revoltierte er gegen die Gesellschaft und die verlogene Moral der Kirche, gegen die schiefe Gerechtigkeit der Gerichte. Er wollte vor Heuchelei fliehen, er kochte erfüllt von einer Wut, die stärker war als die Herzen von zehn Ochsen.

»Heißt das, wir sollen uns The Negroes nennen?« Will wühlte in seinen Taschen. Blumenkohl kauend überließ er es mir, den Vorschlag auszumustern.

Aber Raff war nicht fertig. Erneut blätterte er in dem Buch, erneut flogen Blätter davon, dann deklamierte er einige unverständliche Zeilen, die mit einem Flehen endeten: »Entlarve den Salonpoeten / dem Phöbus eine braungebrannte Stirn gab!« Im Kommentar, den er nicht finden konnte, hatte der Übersetzer berichtet, dass die Kritik sich gegen stubengelehrte Dichter richtete, die sich mit fremden Federn schmückten. »Oder Sonnenbrand …« Raff grimassierte. »Kapiert ihr es jetzt? ›Phöbus‹ ist Apollo!«

Für ihn schien die Sache klar zu sein. Die Band durfte nicht klingen wie ein Nachhall zur Musik der Schwarzen. Wenn wir es mit unseren Untaten ernst meinten, durfte wir nicht in die Fußstapfen Bo Diddleys oder auch nur eines Chuck Berrys treten. Wir mussten unseren eigenen Weg gehen – die Straßen in Alphabet City auf und ab, treu allein dem Asphalt unter unseren Füßen. »Wir sind die bleichen Neger!«

Ähnlich wie Will ahnte ich, dass The Pale Negroes uns größere Schwierigkeiten bereiten würde als nötig. Aber als ich eine Alternative vorschlug, konnten wir uns einigen. Von nun an waren wir The Apollo Boys.

Die Band hielt zwei unstete Jahre. Auf Raffs Initiative hin legten wir uns sogar Künstlernamen zu. Er selbst wollte sich Raff Season nennen wegen des Horrortrips, der ihn dazu gebracht hatte klarzusehen, und in Anspielung auf ein Langgedicht, das sein schwarzes Evangelium bildete. Nachdem er in *A Season in Hell* geblättert, aber keinen passenden Namen gefunden hatte, ernannte er mich zu Ache-Ache Middler. War es nicht das, was ich beim Trampen krakeelt hatte? Die Schmerzen, die in meinen Schläfen pochten, diese klopfende Leere, dem Hunger so ähnlich? »*Aiik, a-iiik!*«, jaulte er verschwörerisch. Meine Fender klinge, als wolle ich Löcher in den Himmel schlagen; die Riffs seien Munition. Ache-Ache war der einzig logische Name. So sehr wir uns auch den Kopf zerbrachen, fiel jedoch niemandem etwas für Will ein.

Obwohl wir fleißig probten, obwohl wir mit der Zeit ein Repertoire von fünfunddreißig Minuten zusammentrugen mit einem Cover von Count Fives »Psychotic Reaction« als Zugabe, den wir in ein viertelstündiges Delirium verwandelten, obwohl wir Lust und Willen und Hunger hatten, fehlte die Kontrolle, die zwei von uns anstrebten. Raff hatte Probleme, einen ganzen Durchlauf den Rhythmus zu halten, etwas an der Unterordnung des Basses störte ihn. Obgleich Will ihn deckte, merkte man, dass er es allmählich leid war. Eines Abends im zweiten Jahr saß er ungewöhnlich steif hinter den Trommeln. Als wir Little Italy gemeinsam verließen, räusperte er sich. »Das wird nichts, Tim. Außerdem brauchen wir noch einen. Am Keyboard.«

Ich machte mir Sorgen wegen Raff, hoffte aber, dass es sich geben würde. Er hatte schon alles geplant. Inzwischen sahen seine Haare aus wie gefrorenes Gras. Um den Hals trug er ein Vorhängeschloss an einer Kette und bewegte sich wie etwas zwischen Dolch und Kreuzotter. Zwar stimmte er Will zu, dass ein Keyboard nicht schaden könne, wir kämen jedoch auch so zurecht. Wenn die Songs endlich säßen, plane er den Manager im Max's um Auftritte zu bitten. Wenn das Publikum die Band sehe, die sich wie böswillige Chorknaben aufführte, werde das Gerücht die Runde machen.

Noch herrschten Glam und Folk in den Clubs. Es sei nichts auszusetzen an Dave van Ronks samtener Stimme und an den New York Dolls, die mit Make-up und Secondhandklamotten zeigten, wie nah der Rock dem Müll auf der Straße stehe. Aber zumindest Letztere schluderten bei der Poesie und würden auf den Müllhaufen der Geschichte abgeschoben werden. The Apollo Boys stünden für den Sound von morgen, eng verwoben mit heiliger Poesie. Nach zehn, zwölf Auftritten, davon war Raff überzeugt, würden wir genug Geld verdient haben, um ein Studio zu mieten. Sobald wir ein Demo aufgenommen hätten, stünden die Plattenfirmen Schlange.

Die Proben zeigten allerdings, dass uns noch einiges fehlte, bis es sich lohnte aufzutreten. Raff wollte zu viel, passte sich aber zu wenig an. Weder Will noch ich wussten, wie wir ihn dazu bringen sollten einzusehen, dass der Bass ein Rhythmusinstrument war. Statt beständig wie eine Schlagader zu pochen, benahm er sich, als wäre er aus Bellevue abgehauen. Er genoss Rückkoppelungen und scherte sich nicht darum, wenn eine Saite riss, manchmal zuckte er spastisch auf dem Fußboden. Inspiriert von Artaud schien er gewillt, Musik mit Theater zu verwechseln.

Das Problem löste sich von selbst. Irgendwie gelang es Raff, Geld für das Demo aufzutreiben, vom dem er gequatscht hatte; ich glaube, die Tante, bei der er in der ersten Zeit gewohnt hatte, sprang ein. Im April 1973 lieh ich mir jedenfalls Luigis Kastenwagen und transportierte unsere Ausrüstung nach Brooklyn. Das Studio, in dem wir sechs Lieder aufnehmen wollten – drei von mir, drei mit Raff geschriebene –, lag in einem Keller, dessen Wände mit Steinwolle und feuchten Eierkartons verkleidet waren. Die Instrumente hatten Probleme, zur Geltung zu kommen; um die gedrückte Akustik zu kompensieren, musste ich mehrere Schichten nervöser Gitarren übereinanderlegen.

Der Produzent fand, dass wir wie eine Mischung aus den Stones und den Dolls klängen. Die Beschreibung machte uns weniger originell, als mir lieb war, es stimmte jedoch, dass Raff an Jagger erinnerte. Er winselte wie ein Köter, er deklamierte mit strotzender Sexualität. Seine Stimme war sehnig muskulös, aber nicht einmal in ruhigen Partien fähig, sich an die Melodie zu halten. Stattdessen schoss sie mal gehetzt, mal lüstern umher. Obgleich die Gedichte, die er zu Liedtexten umgearbeitet hatte, selten von etwas anderem handelten als Sex und Drogen, waren sie doch genügend von französischer Poesie gefärbt, um den gestörten Glanz auszustrahlen, den die zukünftige Rockmusik unserer Meinung nach haben musste.

Meine Lieder klangen luftiger, manchmal versonnen. Noch hatte ich nicht den starken, verletzlichen Sound gefunden, den es, das wusste ich, in meiner Fender gab, wenn ich intuitiv spielte, sausten die Akkorde manchmal jedoch davon wie Projektile. Einzelne Male kletterten die Töne sogar von selbst zu jener dünnen Sphäre hinauf, die reife Lieder erforschen sollten; hinterher wusste ich nie zu sagen, wie ich es angestellt hatte. Die meiste Zeit spielte allerdings auch ich kantig, mit einem Tremolohebel, der Wolken aus dreckigem Äther ausstieß. Die Soli, vor allem das in »Love loves Eruption«, strebten etwas an, das immer knapp außerhalb meiner Reichweite lag.

Lag es an der Gitarre oder meinen Händen? Schwer zu sagen, aber es ärgerte mich, dass Raff recht hatte, als er erklärte, ich sänge, als würde mich jemand würgen. Man wisse nie, ob meine Stimme sich überschlagen oder verwelken werde. Manchmal klinge sie sogar ängstlich, als sänge ich nach innen.

Nach innen?

»Du ziehst dich zurück, in etwas, das nur du siehst.«

Will schwieg. Erst als wir uns das Demo anhörten, ahnte ich, dass er ihm recht gab. Auch ich war nicht gut genug. Die Songs klangen nicht wie freigelegte Nerven, es mangelte uns an Präzision. Schlimmer noch: Es fehlte Originalität. Zwei, drei scheppernde Verse, dazwischen Refrains und in der Mitte ein Solo – mehr hatten wir nicht zustande gebracht. Außerdem hatten alle Lieder die konventionelle Länge, drei Minuten plus ein paar Sekunden, was The Apollo Boys dastehen ließ wie das, was ich am wenigsten wollte: wie eine unerfahrene Band mit kommerziellen Träumen. Gute Lieder endeten nie, wie ihr Anfang andeutete, und dennoch immer selbstverständlich. Bevor es Sommer wurde, erklärte Will, er beabsichtige, nach Boston zurückzukehren. Er kenne ein paar Studenten am Berklee College of Music, die einen Schlagzeuger suchten.

Ich gab ihm recht, dass wir wie eine Konzeptband aus irgendeiner Kunstschule klangen, aber die Richtung stimme doch? Das Demo zeige vor allem, dass wir einen Rhythmusgitarristen bräuchten. Will schüttelte traurig die Locken. Ein weiterer Gitarrist werde kaum helfen, solange wir uns mehr für uns selbst als füreinander interessierten. Er atmete, als wollte er Sauerstoff sparen. »Tut mir leid, Tim.«

Raff fand, dass er getan hatte, was er konnte, und schien die Situation nicht zu bedauern. Wenn Will für den Sound der Zukunft nicht bereit war, konnte man nichts machen. Während ich weiter in der East 11th übte und Geld für Gesangsstunden auf die Seite legte, bekam er mehr Zeit für Literatur. Period Press würde bald die ersten Pamphlete herausgeben mit Titeln wie *Uh, Huh,* und *Blink Blank*. Da ich inzwischen die Musik vorzuziehen schien, hatte er *22nd Century* jemandem vorgeschlagen, dem er im Poetry Project begegnet war.

Als sich The Apollo Boys auflösten, wurde es seltsamerweise leichter, sich zu treffen. Wir stritten uns nicht länger über gemeinsame Ziele, es spielte keine so große Rolle, dass wir so verschieden waren. Wieder ging Raff in der East 11th ein und aus, wie er wollte, und lieh sich Bücher und Kleider, ohne zu fragen. Manchmal übernahm er den Keller im Strand, während ich im Cinemabilia aushalf. Das Leben ging im Schatten größerer Umwälzungen weiter.

Im Januar 1973 hatte die Regierung die Wehrpflicht abgeschafft. Damit verlor das Selective Service System seinen Einfluss und die Bedrohung, die über Raff gehangen hatte, verschwand. Die Senatsanhörungen in Washington im gleichen Sommer empörten mich vermutlich mehr als ihn, machten unseren Alltag aber weder besser noch schlechter. Und die Ölkrise, von der im Herbst die ganze Welt betroffen war, führte lediglich dazu, dass keiner sich ein Auto anschaffte.

Wenn wir uns stritten, war es ein Leichtes, die Schuld auf meine Erkältungen oder auf die Drogen zu schieben, die Raff wieder nahm. Eigentlich glaube ich, der Grund für die Misstöne war, dass wir uns zu gut kannten. Ihn störte es, dass ich mich »bedeckt« hielt und »arrogant« wirkte. Ich zeige niemals Schwäche, nur Verachtung für Dinge, in denen ich nicht gut sei, meine Interessen gälten harmlosem Schund – Comics, Science-Fiction – oder Gebieten, auf denen ich mich überlegen fühle (Noten, Musik). »Du verpasst das Leben, Tim.«

Ich selbst begriff nicht, warum Raff nicht verstand, dass die Behauptungen, die er fallen ließ, unser gemeinsames Blut verunreinigten. Sein schlampiges Verhältnis zum Rhythmus spiegelte sich im Umgang mit anderen wider. So wie er von einem Buch gepackt werden konnte – im Herbst nach der Auflösung der Band war es *Sexus* und danach *Junkie*, nicht einmal die Wahl der Literatur kam mir originell vor –, war er von Menschen besessen. Wenn seine Begeisterung erlosch, wurde er allerdings nachlässig. Die Frauen, die er wechselte wie andere ihr Hemd, mochten seine zärtliche Kühnheit und Lust, »viel mehr als eins plus eins« zu werden, wie es in einem seiner Gedichte hieß. Aber sobald Raff bekommen hatte, was er wollte – Sex, Nähe, Vertraulichkeiten –, wurde die Person beiseitegeschoben. Die Bedürfnisse anderer nahm er nicht so ernst, wichtig war allein, was sie ihm in dem Augenblick bedeuteten. Wenn er sich damit verteidigte, dass Herzen bluten müssten, stöhnte ich. Gab es denn keine Banalität, die es verdient hatte, umschifft zu werden?

In solchen Momenten – späte Nächte in einem Club, frühe Morgenstunden in Moe's Diner – wurden wir »siamesische Zwillinge, die einander hassten«.

Die Beschreibung stand in dem Roman, an dem Raff arbeitete, seit er den Bass weggelegt hatte. Ich war mir nicht sicher, ob mir die Seiten gefielen, die er mich zu lesen bat. Die zeitweilig wahnhafte Handlung über Head und Groin, zwei Käuze in einer angespannten Beziehung, entfernte sich zu weit von der strengen Unruhe, die ich in der Kunst suchte. Als das Paar beschloss, eine Band zu gründen, hegte ich den Verdacht, dass Raff eigentlich unsere Freundschaft untersuchte. Der Gedanke schmeichelte mir, bekümmerte mich aber so sehr, dass ich die Haltung einnahm, die ich am besten beherrschte: das Abwarten.

Die Welt, die auf den eng beschriebenen Manuskriptseiten geschildert wurde, war nackt und grob, und dennoch magisch. Es gab dort eine sexy Trägheit, und körperliche Aggressivität, sie war bejahend und umwälzend und gleichwohl »selig arm«. Die Welt, in der ich mich aufhielt, enthielt auch Müll und Kriminelle, zugige Wohnungen und schlechtes Essen. Ich mochte den gleichen Geruch von Bier, Schweiß und Zigaretten, der Head und Groin in namenlosen Clubs entgegenschlug; wie sie hatte ich nichts gegen zufällige Begleiter für die Nacht. Aber meine innere Welt bestand nunmehr aus Taktwechseln und Pedaleffekten, hier störte nichts ohne Absicht. Alles war der Forderung nach Klarheit unterworfen. Ich war dreiundzwanzig geworden und legte die Fender nur weg, um im Village Zigaretten oder in der Bodega an der Ecke mein Mittagessen zu kaufen.

An einem warmen Frühlingsabend trat ich zum ersten Mal solo auf. Reno Sweeney's war ein eleganter Club in der 13th Street, in dem Krawattenzwang herrschte und die Gäste Musik hörten, während sie aßen. Irgendwie war es Raff gelungen, mir zehn Minuten zu organisieren. Als wir um kurz vor acht eintrafen, fand er, dass ich nicht »schäbig«

genug aussah. Er zog eine Grimasse, dann bat er mich, die gestrickte Hemdjacke auszuziehen, die ich in einem Trödelladen gefunden hatte, und zerriss das T-Shirt darunter. An den langen Haaren lasse sich nichts ändern, ich wisse doch hoffentlich, dass es Zeit sei, sie mir schneiden zu lassen?

In der East 11th vor dem Spiegel stehend hatte ich mir geschworen zu beeindrucken; als ich meine Gitarre an einen Verstärker anschloss, von dem jemand behauptete, er gehöre Alice Cooper, drehte ich auf volle Lautstärke. Die Gäste schreckten zurück, der Geschäftsführer stürmte auf die Bühne. Wenn ich nicht sofort leiser stelle, sei es besser, wenn ich meine Sachen nähme und ginge. Nachdem wir über die unterschiedlichen Bedürfnisse der Ohren an Dezibel diskutiert hatten, einigten wir uns auf eine angemessene Lautstärke.

Ich spielte drei neue Lieder, darunter »Twin Image«, das noch »(I See You and Have a) Twin Image« hieß, aber unfertig wirkte. Der Text, der davon handelte, seinen gleichaltrigen Bruder in einem Spiegel zu entdecken, war möglicherweise auch eine verdeckte Reaktion auf Raffs Roman. Die zehn Minuten allein auf der Bühne vergingen jedenfalls so schnell, dass ich zu kaum mehr als einer Handvoll Atemzüge kam. Als ich den Strom abschaltete, zitterte ich vor Adrenalin, mein Gehirn war starr wie Porzellan. Raff schleifte mich zu einer Bar. Als die Anspannung endlich nachließ, war ich so betrunken, dass er mich stützen musste. Während wir auf dem Bürgersteig torkelten, lallte ich Reime aus Kinderprogrammen.

»Dieser Fall ist abgeschlossen.« Man merkte, mein Blutsbruder war froh, dass ich aus der Deckung gekommen war.

Raff erzählte mir nie, dass er den Geschäftsführer von Cinemabilia gebeten hatte, zu meinem Konzert zu kommen. Noah Ochs war ein paar Jahre älter als wir und auf eine Art dick, durch die sein Bauch sich unter dem lose herabhängenden Hemd selbständig zu bewegen schien, er trug einen ungepflegten Bart und eine getönte Brille, die verbarg, dass er schielte. Das Einzige, was ihm mehr am Herzen lag als Griffiths epische Kinematografie und französische Nouvelle-Vague-Filme, waren junge Männer. Nicht die Hähnchen an der Kreuzung 53rd Street und Third Avenue, sondern schmalhüftige »Silberjungen« auf der richtigen Seite des Gesetzes. Einer von ihnen hatte ihn zu Reno Sweeney's begleitet.

Robbie Leonard war auf der Straße aufgewachsen. Er hatte jede zugängliche Droge ausprobiert, war mehrmals in einer Klinik gewesen und hatte sich prostituiert, um über die Runden zu kommen. Seit ein paar Monaten blieb er jedoch clean in Ochs' Loft – in einer früheren Fabrik am East Broadway –, wo er tagein, tagaus Gitarre spielte.

Ochs, der für den blassen Maestro in der Factory gearbeitet hatte, träumte davon, seine eigene Rock'n'Roll-Band zu lancieren. Robbie war der erste Teil seines Plans. Als sie mich hörten, gefielen Robbie die Songs so gut, dass er Ochs bat, mit Raff zu reden, der mit mir redete. Eine Woche später besuchte ich Chinatown.

Der Loft war kalt und zugig. Staub trieb über den Boden, die Wände waren aus Backstein – blutrot oder weiß gestrichen. Ein kombiniertes Schlaf- und Wohnzimmer war in einer Ecke abgeteilt worden, der Rest des Raums wirkte leer. In dem abgetrennten Teil stand ein Radio, das nicht funktionierte, laut Ochs aber von illegalen chinesischen Frequenzen knisterte, auf dem Fußboden lagen Matratzen. Ich wusste nicht, ob er und Robbie ein Paar waren, und verzichtete darauf zu fragen.

Im leeren Teil des Lofts hingen Standbilder aus Bertoluccis *Der große Irrtum* an der Wand sowie ein Plakat von einem nackten Iggy Pop. An einem Nagel hing eine weiße Unterhose. Hier und da lagen Plattenhüllen und elektronische Ausrüstung herum, an der Tür bildeten um die fünfzig kleine Regenschirme eine ordentliche Pyramide, alle steckten noch in ihren Plastikhüllen. Robbie erzählte, Satie habe jedes Mal, wenn er nach einem Abend mit Freunden in Montparnasse heimgekehrt sei, zum Schutz vor Regen einen neuen gekauft; der Herr des

Lofts wolle ihm nicht nachstehen, deshalb kaufe er Regenschirme von den Asiaten in der Canal Street.

Als wir die Gitarren anschlossen und jammten, begriff ich, dass Ochs nicht gelogen hatte. Robbies Stratocaster war schwarz wie die Nacht; ein paar Soli reichten, um zu begreifen, dass er aus um die hundert Volt und schmutzigen Akkorden flüssiges Gold erschuf. Nachdem wir zum Abschluss eine irre Version von »Knockin' on Heaven's Door« gespielt hatten, kollabierten wir lachend auf dem Fußboden. Die Sache war klar, wir ergänzten uns perfekt. Ochs durfte unser Manager werden, dafür ließ er uns den Loft als Probenraum nutzen.

Als ich Raff fragte, ob er sich den Bass wieder umhängen wolle, wirkte er skeptisch. Was wir gebraucht hätten, sei ein Keyboarder gewesen, keine zusätzliche Gitarre. Das Problem der letzten Band sei gewesen, dass einige zu viel wollten; wusste ich nicht, dass es möglich war, dreckig zu klingen und trotzdem verkäuflich zu sein? Image war genauso wichtig wie Harmonien. Wollte er zum Gefühl zurückfinden, würde er außerdem viele Stunden üben müssen, die ihm dann bei der Arbeit an seinem Roman fehlten …

Als Raff trotzdem in Chinatown vorbeischaute, bekannte er: Mit mir zu spielen sei, wie zum Zahnarzt zu gehen, nur dass der Termin beim Zahnarzt angenehmer war. Robbie schmeichelte ihm und sagte, er sehe aus wie eine jungfräulich geborene Kreuzung aus Elvis und einem Deserteur. Wo hatte er sich so fantastisch die Haare schneiden lassen? Und diese Kleider! Als er ein paar simple Kniffe am Bass zeigte, gab Raff endlich nach. Ich rief Will an und erzählte ihm, wir hätten den Rhythmusgitarristen gefunden, der uns gefehlt habe, und uns einen kostenlosen Probenraum besorgt. In der folgenden Woche verstaute er die Trommeln in einem alten VW-Bus und kehrte aus Boston zurück.

Bei Ochs konnten wir nachts proben. Die Fenster zum Broadway waren nicht isoliert, hatten aber Jalousien. Die meisten Einwohner im Viertel waren illegale Einwanderer, sodass sich keiner beschwerte. Anfangs benutzten wir für die Gitarren denselben Verstärker, schon bald besorgte Ochs uns allerdings einen zweiten. Es war ihm anzumerken, dass er uns mochte. Wenn die Kräfte schwanden, lud er uns zu Nudeln ein, die er unten auf der Straße kaufte. Oft rauchte er halb liegend auf einem Polster Gras. Die Brille machte es unmöglich zu sehen, ob er schlief oder zuhörte.

Alle fühlten sich beobachtet, keiner gab etwas darauf. Wenn wir Pause machten, steckte Robbie manchmal die Hand in den Hosenbund und wackelte mit den Hüften. Die Profipose nannte er das. Auch wenn er nicht mit Ochs schlief – seit einem halben Jahr lebe er keusch, außerdem bevorzuge er Frauen –, musste unser Manager belohnt werden. Breit grinsend ernannte Raff Robbie zum Silberjungen der Band. Mit seinen zarten Wangen und den blondierten Haaren glich er einer dorischen Statue.

Nach einem intensiven Herbst, in dem wir lernten, nicht auf die Töne, sondern darauf zu hören, wie die Instrumente sich zueinander verhielten, merkte man, dass unser Songmaterial einem unentdeckten Kontinent zustrebte. Wir klangen nicht länger wie andere Bands, unser gebändigter Lärm führte in namenlose Gebiete hinaus. Mit Robbie konnte ich zwischen Begleitung und Soli wechseln; die Akkorde verwebten Kühle und Gefühl. Auch Raff und Will wurden tight. Nun klangen sie zähflüssig wie Teer oder krängten wie Güterzüge voller Baumstämme. Die Gitarren glitten darüber und ließen selbst düstere Songs mit schicksalsschwerer Eleganz funkeln. Robbie hatte unseren alten Sound eingeschmolzen und uns eine neue Welt offenbart, in der die Klänge sich endlich anhörten, wie es immer gedacht gewesen war.

Im Februar 1974 entschieden wir schließlich, wovon der Aberglaube uns bisher abgehalten hatte. Die Band brauchte einen Namen.

»Diesmal machen wir alles richtig.« Raff steckte den Bass aus.

»Wie meinst du das?«

»Wir müssen zur Quelle.«

Neben Iggy hing eine Liste. Wenn jemandem ein neuer Name einfiel, schrieb er ihn kommentarlos auf. Raff fand, The Silver Boys höre sich gut an, ich war der Ansicht, Silver solle gegen Neon ausgetauscht werden, aber weder Robbie noch Will ließen sich überzeugen. Bevor wir einen Entschluss fassten, sei so oder so Buße gefordert. Raff streifte den Bass ab. Unsere alte Band habe nicht nur jugendlich, sondern ahnungslos geschrammelt. Begreife denn keiner, dass wir den Zorn der Götter geweckt hätten, als wir sie nach einem Theater benannten, ohne uns auch nur die Mühe gemacht zu haben, es zu besuchen? Wenn aus der neuen Formation etwas werden solle, müssten wir zum Anbeginn von allem pilgern.

Bei dem Gedanken, nach Harlem zu fahren, erinnerte Will sich plötzlich, dass er seiner Freundin versprochen hatte, Schuhe zu kaufen, Robbie, der erst später hinzugestoßen war, fand nicht, dass er für irgendetwas um Vergebung bitten musste. Am Ende wurde entschieden, dass Raff und ich die Ehrbezeugungen der Band überbringen würden, danach konnte sie getauft werden.

Am nächsten Vormittag trafen wir uns an der Ecke Bleecker und Broadway. Die Luft war kalt, aber trocken, kein Schnee. Laut Raff reisten Büßer zu Fuß, was bedeutete, dass wir die gesamte Strecke bis zur 110th Street hinauf im eisigen Wind zurücklegen mussten. Nachdem wir ostwärts abgebogen waren, zur Ecke des Parks, würden wir den Douglass Boulevard nehmen. Er wisse nicht, wie lange es dauern werde, es sei jedoch der einzige Weg, die Mächte zu besänftigen.

Ich zog die Baskenmütze tiefer, die ich mir gekauft hatte. Wieder überkam mich das Gefühl eines heimlichen Einvernehmens. Raff und ich waren fast gleich groß und hatten die gleichen knochigen Schultern. Im Unterschied zu unseren runden Gesichtern als Jugendliche, hatte New York unsere Wangen ausgehöhlt und die Arme abmagern lassen. Kaum losgegangen, lehnten wir uns auch schon wie auf Kommando vor, mit den Ellbogen flatternd wie bei Clio, und stießen gellende Schreie aus. Dann liefen wir den Bürgersteig hinab und wässerten die Parkuhren.

Wir benötigten den ganzen Tag. Besuchten Plattenläden in Midtown, blätterten in klebrigen Magazinen am Times Square, tranken in den Bars nördlich des Lincoln Center. An der 96th Street blieben wir sogar vor einem Geschäft stehen, das Berufskleidung verkaufte – für Polizisten, Feuerwehrleute, Park Rangers –, und debattierten, ob wir uns für die anstehende Zeremonie herausputzen sollten. Bevor wir weitergingen, teilten wir uns im Foyer des Thalia einen Kübel Popcorn.

Als wir das Theater erreichten, war es dunkel. Aus den Gullys stieg Dampf auf. Weil es nicht geschneit hatte, schimmerten keine Buchstaben auf dem Asphalt, trotzdem zitterten wir vor lauter Schnaps und Ehrfurcht. Raff meinte, das vorstehende Dach des Theaters mit den Namen der Künstler in dieser Woche verwandle die Umgebung in eine »Spielzeugnacht«. Die Taxis könnten ebenso gut aus Plastik sein, die Ampeln glichen Cocktailknabbereien. Ich sah, dass er recht hatte. Auch wenn Harlem nördlich der 125th Street gefährlich war, wirkte die Dunkelheit märchenhaft wie in einem Kinderbuch. Überall flatterten Lampen, Schaufenster, Scheinwerfer. Auf den flacheren Gebäuden versprachen schiefe Reklameschilder schönere Zähne, bessere Gesundheit, neuen Wohlstand. Leute eilten mit dampfenden Mündern vorbei, Müllsäcke glänzten. Die Nacht schien unmöglich lebendig zu sein.

Ich weiß nicht mehr, wer an jenem Abend spielte. Wir konnten uns den Eintritt nicht leisten, deshalb diskutierten wir auf der anderen Straßenseite stampfend, ob das senkrechte APOLLO von oben nach unten oder umgekehrt geschrieben werden sollte. Das Schild mit dünnen Linien im Inneren hohler Buchstaben, als wären sie Saiten, ließ sich nur auf die erste Art lesen, aber war im Grunde nicht die zweite richtig? Von A nach O bedeutete vom schwarzen Asphalt zum blassen Mond. Was bedeutete, dass die Lieder, die wir hatten, möglicherweise im Rinnstein begannen, jedoch nicht aufhörten, ehe sie den Himmel erreicht hatten.

Raff, der sich gern als Polizist verkleidet hätte, wiegte sich respekt-einflößend auf den Füßen, ich bat ihn aufzuhören. Es war schwer zu sagen, wie aufgeblasene Gesten in diesen Häuserblocks aufgenommen wurden. »Immer so vorsichtig ...« Stöhnend sank er vor dem Neon-schild auf die Knie wie vor einer Gottheit. Als er das Bekenntnis gemur-melt hatte, das er aus den *Illuminationen* abgeschrieben hatte, verbeug-ten wir uns, dann liefen wir jaulend zur Subway erfüllt von lunarem Rausch. Eines Tages würden auch wir auf der Bühne stehen und das Publikum in den roten Plüschreihen begeistern.

An der 42nd Street stiegen wir um und verließen die Subway am Union Square. Auf dem Heimweg kamen wir an der Grace Church vorbei. Die Autos hupten, als ich rückwärts auf die Straße trat, um besser zu sehen. Der Wind blies so seltsam, dass Zeitungen und andere Dinge in Wirbeln aufstiegen und sanken. Schließlich verschwand der Müll über den kahlen Kirschbäumen. Im Hauseingang drehten sich noch kleine Papierschnipsel wie eine besessene Wolke; offenbar hatte jemand einen Brief zerrissen. Raff wollte nach Hause, aber als ich vor-gab, mit gezielten Schüssen auf die Fetzen zu feuern und erklärte, dass wir nun endlich unsere Band taufen könnten, die Wolke aus weißem Papier bedeute, dass wir einer blanken Generation angehörten, jaulte er. »*Aik – aik!*«

»Ache, nur Ache.«

Ich ging zur East 11th weiter, Raff nach Little Italy. Als ich in die Wohnung hinaufkam, war ich zu aufgeputscht, um zu schlafen. Ich setzte mich ins Fenster zum Hof und dachte an alles, was nachts pas-sierte, ohne dass jemand sich daran erinnerte. Unablässig fuhren Autos durch die Straßen, schaukelnd und schwankend. Kühlerhauben glänz-ten, Ampeln schlugen um. Obdachlose wärmten sich an Feuern, Müll-säcke stanken, schimmerten aber. Und über allem schwebte der Mond. Als ich an der Bodega an der Ecke Second Avenue vorbeigelaufen war, hatte im Fenster DELIVERY geflimmert. Die Buchstaben verbanden mich mit dem Neonschild in der 125th Street. Das gleichnamige Lied entstand innerhalb weniger Stunden. Einzelne Akkorde verbesserten wir später, im Großen und Ganzen stimmte die Abfolge jedoch. Auch das Solo nach dem Refrain blieb gleich.

Als ich die Melodie am nächsten Tag vorspielte, saßen Raff und Will still, dann baten sie mich, die Akkorde zu wiederholen. Jetzt besänftigten sich meine ungeschliffenen Riffs zu einer wachsamen Sehnsucht, die der Tremolohebel verstärkte, bis die Seele brannte. Will war anzusehen, dass er glaubte, es könne ein Hit werden. Robbie, der eine Melodie nur einmal hören musste, um sie zu spielen, schloss seine pechschwarze Stratocaster an und erforschte die Töne, kurz darauf fielen auch Bass und Schlagzeug ein. Wir machten zielstrebig weiter. Noch fehlte der größte Teil des Textes, aber ich wusste, der Song sollte von dem Wind handeln, der einen spüren ließ, dass es möglich war, nach oben zu fallen.

Die neuneinhalb Akkorde, die »Delivery« einleiteten, als wir ein paar Jahre später unser erstes Album aufnahmen, verflochten Erwartung und Ungeduld. Zwanzig Sekunden lang, bevor der Gesang einsetzte und die Gitarren gebändigt heulten, war alles enthalten, was Raff und ich auf unserer Pilgerfahrt erlebt hatten: Eifer, Flimmern und Ehrfurcht, Dampf über Asphalt, so intensive Scheinwerfer, dass sie wie Nadeln stachen, kalte, aber schmerzende Ruhe … die Papierschnipsel, die sich im Kirchenportal drehten. Und ein Gefühl von Kräften, größer als Gravitation.

Im Unterschied zu anderen Liedern, schraubte sich die Tonleiter abwärts, die Gitarren schienen das Glück in einem Jetzt zu jagen, das niemals andauerte. Dieser lange, lustvolle Fall, verzaubernd ähnlich Phosphor in Zeitlupe, spiegelte den Wind an der Grace Church. Als wir die abrupte Windstille des letzten Verses erreichten –

Suddenly, my eyes went so soft and shaky
I knew there was pain, but pain is not aching

–, sah ich die Wolke im Eingang. So klang Schmerz, der zeigte, wie es war zu leben. Der nicht wehtat, sondern linderte.

Als wir die Verstärker ausschalteten, kratzte Raff sich die Kopfhaut, musterte die Fingernägel und grinste. »Delivery« zeige, dass die Götter endlich auf unserer Seite stünden. Aber so könne die Band wohl kaum heißen. Das Lied verkünde, dass die Instrumente keine Energiequellen, sondern Medien seien. »Versteht ihr?« Sein Bass, die beiden Gitarren und Wills Trommeln hätten eine heilige Aufgabe: seligmachende Volt weiterzutragen. Laut Raff seien wir die moderne Version der Orakel früherer Zeiten. Eine solche Band könne nur einen Namen haben. Er riss den Zettel von der Wand.

Transmission.

O MI AMORE

Trish sah uns Ostern 1974. Auf dem Weg nach Chinatown, an einem der ersten Märztage, hatte ich auf einer Leiter einen wankenden Mann entdeckt. Das Schild, das er gerade aufhängte, enthielt vier Buchstaben; die Abkürzung klang nach einem Radiosender. Als ich ihn danach fragte, zog er, die Zigarette zwischen die Zähne geklemmt, eine Grimasse. In Zukunft solle in dem Club, den er übernommen hatte, Country, Bluegrass und Blues gespielt werden. Zwei Stunden später kehrte ich mit Robbie zurück. Das Lokal bestand aus einer langen Theke an der einen Seite und Billardtischen hinter der Bühne auf der anderen. Der Besitzer schlief mit seinen Windhunden im Zimmer hinter der Küche. Obwohl wir Rock spielten, gab er uns ein paar Sonntage, wenn ohnehin kaum jemand kam.

Später gestand Trish, sie habe sich schon damals entschieden, nach unserem dritten Konzert im CBGB. Es seien die Hände gewesen. Und der Hals. Der schönste Hals in der Rockgeschichte.

Trish zufolge waren wir uns im Waschsalon in der East 10th Street begegnet. Ich erinnerte mich nur an eine Frau mit einer Tagesdecke voller Saftflecken, die mich etwas zu der Tüte fragte, die ich bei Mr. Lee gekauft hatte. Offenbar hatte ich geantwortet, sein Mix sei besser als das Waschmittel, das im Automaten verkauft wurde, man müsse nur darauf achten, das klebrige Pulver nicht auf die Haut zu bekommen, denn dann brenne es. Lee mische Powercleaner hinein, der für Metallflächen und Maschinen benutzt werde. Trish behauptete, ich hätte an den Fransen der Decke gezogen. Wenn sie die Mixtüte benutze, riskiere sie, dass der Stoff ausbleiche, dafür rieche die Mischung wundervoll. Als ich die Trommel gefüllt hatte, ergänzte ich, die blaue Schmiere sei die einzige Methode, Laken weiß und spröde zu bekommen. Wie Oblaten.

»Oblaten? *Capito.*« Trish hatte mich verstohlen angesehen, als ich die Maschine mit Münzen fütterte. »Schicke Lederjacke …«

Nicht einmal, als sie das Muster von Onkel Rays Jacke erwähnte, erinnerte ich mich an die Frau mit dem Pferdeschwanz. Oder dass sie gefragt hatte, ob sie den Rest meiner himmelblauen Mischung haben dürfe. »›Die ist neonblau‹, sagtest du ernst. ›Wie die Nacht.‹«

Für mich war unsere zweite Begegnung die erste.

Trish kannte Raff aus literarischen Zusammenhängen. Sie hatten sich beim Poetry Project kennengelernt, wo sie zu Gitarrenbegleitung gelesen und er *22nd Century* als Titel für ihr nächstes Buch vorgeschlagen hatte. Als sie sich erneut begegneten, diesmal im Le Jardin, einem Nachtclub, hatte er ihr erzählt, dass wir am Ostersonntag spielen würden. Eigentlich hatte sie vorgehabt, die Premiere der neuen Stones-Doku zu feiern, aber als sie und der Gitarrist nicht zur anschließenden Party eingeladen wurden, nahmen sie ein Taxi zum CBGB.

Wir hatten uns vor den Auftritten die Haare schneiden lassen, sogar Will, und geprobt wie die Irren. Der Sound war beißend, ohne ungeschliffen zu klingen – Schauer aus Akkorden und Qual formten rastlose, aber gut gezielte Melodien. Wenn Raff sich besonders wüst wand, glaubten die Leute, der Strom liefe durch ihn und nicht durch den Bass. Dennoch hörte Trish in dem Krach eine überirdische Ruhe schimmern. Und sah, was sie sehen wollte.

In der Pause zwischen den Sets sprach sie zuerst mit Robbie und danach mit Will, ließ mich jedoch nie aus den Augen. Sie war wie eine wärmesuchende Rakete, kam näher und näher. Wenn ich mir eine Zigarette anzündete oder etwas zu jemandem sagte, waren ihre dunklen Iris da, brennend unschlüssig. Später erfuhr ich, dass der linke Sehnerv träge war. Obwohl die Augen koordiniert arbeiteten, wirkten sie selbständig, was ihren Blick doppeldeutig machte. Die Kombination aus

Ungestüm und Gemächlichkeit war unwiderstehlich. Als Raff uns schließlich einander vorstellte, wussten wir alles übereinander, ohne eine Ahnung zu haben, wer wir waren.

Trish erklärte, Rimbaud sei hundert Jahre vor der E-Gitarre Rock'n'Roll gewesen, Transmission klinge wie seine Erben. Als ich etwas über böses Blut murmelte, strahlte sie. »Ich bin auch im Limbus gewesen, aber zurückgekehrt!« Dann senkte sie die Stimme und erzählte vom Waschsalon. Die Wochen, die verstrichen waren, seit ich an den Fransen ihrer Tagesdecke gezogen hatte, seien unerträglich schön gewesen. »Wie wenn man geil ist, doch nicht kommen darf.«

Hätte jemand anderes so geredet, ich hätte gelacht. Das knochige Wesen vor mir, sie, die ein weißes Hemd unter einem viel zu großen, schwarzen Jackett trug, diese schöne Vogelscheuche von einem Menschen, musste aber einfach ernst genommen werden. Trish weigerte sich zu glauben, dass ich die Begegnung vergessen hatte. Als sie erkannte, dass ich mir das nicht ausdachte, nahm sie mir die Zigarette aus der Hand. Zwischen vorsichtigen Zügen erklärte sie: »Wenn ich deine Finger sehe, denke ich an Picassos Jungen und Mädchen. Die blaue Periode, weißt du? Wir sind wie sie. Im Innersten sind wir Bruder und Schwester.«

Nur Trish konnte so etwas von sich geben, ohne prätentiös zu wirken. Bald verstand ich, dass sie alles meinte, was sie sagte, als stünde ihr Leben auf dem Spiel. Nachdem sie gesehen hatte, wie ich mit Mr. Lees Mixtüte hantierte, hatte sie von Händen geträumt, die sie mit nachtblauem Neon reinwuschen. Am nächsten Morgen war sie wieder Jungfrau gewesen, hatte aber Diamanten gefühlt, die zwischen den Leisten funkelten.

Trotz der Direktheit wurde ich unsicher. Meinte sie, was ich glaubte? Wer sprach so zu Fremden? Der Redefluss amüsierte mich, ohne dass ich es wagte, ihr zu trauen. Unter dem Strom aus Worten zuckten jedoch warme Stöße, ebenso flehend wie aufreizend. Sie wirkte selbstsicher und gleichzeitig verletzlich. Die mageren Gesten hoben ihren

Willen hervor, aber auch ihre Verlorenheit, gleichzeitig stand sie mir etwas zu nah, als dass es Zufall hätte sein können. Auch wenn ich mich nur erinnerte, dass die Fransen von Saft verfärbt gewesen waren, erklärte ich, auch meine Laken seien jungfräulich. Da lächelte sie wie eine Konfirmandin.

Als Trish ein paar Wochen später in der *SoHo Gazette*, für die sie sporadisch Konzerte besprach, über uns schrieb, waren wir ein Paar. Als sie am zweiten Morgen die Laken in der East 11th Street verließ, ballte sie die Faust um das Hemd, das ich mir übergezogen hatte und erklärte: »Ich brauche ein Pfand.« Es war Jims altes T-Shirt mit weißer Schrift. Auf der Brust stand *You are here*.

Der Artikel, der im Sommer 1974 erschien, enthielt eine deutlichere Liebeserklärung. Wie Raff vermied Trish Kommazeichen, Huldigungen sollten lodern und sich verbreiten wie Lauffeuer. Zunächst pries sie alles, worüber sie im Club gefaselt hatte. Wir waren Wesen, deren Instrumente an den Hüften hingen, Jungen mit wirklich kurzen Haaren und total nackten Gesichtern und verwirrter sexueller Energie. Wir waren Helden mit stählernen Nerven, aber oh-so-kundigen Fingern, wir waren *kouroi* mit lässigem Kleidungsstil und eigentümlicher Art zu gehen, dünnen Göttern gleich. Erfüllt von Neonbegierde besaßen wir wie jede heilige Kunst »Fühlergespür«; wir vermittelten himmlische Töne direkt aus den Knochen.

Nach einer Beschreibung unseres Repertoires, die zeigte, dass sie sich mehr für Texte als für Töne interessierte, fuhr sie fort: »Was mir an Transmission gefällt ist ihr Hunger ihr Begehren ihre Art auf die Bühne zu gehen und zu tun was sie wollen. Einfaches Licht kein Theater. Wenn eine Saite reißt wird sie ohne Entschuldigung ersetzt. Wenn ein Schulterband herabrutscht schlagen sie auf das Instrument ein während es zu Boden rutscht. Wenn der Bassist das Gleichgewicht verliert spielt er auf dem Rücken weiter. Kein Zögern. Falscher Akkord na und. Der Sänger mit dem schönsten Hals der Rockgeschichte sagt nichts zwischen den Liedern. Er ist hier hier hier – das ist alles. Diese

Stimme steigt bis sie außer Reichweite verschwindet.« Für die Kritikerin stand fest: Transmission waren »Ausbrecher aus dem Himmel«. Sie ahnte nicht, wie sehr mich Letzteres berührte.

Auch wenn Trish kaum etwas von Instrumenten verstand, wusste sie doch praktisch alles darüber aufzutreten. Wenn sie ihre ekstatischen Gedichte in Buchläden oder Antiquariaten las, wurde sie von Lonny auf der Gitarre begleitet, manchmal auch von einem langhaarigen Typen am Schlagzeug, der wie Will nie ein Wort von sich gab. Sie hatten gerade eine Band gegründet. Noch fehlten Bass und Rhythmusgitarre, aber der Auftrag stand fest. Wie Transmission träumte Trish Kelly Co. davon, Rock und Poesie zu vereinen, ohne dass das eine dem anderen untergeordnet wurde.

Als ich ihr erzählte, dass Robbie uns als Gruppe wie ein Geschenk des Himmels erlöst habe, seufzte Trish verliebt. Der wahre Künstler sei eine unbegreifliche Gnade, ein »Mutant«, geboren ohne Augenbrauen und Halsmandeln, diesseits der Logik und jenseits der Mathematik, auf der anderen Seite von »Poli-trick«, Konfirmation und Reiseübelkeit. Oder wie sie in einem der Texte schrieb, die ich ständig lesen sollte, weil das Letzte, was sie zu Papier gebracht hatte, zweifellos das Heiligste war, was seit dem Hohelied gesagt worden war: »Jeder Mensch der über die klassische Form hinausstrebt ist ein Nigger ohne Furcht und die Verzweiflung ein Wesen das sich wie Rimbaud erhebt und goldene Rhythmen mit seiner weichen geschmeidigen Scheißzunge schlägt die hell ist wie eine sich windende Schlange die ein dampfendes Rückgrat die eine Strahlenpistole ist die ein zischender Kupferkopf ist …«

So ging es immer weiter, in einem nie versiegenden Strom. Nicht alles war verständlich, aber Trish schrieb orgiastisch. Wenn es gut war, klang es fantastisch, wenn es zu viel wurde, hoben die Worte nicht ab. Oft fand ich, dass es sich wunderbar anhörte, weil sie mit ruhigen Atemzügen begann, zielstrebig, aber ohne Eile, um langsam die Taktzahl zu erhöhen, bis die Worte immer schneller kamen, sich verdichteten und ineinander übergingen, nässend und zitternd. Wenn ihre Verkündigung offen und hungrig zu Lonnys stabilen Riffen klaffte, entstand die hitzige Blüte, die »eine neue Sprache« bildete. Keiner konnte wie Trish dieses Idiom herausstampfen, bis die Absätze und das Klatschen der Hände und die verzerrten Akkorde in die schwingenden Körper des Publikums wanderten, zu Schweiß und Glückseligkeit. Immer wollte sie dorthin – in andere Menschen, zur Verzückung, die allein vereinte. »*N-n-n-neon blue* . . .«, murmelte sie, als das Crescendo verebbte, dann schloss sie die Augen und streckte die Arme aus wie eine anämische Madonna:

boyish blue
blushing bloody bo-bo-boyish blue
o touch my fringes fill my fold
my bliss o bliss o lick my bliss

Ich mochte es, wenn Trish so kompakt und intensiv, so *unablässig* war. Dennoch machte diese Hemmungslosigkeit mich scheu. Ein so intensives Interesse war ich nicht gewohnt, vielleicht bekam ich Angst, dass ihr Hunger meinen verschlingen würde. Trotz Adrenalins, das eines Seiltänzers würdig gewesen wäre, gab es da etwas, das kein Pardon kannte.

Am Abend unserer zweiten Begegnung, die für mich die erste war, hatte ich gesehen, wie sie Debby Harry und auch Isobel Rifkin behandelt hatte, eine Studiomusikerin, die alle nur Bella Riff nannten, weil es nicht eine Phrase in der Rockgeschichte gab, die sie nicht spielen konnte. Downtown schien für Frauen mit dem gleichen Traum nicht groß genug zu sein. Und Menschen, die Trish nichts nutzten, Personen, die eine andere Ausstrahlung hatten oder wie Bella unerschütterlich zuverlässig waren, weil sie ein Kind bekommen hatte und es sich nicht leisten konnte, Zeit zu vergeuden, ließ sie fallen. Mit ungeschnürten Stiefeln trampelte sie sorglos auf wunde Zehen; sie meinte es gut mit ihren Gesten, nahm aber selten Rücksicht. Solange die Leute Trish folgten, reichte ihre Leidenschaft für alle. Die Welt sollte erlöst werden, ob sie es wünschte oder nicht.

Da fiel es leichter, ihren mädchenhaften Eifer und ihre Hitze zu mögen. Ich mochte, dass sie jeder Ausbuchtung meines Körpers mit dem Zeigefinger folgte. Und es nicht ertrug, dass ich ihr nicht von jedem einzelnen wichtigen Erlebnis erzählte, das ich als Kind hatte. Sie jammerte lustvoll, aber ungeduldig; sie wollte mehr über Buck hören und unverzüglich wissen, ob ich noch immer an außerirdische Kräfte glaubte. Diese verwickelten Wesen, die über uns wachten, ohne einzugreifen, sorgten sie wirklich dafür, dass uns, wenn nötig, Hilfe zukam? Wenn sie doch nur Nana hätte treffen und fragen dürfen! Und welch ein schöner Gedanke: Die Toten bestanden aus Äther. Wenn es so war, lebten sie ja durch jeden unserer Atemzüge weiter. Kein Wunder, dass es an den Schläfen flatterte! Eines Tages würde auch unser Staub sich zerstreuen und wir zu solcher Luft in der Luft werden. Danke übrigens für das T-Shirt, aber wie kam es, dass ich vier Wochen gebraucht hatte, um zu erwähnen, dass ich einen Bruder hatte? Nein, einen Zwillingsbruder! Begriff ich, wie unerhört es war, mit jemandem zu schlafen, den es in doppelter Ausfertigung gab?

Obwohl ich häufig zum ersten Mal von einem Ereignis erzählte, das entscheidend dafür geworden war, wie ich mich selbst sah, hörte Trish nicht immer aufmerksam zu. »Wie, Laser?« Sie bat die Kellnerin im Moe's um mehr Honig für die Pfannkuchen; als sie rinnende Bronze über den Teller gegossen hatte, war ihre Aufmerksamkeit untrüglich woanders. Zwischen den Bissen fragte sie: »Möchtest du zu den Antiquariaten gehen? Oder nach Coney Island fahren?« Bei dem Gedanken an Feltman's Würstchen und den Sand, der seitwärts über die Uferpromenade glitt, wurde sie schroff. »Es ist wirklich verboten, Nein zu sagen.«

Nach dem Tumult der einleitenden Wochen entdeckten wir einander nicht mehr zum ersten Mal, nach ein paar weiteren hatten wir uns an Eigenheiten und Bedürfnisse gewöhnt. Mitten im Sommer fuhr Trish zu ihren Eltern; mit ihrem Vater ging sie immer fischen, mit ihrer Mutter kochte sie Beeren ein. Auch wenn ich nichts dagegen hatte, die Nächte allein zu verbringen, vermisste ich ihren Eifer und das träge Auge, ihre Wärme und fuchtelnden Arme – all das, was es so *spannend* machte, zusammen zu sein. Einige Tage lang versuchte ich sogar, ein Lied über den Sturm zu komponieren, den sie aufgewirbelt hatte, aber die Melodie bereitete mir Probleme. Ich wollte, dass es ein lüsternes und dennoch ruhiges Gebet würde, stattdessen klang es wie Spinnweben und Sahnebonbons. Als ich eines Nachts Elsa und Luigi durch die Wand hörte, beschloss ich, mich von den Liebkosungen, die meine Nachbarn keuchten, inspirieren zu lassen.

Als Trish zurückkehrte, sahen wir uns jeweils drei, vier Tage hintereinander, danach arbeiteten wir ebenso lange getrennt voneinander. Wir mussten beide an unsere Bands denken, mussten beide Geld verdienen. Sie gestand, dass sie unter dem Arrangement litt, aber der Rhythmus passte. Normalerweise kam sie, wenn die Spätsommerdunkelheit von innen erhellt wurde, von Straßenlaternen und flimmernden Leuchtreklamen, dann schliefen wir verschwitzt umschlungen bis weit in den Tag hinein. Die Nacht war die Zeit der Körper. Im Schlafloft wurden wir zu Verschworenen im Dienst der Nähe. Trish ernannte die Matratze zur Insel im Himmel, die mixtütenduftenden Laken gewährten Amnestie von der Welt. Auf diesem Atoll, weiß wie die Gebiete auf den Karten früherer Zeiten, würden wir ergründen, ob wir die Personen waren, die es immer gegeben hatte.

Immer gegeben hatte?

»So weiß man, für wen man bestimmt ist.«

Wenn der Morgen graute, stiegen wir hinunter, wund und hungrig, und aßen in einem Deli, ehe wir bis fünf Uhr nachmittags weiterschliefen. Die ganze Zeit knarrte Dads alter Ventilator auf dem Bettregal hin und her. Unser Schutzengel.

In Moe's Diner kam schließlich die hässliche Wahrheit ans Licht. Es war September geworden, die Luft war mild, aber sachlich, alles hatte wieder klare Konturen bekommen. Während des Sommers hatte Trish ihre »Uniform« – Jeans und Jackett mit hochgeschlagenen Ärmeln – gegen ein weißes Baumwollkleid mit Saum um die Taille ausgetauscht, das sie in einem Trödelladen gefunden hatte. Die Fransen erinnerten an die Tagesdecke, die uns zusammengeführt hatte, aber auch an die Schlüssel, die Nonnen an der Hüfte tragen. Ich zählte sechs Stück und meinte, sie ähnele Emily Dickinson. Das gefiel ihr so sehr, dass sie die Haare mit Spangen aus weißen Muscheln feststeckte.

Nun pflückte sie die heraus und schüttelte ihre pechschwarzen Haare. »Satan ist in mich gefahren.« Sie zögerte. »Nicht, dass du viel sagen würdest, schöner Junge, es gibt da allerdings etwas, das *ich* nicht erzählt habe.« Sie biss sich auf die Lippe wie ein Schulmädchen, mein Unterleib brannte verwirrt. Die großen Schneidezähne machten das, was sie sagen wollte, nicht weniger bedrohlich. »Ich habe …« Die Lippen zitterten über dem schnell schmaler werdenden Kinn. »Verflucht, Ache, ich habe einen festen Freund.«

Übelkeit wallte in mir hoch, schlangengleich und erstickend, es war ein Kurzschluss im Gehirn. Trish hatte behauptet, sie wohne in Brooklyn, wenn wir uns nicht sahen, was erklärte, warum wir uns immer bei mir treffen mussten. Doch das war gelogen. Sie lebte nicht mehr zwischen Katzen und Kakteen zur Untermiete bei einer misanthropischen Krankenschwester, die ihr verboten hatte, Besuch zu empfangen. Das hatte sie nur für ein paar Monate zwischen zwei Wohnungen getan. In ihren ersten Jahren hatte sie sich ein Apartment mit einem Freund geteilt, der Fotograf war; das hatte sie erzählt, das wusste ich also. Niemals erwähnt hatte sie jedoch, dass sie von Brooklyn zurück nach Downtown gezogen war. Inzwischen lebte sie mit ihrem Freund in der MacDougal Street, ein paar Häuserblocks südlich vom Cinemabilia, wo Raff arbeitete. Der Grund dafür, dass sie mich nie nach Hause mitgenommen hatte, hieß Alan. Sie waren seit knapp zwei Jahren zusammen, lebten aber »offen«. Alan, der italienischer Abstammung war, ging häufig auf Tournee und war alles andere als treu, dennoch hatte er Zeit gebraucht, um sich mit der Situation zu versöhnen.

»Du ahnst gar nicht, wie schön es ist, es zu sagen. Sieh mal, die Zunge ist nicht schwarz.« Sie streckte sie heraus; an einem der ersten Nachmittage im Moe's, als wir bei marathonlangen Frühstücken von uns erzählten, hatte ich erwähnt, was die Bande meines Bruders immer gesagt hatte.

Ich wollte nach ihrem Besuch bei den Eltern im Sommer fragen, ahnte jedoch, dass sie die beiden mit ihrem Freund besucht hatte. »Aber . . .«, stammelte ich.

»Aber was, mein Held?«

»Der Waschsalon, was hast du da gemacht?« Ich fühlte mich bedrängt, verloren, seekrank. Das Blut hatte mein Gesicht verlassen, mein Rücken war zu einem Besenstiel erstarrt. Wenn Trish offen lebte und andere traf, musste sie mir das sagen, obwohl ich nicht ein Wort, nicht eine Silbe mehr hören wollte.

»Nur du hier.« Sie legte die Hand auf ihre Brust, als stünde sie vor Gericht. »Nur du hast eine Aufenthaltsgenehmigung für meinen Muskel.« An dem Sonntag, als sie bei Mr. Lee wusch, hatte sie bei Lonny und seiner Freundin übernachtet. Das tat sie häufig, wenn sie bei Lesungen mitwirkte und keine Lust hatte, in eine leere Wohnung zurückzukehren. Die Tagesdecke gehörte Lonny.

Alan, den Trish ihren »Freund« nannte, während ich von nun an zu ihrem »Jungen« wurde, spielte Keyboard in einer Heavy-Metal-Band. Als sie erzählte, wie sie hieß, fand ich, dass es sich anhörte wie eine Hippiekommune in Colorado. Offenbar hatte die Gruppe ihren Namen einem Gedicht des Managers Andy Pearlmut entnommen. Trish war ihm bei einem Verlag in Midtown begegnet. Nachdem er sie der Band vorgestellt hatte, schrieb sie die Texte zu mehreren Songs. Jetzt hatte sie jedoch das Gefühl, mit Pale Saturn Congregration fertig zu sein. Sie waren viel Rimbaud, aber zu wenig Dickinson.

Sie zog an den Ärmeln, unsicher, was sie sehen würde, wenn sie meinem Blick begegnete. Die Mischung aus Erleichterung und Schüchternheit erweichte mich. Als sie begriff, dass ich nicht vorhatte, aufzustehen und zu gehen – es war aus, so offen konnte ich unmöglich leben –, übergab sie mir ein in Zeitungspapier eingeschlagenes Geschenk. Sie hatte sechs Gedichte von Dickinson in ein Heft abgeschrieben. Die Frau in Weiß, die Jungfer, die lieber keine als jemand war, und am liebsten überhaupt »ein paar von uns«, sollte unser Band stärken. Jetzt, da sie mir von ihrem Freund erzählt hatte, konnten wir wirklich Verschworene werden. »Stimmt's, Ache? Wirklich wirklich?« Sie sah mich flehend an. Als ich nicht antwortete, jammerte sie. »Jetzt sag doch was. Du weißt, dass ich es nicht mag, wenn du schweigst.«

An dem Tag lag Trish still wie eine Wachskerze an meiner Seite. Sie weigerte sich zu schlafen. Gemeinsam mit dem Ventilator würde sie über den Jungen mit den Händen wachen, von denen sie niemals genug bekam.

Als ich erwachte, machten wir weiter wie zuvor, ein ganzes Jahr.

Bis zur nächsten Überraschung.

Trish stammte aus dem südlichen New Jersey, östlich des Delaware River, eine Dreiviertelstunde mit dem Auto von dem Ort, wo ich aufgewachsen war. Sie mochte die gleichen Rot- und Weißeichen auf dem Land wie ich, die gleichen verlassenen Strände, die gleichen rostigen Maschinen auf den Feldern. Sie hatte von den Gottesdiensten der Quäker gelernt und entblößte die Zähne, als ich von meinem Orbitop erzählte; ihr Bruder hatte auch eins gehabt! Außerdem kauften ihre Eltern während der Lazarustage im The Dry ein, wo sie ebenso intensiv wie ich Ayler und Coleman gelauscht hatte.

Wir waren beide religiös erzogen worden. Trishs Familie waren Zeugen Jehovas, während Mom meinen Dad überredet hatte, Jim und mich in die katholische Schule gehen zu lassen. Auch wenn Trish und ich nicht mehr gläubig waren – sie hatte ihren Glauben im Zusammenhang mit einem »schlimmen« Ereignis verloren, das sie gezwungen hatte, das College zu verlassen, ich wegen Don und Tommy –, hatte keiner von uns das Gespür für »Ascent« verloren. So lautete der Titel des Songs von Transmission, den sie am liebsten mochte. Ihr zufolge vermochte allein der Aufstieg mit der Verwandlung zu konkurrieren, das wüssten alle wahren Künstler und alle Religionen. Um es zu beweisen, sang sie leise das Intro:

The last word
Is the lost word

Trish wollte wissen, welches Wort verloren gegangen war, ich lächelte wie eine Sphinx. Wenn sie das nicht verstand, sollten nicht meine, sondern ihre Ohren ausgetauscht werden.

Wenn wir nicht auf der Insel im Himmel schliefen oder mit unseren Bands probten, verbrachten wir die Nachmittage in der Fourth Avenue. Meistens suchten wir nach seltenen Ausgaben von Surrealisten, aber ein paar feinere Antiquariate verkauften alte Fotos, die wir uns auch ansahen. Kinder in Matrosenanzügen oder Spitzenkleidern, Männer mit ernsten Mienen in steifen Sonntagsanzügen, Frauen mit Halskrausen und einem Dackel im Schoß, den die Belichtungszeit in ein Fabeltier mit drei Schwänzen verwandelt hatte. Auf seltenen Silbergelatineabzügen schwebte eine milchfarbige Gestalt über der Person, die mit geschlossenen Augen und gefalteten Händen an einem Tisch saß, auf dem eine Petroleumlampe brannte – der Witwer heimgesucht von der verstorbenen Liebsten.

Trish kaufte einen besonders kostbaren Druck, auf dem ein barfüßiger Ureinwohner mit ausgestrecktem Fuß im Staub suchte. Über ihm war ein Ahne zu sehen, geformt wie die Flamme einer Kerze, aber gemacht aus Rauch. Neben der Körperbemalung des Mannes und den schönen Federn um die Oberarme verlieh der Rauch der Szene etwas Kultisches – hier war die andere Welt ebenso fern wie nah. Und stand in keiner Weise im Gegensatz zu dem Schmutz zu Füßen des Mannes, eher war der Tanz, den er auszuführen gedachte, bereits in dem Foto angelegt.

Im Unterschied zu mir, der ich nach den Nasentropfen, die keine waren, genug von Paradiesen hatte, künstlichen oder nicht, konnte Trish es nicht lassen, an diesen Nachmittagen religiöse Schriften mitzunehmen. Buddhistische Broschüren aus Klostern in den kalifornischen Bergen, okkulte Drucke von Crowley oder Gurdjieff, Hymnen spanischer, seit Jahrhunderten toter Nonnen … Ich ertrug das Geschwafel nicht, aber sie war überzeugt, dass auch in Mist Juwelen verborgen lagen. Das Einzige, was sie mied, waren die Handleserinnen, die, umgeben von Katzen und Räucherkerzen, in ihren feuchten Kellern am St. Mark's Place kauerten. Sie waren etwas für Möchtegernzigeuner und Sekretärinnen.

An einem Tag im Frühling – die Kirschbäume an der Grace Church blühten in wirrer Pracht – hatte Trish ein neues Heft dabei. Ich stöhnte, als ich sah, dass es darin um die römisch-katholische Liturgie ging, doch sie ließ nicht locker. Wusste ich, dass es auch Psalmen für die Nacht gab, Gebete, die von den frühen Christen *nocturni* genannt und von den Mönchen noch heute zwischen Mitternacht und Morgen gemurmelt wurden? »Sie tun es für andere. Kapierst du? Wir sollen gemeinsam erlöst werden!«

So entstand *Nocturnes*. Das nachtblaue Neon, das uns zusammengeführt hatte, sollte eine größere Verschwörung segnen. Wir fanden erst im Jahr darauf einen Verlag, aber Trish wusste bereits, wie das Buch geschrieben werden sollte. Sie wollte elf Gedichte beisteuern, die auf den linken Seiten stehen würden, ich musste genauso viele für die rechte zusammenkratzen – ungerade Zahlen für sie, gerade für mich. Das Arrangement bedeutete, dass sie den Band einleiten und ich ihn abschließen würde.

Das Konzept erinnerte mich daran, wie Raff und ich gearbeitet hatten, und obwohl ich in letzter Zeit nur Lieder geschrieben hatte, ließ ich mich deshalb überreden. Warum ausgerechnet zweiundzwanzig Gedichte erforderlich waren, begriff ich erst, als Trish erzählte, die Zwei sei ihre Glückszahl. Das Buch sollte mit jeweils einem Prosatext beginnen. Ihrer, der mittendrin einsetzte, erläuterte den Hintergrund:

die lehre der marokkanischen araber erforschen. die nacht hat 22 eigenschaften: 11 heiligengleiche 11 teuflische. schützen und beflügeln auf die gleiche art wie der engel schützt aber dennoch das tor der moschee mit dem kalten lichtschein eines mondes entweihen.

Wie Raff spiegelte sich auch Trish in dem Dichter, der die Wortkunst aufgegeben hatte, um in Nordafrika Waffen zu verkaufen. Rimbauds rohe Radikalität sprach sie in einer Weise an, wie es sonst nur Jimi Hendrix tat; bei keinem von ihnen ließ sich das Geschützte und das Gefährliche auseinanderhalten. Ich wusste nicht, ob der Dichter Marokko besucht hatte, nahm jedoch an, dass »die lehre« aus einem seiner Texte stammte. Den Engel, der rettete und verdarb, hatte sie sich jedoch aus einem Aufsatz über Milton geliehen, den ich ihr gegeben hatte.

Als ich die Einleitung gelesen hatte, zeigte sie mir die Zeichnung, die sie auf die Rückseite gemalt hatte. Sie sollte den Ventilator in meinem Loft darstellen, ähnelte aber eher einer betrunkenen Windmühle. Als ich sie darauf hinwies, sah ich Trish zum ersten Mal außer sich vor Wut. Die Faust unter mein Kinn gepresst, fragte sie, ob ich Prügel wolle. Hatte ich die Absicht zurückzunehmen, was ich gesagt hatte? »Wie willst du es haben? Hast du deine Zunge verschluckt?«

Ich wehrte mich lachend, als sie zu schlagen begann. Am Ende stieß sie mich so, dass ich kopfüber aus dem Bett purzelte. Als sie sich aus dem Loft lehnte, war ihr Blick eine Mischung aus Zorn und Wunde. Begriff ich denn nicht, dass sie den Engel gezeichnet hatte, der über ihr friedloses Geschlecht und meine heiligen Hände wachte?

Ich rappelte mich fluchend auf; ich hätte mir das Genick brechen können; sie hatte sie doch nicht mehr alle. Düster drehte ich meine Glieder. Meine Arme schmerzten, ein Knie war geschwollen. Von mir unbemerkt glitt das Glied aus der Unterhose. Das kippte die Stimmung.

Als Antwort auf Trishs Einleitung schrieb ich:

Das Buch lag in meinen Händen. Aber ich begehrte eine weniger verfeinerte Erregung. Ich werde einen Neid heraufbeschwören, so stark, dass sein Gegenstand verschwindet.

Obwohl ich mir nicht sicher war, was die Zeilen bedeuteten, erschien mir der letzte Satz wichtig. Trish schien zu glauben, dass sich mit Worten alles sagen ließ. In den Schriften, die sie sich besorgte, suchte sie ständig nach Bestätigung. In meinen Augen war der einzige Grund zu schreiben dagegen, zu etwas vorzudringen, das jenseits der Sprache lag. Die Wörter lieferten Haken, wie ich in meinem ersten Gedicht in Alphabet City geschrieben hatte, Dickinsonsche Schlüssel zu »unaussprechlichen Schätzen«.

Als wir unsere Werke später auf dem Fußboden ausbreiteten, um die richtigen Kombinationen zu finden, erklärte ich, die Fugen zwischen den Blättern bildeten eine dritte Kraft. Dort sammele sich die Wahrheit über uns, um sie zu tragen, sei das Alphabet zu schwach. Erfreut, dass Nocturne auch ein musikalischer Begriff war, ergänzte ich, dass die Schwingen des Engels in der Falte festsäßen, der Leser lasse sie schlagen. »Atme, und du wirst sehen.«

Wenn Trish mit Alan zusammen war, vermied ich es, an sie zu denken. Wahrscheinlich wollte ich, dass mein Neid so stark wurde, dass sein Gegenstand ausgelöscht wurde. Gleichwohl war es schwierig, nicht nach Dingen zu suchen, die sie mir nicht zeigte, wenn wir uns wieder trafen – eine fremde Vertrautheit, eine unbekannte Wärme, die nicht zu uns, sondern zu ihnen gehörte. Mit dem gleichen schwer zugänglichen Teil des Herzens, in den sich die Missgunst zurückgezogen hatte, wünschte ich mir, dass Trish sich manchmal fragte, wie ich mit anderen Frauen war.

Im November 1975 berichteten die Zeitungen, dass in der Nähe von Snowflake, Arizona, ein Zimmermann verschwunden sei. Als er fünf Tage später gefunden wurde, gab er an, von außerirdischen Wesen entführt worden zu sein. Trish fand den Ortsnamen so witzig, dass sie sich über die Verrücktheit lustig machte. Schon der Name sei zu viel! Es sei okay, dass der Himmel »ambivalent« sein könne, wenn dies das Wort sei, das ich in dem Gedicht benutzen wolle, das ich ihr gezeigt hatte. Wer vermochte zu sagen, ob seine Kräfte einen retten oder zerstören würden? Aber fliegende Untertassen und Strahlenkanonen … Was, ich glaubte dem Mann? »Bodenkontrolle an Transmission: Hallo, hallo, wie schätzen Sie die Lage ein?« Ich wurde das Gefühl nicht los, dass es Alans Freundin war, die nachfragte.

Nach Neujahr sank das Quecksilber rapide. Die Heizkörper in der East 11th hatten der beißenden Kälte wenig entgegenzusetzen. Wenn ich nicht mit der Band probte oder in Cafés mit rundum beschlagenen Fenstern saß und über die »Fäden von Feuer aus dem Himmel« schrieb, die ihn, wie der Zimmermann behauptet hatte, aus einer hoffnungslosen Lage gerettet hatten, lag ich angezogen unter drei Decken und einem Mantel. Mittlerweile verging eine Woche oder mehr, bis Trish vorbeischaute. Ihre Band würde bald auf Tournee gehen, sodass sie intensiv probten, dennoch hegte ich den Verdacht, dass die Arbeit nicht der einzige Grund war. Oder auch nur Alan. Angst, Feigheit, Bequemlichkeit … Wenn wir uns sahen, machte der Unwille des anderen, das Schweigen zu brechen, es leicht, sich selbst zu bemitleiden. Obwohl Trish meinte, Verschwörer wie wir bräuchten einander wie Sauerstoff und Schlaf, vergrößerte sich die Distanz inzwischen auf Arten, die ein halbes Jahr zuvor niemand für möglich gehalten hätte.

Trish hatte offenbar eingesehen, dass ich mich stärker von ihr unterschied, als sie hatte zugeben wollen. Sie, die beschlossen hatte, die

Welt zu schlucken, liebte die Kunst und die Konvulsion, träumte aber davon zu fallen, kopfüber, in einem Gebet an die Schwerkraft. »Ich wähle immer die Erde«, erklärte sie an dem Abend, als wir uns endlich aussprachen. Wenn sie sich verliere, sei es wie Wasser in Wasser. Ich dagegen versuche, leichter zu werden – nicht körperlich, das gab sie zu, auch wenn ich besser essen sollte, sondern in allem, was ich anstrebte. »Du bist wie Wolken oder Gas, Ache, verschwindest ständig.« Sie sei sicher, hätte Picasso eine graue Periode gehabt, er hätte mich porträtiert.

Nach und nach wurde ich überzeugt. Trish träumte davon, auf molekularer Ebene umgeformt zu werden, ich von den Fäden, die zu der Sphäre hinaufführten, in der die wilde Ruhe trieb. Als sie ein paar Tage später ein neues Pamphlet fand, behauptete sie, ich sei Vokale und sie Konsonanten. Anschließend wiederholte sie, was sie gesagt hatte, dass sie dem Wasser und der Erde nahestehe, also allem, was sich anfassen lasse, während es mich zur Luft und zum Feuer hinziehe. Körper und Seele, wir waren das Gegenteil des anderen. Das Ganze klang so widersinnig, dass ich mir die Ohren zuhielt. Aber eigentlich stimmte es mich traurig, dass sie nun Unterschiede statt Ähnlichkeiten suchte.

Am schlimmsten war, dass ich ahnte, sie hatte recht, wenn ich mich in den Cafés aufwärmte. Als ich eines Tages mit laufender Nase in einem ägyptischen Lokal saß, in das ich immer öfter ging, weil mir das Porträt des Sonnengotts an der Längswand gefiel, gestand ich, dass ich mir das Glück tatsächlich schwerelos, die Zerstörung als Hitze vorstellte. Berauschter Äther oder rasende Flammen – das waren meine Pole. Nichts reichte an die Leichtigkeit heran, die dann Rumpf und Glieder erfüllte.

Während ich Hibiskustee trank, dachte ich über Trishs Gedichte nach. Auch wenn ich die Anspielungen nicht immer verstand, gefiel mir die fahrige Energie, die sie auf stets neue Arten mit Frieden paaren konnte. In einem von ihnen saß ein Junge im Profil an einem Fenster, das dem in meinem Wohnzimmer glich. »die nerven in seinem gesicht spannen sich mit jedem knistern und prasseln an. seine nasenlöcher sind dreiecke die sich zusammenziehen die augen die sich weiten eine blaue flamme.« Ich hatte angenommen, dass der Junge mich darstellen sollte. Jetzt bildete ich mir jedoch ein, dass er der orangefarbenen Gestalt – halb Mensch, halb Flamme – ähnelte, die in einer Ecke des Wandgemäldes zu sehen war, und die, wegen des Winkels, in dem ich saß, meinem umgekehrten Schatten glich. Das Gedicht sagte nicht, ob der Junge das Feuer betrachtete oder dessen Ursprung bildete. Ebenso wenig vermochte ich zu entscheiden, ob der flackernde Fleck Zeuge oder Anstifter der an der Wand geschilderten Ereignisse war.

Als es Frühling wurde, schrieben wir das Manuskript auf Trishs Hermes 2000 ins Reine, danach lagen wir in meinem Wohnzimmer auf dem Boden – sie mit dem Kopf auf meiner Schulter, ich mit dem Aschenbecher auf dem Unterleib. Keiner wusste, was wir zustande gebracht hatten, keiner wusste, was bevorstand. Obwohl Trish von dem Buch als unserem »Baby« sprach, ahnten wir offenbar beide, dass sich unsere gemeinsame Zeit dem Ende zuneigte. Als ich nichts erwiderte, wollte sie wissen, ob ich noch vorhätte, ein eigenes Buch zu veröffentlichen. Wenn nicht, sollten wir über ein Pamphlet zur Beziehung zwischen Rock und Poesie nachdenken. Wäre *Independence Day* nicht ein passender Titel? Ich wusste nicht, was ich antworten sollte. Ihre Stimme klang eher, als wolle sie nett sein, und nicht, als meinte sie es ernst. Im Übrigen brauchte ich keinen Nachfahren; das Einzige, wofür ich brannte, war Musik.

Still zeichnete ich Figuren mit meiner Zigarette. Wenn die Glut durch die Luft fuhr, hinterließ sie jedes Mal einen Schnörkel, der vor der eingerahmten Nacht des Fensters schwebte. Den letzten kappte Trish mit Fingern wie eine Schere.

Ein paar Wochen später erwachte ich allein. Trish hatte bei mir übernachtet, aber die Kleider waren fort. Vom Hinterhof hörte man einen Basketball auf den Asphalt prallen, dann gegen Brett und Ring schlagen. Ich holte die Gitarre und stieg wieder in den Loft hinauf. Die Luft war mild, dem Licht nach würde es bald Abend werden. Die Melodie, mit der ich aufgewacht war, glitt durch meine Gedanken. Weil sie mich mit dem Traum verband, den ich von einem eigentümlichen Wesen, halb Tier, halb Außerirdischer, gehabt hatte, versuchte ich sie einzufangen – bis mir der Verdacht kam, dass es Teil ihrer Natur war zu entgleiten.

In dem Moment wurde der Schlüssel ins Schloss gesteckt. Trish kehrte mit den Armen voller Sunkist zurück. Die Bodega in der Second Avenue lagerte die Papppyramiden nicht im Kühlschrank wie andere Geschäfte, sondern neben den knallharten Verpackungen mit Saftkonzentrat in der Gefriertruhe. Sie trugen eine Gänsehaut aus Nässe. Als sie merkte, dass ich über den Schatz nicht so glücklich war, wie sie geglaubt hatte, ließ sie ihn wortlos fallen. Die Tetras purzelten ungeordnet die Leiter hinunter.

Schläfrig erklärte ich, wie schwierig es sei, die Phrase zu erwischen, mit der ich aufgewacht war, und dass mich das verrückt mache. Wenn es mir eines schönen Tages gelänge, müsse das Stück instrumental sein. Es gab einfach keine Worte für so flüchtige Töne.

»*Mi – mi –*«. Trish suchte nach einem der italienischen Ausdrücke, die Alan ihr beigebracht hatte, allzu eifrig, um ihn zu finden. »Schau mal!« Sie riss ein Sunkist auf, das nicht heruntergefallen war, und presste gierig die Lippen auf die Öffnung. Halbgeschmolzenes Eis rann aus den Mundwinkeln. »Und ich, die ich mit einer Tasse aus Sonnenaufgang kam!«

Vermutlich zitierte sie Dickinson absichtlich falsch. Aber alles, woran ich denken konnte, als ich die Flüssigkeit vom Kinn tropfen sah, war, dass es eine Wärme gab, die kalt blieb.

In der folgenden Woche ging ich zur MacDougal Street. Wenn Alan auf Tournee war, trafen wir uns manchmal dort. Erst sprachen wir über das Manuskript, denn Pearlmut hatte versprochen, es an einen englischen Verlag zu vermitteln, dann über den Vertrag, den Trish Kelly

Co. kürzlich bei Arista unterschrieben hatten. Wir ahnten beide, dass unser Leben bald anders werden würde. Weil Lonny die anderen in der Band von früher kannte, klangen sie nach ein paar Monaten kompakter als Transmission nach zwei Jahren. Aber Trish glaubte an uns; für sie waren wir Götter auf Abwegen vom Himmel. »Verlangt drei Platten, ehe ihr zurückkehrt.«

Zwei Abende zuvor war sie im Mercer Arts Center aufgetreten. Ich hätte hingehen sollen, hatte jedoch keine Lust gehabt, Alan zu begegnen. Es stellte sich heraus, dass er das Gleiche gedacht und auch nicht hingegangen war. Als Trish die Vorgruppe beschrieb, empfand ich erneut eine Wärme, die kalt war.

Ihr Gitarrist nannte sich Electric. Er hatte in einer heiligen Garage Rockband aus Detroit gespielt, war aber ausgestiegen und hatte eine eigene gegründet. Die Augen waren wie Regenwasser, wenn er sprach, hörte man, dass er aus dem Süden stammte. Die Sätze hatten dieses schleppend Rauchige, das so typisch für die Appalachen war – die Worte rochen nach Teer! Als Electric erzählt hatte, dass seine Mutter ihn mitten in einem Gewitter auf dem Küchentisch der Familie zur Welt gebracht hatte, war Trish eine Offenbarung gekommen: Dies war der geborene Rockmusiker.

Ihre Augen glänzten wie die einer verzückten Nonne, ich war mir nicht sicher, ob sie bemerkte, dass ich mich noch im Raum befand. Je mehr sie erzählte, desto rastloser wurde sie, wenngleich der Eifer auf eine in sich gekehrte Art glücklich war, als wolle sie ihre Aufregung behutsam für sich behalten. Während sie an hundert verschiedenen Dingen im Raum nestelte – getrockneten Blumen in einer Vase, einem eingerahmten Porträt, Kastanien –, beschrieb sie das Konzert und erklärte, wie sehr es sie gefreut habe, dass der neue Bassist ihrer Band ihnen den schweren, männlichen Drive schenke, nach dem sie sich gesehnt habe.

Trotz der Freude merkte man, dass ihre Worte sich um ein Loch bewegten. Und plötzlich begriff ich, was Trish zu sagen vermied. Ich war unfassbar schwer von Begriff gewesen, jetzt war es nicht zu übersehen. Ich sah es auf ihrer Haut, dieses flammende Rot, das die Bewegungen straff, aber hungrig machte – und sie hilflos blind für andere. »Er ist es, den es immer gegeben hat, was?«

Stöhnend stellte sie das Foto von ihrem Dad als jungem Soldaten vor einem Zelt in Fort Jackson ab. »Mm, ich kann es nicht glauben.« Sie verdrehte die Augen wie eine kaugummikauende Teenagerin. »Ache, ich brenne.«

Wenn es einen Engel gab, der in jener Nacht über uns wachte, weiß er, wie es uns gelang einzuschlafen. Ich erinnere mich nur an Trishs Weigerung, mich gehen zu lassen. Alan hatte sie es schon erzählt, im Moment hielt sie es jedoch nicht aus, allein zu sein. Zweimal war ich auf dem Weg zur Tür hinaus. Ehe ich ihr schließlich im Bett den Rücken zukehrte, fest entschlossen, Worte zu verschlafen, die nach Teer rochen, und Augen aus Regen, ja die ganze Welt, erzählte sie mir ihr einziges verbliebenes Geheimnis: Sie hatte das College abgebrochen, weil sie schwanger geworden war. Das Kind war von unbekannten Eltern adoptiert worden, was sie nie wieder erleben wollte. Ich lag stumm, mit Bosheit in jedem Muskel. Als Letztes sagte sie: »Electric wird mich lehren, für andere da zu sein.«

Im Jahr darauf erschien *Nocturnes.* In einem der Gedichte hatte ich geschrieben:

> Innere Ereignisse trachten nach seiner Begierde.
> Die Saiten erschlaffen noch nicht
> wie sie es unausweichlich tun müssen.
> Mit einem Schulterzucken
> zerbricht er das Glas in seiner Hand.

Auch diese Zeilen verstand ich nicht. Aber nun wusste ich, das Band zwischen uns war gelöst.

Als ich aufwachte, schmerzte die Schulter. Ich zündete mir eine Zigarette an und betrachtete durch das Fenster den strahlenden Himmel. Nicht eine Wolke. Gegenüber hing ein Fernsehkabel vom Dach. Willenlos flatterte es im Wind, manchmal ließ ein Stoß es gegen die Fassade schlagen. Dann sah man den Schatten kurz über Ziegeln.

Das Letzte, was Trish gesagt hatte, bevor wir einschliefen, war keine Entschuldigung, sondern das Gegenteil gewesen. Nur diese Zigarette, dann würde ich aus ihrem Leben verschwinden. In der Ferne schepperte eine Mülltonne, weiter entfernt hörte man Sirenen. Die Geräusche waren Teil einer Stille, die so stark war, dass sie Lärm enthielt, ohne gebrochen zu werden.

Schweigen.

Das war das Einzige, womit die Frau an meiner Seite nicht zurechtkam. Wünschte ich leicht und frei von Verlassenheit zu bleiben, durfte ich nicht zeigen, wie schwer mich die Verletzlichkeit machte. Ein hungriges Wort, eine unnötige Zärtlichkeit, und ich würde weiter in ihrer Gegenwart blühen, aber auf die qualvolle Art, die bedeutete, dass ich nicht mehr ihr »Junge«, sondern ein »Freund« war.

Trish schlief mit offenem Mund. Die linke Hand lag unter das Kinn geschoben, wodurch sie ihr Gesicht zu stützen schien. Die Geste erinnerte an damals, als sie, rot vor Wut, die Faust unter meinen Kiefer gepresst hatte, aber jetzt sah sie friedlich aus, wehrlos in dem schönen Morgenlicht. Die Nacht, die wir geteilt hatten, war vorbei. Der Schmerz in der Schulter wanderte in die Finger und verwandelte sich in ortlose Unruhe.

iss das licht
iss das licht
iss das licht

So endete Trishs letztes Gedicht. Als ich daran dachte, wusste ich, es würde kein zweites Buch geben. Plötzlich wollte ich mich übergeben.

Stattdessen drückte ich die Zigarette aus. Würde sie erkennen, dass das Schweigen, mit dem ich sie zurückzulassen beabsichtigte, nicht schaden wollte? Es war der einzige Weg zu retten, was übrig blieb – was niemals ausgesprochen wurde, konnte nicht verloren gehen. Sähen wir uns weiterhin, würde unser Kontakt mich nur an alles erinnern, was unmöglich geworden war, und darüber hinaus das Gute aushöhlen. Wenn Trish meinte, was sie über den schönsten Hals der Rockgeschichte gesagt hatte, müsste sie verstehen, dass er war wie das Kabel an der Fassade gegenüber. Dort hing meine Rettungsleine zum Himmel. Wenn ich jemals fertig wurde mit der Melodie, mit der ich einige Wochen zuvor erwacht war, würde sie ohne Text sein, aber dennoch alles sagen.

Eine Hand glitt über meine Schulter. Trishs Mund suchte den Hals, und fand mein Ohr. »O«, flüsterte sie. »O mi ...«

RAD BRICHT

Fast vierzig Jahre sind vergangen, seit ich Trish in der MacDougal Street verließ. Heute besteht mein Alltag aus schlichten Vergnügungen und schwächelnden Medikamenten, sodass es schwerfällt, zu den Triebfedern von früher zurückzufinden. Trish war die geborene Rockmusikerin, genau wie Raff und Robbie. Aber ich ... Für mich bedeutete Musik etwas anderes, als mich auszuleben. Ich interessierte mich nicht für Image oder Bewunderung, vielleicht nicht einmal für die Verwandlung, die Trish suchte. Solange ich spielte, wirklich spielte, verschlungen von Klängen, war ich geschützt.

Wenn wir in Chinatown probten, saß Will hinter seinem Schlagzeug an der Kopfwand, wir anderen platzierten uns mal hier, mal da. Wenn Robbie sich aufgewärmt hatte, kehrte er zu dem Hocker zurück, auf dem er gesessen hatte, wenn Raff gerade eine rauchte, ging er zum Aschenbecher und blieb dort. Ich spielte am liebsten mit dem Rücken zu dem Plakat von Iggy.

Bei Konzerten war die Ordnung strenger. Da ich fast alle Lieder geschrieben hatte, wollte ich nach den ersten Sonntagen im CBGB in der Mitte stehen. Anfangs war das Robbies Platz gewesen, er war Harrison zwischen meinem Lennon und Raffs McCartney. Als ich ihn bat umzuziehen, spitzte er nicht einmal die Lippen. Er war als Letzter dazugestoßen, außerdem sang er nur Refrains.

Bei Raff, der von Anfang an dabei gewesen war und immer noch seine eigenen Lieder sang, war das anders. Sowohl »Love Loves Eruption« als auch »Rock 'n' Roll Damnation« wurden schnell beliebt – aufsässig und abrupt hatten sie etwas von einem vorzeitigen Samenerguss. Er steuerte jedoch weniger Songs bei und nichts deutete auf etwas

Neues hin. Außerdem musste der Bassist das Schlagzeug hören, was leichter war, wenn er einen Schritt zurücktrat. Als ich erklärte, es sei zu umständlich, mitten im Set den Platz zu tauschen, wurde er sauer. »Streich das *R*.« Keiner begriff – bis er die Zigarette so ausdrückte, dass sie abbrach: »Also ›Middle‹ … Passt besser.«

Ich lachte bemüht; ich wusste, was es bedeutete, wenn Raff südstaatenschleppend sprach. Unten auf der Straße rief ein Mann etwas in gereiztem Chinesisch, was einen anderen aus einem Fenster fauchen ließ. Ich hob die Augenbrauen, dann schaltete ich den Verstärker ein und spielte die ersten Akkorde von »Delivery«. Kommentarlos ließ ich Ache Middle zu meinem neuen Künstlernamen werden. Das Zugeständnis machte mich zu Transmissions Frontmann.

Mittels Akrobatik stellte Raff das Gleichgewicht wieder her. Fest entschlossen, der zu sein, den die Leute ansahen, spielte er kühn, fast ungezügelt, und trat nicht selten betrunken auf. Statt sich auf die Rhythmuswechsel zu konzentrieren, die Will mit einem Kopfnicken signalisierte, drehte und wendete er den Bass. Er sprang, fiel auf die Knie, lag auf die Art auf dem Rücken, die Trish bejubelt hatte – alles, um die wahre Unruhe der Band zu verkörpern. Wir ließen ihn gewähren. Das vermied Streit und solange Raff im Takt blieb, spielte es keine Rolle. Robbie und ich wechselten zwischen Begleitung und Soli. Will gab uns Deckung, während die Gitarren sich in die »modernen Lyren« verwandelten, die einem späteren Kritiker zufolge »New Yorks klarste Sehnsucht« ins All aussandten. Weil Raff sich als Einziger bewegte, war es sogar gut, dass es etwas zu sehen gab.

Das Publikum im CBGB merkte schnell, er war der Rebell. Robbies Solos wirbelten wie Glasscherben und wurden von Mal zu Mal mit mathematischer Präzision wiederholt, ich tastete mich in meine hinein und konnte selten erklären, was ich gespielt hatte, wenn wir in der Garderobe durchatmeten. Trotzdem passten die Stile zusammen. Er war der klassische Rockgitarrist, dessen Zunge im Mundwinkel zitterte. Geil, sinnlich, präzise. Ich »der nicht ganz irdische Anführer, immer einen Ton vom Unaussprechlichen« (derselbe Kritiker). Indem ich das Handgelenk, nicht aber die Finger bewegte, erzeugte ich einen sitarartigen Sound, der die Lieder spannungsgeladen sphärisch machte. Wills wacher Drive, straff und dennoch verträumt, vermied das breitbeinige Wippen, das uns bei anderen Bands missfiel. Transmission beherrschte die Kunst, ohne Muskeln wuchtig zu sein.

Trotzdem kam es vor, dass die Leute sich beschwerten und riefen, wir hörten uns an wie Velvet Underground, nur schlechter. Wenn Raff das mitbekam, schrie er, statt in den Refrain einzustimmen. Oder er drehte die Lautstärke hoch und ließ den Gitarrenhals vom einen zum anderen Rand des Lokals wandern. Der Bass war seine Waffe, die Saiten schlugen schwere Nägel ein. Jubelnd brüllte das Publikum zurück; manche begannen sogar zu spucken. Während Will kämpfte, um den Beat zu halten, sank Raff auf die Knie und verdrehte das Instrument, bis die Rückkoppelung komplett war, grinsend wie ein Narr, den man erlöst hatte.

Wenn das verzerrte Cover von »Satisfaction«, mit dem wir unsere Auftritte noch beendeten, verklang, sank er backstage zusammen. Wir anderen waren erleichtert, dass das Konzert nicht in die Hose gegangen war, Raff freute sich über die Entladung. Es ging doch nichts darüber, das Publikum herauszufordern. Es sollte liebkost und misshandelt, angestachelt und verleugnet werden, bis die Augen der Leute neblig rot glommen und es in den Leisten siedete. Die Liebe liebte Eruptionen.

Das Beste, was in jener Zeit vor dem Ruhm über uns gesagt wurde, schrieb ein Freund von Ochs. Die Jahre in der Factory hatten unseren Manager gelehrt, dass nichts besser war als ein »Raunen« in der Stadt, deshalb hatte er einen Journalisten gebeten, eine Einschätzung zu schreiben. Die Leute müssten über Transmission reden, obwohl sie die Band nicht gehört hatten. Der schnellste Weg bestehe darin, ein Plakat mit einem provokanten Foto und ein paar schlagfertigen Phrasen drucken zu lassen. Die Botschaft war die denkbar einfachste: Hier gab es neue Götter zu bewundern. Auf dem Plakat, das Ochs aufgehängt hatte, als wir an einem Herbsttag in Chinatown eintrafen, stand: »Apollo-warnung! Endlich sind sie hier – in voller pathologischer Unschuld. Trotz, Nerven und Gitarren: *les enfants terribles*!«

»Pathologische Unschuld« ... So sollten wir klingen. Unerfahren, aber verdammt. Verletzlich und cool. Rein, aber unselig. Ab und zu beschwerte sich Raff über meinen Hang zum Licht. Hätte Rimbaud E-Gitarre gespielt, er hätte bedeutend düsterer geklungen. Wir waren späte Kinder des Dichters und durften niemals zu wohlerzogen wer-den – die Musik musste unberechenbar sein, eine dionysische Gefahr auch für sich selbst. Ich wusste aber, dass sich die Dynamik mit Robbie in der Band verändert hatte. Auch wenn die Lieder die Stabilität be-nötigten, die uns nur Schlagzeug und Bass zu geben vermochten, glänz-ten die Gitarren immer öfter eigenständig. Klarheit, alles drehte sich um Klarheit.

Raff sagte nichts, als er das Plakat sah, er muss jedoch geahnt haben, wer die wirklichen Günstlinge der Götter waren. Robbie und ich web-ten Harmonien, zitternd wie Blitzableiter.

Im November spielten wir in einem Laden in der East 4th Street. Ich mochte die hektischen Songs der Vorband mit drei Akkorden, die nicht einmal genauso viele Minuten lang waren – so klang die Antwort der Ostküste auf die Surfbands aus Kalifornien. Keine Sonne, kein be-seelter, mehrstimmiger Gesang, nur unartiges Adrenalin und absurd tanzbare Melodien. Wie andere männliche Bands kleideten sich die Mitglieder identisch, doch statt Chinos und Polohemden trugen sie Jeans mit zerrissenen Knien und Motorradjacken. Der schlaksige Sän-ger war zwei Köpfe größer als die anderen und zog seine Sonnenbrille niemals aus.

Im Publikum war an dem Abend ein englischer Journalist. Er hatte Velvet geholfen, in seinem Heimatland bekannt zu werden und gerade eine Stelle als A & R bei Island Records angetreten. Möglicherweise war er wegen der Vorband gekommen, aber es stellte sich heraus, dass wir ihm besser gefielen; nach dem Konzert schlug er uns vor, ein Demo mit den besten Liedern aufzunehmen.

Bis Heiligabend probten wir in jeder freien Stunde. Selbst Raff, der mehr trank, als er sollte, riss sich zusammen. Manchmal probte er zusätzlich mit Will, der dafür sorgte, dass unser Repertoire gestärkt wurde, ohne einen bluesigen Schwung zu bekommen. Ich selbst fühlte mich auf eine konzentrierte Weise aufgekratzt. Unser Sound war stark, schroff, vibrierend – je präziser wir spielten, desto freier klangen wir seltsamerweise. An einigen Abenden bemerkte ich Trish im Gedränge des CBGB. Nur flüchtig, es fiel mir dennoch schwer, die schwarzen Haare zu sehen, die inzwischen bis auf ihre Schultern fielen. Nach und nach lernte ich immerhin, ihre Gestalt, schön wie ein Dolch, zu ignorieren. Nichts war wichtiger als das Demo.

Im Januar 1975 buchte die Plattenfirma Good Vibrations für uns, ein gepflegtes Studio, das sich auf Salsa von karibischen Einwanderern spezialisiert hatte. Alle Lieder, die wir auswählten, hatte ich geschrieben. Raff protestierte und wollte losen. Als er erkannte, dass Will und Robbie nicht vorhatten zu vermasseln, was uns einzigartig machte, wurde er trotzig. Kaum hatten wir die Ausrüstung aufgebaut, als er nach draußen verschwand. Eine Stunde später kehrte er mit zwei Sixpacks Bier zurück. Mehrere Flaschen klirrten leer.

Der Produzent Brice Hennot, der normalerweise Keyboard in einer britischen Glamrockband spielte, hatte sich in den Kopf gesetzt, dass Transmission »intellektuell« war. Während wir darauf warteten, vollzählig zu sein, hatte er Mikrofone an die Decke geklebt. Als wir endlich alle da waren, zerschnitt er die Liedtexte und warf die Schnipsel in die Luft. Die Texte sollten als »Assemblage« aufgeführt werden. Das stimmte Raff versöhnlich; auch wenn wir nach Gefühl spielten, konnte ein Konzept nicht schaden. Will starrte ihn an, als käme er von einem anderen Planeten. War das der Mann, der dem Krach mehr huldigte als Melodien? Und dem Chaos, als wäre es Gott?

Er sprach so eindringlich, dass Raff schließlich nachgab. Okay, die Texte klangen doch besser ohne Konzept. Als wir die Kaffeetassen abgestellt und erneut im Studio Platz genommen hatten, murmelte ich, dass wir immer noch ein zusätzliches Stück aufnehmen könnten, wenn dafür Zeit sei. Die Songs, für die wir uns entschieden hatten, vor allem »Three Monkeys« und das sieben Minuten lange »Lookout Luna«, hatten einen biegsamen, aber frostigen Sound. Die Gitarren waren sparsam eingesetzt, ohne blutleer zu werden, das Schlagzeug wechselte zwischen fernem Unwetter und jazzigen Elementen. Eins von Raffs alten Liedern würde auf spannende Art mit dem Sound brechen.

Am letzten Aufnahmetag stritt ich mich mit dem Produzenten, durch den der Bonustitel reichlich ausgelassen geraten war, erst als die Plattenfirma darauf verzichtete, uns unter Vertrag zu nehmen, begriff ich jedoch, wie wütend Raff gewesen war, und dass Hennot alles getan hatte, um seinen Bass zu zähmen. Nicht einmal der Tag, den er sich zusätzlich erbettelt hatte, um an seiner Phrase zu feilen, hatte geholfen.

Als wir wieder im CBGB auftraten, kam Raff in zerrissenen Kleidern, betrunken, manchmal high. Mal sah er aus, als wäre er aus einer Klinik abgehauen, in Klamotten, die wie zerschlissene Zwangskleider an ihm hingen, ein anderes Mal trug er ein T-Shirt, auf das er mit Filzstift geschrieben hatte: *Please kill me.* Es war mir egal, ob er außerhalb der Band hysterisch war – wenn er sich weigerte, seine Sonnenbrille abzuziehen, war es allerdings schwierig, vor den Rhythmuswechseln Blicke zu wechseln. Außerdem war es ein Image, das ausgedient hatte; wenn wir uns abheben wollten, durften wir nicht tausend anderen Bands ähneln. Obwohl wir drei gegen einen waren, gab Raff nicht nach. Der Bass klang weniger wütend als unbeherrscht; die Lieder sollten lieber Schiffbruch erleiden als ausklingen. Will beschwerte sich nur, wenn ich ihn fragte, Robbie senkte den Blick und konzentrierte sich auf das Schlagzeug, aber ich ahnte, dass sie der gleichen Meinung waren wie ich. Trotz guter Kritiken und obwohl die Leute uns mochten, stand unsere Zukunft auf dem Spiel. Niemand hatte auf Dauer Lust zusammenzuspielen, wenn sich eines der Instrumente sträubte.

Ein Unglück wurde unser Glück. Hätte ich in dem Sommer nicht Wills VW-Bus geschrottet, Transmission hätte sich aufgelöst, ehe die Musik dorthin gefunden hätte, wohin sie sich sehnte.

Robbie kannte jemanden, der jemanden kannte, der uns ein paar Auftritte in Cleveland organisierte. Wir konnten umsonst in einem Haus übernachten, das gerade renoviert wurde, also nahmen wir an. Die höheren Mächte, die unsere Band in der 125th Street gesegnet hatten, würden uns sonst niemals verzeihen, immerhin war Cleveland die Wiege des Rocks im Radio. Ohne Moondog Freeds Programm bei WJW hätte schwarze Musik nie den Weg in weiße Jungenzimmer gefunden.

Der Gedanke, einem unbekannten Publikum mit dem neuen Sound aus Downtown Manhattan einzuheizen, stimmte mich düster erregt, genau wie Robbie. Will besorgte sich neue Trommelstöcke mit Nylonköpfen, damit die Becken hell und scharf klangen. Selbst Raff, der sich im Frühjahr wie eine entsicherte Granate benommen hatte, riss sich zusammen. In der letzten Woche probten wir bis weit in die Nacht hinein. Als wir die Instrumente im Wagen verstauten, wusste jeder: Es war unsere letzte Chance.

Auf der Reise nach Ohio saß Raff mit Will vorne. Er machte Witze, die ich noch nie gehört hatte, er rezitierte Gedichte, die andeuteten, dass sich neue Lieder ankündigten. Wenn jemand einen fahren ließ, nannte er die Luft »mephitisch« und schwor, das sei ein Wort. Er erzählte sogar die Geschichte, als Will ihm den Tipp mit den Samen gegeben hatte, die die Welt dazu brachten, sich zu dehnen und zu pulsieren wie die Quallen, die Merkin Senior in Aquarien studiert hatte. Robbie bekam vor Lachen kaum Luft, ich erklärte, das sei der Irre gewesen, mit dem ich nach Florida getrampt sei.

Das erste Konzert im Piccadilly Inn lief gut. Ich machte einen Fehler in »Lookout Luna«, aber die Leute hatten noch nie einen so langen und suggestiven Rocksong gehört, sodass es keine Rolle spielte, erst recht nicht, weil die Schlusstöne in das Intro zu »Traction« übergingen, was das Publikum explodieren ließ. Diejenigen, die ganz vorn standen, zogen ihre Hemden aus und wanden ihre Körper, Bierflaschen klirrten über den Fußboden, bald tanzten alle. Als wir zum letzten Lied kamen, war der Raum ein Meer aus verschwitztem Glück. Bei der Zugabe sangen viele mit; Raff hielt ihnen lachend das Mikrofon hin.

Als wir am letzten Abend auf die Bühne zurückkehrten, entschied ich mich statt »Satisfaction« für »Boom-Booming Heart« als Dacapo. Ich hatte den Song geschrieben, um das Unwetter in den Catskills mit der Sehnsucht nach Trish zu verbinden. Der Text bestand aus zwei kurzen Versen, die *lightning* gegen *fighting* ausspielten. Die Basstrommel schlug zuverlässig bis zu den letzten Takten, in denen das langgezogene *heaaart*, das sich auf *apaaart* reimte, vom hellen Scheppern der Becken erlöst wurde.

Der Jubel wollte kein Ende nehmen. Backstage erkundigten sich die Leute, wann das Debütalbum herauskomme. Wir hatten verabredet, das Demo, das Island abgelehnt hatte, nicht zu erwähnen, und murmelten deshalb nur, es tue sich etwas. Die Antwort steigerte die Mystik. Alle gingen davon aus, dass wir unter Vertrag standen und es nur eine Frage der Zeit war, bis »Boom-Booming Heart« auf den Hitlisten nach oben klettern würde. Die Erwartungen sorgten für etwas, womit keiner gerechnet hatte: Sie schweißten uns zusammen.

Am letzten Morgen bestimmten wir per Los, wer sich um das Frühstück kümmern sollte. Ich zog die niedrigste Karte. Raff hatte gehört, dass in einer Lokalzeitung etwas über uns stünde, und ich versprach ihm, sie zu besorgen. Am Nachmittag wartete ein örtlicher Collegesender. Es war das erste Mal, dass wir zu unserer Musik interviewt wurden.

Ich kaufte Frühstück in einem Diner, fand auf den wenigen Bürgersteigen aber keine Zeitungsbox. Gemächlich durch nichtssagende Gegenden rollend, versunken darin, wie unser Repertoire verbessert werden konnte, suchte ich nach einem Drugstore. In dem Interview wollte ich sagen, dass wir im Großen und Ganzen zufrieden mit den Gigs waren; das Songmaterial war in Cleveland klarer geworden. Die Kupplung hakte, sodass ich im zweiten Gang fuhr und nur hochschaltete, wenn der Motor aufheulte. Eventuell musste die Reihenfolge der Lieder geändert werden, wenn wir einen Vertrag für ein ganzes Album unterschrieben. Vielleicht war es möglich, bei einzelnen Titeln ein Klavier oder ein unerwartetes Blasinstrument hinzuzufügen. Aber das meiste saß, wie es sollte.

Ein paar Kilometer von dem Kasten entfernt, in dem wir zwischen Holzböcken und Plastikfolie übernachteten, verlor ich plötzlich die Kontrolle. Auf einmal reagierte das Lenkrad nicht mehr. Egal, wie ich daran drehte, ich rutschte die abschüssige Straße hinunter. Die Karosse krängte, ich wusste nicht, ob ich einen Platten hatte oder ob sich ein Rad löste. Ich zog die Handbremse an und trat gleichzeitig pumpend auf das Bremspedal – fest und entschlossen, wie Vater es mir beigebracht hatte. Das Heck schlitterte über die gelbe Linie, für höchstens ein paar Sekunden, die sich jedoch wie eine Ewigkeit anfühlten, glitt ich seitwärts. Ich weiß nicht, woher es kam, aber gleichzeitig war ich von einem hellen und auffordernden Licht umgeben. Der Motor heulte, die Reifen brannten, trotzdem fuhr ich in Zeitlupe – während der Sicherheitsgurt in den Hals schnitt und die Welt gleich aufhören würde.

Wild hupend näherte sich ein Lastwagen. In letzter Sekunde gelang es mir, auf die richtige Seite zurückzuschwenken. Das Licht, das mich umgeben hatte, stammte wohl von dem entgegenkommenden Fahrzeug, denn es wurde schwächer, während die vier, fünf Tonnen Metall vorbeidonnerten. Hilflos rutschte ich in ein Viadukt. Die Karosserie wurde zusammengedrückt, die Windschutzscheibe zersplitterte wie verzögert. Ich befand mich in einem Inferno aus Blech und Scherben, in dem dennoch alles so träge wirkte wie Gelee.

Der Lastwagen hielt auf der Hügelkuppe. Der Fahrer zerschnitt meinen Gurt mit einem Taschenmesser, bevor er mich herauszog. Meine Haare waren voller feiner Splitter, der Körper schmerzte, mit Ausnahme der Schürfwunden am Hals war ich jedoch ohne eine Schramme davongekommen. Die Lüftung rotierte trotzig, als wäre das Einzige, was sie wünschte, dass ich überlebte. Zitternd testete ich meine Glieder. Nacken, Arme, Beine – alles funktionierte. Der Mann bestand darauf, den Zeigefinger vor meinen Augen hin und her zu bewegen, bis ich ihn um eine Zigarette bat. Gierig sog ich das Nikotin ein und dankte ihm, zittrig vor Adrenalin. Aus dem Inneren des Wracks knisterte das Radio, als sendete es vom Mond.

Er brachte mich zur nächsten Tankstelle. Die Firma, die den Bus barg, brachte ihn direkt zum Schrottplatz. Bis auf die Basstrommel hatten die Instrumente nichts abbekommen. Der Unfall zwang uns, das Interview auf den nächsten Tag zu verschieben. Aber er machte Transmission auch interessant, sodass man uns statt einer Viertelstunde fast eine Stunde gab. Die Station spielte sogar das halbe Demo, das Hennot produziert hatte.

Bevor wir ins Studio gingen, verbot Raff mir zu erzählen, was passiert war, anschließend beantwortete er sämtliche Fragen zu dem Crash. Zu dem Unfall sei es kurz vor Morgengrauen gekommen, als die Nacht sich gerade aufgelöst habe. Ja, die ganze Band habe im Auto gesessen. Während wir anderen schliefen, sei Raff gefahren. Er habe keine Ahnung, was für ein Fahrzeug aus dem Tunnel unter der Eisenbahnlinie gekommen war, auf der falschen Straßenseite, aber etwas Ähnliches habe er noch nie gesehen, übrigens habe niemand am Steuer gesessen, das könne er beschwören. Das Fahrzeug sei den Anstieg hinauf verschwunden wie ein böser Geist, ein Hund aus der Hölle. Raff lächelte, obwohl er düster klang. »Wir hatten einen Schutzengel.«

Der Moderator wirkte zufrieden, denn er bat die Hörer anzurufen, wenn sie Karten für das Konzert einer lokalen Band gewinnen wollten. Als der letzte Song des Demos gelaufen war – es war »Lookout Luna« in der frühen Version, in der ich am Ende »moo-oo-*oon*« jaulte –, wandte er sich an mich. Konnte ich mehr über unseren Sound erzählen, der so tastend und dennoch exakt klang? Stand Transmission für die Musik einer neuen Generation? War ich der gleichen Meinung wie Townshend, dass es besser war, jung zu sterben, obwohl er selbst dreißig geworden war?

Die erbärmlichen Fragen machten mich verlegen. Weder Will noch Robbie wussten, was sie sagen sollten, als der Moderator sich ihnen zuwandte, Raff ergriff dagegen die Chance. Die fünfziger Jahre hätten ihre Beatniks gehabt, die Sechziger seien voller Hippies gewesen. Er zog eine Grimasse. Transmission gehöre zu einer »blanken« Generation. Wir bewegten uns auf einem musikalischen Terrain, in dem sich vorher niemand aufgehalten habe. »Nicht einmal die Heiligen im Apollo Theater.« Ich ahnte, dass er etwas über *pale negroes* ergänzen würde und wollte schon eingreifen, aber stattdessen erklärte er mit provozierender Düsternis in der Stimme, Hendrix sei mit siebenundzwanzig gestorben. Genau wie Brian Jones und Jim Morrison. »Ache ist 1949 geboren, ich auch. Uns bleiben also nur ein paar Jahre. Das ist es, was du hörst. Ungeduld.«

Der Moderator wünschte uns viel Glück, solange der Spaß währte, und gab an die Nachrichten weiter.

Will rief seinen Vater an, der Geld telegrafierte, das für einen gebrauchten Ford Econoline reichte, mit dem wir die Instrumente holten. Ich versprach zurückzuzahlen, was ich konnte, doch Will meinte, das sei nicht nötig, Hauptsache, es bleibe ihm erspart, mich noch einmal am Steuer zu sehen. Während der Heimfahrt stritten wir uns darüber, was wir in New York sagen würden, aber unsere Sorge erwies sich als unbegründet. Sobald wir die Ausrüstung hochgetragen hatten, erzählte Ochs, wir seien schon in aller Munde. Wir könnten sagen, was wir wollten, er verbiete uns nur, die Mystik zu zerstören. Ramponierter Glamour sei für Geld nicht zu haben.

Trish bekam recht. Transmission waren Flüchtlinge aus dem Himmel.

Obwohl Ochs im Cinemabilia, wo Raff nur noch jeden zweiten Tag in der Woche arbeitete, viel zu tun hatte, begnügte er sich nicht damit, unser Manager zu sein, sondern wollte eine Plattenfirma gründen. Nach dem Unfall verkündete er feierlich, wir würden ihre erste Single veröffentlichen. Die Band klinge scharf und gefährlich, werde aber von höheren Mächten beschützt. So etwas gefalle den Leuten. Wenn wir unsere destruktiven Impulse im Zaum hielten und auf die richtige Art vermarktet würden, könnten wir ganz groß herauskommen.

Drei von vier Bandmitgliedern nickten, unsicher, welcher Meinung der Dionysos der Gruppe war. Ochs' Glaube an die Band, von der er hoffte, dass sie die Rockmusik auf die gleiche Art revolutionieren würde wie Griffith die Filmkunst, und vielleicht auch die Abende, an denen er Drogen besorgte, veranlassten Raff, sein Spiel zu verändern. In manchen Stücken merkte man noch seine Aufsässigkeit, nach Cleveland klang der Bass aber auch zärtlich, manchmal wehmütig. Eine nach der anderen wurden die Disteln aus den Saiten entfernt. Endlich hörte er sich an wie der Siebzehnjährige, den ich kennengelernt hatte, abgebrüht, und dennoch warmherzig.

Obwohl die Stimmung besser geworden war, stritten wir darüber, welches Lied auf die A-Seite kommen sollte. Raff fand, dass »Love Loves Eruption« passte, wir anderen bevorzugten »Delivery«, wenngleich Robbie sich auch Raffs Lösung vorstellen konnte – vor allem, um ihn nicht zu verärgern, glaube ich. Nach dem Unfall wollte keiner losen, und es erschien uns wichtig, einer Meinung zu sein; als ich den Song vorschlug, den ich geschrieben hatte, als wir nach Hause gekommen waren, stimmten alle zu.

»Phosphorescence« wurde an einem heißen Tag im August aufgenommen. Das Lied, das vom Licht in Cleveland handelte, wurde so lang, dass es aufgeteilt werden musste, was das Problem mit der B-Seite löste. Ochs hatte sich von der Factory ein vierspuriges Tonbandgerät geliehen, wir wattierten den Loft mit Kissen an der Tür und Decken vor den Fenstern. Der erste Teil dauerte dreieinhalb, der zweite vier Minuten. Hörte man auf der Rückseite genau hin, lauschte man chinesischen Stimmen von der Straße, was dem Titel einen fremden Touch verlieh. Ein Cover konnten wir uns nicht leisten, sodass wir uns bei der Wahl zwischen Aufkleber und Hülle für einen Aufkleber entschieden. Er war rot wie Ochsenblut mit fetten schwarzen Buchstaben.

Als Transmission ein paar Jahre später international Beachtung fand, wurde eine neue Pressung produziert. Ochs erzählte uns nie, wie hoch die Stückzahl war, diesmal bekam die Single jedoch ein Cover. Das Foto auf der Vorderseite hatte Becky geknipst, mit der Will noch zusammen war. Die Band posierte vor der großen Wand im Loft, die Plakate waren abgehängt, die Unterhose an dem Nagel war entfernt worden. Obwohl es Sommer war, hatten alle Lederjacken an. Raff, der sein T-Shirt zerrissen hatte, trug stachelige Haare. Damit die Strähnen hochstanden, benutzte er 7Up. Wir scherzten und jemand – ich glaube Robbie – vermutete, er habe seine Finger in eine Steckdose gebohrt.

Ich selbst fand, dass ein Hemd reichte, was allerdings mit dem Image brach, das Raff pflegen wollte. Schließlich ging ich heim und holte Onkel Rays Jacke. Während Will die Trommelstöcke in den Bund seiner weißen Jeans gesteckt hat, sind Robbies Haare frisch blondiert. Wir gleichen dem, was Ochs hinter seiner getönten Brille begehrte: vier Chorknaben, verkleidet als Teufelsbrut.

Bevor das Foto die zweite Pressung schmückte, wurde es auf den Plakaten benutzt, die Ochs in Downtown aufhängte. Die Leute faszinierte nicht nur unsere unschuldige, aber unartige Haltung, oder Raffs Frisur, die schon bald auf beiden Seiten des Atlantiks kopiert wurde, sondern auch das Radio, das er und ich halten. Ochs' alter Apparat sollte die Wiedergeburt der Band aus Leitungen und Transistorröhren symbolisieren. Ich weiß nicht, ob das irgendwer begriff, doch das behauptete Raff jedenfalls in Interviews. Wir seien »Kabel«, wir seien »Medien«, außerdem hätten wir auf WJW Chuck Berry und Bo Diddley gehört. Wir kanalisierten unterdrückte Energien nur auf neue Art. Zum Beweis zeigte er auf Wills Trommelstöcke, die wie Antennen aus dem Hosenbund ragten.

Für mich symbolisierte der Apparat eher eine Rettung. Wenn ich an das Radio dachte, dass in dem Wrack geknistert hatte, stellte ich mir vor, wie Licht klänge, wenn es einen Sound hätte. Offenbar hatten mich höhere Mächte beschützt; es war ja nicht seltsam, dass sie einem das gerne mitteilen wollten? Außerdem hatten Komponisten wie La Monte Young gezeigt, dass Musik mehr war als Riffs und Refrains. Es gab sie auch in Rauschen und statischer Elektrizität – dem ganzen vibrierenden Strahlen, das »Phosphorescence« selbstleuchtend machte, obwohl es mittelmäßig abgemischt war und wir mehrere simple Fehler begingen.

Vor der Neupressung bat Will Becky, das Cover als Siebdruck in Rot zu gestalten. Der Bandname und der Titel des Songs wurden in den gleichen gestreiften Blockbuchstaben gedruckt wie auf dem Neonschild in der 125th Street. Als die Single erneut herauskam, hatten wir einen Vertrag mit Elektra Records unterzeichnet. Wir warteten länger als andere Bands aus dem CBGB, vor allem, weil wir Ochs mochten. Vielleicht auch, weil sich Atlantic, wo man die Stones und Velvet unter Vertrag hatte, gemeldet hatte. Als wir der Geschäftsführung vorspielten, verkündete deren türkischstämmiger Präsident allerdings: »Das ist keine Musik von der Erde.«

Nach dem Reinfall mit dem Demo wollte ich die Kontrolle im Studio haben. Elektra, wo man nicht mit allem einverstanden war, ließ uns immerhin den Produzenten wählen. Die acht Lieder, die international so erfolgreich werden sollten, wurden innerhalb von zwei Herbstwochen bei Pip Rabinowitz am Times Square aufgenommen. Das Studio war heruntergekommen mit Fußböden, die an den Gummisohlen klebten, aber selbst Will, der in solchen Dingen sonst empfindlich war, machte das nichts aus. Wenn das Mischpult gut genug für Coltrane und Dylan gewesen war, war es das auch für uns. Außerdem reichte unser Budget nicht für mehr.

Die Firma wollte das Album zum Weihnachtsgeschäft herausbringen. Die Pressung verzögerte sich jedoch, was uns die Möglichkeit gab, das Cover zu planen. Die anderen wollten Beckys Foto benutzen, aber als Trish uns zu unserem Plattenvertrag gratulierte, meinte sie, wir müssten ambitionierter sein. Ein Freund aus ihrer ersten Zeit in der Stadt hatte das Foto für ihre Debütplatte gemacht – er könne für uns das Gleiche tun. Im Moment wohnte sie wieder bei ihm, weil sie unsicher war, ob sie zu Electric in Detroit ziehen sollte, deshalb bot sie uns an, ihn zu fragen. Als ihr Freund ein paar Tage später in Chinatown vorbeischaute, stellte sich heraus, dass er und Ochs sich kannten. Keiner wusste woher, doch man merkte, dass die Abneigung auf Gegenseitigkeit beruhte. Obwohl Ochs nichts mit der LP zu tun hatte, mangelte es ihm nicht an Ansichten. Der Fotograf sah ihn mit kalten Katzenaugen an; am Ende begriff er und verließ den Loft.

Während Trishs Freund uns herumscheuchte, murrte er über »diese schleimige Tunte«. Eine Viertelstunde später waren wir fertig. Er hatte vor der großen Wand gerade einmal sieben Fotos geschossen. Cool strich er die Locke weg, die ihm ständig in die Augen fiel, und zündete eine neue Zigarette an der alten an, die nie seine Lippen verlassen hatte. Mehr seien nicht nötig, er sei überzeugt, dass er eingefangen habe, was Trish in uns sah. Dann zeigte er mit dem Kinn auf Robbie. »The Ramrod oder The Mineshaft?« Der Silberjunge zuckte scheu mit den Schultern.

Einige Tage später diskutierten wir die Bilder, die ein Bote gebracht hatte. Alle waren kalt, klar, exakt. Transmission bestand aus vier Marmorjünglingen, fotografiert von der Taille aufwärts. Der für Boxkameras typische Rahmen um das Porträt führte dazu, dass wir uns in einem anderen Raum zu befinden schienen, einer parallelen Dimension, in der eine aufgeladenere Atmosphäre herrschte. Nerven und Ungerührtheit. So sahen dünne Götter aus.

Auf der besten Aufnahme formen wir eine Pfeilspitze, bei der ich dem Betrachter am nächsten bin. Robbie steht links direkt hinter mir, Raff und Will zu beiden Seiten weiter hinten. Trishs Freund hatte Raff etwas nach rechts verschoben, um die Symmetrie zu stören, eine Hand ist um das Revers seines Jacketts geschlossen. Will trägt ein T-Shirt, Robbie ein kariertes Hemd. Ich bin der Einzige, der etwas tut: Die linke Hand ist angehoben und vorgeschoben, die geäderte rechte hält einem ein unsichtbares Streichholz hin – mit dem der Zuhörer angezündet werden soll. Das Strickhemd von der Heilsarme ist aufgeknöpft, mit seiner grauen und rostroten Brustpartie lässt es mich streng und gleichzeitig offen aussehen. Alle scheinen dem Blick des Betrachters zu begegnen, aber wenn man genauer hinsieht, konzentriere ich mich auf einen Punkt über dem Kameraauge. Was immer Transmission angeblich hatte: Das Foto fing es ein.

Das Bild war in seiner aufgeladenen Einfachheit vollkommen – Form, Proportion, Perspektive –, trotzdem wirkte es reichlich …»Klinisch?« Raff stimmte Ochs zu, als dieser es sah. Erneut unsicher diskutierten wir, ob nicht doch etwas getan werden musste. Schließlich erwähnte Robbie, dass er einen Typen in einer Druckerei an der 45th Street kannte. Sollte er ihn bitten, das Foto zu vergröbern?

Der Vorschlag erwies sich als Geniestreich. Farbkopien waren noch ein teurer und umständlicher Prozess, aber Robbie bat seinen Bekannten, den Regler willkürlich zu drehen, am besten mit geschlossenen Augen, deshalb machte er uns einen Freundschaftspreis. Als wir die Kopien am nächsten Tag abgeholt hatten, musterten wir die Verzerrungen. Sechs von sieben Versionen verwandelten Transmission in eine psychedelische Ostküstenband, verloren in schlierigen Farbschleiern. Die siebte war perfekt.

Das Original war kühl wie Tageslicht gewesen, nun glich das Bild dagegen bestrahlter Nacht. Die Wand des Lofts schimmerte elektrisch blau, die Ränder waren schwarz und kupferrostfarbig. Hände, Arme und Gesichter leuchteten blass, blassgelb, die Kleider ließen uns zu einem Körper verschmelzen, ohne dass jemand seine Persönlichkeit verlor. Das Foto porträtierte vier verschworene Individuen, deren Mienen sanfte Verwunderung, aber auch Entschlossenheit ausdrückten. Ohne einschmeichelnd oder abweisend zu wirken, präsentierte sich Transmission in voller pathologischer Unschuld.

»Neonjungen« erklärte Will, den Mund voller Brokkoli. Robbie gefiel, dass es über seinem Scheitel heller wurde, als trüge er einen Glorienschein aus Edelgas, Raff freute sich über einen Flecken aus dem Kopierprozess, der einen unerwarteten Himmelskörper direkt über seinem Kopf bildete. Ich bezweifle, dass er ohne diesen elfenbeinweißen Planeten, der unfreiwillig auf den Titel des Albums anspielte, akzeptiert hätte, ganz hinten zu stehen; so aber machte ihn der Zufall genauso wichtig wie den Frontmann der Band. Was mich betraf, wirkte mein Hals länger denn je.

Die anderen überließen mir die Gestaltung der Innenhülle, da ich sämtliche Texte geschrieben hatte, die abgedruckt werden sollten. Für die Rückseite wählte ich eine Zeichnung, die ich zwischen dem Gerümpel in Ochs' Loft gefunden hatte. Eine eigentümliche, schwarzweiße Spiralform drehte sich um einen gefüllten Kreis, was mich an die Hypnosebrille erinnerte, die Jim getragen hatte, als wir klein waren. Es gefiel mir, dass das Spielzeuggefühl den Ernst des Gruppenfotos ausbalancierte. Außerdem konnte der Kreis ebenso gut einen Mond wie eine Pupille darstellen. Die Spirale führte zugleich hinein und heraus – genau wie es das Auge auf dem Album getan hatte, das mir so viel bedeutete. Es war die Nachtversion des gleichen pulsierenden Phänomens.

Als *Lookout Luna* am 8. Februar 1977 erschien, konnten wir es uns leisten, auf Tourneen in Hotels zu schlafen. Keiner außer vielleicht Raff konnte sich vorstellen, vorzeitig zu sterben.

Einst waren Wochen vergangen, bis ich jemanden außerhalb der Band oder in den Bars traf, in die ich ging, aber im Frühjahr meldete sich die Plattenfirma wegen Interviews, Veranstalter kontaktierten die Clubs, in denen wir auftraten, besonders eifrige Fans riefen sogar im Strand an, weil sie hofften, mich an der Strippe zu haben.

Ich hatte nichts dagegen, »ein Blitzableiter, der Blitze schluckt« genannt zu werden. Oder ein »Gesicht, erhellt von Phosphor, ein Art-Nouveau-Märtyrer auf einem Silbergelatineabzug« zu sein, wie es ein paar Jahre später in einem Dokumentarfilm über die neue Musikszene hieß. Es störte mich auch nicht, dass »Downtowns Apollo zurückgekehrt ist, ohne um seine dünnhäutige Schönheit zu wissen, gleichgültig gegenüber allem, was wilde Hormone nicht in stromführenden Sauerstoff verwandelt«, wie in einer Kritik stand, mit der Ochs mich auf eine Weise aufzog, die bedeutete, dass sie ihm gefiel.

Aber während Raff und Robbie die Aufmerksamkeit genossen und Will sich mit ihr abfand, hatte ich das Bedürfnis nach Ruhe. Auf der Bühne fühlte ich mich geschützt, ich genoss das Zusammenspiel mit Robbie, der die Akkorde in frostiges Laub verwandelte. Es war reines Glück, wenn die Instrumente klangen wie eine Faust aus Lärm, die sich in einem immer schnelleren Takt öffnete und schloss. Nach den Wochen im Studio fehlte mir jedoch die Kraft, über Musik zu sprechen. Die Lieder sagten alles, was die Leute wissen mussten.

In meinem letzten Interview, bevor ich aufhörte, mit der Presse zu sprechen, gab ich zu, dass ich nicht mit vielen in Kontakt stand. »Ich bin nicht der gesellige Typ. Ich gehe selten auf Partys oder so.« Auf die Frage, warum ich dann Musik machte, antwortete ich: »Warum? Es gibt kein Warum. Ich kann nicht anders.« Der Journalist versprach, mir den Text zu schicken, ehe er veröffentlicht wurde, es gebe immer etwas zu verdeutlichen, aber er meldete sich nicht mehr. Gedruckt wirkten meine zurückhaltenden Aussagen überheblich. Transmissions zugeknöpfter Frontmann war möglicherweise der wichtigste Name in der jungen Musikszene, obwohl er – der das CBGB entdeckt hatte, das jetzt in aller Munde war – anderen Bands helfen wollte, fühlte er sich dennoch nicht beteiligt. »Wie der ›fernhin treffende Gott‹ des Mythos geht der strenge Held der Saiten auf Distanz zu seiner Zeit.«

Es war nicht schwer zu verstehen, warum Raff reagierte. Oder warum die Plattenfirma verärgert war. Ich schien mich für etwas Besseres zu halten und der Meinung zu sein, dass wir besser spielten als alle anderen und mir außerdem sicher zu sein, dass ein Refrain hier und ein Solo da aus meinen Liedern geklaut worden war. Letzteres stimmte zwar, Ersteres dagegen nicht. Als ich den Journalisten gefragt hatte, ob er nicht hören könne, dass Hennot sich etwas für einen Song geliehen hatte, den seine Band ein paar Monate nach unserem Demo aufnahm, hatte er stumm genickt.

Auch wenn in der Musikgeschichte schlimmere Diebstähle vorgekommen waren, hielt ich mich nicht fern, weil ich fürchtete, ausgenutzt zu werden. Die Musik war mir wichtiger als das Leben als Rockmusiker. Raff und Robbie mochten Groupies und Drogen, Will widmete sich seiner Jazzsammlung, wenn wir nicht probten. Die Einzige, mit der ich darüber sprechen konnte, was passieren würde, wenn die Platte erschien, war Trish. Seit ihrem Debüt wurde sie überall gefeiert, kürzlich hatte ihre Band eine zweite Platte herausgebracht, auf der sie zu teils verträumter, teils roher Begleitung Sprechgesang beisteuerte. Ich hörte *Receiving Abyssinia* tagelang nonstop, ängstlich, es mir anders zu überlegen, dann rief ich sie an.

Am nächsten Tag spazierten wir zum Battery Park. Im Winter war Trish in einem Club in New Jersey von der Bühne gestürzt, hatte aber wie durch ein Wunder überlebt. Obwohl sie sich zwei Halswirbel gebrochen hatte, wollte ihr Management, Wartoke Concern, dass die Band im Sommer auf Tournee ging. Sie freute sich über das Foto auf unserem Album, fand jedoch, dass wir Ochs verlassen müssten. Er werde niemals eine vernünftige Auslandstournee zustande bekommen, geschweige denn wissen, was er tun sollte, wenn sich die Erfolge einstellten. Ich brummte, als sie mir anbot, bei Wartoke nachzuhören.

Außerdem sollten wir »Lookout Luna« nicht als Single veröffentlichen, weil die Leute, die das Album gekauft hatten, keinen Grund hätten, sie sich zu holen. Der Song sei zu lang und das Material aufzuteilen wie bei »Phosphorescence« Selbstmord. »Keiner ist besser als seine letzte Platte.«

Ich hatte mich schon entschieden, deshalb entgegnete ich nichts. Während Trish weiterredete, ließ ich mich stattdessen ins Gras sinken. Ich hatte geglaubt, dass es schwer sein würde, sie zu sehen, aber es erschien mir ganz natürlich. Vielleicht waren wir im tiefsten Inneren doch Geschwister.

Die Halme kitzelten angenehm, der Wind war lau. Vor uns ragte die Statue aus grünspanfarbigem Kupfer auf. Die Touristen formten eine plappernde Schlange, darauf wartend, dass sie in die Krone hinaufgelassen wurden. Als Trish erkannte, dass sie tauben Ohren predigte, setzte sie sich auch. Die Freiheitsgöttin könne genauso gut ein Schwert halten, so wie die USA sich in der Welt verhielten. Ich gestand, dass ich die Fackel mochte, fand aber, dass die Statue sich die Nase zuhalten sollte, wenn man die Einwanderer bedachte, die in Ellis Island angekommen waren. Wie Nana und Papa hatten die Flüchtlinge aus der Alten Welt selten mehr besessen als die Kleider, die sie am Leib trugen. Die Menschen hatten nicht einmal ihre ursprünglichen Namen behalten dürfen. Großvater war zum Beispiel von Shmuel Middlerovych in Samuel Middler verwandelt worden, ehe er entlaust und tuberkulosefrei in sein neues Heimatland hineingelassen wurde.

Trish legte den Kopf in meinen Schoß. Der Schaumgummikragen erschwerte Bewegungen. Obwohl wir nicht zusammen waren, erschien es mir natürlich, ihr Haar zu streicheln. Bei jeder neuen Zärtlichkeit spürte ich, dass meine Handfläche Nähe mehr vermisste als Trish. Ich verzieh ihr sogar das neue Lied, das die Band, wie ich gehört hatte, spielte, ehe sie von der Bühne gefallen war.

Während meine Finger durch das warme Haar strichen, erzählte ich ihr von dem Autounfall. Ich wisse nicht, ob das Licht ein Zufall gewesen sei. Es habe sich eher angefühlt, als hätten höhere Mächte mich beschützt – für einen unendlich langgezogenen Augenblick hätte ich in seinem beständigen Schein geruht. Oder gab es eine andere Erklärung dafür, dass ich ohne einen gebrochenen Knochen oder auch nur einen blauen Fleck aus dem Wrack gestiegen war? Als ich das Radio rauschen hörte, ahnte ich, dass etwas in einer Sprache gesagt wurde, die ich nicht verstand. Und der Ventilator … Erinnerte Trish sich an den Schutzengel auf dem Regal in meinem Schlafloft? Wollte mir jemand mitteilen, dass sie mich gerettet hatten?

Trish antwortete nicht, sodass ich sie nach dem letzten Song fragte. Statt etwas zu erwidern, streckte sie die Beine, wieder war sie die Kerze, die über mich wachte. Kaum hörbar erzählte sie, an dem Tag, an dem man jemanden treffe, den es immer gegeben habe, wisse man es. Ein solches Wesen werde einem zum Warum; mehr Gründe bräuchte es nicht, um zu leben. Anschließend begann sie, von einem Menschen zu singen, den sie betrachtete, wie sie sich selbst betrachtete. Der Bauch bebte unter der Bluse, still ließ sie eine Strophe auf die andere folgen. Als sie zum Schluss kam, fielen meine Tränen hilflos in ihr schwarzes Haar.

Das neue Lied klang so mild und wehmütig, so stark, dass ich den Unterschied zwischen lieben und brauchen erahnte.

Als wir heimgingen, sagte keiner etwas. Ich war nie zuvor in einem Souvenirladen gewesen, kaufte unterwegs aber ein T-Shirt. Nicht wissend, was mit Jims passiert war, wollte ich, dass Trish ein neues mit einer Fackel auf der Brust bekam. Dann gingen wir Hand in Hand die Canal Street hinauf, nicht einmal, als wir uns zum Abschied zuwinkten, sagten wir etwas.

Trish lief nach Westen, ich zum East Village. Einst hatte sie den Rauch, der von meiner Zigarette hochringelte, mit Fingern als Schere abgeschnitten, aber dieses Schweigen würde uns verbinden. Ich kann es noch heute in der Hand spüren.

FRIKTION

Es dauerte ein paar Wochen, dann hatte Wartoke Concern eine Auslandstournee organisiert. Als wir Ende Mai in England ankamen, platzten wir fast vor Selbstvertrauen. Zwar stieg »Lookout Luna« nur bis Platz dreißig der Singlecharts – Trish hatte recht gehabt: Wir hätten ein anderes Stück herausbringen sollen –, aber verteilt auf zwei Seiten weckte die Komposition, so anders als gewöhnliche Hits, so selbstverständlich für jeden, der hinhörte, reges Interesse. Wartoke hatte die Plattenfirma gebeten, das Album in UK nach der Single zu veröffentlichen; im Monat darauf schrieben alle Zeitungen darüber.

Unser Sound wurde »überirdisch« genannt, der silbrige Sog der Gitarren »wunderschön«. Seit Fred Neils »Cynicrustpetefredjohn Raga« habe man nicht mehr so ungewöhnliche Elektrizität aus den fünf Stadtbezirken New Yorks gehört. Es herrsche eine perfekte Balance zwischen Wildem und Reinem, Schmutz und Unschuld. Ein Kritiker fragte sich, ob sie *aequinoctium* hieß, der Moment, in dem die beiden Hälften des Tages gleich wogen, jedenfalls habe Transmission das seligmachende Gleichgewicht zwischen Licht und Dunkel gefunden. Wie die Reflexe der Discokugel wechselten die Stimmungen bei gewahrter Balance. So klangen Arrangements, die nie das Gespür für Schärfe oder Proportion verloren.

Will und Robbie, die noch nie geflogen waren, buchten Flüge mit Continental. Ich schlug vor, dass Raff und ich die *Queen Elizabeth 2* nach Southampton nehmen sollten. Es würde uns guttun, vor den Gigs Kraft zu schöpfen, außerdem konnte die Fahrt unsere Freundschaft stärken. Die Kabine lag im Zwischendeck. Als wir uns eingerichtet hatten, gingen wir zu dem Restaurant, in dem Willkommensdrinks serviert wurden. Als die Freiheitsgöttin im Smog verschwunden war, machte Raff jedoch mit Spirituosen weiter. Er schien wenig Interesse daran zu haben, unsere Tournee und die nächste Platte zu diskutieren, nach dem ersten Abend blieb ich deshalb für mich. Er saß in der Bar oder schnarchte in der Kabine, ich ruhte an Deck.

Die Überfahrt dauerte fünf Tage, die meisten mit bleiblauem Meer in alle Richtungen. Der Horizont war häufig so verwischt, dass der Ozean nahtlos in den Himmel überging. Wenn es die Passagiere unter ihren Decken in den Liegestühlen um mich herum nicht gegeben hätte, ich hätte das Gefühl gehabt, allein mit der Welt zu sein. Das Wasser lag spiegelblank, das Leben kehrte zu seinem Urzustand zurück. Das Einzige, was sich bewegte, war der zischende Schaum entlang der Schiffsseiten und der Rauch, der aus dem Schornstein quoll.

Wenn ich nicht die schwedischen Kriminalromane las, die ich in der Fourth Avenue gekauft hatte, schrieb ich Trish. Nach dem Tag im Battery Park hatte ich das Bedürfnis, etwas über das Lied zu sagen, das sie gesungen hatte. Der Brief wurde zwanzig Seiten lang und ich vertraute ihr Dinge an, die ich niemals erzählt hatte – außer dir hier und jetzt. Wenn ich mir als Kind etwas ausgedacht hatte, war es nicht geschehen, um andere zu verletzen, sondern um mich selbst zu schützen. Obwohl ich Zwilling war, hatte ich mich meistens allein gefühlt. Die Angst vor den Sporen aus dem Himmel hatte mich veranlasst, eine Mütze zu tragen. Ich glaubte nicht mehr an Religionen, dürstete aber nach etwas Größerem. Ich gestand ihr sogar, dass ich mir manchmal einbildete, durchsichtig zu sein.

Als wir in Southampton anlegten, an einem Kai mit rostigen Kränen und Fahrzeugen auf der falschen Straßenseite, gab ich den Brief auf. Das ist schade, ich würde gerne wissen, wie ich mich damals ausdrückte. Und was ich über die anderen in der Band dachte.

Die Plattenfirma hatte uns eine Limousine geschickt, die wir nie sahen, sodass wir ein Taxi zum Hotel nahmen. Während Raff weitertrank, erzählten Will und Robbie, die mit dem Zug aus London gekommen waren, von der dortigen Musikszene. Auf uns wartend hatten sie mehrere Konzerte lokaler Bands gesehen. Offenbar hatten sich viele von Raffs Frisur und zerlumpter Aufmachung inspirieren lassen. Verwilderte Versionen von Oliver Twist und Jane Eyre trieben sich auf den Straßen herum. Die Jungen trugen Bondage-Kleidung mit auf die Brust gesprühten Botschaften, die Mädchen Netzshirts und heruntergerutschte Stay Ups. Stiefel, Stiletto-Absätze und Sneakers. Manche hatten Sicherheitsnadeln in der Wange, andere trugen eine Kette um den Hals. Jedes Mädchen schminkte sich übertrieben, einige Jungen auch.

Als Raff hörte, dass der Stil, den er in Ermangelung von Geld kreiert hatte, zur Straßenmode geworden war, schlug er sich vor die Brust wie Johnny Weissmuller. Ich wollte wissen, wie es für unser Album lief.

Am nächsten Tag nahmen wir den Zug nach Glasgow. Da Konzerte vor uns lagen, wurde die Stimmung rasch selbstsicher und kindisch. Raff blieb nüchtern, rannte aber mit Robbie immer wieder auf die Toilette, um die Frisur zu kontrollieren. Er fühlte sich abwechselnd wie ein Zuchthengst und ein genialer Kopf. Wenn es ihn nicht gäbe, hätte unsere blanke Generation keinen Stil, nun gelte es, deren schöne Hälfte selig zu machen. Mit der Hand um das Geschlecht, als würde er darin eine Tüte Edelsteine wiegen, verkündete er: »König Testosteron!« Ich sang den Kopf halb aus dem Fenster gelehnt Songs von Sinatra, Will aß grüne Erbsen und kicherte. Als wir ankamen, waren wir so eifrig, dass wir vor dem Soundcheck auf das Hotel verzichteten. Die Instrumente konnten nicht schnell genug angeschlossen werden.

Am Abend wurde die Tournee im The Apollo eingeleitet. Der Name klang, als wäre er für uns erdacht worden; endlich hatte das Schicksal die Sterne vorteilhaft angeordnet. Unsere Premiere beim Beschützer der Musik würde zeigen, dass die Jahre ohne Geld die Mühe wert gewesen waren. Statt herunterzukommen und uns zu konzentrieren, drehten wir in einem Pub bei Leber und Bier auf.

Sowohl Trish als auch die Ramones waren in Großbritannien auf Tournee gegangen, deshalb herrschte großes Interesse an der Band, in der die Presse die beste aus Manhattan vermutete. Die Kritiker ordneten den Glamrock als hübsches, aber müßiges Zwischenspiel ein. Die New York Dolls hatten eine neue Ära begründet, trotz Texten voller Haltung waren die Riffs jedoch konventionell. Wenn der Schein nicht trog, bildete Transmission die gottgegebene Fortsetzung des Garage-Rocks aus Detroit.

Wartoke hatte neun Auftritte in acht Orten organisiert. Aus irgendeinem Grund hatten sie beschlossen, uns nicht gemeinsam mit den Talking Heads auftreten zu lassen, die gerade in England auf Tournee waren und die natürliche Alternative gewesen wären, sondern mit Blondie. In der Anzeige wurde unser Porträt in ein Radiogerät montiert, aus dem Blitze sprühten, als stünde es unter Strom. Die Überschrift lautete: DIE MIT DER GRÖSSTEN SPANNUNG DES JAHRES ERWARTETE BAND. Darunter wurden Ort und Zeit sämtlicher Konzerte aufgelistet. Die Vorband wurde in winziger Schrift ganz unten erwähnt.

Ich wollte, dass unser Debüt perfekt gelang, deshalb musste sich Blondie auf den vordersten Teil der Bühne beschränken. Die Verstärker standen, wo sie sein sollten, aufgeklebte Kreuze markierten die Stellen für Mikrofone. Nach einem geglückten Auftritt euphorisch wurde die Band sauer, als sie sich so zusammendrängen musste. Wenn Debbie sich bewegte, lief sie jedes Mal Gefahr, gegen eine der Gitarren zu schlagen.

Während ihrer halben Stunde warteten wir in der Garderobe. Manchmal schlug Will im Takt mit dem Beat auf seine Knie, wir anderen scherten uns nicht um den schwarzen Zucker, der hinter der Wand gesponnen wurde. Die Musik war gefällig, mit geschliffenen Arrangements und Refrains, die hängen blieben, jedoch so harmlos waren wie die Klinge eines Theaterdolchs. Außerdem merkte man, dass ihnen Image wichtiger war als Originalität. Die Männer kleideten sich schwarz mit weißen, bis zum Hals zugeknöpften Hemden. Debbie trug Playboy-Bunny-Haare und war stark geschminkt. Sie wollten so gern von der falschen Seite der Stadt kommen, angeführt von einer Sängerin, die halb Kellnerin, halb Pin-up war, die Lieder waren jedoch in einer Fabrik produziert worden. »Ich bin mir sicher, dass sie die Pobacken zusammenkneifen, wenn sie Soli spielen.« Keiner lachte über meinen Kommentar, aber Raff vergrößerte das Loch in seinem Shirt.

Als wir die Garderobe verließen, waren alle gespannt und schroff. Wir schlossen die Gitarren an. Will ging die Trommeln durch, keiner sagte etwas. Es dauerte fünf Minuten, die Instrumente zu stimmen. Der vordere Teil der Bühne schwamm in blutrotem Licht, dann trat ich aus der Dunkelheit. Statt zu grüßen, schlug ich die starren Anfangsriffs von »Three Monkeys« an. Sofort grollte die Basstrommel los, dann folgte Raff frech schlendernd mit dem Bass. Als die Scheinwerfer zu weißer Kälte wechselten, gab Robbie dem Lied gleichzeitig durch einige schnelle Stiche eine Richtung.

Das Publikum geriet sofort in Aufruhr. Die Leute johlten und hüpften, der Saal vibrierte vor Energie. Ich empfand kantigen Hunger, als ich die ersten Zeilen sang, und warme Stärke während des Refrains. Raff schaute beim Spielen auf die Saiten, was bedeutete, er plante keine Überraschungen. Robbie stach einen spitzen Akkord nach dem anderen in die Melodie und zog alle mit zum Solo nach dem zweiten Refrain. Als wir uns dem Höhepunkt näherten, lehnte er sich mit der Zunge im Mundwinkel zurück, verschlungen vom Sound, dann erblühte die Gitarre in Spiralen aus Kohlensäure.

Robbie hatte den Scheitelpunkt eben erst erreicht, als ich auch schon in die letzte Strophe eintauchte. Als die anderen im Refrain dazukamen, merkte man, wie zusammengeschweißt wir inzwischen waren. Über der Menschenmenge schwebend besaßen wir magische Kräfte. Alter Ärger war hinuntergeschluckt, Streitigkeiten waren vergessen. Wir hatten unterschiedliche Temperamente, ja und? Alle strebten nach gebändigtem, aber elektrisiertem Unwetter. Jede kleinste Erschütterung erzeugte präzise Schwingungen, die sich in den anderen Instrumenten fortsetzten. Will improvisierte ein paar jazzige Beats, statt Raff damit zu verwirren, donnerte der Bass jedoch entschlossen weiter und der Rhythmus vertiefte sich. Als Robbie gegen Ende an den Saiten zupfte, wurde ich vom Sound überwältigt, so spröde wie spritzende Eiskristalle, und dachte, exakt so agierte er – der Gott, der fernhin traf.

Wir zogen das Set durch, als ginge es um Leben und Tod. Nach »Lookout Luna« spielten wir zum Abschluss die Coverversion von »Satisfaction«. Als das Publikum uns nochmals ungeduldig auf die Bühne rief, beschloss ich spontan, nicht »Boom-Booming Heart« zu spielen, unsere neue Zugabe nach Cleveland und ein paar Auftritten in Kalifornien. Die Stimmung, die sich aufgebaut hatte – Schauer der Wollust, die Reaktionen des Publikums, die Scheinwerfer, die in den Instrumenten blinkten –, alles verlangte ein Tribut an Apollo, sodass ich stattdessen vorschlug, unsere Hymne an das gefrorene Licht zu wiederholen.

Die Band nickte, als ich die Änderung mitteilte. Während Robbie und ich die Gitarren stimmten, rief jemand in breitem, aber unmissverständlichen Schottisch: »Jungs, ihr seid wirklich anders!« Will strahlte wie einst in Dads Garage. Endlich konnte er der Welt zeigen, was uns steckte. Blondies gepuderte Dekorationen reichten nicht, genauso wenig wie die polternde Energie, von der andere Bands aus New York lebten. Nach unzähligen Probenstunden wusste er, dass es Leidenschaft erforderte, damit ein Song Spannung bekam, aber Kühle, um sie zu vermitteln. Auch wenn das Grundgefühl Lust war, erschien es notwendig, dass die Musik mit der Präzision eines Zielfernrohrs brannte und schmerzte.

Als wir zum Crescendo kamen, ahnte ich, diese Vereinigung von Genuss und Schmerz, unbeweglich, doch flirrend, entstand allein aus gefrorenem Licht.

Phosphoreszenz.

Der Auftritt in Newcastle gelang dichter und besser, dafür fehlte ihm die überschüssige Energie der Premiere. Aufgekratzt reisten wir weiter nach Sheffield, Manchester, Birmingham … Blondie fuhren in ihrem Bus, wir in unserem. Dass die Kritiken, die mit ein, zwei Tagen Verspätung folgten, uns dreimal so viel Platz einräumten, sorgte auch nicht unbedingt für bessere Stimmung. Artikel, die bebildert waren, zeigten stets Transmission. Einige Zeitungen brachten Sympathie für Debbies Gang zum Ausdruck und fanden, eine halbe Stunde reiche nicht aus, damit die Lieder zur Geltung kämen, gingen anschließend aber unbekümmert zu Lobeshymnen auf uns über. Der Basslauf in »Three Monkeys« besitze die kühle Nonchalance des Dandys, das Solo in »Delivery« komme direkt aus dem Kühlschrankhimmel, die Transzendenz in »Ascent« könne unmöglich gefakt sein. »Die Wirkung ist schockartig, das Publikum wird durchbohrt und verzaubert. Reinste Rock-'n'-Roll-Schönheit.«

Als wir in London ankamen, war die Stimmung zwischen den Bands auf dem Tiefpunkt angelangt. Nach dem ersten von zwei Gigs im Olympia gab es Krach mit einem von Blondies Roadies, Jamie Moglia, der nicht wollte, dass ich ihre Orgel wegschob, obwohl dort Robbie stehen musste. Wie sie es sich hatten leisten können, die Jungs einzufliegen, war ein Rätsel, das möglicherweise zur Kühle beitrug. Wir saßen im Lalibela, einem äthiopischen Lokal, als Blondie ankam. Keiner grüßte. Moglia, der selbst Keyboard spielte, kam trotzdem zu uns. Er hatte einen blondierten Wuschelkopf, den er zerzauste, während er erklärte, wir sollten die Band mit mehr Respekt behandeln. Statt ihm zu antworten, erkundigte ich mich, ob ihre Bühnenkleider bedeuteten, dass jemand gestorben sei. Und sei es Absicht, dass Destris Farfisa-Orgel wie eine senile Katze auf Amphetamin klang? Raff verhinderte, dass der Streit ausartete.

Als ich am nächsten Morgen nach dem Frühstück in mein Zimmer zurückkehrte, stand der Gitarrist im Aufzug. Ich wusste, dass Chris mit Debbie zusammen war, fand aber nicht, dass wir uns allzu viel zu sagen hatten. Geistesabwesend sah ich die Etagen auf der Anzeige wechseln.

Fünf Minuten später klopfte es an meiner Tür.

Debbie reichte mir nur bis zur Brust, kochte jedoch vor Wut. Wie konnte ich es nur wagen, ihre Band wie Luft zu behandeln? Hatte ich nicht in einem Interview erklärt, ich wolle anderen Gruppen aus Downtown helfen? Konnte ich das Wort Solidarität überhaupt buchstabieren?

Auch wenn ich kein leichter Mensch bin, sollst du wissen, dass ich einsah, sie hatte recht, aber die Selbstverständlichkeit, mit der sie mich zurechtwies, störte mich und so murmelte ich nur, dass wir gleich ein Lied für BBC Television einspielen würden.

»Du wirst es bereuen.«

Als wir im Fernsehstudio eintrafen, hatten die Techniker unsere Ausrüstung aufgebaut. Die Scheinwerfer waren aufgestellt worden, der größere Teil der Bühne lag in suggestiver Dunkelheit, sogar die Gitarren hatte man angeschlossen. Will saß ungewöhnlich weit hinten, erhöht auf einem Podium, ich hatte zwei, drei Meter Raum bis zu Raff und Robbie. Die Kameramänner erhielten Anweisungen, dann stimmten wir die Instrumente.

Vielleicht war ich nach dem Gespräch mit Debbie noch gereizt, jedenfalls hatte ich plötzlich keine Lust, einen der Songs von unserem Album zu spielen. Transmission war nicht wie Blondie, die den Kommerz über die Kunst stellte. Gaben wir unsere Leidenschaft auf, konnten wir genauso gut Straßenmusikanten werden. Stattdessen wählte ich »Dugout«, ein Stück, das wir nicht besonders oft gespielt hatten. Das Lied handelte vom Leben in den Schützengräben des Ersten Weltkriegs – eine Erinnerung aus den Geschichtslektionen in Sanford – und passte zu meinem bösen Blut. Für den Song war auf *Lookout Luna* kein Platz mehr gewesen, er sollte jedoch Teil der nächsten Platte werden. Robbie sah Raff an, Will nickte verbissen.

Die vier Minuten in »The Old Grey Whistle Test« bestärkten die

Leute in der Auffassung, dass Transmission eine fähige, aber kühle Band war. Wir bewegten uns kaum – nicht einmal unser Bassist, der bei den Konzerten sonst immer etwas machte. Weil ich die Kameramänner gebeten hatte, Raff nur während des Refrains zu zeigen, und sich dabei auf sein Gesicht zu konzentrieren, sahen die Menschen seine spastischen Bewegungen nicht. Oder dass er mit seinem sackartigen Anzug einem Gangster in einer alten Fernsehserie glich. Der Fokus lag auf mir und teilweise auf Robbie. Wir trugen beide kurzärmelige Shirts – seins war schwarz, meins rotlila. Manchmal sah man Hände über die Saiten gleiten, nur der Griff um den Gitarrenhals enthüllte, wessen Finger gerade spielten.

Als das Programm am letzten Tag im Mai ausgestrahlt wurde, traten wir in Bristol auf, sahen den Beitrag aber nach dem Konzert. Menschen drängten sich im Büro des Veranstalters. Der Fernsehton war laut gedreht worden, dennoch hörte man Kommentare. Die meisten waren auf die Art enthusiastisch, die nichts zu sagen hat. Manche fanden jedoch, dass wir frostig wirkten, was mich aufstöhnen ließ. Hörten sie denn nicht die Gefahr in den Gitarren, die Verzweiflung im Gesang? Eine Zeile wie *A heartless heart – is my proper attire* klang doch nicht zynisch? Es strömte verletzte Hitze aus den Versen; zerbrechlicher Mut verwandelte das Lied zu dem, was ein Kritiker später unsere Abrechnung mit Heldenmut nannte.

Als der letzte Ton verklungen war, schaltete der Veranstalter den Fernseher aus und scheuchte ungebetene Gäste hinaus. Raff sank tiefer in den Sessel. Seiner Körpersprache war anzumerken, dass er nicht damit gerechnet hatte, so selten im Bild zu sein. Er leerte sein Glas, füllte es selbst aufs Neue und zündete sich eine Zigarette an. Die Rauchringe lösten sich einer nach dem anderen auf. Als er schließlich sprach, tat er es Kentucky-schleppend: »Die Leute wollen etwas sehen, Ache. Rock ist mehr als nur Musik.«

Das Schweigen vertiefte sich. Etwas später entschuldigte sich der Veranstalter – er müsse dafür sorgen, dass Blondie ihr Equipment mitnehme. Raff trank auf eine Erwiderung wartend finster weiter, weder Will noch Robbie mischten sich ein. Als ich stattdessen den Fernseher wieder einschaltete, strich mein ältester Freund sich mit den Händen über die Oberschenkel. Ich könne glauben, was ich wolle, er wisse, dass er recht habe. Die Erscheinung sei wichtig. Nachdem er seine Krawatte gestrafft hatte, die ihm wie eine Schlinge um den Hals hing, kam er auf die Beine. Robbie begleitete ihn, was bedeutete, dass auch er noch bei Kräften war. Nicht so sicher war ich mir dagegen, dass er Raff zustimmte.

Trotz unterschiedlicher Auffassungen über das Image der Band liefen die Gigs auf dem Kontinent gut. Die Abläufe saßen, die Energie war größtenteils gut, sodass es nicht störte, dass Raff Epileptiker spielte, damit das Publikum etwas zu sehen bekam. Manchmal stoppte ich abrupt und suchte einen anderen Weg in ein Solo, was ihn verunsicherte, aber Will ebnete den Weg und Robbie platzierte weiter draußen im Terrain strahlende Riffs. Solche Abweichungen wuchsen organisch aus dem Repertoire. Wenn Raff sich wieder gefangen hatte, konnten wir uns sogar auf die Unterstützung des Basses verlassen, auch wenn er launisch grollte. Das Klangbild erinnerte daran, wie das Meer während unserer Überfahrt in den Himmel übergegangen war. Hinterher empfand ich es jedes Mal so, als hätte unser Sound einen Raum geschaffen, in dem sich das Publikum aufhalten konnte.

Doch mit jedem Konzert wurde Raff unbändiger. Brüssel lief schlechter als Amsterdam, Paris schlechter als Brüssel. An Deutschland erinnere ich mich nicht. In Kopenhagen spielte er so aggressiv, dass »Delivery« zertrümmert wurde. Den letzten Refrain schrie er eher, als dass er ihn sang, trotzdem jubelte das Publikum. Als Will merkte, dass Robbie und ich die Melodie nicht hinbekamen, steigerte er das Trommelgewitter auf den Pauken, bis wir keine andere Wahl hatten. Statt des sehnsuchtsvollen Schlussakkords nach den Zeilen darüber, sich als Polizist zu verkleiden, kollabierte der Song in einem deliriösen Krach.

Als die Trommeln nicht mehr donnerten und die Gitarren verklungen waren, hob Raff den Bass über den Kopf. Der verzerrte, noch jaulende Ton, aus Asphalt geschnitten, hatte gesiegt.

Die letzte Station war Stockholm.

Nach den Wochen auf Reisen waren wir alle zermürbt und wollten nach Hause. Wir hatten uns an schlechtes Essen und mittelmäßige Hotels gewöhnt, die fremden Landschaften hatten ihren Charme verloren. Der Tourbus, der uns von Kopenhagen hinfuhr, roch nach Schweiß und schalem Bier. Raff und ich starrten aus verschiedenen Fenstern, beschäftigt mit dem Gleichen: der Unnachgiebigkeit des anderen. Robbie und Will spielten Karten. Sie wussten, dass das Konzert zwei Tage später nur gut laufen würde, wenn wir an einem Strang zogen.

Heute, so viele Jahre später, schäme ich mich dafür, aber Raff und ich benahmen uns wie umgekehrte Magnete: Versuchte sich der eine zu nähern, stieß der andere ihn ab. Als wir eingecheckt hatten, blätterte Will in den Flyern und schlug vor, ein intaktes Schiff aus dem siebzehnten Jahrhundert zu besichtigen. Ich hatte jedoch Kopfschmerzen und Raff verschwand mit Robbie; in Schweden kamen offenbar zehn Blondinen auf eine Dunkelhaarige. Als wir am nächsten Tag zusammenkamen, sahen beide ungewaschen aus. Raff hatte Knutschflecken am Hals, Robbie war wie immer, wenn er schlechte Drogen genommen hatte – blass, zerfahren, rastlos.

Ich ging auf mein Zimmer. Der Erfolg war so nah. Wenn der Verkauf in Schwung kam, würde die Zahl der Konzerte steigen, mit jedem neuen Auftritt verkauften wir weitere tausend Platten. Die Zeitungen schrieben, Fernsehauftritte würden folgen. Jetzt galt es, nicht vom Kurs abzukommen. Noch waren die Fahrwasser unsicher, aber wenn wir die ruhelose Kontrolle verwalteten, die uns von anderen New Yorker Bands unterschied, möglicherweise mit Ausnahme von Trishs Gang, würde das nächste Album uns das Einzige einbringen, was die Mühe zweitklassiger Hotelzimmer und drittklassiger Drogen wert war: Unabhängigkeit.

»The Blaze« entstand in der Nacht vor dem letzten Konzert. Während Raff und Robbie feierten und Will versuchte, Becky telefonisch zu erreichen, fand ich ein Café, dessen Kundschaft aus Taxifahrern und Prostituierten zu bestehen schien. Als die Kellnerin verstand, dass ich Ausländer war, stellte sie mir ein Bier hin und ließ mich in Ruhe. Ich hatte den letzten Krimi mitgenommen. *Der Mann, der sich in Luft auflöste* handelte von einem Journalisten, der in einem fremden Land verschwand. Nachdem ich ein paar Kapitel gelesen hatte, ohne die Story zu verstehen, kritzelte ich wie früher auf die Innenseite des Einbands. Umgeben von unbekannten Schweden stieg der milde Rausch durch den Körper, der wichtigen Liedern vorausging. Sich verflüchtigen, war es nicht das, was lodernde Musik tun musste? *Praise emptiness / Everything scattered / Nothing was missed* ... Die Worte ergaben sich von selbst.

Du bist fast elf, also weißt du bestimmt, was eine Nationalhymne ist. »The Blaze« könnte meine sein.

Als wir zwei Tage später in New York landeten, applaudierte Will; er vermisste Becky. Wir teilten uns ein Taxi in die Stadt – die Instrumente wurden mit einem Frachtflug nachgeschickt –, dann gingen wir auseinander. Raff und ich wohnten in der gleichen Richtung, wählten aber unterschiedliche Wege, als das Auto uns vor der Bodega in der Second Avenue absetzte.

Am nächsten Tag meldete sich Wartoke bei mir. Ich war verwirrt von verdrehtem Schlaf und antwortete sicher weniger enthusiastisch als gewünscht. Sie hatten die Kritiken gelesen und äußerten sich zufrieden, jetzt komme es jedoch darauf an, aus der Tournee »Kapital zu schlagen«. In einem Jahr würde *Lookout Luna* Schnee von gestern sein. Folgte das nächste Album zu spät, hatten die Leute uns vergessen.

Meine Einnahmen waren noch dürftig, aber stabil. Außerdem verdiente ich am meisten, da ich die Mehrzahl der Lieder geschrieben hatte, sodass eine Pause mir wenig Sorgen machte. Als jemand – ich glaube Ochs – mir einen Tipp für eine Wohnung im Village gab, nicht weit entfernt davon, wo ich Brote eingetütet hatte, schlug ich zu. Die Bude war kleiner als meine alte, und der Preis für den Vertrag hoch, dafür wirkte das Haus gepflegt. Außerdem lag an der Ecke Cairo, das ägyptische Restaurant mit dem Wandgemälde, das ich so mochte. Als ich auf dem Klavier klimperte, das ich mit Bargeld übernehmen musste, das ebenfalls direkt in die Tasche des »Agenten« wanderte, begriff ich, dass es idiotisch wäre, mich querzustellen. Eine Woche später zog ich ein. Will und Becky übernahmen meine alte Wohnung in der East 11th.

Den Rest des Sommers nahm ich auf einem Kassettenrekorder neue Ideen auf, begleitet von der Klimaanlage, die Dad installiert hatte, als ich ihm meine neue Adresse mitteilte und ihm klar wurde, dass ich immer noch den alten Ventilator benutzte. Außer der Anlage im Schlafzimmer bekam ich auch noch einen Fernseher, den er bei einer Lotterie gewonnen hatte; als ich nach Jim und Mom fragte, schüttelte er nur den Kopf. Meine Nachbarn waren älter und interessierten sich nicht für einen siebenundzwanzigjährigen Musiker, solange er auf einer akustischen Gitarre spielte. An das Klavier hatten sie sich gewöhnt.

Auch Elektra Records wollte, dass Transmission gesehen wurde, aber man traute Raff nicht. In den Interviews, die er nach unserer Heimkehr gab, hatte er Geschichten über die Zeit vor der Band erfunden, die er außerdem als seine darstellte. Auf dem Umschlag eines Magazins, ich meine mich zu erinnern, dass es *New York Rocker* war, posierte er mit stacheligen Haaren und aufgerissenen Augen. Der Fotograf hatte ihn in einen Laborkittel gesteckt, in den Händen hielt er ein Bündel Gitarrenkabel. Die Überschrift lautete: DER KONTAKT-MANN DES LÄRMS AUF ERDEN. Zwar hatte Raff die Band getauft, so gesehen war es also seine, als Will ihn jedoch darauf hinwies, dass der Name sich zu meinen Initialen verkürzen ließ – »TM« – wollte er ihn ernsthaft ändern. Die Plattenfirma war so besorgt, dass sie mit

Wartoke redete, wo man mich bat, mich um die Presse zu kümmern. Raff hatte einen gefährlichen Stil und Charisma, trotzdem war es besser, wenn ich das Gesicht nach außen blieb.

Die Journalisten stellten die immer gleichen Fragen, auf die ich ähnliche Antworten gab. Nur eine Reporterin von einem englischen Fanzine war anders. Wir trafen uns an einem Nachmittag im Cairo, das ich scherzhaft zu c/o Air erkor, weil die Flammen auf dem Wandgemälde sich so sehnsuchtsvoll dorthin streckten. Edie Reid war mit ihrer Familie im Urlaub, die krausen Haare glänzten kupferrot. Sie wich meinem Blick aus, als sie die Sonnenbrille absetzte, aber bei mehreren Gelegenheiten studierte sie mich, wenn sie glaubte, dass ich es nicht merkte. Von dem Zeitraum, den wir verabredet hatten, widmete sie die Hälfte einer kurzsichtigen Kontrolle des Aufnahmegeräts, den Rest Fragen mit der seltsamen Fähigkeit, mich aufzuschließen. Warum mochte ich diese Gitarre, aber nicht jene? Was machten die dicken Saiten, die ich bevorzugte, besser als dünne? Hatten wir geplant, dass »Delivery« auf diese schwindelig-selige Art verklang oder lag der Effekt daran, dass wir uns heimlich vor den Sirenen in »Fire Engine« verneigten?

»Ich bin nicht darauf aus, Millionen Dollar zu verdienen«, bekannte ich, nachdem ich erklärt hatte, ich sähe mich als einen Techniker der Bewusstseinserweiterung. Anschließend beschrieb ich ihr den Weg zum Empire State Building, wo ihre Eltern auf sie warteten. Ich schrieb ihr die Straßen in Druckbuchstaben auf; die Schrift auf dem Stadtplan war zu klein für ihre Augen. Nur, dass sie mich richtig verstand: Sex und Drogen waren verlockend, dennoch war das Dionysische nicht mein Ding. »Das einzig Gute an Geld ist, dass es einen unabhängig macht.«

Reid faltete die Karte zusammen. Als wir uns verabschiedeten, verpassten sich unsere Hände. Ihre Knöchel strichen über meinen Handrücken.

Als das Interview erschien, lautete die Überschrift DER EISKÖNIG SPRICHT. Ich sah keinen Grund, meine Worte zurückzunehmen, merkte aber, dass die anderen sich über das Heldenporträt ärgerten. Weder Raff noch Robbie konnten es sich leisten, in eine bessere Wohnung zu ziehen. Und weil wir jetzt proben mussten, hatten wir keine Zeit für Konzerte. Wenn ich nicht verstünde, welche Opfer das erfordere, meinte Raff, sollten wir den Sound verändern und mehr klingen wie … Streitlustig suchte er das offensichtliche Beispiel. »Blondie, nicht wahr?«

»The Blaze« klang so gut, dass ich wusste, ich hatte die Musik auf meiner Seite. Übermütig entgegnete ich, wenn wir nur den richtigen Produzenten wählten, werde die Platte besser sein als die letzte, vielleicht ein Meilenstein. Dafür müssten wir allerdings fünf Tage in der Woche proben. Ich teilte Reids Auffassung trotz der erforderlichen Entbehrungen: »Es gibt keinen Grund zu glauben, dass Transmission den Himmel nicht in einen coolen Ort für Musik verwandeln kann.« Wahrscheinlich spielte sie auf mein Anagramm aus dem Cairo an. Laut ergänzte ich, sobald wir den Himmel erobert hätten, werde Raff so gut verdienen, dass es sowohl für Goldzähne als auch für einen Swimmingpool reichen würde.

Im November waren wir endlich bereit. Das erste Album hatte von Mondschein und silbrigen Versprechen gehandelt, das zweite sollte von Tageslicht und Wärme geprägt sein. Der Arbeitstitel lautete *Escapade*, was zugleich der Titel des einzigen Songs war, zu dem Robbie so viel beigetragen hatte, dass wir uns den Credit teilten. Wenn Raffs Überraschungen nicht genutzt wurden, hieß dies, dass ich für das restliche Songmaterial verantwortlich sein würde.

Auch wenn mir der Arbeitstitel gefiel, war ich von dem gleichnamigen Lied weniger begeistert; die Abmischung würde entscheiden, ob der Titel es auf die Platte schaffte oder nicht. Heute weiß ich, dass ich mich falsch verhielt, aber damals redete ich mir ein, dass es manchmal besser war, wenn ein Stück nicht die Aufmerksamkeit auf sich zog, nur weil es so hieß wie das Album. Außerdem störte es mich, dass die Platte dann neun Titel enthalten würde. *Lookout Luna* hatte vier auf jeder Seite gehabt, wodurch ein Gleichgewicht geschaffen wurde. Reichte es eventuell, fünf auf der einen und drei auf der anderen Seite zu platzieren, damit *Escapade* eine gleichartige, jedoch eigene Dynamik erhielt?

Die Texte, für die ich nur einzelne Zeilen hatte, größtenteils Refrains, wollte ich in dem Studio fertigstellen, das wir gebucht hatten: Record Plant in der West 44th Street. So würde das Livegefühl nicht verloren gehen. Außerdem konnte der Gesang auch später darübergelegt werden, sobald die Arrangements standen. Falls die Refrains mehrere Stimmen erfordern sollten, mussten Raff und Robbie vorbeischauen oder ich sang auch sie.

Als ein größeres Problem erwies sich das Klavier. Zwar hatte ich als Kind Stunden genommen und zu Hause geübt, aber als die Mikrofone eingeschaltet wurden, merkte ich, dass ich eingerosteter war als geglaubt. Manche Partien saßen sofort, andere klangen erst nach dem zwanzigsten Take gut. Arty Jannis, der produzierte, störte das nicht, Robbie und Raff waren es dagegen irgendwann leid. Nach der ersten Woche gingen sie in den Aufenthaltsraum, sobald ich mich an den Tasten niederließ. Ob ich sie rufen könne, wenn ich mich entschieden hätte, welche Version es sein solle?

In der Regel testete ich schon Ergänzungen, wenn die anderen gegen Mittag eintrafen, und blieb, nachdem sie heimgegangen waren. Dennoch hörte Raff erst in der dritten Woche mitten in einem Lied auf zu spielen. Die Phrase rann davon wie Wasser in einem Rinnstein. Er schaltete den Strom aus und sah sich nach Zigaretten um. Mittlerweile hatten wir das meiste auf Band, experimentierten nur noch an ein paar Liedern. Am schlimmsten war »Cairo (Beam Me Up)«, das mehr Strophen und Struktur benötigte. Sobald ein Taktwechsel saß, musste ich die Worte ändern, wenn eine neue Zeile endlich so klang, wie sie sollte, bereiteten die Riffs Probleme.

Was trieb ich da eigentlich? Raff suchte nach einem Aschenbecher.

Trotz unzähliger Takes wisse er nicht, ob es so gedacht sei, dass der Song sich zu sonniger Verzückung steigere oder wie ein Streichholz erlöschen sollte. Ob ich mich mal entscheiden könne? Als ich nicht antwortete, meinte er, wir sollten eins seiner Gedichte nehmen, der Text, an dem ich schriebe, werde ja nie fertig. Wenn er ein paar Zeilen ändere, passe alles, außerdem enthalte es einen perfekten, lässigen Refrain. Kein Mensch begreife die Klammer in meinem Titel. Oder was wollte ich mit *The elevator called me up to level 13 / She said,* »*You better start cherish the world*« sagen. Aber das mache nichts. Sein Gedicht über die verdienstvolle Magie der Taschenlampe werde dem Lied Kraft geben. »Wie früher, Ache, als wir zusammen geschrieben haben?«

Der schleppende Tonfall verunsicherte mich, sodass ich wortlos das Studio verließ. Stundenlang trieb ich mich in Downtown herum, ohnmächtig bei dem Gedanken, bei der künstlerischen Integrität Kompromisse einzugehen. Am Ende landete ich in einem Diner, wo Robbie mich fand. Er bestellte Bier, erst nach der zweiten Runde erklärte er, Raff meine es gut. Alle wollten, dass die Platte gut werde. Das gehe aber nur, wenn wir nicht nur hörten, sondern einander zuhörten. Statt die Verantwortung zu teilen, klammerte ich mich an die Kontrolle. Bisher hätten er und Will nichts gesagt, jetzt seien klare Worte gefordert. »Du schadest der Band, Ache.«

Als wir zurückkehrten, machten wir weiter, als wäre nichts passiert. Jannis hatte anscheinend schlimmere Zerwürfnisse gesehen, denn er lächelte nur. Raff suchte meinen Blick, ich schaffte es nicht, ihn von den Saiten zu heben. Obwohl die Band nicht wusste, woran sie bei mir war, merkte ich, dass sich alle Mühe gaben. »Cairo« nahm von selbst Gestalt an. Robbie spielte zerbrechlich und dennoch bissig, Will fand einen Backbeat, der statt das Tempo zu senken, der lustvollen Auflösung im Inneren des Songs Stabilität verlieh, die sich, wie ich nun entdeckte, einfach spielerisch hatte ergeben müssen.

Sollte dass der letzte Titel werden? Ich hörte nach der zweiten Strophe auf zu singen, um zu testen, ob die Worte in Schweigen übergehen konnten. Raff unterließ es, etwas hinzuzudichten, was uns rettete.

Für ein paar Wochen.

Als wir an dem Abend nach »Cairo« heimgingen, ahnte ich, dass Robbie und Will derselben Meinung waren, obwohl sie meine Kompromisslosigkeit gefürchtet hatten. Die Ergänzungen hatten gezeigt, dass ihre Angst unberechtigt war; wenn Raff ein Arrangement in Frage stellte, würde ich mit Unterstützung rechnen können. Das bedeutete drei gegen einen, falls wir doch noch gezwungen sein sollten, über die Auswahl abzustimmen.

Stattdessen wurde Robbie krank. Nach dem letzten Konzert im August – vor zweihundert schwitzenden Collegestudenten, aber mit wackeliger PA – hatte er sich übergeben. Bei den Proben war ihm der kalte Schweiß ausgebrochen, im Studio sah er käsiger aus als Putzwasser. Es ließ sich nicht übersehen, dass er kämpfte, trotzdem war keiner darauf vorbereitet, dass er ins Krankenhaus kommen würde.

Am letzten Tag tauchte er nicht auf. Wir testeten einige Ergänzungen und warteten. Als Robbie auch am Nachmittag nicht auftauchte, rief Raff Ochs an. In der Nacht hatte unser früherer Manager ihn ins Beth Israel in der First Avenue gebracht. Die Diagnose lautete »Endokarditis«. Was hieß: eine Entzündung der Herzklappen als Folge von intravenösem Drogenmissbrauch. Ein paar Tage später, als sich sein Zustand stabilisiert hatte, besuchten wir ihn im Krankenhaus. Robbie machte mit ein paar älteren Patienten gerade Scherze darüber, wie hübsch die Krankenschwestern auf einer Skala von eins bis zehn waren. Bevor wir gingen, nannte ihn die Frau, die seine Infusion gewechselt hatte, ein scharfes Geschoss, eine neun, vielleicht sogar neuneinhalb. Die sachlichen Bewegungen, mit denen sie die alte Flasche herunterhob, deuteten nicht darauf hin, dass sie es ernst meinte, das Leuchten in ihrem Blick darauf, dass sie es tat.

Ochs wollte die Krankheit in eine Nachricht verwandeln. Sie würde erklären, warum sich die Platte verzögerte und gleichzeitig die Erwartungen steigern. Am nächsten Tag sorgte er dafür, dass Robbie heimlich geknipst wurde. Auf den Bildern wirkt er schwerelos in den weißen Krankenhausklamotten und Lederpantoffeln, die nordafrikanisch aussehen, es scheint eine alltägliche, sorglose Stimmung zu herrschen. Auf dem besten Foto posiert er im Flur mit einer von den Lippen hängenden Zigarette. Neben ihm mahnt ein Schild: OXYGEN IN USE NO SMOKING. In dem Arm, mit dem er das Streichholz zum Mund führt, sitzt die Infusionsnadel, im Vordergrund hängen Flaschen an einem Ständer.

Rock Scene biss an und brachte die ganze Bildreihe. Deutlicher ließ sich nicht demonstrieren, wie Blut von bösen Substanzen gereinigt wurde. Oder dass die Mitglieder von Transmission gefallene Engel waren. Der Plattenfirma gefiel der Einfall immerhin so gut, dass sie uns eine weitere Woche gaben. Darauf wartend, dass Robbie gesund wurde, fügte ich Backgroundgesang und weitere Klavierparts hinzu. Will hatte nichts zu tun und fuhr deshalb nach Connecticut, um Beckys Eltern vorgestellt zu werden. Raff tauchte selten vor dem späten Nachmittag und bald gar nicht mehr auf.

Die einsame Arbeit mit Jannis lag mir. Wir entfernten alles, was mir nicht gefiel, und verstärkten Sachen, die gut klangen, aber besser werden sollten. Robbies Krankheit führte dazu, dass die Platte ohnehin erst nach Neujahr gepresst werden konnte; es wäre idiotisch gewesen, die Zeit nicht zu nutzen. Als ich fragte, ob Arty sich vorstellen könne, eine weitere Woche umsonst zu arbeiten, wenn wir ihm den Auftrag für die nächste Platte gaben, nickte er; wie ich war er darauf bedacht, dass unser Album ein Meilenstein wurde.

Vor den Feiertagen hörten wir uns durch die Lieder. Wir müssen ähnlich gedacht haben, denn als ich vorschlug, die fast instrumentalen Titel anders zu platzieren, war Arty einverstanden. Bisher hatten sie die A-Seite beendet und die andere eingeleitet. Auf die Art bildeten die schwierigsten Songs der Platte deren Achse, umgeben von kommerziell gängigeren Titeln. Als ich dennoch fand, dass »Cairo« das letzte Stück sein sollte, strahlte er. Mit diesem Song als Finale wurde die B-Seite der natürliche Abschluss unserer Entwicklung als Band – von ätzenden Riffs voller Nacht und Neon zu schwebenden Klangbildern im Licht des späten Nachmittags. Das Arrangement hatte etwas Selbstverständliches, fast Skulpturales. Ich hatte von c/o Air gesprochen; nun hörte man, dass die Band dorthin strebte.

Besser konnte heutige Rockmusik nicht klingen. Raff würde möglicherweise unzufrieden sein, wenn er merkte, dass sein Basslauf in meinen ruhig vibrierenden Schlussakkord überging. Aber selbst er müsste einsehen, dass die Änderung zum Besten der Band geschah.

Das tat er nicht.

Als Robbie entlassen wurde und Will zurück war, trafen wir uns bei mir. Ich hatte einen Linseneintopf gekocht und Bier gekauft. Als alle gegessen und genug gequatscht hatten, holte ich neue Getränke aus dem Kühlschrank. Bevor ich die Nadel auf die Testpressung senkte, erklärte ich, wir hätten unser Budget überschritten. Es sei nicht leicht gewesen, Elektra zu überreden, auf eine Rückzahlung zu verzichten, doch Arty habe zusätzlich gearbeitet im Austausch gegen weniger Einsätze bei der nächsten Platte. Endlich habe Transmission die Verwandlung von rhythmischem Rock in stromführende Klangsäulen vollendet.

Das Album war zehn Minuten kürzer als sein Vorgänger, deshalb schlug ich vor, sämtliche Titel zu hören, bevor jemand etwas sagte. Die Reihenfolge sei wichtig, Arty habe außerdem einige Übergänge in kleinere Wunder verwandelt. »Wartet ab, ihr werdet es hören.« Behutsam senkte ich die Nadel auf das Acetat, bereit, die Freude zu teilen, die ich empfunden hatte, als wir die Platte auf der Suche nach Mängeln Stück für Stück durchgegangen waren, ohne welche zu finden.

Die ersten Lieder klangen wie erwartet. Raff strahlte, Will lächelte, Robbie schloss sogar die Augen. Der dritte Titel war »Dugout«. Obwohl Arty den streitlustigen Bass abgeschwächt hatte, sagte keiner etwas. Auch der nächste Song war eine alte Komposition, die es nicht auf unser Debütalbum geschafft hatte. Will trommelte auf den Knien, Raff folgte auf eingebildeten Saiten, als er hörte, dass das Tempo erhöht worden war und das Lied den kontrollierten Drive bekommen hatte, der ihm fehlte, als The Apollo Boys es gespielt hatten. Mit dem Harmoniegesang gegen Ende waren alle so zufrieden, dass Raff neue Biere holen ging und erklärte, wir hätten ein Meisterwerk geschaffen.

Ich sah mich gezwungen, an das Schweigen zu erinnern, das wir uns auferlegt hatten. Die Kronkorken wurden abgedreht, dann spielte Robbie mit Luftgitarre das Intro zu dem, was er für den Titelsong hielt. Stattdessen ertönten die funkelnden Akkorde, mit denen ich »Rapture« einleitete. Er schaute sich um, unsicher, ob der Tonarm einen Titel übersprungen hatte. Ich nickte ihm beschwichtigend zu, überzeugt, dass er den neuen Übergang zwischen den Liedern und meine elegante Ablösung seiner Gitarre gut finden würde.

Als ich die Platte umdrehte, warteten alle auf den Titelsong. Stattdessen erklangen die gleitenden Eingangstöne von »The Blaze«. Kurz vor Weihnachten hatte ich die Saiten der Gitarre mit einem Taschenmesser gebogen, was eine kaum auszuhaltende Intensität geschaffen hatte. Ich hatte sogar wie nach einem verzweifelten Streit ins Mikrofon gejammert. Zeilen wie *You take the voltage / That watches you weep* beschrieben den brennenden Schmerz, gleichzeitig verwandelte sich der Sound in heiße, elektrische Tränen. Im Instrumentalteil am Ende – ehe die letzte Strophe in das erlösende *We took our house in the fire* mündete – hatte Arty einen nasalen Sound hinzugefügt. Er erinnerte an eine Oboe, war aber mit einer Ondioline erzeugt worden, die wir im Studio gefunden hatten. Die Tastenklänge wirbelten um die gleitenden, die nun aus dem Intro zurückkehrten. Glühend sammelte das Lied Kraft, bevor es in meinem Solo explodierte.

Robbie war beeindruckt, obwohl der Krankenhausaufenthalt seinen Beitrag minimiert hatte. Will gefiel, dass die Trommeln einen dumpfen Nachhall bekommen hatten, der in der Unterwelt bebte, aber Raff war sauer, weil der Bass so bieder klang. Er spielte mit seinem Feuerzeug, der Körpersprache war anzumerken, dass er unzufrieden war. Ständig führte er die Flamme zu der Zeitung, auf die ich den Topf gestellt hatte, der nächste Titel verbesserte jedoch seine Laune. Ursprünglich war es eine zwölfminütige Abrechnung mit einer Frau gewesen, die offen und zugleich selbstbezogen war, um andere bemüht, wenngleich zu ihren eigenen Bedingungen. Auch wenn sie nicht namentlich genannt wurde, wussten alle, dass damit Trish gemeint war. Arty hatte das Lied radikal gekürzt, auf 4:53, was dem Basslauf eine dunkle, gleichwohl grandiose Intensität verlieh. Das Tempo steigerte sich von Strophe zu Strophe, Robbies Soli waren so hart und exakt wie nötig. Als die anderen hörten, mit welcher wespenartigen Beharrlichkeit uns seine Stratocaster in immer dünnere Sphären hinauftrieb, strahlte Raff im Flackern des Feuerzeugs. Betrogene Liebe mochte wütender klingen können, wohl aber kaum hingerissener.

Plötzlich fing die Zeitung Feuer. Raff lachte begeistert, Robbie fluchte, nur Will handelte. Schnell wie der Wind hob er den Topf hoch und wischte die Seiten auf den Boden, dann trampelte er darauf, dass die Rußflocken wirbelten. Sicherheitshalber leerte er die Salzverpackung über den schwelenden Resten aus. Die Flammen flackerten verloren, ehe sie erloschen.

Der Zwischenfall nahm dem Konflikt, der sich gefühlt auftürmte, die Spitze. Als die Stimmung wieder entspannt war, führte ich den Tonarm zum letzten Titel zurück. Das Lied war unser jüngstes, für mich war es auch das wichtigste. »Cairo« bedeutete für die neue Platte, was »Lookout Luna« für die vorherige und »Delivery« und »Phosphorescence« für uns als Band gewesen waren. Der Text war entstanden, als ich im Restaurant eine Ausgabe von Rimbauds Briefen gelesen hatte. Er bestand nur aus einer Strophe mit acht Zeilen und hatte keinen Refrain, dennoch wusste ich, alles saß perfekt.

So stellte ich mir den Soundtrack zu einem Film über einen anonymen Handelsreisenden in Ägypten vor hundert Jahren vor. Komponiert in Sätzen enthielt jede Partie die gleichen verborgenen Überraschungen wie das Wandgemälde. Da gab es einen Basslauf, der aus einem verworfenen Lied stammte und zu knurrenden Katzen verzerrt war. In einem anderen Satz ertönte ein Gong, den Arty abgemischt hatte, bis er unter Wasser zu liegen schien. Die Gitarrenphrasen verbanden den avantgardistischen Jazz, den Will und ich als Jugendliche gehört hatten, mit den Opiumhöhlen des letzten Jahrhunderts. Tableau folgte auf Tableau, ebenso untrüglich wie unverständlich. Diese verträumte, allmählich aufgeladene Luft bildete den Gipfel unserer Entwicklung als Band.

»Wa-has?« Robbie hustete, als die Nadel, die den Titel verlassen hatte, sich inhaltleer um das Etikett drehte. Als er begriff, dass der Titelsong nicht auf der Platte war, kratzte er sich die Unterarme.

»Was zum Teufel?« Auch Raff wirkte nicht überzeugt.

Doch es war Will, der mir den Todesstoß versetzte. Als ich die Testpressung in die Hülle zurücksteckte, kratzte er mit dem Fuß das Salz und die Rußflocken zusammen. »Das ist nicht in Ordnung, Ache. Das da ist deine Musik.«

Für eine Abstimmung war es zu spät. Die Platte wurde gerade gepresst und würde Ende des Monats in die Läden kommen. Elektra wollte in einer Woche die Anzeigenkampagne starten. Als ich die Reaktion sah, wusste ich, meine Zeit mit den dünnen Göttern war vorbei.

AUSEINANDERFALLEN

Der Februar verlief seltsam. Wenn ich durch die Stadt lief, war ich abwechselnd niedergeschlagen und aufgekratzt – unsicher, wie das Leben weitergehen würde, überzeugt, dass die neue Platte einen entscheidenden Schritt nach vorn bedeutete. Das halbe Ich konnte es kaum erwarten, bis die Platte in die Geschäfte kam, die andere Hälfte wollte nie wieder etwas von Transmission hören. Und in einer schwarzen Ecke meiner Seele brannte die herzlose Flamme des Ehrgeizes. Sollten die Zeitungen darüber klagen, dass die Band sich aufgelöst hatte, als uns gerade gelang, was nur Wenigen vergönnt war, würde ich wissen, dass ich richtig gehandelt hatte. Nur Vorreiter ließen einem unerwarteten Debüt eine genauso unerwartete zweite Platte folgen. Lieber aufhören als sich zu wiederholen.

Als *Escapade* endlich erschien, drückte ich die Baskenmütze in die Stirn und ging aus. Ich suchte unter Platten von Künstlern, deren Namen mit früheren Buchstaben im Alphabet begannen, behielt aber das T im Auge und hoffte, dass die Leute das blutrote Album mit dem Titel in goldenen Buchstaben herausziehen würden. Ab und zu sah ich jemanden, der mit der Platte direkt zur Kasse ging, keiner las jedoch die Innenhülle, und die Kunden, die sich mit den Verkäufern unterhielten, sprachen so leise, dass ich nichts verstehen konnte.

Sounds am St. Mark's Place hatte das Cover an die Wand gepinnt. Außerdem stand ein Kasten roter Platten neben der Kasse, ein Zettel versprach in der Woche nach Erscheinen einen gesenkten Preis. Als ich mich mit der zweiten Scheibe von The 13th Floor Elevators näherte, die ich aus irgendeinem Grund verpasst hatte, verließ mich jedoch der Mut. Der Typ an der Theke schien mich zu erkennen und würde mit Sicherheit fragen, was passiert war; ich tat so, als suchte ich nach meinem Portemonnaie, seufzte und stellte die Platte zurück. Als ich nach draußen verschwand, machte er sich nicht einmal die Mühe zu grüßen.

Ein paar Tage später erschien die erste Kritik. Der *Rolling Stone* fand, das Album werde seinem Titel gerecht, indem es anders klinge. »Aber es ist eine Enttäuschung, das ihm die dramatische Mystik des Debüts fehlt – dieses kühle Licht, das uns zum Mond heulen ließ, unserer heimlichen Hälfte.« Ich musste nicht weiterlesen, offensichtlich begriff der Rezensent nicht, dass das Neue besser war als das Wiedererkennbare. Im Unterschied zu *Lookout Luna* war *Escapade* eine »Tag«-Platte, voller Sonnenschaum, Wärme und fern erahnter Genüsse. Trotzdem las ich das Ende des Artikels, an dem sich der Kritiker fragte, wie es nun weitergehen würde, nachdem der Frontmann die Gruppe verlassen hatte. »Vielleicht ist es eine Platte, deren Titel niemals vor einem Publikum gespielt werden.«

Er irrte sich. Im März 1978 gab Transmission das erste Konzert ohne mich. Es fand im My Father's Place statt, einer umgebauten Bowlinghalle auf Long Island.

Da befand ich mich in Maine.

Ehe ich zu dem Sommerhaus fuhr, das Freunde von Arty Jannis mir zur Verfügung stellten, mied ich die Clubs. Die Leute würden mir erzählen, was die anderen in der Band behaupteten, aber ich wollte es nicht hören. Auch von Chinatown und den Antiquariaten in der Fourth Avenue hielt ich mich fern.

Stattdessen nahm ich die U-Bahn Uptown und lief durch Viertel, in denen mich keiner kannte. Fast täglich landete ich im Kino. Zweimal versuchte ich *Die Geburt einer Nation* zu sehen, ging aber jeweils vor dem Ende. Bei anderen Gelegenheiten kehrte ich zur Kasse zurück, wenn der Nachspann lief und löste den Eintritt für den nächsten Film. Manchmal kaufte ich Karten für drei Filme hintereinander – die Nachmittagsvorstellung, den frühen und den späten Abendfilm. Meistens reichten mir eine Cola und Popcorn vor dem letzten Film, um nicht ans Abendessen denken zu müssen.

Am Ende sah ich auch *Die Dämonischen*. Der Film, der mir als Kind so viel bedeutet hatte, wurde im Thalia Theater gezeigt. Ich war in der 96th Street ausgestiegen, um in dem Geschäft, über dessen Uniformen Raff und ich uns fünf Jahre zuvor unterhalten hatten, nach Outdoorkleidung zu suchen, aber es existierte nicht mehr; als ich die Plakate entdeckte, kaufte ich mir eine Karte, obwohl ich eigentlich geplant hatte, *American Hot Wax* zu sehen. Don Siegels Studie in Unsicherheit schien mir ein Zeichen aus der Vergangenheit zu sein.

Die unruhigen Wolkenmassen, die über die Leinwand zogen, während der Vorspann lief, waren genauso ominös, wie ich mir als Sechsjähriger den Himmel vorgestellt hatte, aus dem Sporen fielen. Die Dialoge waren gestelzt, und die Musik übertrieben, die Samenkapseln im Gewächshaus sorgten allerdings dafür, dass ich mich aufrichtete. Wenn ihre Hüllen aufplatzten, ruhten eigentümlich blanke Wesen in dem herausquellenden, shampooglänzenden Schaum. Es genügte, dass eine solche Kapsel sich in der Nähe eines Menschen befand, um sie wachsen und unbemerkt dessen Gestalt annehmen zu lassen. Der geklonte Psychiater des Films, Dr. Kauffman, erklärte: »Sie übernehmen dich Zelle für Zelle, Atom für Atom. Es gibt keinen Schmerz. Wenn du schläfst, absorbieren sie plötzlich dein Bewusstsein, deine Erinnerungen, und du wirst in einer Welt ohne Sorgen wiedergeboren.«

»In der alle gleich sind?« Der Held des Films klang einer Ohnmacht nahe.

»Exakt.«

Als Kind hatte die Angst mich auch nach meinem Abenteuer in Alaska wach gehalten. Weil es in einer Welt *mit* Sorgen passiert war – Jim und seine Bande waren der beste Beweis –, hatte ich jedoch angenommen, dass meine Kameraden normale Wesen waren. Wenn das Einzige, was einen echten von einem falschen Menschen unterschied, die Fähigkeit war, Gefühle zu empfinden, wollte ich dennoch nicht schlafen, bis ich mir vollkommen sicher war. Nachbarn, Freunde, Familie – alle mussten beobachtet werden. Schrien sie nicht überzeugend genug, wenn ich den Stift in ihre Schenkel stach, konnten sie böse sein.

Obwohl ich mich dafür schämte, wie ich mich meinem Bruder gegenüber verhalten hatte, erweckte der Film altes Unbehagen zum Leben. Vertrauen war noch nie eine meiner Stärken gewesen. Wenn ein Mensch sich in jemandem getäuscht hatte, beeinflusste das sein Bild von anderen, einschließlich von der Person, der er am Morgen im Spiegel begegnete. Das Bewusstsein bildete »ein wunderliches und wunderbares Ding«, unterstrich Dr. Kauffman, im Stande, alles von einem Atom bis zum Universum zu verstehen – »alles außer sich selbst«. Ich fürchtete die Sporen aus dem Himmel nicht mehr, zumindest nicht so wie früher, aber die Sorge darüber, in ein Gesicht zu starren, dünn wie die Silberfolie hinter einer Glasscheibe, und genauso unverständlich wie die Black Box der Philosophen, ersparte ich mir gern.

Solltest du den Film jemals sehen, wenn du älter bist, achte auf die Szene, in der die Hauptperson sich zum ersten Mal Gedanken über einen falschen Menschen macht. Auf dem Billardtisch bei Freunden liegt ein menschlicher Körper, der weder tot noch lebendig zu sein scheint. Die Züge sind seltsam unfertig, als Fingerabdrücke abgenommen werden, erweisen sie sich als so blank wie Wachs. Es ist ein Wesen ohne Vergangenheit, das dennoch einen Ursprung haben muss. Sekundenlang sieht man ein Plakat hinter dem Billardtisch. Man beachtet es kaum, *Miroir noir* steht darauf. Was meinst du? Kein Zufall, oder?

Um das Unbehagen abzuschütteln, beschloss ich, von Uptown zu Fuß heimzugehen. Es war fast Abend, die Leute kauften ein oder eilten zu Verabredungen. Wenn diese Menschen von einer unbekannten Intelligenz erschaffen worden waren, musste sie unvorstellbar listig sein. Nichts in ihrem Verhalten deutete darauf hin, dass sie böswillige Duplikate waren. Mit jeder Straße, die ich überquerte, wurde ich ruhiger, aber nicht überzeugter. Als ich Columbus Circle erreichte, nahm ich den Weg am Park entlang zur Ostseite. Das Paris Theater in der 58th Street veranstaltete gerade ein Neorealismus-Festival; ohne Weiteres beschloss ich hineinzugehen. Die stumpfe Kassiererin zählte meine Münzen zweimal nach, ehe sie mir zögernd das Wechselgeld zuschob. Die Vorstellung habe begonnen, wolle ich den Film wirklich sehen, ohne zu wissen, was passiert sei? Ja, das wollte ich. Unsicherer als der Ursprung im vorigen konnte die Handlung kaum sein. Ich tastete mich durch die Dunkelheit vor und sank in der Hoffnung auf einen Sitz, mein Unbehagen mit Bildern aus Europa zu vertreiben.

Zwei Stunden später hatte mich *Die mit der Liebe spielen* gerettet. Du findest sicher, dass »gerettet« übertrieben klingt, aber die Figuren in Antonionis Film waren von einer eigenartigen Leere umgeben, die Frieden schenkte. Die Handlung spielte eine untergeordnete Rolle, der Film wurden von einzelnen Tableaus, von Körpern und Gesten getragen. Die Kamera vertraute den Menschen, auch wenn sie verzweifelt waren. Sie atmeten, ihnen wurde erlaubt zu sein, niemandem wurden Rechtfertigungen abverlangt.

Vor Maine sah ich den Film noch dreimal. Jedes Mal wurde der Kopf leichter, der Körper ruhiger. So, dachte ich, so sollte Musik wirken.

Als Arty Jannis hörte, dass ich die Band verlassen hatte, erkundigte er sich, ob ich wegkommen wolle. Wahrscheinlich antwortete ich lustlos, denn ohne, dass ich ihn darum gebeten hatte, rief er seine Freunde an. Das Sommerhaus sei bis August frei, dann wollten sie selbst hin. Solange ich das Gras schnitt und die Spirituosen ersetzte, die ich trank, könne ich tun, was ich wolle. Die Aussicht von der Veranda sei morgens besonders schön. Hätten die Fledermäuse neue Nester gebaut, müssten sie ausgeräuchert werden, ansonsten würden mir bloß Eichhörnchen und einzelne Füchse Gesellschaft leisten. Sowie Mücken. Es gab Gewehre im Waffenschrank, falls ich wider Erwarten Besuch von einem Puma bekommen sollte. Der Schlüssel lag in der obersten Küchenschublade, Patronen gab es im Büfett neben dem Kühlschrank.

»Puma?«

»Weiß der Himmel.« Arty hatte eine Woche in dem Haus verbracht, ohne ein einziges Tier zu sehen. »Du wirst die Stille mögen. Gute Restaurants findet man in Trenton, ansonsten gibt es im Hafen O'Neills. Die frittierten Krabben sind okay.«

Als die Tantiemen für das zweite Album ausbezahlt wurden, erneuerte ich meinen Führerschein und schaffte mir einen gebrauchten Oldsmobile an. Ich kaufte sogar zwei akustische Gitarren, ohne zu wissen, ob ich sie brauchen würde. Anschließend starrte ich auf den verbliebenen Saldo und begriff nicht, wie ich so viel Geld ausgeben sollte. Mit etwas Vorsicht musste ich in den nächsten Jahren nicht arbeiten, hatte ich genug von Manhattan und Maine, konnte ich sogar nach Europa reisen. Es war keine Wiedergeburt, aber freier hatte ich mich seit Clio nicht mehr gefühlt.

Das Haus lag oberhalb eines Bauernhofs, mit Aussicht aufs Meer. Es war größer, als ich gedacht hatte – Küche, drei Schlafzimmer, von denen das für Gäste anscheinend als Büro genutzt wurde, sowie ein so langgestrecktes Wohnzimmer, dass es an einen Waggon erinnerte. Zwar stank die Toilette und die Dusche wollte nicht recht, aber ich kaufte einen neuen Duschkopf und schrubbte sämtliche Kacheln, bis es nach göttlicher Seife roch. Der Kühlschrank erzitterte, sobald ich ihn einsteckte, der Herd hatte Kochplatten, die mit geblümten Schonern abgedeckt waren.

An den Wänden waren Tierschädel und indianischer Wandschmuck aufgehängt, im Flur hingen allerdings Poster, die darauf hindeuteten, dass die Besitzer nicht zu den Ureinwohnern gehörten. Ich konnte gut ohne den Mund mit der ausgestreckten Zunge auskommen, auch ohne die Zeichnung von einem sonnengelben Typen, der vor einer von Kranichen umgebenen Insel nicht im, sondern auf dem Wasser stand. Den

Lippen der Stones fehlte ein Körper, während Peter Frampton seine gespreizten Hände so hielt, dass sie einen Schmetterling formten. Die Handflächen verdeckten das Gesicht, in ihre Mitte waren Augen gemalt, was vermutlich bedeuten sollte, dass er mit den Händen »sah«, die so langweilige Soli spielten. Die Heftzwecken durften bleiben, sonst würde ich vergessen, die Poster wieder aufzuhängen.

Die Plattensammlung umfasste etwa zwanzig Alben, *Frampton Comes Alive!* verstaubte noch auf dem Teller. Das Radio klang gut; NPR konnte über Welt und Wetter informieren. Einen Fernseher brauchte ich nicht – Television hat mich nie interessiert –, und so blieb der Stecker auf dem Apparat liegen. Als ich Feuer im Kamin machte, verschwand die Feuchtigkeit allmählich aus dem großen Zimmer.

In den ersten Tagen schlief ich fast ununterbrochen. Wenn ich phasenweise doch einmal wach war, döste ich in dem Schaukelstuhl vor dem Panoramafenster. Das Meer rollte grob und grau mit wilden weißen Streifen heran. Ich aß Kelloggs gezuckerte Weizenkissen direkt aus der Packung und spülte sie mit Milch herunter. Das Gehirn erschien mir klumpig wie Lehm. Obwohl es schwierig war, vom verwickelten Ritual der Wellen genug zu bekommen, wusste ich nicht, ob ich das Richtige getan hatte. So sinnlos, sich zu verstecken, gekränkt und einsam, in einem Sommerhaus fern von allem. Vielleicht hätte ich stattdessen nach Süden fahren sollen, heim zur Coleridge Road, wo ich nicht … Ich wusste nicht mehr, wann ich Mom und Dad zuletzt gesehen hatte. Oder Jim. Plötzlich vermisste ich meinen Bruder auf fast gewaltsame Art.

Am vierten oder fünften nichtssagenden Tag erwachte ich von einer eigenartigen Wärme auf der Brust. Ich war mit dem Kinn auf der Schulter eingeschlafen und wischte benebelt Speichel aus dem Mundwinkel. Die Wärme empfand ich nicht als störend, eher zärtlich, wenn auch auf eine zerstreute Art – als bezweifelte sie, dass ich der richtige Empfänger war. Als ich blinzelte, erblickte ich eine Sonnenstraße, die vom Horizont über das Meer bis in mein Zimmer führte. Die Sonne schien sich nicht im Wasser zu spiegeln; stattdessen wirkte es, als bildete der Glanz seine eigene Materie, ausgerollt wie ein Teppich. Trotz der Wellen zerstreute das Licht sich nicht in funkelndes Glitzern. Erlösung oder Verdammnis? Unmöglich zu sagen, aber es sah beständig aus.

Die Lichtrinne ließ mich auf die Beine kommen, auch wenn ich verlegen annahm, dass das Poster mit Frampton auf dem Wasser nicht ohne Bedeutung für das Trugbild war. An dem Tag machte ich meinen ersten Spaziergang. An den folgenden wanderte ich stundenlang auf Pfaden entlang der Küste oder durch regenschwere Wälder, folgte Kieswegen, bis sie in überwucherte Reifenspuren übergingen, oder kletterte auf Felsen, um mit dem Fernglas, das auf der Hutablage gelegen hatte, nach Fischerbooten zu spähen. Oft verschwand ich nach einem späten Frühstück nach draußen und kehrte erst zurück, wenn die Kälte gegen Abend salzig und unausweichlich vom Meer heranzog.

Im Werkzeugschuppen gab es mehrere Stöcke. Mir gefiel vor allem ein polierter Ast, der es mir, stellte ich fest, leichter machte zu gehen. Gebüsche und Unterholz durchmaß ich mühelos, aber sein Geheimnis war ein anderes. Es dauerte ein, zwei Tage, dann verstand ich, dass die Worte, die ich murmelte, an den Stock gerichtet waren. Daraufhin erhob ich die Stimme, plauderte und scherzte mit ihm genauso intuitiv wie einst mit Jim, und sprach auch über Gefühle, bei denen es mir unsicher erschien, ob ich sie Trish gegenüber jemals erwähnt hatte. Manchmal summte ich, mit der Zeit formten sich Melodien. Der Ast wurde zu meinem Blitzableiter aus Holz. Er führte in eine Welt voller Verheißungen hinaus, erfüllte mich jedoch auch mit Erinnerungen, widerspenstig von Energie.

Jetzt, nach zwei Wochen am Computer, ahne ich, dass die Zeilen an dich eine ähnliche Funktion erfüllen. Ohne es gemerkt zu haben, betrachte ich sie in Gedanken als Mitteilungen über die Zukunft, die in meiner Vergangenheit liegt. Hier und da funkelt unverbrauchte Zeit. Könnte ich dir etwas schenken, es wäre sie.

Laut Arty war der Leuchtturm in Bass Harbor einen Besuch wert, also wanderte ich an einem Sonntag in strömendem Regen zu dem Gebäude am äußersten Punkt der Landzunge. Die Stiefel quietschten, der Pullover dampfte unter der Öljacke, dennoch belebten mich die schweren Tropfen. Plötzlich hörte ich mich singen, die Worte tauchten von allein auf. Während die Stiefel quäkten wie Becken, hielt ich mit meinem Stock den Rhythmus – und die Verse kamen, einer nach dem anderen. Es ließ sich nicht entscheiden, ob das Lied traurig oder upbeat war. Als ich um das Gebäude herumging und weiter mit dem Stock auf die Erde schlug, ahnte ich jedoch, Jammern und Jubeln mussten sich nicht ausschließen.

Die Aussicht war grandios. Der Regen zog in Silbervorhängen über das Wasser, die spielzeugkleinen Kutter schaukelten auf dem Weg in den Hafen, weiter draußen sah man die Silhouetten umliegender Inseln. Unablässig rotierte über mir die riesige Lampe mit einem sirrenden Laut. Das Haus neben dem Leuchtturm war aus Holz, der Turm gemauert. Auf dem Absatz davor hing die Glocke, die man bei dichtem Nebel geschlagen hatte. Mit dem Rücken zur Wand sang ich weiter aus vollem Hals.

Die Wellen krachten mit einer Raserei an, die kleinere Felsen gespalten hätte. Der Schaum wirbelte, das Meer toste aus seinem mächtigen Inneren. Dennoch segelten die Möwen unerschrocken durch den Regen – hoben mit fieberhaft schlagenden Flügeln ab, glitten in langen, wogenden Linien davon. Die Welt war ein einziger Tumult.

Nicht alle Tage waren so hochgestimmt. An manchen Morgen konnte ich mich nicht überwinden aufzustehen, so sehr ich es auch versuchte. Meine Brust füllte sich mit Fusseln, die Glieder waren bleischwer. Der Bruch mit der Band hatte mich schwerer getroffen als erwartet. Schmollend wickelte ich mich in die Decken und schlief wieder ein. Gelang das nicht, rauchte ich, bis mein Speichel so beißend war, dass ich widerwillig auf die Beine kam, um mir die Zähne zu putzen.

Hätte ich gern getrunken, ich hätte im Schaukelstuhl sitzend mit einer Hand in der Kelloggpackung und der anderen um einen Flaschenhals die Bar geleert. Stattdessen gab es Tee. Ich ließ das Gebräu ziehen, bis es brannte wie Benzin, danach stellte ich die Thermoskanne so weit vor mir auf den Fußboden, dass ich sie nur mit einem kraftvollen Schaukeln erreichte. Ein paar Schlucke später stellte ich den Behälter wieder ab – nun noch etwas weiter entfernt, sodass ich noch heftiger schaukeln musste. Wenn ich dieses Spiel leid war, las ich ein weiteres Mal die ersten Seiten von Büchern, die ich im Arbeitszimmer fand. Ohne mich an ein einziges Wort zu erinnern.

Es gab Lieder, die ihre Zuhörer an Orte versetzten, die sie auf eigene Faust nie gefunden hätten, an denen sie sich trotzdem auskannten, und es gab Lieder, die annähernd gleich klangen, ohne sie freizusetzen. Ich beschloss, wenn ich weiter Rockmusik machen wollte, musste ich etwas ausdrücken, von dem nur ich wusste, dass es fehlte – wie du, meine Tochter, der ich nie begegnet bin und die ich vielleicht niemals kennenlernen werde. Ohne dass ich etwas vermisste, ob nun schmerzhaft oder nicht, war die Musik die Mühe nicht wert; dann wurde es Samenkapselberieselung.

Obwohl die schweren Tage seltener wurden, als das Wetter umschlug und es wärmer wurde, verharrte der Missmut im Körper wie ein träges Mineral. Als ich mich eines Abends so hoffnungslos verlassen fühlte, dass ich meinen Koffer gepackt hatte, fest entschlossen, das Haus am nächsten Morgen zu verlassen, ging ich zu O'Neill's. Die Jukebox anstarrend, aß ich einen Hamburger mit schlaffen Fritten. Jedes Mal, wenn der Apparat die Platte wechselte, blinkten seine Armaturen wie ein ganzer Jahrmarkt.

So begegnete ich Nancy. In der Rückschau rinnen die Tage ineinander, aber es dürfte April gewesen sein. Vielleicht war es auch schon Mai, als ich hörte, wie die Tür aufgezogen wurde und wieder zufiel. Die Jukebox spielte gerade Four Seasons. Die Stimme, die den Barbesitzer grüßte, gehörte einer Frau, vermutlich einer älteren. Sie tauschten Meinungen zum Wetter aus, sprachen über das Fischen und ein Boot, das repariert werden musste. O'Neill fragte, ob die Besucherin einen Mint Julep haben wolle. Sie schnauzte ihn so übertrieben an, dass ich annahm, es war einer ihrer Standardscherze.

»Jim Beam mit Eis.« Während die Frau auf ihren Drink wartete, erhob sie die Stimme, damit der einzige Gast, der mit dem Rücken zur Bar saß, sie hörte. »Fremde?« Zwei Minuten später setzte sie sich an den Nebentisch. Den Strohhalm zwischen den Eiswürfeln kreisen lassend, wartete sie, bis ich fertiggekaut hatte. Kräftige Schultern, die Haare kurz wie die einer Strafgefangenen. Außer einer dünnen Halskette um den Rollkragen kein Schmuck. »Das Haus oberhalb von Belichicks, *huh?*«

Ich schluckte und nickte finster, unsicher, was sie wollte.

Im Coors-Spiegel über ihr trocknete O'Neill Gläser ab. Seinen Bewegungen nach zu urteilen, überlegte er, wie das Gespräch weitergehen würde.

»Nächstes Mal nehmen Sie die Krabben.« Die Frau musterte die Fritten, die ich auf dem Teller gelassen hatte. »Nancy Stamos.«

Ich nannte meinen Namen.

Nancy hielt ihr Glas zum Nachfüllen hoch. Der Barbesitzer legte das Handtuch weg. »New York?«

»Ostküste.«

»Bleiben Sie lange?«

Ich hätte mir ein Sommerhaus von Freunden eines Freunds geliehen. Ich fühle mich wohl, wisse aber nicht, wie lange ich bleiben würde. Vielleicht bis morgen, vielleicht bis August. Ich bräuchte Ruhe. Das Meer helfe, das raue Wetter auch.

»Schriftsteller.« Nancy klang nicht beeindruckt.

Ich suchte nach meinen Zigaretten; als der Besitzer eingeschenkt hatte, ließ er die Flasche stehen. »Musiker …«

Sie wühlte in der Jacke und schüttelte eine Virginia Slim heraus. Als ich ihr Feuer gegeben hatte, lehnte sie sich zurück. »Natürlich.«

Bevor wir aufbrachen, riet Nancy mir, mich warm anzuziehen. Auch wenn es Frühling geworden sei, könne es draußen auf Gott's feucht-kalt wie im Arsch eines Schneemanns sein. Ich hatte ihr Angebot an-genommen, die Insel zu besuchen, auf der sie wohnte. In einer Woche würde sie zum Festland zurückkehren, dann wollte sie, dass ich mit meiner Gitarre bei O'Neill's auf sie wartete. Sie versprach, sich um den Rest zu kümmern.

Bisher hatte meine neue Ibanez unangerührt in ihrem Koffer ge-legen, nach unserer Begegnung holte ich sie heraus. Ich mochte ihren blauschwarzen Korpus aus schillerndem Ahorn, der Hals aus Rosen-holz erzeugte einen ungewöhnlich scharfen Ton. In den folgenden Ta-gen bekam ich einige Melodien von meinen Spaziergängen mit Stock in den Griff. In manchen Fällen fügte ich sogar einen Refrain mit non-sensartigen Zeilen zusammen, was auf eine mir unverständlich blei-bende Weise mit meinem Bruder zu tun hatte. Nach dem Scheitern der Band war es, als müsste ich zu einem Menschen zurückkehren, der ich lange nicht mehr gewesen war. Musik war die einzige Methode, die ich kannte.

Am nächsten Freitag goss O'Neill Kaffee ein und als ich ihn fragte, schätzte er, dass Nancy über siebzig war. Sie habe mindestens seit dem Koreakrieg in der Gegend gelebt, denn als er aus der Armee entlassen worden sei, habe sie ihm die Medikamente verschrieben, die er sich andernorts nur schwer besorgen konnte. Man hörte, dass sie aus Bos-ton kam, aber er wusste nur, dass sie in jungen Jahren als Volontärin in Afrika gearbeitet hatte. Für eine christliche Gesundheitsorganisation. Als ihre Partnerin, die aus dem Süden stammte, starb, war Nancy ge-blieben. Auch wenn sie die Praxis einer jüngeren Kollegin übergeben hatte und vor sicher zehn Jahren in ihr Sommerhaus gezogen war, sorgte sie dafür, dass die Leute bei Bedarf ärztliche Hilfe bekamen. »Weder Sturm noch Eis halten diese Dame auf.« Sie hatte Beine ein-gegipst, als die Hagelkörner die Größe von Golfbällen hatten, betrun-kene Fischer genäht, die mit dem Messer abgerutscht waren, Männer zusammengestaucht, die ihre Frauen geschlagen hatten. »Nur sie selbst ist ihr egal. Trinkt wie ein Loch.«

Als Nancy mich eine Stunde später abholte, hatte sie die Einkäufe bereits zum Boot getragen. Sie trug die frisch gefüllten Benzinkanister, ich musste nur die Papiertüte nehmen, die ihr aus der Jackentasche gerutscht war, als sie die Behälter angehoben hatte.

Die Überfahrt dauerte zwanzig Minuten. Der Bug spaltete die Oberfläche mit gleichmäßig zischendem Pochen, vom Motor wirbelten Dieselschwaden hoch, manchmal spritzte Gicht auf den Gitarrenkoffer. Als ich mich umdrehte, lächelte Nancy. Das Meer hob sich gelassen, wir glitten über eine gewaltige Felsplatte. Erst als sie das Tempo drosselte und der Bootssteg näher kam, erhob sie die Stimme. »Vertäu uns an dem Pfahl.«

Als wir den Motor hochgezogen hatten, trugen wir die Einkäufe an Land. Die Kanister wurden in den Schuppen gestellt. Nancy nahm die Kunstledertaschen mit Handgriffen an den Seiten, ich die Gitarre und den Karton mit Flaschen. Die fast schwerelose Papiertüte lag unter meiner Jacke.

Das Haus war das erste hinter einem Friedhof, der nicht größer war als ein Basketballfeld. Nancy stieg aus den Stiefeln, ohne die Taschen loszulassen. Ich hielt die Tür mit dem Mückennetz auf, sie versetzte der dahinter einen Knuff; das Haus war nicht abgeschlossen. Aber schlicht und elegant im Stil alten Geldes. Ich trug die letzten Sachen hinein, dann zog ich die Strümpfe hoch, die den Stiefeln gefolgt waren.

»Die Tüte.«

Offenbar hatte ich sie fragend angesehen, denn als ich sie ihr reichte, verstand sie mich falsch. »Lauras Kinder …« Das Foto neben dem Spiegel zeigte einen Jungen und ein Mädchen unterschiedlichen Alters. Zerzauste Frisuren und dicke Pullover, jedoch in Shorts und barfüßig. Im Hintergrund sah man den Steg, an dem wir angelegt hatten. Ich schaute mich mit der Jacke in der Hand um. Nancy nickte zu einer

Ecke hin, in der so viele Kleider hingen, dass das oberste einem vorgebeugten Riesen zu gehören schien.

Eine halbe Stunde später saßen wir in Korbstühlen auf der verglasten Veranda. Als sie die Einkäufe weggeräumt hatte, begann Nancy umgehend zu trinken, etwas später leistete ich ihr Gesellschaft. Wie sich herausstellte, enthielt die Tüte in Trenton gekaufte Minze. Die Stadt lag drei Meilen entfernt und hatte einen richtigen Markt – »kein verwelktes Zeug wie bei Paulson's«. Ihren Volvo stellte sie immer im Hafen ab, wo ich parkte, wenn ich im einzigen Geschäft des Dorfs einkaufen ging.

Ich weiß nicht am wievielten Mint Julep ich nippte, aber er schmeckte perfekt, sodass ich angenehm betrunken war, als es dämmerte. Trotz ihrer schroffen Art fiel es mir leicht, mit Nancy zu reden. Die Gedanken wanderten, es gab nichts zu beweisen oder zu leugnen. Als sie nach der Band fragte, erzählte ich ihr von den Meinungsverschiedenheiten, die dazu geführt hatten, dass ich sie verließ, woraufhin sie erwiderte, dass die Zusammenarbeit mit mir bestimmt nicht einfach sei, das sei es bei Perfektionisten selten. Ihre Aufrichtigkeit flößte mir Vertrauen ein, sodass ich ihr, als sie kurz darauf nach meiner Herkunft fragte, erzählte, dass Mom und Dad geplant hätten, im Anschluss an Dads Pensionierung nach Florida zu ziehen, aus persönlichen Gründen jedoch in der Coleridge Road geblieben seien. Nancy glaubte mir nicht, als ich behauptete, Jim und ich hätten eine gute Kindheit gehabt, es habe uns an nichts gefehlt, woraufhin ich schließlich zugab, das Leben daheim war immer stumm gewesen: Dad hatte sie betrogen, Mom hatte getrunken. Es hatte so viel gegeben, was nie ausgesprochen wurde. Woraufhin sie erwiderte: »Jetzt vertraue ich dir wieder.«

In jungen Jahren sei es mir schwergefallen, meine Eltern zu verstehen, fuhr ich fort, es habe mich verblüfft, dass Mom niemals glücklich wirkte. Oft saß sie in der Küche, wenn ich heimkam. Die Phosferine-

Flasche stand auf dem Tisch, das Gemeindeblatt lag unangetastet, der Blick war glasig. Sie hörte schlecht, aber dass sie nichts sagte, lag nicht daran, dass sie nicht wollte. Erst später hätte ich verstanden, es hatte nichts zu sagen gegeben. Die Pastillen, die Mom lutschte, um keine Fahne zu haben, radierten auch die Worte aus, die ihr auf der Zunge lagen.

»Wessen Schuld war das?« Nancy suchte nach Zigaretten, ich gab ihr eine von meinen.

Schuld? Ich wusste nicht, ob das Leben so einfach war. Liebe und Bedürfnisse bedeuteten nicht für alle das Gleiche. Aus irgendeinem Grund hurte Dad herum, während Mom in die Kirche ging. Keiner konnte dem anderen Zuflucht bieten. Vielleicht war der Mangel seiner Natur nach physisch, was wusste ich, jedenfalls wurde er so erlebt, dass der Partner sich abwandte. Vielleicht deshalb. Ich zögerte, dann ergänzte ich, dass mein Bruder und ich nicht viel besser gewesen waren. Im Grunde waren wir in einem Druckkochtopf aufgewachsen, dumpf und schweigend; keiner von uns hatte gelernt, dem anderen zu helfen. Er hatte Drogen genommen, mir hatte die Musik gereicht.

»Wie heißt er?«

»Jim, ja, also James.«

Nancy erklärte, der Name stamme aus dem Griechischen, was im Übrigen auch für meinen gelte.

Dazu konnte ich nichts sagen. Ich wusste nur, dass Dad und Mom Namen gewählt hatten, die nicht herausstachen. Nancys Nachname klang, als ginge ihre Abstammung auch in die griechische Richtung, aber hatten die Eltern ihr den Vornamen nicht aus dem gleichen Grund gegeben? Obwohl die Leute meinen Bruder und mich verwechselten, vor allem in jungen Jahren, waren wir verschieden. Jim hatte seine Freunde, ich einen erfundenen Hund und später die Garage, in der ich mit Will gejammt hatte. Wir hatten uns oft gestritten, getrennte Schulen hatten das Band zwischen uns nicht gestärkt. Was ich über ihn wusste, erfuhr ich mittlerweile von Mom. Er lebte noch in

Delaware, hatte nie etwas aus seinem Collegeabschluss gemacht. Arbeitete im Hafen. Tatsächlich handelte einer meiner ältesten Songs davon, sich als seine Kopie zu kleiden und für einen Augenblick zu glauben, ein anderer zu sein als der, den man im Flurspiegel sah. Um zur Geltung zu kommen, erforderte »Twin Image« jedoch doppelte Gitarren; wenn sie etwas hören wolle, müsse es ein anderes Lied sein. Ich war nicht einmal sicher, ob ich den Text noch wusste.

Mit dem zweiten Gitarristen der Band hatte ich nach einem Weg gesucht, die dissonanten Intervalle des Lieds aufzulösen, ohne dass die Spannung gleichförmig wurde. Als uns das trotz unzähliger Probestunden nicht gelungen war, hatten wir aufgegeben. »Twin Image« war das einzige meiner Lieder, das ich als wirklich unfertig betrachtete. Ich wusste nicht, wohin die Akkordfolgen, die mich im Moment beschäftigten, führen würden, aber Musik war doch nur interessant, solange sie einen dorthin brachte, wo man nie zuvor gewesen war? Keine Worte in der Welt waren in der Lage, einen mittelmäßigen Song zu retten, ein überraschender Hook überlebte dagegen noch die banalste Liebeserklärung. Die kommerzielle Musikindustrie schien das nicht wahrhaben zu wollen, am liebsten sollte der Zuhörer jedoch von einer Dimension in eine andere versetzt werden – wie Klang verwandelt in Licht.

Nancy hustete erneut, meine Gauloises waren ihr anscheinend zu stark.

Ich blickte aufs Meer hinaus. Es erschien mir leichter, die Augen auf dem Horizont ruhen zu lassen, wenn ich über Dinge sprach, die mir etwas bedeuteten. Die Worte stießen auf keine Hindernisse, das Schweigen wurde zu einem Teil des Gesagten. Außerdem gefiel mir der verantwortungslose Rausch des Alkohols. Nach einer Weile war ich mir nicht mehr sicher, ob ich erklärte, dass ich meine Songs als eine Verteidigung gegen den seelenlosen Blütenstaub betrachtete, von dem die Firmen täglich tausende Platten verkauften. Der Schnaps und das schiefergraue Meer konnten mich ebenso gut dazu gebracht haben, ihr zu erzählen, wie Jim mich angefeuert von seiner Bande auf der Rückseite unseres Hauses an einen Baum gefesselt hatte, wo sie verkündeten, nun gebe es keinen Ausweg mehr. Wenn ich nicht mucksmäuschenstill stehen bliebe, würden die Sporen vom Himmel fallen, zu den Körperöffnungen hinein, in wenigen Stunden sei ich seine zombieartige Kopie. Die Erinnerungen flossen ineinander und es fiel mir zunehmend schwer, das, was gewesen war, von dem zu trennen, was werden könnte.

»Jemanden zu vermissen ist eine merkwürdige Sache. Wenn man sich das Dasein nicht ohne eine bestimmte Person vorstellen kann, lebt sie als Schwingungen im Körper weiter.« Auch Nancy wirkte betrunken. Auf jedes Glas, das ich getrunken hatte, waren bei ihr zwei gekommen. Die Nüsse waren alle, der Cheddar, den sie mir angeboten hatte, auch. Eigentlich hätten wir zu Abend essen sollen – die Hummerfrikadellen lagen noch eingeschweißt im Kühlschrank –, aber als sie eine Stunde zuvor in der Küche hantiert hatte, war sie nicht mit Essen, sondern einer neuen, randvoll gefüllten Karaffe Mint Julep zurückgekehrt.

Was?

»Es hilft nur, sich mit ihnen anzufreunden.« Der Korbstuhl knarrte; ich nahm an, sie sprach über die Schwingungen. »Sonst füllt sich das ganze Haus mit Meer. Und dann ertrinkt man in Trauer.« Das Eis knirschte, eine weitere Minute verging. »Laura sagte immer, sie habe ein Leben in Lüge gelebt. Die Kinder hätten nicht kapiert, dass Liebe Ehrlichkeit verlange.« Die einschläfernde Dünung, die Dunkelheit, die sich herabgesenkt hatte, die Worte, die weiter in der Luft hingen – alles trug zu dem Gefühl von Unwirklichkeit bei. »*Oh, fudge!*« Plötzlich schlug Nancy sich auf die Knie. »Du hast doch versprochen zu spielen.«

Mühsam erhob ich mich; jetzt war auch ich ziemlich betrunken. Sie hatte von Wellen gesprochen, die nicht aufhörten zu rollen, vielleicht fand ich passende Töne dafür. Die Gitarre stand an die Wand im Flur gelehnt. Als ich Licht machte, sah ich, dass die Kinder am Spiegel auch auf anderen Fotos auftauchten. Manche zeigten eine Promenadenmischung, einige waren auf See aufgenommen worden. Auf einem schien die Sonne durch weiße, gebauschte Segel, auf einem anderen blinzelte ein Junge im Teenageralter mit einer Hand auf dem Ruder. Aber nirgendwo entdeckte ich jemanden, den ich für Nancys tote Partnerin hielt.

Nachdem ich die Gitarre gestimmt hatte, spielte ich mit den Fingern. Die Töne erschienen mir ohne Plektrum deutlicher, die Musik wurde reiner, wenn Haut und Nägel den Saiten begegneten. Das neue Material war unfertig, im Grunde hatte ich nur lose Melodien und Phrasen. »Das hier, zum Beispiel.« Ich spielte das friedvolle Intro zu einem Lied, das eventuell den Titel »Next Door« bekommen sollte und von dem Bauernhof unterhalb des Sommerhauses handelte. Gleichzeitig sang ich leise ein Wort, das durch meine Gedanken geglitten war, als ich mich im Schaukelstuhl gewiegt hatte. »*Lali ... bela ...*« Es war der Name des Restaurants in London, aber was er mit dem Nachbarhof zu tun hatte, wusste ich nicht zu sagen. Ein paar Tage zuvor hatte ich allerdings eine Frau mit blond gefärbtem Wuschelkopf aus dem Stall kommen sehen. Ich nahm an, dass sie Mrs. Belichick war. In der Nacht kehrte sie im Traum zurück. Da waren ihre Haare lang und gewellt wie die einer Waldfee, dennoch hatte ich das Gefühl, sie könnte ...

»Lalibela heißen?« Nancy gluckste. »Klingt wie der Name eines afrikanischen Königs. Mehr!«

Tastend suchte ich nach der Melodie für das Licht, das sich vor ein paar Wochen über das Meer gestreckt hatte. »Das hier ist am Leuchtturm von Bass Harbor entstanden.« Wenn das Lied jemals fertig werden würde, wollte ich es »Dominion Rising« nennen, doch als ich den Refrain sang, merkte ich, die Wörter lagen nicht so gut im Mund wie damals, als ich sie im strömenden Regen auf der Landspitze gegrölt hatte.

Nancy bat mich, die Melodie zu wiederholen. Während ich zu der

Sonnenstraße über dem anschwellenden Wasser zurückging, füllte sie die Gläser. »Schwäch das Religiöse ab. Die Welt wird ohne hehre Worte heiliger.« Sie streckte die Beine. »Noch eins?«

Statt etwas Altes zu spielen, begann ich zu improvisieren. Nach einer Weile machten die Finger, was sie wollten, jenseits von Schüchternheit und Wille, noch etwas später schienen sie die Schwingungen zu vertonen, von denen Nancy gesprochen hatte – Wellen, die Zeit verstreichen, Schatten anhäufen ließen. Die Akkorde klangen zögernd, aber die Finger bewegten sich immer tiefer zum Schmerz in den Klängen hinein. Ich hatte nie einen Slider benutzt, jetzt hätte er gepasst. Bei jedem Bund, das der Mittelfinger passierte, zupfte ich mit dem Daumen an den Saiten direkt über dem Schallloch. Der Sound klang wie dieses eine: zu vermissen. Mal zog ich die Akkorde in die Länge, mal ließ ich den ganzen Tönen hastig gedämpfte Halbtöne folgen, was die Melodie überlaufen und gespenstisch weitergehen ließ – wie dieses Unmögliche: das Echo der Stille.

Vermissen, vermissen.

Obwohl mich der Alkohol wehmütig stimmte, war mein Gehirn klar. Ich hatte keine Ahnung, wohin die Melodie mich führen würde. Die Leute wollten immer wissen, warum man spielte. Das hier war warum. Weil sich alles auf der Welt zugleich böse und heilend anfühlte. Weil man sich von Menschen entfernte, obwohl man es nicht wollte. Weil die Finger durch das Zupfen den Klang weiteten, sodass auch die Stille, die sich auf die Veranda herabgesenkt hatte, Raum erhielt. Weil die Schwingungen der Atmung des Meeres folgten, die nur Grenzen kannte, die von Felsen und Stränden gesetzt wurden, die stürmte und liebkoste, ohne unterjocht zu werden. Weil ...

Nun war ich so feierlich vertieft in die Musik, dass ich Nancy nicht hörte. »Danke, bitte, du musst aufhören.« Im Licht der Petroleumlampe glich ihr Gesicht Wachs.

»Danke, habe ich gesagt. *Danke.*«

Am nächsten Vormittag erwachte ich mit rasenden Kopfschmerzen. Nancy hatte mir ein Frühstück auf die Spüle gestellt. Unter einem umgedrehten Teller lagen gelbbraune Pfannkuchen, in der Schale daneben aufgetaute Heidelbeeren, auf dem Tisch am Fenster standen Sirup und Geschirr. Vor allem brauchte ich allerdings Kaffee und ein paar Handvoll Aspirin. Milch fand ich in der Kühlschranktür, Schmerztabletten in einer Schublade. Von der Kaffeemaschine kam ein Knacken; die Platte unter der Kanne roch angebrannt.

Als ich gerade die letzten Beeren am Gaumen zerdrückte, ging Nancy mit einer Persenning am Fenster vorbei. Fragend legte sie ihre Wange an die Handfläche. Ich nickte träge. Als sie hereinkam, wusch sie sich, ohne etwas zu sagen. Lange betrachtete sie mich mit dem Handtuch über der Schulter. »Du solltest mit deinem Bruder sprechen.« Man merkte, dass sie mehr sagen wollte – vielleicht über die Lieder, die ich gespielt hatte, vielleicht über etwas, das ich erzählt hatte, woran ich mich wegen der Kopfschmerzen jedoch nicht mehr erinnerte. Aber sie hängte das Handtuch zurück, und der Augenblick verschwand.

Während der Überfahrt redeten wir kaum. Als wir uns auf dem Parkplatz verabschiedeten – Nancy wollte zu einem Patienten, ich nach New York –, zog sie den Reißverschluss an meiner Jacke hoch, als wäre ich ein Kind. »Stumme Menschen bewohnen ihre Leben. Andere zwirnen sie zusammen. Wähle.«

DIE ERDE IST IM HIMMEL

Nach Maine verging die Zeit. Ich versank in der Arbeit an meiner ersten Soloplatte – ein halbes Jahr lang zwei Tage pro Woche im Studio, gefolgt von ebenso vielen Monaten Streit mit der Plattenfirma. Als ich endlich beschloss, Delaware einen Besuch abzustatten, war es zu spät. Jim starb, bevor ich dazu kam, ihn zu treffen.

Transmission hatte einen Vertrag über drei Alben abgeschlossen. Zwischen der Post, die mich erwartete, als ich zurückkehrte, lag ein Brief von Elektra. Da ich fast alle Lieder geschrieben hatte, wollte man mich nicht ziehen lassen. Ich war einverstanden, eine Platte gegen das Versprechen einer zweiten aufzunehmen, falls sie sich gut verkaufte.

Die Platte wurde *Ache Middler* getauft; der letzte Buchstabe kehrte zurück, um Selbständigkeit zu markieren. Neun Titel – »Dominion Rising« war der dritte, was eine natürliche Platzierung für das Lied mit dem größten Hitpotential war. Der Vertrag sicherte mir Einfluss auf die Abmischung zu. Als die Plattenfirma das Ergebnis hörte, fand man jedoch, das Album klinge zu »sphärisch«, worin ich ein Codewort für nicht kommerziell vermutete, und weigerte sich, sie zu veröffentlichen. Damit die Arbeit nicht umsonst gewesen war, ließ ich mich darauf ein, Bud Ewing das Material neu mischen zu lassen. Arty produzierte gerade Joni Mitchells neue Scheibe.

Die Platte verkaufte sich überraschend gut, auch wenn die Songs in Ewings Händen reichlich seelenlos wirkten, komponiert von einem Studiotechniker ohne nervöse Energie. Ein Jahr später nahm Bowie eine Coverversion des beliebtesten Titels auf, danach bevorzugten die Radiosender seine Version. Für mich hörte das Album in dem Moment auf zu existieren.

Die wenigen Kritiken, die ich las, meinten, der Sound sei »zufriedenstellend«, ja, »großzügig«, gaben aber zu, von Transmissions Frontmann habe man größere Originalität erwartet. Als Elektra mir mitteilte, dass sie dennoch über eine zweite Platte nachdächten, jedoch nicht vorhätten, eine Tournee zu finanzieren, vermutlich, damit ich keine besseren Versionen spielte als die auf der ersten Platte, brach ich die Zusammenarbeit ab. Mehr als zwei Jahre dauerte es, bis es meinem Agenten gelang, die Firma dahin zu bringen, mir zu bezahlen, was mir zustand.

Wenn ich in dieser Zeit nach Hause gefahren wäre, hätte ich Jim getroffen. Stattdessen verging sie. Ich verschanzte mich in meiner Wohnung, fest entschlossen, die Erinnerung an das Debüt mit einem Album auszulöschen, über das ich die volle künstlerische Kontrolle besaß. Aus dem Material, das nach Maine übrig geblieben war, musste etwas gemacht werden. Ich stellte mir zehn, vielleicht auch zwölf Titel vor, gefüllt mit behutsam gestörter Luft und der dunklen Energie der Erinnerungen. Diesmal keine Zugeständnisse, keine Zweifel. Oder richtiger: Das Schwanken war gut, solange der Sound trug wie Licht über Wasser. Der Arbeitstitel lautete *Mint Julep Musings.*

Elektra hatte Ewing gebeten, die Songs auf dem Debüt zu »verdeutlichen«, was dazu führte, dass die Platte sich eher nach Transmission als nach mir angehört hatte. Dieser Fehler musste vermieden werden. Hooks, Bridges, Intros … Mein Notizbuch enthielt eine Reihe von Ideen, die nie verwendet worden waren – auch Reime und Refrains. Als O'Neill mir eines Abends erzählte, was Nancy widerfahren war, hatte ich beispielsweise nach einem Weg gesucht, Verbindungen zu gestalten, gekappte und geknüpfte. Eine dissonante Tonfolge fing das Gefühl ein, wenn ein Mensch sein altes Leben verließ, weil es inzwischen voller Lügen war. Ein anderes Lied tat das Gegenteil: Wie wirkte Liebe, bei der einem die Luft wegblieb? Ein dritter Song erzählte von der »lügenfreien, aber todkranken Laura«, die zum Wasser hinuntergegangen und nie zurückgekehrt war.

Ich war unsicher, ob ich Nancys Trauer für eigene Zwecke benutzen sollte, konnte aber nicht loslassen, was sie über Schwingungen gesagt hatte. Licht lebte weiter, obwohl es seine Quelle verlassen hatte, im Unterschied zu Menschen verließen einen die Erinnerungen nicht. Möglicherweise würde das Album eine Umorientierung bedeuten, aber es musste zu hören sein, dass es von den Grundstoffen des Lebens komponiert worden war. Welchen Nutzen hatte es, die Geheimnisse der Saiten zu erforschen, wenn das Zittern nicht aus den eigenen Knochen stammte?

Nach einer intensiven Phase, in der ich die Wohnung nur für Einkäufe verließ, nahm mein Agent Kontakt zu Plattenfirmen auf. Ich hatte mit alternativen Titeln wie *Still Electricity* und *Rocking Chair* gespielt, keiner flößte mir jedoch das richtige Gefühl von Unausweichlichkeit ein. Am wichtigsten war ohnehin, dass die Energie stimmte. Die langen, scheinbar inhaltslosen Stunden, in denen ich in Maine vor und zurück geschaukelt hatte, mit dem Meer vor Augen und Tagträumen als einziger Gesellschaft, oder die Spaziergänge, die ich mit dem Stock machte, hatten mich gelehrt, mich auf dieses Sonderbare zu verlassen: mit trotziger Sehnsucht vermissen, aufgeladen mit trotziger Sehnsucht. War es nicht diese Sehnsucht gewesen, über die Nancy auf der Veranda gesprochen hatte?

Dann starb Jim.

Ausnahmsweise rief Mom an. »Timothy?« So nannte sie mich nur, wenn etwas Gravierendes passiert war. In der Leitung hörte man die Atemzüge eines alten Menschen.

»Mom?«

»James …« Sie schien nicht getrunken zu haben, aber ihre Stimme versagte. »James ist tot, Timmy.«

Am nächsten Morgen verließ ich New York. Normalerweise fuhr ich, so schnell es ging, doch diesmal wollte ich nicht, dass die Reise endete. Ich blieb auf der rechten Spur, verbrachte eine Stunde hinter

Lastwagen, die ich hätte überholen können, und machte mehr Pausen, als ich zählen wollte. In der Ecke verwaister Parkplätze an die Kühlerhaube gelehnt rauchte ich und versuchte, mich an meinen letzten Besuch in der Coleridge Road zu erinnern. Waren fünf oder sechs Jahre vergangen, seit Dad die Klimaanlage in meiner Wohnung installiert hatte? Der Fernseher, den er in einer Lotterie gewonnen hatte, stand noch mit der Antenne in Plastik im Wohnzimmer. Ich hatte sie auch nicht besucht, als ich mit Hadley nach Washington gefahren war. Im Strand, wo sie inzwischen an der Kasse arbeitete, hatte sie mir erzählt, sie müsse zu ihren Eltern. Ich hatte ihr angeboten, sie zu fahren, in der Hoffnung, mich wieder mit ihr zu treffen. Stattdessen schliefen wir in getrennten Zimmern – sie in ihrem alten, ich in dem der Schwester. Bevor wir zurückfuhren, dankte ihre Mutter mir; auf der Rückbank lagen ein Gitterbett und Kinderkleider. Als die Schilder an der I-95 auftauchten, zeigte Hadley darauf. »Wollen wir deinen Bruder besuchen?«

Als wir die 8A passierten, was die passendste Ausfahrt gewesen wäre, drehte ich das Radio lauter. »Er hat Besseres zu tun.«

»Ich fasse es nicht, dass es noch einen Menschen gibt wie dich. Seid ihr euch sehr ähnlich?« Hadley ahnte nicht, dass wir soeben die Chance verpasst hatten, ihn zu besuchen.

Nun fuhr ich nach Süden und stellte fest, dass ich in den Monaten nach meinen Übungsfahrten mit Jim zuletzt zu Hause gewesen war. Dann hatte ich den Impala zurückgesetzt und war zu einem Leben gefahren, das ich mir nur in Klischees vorstellen konnte – XXX-Theater, barfüßige Kinder mit Halsketten um die Handgelenke gewickelt, der süße Duft von Marihuana. Mit wem stimmte eigentlich etwas nicht?

Als ich Abfahrt 9 nahm, um meine Ankunft hinauszuzögern, ahnte ich die Antwort.

Mom hatte offenbar am Fenster gestanden, denn noch ehe ich vor die Garage bog und den Wagen ausschaltete, trat sie aus dem Haus. Die Haare waren hochgesteckt, die Strickjacke falsch geknöpft.

»Timmy …« Man hörte, dass sie geweint hatte, die Stimme schien sich ihrer selbst nicht sicher zu sein. »Wir haben es gestern erfahren.« Sie rückte das Hörgerät zurecht; sie trug keinen Schal mehr. »Dad fand nicht, dass wir anrufen sollten. Ich habe gesagt, das müssen wir. Hast du Hunger?« Sie klang eintöniger als früher.

Ich kam zu keiner Antwort, ehe Dad herauswankte. »Ein Oldsmobile?« Er war älter als erwartet. Die Schultern hingen herab, die Haare waren ungekämmt, der Gürtel hatte eine Öse im Bund verpasst. Als wir uns begrüßten, sah ich, dass er sich die Ohren nicht mehr rasierte; aus beiden sprossen Haare. »Gutes Auto. Ich wollte, ich dachte … Was …« Die Stimme verlor sich, aber er lächelte.

Wie kurz oder lang das Leben als Erwachsener schon gewesen sein mag, wenn man zurückkehrt, ist das Elternhaus geschrumpft. Jetzt erinnerte es an eines für Puppen. Im Flur tickte die Wanduhr; die Porzellanfiguren im Schrank sahen verlassen aus. Dad hatte die Auszeichnungen aufgehängt, die seit dem Umzug nach Downtown sein Büro geschmückt hatten: *New Castle County Salesman of the Year* 1959, *Air Conditioning Award* 1961 und 1966 … Ansonsten sah das Wohnzimmer so aus wie immer, nur die Couch war neu. Die Küche war dagegen renoviert worden. Dunstabzugshaube, tanggrüne Tapete, Sprossenstühle um einen Kiefernholztisch. Man konnte Eiswasser abfüllen, ohne den Kühlschrank zu öffnen, auf der Arbeitsplatte, wo stets die Zeitungen gelegen hatten, stand eine Mikrowelle in der Größe eines Fernsehapparats. Durch die Scheibe war vage das Gitter zu sehen, die Knöpfe waren grün, rot und gelb: START, STOP, LIGHT.

Mom hatte ein Foto von Jim neben eine Bibel gestellt und eine Kerze auf den Tisch. Er sah aus wie in meiner Erinnerung: strähnige Haare, sonniges Gesicht mit einer Überlegenheit im Blick, die, dachte ich zum ersten Mal, ebenso gut Misstrauen sein mochte. Weil er lächelte, sah man die Kerbe in der Oberlippe, die einzige Möglichkeit, uns auseinanderzuhalten, bis wir anfingen, uns unterschiedlich zu kleiden. Dad setzte sich schwer, Mom wartete auf die Mikrowelle. Man merkte, dass sie vor dem Essen beten wollte, doch Dad legte die Hand auf ihren Arm und machte anschließend eine Bewegung mit dem Kinn, die besagte, Gott musste warten. »Die Polizei. Rief an. Oldsmobile? Aber ich bin nicht überrascht.«

»Vid …« Mom legte den Löffel ab, als sie merkte, dass ich mir an der Suppe, die sie erhitzt hatte, die Lippen verbrannte.

Dad klang eher verwirrt als traurig. Mom zufolge war Jim in einem Hinterhof gefunden worden. Ein Verbrechen ließ sich nicht ausschließen, aber es deutete alles auf eine Überdosis hin. Solange Unklarheit herrschte, wurde keine Beerdigung erlaubt. Die Obduktion sollte Klarheit bringen. Wir konnten ihn besuchen, wenn wir wollten, im Moment lag er in der Leichenhalle des Krankenhauses.

»Heiß.« Mom aß mit gespitzten Lippen. Nachdem sie erklärt hatte, was geschehen war, drehte sie den Ton des Hörgeräts leiser; es wirkte so, als würde sie glauben, wir säßen still.

»Ich verstehe, weißt du, aber … Ja, du weißt schon.« Dad nickte vertraulich, als wären er und ich die einzigen Erwachsenen im Raum.

Ich murmelte etwas über den Fernseher, den ich bekommen hatte; die Antenne sei gut.

Nach dem Mittagessen rief ich im Krankenhaus an. Mom hatte Lippenstift aufgetragen, zögerte jedoch an der Tür. Sie kehrte ins Haus zurück, während ich Dad zum Auto half. Als sie wiederkam, gab sie mir die Schlüssel. Wir kämen sicher allein zurecht, vermutlich werde sie schlafen, wenn wir zurückkamen. Ihr Blick schweifte ab. Ich nahm an, dass sie ungestört trinken wollte.

Das Krankenhaus war erweitert worden, aber der Eingangsbereich war die gleiche kühle Umgebung mit zerstreutem Personal. Wenn er dachte, dass es keiner sah, stützte Dad sich auf mich. An der Leichenhalle wurden wir von einem Mann in meinem Alter in Empfang genommen, der weder Hausmeister noch Krankenpfleger war. Betten mit Matratzen in Plastik standen den Flur hinab geparkt. Ich hatte genügend Filme gesehen, um zu wissen, was sich in den Kühlfächern in dem

Raum verbarg, zu dem er uns führte. Keine Tische aus rostfreiem Stahl mit Duschköpfen an der Seite; immerhin etwas.

Als die Bahre herausgezogen wurde, ging ein Erdrutsch durch meine Brust. Bisher hatte ich mir Jims Tod nicht vorstellen können, als der Obduzent das Laken zurückschlug, wurde mir deshalb schwarz vor Augen, ich sah tatsächlich nichts. Ewigkeiten verschwanden, bis ich fähig war, das Gesicht zu erkennen, das ich besser kannte als jedes andere auf der Welt. Die gleichen Augenhöhlen, die gleichen Wangen, das gleiche Kinn – dennoch war es, als befände sich mein Bruder meilenweit entfernt. Die Haut war gelbgrau, die Haare waren lang, Bartstoppel und auf der Stirn Pickel. Der Unterschied war nicht groß, trotzdem wusste ich, dass in den eintausendundzwanzig Sekunden zwischen uns Äonen Raum fanden. Mein Gesicht wurde wiedergegeben, ohne zurückzuschauen. Dies war der schwarze Spiegel, der alle schmerzliche Sehnsucht schluckte.

Ich dachte an die Zeilen, die Trish im Battery Park gesungen hatte, trauriger, aber mit größerer Gewissheit als alles, was ich sonst von ihr gehört hatte: *Pray for your brother / Oh, the way I see him is the way I see myself* ... Der Obduzent wollte etwas sagen, hielt jedoch inne, als ihm bewusst wurde, dass wir Zwillinge waren. Stattdessen zog er sich zur Tür zurück, wo er erklärte, es eile nicht.»Ich warte draußen.«

Dad zog das Laken bis zum Nabel herunter. Jim hatte genauso wenig Haar auf Brust und Bauch wie ich. Wir waren immer schmächtig gewesen, doch mein Buder war regelrecht ausgemergelt. Durch die Arme, die an die Seiten angelegt waren, und den Knochen an jeder Schulter schien er auf der Hut zu sein. Der Hals war lang, der Kehlkopf spannte wie die Faust eines Säuglings. Trotz der Stupsnase hatte sein Gesicht etwas Majestätisches.

Dads Augen glänzten, als er seine Stirn küsste. »*Alav, Alav, ha-shalom.*« Als ich den Haaransatz mit meinem Mund berührt hatte, bedeckte er Jim wieder mit dem Laken. »Mom glaubt, dass er im Himmel ist.« Er lächelte müde. Das Kinn zitterte.

Der Obduzent bestätigte, was die Polizei vermutet hatte. Eine Überdosis. Als wir hinauskamen, sah er Dad und danach mich an. »Wenn Sie sich für ein Beerdigungsinstitut entschieden haben, reicht es, wenn sie ihm mitteilen, wo …« Er blätterte in den Papieren. »Wo James sich befindet. Wenn Sie hier unterschreiben, kann er sofort abgeholt werden.« Er reichte mir ein Dokument und wandte sich gleichzeitig an Dad. »Mein Beileid.« Als ich den Namen hingekritzelt und in Klammern *Bruder* hinzugefügt hatte, sprach er weiter: »Eine Telefonnummer wäre gut, für alle Fälle.«

Ich musste Dad um die Nummer nach Hause bitten.

Ich weiß nicht, warum ich das alles erzähle. Vielleicht, weil es dir erspart bleiben soll, dir ein Gesicht wie Jims vorzustellen, wenn du an mich denkst. Allmählich glaube ich, dass diese Briefe nicht nur meinen Kalk und Phosphor enthalten, sondern auch einen Protest darstellen. Gegen meine Familie, meine Kindheit, ein Leben so stumm wie Linoleum. Ich habe keine Lust zu sterben wie ein schwarzer Spiegel, ohne Geschichte.

Mom bezog das Bett in meinem alten Zimmer, mir war es jedoch lieber, nicht darin zu schlafen. Seit meinem Umzug nach New York hatte es als Gästezimmer gedient. Jim war gekommen und gegangen, abgesehen von den Aufklebern, die sie von der Tür entfernt hatten, war sein Zimmer noch immer das eines Jugendlichen. Meine wenigen verbliebenen Spielzeuge waren hinübergetragen worden. Als ich das Bett wechselte, sah ich sie auf dem Regal neben seinem. Ich fingerte an dem herum, was vom Orbitop übrig war. Weiß wie Salz wirkten die Astronauten so rätselhaft wach wie eh und je.

Eigentlich hatten Mom und Dad die letzten Jahre in Florida verbringen wollen. Die Unsicherheit um Jim hatte jedoch dazu geführt, dass der Umzug ständig aufgeschoben wurde. Bevor sie zur Vernunft kamen, waren ihre Ersparnisse von den Entzugskliniken aufgezehrt worden. Mom wusste, dass es Dad nicht gefiel, wenn sie für ihren Sohn in St. Mary's betete. Sie fand sich damit ab, ihren Lebensabend nicht in der Sonne zu verbringen, während er schweigend die Rechnungen von Christiana Care und anderen bezahlte. Ob die Bibel nun half oder nicht, ein Elternteil kümmerte sich um sein Kind, obwohl alles, was es tat, zu Enttäuschungen führte. Bei unserem einzigen Gespräch über Geld ein paar Jahre zuvor hatte Dad sogar erklärt, dass sie mir auch Geld zukommen lassen wollten. Der Fernseher und die Klimaanlage, die er installiert hatte, seien nur der Anfang. Sollten sie nicht gezwungen sein, das Haus zu verkaufen, um sich ein Altenheim leisten zu können, würde ich es erben. Die Wahrheit lautete, dass es mir egal war. Besitz hatte mich nie interessiert und jetzt war es zu spät, mir zu geben, was ich als Kind nicht bekommen hatte.

Ich lag mit dem Kopf auf Jims Kissen und starrte an die Decke, über die er sich als Junge und Teenager, als Collegestudent in den Ferien und Süchtiger auf Entzug Gedanken gemacht hatte. Wie oft hatte Mom ihm ein Tablett mit Essen hingestellt, das er kaum anrührte? Wie oft hatte er sie gebeten, ihn einzuschließen, nur um ein paar Stunden später darum zu betteln, herausgelassen zu werden? Wie oft hatte er Geld gestohlen und wie oft hatte sie so getan, als wäre es nicht passiert?

Nach dem Sommerlager in den Catskills hatten Jim und ich nicht viel zusammen unternommen, als wir in verschiedene Schulen geschickt wurden, begegneten wir uns nur noch in den Ferien. Während er aufs College gegangen war, hatte ich mich daheim und später in Alphabet City durchgeschlagen. Ein paarmal im Jahr hatten wir telefoniert, uns aber so gut wie nie Briefe geschrieben. Vielleicht verhielt sich niemand falsch, vielleicht bedeuteten die Drogen ihm, was mir die Musik bedeutete.

Vielleicht.

Wenn ich zu Hause anrief, erzählte Mom, dass Jim gerade in einer christlichen Entzugsklinik nahe Smyrna, der besten im Bundesstaat, »gesund« wurde. Oder er hatte einen Job und eine »nette« Wohnung in Philadelphia gefunden. Oder er machte gerade »eine schwierige Phase« durch und wohnte vorübergehend zu Hause. Aber im letzten Jahr konnte nicht einmal sie sagen, wo er sich herumtrieb. Wenn ich Dad fragte, wollte er von mir wissen, ob ich das Empire State Building besucht hätte. Die Rundfunkantenne erreiche Millionen Zuhörer in drei Bundesstaaten. Als ich die Frage wiederholte, erkundigte er sich, wie der Fernseher »sich macht«. War das Bild gut? Kein Flimmern? Ich wusste ja, dass man die Antenne austauschen konnte? »Ansonsten musst du ihn an die Hauptantenne anschließen.«

Ich starrte an die Decke. Nichts in dieser Familie war direkt oder federnd, alles war stumm.

Am nächsten Morgen klopfte es an der Tür. Der Schuhkarton, den Dad mir übergab, enthielt Jims persönliche Habe – Sachen, die er als Erwachsener benutzt hatte: eine Uhr mit übelriechendem Lederarmband, ein paar Ringe mit aztekischen Motiven und eine lange Kette aus Büroklammern, von der Mom, als ich sie danach fragte, behauptete, sie habe ihm während der Methadonkuren geholfen, ein abgewetztes Portemonnaie und ein fast neuer Pass. Dad starrte die Gegenstände an, als wäre er unfähig zu entscheiden, ob sie Kleinode oder Abfall waren. Ich fragte ihn, was Jim mit dem Pass vorhatte. »Hier. Die Jungen.« Er legte ein paar Fotos von meinem Bruder und mir in den Karton.

Obwohl Dad offenbar dabei war, senil zu werden, war es ihm gelungen, Mom zu überreden, Jim auf einem der ältesten Friedhöfe der Stadt ruhen zu lassen. Offen für alle ungeachtet ihrer Religionszugehörigkeit lag er mit dem Auto nur wenige Minuten von der Coleridge Road entfernt. In der Broschüre, die den Ausschlag gegeben hatte, stand: OURS IS A PLACE OF PEACE.

Als wir Abschied nahmen, brannte die Sonne. Dad trug Kippa, Mom zeichnete Kreuze auf ihre richtig geknöpfte Strickjacke. Sie hatten sich für eine Urnenbestattung entschieden, weil bis zu drei davon ohne zusätzliche Kosten im selben Grab Platz fanden. Wo ich ruhen wollte, durfte ich selbst bestimmen. Der Mann von der Verwaltung flüsterte, der Platz nebenan sei frei; es gebe auch noch Nischen im Kolumbarium. Er begriff nicht, dass die Vorstellung, überhaupt irgendwo zu ruhen, und für immer an diesem einzigen, bestimmten Ort antreffbar zu sein, mich vor Sorge wild machte.

Nur die Männer vom Beerdigungsinstitut kamen. Unter den Bäumen in einigen Metern Entfernung stand jedoch eine Frau, die ich erkannte. »Wartet ihr?« Als die Zeremonie vorbei war, verließ ich Dad und Mom am Auto; sobald ich die Männer bezahlt hatte, eilte ich ihr hinterher.

Erst tat die Frau so, als verstünde sie nicht, was ich von ihr wollte. »Du bist also der Bruder«, erklärte Meg schließlich. Sie trank einen Schluck aus einer Wasserflasche. »Ich erinnere mich nicht mehr, wie du heißt?«

Das Haus, in dem ich sie am nächsten Abend besuchte, war renoviert worden. Die Postfächer hinter der Eingangstür glänzten, die Treppe war mit einem Nadelfilzteppich belegt, der bis zur obersten Etage hinaufführte. In der Wohnung, in der ich Acid genommen hatte, hing der gleiche schwere Duft von Räucherstäbchen wie früher, aber der Rest wirkte größtenteils neu. Die Matratze war durch eine Schlafcouch ersetzt, die Lederpolster gegen Stühle ausgetauscht worden, vor den Fenstern mit einer langen Reihe von Topfpflanzen stand ein Büroschreibtisch aus Metall. Auf der einen Seite lagen Stifte und eine rote Schere, auf der anderen platzierte Meg den Stapel gehefteter Aufsätze, der auf einem Stuhl gelegen hatte. Sie entschuldigte sich, als sie mich bat, Platz zu nehmen. »Die Summer School hat angefangen.«

An der Decke glitzerte das schräge Licht von Straßenlaternen. Die Ahornbäume der Straße, auf der ich schwarze Wellen wogen gesehen hatte, schwankten im Wind, was über unseren Köpfen Schatten wie Schmetterlinge flattern ließ. »Whiskey oder Soda?«

»Soda, bitte.«

Meg saß, ein Bein unter sich gezogen, auf der Couch.

»Was möchtest du wissen?«

»Es geht nicht darum, dass ...« Ich wusste nicht weiter. »Keiner kann mir sagen, wo Jim in der letzten Zeit gewesen ist. Oder was er gemacht hat. Also, er ist in die Klinik und dann wieder raus. Und hat zeitweise bei meinen Eltern gewohnt.« Ich wollte ihr von dem Jungenzimmer erzählen, das bewahrt worden war wie ein Museum, hielt aber inne. »Wir haben uns aus den Augen verloren.«

Meg studierte mich eingehend. »Jim hat oft von dir gesprochen. Hat erzählt, dass du nach Norden gegangen bist. Eine Band gegründet hast. Dass du besser spielst als alle außer Hendrix. Als die erste Single ...« Sie zögerte.

»›Phosphorescence‹.«

»Als ›Phosphorescence‹ herauskam, hat er sie gekauft. Danach durfte ich kaum noch andere Platten auflegen. Das erste Album steht da hinten. Er hat mir versprochen, dass du das Cover signieren würdest.«

Jetzt brauchte ich doch einen Whiskey; das Sodawasser sprudelte hoch, als ich den Schnaps in das Glas goss. Als ich mir eine Zigarette angezündet hatte, schaute ich mich nach einem Aschenbecher um. Sprachen wir über die gleiche Person?

Meg holte einen Teller. »Jim hat Chesterfields geraucht. Hätte er gewusst, was du rauchst, hätte er das auch getan.« Sie fächelte die graue Luft zu ihrer Nase, als wäre sie ein fremdes Parfüm.

Auf dem Tisch, auf den sie den Teller gestellt hatte, lag eine zusammengefaltete Zeitung. Sie hatte die Todesanzeige gesehen. Römer 7,15. Mir gefiel Moms Wahl des Zitats nicht.

Nach Neujahr hatte Meg Jim nur ein paarmal getroffen. Sie rückte ein BH-Band gerade, was den Eindruck vermittelte, dass sie ihre Worte sorgsam wählen wollte. Die meisten Bekannten meines Bruders kannte sie nicht. »Er kam nur, wenn es schwierig wurde. Solange er keine anderen mitbrachte, durfte er sich hier einen Schuss setzen. Er schlief auf dem Feldbett.« Sie lächelte in sich gekehrt in Richtung Kleiderschrank. »Manchmal hatte er gekocht, wenn ich nach der Schule nach Hause kam. Wir hörten, was wir beide mochten. Carole King, Joni … Transmission.«

Als die Besuche ausblieben, war Meg davon ausgegangen, dass Jim wieder in der Klinik war. Oder ihm bei der Heiligen in der Coleridge Road der kalte Schweiß ausbrach. So hatten sie Mom genannt. Doch als die Türklingel das letzte Mal ging und Meg sah, dass mein Bruder wie eine Gliederpuppe die Treppe hochtorkelte, begriff sie, warum er sich ferngehalten hatte. Er war mager, schmutzig, verängstigt. Redete unzusammenhängend und schaute sich um, als suche er nach etwas, das er stehlen konnte. In dieser Nacht hatte er sie mit einem Hammer bedroht.

»Wenn ich ihm nicht alles gäbe, was ich habe, würde er die Typen holen, denen er Geld schuldete.« Sie waren zum nächstgelegenen ATM gegangen, wo Meg vierhundert Dollar abgehoben hatte. Anschließend hatte sie ihn gebeten, nie mehr zurückzukommen. »Er war wie Thomas.«

Thomas?

Ein Gespenst von früher. Freund von Jim. Vor einem Jahr hatte sie ihn Downtown gesehen, mit einem Becher vor sich auf einer Bank sitzend. Als sie eine Münze hineinwarf, hatte er um mehr gebeten. In der Hand hatte der Löffel geglänzt, mit dem er Bohnen direkt aus einer Konservendose gegessen hatte. »Rede mit Donald Jeffries, vielleicht kann er dir mehr erzählen.«

Jeffries?

»Du weißt wirklich nichts über deinen Bruder.« Ein anderer Freund von früher. Heute arbeitete er als Wächter im Rockwood Park und versuchte, clean zu bleiben. Meg musterte mich. »Sag deinen Eltern, dass Jim ein guter Junge war, auch wenn es ihnen schwerfällt, es zu glauben.«

Als ich aufstand, machte sie eine verlegene Geste. »Darf ich? Wir haben uns nie richtig verabschiedet …« Als sie ihre warme Handfläche an meine Wange legte, zuckte ich zusammen. Ihre Augen glänzten. »Mein Gott, ihr seid wirklich verschieden.«

Der Mann, den ich traf, bevor ich nach New York zurückkehrte, erkannte Jims Gesicht nicht in meinem. Ich fand ihn auf dem Parkplatz vor dem Hauptgebäude, wo er Flaschendeckel und Bonbonpapiere aus den Beeten pflückte.

Don packte die Schubkarre mit tätowierten Händen, dann nickte er zu einem angrenzenden Gebäude hin. »Ich denke, ich wusste, dass er einen Bruder hatte. Aber Zwilling?« Er sprach so leise, dass ich ihn bitten musste, seine Worte zu wiederholen. »Zwillinge, sagst du?«

Auf dem Weg vor uns zankten sich Kinder, das eine am Ohr ziehend, unterhielt die Mutter sich gleichzeitig weiter mit ihrer Freundin. Ich erzählte ihm von der Überdosis und dass ich in den letzten Jahren kaum Kontakt zu Jim hatte. Unsere Eltern wussten wenig darüber, was er getrieben hatte. Nicht einmal Meg schien es zu wissen.

»Du hast mit dieser Hexe gesprochen?«

Meg Rogers sei berüchtigt. Jungen, die von der Schule abgegangen waren, an der sie unterrichtet hatte und in der Don in eine Parallelklasse von Jims gegangen war, durften bei ihr übernachten, wenn sie wollten. Sie hatte ihre Lieblinge, dann mussten andere warten. So war es bei Tommy gewesen – bis die beiden Jim mitgenommen hatten. Danach habe nur mein Bruder gezählt. »Jim meinte, er müsse high gewesen sein, denn er erinnere sich nicht an das erste Mal. Aber danach hat er oft bei der Hexe übernachtet. Tommy war froh, ihren Krallen zu entwischen.«

Don, der seine Kappe abgezogen hatte, strich sich mit den Fingern durchs Haar. Jetzt sah man das Muttermal. Bevor wir uns trennten, fragte er, ob ich den Glaspavillon besichtigen wolle, er sei einen Blick wert, danach müsse er weiter Müll einsammeln. Er deutete mit dem Kinn auf eine Tundra ohne eine einzige Schneeflocke.

Als ich nach New York zurückkehrte, ging ich am Morgen Jims Sammlung durch und nahm die wichtigsten Platten mit – darunter das Album, das mir so viel bedeutet hatte, obwohl ich ein eigenes Exemplar gekauft hatte. Ich griff auch zum zweiten Album der Band, *Easter Everywhere*, das ich an dem Tag im Sounds nicht mitgenommen hatte. Dann saß ich mit Mom in der Küche. Sie schraubte an ihrem Hörgerät, bis die Lautstärke stimmte. »Wir müssen glauben, dass er verabscheute, was er tat.«

Der Römerbrief.

Auf dem Heimweg dachte ich, umgeben von glänzenden Autos, über die Worte nach. Ich verstand nicht, was sie bedeuten sollten. Oder wer der Mensch in dem Pass im Karton neben mir war. Ich hatte meinen Bruder verloren, lange bevor er gestorben war.

REGEN, BÜRGERSTEIG

Jims Tod machte mich unsichtbar. Nicht so, dass ich aus der Welt verschwand. Ich hatte Arme und Beine, Kopf und Fersen. Aber ich fühlte mich abhanden gekommen – wie ein *retard*. Obwohl ich mich seit meinem Umzug nach New York wie ein Einzelkind verhalten hatte, merkte ich, dass ich mit meinem Bruder gerechnet hatte wie mit Luft oder Licht. Was immer ich gedacht, was immer ich getan hatte, es war in dem Wissen um einen Zwilling geschehen, der im selben Moment woanders handelte und dachte. Als er beigesetzt wurde, verlor ich diese Gewissheit. Es heißt, die Toten hätten keinen Schatten. Ich wurde der, den Jim zurückließ.

Die neue Platte musste warten. Bevor ich Töne für eine Welt ohne Bruder gefunden hatte, bevorzugte ich die Stille. Um es dennoch auszuhalten, kaufte ich ein Notizbuch, das ich mit frei fließendem Gerede füllte. Es war meine Art weiterzumachen: stumm, aber geschwätzig. Als ich eines Tages auf dem Bett liegend darin blätterte, stieß ich auf ein Wort, das ich nicht begriff. Ich hatte es durchgestrichen und halb durch ein anderes ersetzt. Danach nannte ich meine Versuche, den Kontakt aufrechtzuerhalten, Monodialoge. Heute frage ich mich, ob das Wort nicht besser zu diesen Zeilen an dich passt.

Es fällt mir schwer, von dieser Phase zu erzählen. Zurück in New York ließ ich Zeit verstreichen. Ich weiß, es klingt vage, aber ich versichere dir: Nichts war vage. Tot lehrte mich Jim, dass er immer da gewesen war. Oder vielmehr: seine Stimme. Oft fluchte oder scherzte sie in meinem Hinterkopf. Doch manchmal schwebte sie auch durch die Luft wie damals, als er im Impala Joints rauchte. Oder sie murmelte wie zu der Zeit, als wir mit Nana vor dem Fernseher sitzend Joe Friday nachgeahmt hatten: »Alles, was wir wollen, sind Fakten, gnädige Frau.«

Dieser Geist von einer Stimme, nichts war zuverlässiger. Oder schwerer zu greifen. Jetzt fürchtete ich, auch sie zu verlieren.

Das Leben verdunkelte sich wie eine alte Fotografie. Ich hörte auf, mich bei Leuten zu melden, verlor die Nummer von Freunden. Ich war schon immer ein Träumer gewesen – das war ich nach wie vor, nun nur ohne Träume. An einem späten Abend in Koreatown merkte ich, dass ich nicht wusste, wie ich neben dem Aquarium des Restaurants gelandet war. Fische mit rotgelben Schleiern als Flossen bewegten sich ruhig durch eine Welt neben meiner. Ich erkannte, dass ich auf dem besten Weg war, einer dieser Menschen zu werden, von denen Nancy gesagt hatte, sie bewohnten ihr Leben bloß. Bald hatte ich den größeren Teil von meinem auf ein paar Quadratkilometern im südlichen Teil von Manhattan verbracht. Es wurde Zeit fortzugehen.

Als der Agent, den ich noch hatte, ich wusste nicht mehr warum, einen Kontakt zu Virgin Records vermittelte, war mir klar wohin.

London war nicht die gleiche Stadt wie im Sommer 1977, als Transmission im Olympia gespielt hatte. Der Bergarbeiterstreik war kürzlich beendet worden, unter Thatcher gingen die Privatisierungen weiter.

Mehrere Bands sangen über den Zustand im Land. Ich mochte ihre aufsässigen Texte und die verzweifelte Energie, doch musikalisch gaben mir ihre Lieder genauso wenig wie der Sirup im Radio. Keiner schien sich dafür zu interessieren, die Grenzen zu verschieben, kaum eine Gruppe klang originell, alle wollten gefallen. Nach ein paar Wochen ging ich nicht mehr auf Konzerte und verbrachte die Abende im Pub. Manchmal traf ich jemanden für die Nacht.

Virgin war in einer Weise freundlich halbherzig, aus der ich nicht schlau wurde. Nach Verhandlungen versprachen sie, die Kosten für ein Demo zu übernehmen, unter der Voraussetzung, dass ich ein preisgünstiges Studio fand. Im Moment »veränderte« sich die Branche, der Markt stehe vor neuen »Herausforderungen«. Noch dominiere Vinyl, aber es gebe junge, spannende »Formate«. Außerdem erfordere MTV

»Investitionen«. Die Firma freue sich darauf, in Kontakt zu bleiben, und wenn ich etwas bräuchte, müsse ich nur bei der Sekretärin »anbimmeln«.

Die gemischten Signale waren verwirrend, beunruhigten mich jedoch nicht. Bevor ich genügend gute Lieder zusammen hatte, wollte ich ohnehin nicht ins Studio gehen. Das Songmaterial musste wie eine Überzeugung reifen. Wenn Virgin hörte, wohin mich die Musik geführt hatte, würden sie nicht zögern. Stattdessen lief ich durch die Stadt. Manchmal verirrte ich mich so gründlich, dass ich ein Taxi zu der puppenstubenartigen Wohnung nehmen musste, die mir die Firma besorgt hatte. Bei anderen Gelegenheiten stieg ich in den Bus an der Warwick Avenue, fuhr zur Endhaltestelle und kehrte ein paar Stunden später mit den Akkordwechseln im Kopf zurück. Trotzdem brachte ich nur Melodien zu Papier, die den Schlaf einer Nacht überlebt hatten. Das Album, das ich in mir trug wie andere eine Krankheit, sollte von der Beharrlichkeit handeln, die darin lag zu vermissen.

Im Laufe des Winters nahmen die Arrangements Gestalt an, als die Lilien aus der Erde schossen, nahm ich Kontakt zu Produzenten auf. Ich sprach mit drei, vier, ehe ich mich für Danny Boswell entschied. Virgin gefiel die Wahl: Boswell sprengte das Budget nicht und hatte, obwohl noch keine dreißig, mit mehreren erfolgreichen Bands gearbeitet. Ich schätzte sein Ohr. Auch wenn die Gruppen, die er produziert hatte, nicht nach meinem Geschmack waren, das Klangbild war immer rein und klar, apollinisch.

So traf ich Edie Reid wieder. Ich hatte gerade die Maison Rouge Studios in Fulham besucht. Als Boswell, der Jazz mochte, mir gezeigt hatte, welche geräumigen Klänge dort erschaffen werden konnten – das Studio befand sich in einer umgebauten Kirche –, war ich mir sicher: Dort wollte ich aufnehmen.

Nun eilte ich mit einer feuchten Zigarette im Mund zur U-Bahn, aufgekratzt bei dem Gedanken, Lieder in einem Raum einzuspielen, der einmal ein geweihter Ort gewesen war. Erst schenkte ich der Frau, die mit einem pilzförmigen Regenschirm in der Hand die Straße überquerte, keine Beachtung. Der Regen rutschte das hellgelbe Plastik herunter wie flirrendes Gold, die Gestalt war so schmal, dass der Mantel trocken zu sein schien. Als sie eine glatte Strähne aus der Stirn strich, erkannte ich das Gesicht, hatte aber Mühe, es einzuordnen. Acht Jahre waren seit dem Interview in New York vergangen, und Edies Haare waren damals weder blond gefärbt noch glatt gewesen. Sicherheitshalber verzichtete ich darauf zu grüßen. Sie hob jedoch den Regenschirm auf und ab, als müsste die Welt aufgehalten werden.

»Mein Gott, Ache Middler? Der Eiskönig?«

Ein Auto hupte. Edie stand mitten auf der Straße, auf die Art blinzelnd, an die ich mich nun wieder erinnerte, mit Augen, die gewissermaßen darauf warteten, geboren zu werden. Als das Auto erneut hupte, setzte sie, ihrer Sache sicher, die Sonnenbrille auf. Die Schritte, mit denen sie auf mich zuging, waren so flink, dass sie mir den Regenschirm in die Hand drückte. Verblüfft nahm ich ihn entgegen. Nachdem sich unsere Wangen zur Begrüßung flüchtig berührt hatten, machte sie etwas mit ihrem Mantel, danach verkündete sie, es werde nur ein paar Minuten dauern, und verschwand im Maison Rouge.

Da stand ich nun mit der lächerlichen Plastikglocke über dem Kopf, nicht wissend, was gerade passiert war. Wenn ich die Schultern hochschob, traf der Regen nur die Ellbogen, dafür ähnelte ich einer lebendigen Lampe. Ich schüttelte eine neue Zigarette heraus, die kaum Zeit hatte, feucht zu werden, bis Edie zurückkehrte. Boswell benötigte sie für die Ergänzungen nicht. Als sie den Regenschirm zurücknahm, merkte ich, sie hatte die Lippen nachgebessert.

Es regnete den ganzen Tag – als wir um die Ecke Tee tranken, die District Line nach Paddington nahmen, wo wir essen gingen, und den Abend in einem Pub in der Nähe meiner Station beendeten. Das Kleid, das Edie trug, schimmerte so unwahrscheinlich, dass der Stoff aus Stahl und Himmel gewebt zu sein schien. Am Saum war er immer noch nass, was ihre Knie sagenhaft nackt wirken ließ. Wie ihre Haut glänzte! Mittlerweile wusste ich nicht nur, dass sie sich eine Wohnung mit einer belgischen Studentin teilte und einen Freund hatte, der in Norwich promovierte, sondern auch, dass sie Angst hatte zu erblinden. Als ich mich erkundigte, ob es keine Behandlungsmethode gebe, erklärte sie, vor chirurgischen Eingriffen habe sie noch mehr Angst. »Danke, aber nein danke.« Wenn das Licht zu stark war, trug sie eine Sonnenbrille.

Als wir aufbrachen, sagte keiner etwas. Eine Viertelstunde später lagen wir in meinem schmalen Bett in Maida Vale.

Edie, Edie Reid …

Wenn du diese Zeilen liest, wirst du eigene Erfahrungen gemacht haben, dennoch schätze ich, dass du nicht von mehr Frauen hören möchtest als denen, die mir, wie deine Mutter, etwas bedeutet haben. Edie war viele Jahre jünger als ich, sie war schnell und überraschend in ihren Bewegungen, hatte aber Probleme mit Abständen. Es sei, als hielte man sich im Inneren einer flammenden Wolke auf, behauptete sie, die Welt erscheine ihr immer ein wenig rot und rauchig. Nachts spielte es keine Rolle, da sah sie mit den Händen, am Abend hatte ich jedoch mehr als einmal beobachtet, wie sie den Abstand zu einem Stuhl, einem Glas oder dem Mantel, den ich ihr beim Aufbruch hinhielt, falsch einschätzte. Mein Bett war nicht breiter als eine Luftmatratze und Edie zum Glück schmal. Wenn sie aufrecht saß, hatte ich das Gefühl, einen jungen Malvenbaum zu umarmen, Taille und Po hätten ebenso gut einem Jungen gehören können. Aber männlich, weiblich – ich war nicht in der Lage zu entscheiden, ob die Unterscheidung für dieses Wesen sinnvoll war.

»Meine – Froschaugen –«, keuchte sie, die Haare hingen vor den großen, olivbraunen Iris. »Was glaubst du – ist der Finderlohn – für jemanden – wie mich?«

Mühsam schob ich die Ellbogen zurück und hob den Kopf, um

ihren Mund zu erreichen. »Du bist kein Frosch. Aber vielleicht eine Schlange? Oder eine heilige Echse?«

Es hört sich idiotisch an, aber in der ersten Nacht wirkte Edie nicht menschlich. Da war eine Wachheit, die einen an ein warmes, feuchtes Klima denken ließ, doch auch an etwas Heiseres und Trockenes, Wüstenartiges, das sie uralte unverständliche Dinge stammeln ließ, als unsere Bewegungen heftiger wurden. Sie war intensiv und freigebig und gleichwohl schwer zu fassen, auf der Grenze zu einem anderen Element. Sie ist, sie ist, sie ist, dachte ich, verloren in der sorgsamen Raserei unserer Hüften.

Edie hatte das Fanzine verlassen, für das sie mich interviewt hatte. Ein paar hektische Jahre hatte sie beim *Blitz Magazine* gearbeitet und gleichzeitig in einer Band gespielt, die Synthesizerhiebe mit Reggaetrommeln gekreuzt hatte. »Obwohl die Plastikkleider in Rastafarben waren und wir wie unbekannte Göttinnen aussahen, war die Welt noch nicht bereit für Synthetic Empresses.« Auch ihr trockenes Lachen gefiel mir. Außerdem fühlte sie sich auf der Bühne nicht wohl, sondern blieb lieber im Hintergrund.

Als die Band sich auflöste, begann sie, im Maison Rouge zu assistieren, wo sie ihre einzige Single aufgenommen hatten. Seit dem Jahreswechsel arbeitete sie dort vier Nachmittage in der Woche. In der letzten Zeit hatte sie bei Produktionen geholfen, die ich vermutlich im Radio gehört hatte; im Moment mischte Boswell die erste LP einer neuen Band ab. »Ich glaube nicht, dass sie dir gefallen würde. Schotten. Aber sie sagen, der Name sei Griechisch. Del Amitri?«

»Von Demeter. Der Fruchtbarkeitsgöttin.« Ich drehte mich um, sodass wir einander zugewandt lagen. »Warum machst du die Augen zu?«

»Psst, meine Fragen zuerst.« Sie drückte eine honigfarbene Fingerspitze auf meine Lippen. »Und was weißt du über diese Fruchtbarkeitsgöttin?« Flüsternd bewegte sie die Hand dorthin, wo ich am empfindlichsten war.

»Mein Bruder heißt … hieß James. Der Name ist … Ich habe gehört, dass er die männliche Version auf Englisch ist.«

»Aber die Band sagt … sie hätten ihn … aus … *Dr. … Seltsam* …« Der Mund flüsterte weiter, als wüsste er nicht, was die Hand tat. »Der Premierminister, weißt du … Den man nie sieht. *I'm sorry, too, Dmitri … I'm very sorry* …« Jetzt ahmte sie Sellers' verzweifeltes Telefonat mit seinem sowjetischen Widerpart nach.

Als das Unausweichliche schließlich geschah, schluchzte Edie gespielt. »Tut mir leid, Ache. So, so leid.« Sie holte ein Handtuch aus dem Badezimmer, dann rauchten wir, jeder in seiner Ecke des Betts. Es kam mir vor, als wären wir ursprünglichere Versionen unser selbst geworden.

Als Edie am nächsten Morgen gegangen war, blieb ich liegen, zu nichts anderem fähig als zu rauchen. Und zu lächeln wie ein ungewöhnliches Kind. Auch wenn das Bett die Bewegungen knapp gehalten hatte, erlebte ich im Gedränge etwas Geheimes, fast Heiliges. Jetzt schien alles in freundliche Unwirklichkeit gehüllt – der Geruch eines anderen Menschen in den Laken, die Schmerzen in Schultern und Hüften, das Handtuch, das noch auf dem Boden lag. Edie musste einen feinen Dampf verströmt haben, denn ich befand mich im Inneren eines Schleiers, der dem ähnelte, der sie umgab. Ich bewegte die Hände in der Luft und erinnerte mich, wie glatt ihr Körper gewesen war, und wie glänzend – wie Benzin. Das beruhigte mich in einer Weise, zu der Gefühle nicht fähig waren. Das Gedränge, ich wollte zurück zu ihm.

Fahrige Wochen folgten, wir trafen uns, so oft es ging. Am Wochenende fuhr Edie meistens zu ihrem Vater in Preston, einem pensionierten Offizier, der Hilfe bei der Wäsche und beim Putzen benötigte. Außerdem litt sie unter Schuldgefühlen ihrem Freund gegenüber. In Nebensätzen deutete sie an, dass sie sich voneinander entfremdet hatten – »auseinandergelebt« war das Wort, das sie benutzte. Adam, der Probleme mit der »Orientierung« hatte, wollte sich beispielsweise nicht darauf »einlassen«, eine Familie zu gründen – obwohl sie seit der Oberschule zusammen waren und häufig telefonierten. Wenn ihr Vater am Wochenende keine Betreuung benötigte, fuhr sie zu ihm.

Ich hatte keine Lust, dass mir widerfuhr, was mit Trish passiert war, auch wenn meine Adern kribbelten, als wäre das Blut mit Chlorophyll angereichert worden, behauptete ich deshalb manchmal, ich sei beschäftigt, obwohl es nicht stimmte. Dadurch sahen wir uns sporadisch, in Pubs, in denen niemand Edie kannte, und gingen von dort zu mir. Das Bett, schmal und hart wie ein Sargboden, störte nie. An einem Abend gingen wir ins Kino, an einem anderen zu einer Tanzvorstellung, die wir in der Pause verließen, außer Stande, eine Minute länger zu warten. Anonym bildeten wir uns ein, dass Handlungen ohne Konsequenzen blieben.

Dann übernachtete ich in Ladbroke Grove. Es muss ein Samstag gewesen sein, an dem Edie nicht wegfuhr, denn am nächsten Morgen wurde keine Milch geliefert. Das Bett war breit. Die weichen Kissen ließen mich endlich ohne steifen Nacken aufwachen, aber sie hatte schlecht geschlafen, so gut wie gar nicht. Als ich fragte, sagte sie mir, wie es war: Sie fühle sich »grässlich«. Auch wenn Anouk, ihre Mitbewohnerin, sie niemals verraten würde, sei es ihrem Freund gegenüber nicht richtig. Sie roch an der alten Milch, ehe sie mir Honig für den Tee zuschob.

Ich schaute mich in der Küche um. Zeitungen auf einem Stuhl, leere Flaschen entlang der Wand, ein Staubsauger, der einem riesigen Lippenstift glich. Unter dem Magnet am Kühlschrank saßen ein Einkaufszettel und Eintrittskarten für eine Boygroup, von der ich noch nie gehört hatte. Das Konzert würde in ein paar Tagen stattfinden. Zum ersten Mal kam mir der Altersunterschied in den Sinn. Dreizehn Jahre. Es war nicht vorgesehen, dass sich ein Mann wie ich dort befand.

»Was ist los?« Edie klang unerwartet verletzlich.

»Nichts. Es ist nur so ungewohnt, dass … Ach, nichts.«

Das Radio hatte gerade vom letzten Streit zwischen Boy George und Marilyn berichtet. Edie vermied es, mich anzusehen, als sie einen anderen Sender suchte. »Unter der Haut, hinter Augen und Mund, gibt es da jemanden, der kein Monster ist?« Sie sprach über Marilyn, aber ich ahnte, wen sie meinte.

Ich machte mir nicht viel aus der Musik, die sie fand. Edie musste es gemerkt haben, denn jetzt blinzelte sie. Was war verkehrt an Drumcomputern oder an einem Refrain, den ein Siebenjähriger hätte schreiben können? Nicht alle waren in der Lage, bahnbrechende Rockmusik zu erschaffen; die Welt ging nicht unter, nur weil die Leute tanzen wollten. Mein Lächeln überzeugte sie nicht. »Dann sag, was los ist.«

»Kompliziert.« Es klang schroffer als beabsichtigt.

»Kompliziert?« Edie sprach das Wort aus, als wäre es ihr fremd. »Das Leben wird einfach, wenn wir tot sind, Buster.«

Wie konnte ich ihr erklären, dass ich ihre Fürsorglichkeit und Empfindlichkeit, ja, sogar ihre Unruhe mochte? Ich verstand, dass sie nicht damit gerechnet hatte, dass es so kommen würde, als sie mich in der ersten Nacht begleitete, aber wir gehörten verschiedenen Generationen an. War es möglich, einfach zu sein? Ohne Rücksicht auf anderes als nächtliches Gedränge? Wenn ja, dann sollten wir so werden: dicht, umschlungen, ohne Geschichte. Ach, ich gab mich Wunschträumen hin. Es gab keinen Menschen ohne Vergangenheit. Unbeholfen suchte ich nach einem Weg, das Gespräch zu beenden. »Willst du es Monster nennen, bitte.«

Edie stellte die Tassen in die Spüle. »Dachte ich mir doch.« Es klang, als zöge sie einen Schlussstrich unter eine innere Gerichtsverhandlung.

Wir hielten Arbeit und Privatleben auseinander, als ich anfing, im Maison Rouge aufzunehmen, hatte Edie deshalb immer etwas anderes zu tun. Boswell sagte nichts, auch wenn er sich vielleicht über ihr Verhalten wunderte. Wenn ich mich zu Hause vorbereitete, lag sie jedoch auf dem Bett und blätterte in den Büchern, die ich in Bloomsbury in

Antiquariaten kaufte. Manchmal kommentierte sie das Gelesene. Oder sprach über Danny, der sich vermutlich in sie verguckt hatte, denn als er sich erkundigt hatte, ob zwischen uns etwas laufe, hatte er ungewöhnlich zugeknöpft, fast defensiv geklungen, und Ella Fitzgerald auf den Plattenteller gelegt. Das machte er immer, wenn er sich selbst bemitleidete, am liebsten eines ihrer Duettalben mit Joe Pass. Früher war es mir nie gelungen, in der Gegenwart anderer zu arbeiten, geschweige denn spielerisch Harmonien zu finden, nachdem ich etwas im Radio gehört hatte. Aber mit Edie ging es.

»Goldener Dunst«, flüsterte ich eines Morgens, als im Radio Dusty Springfield gelaufen war. Während Edie dalag, ein Kissen auf den Bauch gepresst, als wäre sie schwanger, waren die Klänge von »The Look of Love« durch den Raum geschwebt. Obwohl ich den Apparat ausgeschaltet hatte, blieben sie. Dieses Warme und Weiche, aber nicht Spröde, dieses suchend Wundersame – das war das Gefühl, nach dem ich suchte. Meine Finger spielten weiter mit den Saiten, die Klänge wurde immer schwereloser. Ja, die Tonverlängerung sollte das heimliche Prinzip des Demos werden.

Edie blinzelte. Gab es einen Text zu der Melodie, die ich da spielte? Ich wiederholte sie. Nein, noch nicht. Vielleicht nie? Oder es reichte, »goldener« und »Dunst« so oft zu singen, dass sich die Wörter ablagerten und ihren eigenen glimmenden Nebel erschufen. So stellte ich mir jedenfalls das Königreich vor, das mein Bruder aus Gründen gesucht hatte, die ich niemals verstehen würde. Jeder Ton erklang im Wissen um andere, wenn der letzte verhallte, wurde dies zu einer Erinnerung an alle.

Edie verschwand in den Flur hinaus. »Gold, gehämmert zu hauchdünnen Blättern …« Nachdem sie ihren Mantel angezogen hatte, suchte sie ihre Sonnenbrille. Sie vergrub die Hände in den Taschen, es sah aus, als hielte sie Squashbälle. »Gehen wir?«

Ich wusste nicht, was in sie gefahren war; sie lächelte nur traurig, als ich die Baskenmütze so herabzog, dass die Ohren abstanden. Erst später begriff ich, dass sie eines der bekanntesten Gedichte der englischen Lyrik zitiert hatte. So taufte ich das Lied, das an dem Morgen entstand. Auf der Straße schob sie den Arm unter meinen. Wir gingen leicht vorgebeugt durch den Regen, unsicher, wenngleich aus unterschiedlichen Gründen. Bei Rembrandt Gardens löste sie den Griff. Die Bewegungen waren straff, die Stimme dünn, als wir unseren Weg über den Kanal zur Paddington Station fortsetzten. »Ich habe gedacht, du wärst jemand, der allein klarkommt. So wirkte es in New York, in dem Restaurant, wie auch immer es hieß.«

»Cairo.«

»Mm, Mr. Eiskönig kümmert sich um sich selbst. Mag Groupies und mit den Jungs Hotelzimmer zu verwüsten. Aber im Kampf um die Zukunft der Rockmusik verlässt er sich nur auf sich selbst.« Sie zog mich am Ärmel, als wollte sie mich bitten, stehen zu bleiben, aber als ich es tat, ging sie weiter. »Das Gleiche in der Fulham Road.« Obwohl unser Wiedersehen sie gefreut habe, hätte sie geahnt, dass es zu einer Bedrohung werden könnte. Sie habe genügend Musiker getroffen, die unbekümmert mit sich selbst beschäftigt gewesen seien. Dennoch fand sie das Gedränge, wie ich es nannte, die Mühe wert.

Ich wusste nicht, was ich sagen sollte.

Inzwischen regnete es stärker. Erst als wir Kensington Gardens erreichten, brach Edie erneut das Schweigen, ratlos schaute sie sich um. »Uuu, ich bin völlig durcheinander, Ache. Ich habe das Gefühl, für jeden Schritt nach vorn mache ich zwei zurück.« Sie hob den Blick, ohne mich anzusehen. »Ich habe Anouk versprochen, nichts zu sagen, aber jetzt tue ich es.« Ihre Haare hingen herab, die Zähne glänzten. »Ich glaube nicht, dass du gefährlich bist. So etwas merkt eine Frau. Du hast nur nicht gelernt, wie wir funktionieren. Deshalb habe ich Angst. Jetzt kannst du mir wirklich wehtun.«

Wir gingen an schweren, nassen Bäumen vorbei, an nassen Wiesen, auf denen Enten watschelten wie mutlose Regenten. Auch ihre Zunge und ihre Lippen fühlten sich schwer und nass an. Um dem Regen zu entkommen, zog ich sie unter einen Baum, die Tropfen glitten rauschend durch die Krone. Edie sah so hilflos aus, nachdem sie gesprochen hatte, wie Menschen es tun, wenn Worte nichts anderes bedeuteten, als sie sollten.

»Kannst du ...« Ich wollte sagen: »es mir beibringen«. Heraus kam jedoch: »mich retten?«

Sie machte einen Schritt zur Seite, danach richtete sie den Blick auf meinen Haaransatz. Nun schien sie wie eine komplette Sonne.

In dieser Nacht gestand Edie mir, dass sie Adam von mir erzählt hatte. Schon ein paar Tage nach unserer ersten Nacht. Ihr alter Freund war sogar in London gewesen – um die »Situation« zu klären, wie er sagte. Sie hoffe, dass ich es ihr nicht übelnähme, anschließend schnäuzte sie sich in ein Taschentuch, indem sie den Finger abwechselnd gegen die Nasenlöcher presste. »Aber es ist unmöglich, ein Band einfach so zu kappen.« An manchen Tagen werde es wehtun und manchmal werde sie einfach traurig sein, damit müsse ich leben. Jetzt, da sie wisse, woran sie bei mir sei, fühle sich alles besser an. »Wir werden uns gegenseitig retten.«

Auch wenn die Worte dreizehn Jahre jünger klangen als die, die ich benutzt hatte, lag etwas Befreiendes in ihrer Aufrichtigkeit. Bevor wir einschliefen, erzählte ich von der Stimme in meinem Kopf; Edie umarmte mich schweigend. Als wir am nächsten Morgen in der gleichen Stellung erwachten, wurde ich von einer gewaltigen Erschütterung durchlaufen. Einer Sehnsucht. Einer Müdigkeit.

Zum ersten Mal hörte ich Jim nicht.

Die folgenden Wochen waren das reinste Feuerwerk. Ich beschloss, nichts auf den Altersunterschied zu geben, spielte er für Edie keine Rolle, galt das auch für mich. Plötzlich erschienen mir die aufgenommenen Songs unausgereift; jetzt vermischte sich die hartnäckige Trauer um meinen Bruder mit Erwartung. Ein Lied nach dem anderen entstand, mehrere in der gleichen Tonart. Es dauerte ein paar Tage, dann begriff ich, dass mein Album nicht nur ein Abschied, sondern auch der Beginn von etwas Neuem war.

Obwohl die Titel unterschiedliche Eigenschaften hatten, wollte ich, dass sie ein Klanggewebe bildeten, das von altem Abend zu jungem Morgen führte. Trauer musste sich mit Lust vertragen, Sehnsucht in Verheißung verwandelt werden. Wenn ein Lied ins nächste überging, wie die Nacht die Stunde wechselte, konnte der Refrain in dem einen Titel im folgenden in Bruchstücken wiederkehren oder die Betonung in derselben Zeile in verschiedenen Songs unterschiedlich ausfallen – alles, um die Verwandlung zu vollenden. Die Kompositionen würden so einheitlich sein, dass nur Name und Titel auf das Cover gedruckt werden durften. Möglicherweise konnten die einzelnen Tracks mit ihrer Länge auf der Rückseite aufgelistet werden. Aber davon abgesehen keine Fotos, keine Kunst; so etwas lenkte ab.

Die Idee war mir durch Edie gekommen, als sie Donne zitiert hatte. In dem Lied, mit dem ich die Verlockung des Heroins darzustellen versucht hatte, wurden die ersten Wörter in *Like gold to airy thinness beat* betont. Als ich es gespielt hatte, fand sie, die Töne hörten sich glänzend, aber gefährlich an, denn ohne, dass sie zu sagen wüsste wie, verwandelten sie einen empfänglichen Schleier in rohe Abhängigkeit. Wenn die Zeile im nächsten Lied wiederkehre, geprägt von der Leere nach Jims Tod, solle ich den Akzent jedoch auf *airy thinness* verschieben, in die Saiten eingewoben wie Abwesenheit. So bildeten die Songs Echos voneinander. Das erste wuchs Beat für Beat, bevor es in *Like go-o-o-* kulminierte, dessen schwankender Vokal es offenließ, ob das Wort *gold* oder eine Verzerrung von *god* sein würde; das nächste Lied weitete sich dagegen sphärisch, bis sich seine Konturen auflösten.

Nachdem ich ein paar Bridges angepasst hatte, merkte ich, dass der Vorschlag funktionierte. Sonst kommentierte Edie meine Lieder nie, obwohl wir uns sowohl im Studio als auch außerhalb davon sahen. Wenn ich sie hinter der Scheibe entdeckte, bei Boswell, sah ich, dass sie lauschte – zwei Schritte von Danny entfernt, der sie gern berührte, wenn er die Regler bediente –, aber wenn wir uns später am Abend trafen, strich sie mit Daumen und Zeigefinger über meine Lippen, als zöge sie einen Reißverschluss zu. Erst als die Arbeit sich dem Ende zuneigte und ich nach dem richtigen Weg suchte, zum Schluss zu kommen, fragte ich sie nach ihrer Meinung. Ich erklärte die Komposition und ergänzte, die Platte werde vermutlich *Monodialogues* heißen. Nun sei etwas gefragt, das einen Schlussstrich zog, ohne einzusperren.

»Schlechter Titel. Aber wenn du es wissen willst, sind offene Enden am besten.«

Ein paar Tage später bekam ich von Boswell eine Kassette. Nachdem wir sie das ganze Wochenende gehört hatten, reichte Edie mir das Telefon und wählte die Nummer des Studios. Ich betonte, dass sich alles gut anhöre, Danny müsse nur »Golden Haze« an den Schluss stellen. Der Song handele nicht mehr von Jims Abhängigkeit, sondern von meiner. Wenn er am Ende fünfzehn, vielleicht auch dreißig Sekunden knisternde Stille hinzufüge, könne der Zuhörer nicht entscheiden, wann das Album wirklich aufhöre. Der Übergang zwischen Musik und Nicht-Musik werde schwebend sein, wie ein unendlicher Hauch, das Leben eine Fortsetzung der Kunst.

»Könnte funk- …« Danny hielt inne. »Warte, Ache, Edie ist noch nicht hier.« Er schien den Hörer an die Brust zu drücken, während er mit jemandem sprach. Als seine Stimme wieder klar zu hören war, wollte er wissen, ob ich der Plattenfirma das Demo persönlich übergeben wolle.

»Mach du das.« Ich sah Edie an, die nachahmte, wie Boswell immer an den Reglern drehte, dann ergänzte ich erstickt lachend, außerdem müsse der Titel geändert werden. Die Platte solle *Expansion* heißen.

Kaum hatte ich das Gespräch beendet, als Edie ihn anrief und um ein paar freie Tage bat. »Ja, sofort, Danny. Tut mir leid, Danny. Danny, es handelt sich um einen Notfall.«

Als sie aufgelegt hatte, tat sie so, als lenkte sie ein Auto. Sie war in Preston aufgewachsen, hatte aber nicht vor, ihren Vater zu besuchen, wie sie Boswell gegenüber behauptet hatte, stattdessen würden wir nach Blackpool fahren. Edie war dort geboren worden und betrachtete den Urlaubsort noch immer als ihre Heimatstadt. Nichts ging über ein Meer, das wie ein Oratorium tosen konnte oder wie die Stille klang, wenn man ihm die Chance dazu gab. Jetzt wisse sie, aus welcher Sehnsucht meine Lieder kamen; es sei an der Zeit, dass ich die Wellen erlebte, die ihr Interesse an Musik geweckt hatten.

Anouk lieh uns ihren Toyota. Das Lenkrad saß auf der richtigen Seite, was in England die falsche war, außerdem ließ sich eine Tür nicht öffnen, was Edie dazu zwang, über den Schaltknüppel zu klettern. Sie hatte schon genug Probleme mit den Augen; statt den Führerschein zu machen, hatte sie das Geld für ein besseres Zimmer in Norwich genutzt, wo sie englische Literatur studiert hatte, bis die Synthetic Empresses verlockender gewesen waren.

Die Fahrt dauerte fünf Stunden. Ich hätte schneller fahren können, aber es war ungewohnt, auf der linken Seite zu fahren. Als wir uns aus London hinausgearbeitet hatten, fuhren wir nach Nordwesten, an Oxford und Birmingham vorbei, wo wir die M6 nahmen, die bis Preston führte. Ich mochte die Neubaugebiete am Rande der Städte, die Felder und Wälder erinnerten an Delaware. Als wir Blackpool erreichten, wollte Edie direkt ans Wasser fahren; es war Nebensaison, ein Hotelzimmer konnten wir uns später besorgen. Über den Häuserdächern ragte eine riesige, stählerne Spitze auf, der Turm beheimatete einen Zirkus, ein Restaurant und andere Attraktionen. Doch wir mussten zum Meer, im Moment war nichts wichtiger.

Der Strand war breiter als erwartet. Lange Wellen vor einem platten Horizont. Der Tang hatte Muster gebildet, als das Meer sich zurückzog, schwarze Schleier glitzerten im Sand – eine geheime Notenschrift. Vor den Etablissements verliefen eine wenig befahrene Straße und Schienen für Züge in beide Richtungen. Die Parkplätze wurden in regelmäßigen Abständen von Piers abgelöst. Sowohl der südliche, als auch der mittlere waren Vergnügungen gewidmet, womit laut Edie Tombolas und Karusselle gemeint waren. Wir stellten den Wagen am Central Pier ab. Die wenigen Besucher blieben auf dem Bürgersteig, unten am Strand lief ein Hund. Sein Herrchen warf einen Ball, mit dem er nach einem aufgeregten Sprint über feuchten Sand zurückkehrte. Unmittelbar darauf machte der Hund abrupt kehrt und rannte mit kraftvollen Sätzen dem Ball hinterher, der aufs Neue vor ihm aufsprang. Bis zum niedrigsten Punkt der Ebbe waren es noch ein paar Stunden. An den Pfählen ließ sich ablesen, dass das Meer bis zu acht Meter hoch stieg.

Ich verstand, warum Edie sich dem Meer verbunden fühlte. Der grobe Geruch kniff in die Nase, barsch wie ein Freund, und füllte den Körper auf eine Weise, die andeutete, dass er dort, zwischen Knorpel und Knochen, hingehörte. Zehn Jahre würde es bald her sein, dass ich mit der QE 2 den Atlantik überquert hatte; überwältigt von Wind und Wasser und Möwen merkte ich, dass ich die Band nicht mehr vermisste. Oder die USA. Der Sand buckelte unter den Schuhen, Edie taumelte vor, dann hinter mir. Sie sang hell und beständig, ich begleitete sie pantomimisch auf der Sitar. Alles atmete Ursprung.

Als wir den North Pier erreichten, begaben wir uns wieder auf die Straße, wo wir die Schuhe leerten. Menschen drängelten sich an den Theken in der Vergnügungsarkade, die Spielautomaten rasselten. Edie kaufte mir ein Riesenrad. Sie selbst besaß ein größeres in einem Karton irgendwo bei ihrem Vater. Als Kind hatte er diesen früheren Publikumsmagneten der Stadt erlebt, der in den zwanziger Jahren abgebaut worden war, als Souvenir aber weiterlebte. Die Einwohner hatten es The Jolly Wheel genannt, sie bevorzugte »Das Glücksrad«. Vor besonderen Feiertagen hatte der Vater sie gebeten, Stoffstücke in die Gondeln zu legen, nicht in alle, jedoch in die meisten. Diejenige, die am höchsten Punkt stehen blieb, nachdem sie das Rad gedreht hatte, enthielt ihr Los. Ein roter Fetzen bedeutete etwa, dass der Vater ihr eine

Fahrt mit der Achterbahn spendierte, ein grüner, dass sie Zuckerwatte bekam. »Ich habe immer gesagt, dass die Gondeln schwanger sind.« Als wir auf den Pier hinausgingen, wehte Sand über die Bretter. Mittlerweile waren wir fast allein. Eine Familie aß Sandwiches an dem einen Geländer, auf der Bank entlang der anderen Seite breitete ein älteres Paar Boulevardzeitungen aus, auf die sie sich setzten.

»Wenn es dich interessiert, da drüben ist es passiert.« Edie nickte zu einem der Kioske hin, die den Pier flankierten. Statt zu erklären, ging sie zu dem verriegelten Bau. Der Kopf bewegte sich vor und zurück, wie er es sonst tat, wenn sie den Blick justierte, unsicher musterte sie die Bretter. Auf den anderen Piers müsse man keinen Eintritt zahlen, deshalb sei es hier meistens ruhig. Aber nicht an jenem Abend, an dem sie versucht hatte, sich mit Adam zu verstecken. Am Vortag hatten sie im Preston Polytechnic The Vibrators gesehen. Nach der Vorgruppe war es zu einem Streit zwischen rivalisierenden Fußballfans gekommen. Sie hatten sich mit Biergläsern, Stuhlbeinen, Schlagringen geprügelt. Als die Polizei eintraf, lagen zwei Typen bewusstlos da, der eine starb auf dem Weg ins Krankenhaus.

Edie und Adam hatten am nächsten Tag den Bus nach Blackpool genommen, dort hatten Leute aus dem Konzert sie entdeckt. Adam trug Buttons mit The Vibrators und der Tom Robinson Band auf der Jacke, was reichte, um sie wütend zu machen. Außerdem schminkte er sich gern. Edie selbst trug ein Nietenhalsband und eine Militärjacke mit Rastafari-Flagge auf dem Rücken. Kaum hatten die Kerle sie erblickt, als sie auch schon durchs Menschengewimmel gejagt wurden, an den Flipperautomaten und einarmigen Banditen vorbei, auf den Pier hinaus.

Dort hatte ein Blackpool-Fan Adam mit einer zerschlagenen Flasche bedroht. Er sei eine Schwuchtel, eine kranke Schwuchtel aus Preston, und sie eine Lesbe, die das Maul halten solle. Als Edie dazwischenging, stach der Typ zu. Sie schrie und schüttelte die Hand wie eine kurzgeschlossene Hexe. Sie wisse nicht, was passiert wäre, wenn es nicht so schlimm ausgesehen hätte; die Täter hauten ab, als das Blut spritzte. »Ich hatte keine Ahnung, dass es so viel davon im Körper gibt.« Sie lachte gebrochen, dann sah sie sich nach Spuren um. »Hier war es jedenfalls.«

Nachdem sie in der örtlichen Ambulanz genäht worden war, kehrte sie mit Adam nach Preston zurück. Die Wunde heilte, der Schmerz blieb. Ein paar Tage vergingen, dann mussten ihre Eltern den Hausarzt rufen. Als er Edie untersucht hatte, verschrieb er Sulfapral. Das Mittel dämmte die Infektion ein, verschlechterte aber ihren Zustand. Das Fieber stieg, bald glühten die Drüsen wie Kohle.

In der ersten Nacht legte die Mutter ihr feuchte Handtücher auf. Am nächsten Morgen hatten sich Wunden im Mund gebildet und Edie fiel es immer schwerer zu schlucken. Die Glieder schrien, das Gehirn verwandelte sich in heißen Brei, schon bald war sie unfähig, auch nur einen klaren Gedanken zu fassen. Dann begann die wirkliche Hexerei. In der zweiten Nacht erwachte sie mit Blasen auf der Netzhaut. »Kennst du das, wenn Zelluloid in einem Projektor schmilzt?« Edie hatte die Nachttischlampe eingeschaltet, doch das Licht tat höllisch weh. Jedes Blinzeln sandte glühende Pfeile durch den Schädel, nur Dunkelheit sorgte für Linderung. »Also machte ich das Licht aus und riss die Augen auf.«

In dieser Nacht wurde sie in Manchester in der Station für Verbrennungen aufgenommen. Die Ärzte stellten eine extreme allergische Reaktion fest, wahrscheinlich ausgelöst vom Sulfapral, und behielten sie fünf Wochen da. Da die Schmerzen unerträglich waren, wurde sie in ein künstliches Koma versetzt. Die Eltern wachten abwechselnd an ihrer Seite. Manchmal saß auch Adam bei ihr. »Später hat er mir erzählt, dass er mir vorgelesen hat. Vor allem Gedichte. Donne, Marvell.«

Edie hatte keine Erinnerungen an diese Zeit, dennoch glaubte sie, religiöse Menschen seither besser zu verstehen. Da war etwas mit Poesie. Es lag eine Kraft in ihr, die über das geschriebene Wort hinausging.

Durch Tonfall und Satzmelodie überlebte die Musik, obwohl die Wörter verloren gingen. Sie war überzeugt, dass das Vorlesen sie gerettet hatte.

Ich erzählte ihr, ich sei als Kind auch einmal bewusstlos gewesen. Keine Gedichte, und nur ein paar Stunden, aber gefrorenes Blut, das außerhalb des Körpers erwärmt wurde und als Leben zurückkehrte. Hinterher war mir die Welt unendlich träge erschienen, als müsste sie wieder angekurbelt werden. Erst als eine Krankenschwester mich auf das Dach des Krankenhauses mitgenommen hatte, öffnete ich den Mund. Die Kohlensäure in den Adern ließ es mich so empfinden, als wäre der Sternenhimmel in mich eingezogen. In dem Augenblick wusste ich, dass ich leben wollte. »Mehr als es möglicherweise ging.«

Edie schob die Hand unter meine Achselhöhle, die Finger drückten um den Oberarm. Der Doktor, der sie wecken sollte, hatte geschrien, weil Menschen von einer Stimme, die wütend klang, leichter aufwachten. Sie bekamen Angst, was sie zum Handeln zwang. Etwas hatte sie jedoch daran gehindert, aus dem schlammigen Grund des Vergessens hochzuschweben, vielleicht die Trägheit, von der ich gesprochen hatte. Daraufhin war der Arzt wirklich zornig geworden und hatte in grobem Dialekt geschimpft – bis sie endlich die Augen aufschlug. »Ich muss den Unterschied zwischen echter und falscher Wut gehört haben.«

Möwen hüpften auf dem Strand.

Auch wenn ihr die Welt, zu der sie zurückgekehrt war, verschwommen erschien, hatte das Leben von Neuem begonnen. Die Reise nach New York war der Dank ihrer Eltern dafür gewesen, dass sie nicht aufgegeben hatte. Als wir uns im Cairo trafen, war sie gerade dazu übergegangen, die Sonnenbrille abzusetzen, die sie auf Anraten der Ärzte trug. Wenn ich mich jedoch fragte, warum sie blinzelte, so lag es nicht an Schmerzen, sondern an Aberglauben. Seit die Netzhaut Blasen geworfen hatte wie Zelluloid, ging sie sorgsam damit um, worauf ihr

Blick fiel. Wenn es etwas war, das ihr gefiel, bestand die Gefahr, dass die Augen es kaputtbrannten.

»Krank, was?«

Ich gewann Edie lieb. Da war der trockene Humor. Ihre Fürsorglichkeit – immer Andeutungen, selten ein hartes Wort zu viel. Und, gestehe ich, das Benzin. Die Haut, die an dem klebrigen Saum geschimmert hatte, ließ mich an Himmel und Hitze, Feuchtigkeit und zeitloses Gedränge denken.

Wir blieben den Rest der Woche in Blackpool. Spazierten am Strand entlang, schliefen beim Brausen der Wellen. Wieder daheim wartete ich auf eine Antwort von Virgin.

Eines Nachmittags, als Edie schlummerte, saß ich in Maida Vale ans Bett gelehnt auf dem Fußboden. Wir hatten uns einen Joint geteilt, jetzt klimperte ich zerstreut auf der Gitarre. Das Demo, das die Firma beurteilte, endete mit einer Feier der Erweiterung. Aber was kam nach ihr? Endlich ahnte ich die Antwort: nichts.

Das Wunder war, alles expandierte immer weiter.

DAS BLAUE KLEID

»Mit dir fühlt sich das Leben ursprünglich an.« Der Herbst war mild, Edie saß in dem Korbsessel auf der Rückseite des Hauses, in dem sie seit ihrem Umzug nach London gewohnt hatte.

Nach unserem Ausflug war sie wieder nach Norwich gereist, danach verkündete sie, »der Mord« sei verübt worden; mehr müsse ich nicht wissen. Sie war zerbrechlich, zärtlich, erstaunt – ihre Stimmungen wechselten wie das Licht in einem Baumwipfel. Manchmal wirkte sie amüsiert überrascht und trat sich selbst auf die Füße, als könnten sie unmöglich richtig montiert sein. Dann sah es aus, als versuchte sie, in einer Existenz heimisch zu werden, die neue Bewegungen erforderte.

Anfang Mai teilte Virgin mit, meine Musik gefalle ihnen »wirklich«, aber sie könnten mir keinen Vertrag anbieten. Das Demo sei »schwer« einzuordnen. Handelte es sich um Postjazz? Artpunk? Elektrische Wiegenlieder? Die Entscheidung sog mir die Luft aus der Lunge – es war, als würde ich ersticken und müsste mich gleichzeitig übergeben. Vielleicht wollte Edie zeigen, dass es trotzdem möglich war weiterzumachen, zumindest machte sie wieder das mit den Füßen, als ich ihr von dem Bescheid erzählte. Am Tag darauf verließ ich Maida Vale. Obwohl ich die Miete überwiesen hatte, beabsichtigte ich nicht, jemandem etwas schuldig zu sein. Noch war unklar, wer die Rechte an der Aufnahme besaß; Boswell meinte, die Plattenfirma werde nachgeben, wenn ich eine symbolische Summe bezahlte. »Über den Rest können wir uns einigen.«

Während ich mir eine neue Bleibe suchte, wohnte ich bei Edie. Im Juni kehrte Anouk nach Antwerpen zurück, nach einigen Diskussionen übernahm ich ihr Zimmer. Ich bekam von ihr den Schreibtisch und die Bettcouch dafür, dass ich die Tür ihres Toyotas reparierte. Keiner von uns war sicher, dass es die beste Lösung war, weshalb ich versprach auszuziehen, falls Edie sich bedrängt fühlen sollte.

Lächelnd richtete sie den Blick auf mein Kinn. Bedrängt?

Die Wohnung befand sich schräg gegenüber der serbisch-orthodoxen Kirche, neben einem Kinder- und Jugendzentrum sowie einem Fußballplatz. Anouks Zimmer lag zur Straße, Edies und eine Abstellkammer zum Garten. Im Sommer öffneten wir die Tür und traten direkt in ungepflegtes Grün hinaus. Wenn ich zu den dumpfen Tritten vom Fußballplatz erwachte, ahnte ich, wie Sorglosigkeit klang.

»»Mit dir empfinde ich das Leben als ursprünglich.‹ Das hast du in Blackpool am Strand gesagt.« Jetzt war es Herbst. Edie saß mit einer Decke um die Schultern und beiden Händen um die Teetasse draußen. Die Wochenendbeilagen lagen im verbrannten Gras. Manchmal erfasste der Wind eine Seite, die flatterte.

Solange das Wetter es zuließ, behandelte sie den Garten wie eine Verlängerung der Wohnung. Es machte nichts, wenn sich sommerträge Insekten ins Haus verirrten, es gehörte dazu, dass Hemden und Zeitungen über Nacht im Gras liegen blieben. Mit der Zeit gewöhnte ich mich daran, im Freien zu arbeiten. Bisher war die Musik in definierten Räumen daheim gewesen. Dunkle, verschwitzte Orte; helle, isolierte Zimmer. Zwischen Konzertsaal und Tonstudio war nur Platz für den Probenraum gewesen. Ohne es beabsichtigt zu haben, lehrte Edie mich, dass Töne sich im Freien wohlfühlten. Hinter dem Haus sitzend vermischten sich die Akkorde mit Blätterrascheln, Automotoren und anderen, weniger dechiffrierbaren Geräuschen. Man hörte Kinderschreie, manchmal ertönte eine Phrase auf Serbokroatisch, als wäre sie in Luft eingeschlagen und vom Wind persönlich übergeben worden. Dementsprechend fühlte sich die Musik an. Lässig, einen Hauch ungepflegt, als mangele es ihr an festen Formen.

Die Nächte waren eifrig. Ich wurde schwerer davon, gebraucht zu werden.

Abgesehen von ein paar Wochen im August, in denen wir Edies Vater in Preston besucht und darüber gesprochen hatten, was in naher Zukunft mit ihrem Elternhaus geschehen sollte, arbeitete sie im Maison Rouge und ich im Garten. Manchmal musste sie sich Bands ansehen und wollte, dass ich sie begleitete. Aber Konzerte interessierten mich nicht. Es quälte mich nur, mit einem Bier in der Hand jemandem ins Ohr zu brüllen, der mich bat zu wiederholen, was ich gesagt hatte, es dann aber doch nicht hörte. Hatte Boswell Zeit, sie zu begleiten? Mittlerweile wusste er, dass wir ein Paar waren. Edie zögerte. Wenn ich nichts dagegen hätte, werde sie darüber nachdenken.

Sie notierte ihre Eindrücke in einem alten Notizheft mit einem Aufkleber von Marcia Griffiths. Manchmal blätterte sie darin und erzählte mir von einer neuen Gruppe mit ungewöhnlichem Sound – Skin Games im The Marquee, All About Eve im 100 Club. Aber sie spürte wohl, dass mich das störte, denn nach einer Weile hörte sie auf.

Das Leben wurde ruhig und britisch. Wir aßen, drängten uns, gingen ins Kino. Ich war es nicht gewohnt, so viel gemeinsam zu machen, aber das Dasein weitete sich, als wäre Edie eine geheime Arznei. Als ich es ihr gestand, fingerte sie an ihrer Sonnenbrille herum. Erst versuchte sie zu scherzen, dann gestand sie, dass sie es genauso empfand. Zusammen waren wir nicht so sehr zwei Menschen, sondern eine Atmosphäre.

Als wir uns eines Morgens zuckrigen Nonsens zuflüsterten, ertönten aus dem Jugendzentrum schrille Kinderrufe.

»Magst du Kinder?«

»Gute Begleitung, wenn sie spielen. Warum?«

»Ach, nichts. Ich mag auch ihr Geschrei.« Edie streckte sich nach den Tapetenmustern, die sie besorgt hatte; möglicherweise würde sie die Abstellkammer in ein richtiges Zimmer umwandeln. Ich nahm an, dass sie hören wollte, was ich als Kind erlebt hatte, deshalb erzählte ich von dem Lager in den Catskills und wie Jungen einander behandelten.

Heute weiß ich, dass sie keine Ereignisse in der Vergangenheit suchte, sondern Dinge, die sich darin verbargen, wie ich die Zukunft betrachtete.

Dann rief Raff an – nach acht stummen Jahren. Seine Stimme klang fern, dennoch rückte der Freund, mit dem ich erwachsen geworden war, mit jedem Satz näher. Er bekam seine Nase, seine stachligen Haare, die vollen Lippen zurück. Raff hatte gehört, dass ich nach London gegangen war, und ein paar Leute angerufen. Schließlich hatte ihm Trish, die in Detroit mit Electric ihr zweites Kind erwartete, meine Nummer gegeben, wenn er versprach, nicht zu stören.

»Warum sollte ich das tun?« Obwohl Raff sich auf der anderen Seite des Atlantiks befand, hörte ich, dass er eine Grimasse zog, wie er es immer tat, wenn er nicht recht wusste, wie die Leute reagieren würden. »Alles in Ordnung, Ache? Viele Filme gesehen?«

Offenbar war er Noah Ochs begegnet. Unser alter Manager hatte in besorgniserregendem Ausmaß abgenommen. »Fünfzehn, zwanzig Kilo. Ich weiß nicht, was der Fleischklops gewogen hat, aber jetzt ist er so leicht wie ein Engel.« Raff sprach es nicht aus, seine Stimme ließ mich jedoch ahnen, dass Ochs an dem Immunschwächevirus erkrankt war, dessen Buchstabenkombination aus Angst, böse Geister zu wecken, niemand aussprach. Immer mehr New Yorker waren inzwischen »positiv«, was das Negativste war, was einem passieren konnte. Laut Raff waren bei dem Mann mit der getönten Brille überall am Körper blaue Flecken zu sehen, als hätte er sich für seine Magerkeit geprügelt, ansonsten sei er so hilfsbereit wie eh und je. Die gleichen grellen Oberhemden, das gleiche wehmütige Kichern, wenn er über Jungen sprach.

Ochs hatte ihm den Tipp gegeben, dass es einen Filmliebhaber gab, der kürzlich eine Stiftung gegründet hatte. Hendrik Solnicki suchte jemanden, der die Töne in altem Zelluloid »erlöste«. Gern in Europa. Es lag spannendes Material in den Archiven in Brüssel, Paris, Berlin … »Ich habe an dich gedacht.«

Trotz seiner Aufsässigkeit sagte Raff gern Dinge, von denen er glaubte, dass die Leute sie hören wollten. Das gefiel mir jetzt genauso wenig wie früher und ich hegte den Verdacht, dass in Wahrheit Ochs gemeint hatte, der Job könne etwas für mich sein. Nach der Absage von Virgin brauchte ich jedenfalls Einnahmen. Meine Tantiemen waren nach der Liveplatte, die Transmission vor ein paar Jahren veröffentlicht hatte, gesunken. Zusammengestellt aus verschiedenen Konzerten war *Blast* das erste Album ohne mich gewesen, auch wenn ich bei der Mehrzahl der Titel mitgespielt hatte. Um klarzustellen, dass die Band ein neues Kapitel aufgeschlagen hatte, waren dem Repertoire einige von Raffs alten Kompositionen hinzugefügt worden. Als ich mit auf der Bühne stand, hatten wir sie nur gespielt, wenn wir ein drittes Mal herausgerufen wurden, nun deutete der Text auf der Rückseite an, dass »Love Loves Eruption« im Gegenteil die »unheilige DNA« der Gruppe bildete. Die Wahrheit lautete, wir hätten genauso gut die Coverversion eines Abba-Songs bringen können. Am späten Abend spielte es ohnehin keine Rolle, was das Publikum hörte.

Blast schaffte es in *Billboard* nie unter die ersten hundert. Und die Single, die im nächsten Jahr herauskam, auf der eine E-Orgel unbeholfen mit Robbies Gitarre spielte, kam in Großbritannien gerade einmal auf Platz einundsechzig. Als wir sie auf dem Weg zu Edies Vater hörten, hatte ich unschlüssig gelacht. Die Radiostimme berichtete, dass Jamie Moglia neues Mitglied geworden sei, was den tanzfreudigen Sound erklärte. Blondies früherer Roadie wusste, was in einer Diskothek erwartet wurde, nicht einmal Tamburine fehlten. »Es gibt nichts Schlechtes, das nicht auch etwas Gutes hat.« Edie schaltete barmherzig aus. Je kommerzieller die Musik klang, desto besser würden sich die alten Platten verkaufen. Und ich verdienen.

Raff hatte sicher einen Hintergedanken, sodass ich nur erwiderte, die Stiftung könne sich gerne bei mir melden, wenn sie wolle, anschließend vergaß ich unser Gespräch. Wahrscheinlich hatte er vor, sich ein paar Tage später erneut zu melden und mir den wahren Grund für seinen Anruf zu nennen. Vermutlich wollte er eine Jubiläumstournee vorschlagen; zehn Jahre waren seit unserem Debütalbum vergangen. Oder mir erzählen, dass die Band gern das Demo herausbringen würde, das Hennot produziert hatte, wenn ich Moglia Keyboardparts hinzufügen ließ und das Tape neu gemischt wurde.

Zu meiner Überraschung rief dann Solnicki an – an dem Nachmittag, als Edie sich in den Korbstuhl kauerte und mit den Händen um die Teetasse wiederholte, was ich in Blackpool gesagt hatte. Nun fragte sie, ob ich nach New York reisen wolle. »Es kann nicht schaden zu hören, was sie mir anbieten.« Ich streckte den Arm aus. »Außerdem sollte ich mal nach meiner Wohnung sehen.«

Statt meine Hand zu nehmen, sammelte Edie die Zeitungen ein. »Mit dir fühlt sich das Leben ursprünglich an«, wiederholte sie und ging mit der Decke um die Schultern ins Haus. Sie würde mich nicht davon abhalten zu fahren. Aber wenn sie meinen Entschluss unterstützt hätte, hätte sie es gesagt.

In der nächsten Woche flog ich. Als ich mich verabschiedete und die Steifheit in Edies Schultern sich auf mich übertrug, begriff ich, dass sie bis zuletzt gehofft hatte. Sie schaute sich in der Kammer um, die sie gerade ausräumte. »Du kapierst nichts.«

Ich hatte nicht damit gerechnet, dass es mir Freude machen würde, durch die Stadt zu laufen, die stets mehr verlangte, als sie gab. Ein neues Café hatte aufgemacht, ein anderes war geschlossen worden. Dennoch war das meiste wie damals, als ich mit hochgeschlagenem Kragen und heruntergezogener Baskenmütze vorbeigeeilt war. Der Koreaner, dem das Deli gehörte, in dem ich niemals einkaufte, grüßte, als hätten wir uns erst gestern gesehen, der Mann im Tabakladen schob mir meine Gauloises so zerstreut zu wie immer. Selbst die Kassiererin im Cairo, wo ich aß, um die erste Begegnung mit Edie zu feiern, sprach noch das gleiche unverständliche Englisch. »Dieses Lokal ist ein Traum«, schrieb ich auf der Postkarte nach London. »Warm und golden. Wenn ich bezahlen will, seufzt die Frau an der Kasse, bezweifelnd, ob ich hinausgelassen werden sollte. Du bist hier, mein halbes Ich bleibt also in dem Traum. Die andere Hälfte spürt deine Fingerknöchel am Handrücken und sehnt sich nach Ladbroke Grove.«

Das Paar, das meine Wohnung mietete, hatte sie neu möbliert. Blumen in den Fenstern, Teppiche auf dem Boden. Der Brief, den ich gefaxt hatte, lag auf dem Küchentisch neben einer Tüte mit Bagels, die nach feuchten Zwiebeln rochen. Jemand hatte ein Smiley hinter die Telefonnummer gezeichnet, unter der sie zu erreichen waren. Der Vorwahl nach zu urteilen, würde das Paar während meiner Woche in der Stadt in Brooklyn wohnen. Im Kühlschrank gab es frischen Saft und Hummus.

Es stellte sich heraus, dass Solnicki hauptsächlich aus einem Knochengerüst und Schuppen bestand. Er war um die sechzig und sprach mit einem Akzent, den ich nicht einordnen konnte. Seinen Kleidern sah man an, dass er Geld hatte, wenngleich sein Büro eher einem Wirtschaftsprüfer kurz vor dem Bankrott zu gehören schien.»Entschuldigen Sie die Unordnung, wir renovieren gerade in SoHo.« Er lachte auf die gleiche trockene Art wie Edie. Das Skelett bebte im Brooks-Brothers-Anzug.

Die Räume, die sich die Stiftung lieh, lagen in einem der anonymen Gebäude südlich der Penn Station. Eine Straße weiter hatte ich vor der Fahrt nach Maine meinen Führerschein erneuert.»Mr. Merkin hat Ihnen sicher erzählt, dass wir ein gemeinnütziger Verein sind?« Es dauerte ein wenig, bis ich begriff, dass er Raff meinte.

Ich befürchtete, dass die Arbeit umständliche Reisen erfordern würde, aber Solnicki behauptete, eine Wohnung in London mache es im Gegenteil leichter. Es gehe lediglich um ein paar Aufträge im Monat, doch dafür gebe es Arbeit für mehrere Jahre. The Silent Foundation konservierte Stummfilme. Das Archiv, das derzeit in einem Kühllager in Queens aufbewahrt wurde, wuchs kontinuierlich. Neulich hatte man mit der Digitalisierung des gesamten Bestands begonnen. Sobald die Räumlichkeiten in SoHo angepasst waren, würde man das Material Forschern und Interessierten zugänglich machen. Außerdem hoffte man, mit dem Besitzer des Nachbargebäudes zu einer Übereinkunft zu kommen; auf Dauer plante Solnicki, in den dort liegenden Tagungsräumen Festivals zu organisieren. Die New York University überlegte, sich als Partner zu beteiligen. »Aber wir sind auf unsere Unabhängigkeit bedacht. Vielleicht finden wir eine andere Lösung.« Er strich sich mit der Hand über den Scheitel. Man merkte, dass er daran gewöhnt war, seinen Willen zu bekommen.

Die eigentliche Revolution werde kommen, wenn der Digitalisierungsprozess einfacher geworden worden sei. Momentan sei er teuer und kompliziert, die Methoden würden jedoch verfeinert und je mehr die Technik allgemein zugänglich sei, desto intensiver werde sich die Zusammenarbeit mit ausländischen Institutionen gestalten. Die Rechte für ältere Filme waren inzwischen frei, bald würde dies auch für die avantgardistischen Experimente nach dem Ersten Weltkrieg gelten. Die Stiftung wusste, welche Archive die besten Kopien besaßen. Man pflegte Kontakte mit Hinterbliebenen, kooperierte weltweit mit Cinematheken. Die Schwierigkeit bestand nicht darin, Zugang zum Material zu bekommen, schwierig war vielmehr, die Filme für unsere Zeit relevant zu machen – nicht als historische Dokumente, sondern als Kunstwerke. »Da kommen Sie ins Spiel.«

Die Stummfilme früherer Zeiten seien selten lautlos gewesen. Obwohl die Hunde nicht bellten, wenn sie Radfahrern hinterherliefen und Straßenverkäufer nie etwas sagten, obwohl ihre Münder sich bewegten, wurden die Werke von einem Klavier und unter Umständen auch von Streichinstrumenten begleitet. Manchmal wurde auf einer Orgel improvisiert, ein anderes Mal sangen Opernsänger hinter Vorhängen. Manche Kinos hatten Platz für eine Kapelle, einige für einen ganzen Orchestergraben. In den meisten Fällen fehlten allerdings Notenblätter, die Musik, die damals dargeboten wurde, ließ sich daher nicht mehr rekonstruieren. Die wenigen erhaltenen Partituren enthielten vor allem Gassenhauer aus der Musikgeschichte – Vaudevillenummern, Volkslieder, eine Arie, transkribiert für Viola –, was darauf hindeutete, dass Originalbeiträge selten vorkamen.

»Saint-Saëns war der Erste, der Musik für einen ganzen Film schrieb. Nun ja, was heißt hier für einen ganzen. Er ist fünfzehn Minuten lang.« Hohles Lachen. Da hatte Joseph Breil mit Griffith mehr Mühe gehabt.

Ich erwiderte, dass ich bei beiden Versuchen, *Die Geburt einer Nation* zu sehen, vor dem Ende gegangen war.

Solnicki strich eine Schuppe vom Ärmel. »Die weißen Kapuzen?« Die Botschaft sei möglicherweise fragwürdig gewesen, aber es lasse sich nicht leugnen, dass Griffith das Medium revolutioniert habe. Schätzungsweise drei Viertel der Filme, die in die Fußstapfen des Meisters getreten waren, galten als verschollen. Die meisten von ihnen wurden fünfzehn Jahre später, nach dem Durchbruch des Tonfilms, zerstört, weil das Zelluloid zu viel Raum einnahm, um die Lagerkosten zu rechtfertigen. Außerdem bestand Feuergefahr. Die Streifen waren aus Zellulosenitrat hergestellt worden, das mit leicht entzündlichem Kampfer vermischt wurde.

»Viele glauben, dass wir Pancho Villa niemals sich selbst spielen sehen werden. Oder Buenos Aires, das in *Der Apostel* brennt.« Doch Solnicki hatte die Hoffnung noch nicht aufgegeben. Wenn man wisse, wo man suchen müsse, ließen sich überraschende Funde machen. Kopien waren für den Hausgebrauch hergestellt worden, bei Hausauflösungen erreichten sie die Sammler. Im Übrigen weigerten sich viele Archive noch, ihre Depots zu öffnen. Er ahnte Schätze in Prag und Riga. Auch in Ostberlin.

Die Stiftung beabsichtigte nicht, die Originalmusik zu rekonstruieren. Film war kein Kultgegenstand in einer Kirche. Wenn das Publikum erleben wollte, was die Besucher früherer Zeiten erfahren hatten, musste der Soundtrack im Gegenteil Gefühle zum Leben erwecken, in denen es sich wiedererkannte, was mit einem klimpernden Klavier nicht funktionierte. Die Musik erforderte eine Nähe zum Zeitgeist, dann wurden nicht nur Ähnlichkeiten, sondern auch Unterschiede zwischen früher und heute zu einem Teil des Erlebnisses. Das Publikum lernte etwas und wurde gleichzeitig unterhalten.

Hatte ich die restaurierte Fassung von *Metropolis* gesehen, die vor ein paar Jahren in die Kinos gekommen war? Möglicherweise schwebte Giorgio Moroders Arrangement etwas sehr frei über den teilweise kolorierten Bildern, aber die Idee war es wert, weiterentwickelt zu werden. Solnicki suchte jemanden, der für die Ohren von heute tun konnte, was die Musiker damals für die ihrer Zeit getan hatten. »Sind Sie der richtige Mann, um die Schatten aus der Vergangenheit zu erlösen, Mr. Middler?«

Sein Händedruck war fest.

Als ich zurückflog, fühlte ich mich unerwartet beschwingt.

Solange ich ein paar Tage in Barcelona oder Kopenhagen verbrachte, hatte Edie nichts gegen meine Reisen. Es lag mir, spanische Experimentalfilme und dänische Dokumentationen zu vertonen. Mir ging es weniger darum, wie Töne klingen sollten, als darum, was sie sein konnten. Außerdem gefiel es ihr, von meinen Versuchen zu hören, die gespannte Trägheit eines Wäldchens in Schottland einzufangen, oder die schneidenden Klänge, die zu Watte aufgeweicht wurden, als ein französischer Horrorfilm überraschend glücklich endete.

Einmal begleitete mich Edie nach Brüssel, wo ich zu Werken von Charles Dekeukeleire improvisierte. »Weiße Magie« verkündete sie, als sie das Saxofon für mich in das Futteral legte. »Der Eiskönig haucht Geistern Leben ein.« Ich hatte mit einem warmen, faserigen Ton gearbeitet, aber es hätte genauso gut eine Gitarrenphrase, ungreifbar wie Eisglitzern sein können. Alles war erlaubt, solange der Soundtrack sowohl selbstverständlich als auch rätselhaft erschien. Das Einzige, was Solnicki nicht akzeptierte, war seelenlose Routine – »Gut, aber nicht gut genug« –, was bedeutete, dass ich gezwungen war, ein ganzes Arsenal von Instrumenten mitzuschleppen. Oft entschied der Titel, was ich bei einzelnen Filmen für erforderlich hielt. Merkte ich, dass doch etwas fehlte, mietete ich ein Instrument vor Ort.

In der Regel wurden die Werke von Konservatoren aufgeführt, die das Zelluloid wie Kronjuwelen behandelten. Ihre Laborkittel waren zugeknöpft, die Gesten, ausgeführt mit weißen Baumwollhandschuhen, rituell. Während das Personal den Projektor überwachte, spielte ich in dunklen Vorführräumen Töne. Manchmal war ich sofort auf der richtigen Spur, in anderen Fällen musste ich sie bitten, den Film mehrmals zu projizieren. Niemand konnte erklären, wie die Übereinkunft mit der Stiftung aussah, alle sprachen jedoch mit Hochachtung von Solnicki. Ich nahm an, dass die Archive eine digitale Kopie und eventuell auch das Recht erhielten, sie mit dem neuen Soundtrack vorzuführen. Ich selbst wurde pro Auftrag bezahlt und bekam Zuschläge, wenn ich übers Wochenende fort war. Die Einkünfte deckten meinen Teil der Miete in Ladbroke Grove sowie feste Ausgaben. Erst als viele Jahre später USB-Sticks billig wurden, behielt ich eine Kopie der Musik. Obwohl sie die Unterschrift Ache Middlers trug, gehörte sie mehr zur Welt des Zelluloids als zu meiner.

Edie gefiel es, dass es nur wenige Aufträge waren; ich hatte Zeit für eigene Arbeit und wir füreinander. Manchmal wollte sie allerdings, dass ich Studiojobs annahm – wir müssten an die Zukunft denken und Geld zur Seite legen, was vermutlich hieß, dass sie sich Sorgen machte, die Aufträge könnten ausbleiben; dann wären Ersparnisse hilfreich. Als die Stiftung in SoHo eröffnete und ich anfing, in die USA zu fliegen, war sie dennoch verstimmt. »Es war so gedacht, dass dir erspart bleibt, den Beruf zu wechseln, nicht, dass du aufhörst, eigene Musik zu machen.«

Manchmal brachte Edie mich mit Vertretern von Plattenfirmen zusammen. Es sei wichtig, dass sie den früheren Frontmann von Transmission nicht vergäßen, die Leute müssten an den Sound in seiner frostigen Fender erinnert werden. Angesichts ihrer Bemühungen hatte ich ein schlechtes Gewissen. Obwohl sie selbst in einer Band gespielt hatte, schien ihr nicht bewusst zu sein, dass Musiker allein in dem existierten, was sie machten; solange mir Material fehlte, fühlte ich mich nicht nur unsichtbar, sondern irrelevant. Weil ich mich nicht für die Gruppen interessierte, die in Anzeigen nach einem neuen Gitarristen suchten, und keine Lust hatte, eine eigene Band zu gründen, wuchs im Stillen ihre Frustration. In der ersten Zeit unter einem Dach hatten wir uns über die Konzerte unterhalten, auf die sie gegangen war, und über die Platten, die im Maison Rouge produziert wurden, inzwischen geschah das immer seltener.

Mich hätten die Erfolge anderer nicht gestört, aber sie fand es wohl unnötig, das Risiko einzugehen. Manchmal tat sie sogar so, als wäre ein Gig unwichtig. Wenn ich sie dennoch zwang hinzugehen, wollte sie wissen, ob sie sich für mich nach Auftrittsmöglichkeiten umhören dürfe. An einem Abend spielte ich im The Town and Country Club, an einem anderen im Leicester Polytechnic. Mir fehlten jedoch weder die Bühne noch das Publikum, und als Edie erneut fragte, erklärte ich, leere Kinosäle befriedigten meine Bedürfnisse mehr als ausreichend.

Nur eins akzeptierte sie nicht, dass ich mit den Schultern zuckte, wenn sie wissen wollte, was ich tagsüber getan hatte. Oder »Schon wieder?« antwortete, wenn sie vorschlug, dass wir ausgehen sollten. Edie war jung, neugierig, gefragt. Sie musste fühlen, dass ihre Opfer die Mühe wert waren, und so erfand ich mit der Zeit etwas. Ich hatte eine gewisse Routine darin, für gute Zwecke zu lügen; statt zuzugeben, dass ich seit unserem Frühstück auf der Couch gelegen hatte, behauptete ich daher, ich hätte einen Traum vertont oder mein Staunen kultiviert. Oder ich fantasierte über einen Spaziergang nach Battersea, wo ich mir das Kohlekraftwerk ansehen wollte, über dem ein rosafarbenes Schwein geschwebt hatte. Ich ging sogar so weit, dass ich andeutete, die Arbeit für die Stiftung hätte mich wider Erwarten veranlasst, mich für Pink Floyd zu interessieren. Vielleicht seien Konzeptalben doch nicht so unerträglich, wie ich gedacht hätte.

Ein Wink hier, eine Andeutung da ... Zu guter Letzt kam Edie zu dem Schluss, dass ich an einem eigenen Konzept arbeitete. Verschwörerisch verkündete sie, dass sie nicht wieder fragen werde, bis ich bereit sei zu erzählen. Wenn wir uns im Maison Rouge begegneten, würde sie annehmen, dass ich vorbeigekommen sei, um einen Tee zu trinken und mit Boswell zu reden.

Tage ... Wochen ... Monate verrannen. Es klingt schablonenhaft, aber die Routine machte mich abhängig von der Ruhe, die sich einstellte. Und von Edie. Es interessierte mich nicht, dass wir verschiedenen Generationen angehörten; dankbar arbeitete ich in der Abstellkammer, die sie mich als Studio benutzen ließ. »Bis auf Weiteres«, ergänzte sie lachend, als würde der bloße Gedanke an die Erfolge der kommenden Platte solche Einnahmen mit sich bringen, dass das nächste Studio in einem Schloss liegen würde. Zwölf Jahre nach Trish war es ein Wunder, mich wieder auf einen Menschen verlassen zu können.

Ich ahnte halbwegs, dass ich mit der Rockmusik abgeschlossen hatte, sie war etwas für junge Menschen, und um mich nicht für meine Bequemlichkeit schämen zu müssen, bat ich die Stiftung um zusätzliche Aufträge. Das Filmarchiv Schönecker in Köln hatte kürzlich »Nebelbilder« der Gebrüder Skladanowsky erworben. Die kolorierten Tableaus hatte man auf eine Glasscheibe projiziert, wodurch die Motive ineinander übergangen waren. Es fehlte Originalmusik, aber wenn die Stiftung die Reisekosten übernehme, versprach ich, passende Töne zu finden. Bei anderer Gelegenheit fuhr ich auf Gedeih und Verderb nach Wien, wo das Gerücht ging, es sei übrig gebliebenes Material zu *Der Student aus Prag* aufgetaucht. Endlich würde die Welt mehr über das Spiegelbild erfahren, das der junge Balduin für hunderttausend Gulden verkauft hatte. Als ich ankam, teilte man mir allerdings mit, das Material werde noch ausgewertet und das Archiv könne mir erst zu Diensten sein, wenn die Provenienz sichergestellt worden sei. Tagelang flanierte ich auf schmalen Kopfsteinpflasterstraßen, ehe ich ohne einen neuen Ton im Tonbandgerät heimkehrte.

Wenn ich von solchen Reisen zurückkam, tat ich stets so, als hätte ich sie für eigene Zwecke genutzt. Edie brauchte nur zu wissen, dass das »Schattenprojekt« voranschritt, danach ging sie zum Alltag über. »Kommst du nächstes Wochenende mit zu Dad?«

Edie war das jüngste Kind von dreien und gerade eingeschult worden, als die Geschwister das Elternhaus verließen. New York war die erste und letzte Auslandsreise ihrer Eltern gewesen, wenn man von ein paar Besuchen bei der Familie ihrer Mutter in Jamaica absah. Nach der Heimkehr hatte Amelia Reid die Nachricht von ihrem Tumor erhalten. Zu der Zeit wohnte die älteste Tochter in Irland, der Sohn in Luton. Die Schwester wollte helfen, konnte aber nicht, der Bruder konnte, wollte jedoch nicht, sodass sich Edie um alles kümmern musste. Solange sie nur mich und nicht auch noch Kinder hatte, war sie bereit, für ihren Vater da zu sein. In dem Jahr vor unserer Begegnung in der Fulham Road war ihre Mutter gestorben. Seither wurde er pro Monat ein Jahr älter.

Er hatte gefügig, aber würdevoll ausgesehen, als wir ihn im vorigen Sommer besucht hatten – nicht wie mein Dad, sondern wie ein Wesen aus einem früheren Jahrhundert hatte er in der Tür des Reihenhauses auf seine jüngste Tochter gewartet. Sein Zuhause war gepflegt, er trug eine Krawatte und eine Strickweste und zitterte nur eine Spur, als er in dem Zimmer mit dem neuen Farbfernseher Tee eingoss. Inzwischen kam er allerdings nicht mehr allein zurecht, deshalb nahm Edie jedes Wochenende den Zug nach Preston. War ich nicht im Ausland, fragte sie, ob ich mitkommen wolle.

Als sie mich in dem Herbst vor unserem letzten gemeinsamen fragte, schien sie nicht aus ihrem Inneren zu sprechen. Ich mochte alle ihre Stimmlagen außer dieser, die mich daran erinnerte, wie sie sich selbst auf die Füße getreten hatte, schwankend in der Welt. Sie konnte mir ruhig von der Single erzählen, die in der Hitliste kletterte, oder von den Ergänzungen, die sie mit Danny machte. Ich hatte auch nichts gegen die muntere Verzweiflung, mit der sie das Neueste aus Preston berichtete. Mal war der Abfluss verstopft, weil ihr Vater Gott weiß wie viele Rollen Toilettenpapier hinuntergespült hatte; dann musste sie sich in den Zug werfen, um ihn davor zu bewahren, die Überschwemmung noch schlimmer zu machen. Mal hatte er seine Schlüssel verschludert, was sie zwang, bei diversen Schlüsseldiensten anzurufen; es war halb neun Uhr abends und er konnte unmöglich bei den Nachbarn übernachten, in deren Küche er von geordneten Rückzügen oder vielleicht auch von seiner Frau erzählt hatte.

Zwischen meinen und ihren Reisen war immer weniger Raum, um auf die ziellose Art zu leben wie in unserer ersten Zeit. Ich ahnte, dass ich mich schlecht benahm, ich wusste, dass ich sie begleiten sollte, nahm Edie aber als gegeben hin. Als sie mich fragte, wie ich den Tag verbracht hatte, während sie die Lebensmittel einräumte, die sie eingekauft hatte, reagierte ich unaufmerksam. »Hör dir das mal an.« In der Zeitung wurde über die steigende Zahl von Aidstoten in England berichtet, was mich an Ochs denken ließ. Ich sollte ihn anrufen; vielleicht waren auch andere Freunde und Bekannte krank. Der Silberjunge? Oder der Fotograf, der das Bild für unser erstes Album geschossen hatte?

Ihr Blick, der mir in den Rücken stach, musste einen Fremden angestarrt haben. »Weißt du, wie schwierig du bist, Buster?« Edie sagte nicht einmal Tschüss, ehe sie zum Bahnhof ging.

Das war im November 1988.

Als ich mich ein paar Stunden später hinlegte, verstand ich warum. Auf dem Bett lag ein Brief:

Geliebter Ache, ich halte es nicht aus. Nichts macht mehr Spaß, die Zukunft ist gestoppt worden. Ich mache und tue, aber du merkst es nicht. Wo ist der Mann, der fand, dass sich das Leben ursprünglich anfühlte? Wo ist er, der Musik für zukünftige Ohren erschaffen wollte? Du benimmst dich, als wärst du hundert Jahre alt. Auch das merkst du nicht, doch ich tue es. Hast du jede Neugier verloren? Ich fühle mich in deiner Gesellschaft wie ein paralysierter Schmetterling, wage es kaum, mich zu bewegen. Dad faselt davon, dass Mum zurückkommen soll, die Bands, die wir produzieren, klingen alle gleich, obwohl manche betrunken oder high ins Studio kommen, während andere niemals Drogen anrühren würden. Ich hasse Joe Cocker ebenso sehr wie Spandau Ballet. Du, der du wirklich etwas Neues erschaffen könntest, scheinst das Publikum nicht zu vermissen. Mittlerweile bin ich erleichtert, wenn du wegfährst. Siehst du, jetzt habe ich es gesagt. *Erleichtert.* Kapierst du, wie übel das ist? Du sagst, es komme darauf an, sein Staunen zu pflegen, dass alles Mirakulöse dem Kommenden angehöre. Lange habe ich mich geweigert, etwas anderes zu glauben. Aber jetzt rechne ich nicht damit und bin außer mir vor Verzweiflung. Verlass mich, du Idiot. Ich liebe dich, aber sobald ich an die Zukunft denke, will ich heulen.

Ich verbrachte das Wochenende in der früheren Abstellkammer. Vielleicht hatte ich ein paar Stunden geschlummert, auch wenn es sich nicht so anfühlte, als am späten Sonntagabend die Haustür ins Schloss fiel.

Edie stand mit den Milchflaschen im Flur, die ich vergessen hatte hereinzuholen. Überrascht. Als ich Licht machte, sah sie auf die Art streng aus, wie es Menschen tun, wenn frische Luft ihre Lunge füllt und sie unvermeidbaren Schmerz akzeptiert haben. Sie suchte nach etwas, um die Flaschen darauf abzustellen, ich nahm sie ihr aus den Händen.

»Was tust du hier?« Edie drehte die Arme.

»Das hört sich an«, sagte ich, »als würdest du einen fremden Planeten besuchen. Siehst du nicht, dass ich gewartet habe?«

»Du bist wirklich unmöglich.« Ihrer Stimme war anzuhören, dass sie gleich weinen würde.

»Ich will hier sein. Mit dir.«

»Wer ist jetzt ein Alien?«

Achtundvierzig Stunden hatte ich wie im Rausch gearbeitet. Meine Rückkehr in die Öffentlichkeit entstand in einem gewaltigen Ausatmen. *Marvel* erschien zwar erst, als ich schon wieder in New York war, aber die Lieder, die an jenem edielosen Wochenende Konturen angenommen hatten, enthielten meine ganze scheue Abhängigkeit, meine ganze unbeholfene Sehnsucht. Noch fehlte eine Reihe von Bridges, aber die Rhythmen hatten Drive, die Harmonien funktionierten. Obwohl die Texte alles andere als perfekt waren – welche waren das schon? – wurden die Songs von einer Unfertigkeit geprägt, die ich nicht länger als Mangel, sondern als Stärke betrachtete. Auch wenn ich ahnte, dass Edie den Kopf über das amerikanische Pathos schütteln würde, das manche Lieder prägte, begriff sie ja wohl, dass Ache Middler so klang, einem fortwährenden Wunder zugewandt?

In »Old Dream from Egypt« verweilten die Tonfolgen aus dem verschmähten Demo wie langgezogener Dampf. Nach der halben Beschreibung unserer Begegnung im Cairo glitt die Stimmung in das Gefühl über, jemanden zu vermissen, das ich auf der Postkarte aus New York beschrieben hatte. Das nächste Lied war eine Huldigung von Edies blinzelndem Blick in der Fulham Road (»Sfumato«), dessen freundlicher Nebel sich in pickende Saiten verwandelte, die den Regen während unseres restlichen gemeinsamen Tages einfingen (»Spring Break«). Mit Hilfe des Reverb Pedals setzte sich der körnige Sound in »Flickering« fort, in dem sich ein Laubwerk an Tönen weitete wie der Klang in einer Kathedrale aus Grün. So hatte ich den ersten Sommer im Garten hinter dem Haus erlebt. Die Töne, die um ein Vielfaches ihrer normalen Dauer in die Länge gezogen wurden, kehrten sowohl in »Five Hours to Blackpool« als auch in »Bolster« wieder. Der letzte Song auf der A-Seite verwob die Klänge zu dem Kissen, das Edie sich häufig auf den Bauch presste, wenn wir über Dinge redeten, auf die wir hofften, aber nie zu erzählen gewagt hatten.

Die B-Seite enthielt ein Lied weniger. »Operation Blue« war der

Codename der Deutschen für den Angriff auf Stalingrad gewesen, hier stand der Titel für die Lust, die mich an unserem ersten gemeinsamen Abend überwältigt hatte, als der Kleidersaum ihre Knie so unbeschreiblich lebendig gemacht hatte. Nach perlendem Gleiten türmte sich in »Twister« Tumult auf; der Tremolohebel steigerte jedes Mal die Verzerrung, wenn die Hookline den Sturm einfing, der in meinem Herzen wütete, als ich Edies Brief gelesen hatte. Bevor die Platte mit einem Flehen um Versöhnung endete, schob ich ein Intermezzo ein, gleichermaßen erfüllt von nonchalanten Riffs und von Bruchstücken meines Gefühls des Unsichtbarseins in den Catskills, was hoffentlich erklärte, wie ich zu dem hundertjährigen Kind geworden war, als das sie mich sah (»Cool, Ridge«). Als der C-Akkord in »Plea« verklungen war, gab es nichts mehr zu sagen. Meine Möglichkeiten zu lieben hatten sich erschöpft.

Es war nach Mitternacht, als Edie von der Couch aufstand. Ich hatte die Lieder hintereinander gespielt, zwischen Notenblättern auf dem Fußboden in Anouks altem Zimmer sitzend, aus dem wir ein Wohnzimmer gemacht hatten. Jetzt drehte sie den Arm, der eingeschlafen war, zog die Bluse glatt, würdevoll und abwesend wie einst ihr Vater, und erklärte, von den Farben auf der Rasta-Flagge gefalle ihr die mittlere am besten. Während die untere rote für Opfer und die obere grüne für Reichtum stünden, bedeute die gelbe in der Mitte Hoffnung. Sie habe es nicht geglaubt, aber so klängen die Lieder. Edie stellte die Milch in den Kühlschrank. Trotzdem würde es nur halten, wenn sie nicht weinen wollte. »Ich kann keine Träne mehr vergießen, Ache.«

Wir überlebten die zweite Enttäuschung. Aber nicht die dritte.

Im gleichen Herbst, in dem *Marvel* aufgenommen wurde – es war der, als die Mauer fiel –, zog Edies Vater in ein Altenheim in London. Zu der Zeit hätte man ihn genauso gut in einem Kindergarten anmelden können. Wenige tägliche Abläufe überlebten. Man sah ihn niemals unrasiert oder ohne Krawatte. Wenn sie ihn fragte, was es zum Mittag-

essen gegeben habe, erwiderte er allerdings etwas über die Papier-
boote, mit denen er als Kind gespielt hatte. Oder beschrieb Familie
Fieldings schwarze Enfield; anscheinend hatte er das Fahrrad, das er
sich vor dem Krieg vom Nachbarn geliehen hatte, schon nach ein paar
Minuten auf dem Weg zum Riesenrad aufpumpen müssen. Ab und
zu zitierte er sogar Trollope, den Lieblingsschriftsteller ihrer Mutter:
»Man kann nur das ausgießen, was sich in einem Krug befindet.« Warum so unbedeutende Erinnerungen überlebt hatten, blieb unverständlich. Doch nun nahm Edie an, der Kopf war geleert.

Das Altenheim lag fußläufig erreichbar im nördlichen Kensington.
Um die Kosten zu decken, verkauften die Geschwister das Reihenhaus
und teilten den Rest durch drei. Obwohl ihr Bruder Probleme machte,
lief alles so reibungslos, dass die Erleichterung, die sie ausstrahlte,
nicht mehr daran lag, dass ich verreisen würde.

Um ihr Vertrauen zurückzugewinnen, begleitete ich sie zu Konzerten und in den Club, der kürzlich als Alternative zu traditionsbeladen-
nen eröffnet worden war. Auch wenn ich mich deplatziert fühlte, war
ich doch nicht so hilflos, dass ich nicht begriff, dass wir an der Wirklichkeit des anderen teilhaben mussten. Das würde nur gehen, wenn
ich mich nicht zurückzog, zufrieden damit, Edie und mein Heimstu-
dio zu haben, deshalb lauschte ich Boswells Ansichten zu den letzten
Hits oder spielte Snooker mit Künstlern, die mit starrem Blick und
fahrigen Bewegungen von der Toilette zurückkehrten. Ich tauschte
mich mit Schriftstellern über Antiquariate aus und sagte Interviews
mit Journalisten zu, die sich dann niemals meldeten. Die Einzigen,
denen ich aus dem Weg ging, waren Musiker, die mich fast immer auf
die vage Art erkannten, wie sie die Engländer kultivierten. Der Gitarrist einer New-Wave-Band war auf einem meiner Solokonzerte
gewesen, unklar auf welchem; ein Sänger, der sich wie ein Seeräuber
kleidete, hatte Transmission in Coventry oder Birmingham gesehen,
unsicher wo.

Keiner wollte seiner Sache zu sicher erscheinen, dennoch konnten sich alle vorstellen zu jammen. Wenn wir Telefonnummern austauschten, baute ich bei den Endziffern zu Ladbroke Grove sicherheitshalber einen Zahlendreher ein. Statt von der Bar zurückzukehren, an der ich Zigaretten kaufte, suchte ich Edie und teilte ihr mit, dass ich frische Luft benötigte. Manchmal trug sie das blaue Kleid; wenn ich die metallische Seide im Gewimmel schimmern sah, kam es mir wieder so vor, als gehörten wir auf unzerstörbare Weise zusammen. Wie hieß es in Rimbauds Gedicht über Sonne und Fleisch? »Ich sehne mich zurück! Ich sehne mich zurück!« Entweder torkelte ich allein nach Hause und war wieder nüchtern, noch ehe ich die leeren Flaschen im Zwielicht vor der Tür entdeckte. Oder wir nahmen zusammen ein Taxi und unterhielten uns über Danny, der sich wider besseres Wissen immer noch wie ein Teenager aufführte, voller unbeholfener Andeutungen. Dann plumpsten wir nach Schnaps und Zigaretten stinkend auf die Couch.

»Er ist nett«, verteidigte Edie ihn. »Doch, das ist er, Ache, nur ein bisschen einsam.« Als ich sie fragte, was sie tun wolle, so könne es nicht weitergehen – oder gehörte es sich etwa, dass Danny sie, aber nicht mich, zu dem Konzert mit Joe Pass im November einladen wollte? –, winkte sie abwehrend. »Ruf Mr. Lee an …« Stöhnend versuchte sie die Milch wegzuwischen, die ich verschüttete, als ich direkt aus der Flasche trank. Sie wusste, dass Lees Mixtur der einzige Weg gewesen war, die Laken jungfräulich zu bekommen; jetzt klang es, als wollte sie uns zu einer ursprünglicheren Existenz zurückwaschen.

Diese letzten Monate waren die besten in unserer Beziehung, aber das begriff ich erst, wenn ich in einem Zug oder Flugzeug saß, unterwegs zu einem neuen Archiv. Sobald eine Distanz zu unserem gemeinsamen Leben entstand, wirkte die Hingabe reiner. In der Erinnerung wandten wir uns einander stärker zu, auch wenn ich allmählich den Verdacht hegte, die Menschen, die wir suchten, gehörten der Vergangenheit an. Edie wollte ihre Bewunderung für den Eiskönig nicht aufgeben, ich träumte von dem kurzsichtigen Wesen, das mich in der Fulham Road überrascht hatte.

»Zu viel Glück, zu viel Glück«, keuchte sie, als wir nach einem neuen Abend im Groucho Club auf der Couch zusammenbrachen. Sie klang so zart und selig, dass es in den Gliedern wehtat. Als sie mich mit warmen Handflächen um meine Schultern fester an sich presste, war ich mir nicht mehr sicher, ob es damit enden würde, dass sie es nicht wagte, mir in die Augen zu sehen, wenn die Körper zur Ruhe gekommen waren und wir uns einander zugewandt einredeten, die Atmosphäre, die sich gebildet hatte, sei der Sinn des Ganzen.

Eingeklemmt in einen von Pan Ams engen Sitzen oder ausgestreckt in einem Zugabteil drehte und wendete ich meine Gefühle in der Hoffnung, Dinge zu entdecken, die mir entgangen waren, aber den Glauben an Edies stärkten. Heute verstehe ich, dass ich nach etwas tastete, auf das ich nicht mehr vertraute, so scharfsinnig war ich damals allerdings noch nicht. Dann veranstaltete die Stiftung ihr erstes großes Festival. Es sollte drei Wochen lang in den neueröffneten Räumen stattfinden und Solnicki wollte, dass ich live spielte. Der Auftrag bot eine ausgezeichnete Gelegenheit, zur Sorglosigkeit der ersten Zeit zurückzukehren. Ich bat Edie, mich zu begleiten, sie musste jedoch nachdenken und winkte anschließend ab. Einundzwanzig Tage waren eine zu lange Zeit, um ihren Vater allein zu lassen.

Ich trat größtenteils mit Bella Riff auf, der Studiomusikerin aus dem CBGB. Als ich in der Band spielte, hatte sie Jingles für lokale Fernsehsender aufgenommen. Manchmal unterstützte sie Gruppen, die einen satteren Sound brauchten, auch für Tourneen wurde sie engagiert, was sie ihre Ehe gekostet hatte. Offenbar hatte sie Transmissions erstes Konzert ohne mich gesehen, das im The Father's Place. »Ihnen fehlte etwas, Ache.« Sie schob klimpernd die Silberarmbänder den Unterarm hinauf, die Augen ruhten unter neonblauen Himmeln. »Der Nerv, der fast reißt, es aber nie tut. Den hast du mitgenommen.«

Bellas Spielstil war der einer geborenen Zuhörerin; sie hatte das Timing und die Routine und spielte lieber einen Ton zu wenig als zu viel. Zwischen Bass und Gitarre wechselnd wirkte ihre Begleitung niemals unterwürfig. Dennoch war sie sensibel für Stimmungen und verlieh den Arrangements eine Luftigkeit, die ich nur hätte erschaffen können, wenn ich mit vier Händen und zwei Herzen zur Welt gekommen wäre. Solnicki war so begeistert, dass er Entwicklungsmöglichkeiten ahnte.

Im Gegensatz zu London war New York rund um die Uhr geöffnet. Nachts konnte ich immer irgendwohin gehen, auch wenn ich nichts anderes tat, als mit Bella und Les, ihrem neuen Freund, in Bars herumzuhängen oder Buchhandlungen zu besuchen, die nach Mitternacht geöffnet waren. Es war teuer, über den Atlantik anzurufen, was mich nicht interessierte, wenn ich betrunken war. Manchmal weckte ich Edie; sie behauptete, das mache nichts, sie müsse ohnehin aufstehen. Mit Boswells stillem Einverständnis hatte sie die Lieder abgemischt, die ich aufgenommen hatte, und das Demo einem Freund bei Rough Trade gegeben. Als die Plattenfirma sich während meiner letzten Woche in New York meldete, bat ich sie, für mich zu verhandeln. Es war mir egal, was mein Agent dazu sagen würde.

Wir redeten, bis Edie stöhnte, nun sei es genug, ich würde mich ruinieren. Es war leichter aufzulegen, wenn der Anruf, den sie zu machen versprach, die Litanei von »›Du zuerst‹ – ›Nein, du‹ – ›Dann leg auf‹ – ›Nein du‹ – ›Aber nur, weil du so …‹ – ›Ich habe Adios gesagt‹ – ›lieb bist zu verhandeln …‹ – ›Adios, Gitarrengott‹« abbrach. Der lange Ton verband uns noch weitere Sekunden, dann folgte eine mechanische Stimme – »*The other person has hung up*« –, die ich trunken nachahmte, ehe ich mit dem Hörer in der Hand einschlief.

Über das Festival wurde so viel geschrieben, dass die Leute vor den letzten Vorführungen Schlange standen. Eigentlich hätte ich anschließend nach London zurückkehren sollen, doch das Echo führte dazu, dass im Wax Center in Ohio kurzfristig ein kleineres Festival organisiert wurde. Edie klang abwesend, als ich ihr erzählte, dass ich weitere zwei Wochen fort sein würde. Sie hatte damit gerechnet, ihren Geburtstag bei alten Freunden in Norwich zu feiern. Sie hielt es für klüger, wenn wir das Geld für die Telefonate lieber für sinnvolle Dinge sparten. Auch wenn es mich nicht zu interessieren schien, wollte sie das Zimmer, das ich als Studio benutzte, irgendwann neu tapezieren. »Blau oder rosa, was gefällt dir besser?«

Am letzten Abend in Columbus rief ich trotzdem an und hinterließ eine Nachricht auf dem Anrufbeantworter. Ich gab vor, auf dem Heimweg in New York zu übernachten, flog stattdessen aber direkt von Chicago. Als wir landeten, konnte ich es kaum erwarten. Dem Taxifahrer erzählte ich, nie zuvor sei ich dreißig, nein, fünfunddreißig Tage von meiner Freundin getrennt gewesen. Eine Ewigkeit könne nicht länger sein.

Mein Herz schwoll an, als ich die Milch vor der Tür sah. Wegen der Flaschen kam mir die Idee zu klingeln und so zu tun, als wäre ich der Milchmann. Man hörte Bewegungen hinter der Tür. »Wer … Wer ist da?«

»Mr. Lee, *ma'am.*«

Edie war wahrscheinlich auf dem Sprung zu gehen und suchte nach den Schlüsseln, aber als sie öffnete, waren ihre Haare zerzaust. Sie zog an dem blauen Kleid, das sie sich übergeworfen hatte. Der Saum war nach außen gedreht, ihre Wangen gerötet.

»Ache?« Diesmal sah sie mir in die Augen.

Ich wusste sofort, dass es eine andere Person in der Wohnung gab.

SPIRITUELL

Danach ging das Dasein »kaputt«, wie ein Mensch, den ich später im Leben kennenlernte, mich zu sagen lehrte. Von den Jahren vor Berlin, wo ich heute lebe, ist nicht viel geblieben, die Erinnerungen fließen ineinander. Ohne die Zeit, die einen unbekannten Abfluss hinab verschwand, würden diese Zeilen allerdings nicht existieren. Schließlich suchte ich Kontakt zu den dünnen Göttern. Den eigentlichen.

Nach einer Nacht in einer schäbigen Pension in Notting Hill, wirr von Jetlag und Wodka, kehrte ich nach New York zurück. Dieselben Kleider, diesmal ein einfaches Ticket. Platten, Bücher, das Plastikspielzeug, das Edie mir in Blackpool geschenkt hatte ... Alles blieb zurück. Das Glücksrad hätte ich gern mitgenommen – während wir den Strand hinabspazierten, hatte sie Donovans »Ferris Wheel« gesungen und ich sie pantomimisch auf der Sitar begleitet –, aber den Rest konnte sie behalten.

Ich hatte meine Fender zu dem Festival mitgenommen und brauchte nicht mehr als Onkel Rays Jacke und die Kleider, die ich eingepackt hatte, um zu überleben. Nach Neujahr, als ich wieder in meine Wohnung konnte, trafen mit der Post Notenblätter und Notizhefte ein. Edie bat mich zu schreiben, falls etwas fehlen sollte. Wir gehörten zusammen, hatten aber so unterschiedliche Vorstellungen von der Zukunft, dass man sich unmöglich auf sie verlassen konnte. Offenbar hatte sie Danny nach dem Konzert mit Joe Pass zu sich nach Hause eingeladen; er verstand, wie schwierig alles war.

Die Signale waren wie die Knoten der Jungen im JCC-Lager: hoffnungslos gemischt. Ich antwortete nie.

Der Bruch war schwierig, vielleicht wegen der Schwingungen, von denen Nancy gesprochen hatte, doch ich schätze, es lag daran, dass ein Gas entfernt worden war. Ohne Edie verlor ich den Schwerpunkt. Das mag verwundern; doch was immer der Eiskönig auch tat, die Atmosphäre, die ihn an seinem Platz gehalten hatte, verlor etwas von ihrer Masse, er wurde schlaff und wackelte.

Als die Band noch The Apollo Boys hießen, war unser Repertoire schmal gewesen. Um ein komplettes Set zusammenzubekommen, benötigten wir zusätzliche Songs, sodass wir unter anderem eine Coverversion von »Psychotic Reaction« spielten. Auch Transmission trat mit dem Titel als Zugabe auf. Während Raff jaulte und Robbie an der Gitarre unter Schwindel litt, sang ich mir das Herz aus dem Leib. Jetzt merkte ich, dass die störrische Mundharmonika, die folgte, wenn Count Five den Song spielte, zu der Hitze in meinem Kopf passte. Wenn ich nicht wie ein schlafloser Erfinder auf der Schwelle zu einer bahnbrechenden Entdeckung in der Wohnung auf und ab lief, ohne Ziel und Zweck auf die Straße hinunterstürmte und erst ein paar Häuserblocks entfernt erkannte, dass ich vergessen hatte, den Plattenspieler auszuschalten, träumte ich während der Stunden, in denen das Gehirn endlich erlosch, von Sporen, die wie schwarze Aale durch den Körper rannen, von Meeren aus Kot, und von brennenden Kathedralen, so rasend gewaltig, dass ich eines Morgens in einem nassen Bett erwachte.

Nicht einmal die Besuche im Cairo, in sauberer Unterwäsche und mit Kardamomkapseln, die über den Boden der Teetasse rollten, schenkten mir Stabilität. Es war offensichtlich, der Schädel brauchte Abkühlung, das Herz Erholung, sodass ich mir schließlich Hilfe holte. Als der Doktor begriff, dass ich die Baskenmütze trug, um mich zu schützen – ich hatte es scherzhaft gesagt, aber er fand es nicht lustig –, verschrieb er mir Tabletten. Die Medikamente machten mein Gehirn schwer. Und stumm, wie die Leute über Material sagen. Bald wusste ich nicht mehr, ob ich wach war oder schlief; wenigstens blieben mir die Albträume erspart. Vielleicht hätte die richtige Musik eine ähnliche Wirkung gehabt, ich weiß es nicht. Nachdem ich Count Five so oft aufgelegt hatte, dass die Nachbarn sich beschwerten, unterließ ich es, die Plattensammlung zu erforschen, die in meiner Abwesenheit gewachsen war.

Ich habe behauptet, mir sei von dieser Zeit nicht viel im Gedächtnis geblieben, doch das stimmt nicht. Ich erinnere mich, nur dass das Leben nicht zusammenhing. Schon als Kind war es mir schwergefallen, anderen zu vertrauen. Jetzt merkte ich, obwohl wir aneinander vorbeigeredet oder eher vorbeigelebt hatten, hatte ich mit Kalk und Phosphor an Edie geglaubt und musste den Preis dafür nun bezahlen. Wieder hatte sich die Welt als trügerisch erwiesen, diesmal war ich erwachsen, versank jedoch in Trauer. Die Reaktion war übertrieben, und peinlich, das wusste ich, aber was half mir das? So kam es, wenn man sich wider besseres Wissen schlecht behandelt glaubte und die Seele Schiffbruch erlitt. Details bekamen eine ungeahnte Bedeutung, Zusammenhänge gingen verloren. Plötzlich bildete die Erinnerung an einen unbedachten Kommentar den Nabel der Welt oder Lappalien erschienen schicksalsschwer – während schwarzes Wasser zu den Ohrläppchen aufstieg.

Warum schrieb Edie, dass wir zusammengehörten, wenn sie nicht weitermachen wollte? Was meinte sie mit »Zukunft«, was ich nicht meinte? Hätte es etwas geändert, wenn ich nicht Hals über Kopf nach New York geflohen wäre? Oder sie statt Boswell zu Konzerten begleitet hätte, den ich, wie ich widerwillig zugeben musste, mochte? Der Tadel galt ihr, auch während ich mich selbst prüfte. Sämtliche Vorwürfe waren allerdings von einer Verwunderung durchdrungen, die ich empfunden hatte, so lange ich zurückdenken konnte: Musste ein Mensch in einer Samenkapsel geboren sein, um es mit anderen auszuhalten?

Auch wenn ich nicht glaubte, was in einem Film aus den paranoiden fünfziger Jahren geschehen war, gelang es mir nicht, das Gefühl von Verrat abzuschütteln. Mit den Tabletten war es immerhin möglich, jederzeit zu schlafen. Dumpf, abwesend, traumlos. Die Enttäuschung hörte auf zu brennen, als es kaum noch eine Rolle spielte, ob es draußen hell oder dunkel war, dann reichte eine Tablette, um das Gehirn so mollgestimmt werden zu lassen, dass die Gedanken nicht einmal im Schlaf widerhallten.

Langsam verlor die Trauer ihren Klang. Ich wurde ruhig, aber teilnahmslos, zufrieden damit, nichts zu tun. Nach ein paar Wochen wagte ich mich zu den Antiquariaten in der Fourth Avenue, wo ich in der Sorte religiöser Pamphlete blätterte, mit der ich Trish aufgezogen hatte. Gelegentlich ging ich auch ins Kino, schlief normalerweise jedoch ein und hatte immer vergessen, wo ich war, wenn der Hausmeister mich weckte. Eines Abends sah ich noch einmal *Dr. Seltsam*. Als Sellers den unsichtbaren Dmitri ermahnte, konnte ich die Tränen nicht zurückhalten; als mir die Tropfen vom Kinn fielen, akzeptierte ich, dass Edie mich verlassen hatte.

Am besten gefiel mir, die Tauben in dem Areal zu füttern, das dort liegt, wo sich Seventh Avenue, West 11th Street und Greenwich Avenue kreuzen. Auf der Karte im Telefonbuch wurde es Mulry Square genannt. »Platz« klang allerdings unnötig hochtrabend für ein betoniertes Dreieck, auf dem Autos parkten. Vor dem Zaun stand eine Bank, auf der ich saß, als es Ende März wärmer wurde. Ich mied den gegenüberliegenden Park – tagsüber aß dort das Personal des Saint Vincent's zu Mittag, abends wurden Drogen verkauft. Der Platz eignete sich besser. Öde und anonym, ein Ort, an dem Leute vorbeiliefen.

Trotz des Verkehrs saß ich stundenlang auf meiner Bank. Manchmal kam jemand zu mir, um nach dem Weg zu fragen oder etwas zu verkaufen; ich rückte die Baskenmütze gerade und fütterte weiter Vögel. Die wenigen Personen, die Zugang zu dem umzäunten Parkplatz hinter mir hatten – die meisten städtische Handwerker, glaubte ich, wenngleich dort auch häufig ein Cadillac stand, schwarz und glänzend wie ein Flügel aus Blech –, behandelten mich wie einen Sonderling.

Aus Gründen, die ich lieber nicht mit London in Verbindung brachte, erschien es mir wichtig, täglich zum Mulry Square zu gehen.

Vielleicht ahnte ich neue Luft. Wenn ich aus der Bäckerei trat, in der ich ein paar Dollar für übrig gebliebene Brotreste bezahlte, erwartete mich jedenfalls der Höhepunkt des Tages. Jede Taube, die zu meinen Füßen gurrte, war einmalig. Die eine musste mit Krumen bezirzt werden, die nächste mochte angebrannte Rinde, die dritte flatterte und ließ keinen Krümel verloren gehen. Eines Tages legte ich die Stücke auf meine ausgestreckten Arme. Als ich summte, sprang die kühnste hoch. Danach wurde es zur Gewohnheit.

In dem Lied, das wir in Blackpool gesungen hatten, hatte Donovan von *dig the seagulls fly across the sky* gesungen, ich rief wortlos Tauben zu mir. Ich wusste nicht, worin der Unterschied bestand, ich wusste nicht einmal, ob es einen gab. Summend, die Vögel auf den Armen, suchte ich den Äther zu erweichen.

Manchmal spazierte ich zu den Sturmmöwen hinaus, die sich auf den düsteren Piers am Hudson River scharten. Es sollte noch Jahre dauern, bis die Gegend zu einer beleuchteten Promenade mit Raum für Fahrräder und Inliner wurde. Am anderen Ufer glänzte Hoboken, gemacht aus Stahl und Abgasen; die Männer, die schnelle Befriedigung suchten, ließen mich in Frieden. Nicht ein Brotkanten fiel ins schwarze Wasser, wenn ich das Brot zu dem lärmenden Schwarm in der Luft hochwarf. Es gab auch näher an meiner Wohnung gelegene Parks, in denen ich hätte Tauben füttern können, dennoch wurde der Mulry Square zu meinem Punkt im Leben. Der betonierte Platz war wie die dreizehnte Etage in einem Haus – unsichtbar, dennoch vorhanden. Auf der Bank sitzend hatte ich endlich den »Ort« gefunden, von dem das Lied geträumt hatte, das mein Interesse an der Rockmusik geweckt hatte. *It can drive you out of your mind …* Aber war das nicht der Sinn?

Mit Brotresten in den Händen beschwor ich die Mächte, auf die ich, Nanas Rat befolgend, vertrauen sollte. Das Flügelschlagen erinnerte mich an die zitternden Gitter von Dads Klimaanlagen: So klang lebendige Leere.

Marvel war ein paar Monate nach meiner Heimkehr erschienen. Zu der Zeit war ich so mit den Tauben beschäftigt, dass Rough Trade auf Interviews verzichtete, als jemand, vielleicht der Agent, den ich verärgert hatte, als ich Edie mit der Plattenfirma verhandeln ließ, meinte, es sei besser, mich in Ruhe zu lassen. Das Album bekam gute Kritiken. »Scharf wie eine Rasierklinge, mild wie ein Gebet«, fand eine Zeitung. »Volt und Wärme des Erlösers, von dem wir dachten, er hätte ein einfaches Ticket aus der Rockmusik gelöst«, erklärte eine andere. Es klingt undankbar, aber die lobenden Worte erschienen mir belanglos; Mulry Square war wichtiger.

Wenn Bella nicht gewesen wäre, hätte ich weiter Vögel gefüttert. Als sie mich an einem Tag im April fand und mir mit der Armbeuge vor der Nase aus dem Bett half, in dem ich zwischen altem Junkfood und schmutziger Wäsche lag, begriff ich jedoch, dass sie nicht völlig falschlag. Es gab schonendere Wege, seine Wunden zu lecken.

Mittlerweile war mir bewusst, dass mein Kummer mit mehr als London zusammenhing – da waren Kindheitsenttäuschungen, die ich verdrängt hatte, bis jedes Gramm ein Hektogramm wog, ein mäßig entwickelter Überlebensinstinkt, mein Schattenleben als Folge eines toten Bruders – und als Solnicki mir einen Platz in einem Sanatorium wenige Meilen von dem Lager entfernt besorgte, in dem Jim und ich anderthalb Leben zuvor gewesen waren, nahm ich ihn deshalb zu meiner eigenen Überraschung an. Früher war es eine verwilderte Kommune gewesen, nach Besuchen von Bhagwan Shree Rajneesh wurden die Drogen durch Meditation ersetzt und man begann, makrobiotisch Obst und Gemüse anzubauen. Claire und Donna, die Betreiberinnen, hatten die Psychedelika der sechziger Jahre überlebt. Als sie sahen, wie schlecht es Freunden ging, wandelten sie den Hof in ein Sanatorium für Seelen um, die auf chemischem Weg verunreinigt worden waren. Wer nicht den vollen Unterhalt bezahlen konnte, musste in der Meierei, in der Kantine oder der Wäscherei arbeiten, wer etwas von Pferden verstand, unterrichtete die Kinder von New Yorkern mit Sommerhäusern in der Umgebung.

Solnicki bezahlte das erste halbe Jahr, danach half ich Donna, eine Bäckerei aufzubauen, die den Hof über die Grenzen des Bundesstaats hinaus bekannt machen sollte, und blieb ein weiteres Jahr. Die Arbeit gab mir Halt und ein Einkommen. In Manhattan, wo sieben Tage Kampf in der Woche erforderlich waren, hatte ich nichts zu suchen, außerdem gab es noch Knoten in der Vergangenheit, die es zu lösen galt.

Als Bella mich im ersten Sommer besuchte, hatte ich den alten Steinofen noch nicht in Gang bekommen oder angefangen, mit kalter Teigführung und Teigflüssigkeiten zu experimentieren, sodass ich die Platte, die ihr Sohn mir überreichte, in der Tüte ließ. Es war zu früh, um die Energien auf *Marvel* wieder aufleben zu lassen. Am wohlsten fühlte ich mich in einem der Liegestühle unterhalb des Hauptgebäudes, die Baskenmütze blieb in der Tasche. Es war einfach, sich in den Baumwipfeln am anderen Ufer des Weihers zu verlieren, die gewaltigen Massen schwankten still. Obwohl das Laub auch im Wasser zitterte, lag Frieden in den Bewegungen.

An einem dieser Tage am Weiher fiel mir mein Orbitop ein. Die Anzeige in der Zeitung, die Dad in The Dry gekauft hatte, erklärte, »dieser wirbelnde Satellit an einer Schnur gehorcht deinen Weltraumkommandos«. Als ich die Blätter rauschen hörte, ohne dass sie ihre Äste verließen, ahnte ich, das Geheimnis waren nicht die Antennen gewesen, mit denen die Astronauten Sporen aufspürten, bevor sie auf die Erde fielen, oder die Schnur, mit der ich das Fahrzeug gesteuert hatte, sondern das Zischen, das entstand, wenn die Raumkapsel durch die Luft rotierte.

Als Kind hatte ich geglaubt, dass die Plastikfiguren in ihren weißen Overalls – eher Tempelritter als Weltraumingenieure – mich auf die gleiche Art beschützten, wie die Puppen im alten Heimatland über Nana gewacht hatten. Aber wenn ich mit ihnen kommunizieren wollte, konnte dies nur durch die Schnur geschehen, die meine Hand mit dem Raumschiff verband. Das Sausen erzeugte einen primitiven Code, Signale, ins Weltall ausgesandt, die zugleich in einer Weise, die ich nicht verstand, vielleicht auch in der umgekehrten Richtung verliefen und sich auf der Erde empfangen ließen.

Dieses Sirren bildete das wahre Mysterium. Die Schnur war in der Spalte zwischen den beiden Hälften des Satelliten befestigt. Ein Stoß mit dem Handgelenk ließ das Schiff wie einen Jojo hoch und in den Weltraum schießen, ein Rucken es sanft zischend zur Handfläche zurückkehren. Mit einer ausfallenden Bewegung gelang es mir, es ein paar Dezimeter über dem Fußboden rotieren zu lassen wie ein Rad. Senkte ich den Satelliten, rollte er schnell und holprig über das Parkett, ehe er an Schwung verlor und auf die Seite kippte wie ein demoliertes Fahrzeug.

Ich liebte dieses Spiel mit Luft und Bewegung und Schwerkraft. Der irgendwie unermüdliche Plastikgegenstand hatte mir einen so intensiven Zauber geschenkt, dass ich das Raumschiff schließlich auf der Jagd nach seiner verborgenen Antriebskraft mit Moms Gemüsemesser auseinandergebogen hatte. Es widersprach jeglicher Vernunft, dass die Nabe im Inneren, dieser Punkt schmerzender Energie, der das Handgelenk kribbeln ließ, eine schlichte Achse war, um die sich die Schnur wickelte.

Heute konnte ich über die Reaktion des Sechsjährigen lachen. Dennoch überlebte die Faszination – nur dass sie nicht mehr dem heimlichen Mechanismus galt, durch den sich das Spielzeug in der Luft drehte, sondern erwachseneren, verletzlicheren Vergnügungen. Ich war schlau genug zu begreifen, dass die Saiten meiner Jazzmaster die gleiche Funktion erfüllten wie die Schnur zum Satelliten. Das Instrument erschuf und offenbarte die Sphäre, die ich in allem, was ich machte, angestrebt hatte – eine Dimension, die zugleich leer und lebendig, statisch und vibrierend war. Dort gab es Geborgenheit für den, der sie benötigte.

Wenn ich mir diesen öden, jedoch nicht verlassenen Ort vorstellte, dachte ich an den Platz. Betongrau, nichtssagend. Aber erfüllt vom Flattern der Flügel.

Nach einem Dutzend Briefen fragst du dich das sicher, deshalb ist dies wohl die richtige Gelegenheit, noch etwas über den Kopf deines Vaters zu sagen.

Wenn ich mich in den ersten Jahren in New York nicht mit Raff traf, hielt ich mich häufig darin auf. Obwohl Gedanken auftauchten, die wund und auch bedrohlich waren, fühlte ich mich hinter dem Stirnbein sicher. Die meisten Menschen suchten dort Zuflucht, wenn sie einsam oder niedergeschlagen waren, so auch ich. Meine Notlügen in jungen Jahren wollten niemals anderen schaden, die Ausflüchte sollten einzig mich selbst schützen. Im Winter lag ich unter drei Decken und einem Mantel in der East 11th Street. Im Bett zwischen Comicheften und Gedichtsammlungen fieberträumte und fantasierte ich abwechselnd. In manchen Nächten hatte ich Schüttelfrost, aber in diesem Alaska würde ich niemals erfrieren.

Nach dem Scheitern meiner Beziehung mit Edie bot das Sanatorium Upstate ein ähnliches Asyl. In einer Pause im ersten Sommer – wir hatten kürzlich die Bäckerei eröffnet – entspannte ich mich wie üblich unten am Weiher. Die Kühe läuteten gemächlich, als mir klar wurde, dass der Kopf nicht als Versteck behandelt werden sollte. Sondern als ein Wartesaal. Fremde Gestalten und unbekannte Güter passierten täglich das Bewusstsein, zu jedem Zeitpunkt des Tages, das ließ sich nicht verhindern. Für jemanden, der Frieden suchte, war es klüger, sich nicht zu verschanzen. Zugänglichkeit mochte ein Wagnis sein, aber auf Dauer bot sie eine sicherere Lebensform. Die Laubmassen am anderen Ufer schwankten spiegelverkehrt still im Wasser. Als ich sie betrachtete, ahnte ich, dass man von unbekannten Kräften berührt werden und trotzdem Geborgenheit empfinden konnte. Endlich begriff ich, mit dem Dasein verhielt es sich wie mit der Musik, von der ich träumte. Es kam darauf an, als Komplize des Unerwarteten zu leben, was offene Sinne erforderte.

Für Edie, die sich ein Kind gewünscht hatte, was ich auch erkannte, stand die Zukunft dagegen für etwas Bestimmtes. Eine blaue oder rosafarbene Tapete war die einzige Ungewissheit. Nun, da ich selbst eins habe, schmerzt es mich zuzugeben, dass ich damals ebenso wenig wie später im Leben von Nutzen gewesen bin.

Dad starb, während ich Brot backte. Ein Schlaganfall an einem heißen Tag im September; nach einer Woche mit halbseitiger Lähmung, unfähig, mehr als breiige Vokale zu äußern, schlief er ein. Als Mom mich erreichte, war er schon unter der Erde. Es war nur gut, dass sie Probleme hatte zu hören, was ich entgegnete, als sie erklärte, der Gottesdienst sei in St. Mary's abgehalten worden. Das Hörgerät pfiff in der Leitung. Bevor wir auflegten, erzählte sie, neueingezogene Nachbarn hätten sie zur Kirche begleitet.

Kurz vor Weihnachten verschied auch Mom. Eines Sonntags erwachte sie nicht mehr. Wäre die Nachbarin nicht gewesen, es hätte gedauert, bis man sie entdeckt hätte. Ihr Ehemann half mir, das Haus in der Coleridge Road einschließlich der Möbel und übriger Besitztümer zu verkaufen. Als wir den Preis absprachen, ich mit dem mehligen Hörer in der Hand, fiel mir kein einziger Gegenstand ein, den ich behalten wollte, nicht einmal die Reisenden ohne Kapsel, dennoch sandten die neuen Besitzer mir Dokumente, die sie nicht wegzuwerfen wagten – Taufbescheinigungen, Eheurkunden, *social-security*-Ausweise … Es dauerte mehr als ein Jahr, bis ich das FedEx-Paket öffnete. Es war zu spät, um mich mit meinen Eltern auszusprechen, aber das Geld aus dem Verkauf hielt mich bis Berlin über Wasser.

Bei einem Besuch im folgenden Frühjahr hatte Bella eine akustische Gitarre dabei. War es nicht Zeit, die Sauerteigbrote gegen Nylonsaiten auszutauschen? Ich war befangen, weshalb der Koffer stehen bleiben musste, wo sie ihn abgestellt hatte, neben der Tür an die Wand gelehnt – ein Bote mit unklarem Anliegen. Schließlich gewöhnte ich mich jedoch an den dunklen Korpus, und eines Tages ließ ich die kleinen harten Schlösser aufklicken. Vorsichtig wog ich das

Instrument in den Händen; ich war mir nicht sicher, ob es Rettung oder Fluch sein würde.

Nach England hatte ich nicht ernsthaft gespielt – bekannten Zeitrechnungen zufolge eine Ewigkeit –, sodass die Finger vergessen hatten, wie groß ein akustischer Korpus sein konnte. Die Gitarre ruhte klobig an Schenkel und Bauch, der Hals schien ein gutes Stück jenseits meiner Reichweite weiterzugehen. Die Saiten waren rau, fast unnachgiebig, hätten sie das Sagen gehabt, wären sie ungestimmt im plüschgefütterten Inneren des Koffers geblieben. Was bewirkte, dass ich weitermachte. Die Feindseligkeit lockte mich, Ton für Ton, aus mir selbst heraus.

In meinem letzten Sommer dort – 1991 – mietete Bella in der Nähe ein Häuschen. Sie und Les hatten geheiratet, manchmal besuchten sie mich. Aber es war schon September, als sie mich in ihrem Kombi abholten. Ich erinnere mich, dass im Radio über Südafrika gesprochen wurde, Mandela war vor Kurzem Präsident geworden. Im Lauf des Sommers hatte ich eine Reihe von Melodien zusammengetragen, größtenteils die Art von luftigen Arrangements, die man im Barock Fantasien genannt hatte und die ich selbst Chimären taufte nach einer Zeile in dem Werk, das in jungen Jahren Raffs und meine Bibel gewesen war: »Lebt wohl, Chimären, Ideale, Irrtümer.« Bella blieb hartnäckig, was half: Hatte ich wirklich vor, für den Rest meines Lebens Brötchen zu backen? Sie wusste nicht, dass der Grund dafür, dass ich im Sanatorium blieb, eine Frau in der Wäscherei war – die anorektische Rhonda mit Bergkristallen und unglücklichen Tattoos –, doch es war unschwer zu erkennen, dass sie mich dazu bewegen wollte, zur Musik zurückzukehren. Als ihr Sohn die Tür zu dem Häuschen aufzog, stellte sich heraus, sie hatten eines der Schlafzimmer in ein Studio verwandelt. Kabel, Stative, Verstärker … Sogar die Fenster hatten sie mit Schaumgummi abgedichtet. Auf dem Bett lagen zwei platte Gitarrenkoffer – Bellas Gibson, meine Fender – sowie Dinge, die ich nicht kannte. Ihr Sohn hantierte mit dem Rekorder. »DAT. Supertechnik.«

Überwältigt von ihrer Fürsorge verspürte ich ein dringendes Bedürfnis nach Luft. Bella fand, das höre sich gut an. Sie müsse sich ohnehin von Les verabschieden, der nach New York zurückwollte. Es war erst Nachmittag, wir hatten das ganze Wochenende für uns, ehe er die beiden abholte.

Ich spazierte über einige Felder und Hügel, vorbei an einer verlassenen Scheune, dann legte ich mich auf einen Hang, der zum Wald hinabführte. Ich weiß nicht, was passierte, ob ich einschlief oder mich bloß in Gedanken verlor, plötzlich war es jedenfalls Abend. Die Sonne hatte den Ort zugunsten einer pelzartigen Dunkelheit verlassen. So weit das Auge reichte, gab es nicht eine künstliche Lichtquelle; noch war der Mond nicht zu sehen, nur die Sterne funkelten unfassbar.

Die Krümel aus der Kindheit, denen ich später im Leben kaum Beachtung geschenkt hatte, obwohl sie weiter leuchteten, körnig und unruhig, diese Himmelskörper mit ihrem unaufhörlichen Licht, schienen auf einmal eine Sprache zu bilden. Dazu gesellte sich unverschuldet das Geräusch von Insekten in der Dunkelheit, nah und dennoch fern. Ich wusste nicht, ob es Heuschrecken, fliegende Ameisen oder andere, mir unbekannte Kleinlebewesen waren, aber auch sie kommunizierten, und die beiden Sprachen schienen ununterbrochen dieses Einzige und Unausweichliche zu sagen: Es gibt nichts anderes als Atome und Leere, Leere und Atome. Trotzdem war es zu einfach, an Ewigkeit oder Vergänglichkeit zu glauben. Alles zog sich zusammen und expandierte wie ein riesiger Brustkorb, alles atmete ohne eine Vorstellung von Anfang und Ende.

Die Mischung aus Licht und Klang ließ mich an die Nächte denken, in denen ich mit dem Impala durch die Gegend gefahren war, achtzehn Jahre alt und voller Träume. Statt das Radio nach Sendeschluss auszuschalten, hatte ich dem statischen Rauschen gelauscht. Nun dachte ich an Dads Ventilatoren und danach an Nanas Schutzgeister. So klangen vielleicht Götter, unbekümmert darum, ob ihnen jemand zuhörte, gewiss, dass keiner verstehen würde, was sie nicht weitergeben wollten, nur das, was sie wollten.

Am nächsten Morgen folgte Bella mir behutsam mit ihrer tomatenroten Gibson Thunderbird. Sie war darauf bedacht, mich nicht zu hetzen, man merkte, sie meinte es gut. Trotz der Stille und des warmen Lichts von der Tür, die sie einen Spaltbreit offen gelassen hatte, begann meine Haut, sich zu röten, ich geriet in Atemnot und verlor immer wieder die Konzentration. Am Ende schlug sie vor, dass wir noch etwas damit warten sollten zusammenzuspielen. Dankbar nickte ich. Den Melodien fehlte Gesang, sodass alle Zärtlichkeit in den Saiten lag. Noch war ich wohl zu zerbrechlich für Begleitung. Bevor Les die beiden am Wochenende abholte, speicherte Bellas Sohn die Lieder, die spielerisch entstanden waren, die meisten waren nur ein, zwei Minuten lang; zwanzig schafften es im Jahr darauf in überarbeiteter Form auf *Chimera*. Unzufrieden war ich nur mit den Fantasien über Dads Kinn und Moms Hörgerät, die mir nicht selbstverständlich genug erschienen, um dazuzugehören. Als Bella nach New York zurückkehrte, fügte sie meinen Anweisungen folgend Instrumente hinzu. Wir verstanden uns so gut, dass die Instruktionen eher Vorschläge als Belehrungen waren. Weil die Musiker, die Ergänzungen hinzufügten, keine Zeit hatten, gleichzeitig zu kommen, tauchten sie auf, wann immer es ging. Will spielte auf allen Titeln, während Lee Ranaldo von Sonic Youth in einem Song ein verzerrtes Solo beisteuerte und Ivo, der mit Trish gespielt hatte, auf ein paar anderen schlafwandlerisch sichere Bassläufe improvisierte.

In dem Gebäude, wo Bella sich einen Probenraum teilte, hatte auch eine deutsche Künstlerin ihr Atelier. Als Koehler sie zu sich einlud, sah sie ein Foto, das als Cover passte. Es gab darauf weder Gras noch Himmel, das Bild hatte also keine Ähnlichkeiten mit jenem Abend am Hang, aber es war Nacht. Im Grunde sah man nur die Scheinwerfer eines entgegenkommenden Autos. Das Licht wurde auf der nassen Fahrbahn reflektiert, das Fahrzeug schien über dem Asphalt zu schweben;

von fern glich das Motiv sogar einer Glühbirne. Dieser kühle Licht-schein in der Dunkelheit zwischen Himmel und Erde, sachlich und dennoch ungreifbar, passte eigentümlich gut zu einer Platte, die in mehreren Titeln cool, jedoch spröde, in anderen warm und vibrierend war. Ich dachte an die Neonbuchstaben auf dem Foto zu dem Artikel, den Raff vor so langer Zeit aus der Zeitung ausgeschnitten hatte – die zittrigen Zeichen, die sich zu APOLLO zusammenfügten, schienen in der Leere zu ertönen wie Saiten über dem Loch einer Gitarre –, er-innerte mich aber auch an den Begriff, den Astronomen benutzten, um das Phänomen zu beschreiben, das den Mond schaukeln ließ.

Libration.

Von den Liedern bedeutete mir »Ether« am meisten. Neben dem Titelstück, das mein später Versuch war zu verstehen, warum es mit Edie so gekommen war, wie es kam, schmerzte der Song zart und klar. Die Melodie basierte auf einem afrikanischen Volkslied, das ich für die Tauben auf dem Mulry Square gesummt hatte. Ich weiß nicht, wo ich es aufgeschnappt hatte, vermutlich in London, jedenfalls zog es un-trüglich das Interesse der Vögel auf sich. Als sie das Lied abmischte, fand Bella die richtige Balance zwischen Schmerz und Sanftmut. Ivo zupfte nur manchmal am Bass, während Wills wischende Trommeln mir wie ein Sonnenreflex auf der anderen Straßenseite folgten. Mit-tendrin schlug er so leicht, aber distinkt auf das Becken, dass sich Ringe ausbreiteten, die niemals aufhören wollten. Es ließ sich unmöglich sa-gen, wohin die Melodie führen würde, jeder Ton schien sich auf den nächsten zu verlassen. So, fühlte ich, so klang Zukunft.

Leider war »Ether« der längste Titel, sodass die Wahl auf andere Lieder fiel, als wir mögliche Singles diskutierten. Letztlich wurde ohnehin keine 45er ausgekoppelt und von dem Album wurden nur ein paar tausend Exemplare gepresst. Die Plattenfirma wollte das Inter-esse ausnutzen, das Transmissions letzte Scheibe geweckt hatte. Als wir im Sommerhaus arbeiteten, hatte Bella sicherheitshalber nicht erwähnt, dass sie kürzlich mit Moglia als Keyboarder eine CD herausgebracht hatten. Oder dass es beide Songs, zu denen die Firma Videos produziert hatte, in die Charts geschafft hatten. Doch ich neidete ihnen den Erfolg nicht. Ebenso wenig störten mich die Hochglanzreportagen, obwohl mehrere eine Abschweifung Raffs darüber enthielten, dass der frühere Frontmann der Band ähnlich wie Roky Erickson und andere geschädigte Genies »spirituell« geworden sei. Die Zeit für böses Blut war vorbei.

Ein halbes Jahr später sah ich im Tower Records eine Kiste mit *Chimera* im Sonderangebot. Auch die Zeit des Vinyls schien vorbei zu sein.

Trotz des langen Aufenthalts Upstate gab die Stiftung mich nicht auf. In regelmäßigen Abständen hatte Solnicki mir Informationsblätter über neue Funde geschickt und angerufen, um zu hören, wie es mir ging. Als ich nach New York zurückkehrte, bat er mich weiterzumachen. Er könne das Geld, das für das erste halbe Jahr bezahlt worden sei, von meinen Honoraren abziehen – jeweils ein paar hundert, keine große Sache. Ich wollte ihn nicht enttäuschen, spürte aber, dass ich Unterstützung brauchte, auch abseits der Aufnahmen, und erkundigte mich deshalb, ob die Zusammenarbeit mit Bella verlängert werden könne. Sie sei mit so vielen Bands auf Tournee gegangen, dass sie eine Söldnerin geworden sei, im Stande, zu jedem Ton zu marschieren. Solnicki, dem der Gedanke zusagte, senkte die Gage um ein Viertel, Bella bekam genauso viel wie ich. Die Stiftung übernahm die Reisekosten und Spesen für uns beide.

Meistens flogen wir Richtung Westen, vor allem nach Kalifornien, wo wir darüber scherzten, einen Bungalow zu kaufen, falls ihr Sohn im Otis College aufgenommen wurde, wo es seit Neuestem eine Ausbildung in Digital Design gab. Aber die Reisen führten auch nach Europa – zweimal nach Frankreich sowie nach Spanien und Deutschland. Nur England mied ich.

Vor meiner ersten Auslandsreise passierte etwas, das ich noch erwähnen sollte. Mein Pass war abgelaufen, weshalb ich zu dem großen

Gebäude an der Hudson Street ging, drei, vier Häuserblocks von der Stiftung entfernt. Als ich das Dokument überreichte und die Frau am Schalter die Informationen in den Computer eingab, teilte sie mir griesgrämig mit, ich sei tot. Amüsiert entgegnete ich, dass ich keine Chimäre sei. Sicherheitshalber bewegte ich die Arme auf und ab; sie sehe ja, dass ich vor ihr stehe? Erst als sie mit ihrem Chef sprach, begriff ich, ich hatte ihr Jims Pass gegeben. Ich weiß nicht, was mich dazu antrieb weiterzumachen – vielleicht munterte mich das Versehen zu sehr auf, möglicherweise hatte ich auch unbewusst das Gefühl, dass es ein Weg war, meinen Bruder zum Leben zu erwecken. Die Folge war jedenfalls, dass man nach einigem bürokratischen Aufwand, bei dem Jims alte Taufbescheinigung und seine Personennummer Verwendung fanden, seinen Tod aufhob. Eine Woche später erneuerte ich meinen eigenen Pass, danach hätte ich mir, wenn ich gewollt hätte, aussuchen können, als wer ich reiste.

Nach dem Fall der Mauer wurden im Osten zahlreiche Archive zugänglich. Die Stiftung setzte sich unter anderem mit Institutionen in Krakau und Budapest in Verbindung. Dennoch kam es vor, dass Filme plötzlich für andere Zwecke reserviert waren, wenn wir mit unseren Koffern und Instrumenten eintrafen. Irgendeine hochstehende Person in einem Ministerium hatte von der Zusammenarbeit gehört und sich über den großzügigen Umgang mit nationalen Schätzen beschwert. Obwohl Solnicki den Direktor und zusätzlich häufig auch einzelne Konservatoren bestochen hatte, konnte das Personal nur mit den Schultern zucken. Das Geld wurde nie zurückgezahlt.

Manchmal ersetzte ich Bella, wenn in einem Studio ein Gitarrist benötigt wurde. Um auf der Bühne zu stehen, war ich noch zu scheu. Aber als Electric mit sechsundvierzig Jahren starb und Trish mich bat, sie auf der Gedächtnistournee zu begleiten, sagte ich zu. Während sie sich wie eine Kreuzung aus Sphinx und Vogelscheuche bewegte, in das Mikrofon flüsternd oder predigend, saß ich ganz hinten, für alle unsichtbar, auf einem Stuhl. Die Band spielte die gleichen, schwer rollenden Rhythmen wie immer, über denen Trishs dünner, manchmal harter, immer trauriger Gesang schimmerte wie gehämmertes Silber; ich nähte leuchtende Stiche in die dunklen Wellen. Besonderen Gefallen fand ich an einem neuen Lied, in dem es darum ging davonzuwirbeln. Wenn sie sang, drehte sie sich auf der Bühne wie ein träger Derwisch, die Band fiel in Trance, die Worte hingen in der Luft. *Be flung into space into another kind of grace ... Be flung into space ...* Endlich waren wir die Geschwister im Geiste geworden, von denen sie immer geträumt hatte.

Nach dem Konzert in New York erläuterte Trish den Journalisten, die sie backstage interviewten, ihr wiedergefundener Bruder schwebe »so hoch man kann, aber die Engel stehlen die Klänge und bringen sie in den Himmel zurück«. Das gefiel mir.

Als ich selbst im Dezember sechsundvierzig wurde, lud die Band mich im Tourbus zu Torte und Bourbon ein, danach bat mich Trish, die Augen zu schließen. Wieder benahm sie sich wie das Mädchen mit Klammern aus weißen Schneckenhäusern im Haar. Plötzlich landete etwas Weiches in meinem Schoß. Als ich die Augen öffnete, sah ich, dass es Jims altes T-Shirt war. *You are here.* Ich musste schlucken, um nicht zu weinen.

Am Abend hatte Trish das Shirt mit der Fackel an, das ich ihr nach dem Ausflug zum Battery Park gekauft hatte, ihre Stimme flatterte wie eine Flamme. Als Zugabe trug sie ein Gedicht vor, das Alans alte Band vertont hatte:

A fire of unknown origin
Took my baby away
A fire of unknown origin
Took my baby away ...

Eigentlich handelte das Lied von Jim Morrison, aber alle wussten, wer gemeint war. Jetzt war es Trish und nicht ich, die schlucken musste.

Die Künstlerin, die das Foto für *Chimera* gemacht hatte, war wie andere aus ihrem Heimatland fortgegangen, weil es in ihren Augen zu wenig »Rock 'n' Roll« war. Die deutsche Kunstwelt sei voller junger Genies, dennoch herrschten bräsige alte Knacker, die sich selbst als Rebellen sähen. Auch wenn einige von ihnen in Bands spielten und Platten veröffentlichten, die sie selbst finanzierten, handelten sie, besoffen von ihrer wüsten Vortrefflichkeit, »als wären Frauen entweder ein Fick oder Mäuschen. Am besten beides. Junge Untiere wie wir sind da im Weg.«

Koehler zog vor, beim Nachnamen genannt zu werden – das Geschlecht sei wichtig, aber nur für sie. Danach fand ich jedoch, *das Monster* klang als Spitzname genauso gut. In den Gemälden, die sie ausstellen wollte, pulsierten fluoreszierende Farben unter Graffiti, es gab Bildreste und wiederkehrende Muster, sogar Text. Die Bilder wirkten gleichzeitig satt und verzehrend – das genaue Gegenteil von dem Ort, den ich in der Musik suchte. Als ich das zugab, formte sie die Hand zu einer Pistole und drückte ab. Es gefiel ihr, dass ich Ache hieß, aber noch mehr, dass Raff mich Billy the Kid genannt hatte.

Manchmal dominierte ein Auge oder ein Mund, andere Bilder glichen orientalischen Teppichen, gewebt von Moiren im Delirium. Das Monster schien die Schicksalsgöttinnen allerdings zu vermischen, deren Aufgaben einer gewissen Ordnung folgten. »Dann ist ja alles, wie es sein soll«, lautete ihr Kommentar. »Höhere Mächte müssen herausgefordert werden.« Die Größe der Gemälde variierte abhängig davon, welche Rahmen und wie viel Leinwand sie sich leisten konnte, alle fesselten einen und spielten mit dem Blick. Ich erkannte ein Spinnennetz und das Innere von Granatäpfeln, Seegras und Schamhaare in gelben und roten Kompositionen.

»Jetzt weiß ich, wovon sich Monster ernähren.«

»Fressen oder gefressen werden.« Koehler grinste mit Lippenstift auf den Zähnen.

Das Monster hatte seiner ersten Einzelausstellung den Titel »Paths to Cairo« gegeben. Als sie es erwähnte, zuckte ich zusammen, doch statt etwas zu sagen, nahm ich sie zu dem Restaurant in meiner Straße mit. Beim Essen erklärte ich, die Gemälde, die sie gezeigt habe, hätten mich daran erinnert, wie es im Inneren eines Eigelbs aussehe. Auf dem beschmierten Wandfresko paddelte Ra steif in einem Kanu sitzend. Bis auf ein paar undefinierbare Vögel war der Himmel eisig blau und leer. Statt traditionell auf dem Kopf des Gottes zu ruhen, hatte die Sonne sich in einen lodernden Servierteller verwandelt, auf dem Spatzen und Schwalben umhertrieben. Es gab dort sogar Eingeweide. Feuer und Fleisch waren alles, was existierte. »Fressen oder gefressen werden ...«

»Sage ich etwas, muss ich dich töten.«

Mit ihrem burschikosen Lachen und dem kehligen Englisch wurde Koehler die zweite Schwester in meinem Leben. Im Unterschied zu Trish kannten wir uns nicht von früher. Das Monster wusste, dass ich fast zwei Jahre in einem Sanatorium Upstate verbracht hatte, aber nicht, dass ich keinen Kontakt mehr zu Raff hatte, der mittlerweile die Titelseiten von Illustrierten schmückte. In ihren Augen war ich der Gitarrist, der lieber Stummfilme befreite und früher so verletzlich, jedoch frech gespielt hatte, dass es eine Zeitlang möglich war, an den Rock aus Downtown zu glauben wie an eine Religion.

In Koehlers Augen zählte allein, wohin ein Künstler unterwegs war. Ich glaube, damals kam die Wende, brachten diese Gespräche mich dazu, auf verbliebene Kräfte zu vertrauen, um als Künstler weiterzumachen. Als ich ihr erzählte, dass ich in den Bergen eingeschlafen und unter den Sternen aufgewacht war, während Insekten raschelnde Botschaften mit den Himmelskörpern austauschten, sah sie mich deutsch an. »Dein Werk ist nicht vollbracht.«

Sie selbst beschrieb etwa den schweren Dampf aus Frustration, wenn ein Gemälde nicht so wurde, wie sie wollte, oder die Euphorie, der Schwerelosigkeit so ähnlich, wenn es das tat. Sie gab Träume voller Brunst und Verwirrung wieder, oder wollte über die Gedichtsammlung sprechen, die sie sich ausgeliehen hatte, als ich die Nacht unter einem grenzenlosen Himmel geschildert und den Titel meiner einzigen Veröffentlichung erwähnt hatte. *Nocturnes* verlockte sie – da war ein flehentlicher Rausch, eine glückliche, selbstvernichtende Zerstörung, die sie mit dem Amerika ihrer Jugend verband. In der Regel trafen wir uns in einem mexikanischen Restaurant um die Ecke ihres Ateliers.

»Du und ich brauchen einander als Therapeuten«, erklärte das Monster, als sie mir das Buch an dem Abend mit einer sakralen Geste zurückgab. Sie nickte zu der Schrift hin und schob den Rest ihres Tacos zur Seite. »Ein Glück, dass beide Pyromanen sind. Wir sparen uns die Entschuldigungen, was?« Ich sagte nichts, lachte aber, als sie ergänzte: »Hasst du das nicht?«

»Was denn?«

»Unbehagliches Schweigen?«

Abgesehen vom Monster und Bella traf ich mich am häufigsten mit Will. Nach seiner Trennung von Becky war er in eine Wohnung mit großer Küche im gleichen Viertel gezogen, Robbie hatte es nach Williamsburg verschlagen, wo auch Moglia wohnte. Wenn Raff nicht jungen Frauen hinterherrannte, bewegte er sich in literarischen Kreisen Uptown. Trotz seiner Rolle als Popstar mit gefährlicher Vergangenheit hatte er nie die Hoffnung aufgegeben, als Schriftsteller Anerkennung zu finden.

Seit ein paar Jahren traf die Band sich nur, wenn sie vor neuen Platten oder Tourneen probte. Wenn sie auf Tournee gingen, nahm Raff meistens den Computer mit. Trainierte er nicht im Hotel an Geräten, arbeitete er an einem Nachfolger zu dem Roman, den er in jungen Jahren begonnen hatte und der nun endlich erschienen war. *Move On* handelte von einem drogensüchtigen Dichter, der mit seiner europäischen Freundin Autos stahl, über allem schwebte der Duft von ungewaschenem Geschlecht. Will war sich nicht sicher, dass er »die nackteste Schilderung vom Leben unterwegs seit Kerouac« gelesen hatte, wie der

Text auf der Rückseite verkündete. Sexbesessen, ungehobelt, selbstbezogen – so klang der Erzähler, was auf den Tourneen funktionierte, die Raff inspiriert hatten. »Aber in Büchern, Ache?«

Ich erwiderte, das Herausfordernde passiere heute in der bildenden Kunst.

Will zweifelte und begleitete mich dennoch zu Koehlers Vernissage. Ich hatte versprochen, für die Gäste zu spielen; als ich die Gitarre stimmte, gesellte er sich spontan dazu. Das Salatbesteck musste nur umgedreht werden, dann schlug er auf alles ein, was die Leute ihm hinstellten – Weinflaschen, Schalen, den Karton, in dem die letzten Einladungskarten lagen. Es entwickelte sich ein hemmungsloses Minikonzert, mit dem gleichen verrückten Eifer improvisiert wie in Dads Garage. Die Gäste zwangen uns zu drei Zugaben, eine verworrener als die andere.

Ich hatte die Gemälde des Monsters nicht beschrieben, doch je weiter der Abend fortschritt, desto begeisterter war Will. Er hatte ein gutes, wenn auch ungeübtes Auge und unterhielt uns mit Beobachtungen, als wir den Abend in einer Bar ausklingen ließen. Als sie zusammen gingen, empfand ich beinahe zu großes Glück.

Die Wochen verschwanden, Monate … acht Jahre. Ich weiß nicht wie. Dein Vater verkaufte sein Auto. Hatte eine Reihe von Beziehungen, allerdings keine von Dauer. Und trug im Sommer keine Baskenmütze mehr.

Mit Koehler traf ich mich gelegentlich beim Mexikaner, aber sie war so besetzt von ihren Experimenten mit Karotin, die Will inspiriert hatte, dass ihre Rastlosigkeit mich bedrückte. In unserer Freundschaft ging etwas verloren, es kam mir vor, als reichte ihre Energie nur für jeweils einen Menschen.

Dank des Monsters lernte ich allerdings ein Streichquartett aus Kalifornien kennen. Sie traten in einem Laden in SoHo auf, in den sie Will und mich schleppte. Als die beiden das Restaurant verließen, wie üblich vor anderen, blieb ich mit zwei Mitgliedern zurück. Ihre Instrumente waren so kostbar, dass sie sich geweigert hatten, sie an der Garderobe abzugeben. Jetzt lagen sie auf dem Fußboden wie schlafende Schatten.

Kairos Four hatten eine abgespeckte Version von Tan Duns *Ghost Opera* gespielt, demnächst erwartete sie die Zusammenarbeit mit Musikern aus Syrien oder Äthiopien, ich weiß nicht mehr, aus welchem der beiden Länder. Weder Dan, der das Quartett gegründet hatte, als sie in Kalifornien aufs College gingen, noch Jane, deren kreideweißes Haar einer Haube aus trockenem Schnee glich, interessierten sich für Grenzen. Das Wesen der Musik lasse sich nicht in ein Genre einsperren, die Karawane sei ihre natürliche Art zu existieren. Barockkantaten oder Deltablues, pakistanische Gebete, Kehlgesang, Punk, Electronica ... Die Stücke müssten stark sein, und energisch, und cool, sie dürften keine Angst haben, etwas zu riskieren oder zu rebellieren, und sollten unendlich zart und verletzlich und, wenn nötig, auch hässlich sein. Das Einzige von Bedeutung, die Atmung, die alles durchströmte, war die Kraft, die von einem Auftritt zum nächsten wanderte und niemandem angehörte, sondern nur verwaltet werden konnte, um anschließend weitergereicht zu werden.

»Aaaaah ... Hhh-aaaa ...« Jane atmete tief ein, dann aus. Sanft legte sie die Hand auf ihre Brust. Atmen sei Huldigung. Denn wenn der Mensch eine Seele habe, befinde sie sich dort. Vorübergehend. In der Lunge.

Dan hatte Transmission 1977 in Berkeley gesehen. Hinterher hatte er unser erstes Album gekauft und neulich auch *Chimera*. Er wechselte Blicke mit Jane, dann erklärte er, ihnen gefalle besonders »Ether«. Das Lied sei in auffordernder Weise beunruhigend. Es lasse sich nicht vorhersagen, was der nächste Ton sein würde, nur, dass die Finger den Saiten vertrauten. »Das hört man nicht oft im Rock. Wie ein Gebet an die Zukunft.«

»Die Luft«, korrigierte Jane.

Ich erwähnte die Tauben am Mulry Square nicht. Oder die Sterne und Insekten, die in den Catskills gelärmt hatten, bis ich ahnte, dass es darauf ankam, Sphären zu erschaffen, schmerzhaft ätherische, gewebt aus Sauerstoff und Nerven. »Es klingt bestimmt seltsam«, sagte ich stattdessen hustend. »Aber ich versuche, Räume in der Luft zu erbauen.« Ich war so überrumpelt von meiner Offenheit, dass ich unfähig war zu erklären warum. Oder für wen.

Jane glaubte es jedoch zu verstehen. Musik sei eine Wohnform für Nomaden. Sie schlage Zelte in der Luft auf. Geister, Narren, Kinder. Alle seien willkommen.

»Weißt du, warum das Land Äthiopien genannt wird?« Dan sah ernster aus. Der Name leitete sich offenkundig vom griechischen »verbrennen« und »Gesicht« ab; die Äthiopier waren das Volk mit verbrannten Antlitzen. Er wurde verlegen, als ich nichts entgegnete. »Ich dachte, das wüsstest du. Als du das Lied getauft hast, meine ich?«

Dan schien zu glauben, dass mich das Thema störte, denn statt weiterzureden, bot er mir an, mit den anderen im Quartett zu sprechen. Vielleicht konnten wir ja mal etwas zusammen machen?

Es dauerte Jahre, einen passenden Zusammenhang zu finden. In der Zwischenzeit veränderte sich Downtown – ich improvisierte daheim auf dem Klavier, fühlte mich aber immer mehr wie ein Wesen, das die Evolution besser aussortiert hätte; ein paar Sommer backte ich in den Catskills. Als Jane kurz vor der Jahrtausendwende anrief, musste sie mich deshalb an damals erinnern. Kairos Four sollten am Soundtrack zu einem Indie-Film mitarbeiten. Nachdem wir unterschiedliche Möglichkeiten diskutiert hatten, einigten wir uns auf das, worauf sie wahrscheinlich von Anfang an gehofft hatten.

Eine orchestrierte Version von »Ether«.

DAS *H* IN HULDIGUNG

Seither lebe ich in Berlin. Das war nie meine Absicht, die Jahre vergehen trotzdem. Heute könnte ich es mir nicht leisten zurückzuziehen, selbst wenn ich es wollte. Hier lässt es sich für jemanden, der Lärm und Elektrizität leid ist, gut leben. Manchmal vergehen Wochen, bis ich mich daran erinnere, dass ich Amerikaner bin. Es klingt seltsam, aber ich bin wohl geworden, was ich immer schon gewesen bin.

Ungreifbar.

Der Film, bei dem wir mitwirkten, enthielt Originalaufnahmen bekannter Bluesmusiker, wodurch er in Musikkreisen beachtet wurde. Dennoch waren alle erstaunt, als er von der Berlinale ausgewählt wurde. Ich bekam eine Einladung, weil der Gitarrist, der das Hauptthema spielte, erkrankt und das Quartett auf Tournee war. Solnicki bat mich, meinen Aufenthalt zu verlängern. Man habe vor Kurzem einen Kooperationsvertrag mit dem Bundesarchiv geschlossen, die Deutschen ließen es jedoch ruhig angehen. Das Monster gab mir die Telefonnummern von Freundinnen, mit denen ich mich treffen sollte; ich steckte den Zettel ein, hatte aber nicht vor, sie anzurufen.

Berlin im Februar bedeutete feuchte Fassaden und rauer, grauer Wind. Die Bäume waren kahl, das Kopfsteinpflaster glatt. Ein Shuttlebus fuhr uns zur Premiere. Ich hatte mich fein gemacht, ging allerdings erst über den roten Teppich, als der Regisseur, der auch die Hauptrolle spielte, mit seiner Filmpartnerin, die zudem seine Frau war, in die Kameras gewunken hatte. Schauspielerisch war sie besser, bekannt aus anderen Filmen, dennoch gelang es ihr nicht, die Handlung davor zu bewahren, in Selbstmitleid zu versinken. Es gab Traumsequenzen, die mir gefielen, und sanfte Schwenks über Getreidefelder und Baumwipfel im Gegenlicht. Doch die Story über einen gescheiterten Südstaatenschriftsteller mit Alkoholproblem, seine düstere Exfrau und die kaputte Vergangenheit – nichts davon packte mich. Im Gegenteil, so viel männliche Unfähigkeit war mir peinlich. So sah es also aus, das Genie Testosteron in der inneren Emigration. Nicht einmal die Rückblenden nach Vietnam oder ein schuldbeladenes Gewissen schafften es, einem den Mann nahezubringen.

Während der Dreharbeiten hatten wir eine Rohversion der Szene gesehen, die von »Ether« begleitet werden sollte. Jetzt stellte sich heraus, dass das Stück gekürzt und aufgeteilt worden war – fünf Sekunden hier, zehn da. Ich murmelte dem Regisseur etwas Entschuldigendes zu und verließ das Kino, noch ehe der Abspann begann. Als wir uns am nächsten Morgen beim Frühstück begegneten, schob ich es auf eine Migräne.

Zwei Tage später wechselte ich das Hotel. Der Regisseur und seine Frau reisten ab, würden aber zurückkehren, falls der Film einen Preis gewann. Das tat er nicht.

Das neue lag in Kreuzberg. Die Einrichtung war schrill, das Zimmer jedoch ruhig und sauber, was ich Will erzählte, als wir eines Abends telefonierten. Obwohl ich einen Festivalpass bekommen hatte, sah ich nur einen brasilianischen Film – der Titel klang verlockend, wahrscheinlich deshalb. *Latitude Zero* schilderte, wie sich die hochschwangere Besitzerin einer Bar in der Nähe einer verlassenen Goldgrube in einen Soldaten auf der Flucht verliebt. Es gab eine vertraute Ödnis in der Bebauung, die kargen Weiten schienen Anfang und Ende des Lebens zu bilden. So stellte ich mir eine größere Version des Mulry Square vor, an einem Breitengrad gelegen, die den ganzen Erdball umschloss. Obwohl der Film nur zwei Rollen enthielt, waren wir mehrere, die sich am Äquator der Nichtigkeit aufhielten.

In der zweiten Festivalwoche klingelte es im Zimmer. Es dauerte eine Weile, bis ich begriff, dass es das Telefon war. »Ache, bist du das?

Ache?« Ich war eingeschlafen, das Monster schrie. »Endlich. Wo hast du gesteckt? Geh zu neumanriedenhauer. Sofort!« Sie sprach von ihrer deutschen Galerie; die Besitzer benutzten durchgängig kleine Buchstaben. Wenn ich mich beeilte, würde ich es noch zu der Gruppenausstellung schaffen, die gerade eröffnet wurde. »Ich *weiß*, dass dir die Werke gefallen werden. Und Ona.«

Ona?

Eine der Freundinnen, deren Nummer sie mir aufgeschrieben hatte. Typisch für mich, sie nicht anzurufen. »Tust du jemals, was man dir sagt?«

Das Monster hatte recht. Mir gefielen die kraftvollen Gemälde in möhrenroten Farben und mit appliziertem Ruß, die sie endlich großformatig hatte ausführen können. Laut Preisliste hieß die Suite *No Match*. 12 000 Mark pro Bild erschienen mir nicht abwegig. In der Ecke eines Bilds sah man zwei Zeilen aus Trishs und meinem Buch, ich hatte vergessen, dass ich sie geschrieben hatte: »»Das alte Lager brannte rasend. / Und mit ihm meine Streichhölzer.«

Darüber hinaus gefielen mir die Bleistiftzeichnung einer britischen Künstlerin, die fünfundvierzig zittrige Kreise in der Größe einer Single übereinander an die Wand gezeichnet hatte, sowie die Pflanzen, die ein Amerikaner hier und da in die Spalte zwischen Boden und Wand eingepflanzt hatte. Sie ähnelten dem Unkraut auf den Hinterhöfen in Alphabet City, aber von Nahem sah man, dass sie aus feingehämmertem Metall waren, vielleicht Bronze.

Das einzige Werk in der Ausstellung, das mich wirklich berührte, war jedoch eine Videoinstallation mit Echos von Skladanowskys Nebelbildern. Im hinteren Ausstellungsraum war eine Glasscheibe so angewinkelt worden, dass ihre Oberfläche einen von der Decke projizierten Film spiegelte. An den Wänden hingen weitere Scheiben, auf die Standbilder geworfen wurden. Das Video war in Farbe, die Motive waren verschlungen. Als ich eintrat, öffnete und schloss sich gerade ein

Tierauge in Zeitlupe. Es war nicht zu erkennen, ob es sich um einen Hund oder Biber, eine Ziege oder einen Hamster handelte. Sicher war nur, dass der langgezogene Blick nicht zu einem Menschen gehörte. Vielleicht war es Gott.

»Iss das Licht«, murmelte ich vor mich hin.

Als ich nachsehen wollte, wer das Werk geschaffen hatte, änderte der Film seinen Charakter. Langsam ging der träge Blick in eine eckige Form über, die sich auf der Glasfläche hin und her bewegte. Sie glich der Milbe in einem Reagenzglas oder einem Geländewagen aus riesiger Entfernung, vielleicht in einem Krater auf dem Mond. Die Bewegungen wirkten ziellos, aber von einer heimlichen Kraft angetrieben. Wenn ein Strahl hereinfiel, zuckte die Form jedes Mal zusammen und bewegte sich gemächlich zu der neuen Lichtquelle. Nach einer Weile fuhr die Kamera näher heran und man sah, dass es ein elektrischer Apparat auf Rädern war. Vorn saß eine Linse, von der ich annahm, sie ändere die Richtung des Fahrzeugs.

»*The World of Pulses* ...« Der Mann an meiner Seite musste einer der Galeristen sein. Zerzaustes Haar und Turnschuhe, unkonzentrierter Blick, Hemd unter der Jacke eines Trainingsanzugs. Wahrscheinlich sah er, dass ich Ausländer war, denn er sprach Englisch.

Die Sequenz, die ausgedehnt worden sei, stamme aus einem japanischen Wissenschaftsfilm. In den sechziger Jahren habe ein Elektronikunternehmen die Ähnlichkeiten zwischen lebenden Organismen und Apparaten demonstrieren wollen. In beiden Fällen wurde das Geschehen von Pulssignalen gesteuert. Die Linse des Fahrzeugs suchte das Licht; sobald ein Strahl auf »das Auge« fiel – der Mann zeichnete Anführungszeichen in die Luft –, wurde das Signal in Information umgewandelt, die Räder schwenkten und orientierten sich zu der Quelle.

Auch Mikroben fehlten mentale Fähigkeiten, auch ihre Bewegungen waren abhängig von Stimuli. Der Galerist nickte zu den Bildern an der Wand, die diverse Fälle zeigten. Tatsächlich war es bei komplexeren Organismen wie Tieren und Menschen nicht viel anders. Je besser die Wissenschaft verstand, wie lebende Organismen Impulse verarbeiteten, desto leichter würde es sein, Maschinen zu komplexen, aber vorhersehbaren Wesen zu entwickeln.

»Möchten Sie …« Neuman, oder auch Riedenhauer, drehte sich um, was die Frage ihr Objekt verlieren ließ. Eine Frau in Schwarz stieß gerade mit Gästen an. Als sie zu uns kam, schien sie in den hohen Schuhen herumzurutschen, vielleicht waren sie ihr zu groß. »Ona Onder. Und das ist …« Er fragte mit dem Blick.

»Middler, Ache Middler.«

Der Galerist verließ uns mit einem verbindlichen Lächeln, die Künstlerin rückte die Spiegelbrille gerade, die sie ins Haar geschoben hatte. »Der Mann, der sich nicht meldet.« Ihre bodenlosen Iris waren eine Mischung aus Himmel und Meer.

Ich konnte mich nicht sattsehen.

Am nächsten Abend war Ona zu Hochschaft-Converse übergegangen. Unter ihrem Mantel trug sie das Jackett vom Vorabend, auch die Jeans war schwarz. Lange Halsketten, die auf der Bluse ruhten – zwei in Silber, eine mit Holzkugeln. Sie hatte vorgeschlagen, uns im Orient zu treffen, einem Lokal, das wie ein Café aussah, sich aber Lounge nannte. Bevor sie Tee und Baklava bestellte, gab sie dem Kellner eine CD, die sie mit etwas von Bowie gebrannt hatte, ihrem Lieblingssänger. Es hörte sich an, als hieße der Mann Halil. Mit einer hilflosen Geste zu den plastiklaminierten Speisekarten, gestand ich ihr, dass ich geglaubt hätte, wir würden essen gehen.

»Linsensuppe oder Sucuk mit Salat.« Auch Ona schien keine Fragezeichen zu mögen, oder Deutsche sprachen Englisch nur so. Sie bestellte für uns beide. »Vielleicht esse ich mit dir.«

Als das Essen kam, schob sie die Baklava zur Seite. Erst aß sie mit ihrem eigenen Löffel von meiner Suppe, schnell scherten wir uns nicht mehr darum, wem was gehörte.

Ich hatte offenbar vergessen, wie man sich benahm, denn das Porzellan, das Essen, das Kauen – alles erschien mir ungewohnt. Ich sah, dass ich eine Brotscheibe nahm, ich wurde Zeuge, als sich das Glas dem Mund näherte und die Serviette abgelegt wurde. Die Bewegungen waren zugleich gemächlich und übertrieben, wie in Onas Videoinstallation. Ihre ruhige Art linderte jedoch meine Unsicherheit, mit der Zeit teilten wir uns auch das Schweigen. Wären wir eines dieser Vexierbilder gewesen, die Psychologen verwenden, würde ich denken, das Wichtige waren nicht die Profile, die wir formten, sondern die Vase. Später fragte ich sie, ob sie meinen Löffel mit Absicht genommen hatte. Sie lachte; sie hatte sich das Gleiche über mich gefragt.

Wenn ich nicht versuchte, die richtige Person im Filmarchiv zu erreichen, zeigte Ona mir die Stadt. Nach Vernissagen ging sie ohnehin nie ins Atelier. Die Luft war abgestanden, es brauchte Zeit, um der Leere nach Werken zu vertrauen, die den Raum verlassen hatten. Um nicht den Fehler zu begehen, zu früh mit etwas Neuem zu beginnen, befolgte sie eigene Gebote. Das erste lautete: »Vermeide Abwesenheit, die nicht ausgelüftet wurde.« Sie lachte darüber, wie feierlich das klang, aber ich merkte, sie meinte es ernst. An manchen Tagen, wenn sie zusätzlich in einem Pflegeheim arbeitete, musste ich allein zurechtkommen. Dann fuhr ich mit Bussen durch die Gegend, wie einst in London, oder ruhte mich im Hotel aus. Ansonsten spazierten wir unter einem Himmel aus Milch, erzählten von uns oder waren still, sandten jedoch auch dann Informationen.

Ona kleidete sich dünn, doch die Kälte schien ihr nichts auszumachen. Ich versuchte, mich an das Tier zu erinnern, von dem es hieß, es überlebe den Winter zwischen Laub oder in hohlen Baumstämmen. Trotz ihrer ruhigen Art hatte sie etwas Waches und Weitoffenes. Die Haare rochen nach Henna, wenn unsere Wangen sich zur Begrüßung berührten, der Blick war von Kajal umschlossen. Die Gebote, die sie formuliert hatte, warnten auch vor dem Rauchen, gleichwohl bat sie mich manchmal um eine Kippe. Solange ihr die Schachtel nicht gehörte, war es erlaubt. Sie hielt die Zigarette wie ein Zelluloidgangster: mit Daumen und Zeigefinger an den Lippen.

Am besten gefiel mir aber, dass sie mit den Armen an den Seiten hängend ging. Manchmal waren die Hände zu Fäusten geballt, dann glichen ihre Arme Ausrufezeichen. Als sie sich eines Tages so bewegte, mit geradem Rücken und gehobenem Kopf, gestand ich mir ein, dass die Unsicherheit, die ich in der Lounge empfunden hatte, nicht an mangelnder sozialer Routine gelegen hatte.

In der letzten Festivalwoche bat Ona mich, sie abzuholen. Der Film, den wir sehen wollten, lief in einer Nebenreihe und wurde in einem Kino wenige Häuserblocks von ihr entfernt gezeigt. Die Wohnung war klein, bloß ein Zimmer und Küche; wegen der zwei Mieten konnte sie sich nichts Größeres leisten. Während ich im Ausstellungskatalog blätterte, der gerade gekommen war, erzählte sie mir von ihrem neuen Atelier. Der Raum sei ein Segen, ganz anders als das heruntergekommene davor. Ihre Galeristen hätten es in einem Industriegebäude im Norden der Stadt gefunden, es gebe warmes Wasser und zuverlässigen Strom, sogar eine Kochnische und eine Dusche. Obwohl es verboten war, dort zu übernachten, tat sie es, wenn sie zu müde war, um nach Hause zu fahren. Dann lag sie in einem Raum eine Treppe höher; an der Längsseite waren Fenster, durch die sie in das Atelier hinuntersehen konnte, deshalb nahm sie an, dass er dem Vorarbeiter gehört hatte. Als der Vertrag unterzeichnet war, strich sie die Decke in Berliner Blau, seither hatte sie das Gefühl, im Freien zu schlafen.

In ihrer Wohnung deuteten nur zwei Linien darauf hin, dass Ona Künstlerin war. Die eine war einen Meter lang und rot, die andere war grün und zog sich mehrere wackelige Runden über die Wände des Zimmers. Ich dachte an die Rastafarben, die Edie gefallen hatten, aus Gründen, die ich nicht verstand, freute es mich, dass Gelb fehlte. Auf eine spartanische Art machten die Linien ihr Zuhause gemütlich. Am

Bett hing ein Foto, an der Tür lag eine zusammengerollte Yogamatte. Über dem Telefon waren ein paar Nummern gekritzelt worden, darunter die des Monsters.

»Ich will von möglichst wenig gestört werden.« Ona folgte meinem Blick.

»Wollen wir ...« Ich legte den Katalog weg, bald würde der Film beginnen.

»Ich glaube kaum.« Als sie sich vorbeugte, brannte ihr Atem.

Ich höre mich wahrscheinlich an wie ein Teenager, wenn ich von der Frau erzähle, die ich binnen weniger Tage zu vermissen lernte wie der Körper Salz. Aber zum dritten Mal im Leben wurde ich überrumpelt, und ich habe keine Lust, darin einen Zufall zu sehen. Wenn die Seele sich aus den Bronchien lösen kann, schätze ich, dass dies geschah. Irgendwie atmete ich in der Nacht jedenfalls nicht nur mit der Lunge, sondern mit dem ganzen Körper.

Ich weiß, es kommt vor, dass eine solche – lässt es sich Erleichterung nennen? –, dass eine solche Erleichterung andere Menschen verlegen macht, doch Ona erkannte sich wieder. Es war also kein Zufall, es waren nicht die Hormone. Das hier lag jenseits von so etwas. Drei Tage gingen wir nur hinaus, um Essen zu kaufen.

Ona würde Ende Oktober einundvierzig werden. Als ich die Hände um ihre Hüften wölbte, glatt wie Ufersteine, gaben weder sie noch ich etwas darauf, wie ungelenk meine Bewegungen waren. Obwohl sie nicht so groß war, wie es den Anschein hatte, schien ihr Körper nicht zu enden, als sie sich, die Haut vom Becken bis zur Brust in Falten, vorbeugte. Wirklich überall hatte sie Muttermale: Flecken groß wie Tränen, unzählige kleine, auch winzige, die sich in Spritzern auf der Haut verteilt hatten, selbst hinter dem Ohr – ein brauner Sternenhimmel. Saß sie aufrecht wie jetzt, einer Sphinx gleich, wirkte sie festgegossen, obwohl sie sich rhythmisch bewegte. Die Haare waren halblang, sie schien es niemals leid zu werden, sie hinter die Ohren zu streichen. Die Nase wurde unten breiter, die Schneidezähne waren groß. Ihre Rippen zitterten, der Nabel war so tief, dass er bodenlos sein musste. Als ich etwas später die Zungenspitze auf seine Windungen presste, spürte ich, wie die zusammengeschnürte Haut nach innen wirbelte – und dachte: Dieser Mensch hat kein Ende. Wahrscheinlich kitzelte es, denn Ona lachte. Hell, unerwartet glücklich.

»Bist du bodenlos?«

»Bin ich was?« Ich fügte das Fragezeichen hinzu, als sie herumrollte. Die dünnen Haare verteilten sich auf dem Kissen, sie kniff die Augen zu. »Ich bin nur Ona Onder. Deine erste und letzte Ona Akaterina Onder auf der Welt.«

Noch etwas, danach werde ich ohne Herz als Kehlkopf weitermachen. Als ich einen Tag später meine bevorstehende Heimreise erwähnte – wir saßen in einer Pizzeria, die Ona mochte –, tat sie etwas mit den Händen, was ich nicht begriff. »Hab die Ohren abgeschraubt. Kann nicht hören, was du sagst.« Sie klang sogar ein bisschen taub.

Wir waren keine Kinder mehr, wir wussten beide, dass sich diese Wochen voller Eifer und Unvernunft in Erinnerungen verwandeln würden, wenn ich nach New York zurückkehrte. Vielleicht vermieden wir es deshalb, über die Gegenwart zu sprechen. Wir erzählten von der Vergangenheit und von Plänen für die Zukunft – von Hunger und Fahrlässigkeit, von Träumen, Misserfolgen, Projekten. Aber die Gegenwart … Sie machte uns auf Arten verletzlich, die tiefer lagen als Geständnisse.

Ich beschrieb die Rolle, die eine gewisse Waschmittelmixtur in meinem Leben gespielt hatte, einschließlich dessen, was an einem Morgen mit Milchflaschen in London passiert war, Ona berichtete von ähnlichen Schwierigkeiten, die sich alle in einem Namen zusammenfassen ließen: Bojan. Als sie erklärte, sie habe sämtliche Fehler begangen, die eine Freundin machen könne, zumindest diesseits des Wahnsinns, musste ich nicht mehr hören. »Ist besser so, Ache. Du willst es nicht wissen.«

Am letzten Tag in Berlin – ich hatte ausgecheckt, das Taxi brauchte eine Ewigkeit und kam trotzdem zu früh – suchte ich nach zärtlichen, aber schmerzfreien Worten. Wir hatten Adressen und Telefonnummern ausgetauscht; keiner wusste, wie unsere Bekanntschaft weitergehen würde, nur dass beide es wollten. Ona weigerte sich, am Flughafen Abschied zu nehmen, sodass die Märzluft unsere Lungen in frostiges Geäst verwandelte, während wir vor dem Hotel froren. Sie hatte ihre Yogamatte dabei; die Abwesenheit, die ich hinterlassen würde, musste durch abhärtende Übungen vertrieben werden. Schließlich fragte ich sie nach den Standbildern, die sie auf Glasscheiben projiziert hatte. Da gab es herumirrende Milben, einen in Säure gesenkten Eisendraht, durch den Stöße fuhren, Nervenfäden, die sich verzweigten … Wie kam es, dass sie sich so für Impulse interessierte?

Statt zu antworten, packte sie den Kragen meiner Jacke. »Ja, warum, Ache?«

Fragezeichen.

In Frankfurt stieg ich um. Obwohl ich keinen der Filme an Bord gesehen hatte, fiel es mir schwer, mich zu konzentrieren. Ameisen krabbelten unter der Haut, auf halber Strecke über dem Atlantik riss ich den Kopfhörer herunter. Weder die Stiftung noch eigene Musik erforderten, dass ich in New York lebte. Die Warnsignale brauchten nicht zu schrillen oder die Flugbegleiterin uns bitten, uns anzuschnallen, die Turbulenz war aber zweifellos passend. Zwölftausend Meter über dem Meer beschloss ich, ein Fragezeichen nicht das Letzte bleiben zu lassen, was zwischen uns gesagt wurde.

Als Solnicki erfuhr, dass ich einige Zeit in Berlin verbringen wollte, fand er, das höre sich gut an. Es würden weniger Aufträge anfallen, die Auslandseinsätze dafür einfacher werden. »Wir kommen ungern ohne Sie aus.«

Das Monster telefonierte herum. Schließlich erreichte sie einen Kunstwissenschaftler, bei dem sie nicht sicher war, ob sie seine verschlungenen Artikel in *October* gut fand oder verstand, der sich vorstellen konnte, bis zum Jahreswechsel oder vielleicht auch länger, die Wohnung zu tauschen. Seine Frau war zwischen zwei Stellen und hatte nichts dagegen, dass ihr Mann sein Forschungssemester ins Ausland verlegte. Nach Faxen in beide Richtungen einigten wir uns darauf, die laufenden Kosten zu übernehmen, aber beim jeweils anderen zu wohnen.

Als ich am letzten Morgen im März in Tegel landete, fuhr ich direkt zu der Wohnung des Paars. Sie lag im ehemaligen Westteil, gegenüber von einem Maklerbüro mit digitalen Anzeigen im Fenster. Der Hauseingang wurde von Betonputten flankiert. Als ich die Tür aufdrückte, kam gerade ein drei oder vier Jahre alter Junge die Treppe herunter – Schritt für vorsichtigen Schritt, während die Hand über das Geländer glitt. Im ersten Stockwerk schloss ein älteres Paar die Tür hinter sich. Der Mann grüßte, ehe er mit unübersehbarer Mühe mit einem Dreirad in der Hand folgte, die Frau trug einen Hijab. Das Haus roch nach Bohnerwachs. Ich hatte an der Haustür geklingelt, sodass die Tür offen stand, als ich die vierte Etage erreichte.

Der Kunstwissenschaftler war jünger, als ich angesichts seiner Faxe gedacht hatte (schwer zu lesende Handschrift, wohlgewählte Worte). Randlose Brille, weißes Hemd mit roten Streifen, senfgelbe Cordhose. Seine Frau und er zeigten mir, förmlich freundlich, die Wohnung. Sie hatten private Papiere und Wertsachen im Arbeitszimmer gesammelt; ob ich etwas dagegen hätte, wenn sie es abschlossen und den Schlüssel mitnahmen? Ich hob die Hände. Meine Zweizimmerwohnung im Village passte drei-, vielleicht sogar viermal in ihre Behausung. Ein paar Quadratmeter weniger, die geputzt werden mussten, waren willkommen.

Die Übergabe sollte erst am nächsten Tag erfolgen, weshalb ich den Koffer und die Gitarren im Flur stehen ließ. Nachdem wir Schlüssel ausgetauscht hatten, fuhr ich nach Schöneberg weiter. Das Einzige, was ich mitnahm, waren die finnischen Handys, die ich am JFK gekauft hatte.

Als Ona öffnete, wich sie, den Inhalt der Tüte musternd, in die Wohnung zurück. »*So this is it.*«

»*Mm, this is it.*«

Der April verstrich, der Mai begann.

Wenn Ona arbeitete, fuhr ich mit dem Rad des Kunstwissenschaftlers herum, es war hoch wie ein Pferd und hatte keine Gangschaltung, dafür einen Korb am Lenker und die stabilen Handgriffe einer Schubkarre. Ab und zu vertonte ich Filme mit Bella, die herüberflog; die Arbeit an eigenem Material lag brach – vorübergehend? Ich wusste es nicht. Die letzten Lieder, die das Licht der Öffentlichkeit gesehen hatten, waren die auf *Chimera*. Über das Kopfsteinpflaster ratternd merkte ich, dass es nichts machte, wenn ich ein ehemaliger Rockmusiker geworden war. Ich war über fünfzig in einer Branche, die der Jugend huldigte. Auch wenn sich die Einstellungen verändert hatten, seit Menschen auf den Äckern in Woodstock getanzt hatten – eine Reihe von Musikern ging noch auf Tournee; die Geschichte hatte ihre ersten Senioren mit Marshall-Verstärkern im Rücken –, war das Älterwerden nichts, dem auch nur drei Akkorde gewidmet wurden.

Länger als ich zurückdenken wollte, war es mir so vorgekommen, als hätte ich existiert, ohne zu sein, auf Straßen herumlaufend, unbemerkt, aber belebt von allem, was ohne meine Einmischung passiert war. Das geschah auch jetzt. Auch wenn die Welt nicht wusste, wer Ache Middler war, nicht hier, nicht in Deutschland, vergaß sie mich doch nicht. Im Gegenteil, sie sorgte dafür, mein Dasein mit Unwesentlichem zu füllen. Es konnte einen Tag dauern, die Nudeln vorzubereiten, die ich als Abendessen versprochen hatte. Als Erstes mussten Miesmuscheln gefunden werden, danach Chili und das richtige Olivenöl. Dennoch schien die Fahrt kein Ziel zu haben, wenn ich kreuz und quer durch die Stadt rollte. Ich kaufte englischsprachige Zeitungen in einem der großen Bahnhöfe, hielt in einem Park und las, ich hörte die S-Bahn-Züge so beharrlich klappernd vorbeirattern, dass ich daran zweifelte, ob sie jemals ruhten, oder fuhr hinaus zum Nikolassee, wo Ona, wie sie erzählt hatte, schwimmen ging, sobald es warm wurde.

Nichts von Bedeutung ereignete sich. Und das war das Geheimnis. Ich konnte mich nicht erinnern, wann ich zuletzt ein so zähes Glück erlebt hatte.

Du darfst mich nicht falsch verstehen, nicht jetzt, wenn ich mich den Ereignissen nähere, durch die diese Zeilen notwendig geworden sind. Deine Mutter schreibt, du magst nicht nur Rihanna, sondern zeichnest auch gern. Du wirst bald elf, in ein paar Jahren dürftest du verstehen, wie kompliziert das Leben sein kann, auch wenn man es nicht will. Theresa ist wichtig, und ich bin froh, dass sie dich zur Welt gebracht hat, aber Ona steht für mich über allem anderen.

Als wir uns kennenlernten, erlebte ich zum ersten Mal, dass es einen Menschen immer schon gegeben hat. Das klingt dramatisch, ich weiß, als spräche ich, während meine Hände Glühbirnen in die Luft schraubten, aber das ist trotzdem nichts dagegen, was bald passieren sollte. Mit der Zeit wurde die Gestalt mit den geraden Schultern von all dem erfüllt, woraus Menschen normalerweise bestehen – Sorgen und Empfindsamkeit, Wunden, Himmel, Unterwelt, in Onas Fall außerdem aus einem Vater, der früh gestorben war, einer Mutter, die im Sozialamt arbeitete, beide aus dem Osten der Türkei, einer Schwester, einer schwierigen Pubertät und Kunstakademie, Begierde, Enttäuschungen.

Im ersten Sommer erschien mir der Mensch, der länger existiert haben musste als Licht, jedoch wie die Frau in dem Hit, den ich, jugendlich und sehr hungrig, gesungen hatte, als ich zum ersten Mal auf dem Weg nach New York war:

She holds her head so hi-igh
Like a statue in the sky-y

Manchmal trafen wir auf einer Vernissage oder in einer Bar Freunde. Die meisten waren Künstler ohne Galerie, die in wechselnden Räumlichkeiten gemeinsame Ausstellungen organisierten. Ona hatte mich gewarnt, dass wir auf Bojan stoßen könnten. Beide waren wir deswegen angespannt, allerdings aus unterschiedlichen Gründen, vielleicht trank ich mehr als nötig. Wir entdeckten ihn jedoch nie, und mit der Zeit entspannte ich mich. Alkohol, Drogen, Meinungen: Die Leute hier unterschieden sich nicht nennenswert von New Yorkern, auch wenn das Tempo ruhiger und der Enthusiasmus weniger mechanisch war. Ona hegte den Verdacht, dass sich dies ändern würde, jetzt, da Geld in die Stadt strömte.

Dann passierte es. An einem warmen Abend Ende Mai, in unserem Stammlokal, klopfte mir ein Mann unter vierzig auf den Rücken. Motorradjacke, blitzende Zähne und lange Haare, ramponiert selbstsicher – ich begriff sofort, wer er war. Ona begrüßte gerade an einem anderen Tisch ein paar Freunde. Als sie Bojan sah, schien sie zu finden, dass sie uns genauso gut allein lassen konnte. Ihr ehemaliger Freund lud mich zu einem Bier ein und sprach über Punkbands im früheren Osten. Irgendjemand, vielleicht Ona, hatte wohl erwähnt, dass ich Musiker war. Ich wusste, dass er bosnischer Serbe war; offenbar hatte es in Sarajewo vor dem Krieg eine lebhafte Szene gegeben. Als er merkte, dass ich keine Lust hatte, ihre amerikanischen Vorbilder zu diskutieren, legte er die Hand auf meinen Arm. Keine Sorge. Auch er habe frühere Lebensumstände verlassen, die Deutschen verstünden sich nicht auf Nuancen. Er persönlich spreche zum Beispiel nur vom »Balkan«.

Ich weiß nicht, was mich am meisten störte, die Hand oder der Krieg. Vielleicht nur, dass Bojan mehr über mich zu wissen schien als ich über ihn.

Als ich eine Zigarette herausschüttelte, wollte er keine, versuchte aber später am Abend, mich zur Toilette mitzunehmen. Ich erklärte, wir wollten nach Hause, er flüsterte, das Pulver sei das beste in der Stadt. Ich lehnte ab; er lachte, wenn ich Gras bevorzugte, hätte er welches; ich lehnte wieder ab, den Blick auf Ona gerichtet, die an der Tür wartete. Schließlich gab er auf. Stattdessen bestellte er neue Biere und bat mich um eine Rangliste der Clubs, die er auf einer bevorstehenden Reise nach New York besuchen sollte. Er freue sich sowohl auf The Roxy als auch auf The Bottom Line, aber vor allem aufs CBGB. Ich antwortete halbherzig, wie ich es in England gelernt hatte, und ging.

Nach diesem Abend grüßten wir uns nur, indem wir das Kinn hoben.

Manchmal tauchte Bojan in Bars und Galerien auf. Ona sprach bloß mit ihm, wenn sie musste. Dann wollte er uns zu einer Performance in einem leerstehenden Haus einladen, wo er mit Freunden einen »Projektraum« eröffnet hatte. Es war auf einer Vernissage, sodass wir ihm nicht ohne Weiteres aus dem Weg gehen konnten. Bojan ließ erst von uns ab, als Ona sich die Adresse auf einer Serviette notiert hatte. Anscheinend lag der Kasten hinter einem Bunker, den sie kannte. Er bat sie zudem, sich ihre Leica ausleihen zu dürfen, und hörte erst auf, sie zu beknien, als sie mit den Schultern zuckte; er könne sie am nächsten Tag in ihrem Atelier abholen.

Die Serviette, die Ona mir gab, hätte ich am liebsten weggeworfen, doch ich hatte keine Kontrolle über die Situation. Außerdem ging mich die Geschichte der beiden nichts an. Dennoch störte mich ihre Nachgiebigkeit mehr, als ich es mir wünschte. Am nächsten Morgen schob ich mir das Kissen in den Nacken und suchte nach dem richtigen Tonfall. »Was ist los mit ihm?«

»Mit wem.«

»Bojan. Er wirkt so … bedürftig?«

Ona tastete nach etwas zum Anziehen. Nachdem sie sich mein

Hemd übergezogen hatte, verschwand sie im Badezimmer, ohne sich umzudrehen. »Ich habe es dir doch gesagt. Du willst es nicht wissen.« Am nächsten Wochenende fuhren wir an die Ostsee. Der Sand war kreideweiß, ansonsten erinnere ich mich nur an Wind und Nieselregen. Ich weiß nicht, ob sie es tat, um mir zu zeigen, wie wenig ich zu befürchten hatte; in einem der Strandkörbe am Meer sitzend – die Markise flatterte blau-weiß, der Strand wurde langsam dunkler – fächelte Ona sich jedenfalls den Rauch meiner Zigarette zu. Auf die Art wurde meine Sorge ihre.

Als wir zurückkehrten, passierte es wieder. Vor der Sommerpause eröffneten neumanriedenhauer eine Ausstellung mit dem nicht uninteressanten Titel »No Fire No Ashes« – Schmalfilm, minimalistische Musik, sogar thailändisches Essen, glaube ich. Ona unterhielt sich auf dem Bürgersteig mit einem Sammler, als Bojan heranschlenderte. Schäbige Haare, genau wie das T-Shirt, einen Zeigefinger in den Kragen der Jacke eingehakt, die er sich auf den Rücken geworfen hatte. »Eine Seuche, aber geliebt von seiner Mutter«, hatte sie erklärt, als ich sie am Meer, das eine Gänsehaut bekommen hatte, um ein Psychogramm bat. »Das Geschenk Gottes an die Frau, sozusagen.«

Bojan gab ihr Wangenküsse, statt darauf zu antworten, ob er die Leica zurückgeben würde, dann schloss er mich in seine Arme. Man merkte, dass er athletisch war, seine Pupillen waren zu Stecknadelköpfen geschrumpft. Darauf wartend, dass er dem Sammler vorgestellt wurde, strich er sich die Haare hinter die Ohren. Als Ona stattdessen das Gespräch fortsetzte, zog ich ihn an die Bar.

Bojan leerte ein Glas und machte mit dem nächsten weiter. Ich rauchte, während er Krabbenchips aß. Als die Schale leer war, richtete ich den Blick auf einen ruhigen Punkt im Raum, dann zog ich still an meiner Zigarette. »Ich finde, du solltest Ona in Ruhe lassen.«

»On*a*?« Der Wein verfärbte die Zähne. Bojan stocherte etwas Hängengebliebenes fort, anschließend erklärte er ebenso still, mit Chips auf der Zungenspitze, er wisse, wo ich wohne. »On*aaa*« – er schluckte –

»dachte, sie könnte es geheim halten. Richte ihr aus, dass ich mich wegen der Kamera melde.«

Ich wiederholte, dass er sie in Ruhe lassen solle.

Er leerte sein Glas in einem kontrollierten Zug. Bevor er verschwand, zog er die Jacke an, das Leder sonderte einen Luftstoß von Schweiß ab. »*American*, du weißt nicht, worauf du dich eingelassen hast.«

Meistens schlief Ona bei mir, was vermutlich der Grund dafür war, dass Bojan die Adresse ermittelt hatte. Offenbar war es ihm nicht gelungen, einen Neid heraufzubeschwören, der so stark war, dass er seinen Gegenstand vernichtete; wenn sie nicht zu Hause oder im Atelier war, musste er wissen, wo sie sich aufhielt. Bevor ich zu meinem ersten Auslandsauftrag aufbrach, gab ich ihr sicherheitshalber meine Schlüssel. Ich bezweifelte, dass er einen Besuch wagen würde, doch es erschien mir besser, wenn sie an einem Ort mit Gegensprechanlage wohnte.

Als ich ein paar Tage später zurückkehrte – aus Locarno –, erkundigte ich mich nicht, ob sie sich gesehen hatten. Stattdessen fragte ich: »Wie heißt du?« Ona hatte ein Essen vorbereitet, der Topf war jedoch auf dem Herd geblieben, als wir uns hingelegt hatten. Jetzt bebte ihr Bauch; die Muskeln spannten sich; sie glich einer roheren Sorte Mensch. Verblüfft hob sie den Kopf. »Ich meine, spreche ich deinen Namen richtig aus?«

»Was …«

Ich wiederholte die Frage, diesmal mit dem Kinn auf ihrem krausen Hügel.

»Eigentlich fehlt ein *y*, wenn du das meinst.« Als sie anfing mit neumanriedenhauer zu arbeiten, hätten die Galeristen behauptet, die Leute würden sich leichter an ihre Kunst erinnern, wenn sich Vor- und Nachname stärker ähnelten. Außerdem klinge Ona Onder nach einem Star der dreißiger Jahre – aus Hollywood oder Berlin oder so. Sie selbst habe vermutet, dass die beiden das Türkische verwischen wollten. »Onay oder Ona – ist mir egal. Vater kam auf den Namen, sagte selbst aber immer Nono.« Sie legte sich wieder hin, die Handflächen nach oben gedreht. »Jetzt mach weiter, liebe Zunge.« In dieser Nacht presste Ona den Rücken an mich. Ich legte den Arm um ihre Taille mit dem großen Leberfleck. Sie schien nach etwas zu suchen, denn kurz darauf bewegte sie die Hände – streckte und drehte ihre Arme, suchend wie ein japanisches Geländefahrzeug. Sie schlief tief und fest, man merkte, dass andere Kräfte sie steuerten. Erst tastete sie in die eine Richtung, dann zog sie den Finger zurück und tastete in die andere. »*Y*...«, hauchte ich, obwohl sie mich nicht hörte. Und dann: »Werde mein Warum.«

Von diesem Augenblick an trug sie einen Namen, den nur ich kannte.

Zu meiner Schande muss ich gestehen, ich verstand Bojan. Zwölf Jahre nach London, und mehr als die doppelte Zahl nach der Insel im Himmel, hatte Why die kühnsten, verborgensten Zellen in mir entfacht. Der Körper loderte innerlich, ich fühlte mich stark, schlank und tausend Jahre jünger. Den Menschen, der von einem Wesen wie diesem unbeeindruckt blieb, gab es nicht. Endlich erschien mir das Leben auf jene hingerissene Art nackt, die Pfingstler ihre Hände zum Himmel heben ließen, um Seraphim zu preisen oder auch die Hitze in Achselhöhlen und Leisten, das Rätsel der Wolken und das berauschte Glück von Häuten. Das sehnige Wesen neben mir wirkte Wunder allein schon dadurch, dass es schlief.

War das Huldigung? Ich wusste es nicht. Ich lag lodernd und schlaflos, glücklich unschlüssig, und dachte an den Hauch, der alles durchströmte, in Why aber wohnte. Wenn das keine Huldigung war, gab es keine Ehrfurcht, die diesen Namen verdient hatte.

Wenn ich nicht in Büchern versank, die ich in der Bibliothek des Kunstwissenschaftlers fand, versuchte ich Deutsch zu lernen, indem ich Frühstücksfernsehen schaute, oder rollte auf federnden Reifen durch die Stadt und zählte die Stunden und danach die Minuten, bis wir uns sehen konnten. Es fiel mir schwer, meinen Eifer hinter einer Miene aus sachlicher Fürsorglichkeit zu verbergen; wenn ich das Fahrrad vor Whys Atelier abschloss und anklopfte, glitt sie heraus. Sie spürte meine Erwartung, ließ sich aber nichts anmerken. Eigentlich müsse sie noch ein paar Stunden arbeiten, doch wenn ich mir schon die Mühe gemacht hätte, sie mit Sommerrollen und Bier zu besuchen, wolle sie sich eine Weile im Park ausruhen.

Mehrere Straßen in der Umgebung trugen afrikanische Namen, andere englische, trotzdem war der Park nach einem deutschen Dichter benannt worden. Wir legten uns vor dem Bronzedenkmal zu seinen Ehren ins Gras. Weiter weg grillten türkische Familien, Handwerker in Blaumännern tranken an der Tischtennisplatte aus Beton.

Why hatte ihre Pilotenbrille aufgesetzt. Ich stützte mich auf den Ellbogen, Wolken flossen über die silberblauen Spiegel. »Weißt du, dass es möglich ist, in den Himmel zu fallen?«

Sie sagte nichts. Zwischen ihren Zähnen war ein Stück Möhre zu sehen.

Ja, Huldigung.

Why in dieser Nacht: »Ich habe Angst, dass du zu glücklich bist, Ache.« Sie klang verzweifelt. »Nein, keine Worte.«

Why in derselben Nacht: »Manchmal träume ich von uralten Bedürfnissen.«

Why am nächsten Morgen auf dem Weg zum Atelier: »Stell dir vor, man könnte bestimmen, als was man wiedergeboren wird.« Als ich nichts erwiderte, spuckte sie auf Zeige- und Mittelfinger und rieb die Flecken auf ihren Sneakers ab. »Ich glaube nicht an Reinkarnation, aber ich weiß, was ich mir wünschen würde. Komm, ich sag's dir.« Sie ging in die Küche. Als sie sich die Hände gewaschen hatte, blieb sie mit dem Handtuch stehen. »Als Puma. Was sagst du dazu. Sonst bekomme ich nie zu fassen, was dieses verdammte Werk braucht.«

Ich grummelte.

Wusste ich, dass Pumas ihrer Beute manchmal stundenlang auflauerten, totenstill, aber angespannt? Sie fauchten auch nicht wie andere Katzen. »Knurren eher. Wie ein Mensch.«

Im Juni teilten neumanriedenhauer ihr mit, für den Herbst hätten sie eine Ausstellung in Frankfurt organisiert, für die Why neue Werke produzieren müsse. In den folgenden Wochen arbeitete sie aus Furcht, es nicht zu schaffen, intensiver als je zuvor. Ich, der ich es nie ertragen hatte, wenn andere Anspruch auf meine Aufmerksamkeit erhoben – nicht Jim, nicht Raff, nicht Trish, nicht einmal Edie –, legte ohne Weiteres das Buch weg, in dem ich gerade las, als sie endlich anrief und erklärte, sie könne keine Minute länger. Wolle ich ins Kino oder etwas trinken gehen? Sie brauche Zerstreuung, vielleicht kehre die Arbeitslust hinterher zurück. Ich begleitete Why zu dem See, in dem sie nach dem Pflegeheim schwimmen ging, und zu Ausstellungen, die schlechter waren als das meiste, was ich in New York gesehen hatte – Skulpturen, hergestellt aus in Containern gefundenem Gerümpel, Videoarbeiten, die Fehlermeldungen sendeten, Koffer, die als Erinnerung an die nomadischen Existenzformen unserer Zeit arrangiert waren.

Die Zeit verging, wir fanden unseren Rhythmus, ohne nach ihm zu suchen. Wenn Why sich nicht unter Druck gesetzt fühlte, saß ich im Atelier und war zufrieden, einfach zu sein. Gelegentlich schaute sie auf, lächelte und wandte sich wieder ihrer Arbeit zu. Bei anderen Gelegenheiten fragte sie etwas mit ihrem Blick, während ich mit der Leica spielte, die Bojan schließlich zurückgegeben hatte – und lachte scheu, wenn ich ein Bild knipste. Eines Abends, als ich merkte, dass sie nicht vor Anstrengung, sondern Qual nach Schweiß roch, hob sie den Finger an die Lippen. »Ich bin dem Wahnsinn nahe, Ache. Sag nichts, wenn dir dein Leben lieb ist.«

Obwohl es Why nicht gefiel, dass ich für Aufträge verreiste, sah sie ein, dass es für ihre Arbeit gut war. Nun konnte sie im Atelier übernachten und am nächsten Morgen ungestört weitermachen, am liebsten begleitet von *Aladdin Sane*. Als ich im Juni aus Nürnberg und einen Monat später aus Zürich zurückkehrte, hatte ich keine Geschenke dabei, alles, was sie sich wünschte, war eine genaue Wiedergabe der Filme, die wir vertont hatten. Manchmal beantwortete ich Fragen, am liebsten hörte sie mir einfach zu. Als ich fertig war, zog sie sich aus. *»Now I need you more than ever.«*

Why wurde dieses verlockende, aber gefährliche: Glück. Ich merkte, wie gut es tat, sich selbst zu verlassen, ich dachte nicht mehr an Musik als etwas, dem sich alles andere unterordnen musste. Ich hatte nie das Bedürfnis gehabt, gesehen zu werden, jetzt fehlte mir sogar die Lust, gehört zu werden. Möglicherweise sammelten sich Harmonien an einem Ort, an dem ich sie nicht entdeckte. Doch wenn es so war, hatte ich keine Kontrolle über diese Klänge; es würde sich zeigen, wie sie sich anhörten, wenn sie den Weg in meine Fingerspitzen fanden. Nicht alles im Leben musste in Kunst verwandelt werden. Ich war freier als seit vielen Jahren, unabhängig von Musik. Transmission war zu einem fernen Echo geworden, Alaska nur ein Bundesstaat.

Als ich eines Tages Teewasser kochte, unsicher, was ich mit dem Heft gemacht hatte, in dem ich nach wie vor Ideen notierte, schlang Why die Arme um meinen Bauch. »Bei den meisten wird viel geredet, aber wenig getan. Bei dir ist es umgekehrt.« Sie legte das Kinn auf meine Schulter. »Du bist auch eine Katze. Du musst nur auf der Lauer liegen, Ache. Wenn du daran zweifelst, dass die Klänge kommen, ist es aus. Dann kannst du genauso gut einen Bus fahren.« An einem anderen Tag schob sie sich ins Badezimmer, als ich duschte. »Du hast gerufen, nicht wahr.«

Die Musik, die meine Hände aufgegeben zu haben schienen, das stille Gebet des Geschlechts um Nähe … Why ahnte immer, wo ich mich in Gedanken befand. Sie verstand, dass es trotz der Erleichterung, die man empfand, an einem zehren konnte zu vermissen, sie wusste, wo die Sorge und das Begehren saßen.

Eines Nachmittags – es war mitten im Sommer, während der Wochen, in denen es einem draußen wärmer vorkam als drinnen – rief ich sie auf dem Handy an. Ich war auf der Couch eingedöst, verschwitzt und träge, hatte aber Töne gehört, die durch meine Gedanken glitten, die ersten seit ewig langer Zeit. Als Why mich am Abend besuchte, war sie überzeugt, dass es sie noch gab, obwohl Stunden vergangen waren. Sie klopfte an die Stirn, die Rippen, die Kniescheiben, bis sie meinen wunden Punkt fand. Behutsam drückte sie die Finger auf die Grube zwischen den Schlüsselbeinen.»Sieh mal hier, jetzt nähern wir uns des Pudels Kern.« Langsam, fast innig hob sie die Finger – wie eine Priesterin, die gerade eine verlorene Seele gesegnet hat. Die Klänge verließen den Körper wie Luft die Lunge.

Danach verkündete Why, es sei so weit. Seit wir uns kannten, hatte ich nicht einen Ton gespielt, jetzt wollte sie mich mit Gitarre sehen. Ohne ein Wort darüber zu verlieren, hatte sie einen gebrauchten Verstärker besorgt; im früheren Zimmer des Vorarbeiters konnte ich üben. Abgesehen von den Schränken, die an die Kopfwand geschraubt waren, gab es dort nur eine Matratze. Die Akustik war sicher miserabel, aber ich konnte so viel Lärm machen, wie ich wollte.»Und wenn es wieder passiert, helfe ich dir.« Sie meinte die Klänge, die nicht aus dem Körper herausgefunden hatten.

Die ersten Male zupfte ich die Saiten, wenn Why im Heim arbeitete. Ich brauchte Zeit, um wieder in stromführende Regionen zu finden. Es war ungewohnt, jedoch nicht uninteressant, ich ahnte, dass es Wochen dauern würde, bis die Finger frühere Soli spielten, als wären sie selbstverständlich. Die Frage war nur, ob ich wollte. War das Gefühl von Entfremdung willkommen? Hatte die Fender alte Töne abgeschüttelt, ohne dass ich es gemerkt hatte, und sich in ihrem Koffer ruhend auf eine andere Elektrizität vorbereitet?

Bevor ich dazu kam, das verabredete Konzert zu geben und es wie versprochen mit »Satisfaction« von den Stones zu beenden, geschah jedoch etwas Unerwartetes. An einem Tag im August, als halb Berlin verreist war und die andere Hälfte in den Parks döste, waren wir in einem Restaurant auf halbem Weg zwischen Atelier und Pflegeheim verabredet. Darauf wartend, dass es sieben Uhr wurde, spielte ich Lieder aus dem Gedächtnis. Plötzlich entdeckte ich, dass ich zu spät war. Der Verstärker knisterte, als ich ihn ausschaltete; während ich davoneilte, überlegte ich, was das gewesen sein mochte. Vermutlich ein loser Kondensator, vielleicht das Holzkabinett, in dem der Lautsprecher saß. Keine Why im Restaurant. Hatten wir uns missverstanden? Manchmal aß sie mit den alten Leuten, als ich sie auf dem Handy nicht erreichte, bestellte ich deshalb etwas zu essen.

Als sie schließlich eintraf, doppelt so spät, war sie in Begleitung von Kolleginnen. »*Hey*, Ache, was sagst du hierzu.« Kichernd hielt sie einen Fuß hoch. Rote Cowboystiefel. »Gemmas!« Eine der Freundinnen zeigte ihre Füße: Ich erkannte Whys schwarze Converse. Beide explodierten in einem Lachen.

Why ließ sich auf die Bank sinken. Sie schüttelte eine Gauloise heraus und schnupperte gleichzeitig am Teller.

»Mantı«, sagte ich.

»Gib mir das Feuerzeug. Nein, das Feuerzeug.« Als sie Feuer bekommen hatte, glänzte ihr Blick starr. »Was.«

»Du hättest anrufen können.«

»Babe, ich habe das Handy zu Hause vergessen.« Übertrieben vorsichtig legte sie die Zigarette im Aschenbecher ab und starrte mich fragend an, ehe sie nach der Bedienung suchte. »Bestellen. Können wir bestellen, *plea-ease* …« Sie stampfte mit den Absätzen.

Als der Kellner kam, zeigte Why auf den ganzen Tisch. »Rotwein für alle.«

Anschließend fielen sich die Freundinnen gegenseitig ins Wort. Gemma starrte die verlassene Zigarette an, ehe sie eigene am Automaten kaufen ging, Why tätschelte meine Wange. »Ich habe doch gesagt, dass es mir leidtut. Hübsch, finde ich.« Wieder wollte sie mir die Stiefel zeigen.

»Mm.« Ich war mir nicht sicher, was vorging.

»Wollen wir tauschen. Gemma, wollen wir tauschen.« Als die Freundin zurückkehrte, stupste Why das letzte Teigbündel an. »Ich habe gesagt …«

Die Konsistenz des Mantıs schien sie zu faszinieren. Ich schob ihr den Teller zu, damit sie die Mahlzeit beenden konnte.

»Warte, ich will das auch hören!« Stattdessen lehnte sie sich vor, Gemma korrigierte gerade, was eine der anderen gesagt hatte. Why machte etwas mit den Füßen, vielleicht passten die Stiefel schlechter als gewünscht. »Stimmt nicht!« Aufgebracht tauschte sie die Gabel gegen die Zigarette aus. Um ihren Protest zu unterstreichen, rauchte sie einige hastige Züge, dann drückte sie die Zigarette abrupt aus. »Das denkt Gemma sich aus, nur Frau Mullerova ist ihm hinterhergelaufen.« Während die anderen lachten, wandte sie sich mir zu. »Diese Schlampe.« Sie kicherte – und stöhnte. »Aber Ache… Wir amüsieren uns nur.«

Endlich begriff ich: Sie hatten Gras geraucht. Und sprachen über Bojan, der wie sie in dem Heim gearbeitet hatte, wo sich die Patientinnen – vor allem eine Wolgadeutsche – in seiner Gegenwart in Mädchen verwandelt hatten. »Nicht viel, ein kleines bisschen.« Why maß die Menge des Marihuanas ab. Doch, sie habe gearbeitet. Nein, freitags habe sie früher frei. Ja, es komme vor, dass sie rauche. Nein, nicht oft.

Auf dem Weg zur U-Bahn fühlte ich mich alt und dumm. Bojan wurde am besten mit solcher Kraft verdrängt, dass er verschwand, deshalb fragte ich sie lieber nur nach ihren Freundinnen.

»Wenn sie high ist, erzählt Gemma alles Mögliche.«

Wir blieben auf dem Bahnsteig stehen. Die Luft war klebrig, das Licht surrte gelb. Why wirkte müde, aber aufgedreht. Als sie merkte, dass ich mich zurückzog, packte sie mich an den Schultern. »Du bist kein Auslaufmodell, Baby. Ich tausche dich gegen keinen anderen auf der Welt aus. Ich muss nur manchmal meinen Spaß haben.« Als ich nichts erwiderte, stöhnte sie. »Mein Gott, habe ich einen Hunger.«

Fünf Minuten, bis die Bahn kommen würde.

Why schob den Arm unter meinen. »Erzähl mir nicht, dass du nie etwas geraucht hast, Ache.« Und: »Hast du etwas zu essen im Haus.« Sie stampfte mit den Füßen auf, jetzt trug sie Sneakers. »Koommt die denn nie.«

Am nächsten Morgen saßen wir in dem Zimmer, das den vorderen Teil der Wohnung mit dem länglichen hinteren verband. Das Licht, das auf dem Parkett glitzerte, sah aus wie ein Vorwurf. Man hörte Stimmen aus anderen Wohnungen, deren Fenster auch zum Hinterhof offen standen.

Why zappte sich ein letztes Mal durch das Frühstücksfernsehen, ehe sie die Fernbedienung von sich warf. »Ich weiß, du willst, dass ich erzähle.« Die Bilder hatten geflimmert, ohne dass ich an sie gedacht hatte. Als ich die Schale mit Flakes abstellte, zog sie die Beine auf die Couch. »Von früher, nicht wahr.«

Nichts, was sie sagte, erforderte Fragezeichen.

»Wenn das so ist, musst du zuhören, ohne zu maulen. Ich erzähle es nur einmal. Du kannst ja darüber nachdenken, was es für dich bedeutet.«

Verfluchtes Glück, dachte ich, und spannte die Seele an wie einen Muskel.

Einst sei Bojan ihre Sonne gewesen. Das klinge einfältig, aber alles habe sich um den fünf Jahre jüngeren Austauschstudenten an der Akademie gedreht. Obwohl das Jahr länger zu sein schien als zwölf Monate, begann Why im zweiten Semester die Wochen und später die

Tage zu zählen, bis er heimkehren würde. Der Abschied steigerte die Qual in einer Weise, die sie unerträglich und gleichzeitig notwendig fand.

Als das Datum, das sie so viele Male im Kalender umkringelt hatte, dass es unleserlich geworden war, näher rückte, war die Lage im früheren Jugoslawien jedoch unsicher geworden. Eines Abends erklärte Bojan, die Familie habe entschieden, dass er bleiben müsse, sonst werde er eingezogen. Why hatte ihn angesehen, als hätte er eine fremde Sprache gesprochen, sobald die Bedeutung endlich detonierte, fiel die Anspannung von ihr ab. »Ich schoss in tausend Richtungen.« Hätte das Herz einen Nachnamen benötigt, Nagasaki wäre passend gewesen.

Der Professor für Visuelle Gestaltung ließ Bojan weiter die Werkstatt benutzen, obwohl er die Hochschule offiziell verlassen hatte. Why sorgte dafür, dass er im Pflegeheim putzen konnte. Als sie sich kennenlernten, war ihr die Herkunft ihres Freunds egal gewesen, jetzt wurde es leichter, seine Qual zu ihrer zu machen. Sie gestand ihm, dass sie Wochen und Tage und Stunden gezählt hatte, und sich noch daran gewöhnen musste, ihn nicht im Voraus zu vermissen. Es war peinlich, aber wenn sie nur in einer Ecke der Werkstatt arbeiten durfte, in der Bojan aus Eisenstangen und Maschendraht Mobiles baute, versprach sie, keinen Ton zu sagen.

Ich fragte mich, ob sie in Wahrheit über mich sprach.

Auch wenn es Irrsinn war, oder schlimmer: kriminell, dankte Why dem Krieg für ihr Glück. Jetzt hatte sie keine Angst, dass der Austauschstudent, der sich über Nacht in einen Flüchtling verwandelt hatte, mehr bedeuten würde als sie selbst, mehr als ihre kleine Schwester, mit der Zeit mehr als alle anderen. Der Übermut ließ sich nicht rational erklären, die Zukunft, die sich plötzlich aufgetan hatte, schenkte jedoch oxidierende Geborgenheit, obwohl sie unbekannt war; vielleicht gerade deshalb.

Oxidierend?

Nun, sie reagierte vor Glück und merkte gleichzeitig, dass sie verbrannte. »Wie in einem Gebet.«

Wenn Bojan sich bei ihr meldete, ließ sie alles stehen und fallen. Wenn sie mit Freunden verabredet waren, er aber lieber ins Kino gehen wollte, rief sie an und sagte ab. Die wenigen Male, die sie sich nicht sehen konnten, trug sie eines seiner Kleidungsstücke – ein Shirt, Strümpfe, ein Hemd. Es spielte keine Rolle, wie sie aussah, schöner als mit Bojans *Laibach*-T-Shirt konnte keiner sein. Es half sogar, wenn es nach Schweiß roch. Ständig presste sie die Nase auf die Achselhöhlen. Schmutziger Nektar, nannte sie es.

Ich ahnte, warum sie sich meinetwegen sorgte.

Why wurde damals noch nicht von neumanriedenhauer vertreten, und Bojan äußerte sich verächtlich über die Kunstwelt, was sie nicht als Arroganz, sondern Ohnmacht deutete. Seine Haltung führte dazu, dass sie vermied, sich mit ihm Ausstellungen anzusehen und ihm die Aufmerksamkeit verschwieg, die ihre eigenen Werke mit der Zeit erhielten. Bald konnte ihr Freund nur noch nachts an seinen Skulpturen arbeiten. Nach Konflikten in dem Restaurant, wo er gearbeitet hatte, nachdem das Pflegeheim herausgefunden hatte, dass er keine Arbeitserlaubnis besaß, jobbte er bei einem Umzugsunternehmen. An freien Tagen schuftete er zusätzlich als Fahrradkurier, wodurch es schwierig wurde, sich zu sehen und Kunst zu machen. Zwar musste er schlafen, aber Why merkte, dass die Nächte halfen. Langsam veränderten die Mobiles ihren Charakter. Sie wurden zorniger, auch zärtlicher. Schön wie Albträume.

Wenn Bojan sein Leben in einem Land in den Griff bekommen sollte, das sich weigerte, ihn seinen Unterhalt als normaler Bürger verdienen zu lassen, musste es einen Teil des Lebens geben, in dem er sich nicht gefährdet fühlte. Weil das die Nacht war, beschloss Why, in ihr aufzugehen. Bat er um Tee oder ein Omelett, wenn er nachts heimkam, stand sie auf, egal, wie müde sie war. Wenn sie zum Geräusch der Müllabfuhr ins Bett gingen, Bojan jedoch keine Ruhe fand, ehe der letzte, harte Hunger gestillt war, legte sie sich so, dass er zum Zug kam. Es machte sie ruhig, gebraucht zu werden, sie hatte das Gefühl, an Gewicht zuzunehmen.

Ich dachte an die Nächte in Ladbroke Grove.

»Heute möchte ich kotzen.«

Während sich das Heimatland zerfleischte, wurde Bojan härter, auch unberechenbarer. Why konnte nicht sagen, wann es angefangen hatte, aber nach und nach wandte er seine Ohnmacht gegen sie. Jetzt reizte ihn die Zeit, die sie im Badezimmer benötigte. Es passte ihm nicht, wenn sie rauchte, am meisten verärgerte ihn allerdings Zuneigung. Jede Zärtlichkeit schien er als Schmach wahrzunehmen, Fürsorglichkeit war eine verdeckte Frechheit.

Why nahm an, dass Bojan sich für seine Abhängigkeit von ihr schämte, und deswegen die Sticheleien überhörte. Um in sein kantiges Inneres hineinzufinden, tat sie Dinge, die ihn veranlassten, die Knöchel auf ihre Wange gepresst, weich »Schlampe« zu flüstern. Die gespielte Verachtung schenkte ihre eigene Art der Befriedigung. Dann aber wurde er nachlässig – nicht grob, nachlässig. Er vernachlässigte seine Körperhygiene und antwortete ausweichend, wenn sie wissen wollte, warum er so spät war. Er kam und ging, wie er wollte, schon bald ohne Erklärung; entschuldigte er sich, geschah es, um es darauf zu schieben, dass er nicht entschied, wann es den Leuten beliebte umzuziehen. »Ich ließ mich auf alles ein, um gemocht zu werden.«

Am meisten hatte sie das Fehlen von Hunger gestört. Dennoch erkannte sie erst, als sie das Bic-Feuerzeug und ein rußiges Stück Alufolie in der Motorradjacke fand, was Bojan machte. Ab und zu hatte er Gras besorgt, dann hatten sie sich den Joint immer geteilt. Jetzt war sie seltsam erleichtert über ihre Entdeckung, endlich fand seine abgewandte Art eine Erklärung.

Als Why die Folie auf den Tisch legte, verzichtete ihr Freund auf Ausflüchte. Stattdessen holte er mit einer ebenso jungenhaften wie überlegenen Miene einen Umschlag heraus. Es war das erste Mal, dass sie das Pulver sah, das bald zu einem regelmäßigen Anblick wurde. Die Männer, mit denen Bojan Möbel schleppte, verkauften es in kleinen Plastiktüten oder Umschlägen in der Größe von Visitenkarten. Als er den Inhalt herausgeschüttelt hatte und die Folie über das Feuerzeug führte, als er den Rauch inhaliert hatte und die Augen schloss, öffnete sie das Fenster und kauerte sich auf die Couch. Solange der Dunst seine goldene Ruhe verbreitete, gehörte der Serbe ihr.

Je öfter es geschah, desto vager wurde Bojans Lust. Die Begierde verließ den Körper wie der Duft eine Blume, er wurde scheu und fühlte sich zeitweilig schlecht. Why bat ihn zu duschen, doch er behauptete allen Ernstes, das Wasser sei ein fremdes Wesen – klebrig und erstickend. Sie versuchte ihn daran zu hindern, sich die Haare zu raufen, obwohl er schwor, dass sich in den verfilzten Strähnen Ungeziefer verbarg. Wenn sie den Teller nahm, auf dem er das Essen hin und her geschoben hatte, stand er erleichtert auf. Der Umschlag auf dem Couchtisch enthielt seinen Ablassbrief.

Manchmal übernachtete sie in der abbruchreifen Wohnung im Osten, die sie noch als Atelier benutzte. Sie hatte keine Rolle in Bojans willenlosem Ritual, es fiel ihr jedoch schwer, sich zu konzentrieren, was man der Kunst anmerkte. Ihr Freund befand sich in einem schmutzig gelben Nebel, in dem sie nicht existierte, trotzdem gab es keinen besseren Platz als neben ihm. »Was sollte ich also tun. Am Ende probierte ich es.«

Tagsüber trug Bojan Umzugskartons mit Afghanen und Nigerianern, die nicht mehr als eine Handvoll Wörter auf Deutsch beherrschten. Wenn Why mit den Selbstporträts, an denen sie arbeitete, nicht weiterkam, half sie alten Leuten. Das meiste andere verschwand: Freunde und Interessen, später auch Wertsachen. Nichts erschien wichtiger als die Zeitlosigkeit auf der Couch. Getrennt waren sie Rädchen in der Maschinerie anderer, zusammen herrschten sie über ein Reich ohne Grenzen.

Ihre Abhängigkeit führte dazu, dass Bojan sich wieder verliebte. Auch wenn sie unfähig waren, das Begehren des anderen zu wecken, kehrte die Zärtlichkeit zurück. Manchmal schnitt sie ihm die Haare, zuweilen zählte er ihre Finger. Wenn er bis zehn kam, fing er von vorn an, sicher, dass er einen verpasst hatte. Diese Aufzählungen waren keine Gebete, sondern Beschwörungen – darüber, was er über sie verstanden hatte und was sie nur widerstrebend begriff, über eine Zukunft, geräumiger als zehn mal zehn Jahre. »Wir schwafelten. Aber uns kam es vor wie uralte Weisheiten.«

Why sah mich an. Ja, ich wollte das hören.

Dann passierte etwas mit einem Föhn, doch sie ertrug es nicht, darauf einzugehen. Sie wusste nicht mehr wann, es klang jedoch wichtiger, als es war.

Und dann war da der Siegelring.

Der Siegelring?

»Bist du wirklich sicher.«

Why schämte sich dafür, dass das Pulver sie auf so angenehme Weise willenlos gemacht hatte. Wofür sie sich auch entschied, es stimmte ihr zu; es gab nichts, wofür es kein Verständnis hatte. Ab und zu verkaufte Bojan Dinge, die sie seiner Meinung nach nicht mehr benötigte – einen Kunstpelzmantel, T. Rex und Bowie auf Vinyl, Kerzenständer. Sie scherte sich nicht einmal darum, als er das Einzige nahm, was er versprochen hatte, niemals anzurühren: den Ring, den ihr Vater bei seiner Hochzeit getragen hatte. Wenn die Selbstporträts endlich ausgestellt wurden, würde sie ohnehin so gut verdienen, dass sie ihn zurückkaufen könnte.

Heute schauderte es Why bei dem Gedanken. Die Suite, an der sie arbeitete und die ursprünglich *Apathie* heißen sollte, bestand aus zwölf aschgrauen Selbstporträts mit Anflügen von sonnenbraun. Statt des Siegelrings trug der Finger auf den letzten beiden eine Schlaufe aus Stanniol. Als Neuman und Riedenhauer das Atelier besuchten, lösten sich die Illusionen jedoch auf. Ihr war bewusst gewesen, dass die Beziehung destruktiv war, doch nun sah Why sie zum ersten Mal mit fremden Augen.

Als die Galeristen gegangen waren, schrubbte sie den Boden mit Putzmittel. Obwohl sie sich eingebildet hatte, ihre Kunst zu pflegen, merkte sie, was für ein Saustall das Atelier geworden war. Sie trug Müllsäcke voller eingetrockneter Farbtuben, Tampons und halb verzehrter Mahlzeiten hinunter, sie versprühte Parfüm, das sie im Badezimmerschrank fand. Im Gegensatz zu Bojan duschte Why noch, dennoch war sie unsicher, ob sie während des Besuchs so gut gerochen hatte, wie sie es sich einbildete. Ihr Teint war schlecht, der Bauch tat weh, es vergingen Tage, bis ein paar harte Kugeln in das gelbe Wasser im Klo fielen. Sie war heilfroh, dass sie vor dem Eintreffen der Galeristen wenigstens einen Zettel an dessen Tür gehängt hatte: KAPUTT.

Ein paar Tage später rief Neuman an. Sein Partner und er hätten in den kraftlosen Bildern etwas gesehen – eine schwindelerregende Lustlosigkeit, die in der Gegenwartskunst ihresgleichen suche – und böten ihr an, sie zu vertreten. Es gebe nur eins, was er ihr gerne vorschlagen wolle. Ihnen war der Zettel auf der Toilettentür aufgefallen; sie fanden, *Kaputt* solle der Titel ihrer ersten Ausstellung sein.

Danach waren die Gebote entstanden. Heute konnte Why über sie lachen, aber vor fünf Jahren bildeten sie eine Trittleiter aus der Willenlosigkeit.

»Das Herz sitzt hinter *deinen* Rippen.«

»Ein Föhn ist ein Föhn.«

»Falsche Dynamik. Sprich mir nach: falsche Dynamik.«

»Bitte nur auf Arten, die etwas von dir übrig lassen. (Das Pulver versteht dich hundertmal besser als du dich selbst.)«

»Lass keine Bic-Flamme das Feuer löschen.«

Das letzte Gebot hing mit einem Lehrer an der Akademie zusammen, der feierlich erklärt hatte, der Künstler verwalte ein Feuer. Es dürfe nicht aufgrund von Faulheit oder Übermut erlöschen, es müsse vor den Regenfällen des Tadels, den Winden des Zweifels geschützt werden. Seit die Galeristen Why etwas gegeben hatten, für das sie arbeiten konnte, erkannte sie, dass Bojan ein Feuer mit einem anderen verzehrte. Früher oder später würde das billige Feuerzeug, das er benutzte, auch sie in Rauch verwandeln.

»Vier Jahre und ein paar Wochen. Seit ich clean bin, meine ich. Du kannst es nächstes Mal sehen.« Sie meinte den grünen Strich an der Wand daheim; jeden Tag ohne Pulver verlängerte sie ihn um einen Zentimeter: »Tom und Bernhard nehmen fünfzig Prozent, aber das ist mir egal. Es ist allemal besser, reines Blut im Körper zu haben.«

So. Jetzt wusste ich, mit wem ich zusammen war.

Ich konnte unmöglich feststellen, ob Why mich abschrecken oder im Gegenteil die letzten Fragezeichen ausräumen wollte. Doch ich ahnte, wie ich mich in den vergangenen Monaten benommen hatte. Und beschloss, sie nicht nach dem roten Strich zu fragen. Er hatte sicher mit Bojan zu tun, den ich von nun an aus der Welt verbannen würde.

FÜNF STUNDEN VON CALAIS

Ich war gerade auf dem Weg ins Bahnhofsgebäude, als Why anrief. Das Einzige, was ich noch hörte, ehe die Verbindung unterbrochen wurde, war: »Such einen Fernseher, Ache. Das musst du sehen.«

Ich hatte einen Kaffee mit einem Schlagwerker aus Schweden oder Dänemark getrunken – unklar, was von beidem; die Europäer schienen weniger geneigt, über ihre Herkunft zu sprechen als wir Amerikaner –, der in einem Club in Kreuzberg gespielt hatte. Why und mir hatte das Konzert so gut gefallen, dass wir uns mit ihm unterhalten hatten. Jensen war untadelig gekleidet gewesen, ein Beamter mit zugeknöpftem Hemd und Brille aus Bakelit. In »Bauhaus Impromptu« trommelte er auf Katalogen der Baumarktkette, die auf einem Notenständer lagen. Ab und zu blätterte er in den Seiten, jede neue Anzahl veränderte den Klang. Er spielte lässig, aber konzentriert, das Kichern im Publikum anscheinend nicht bemerkend – die perfekte Kreuzung zwischen Buchhalter und Buster Keaton. Manchmal flatterten die Seiten aufgrund der Belüftung. Auch wenn das Rascheln nicht dazugehörte, hieß er es willkommen. Der Zufall war mehr als eine Methode, er war sein Partner.

Die letzte Komposition, die er spielte, hieß »Etüde«. Nachdem er den Notenständer durch ein Ridebecken ersetzt hatte, wühlte er in einer Plastiktüte zu seinen Füßen. Das Lachen verstummte rasch. Knapp drei Minuten lang schlug er – leicht vorgebeugt, aufmerksam – mit zwei Spargelstangen auf die Messingscheibe. Sanft. Andächtig. Wischend. Kräftig. Abhängig vom Winkel und von der Geschwindigkeit, mit der er trommelte, entstanden neue Rhythmen. Er erzeugte sogar ein kurzes Tremolo. Will hätte seine Freude daran gehabt.

Das Stück endete, indem er das Gemüse gegen die Kante des Beckens presste. Als wir uns im Café trafen, erklärte Jensen, die fallenden Spitzen seien auf einem Material gelandet, in diesem Fall Bodendielen, das »selbständig perkussiv« sei. Er schob die Brille hoch. Das »Trema« – er meinte das im *ü* des Titels – »ist die einzige Angabe in der Partitur.«

Jensen hatte seine Laufbahn im skandinavischen Free Jazz der sechziger Jahre begonnen. Kein Ton war besser als der andere, alle zählten oder keiner zählte. Mit der Zeit hatte sich sein Interesse für Materialien vertieft. Badewannen, Wellpappe, Feuerlöscher – wenn die Melodie frei werden sollte, wie Ornette Coleman es sich gewünscht hatte, musste das auch für die Wahl der Instrumente gelten. Strenggenommen hatte ein Musiker nur eine Aufgabe: Töne zu erzeugen. Volumen war eine Frage der Lautstärke, aber in erster Linie ging es um eine gegebene Menge Raum innerhalb geschlossener Grenzen. Flüssigkeiten, Gase, feste Substanzen ... »Jedes Volumen hat sein eigenes Volumen.« Er lachte leise, die Lippen bewegten sich nicht.

Zu seinen neuesten Kompositionen gehörte ein Konzert für zwölf Baggerschaufeln, Solostücke mit Kandelaber und Kapellenfenster sowie eine »Audi 80-Suite«. Die Formen wechselten, alle waren jedoch Teil eines organisch wachsenden Werks, zu dem Jensen auch gezeichnete Partituren, Collagen und Skulpturen zählte. Wieder schob er die Bügel hoch, die Augen waren trüb wie trauriges Wasser. Wolle ich vielleicht mit ihm jammen? Er habe keine Ahnung, welche »Klangschaften« wir entdecken würden, es bestehe immer das Risiko, dass dabei ein steriles Terrain herauskomme, aber als ich ihm von den Filmen erzählt hätte, die ich vertonte, habe er einen Seelenverwandten erahnt. Beide erlösten wir Materie.

Die Espressomaschine lärmte hinter dem Tresen, ich drehte den Löffel in meiner Tasse. Ehrlich gesagt fühlte ich mich eher wie ein Totengräber. Seit Why mich dazu gebracht hatte, die Gitarre herauszuholen, spielte ich ein paar Stunden am Tag mit den Saiten, trotzdem wollten sich nicht die richtigen Töne einstellen. Ich befürchtete, das

Fühlergespür verloren zu haben. Es habe auch früher schon ähnliche Phasen gegeben, doch hätte ich immer geahnt, dass ich zur Musik zurückkehren würde. Diesmal sei ich mir nicht so sicher. Die Akkorde klängen wie akustischer Staub, die Melodien fielen ständig auseinander.

»Das Fühlergespür?« Es glänzte in Jensens Mundwinkeln.

Von Musikern ohne Fühler für das, was am Rand der Tonkunst geschah, an der Grenze zum Un-Laut halte er nicht viel. Er zog einen Bindestrich in der Luft. Anscheinend strebte ich aufwärts, daran sei nichts auszusetzen, die Harmonien der Sphären seien allerdings nicht das einzig Wichtige. Auch auf der Erde könne man suchen, dort gebe es viel, was die Welt zusammenhalte. Zum Beispiel Staub. Die meisten betrachteten die Flocken als störende Nichtigkeit, aber warum? Vor ein paar Jahren hatte er ein Quartett mit dem Titel »Gesucht: staubiger Klang« komponiert. Die Musiker, die eigenen Eingebungen folgten, hatten sich um einen »nichtklingenden« Ton versammelt. Der Staub bildete weniger ein musikalisches Thema als vielmehr die Spielart selbst. Die Instrumente wurden durch das verbunden, was sie nicht zu fassen bekamen. So blieb das Ungreifbare materiell.

Ich war mir nicht sicher, ob ich ihn verstand, hatte jedoch nichts zu verlieren. Belebt von dem Gedanken, Klänge zu erschaffen, die offen für die Vielfalt der Welt waren, eine materielle Musik, lief ich durch den Teil der Stadt, den die Berliner als ihr SoHo betrachteten. Why rief an, als ich gerade in den U-Bahnhof wollte. Wir hatten die billigsten Verträge bei den billigsten Anbietern, der Empfang war schlecht. An der nächsten Station stieg ich aus und lief über den Platz; in einer Passage lag der Elektromarkt, in dem ich einen neuen Kondensator für den Verstärker gekauft hatte.

Lange Reihen von Fernsehapparaten zeigten gerade, wie ein weiteres Flugzeug in den zweiten Turm flog.

Die Wochen nach der Verwüstung waren unwirklich. Die Leute wollten wissen, ob ich Angehörige verloren hätte, fremde Menschen brachten Trauer zum Ausdruck, wenn sie mich auf Englisch Essen kaufen hörten, ein Musikmagazin wollte den New Yorker im Exil interviewen. Wenn ich nicht unterwegs war, saß ich wie gelähmt vor dem Fernseher. Jeder Gedanke wurde durch einen anderen kurzgeschlossen. Der Schock spielte unbeholfen mit der Panik. Wenn ich es nicht mehr ertrug, die gleichen CNN-Nachrichten zum fünften Mal zu hören, schaltete ich den Ton ab, den Bildschirm dagegen nie. Fand ich keinen Schlaf, legte ich mich auf die Couch. Der Ticker lief über den unteren Rand des Bildschirms. Je näher die Dämmerung rückte, desto weniger flimmerten die Bilder. Wenn sie sich im Morgenlicht auflösten, schlief ich endlich ein.

Als wir mit Whys Mutter aßen, was wir ein-, zweimal im Monat taten, meistens bei ihr oder manchmal auch im Restaurant, bedauerte sie die Katastrophe. Als Mitglied der prokurdischen Bewegung für eine demokratische Gesellschaft, wusste Yezda nur zu gut, was Verlust und Exil bedeuteten. Nun fürchtete sie die Vergeltung der Amerikaner, zehn- oder hundertmal schlimmer als die Verfolgung ihres Volks. Als ich das Essen salzte und murmelte, dass nationalistischen Türken sicher nicht gefalle, was der Streuer enthalte – es liege Stärke in der Verstreuung –, lächelte sie matt. »Weißt du, wir werden seit Generationen verfolgt. Die Kurden beherrschen die Kunst zusammenzuhalten.«

Yezda hatte noch zwei Jahre bis zu ihrer Pensionierung, doch die Arbeit in den Problemvierteln der Stadt gefiel ihr so gut, dass sie vorhatte, wenn möglich weiterzuarbeiten. Es hatte einige Zeit gedauert zu akzeptieren, dass ihre Tochter sich nicht für soziales Engagement, sondern für die Kunst entschieden hatte – womit auch ihr Mann gekämpft hatte, möge er in Frieden ruhen. Mittlerweile hatte sie sich mit dem Entschluss abgefunden, aber ich wusste, es verletzte Why, dass ihre Mutter nie zu ihren Ausstellungen kam. »Ich habe für so etwas kein Auge«, pflegte sie zu sagen. Woraufhin Why erwiderte, wenn wir

337

wieder allein waren: »Mama betrachtet nur die Kurden als die ihren. Manchmal frage ich mich, warum sie Kinder mit einem Türken bekommen hat.«

Außerdem biege Yezda sich die Wahrheit zurecht. Ihr Mann hatte verstanden, dass die Familie vorging, während sie sich nach seinem Tod (die Prostata, drei Monate) in ihre Arbeit gestürzt hatte. Why und ihre Schwester waren bei Verwandten in Würzburg aufgewachsen. »Ich kann mich an Vater kaum erinnern, trotzdem wende ich mich lieber an ihn als an Mutter.« Das Foto am Bett zeigte einen Dreißigjährigen mit Taucherbrille auf der Stirn und einer von einem Harpunenpfeil tropfenden Qualle. Der erste Gewerkschaftsvertreter der Familie im Urlaub in der Vergangenheit. Die Brusthaare glänzten, am kleinen Finger schimmerte der Siegelring. »Manchmal reden wir darüber, wie anstrengend sie ist.« Why rückte das Bild gerade. »Vater lacht immer.«

Da ich den Gedanken, nicht zu wissen, wie es Freunden ergangen war, unerträglich fand, rief ich ständig Leute an. Wenn ich sie nicht erreichte, hinterließ ich eine Nachricht. Ich müsse wissen, dass sie lebten, sie könnten mich jederzeit zurückrufen. Den meisten fiel es schwer, die richtigen Worte zu finden, so etwa Trish, dem Monster und Bella. Das machte nichts, es reichte, in den Hörer zu schweigen. Die Leitungen knisterten wie Salz.

Nur Raff, den ich schließlich erreichte, erging sich in einer konfusen Suada aus Verblüffung, Wut und fehlgeleiteter Bewunderung. Endlich habe unsere scheinheilige Regierung eins in die Fresse bekommen. Die Band sei zum Zeitpunkt des Attentats auf dem Rückweg aus Toronto gewesen, was erklärte, warum es mir nicht gelungen war, Will oder Robbie zu erreichen. Statt in New York zu landen, wurde der Flug nach Boston umgeleitet. Mehr als vierundzwanzig Stunden hatten sie im Logan Airport festgesessen, Raff hatte nichts anderes tun können, als über den Zustand der Nation zu dichten. Die Falken im Verteidigungsministerium, die Cowboymanieren des Landes im Ausland … »Kein Wunder, dass die Welt zurückschlägt.« Er hörte sich an wie der Rebell, mit dem ich als Jugendlicher getrampt war.

Nachdem ich Lee Ranaldo angerufen hatte, schaltete ich den Fernseher aus und hörte auf, Leuten hinterherzujagen. Es fühlte sich falsch an, sich die Zerstörung anhand der Bilder in den Nachrichten vorzustellen, es war nicht vorgesehen, dass ein Mensch sah, was andere aus Verzweiflung taten. Lee hatte auf der letzten Platte das einzige Solo gespielt, das nicht von mir war – eine verzerrte Phrase, leicht wie Schwindel, deren Höhepunkt gezupfte Töne waren, gefährlich wie Bienen unter Drogen. Seine Band probte ein paar Häuserblocks von Ground Zero entfernt, im Unterschied zu Raff hatte er die Angriffe persönlich beobachtet. Erst hinterher hätten sie begriffen, dass die Schemen, die vom nördlichen Turm fielen, kein Baumaterial gewesen seien.

»Halt dich fern, Ache. Es ist nicht gut, hier zu sein.«

Der Letzte, mit dem ich sprach, war der Kunstwissenschaftler. Als er zurückrief, klang er gefasst, aber müde. Der Staub habe sich bis weit ins Village hinauf verteilt, meine Wohnung sei schmutziger als ein Auspuff. Er versprach zu tun, was er könne, doch es sei sicher klug, eine Putzfirma zu beauftragen, wenn sie auszogen. Der Staub bedecke sämtliche Oberflächen, selbst die Innenseiten der Schränke. Jetzt ahne er, wie es sich anfühlen müsse, in einem Gemälde von Anselm Kiefer eingesperrt zu sitzen.

Im Oktober rief der Kunstwissenschaftler erneut an. Er habe nicht erwähnen wollen, dass seine Frau schwanger war, mittlerweile sei sie jedoch im vierten Monat und halte das Inferno nicht mehr aus. Ihr war bewusst, dass es kaum einen sichereren Ort gab als Manhattan, in den Straßen patrouillierte Militär, Kampfflugzeuge sicherten den Luftraum, trotzdem wollte sie um jeden Preis nach Hause. Einige Tage später kehrten die beiden zurück – Monate früher als geplant.

In dem Glauben, es würde eher für mich als für die Deutschen von

Vorteil sein, hatte ich mich auf eine Kündigungsfrist von dreißig Tagen eingelassen. Plötzlich hatte ich ab Dezember keine Wohnung mehr. Why schlug mir vor, fürs Erste bei ihr einzuziehen, aber ich erinnerte mich an London und wollte unsere Beziehung nicht aufs Spiel setzen. Außerdem hatte sie mir gestanden, dass ihr Leben mit dem Serben Selbständigkeit gekostet hatte, die mühsam zurückerobert werden musste. Als der Kunstwissenschaftler das Zimmer inspizierte, das seine Frau cherubimrosa und er selbst azurblau zu streichen hoffte – sie wohnten bis zur Übergabe bei Freunden –, bot er mir an, mit dem Nachbarn im ersten Stock zu sprechen. Herr Deeb sei Makler, das Büro auf der anderen Straßenseite gehöre ihm. Bevor der Kunstwissenschaftler ging, legte er meinen alten Stadtplan von New York auf den Flurtisch; sie hatten ihn versehentlich eingepackt.

Am nächsten Abend klopfte ich drei Stockwerke tiefer an. Die Frau, die mir öffnete, band noch ihr Kopftuch. Bei meinem Einzug hatte ich sie mit ihrem kranken Mann und dem Dreirad gesehen. Als ich sie fragte: »*English?*«, entgegnete sie »*Français?*« Es herrschte eine gewisse Verwirrung, weil sie mich für jemand anderen zu halten schien, dann gab sie mir zu verstehen, dass sie den Hausherren holen würde. Als sie über den Teppichrand stolperte, griff ich ihr unter den Arm. Sie kniff mich in die Wange, danach ging sie rückwärts aus dem Flur.

Ich hatte erwartet, den kränklichen Mann zu treffen, mit dem ich sie gesehen hatte, aber Herr Deeb war bedeutend jünger. Offenbar hatte er geschlafen denn er hatte die Krawatte gelockert und seine Haare waren zerzaust, als er mich in die Bibliothek führte. Er entschuldigte sich, die Schwiegereltern seien zu Besuch. Die Mutter seiner Frau, die kein Englisch spreche, warte auf den Arzt, der nach dem Vater sehen wolle. Ich nahm an, dass es besser war, sich im Ausland medizinische Hilfe zu holen, wenn man es sich leisten konnte, und schaute mich um: gebundene Bücher, orientalische Teppiche, Möbel mit Blattgold. An einer Wand hing eine Schnellwaage, uralt. Die Hebelwaage hatte an der Seite eine Inschrift, auch sie in Gold, die arabisch aussah.

»*What may I do for you* …« Deeb schielte auf einen Zettel. »*Tom Miller?*« Er sprach britisches Englisch, und das ausgezeichnet.

Ich korrigierte den Namen. Während ich die Situation schilderte, richtete er den lachsfarbenen Schlips mit goldener Krawattenspange. Als sein Haar wieder lag, nahm sein Gesicht den Ausdruck kühler Aufmerksamkeit an, der ihm vermutlich sonst eigen war. Statt etwas zu sagen, griff er nach einem Stift, der in einem Bergkristall steckte. Die Hand war behaart wie bei Männern aus seinem Teil der Welt; die feinen Haare an der Seite wirkten gekämmt. Die Bewegungen waren ruhig, dennoch löste irgendetwas Unbehagen bei mir aus. Dann war ich beschämt. Nur der Kopf. Wenn die Frisur gerichtet war, sah ich, wie ungewöhnlich klein der des Maklers war.

»Eigentlich vermittle ich Eigentumswohnungen, aber schreiben Sie Ihren richtigen Namen auf die Rückseite.« Deeb reichte mir den Zettel, den er von dem Kunstwissenschaftler bekommen hatte. Und den Stift. »Rufen Sie mich in einer Woche an. Ich werde sehen, was ich tun kann.«

Ein paar druckreife Sätze, das war alles. Keine Fragen nach der Zahl der Zimmer oder dem Standard, in welchem Stadtteil ich wohnen wollte oder was ich zu zahlen bereit war. Der Handschlag war weich. Wenn es nicht widersinnig klänge, würde ich hinzufügen: und ungreifbar.

Als wir das Zimmer verließen, stand der Sohn des Maklers im Flur. Die Schwiegermutter, die mir geöffnet hatte, schob ihn vor. Er verbeugte sich, doch keiner sagte etwas, als ich ging.

»Wie im Theater.«

Why wollte wissen, wie es gelaufen war. Nachdem ich von der Dame erzählt hatte, die mich in die Wange gekniffen hatte, wie Dad es früher immer tat, aus Dankbarkeit für meine Unterstützung, beschrieb ich den Sohn des Maklers. Why lachte. »Was hast du gesagt, wie er heißt.«

»Deeb, *Herr* Deeb.« Ich fragte sie, ob es ein türkischer Name sei, und dann, ob es üblich sei, dass Frauen aus muslimischen Ländern in Anwesenheit von Männern rückwärts gingen.

»Du solltest nichts überstürzen.« Why klang unerwartet ängstlich, vermutlich fürchtete sie, dass seine Gebühren hoch sein würden. »Wenn du nicht bei mir wohnen willst, kannst du doch im Atelier schlafen.«

So kam es. Statt mich bei dem Makler zu melden, richtete ich mich im früheren Büro des Vorarbeiters ein. Die Blechschränke hallten nicht mehr, sobald sie als Kleiderschränke benutzt wurden, es gab Platz für den Verstärker und einen Sessel, den Why im Atelier nicht benötigte. Ich musste mir nur ein Bett besorgen, um die Matratze darauf zu legen. Wenn sie im Pflegeheim arbeitete, konnte ich so laut spielen, wie ich wollte; mit jedem zusätzlichen Dezibel wurde die Sorge nach den Angriffen wieder etwas mehr zerstreut. Während mein Blick über den Stadtplan wanderte, den der Kunstwissenschaftler mitgebracht hatte, improvisierte ich zu Erinnerungen an einzelne Straßen. Es tat gut, den Staub, der sich auf Downtown gelegt hatte, in sprühende Lautstärken zu verwandeln. Die nächsten Nachbarn waren ein Zahnlabor, dessen Angestellte um vier Uhr gingen, und ein paar Typen, die T-Shirts mit drogenromantischen Botschaften verkauften. Niemand fühlte sich gestört.

Als ein Freund Jensens mit seinem Partner zusammenzog, konnte ich seine Wohnung übernehmen, wozu es jedoch erst nach einer ungeahnten Wiedervereinigung kam. Davon später mehr. Zunächst noch etwas über Fühlergespür.

Nach 9/11 weigerte sich Bella, ins Ausland zu reisen. Um die laufenden Kosten niedrig zu halten, ließ ich ihren Sohn meine Wohnung mieten. Ein-, zweimal im Monat fuhr ich zu Archiven. Allein verlangten die Aufnahmen größeren Aufwand, aber Solnicki beschwerte sich nicht einmal, als ich Instrumente benutzte, die ich nur mäßig beherrschte –

Mundharmonika, Kastagnetten, eine Zither. Meine Einkünfte waren bescheiden, die Krankenversicherung, zu der Why mich überredet hatte, unerwartet teuer. Ich hatte jedoch nur geringe Bedürfnisse und ein so vages Verhältnis zu Eigentum wie eh und je.

Als ich eines Nachmittags mit Jensen jammte, inzwischen in dem Wissen, dass er Däne war, hielt er zwischen zwei Takten inne. Die wässrigen Augen betrachteten mich friedvoll. Als ich ihn fragte, ob etwas nicht stimme, schüttelte er den Kopf. »Du versuchst nicht mehr, Musiker zu sein. Gut, dafür haben wir keine Zeit.« Danach kam es, wie die Jazzmaster wollte. Die Technik, die ich mir bei meiner Arbeit für die Stiftung angeeignet hatte, half – mit dem Unterschied, dass es keine hundertjährigen Bewegungen auf der Leinwand waren, die meine Finger dirigierten, sondern zwei Trommelstöcke. Ich experimentierte sogar mit Saiten aus Tiersehnen, die mein Partner bei einem arabischen Instrumentenbauer besorgt hatte.

Nach einiger Zeit traten wir auf. Nicht oft, nur ein paarmal im Monat, aber häufig genug, um mich wieder an ein Publikum zu gewöhnen. Mehrfach spielten wir am Donnerstag im Bierhaus Urban, was der beste Abend dafür war. Die Abendkasse wurde geteilt.

Während dieser Séancen suchte ich in einer Weise nach Tönen, wie ich es seit Maine und zuvor in der Coleridge Road nicht mehr getan hatte – offen und neugierig, als wäre jeder Klang der erste. Jensen spielte ruhiger als Will, aber mit dem gleichen schlafwandlerisch sicheren Gefühl für Rhythmus. Manchmal schob er einen nervösen Fill auf der einen Pauke ein, und einen weiteren auf der anderen. Beim ersten Mal biss sich das in meinem Schädel, dann merkte ich, dass er die Luft erweitert hatte, und meine Licks wie sprühende Funken in der Spalte hochprallten. Ich mochte solche Überraschungen. Nichts war heilig in der Musik, wenn nicht sämtliche Klänge erlaubt waren.

Die Wochen vergingen, die Monate vergingen. Why wurde zu Gruppenausstellungen im Ausland eingeladen, ich jammte und vertonte Filme. Ab und zu trafen wir uns mit Yezda zum Essen; einmal kam ihre jüngere Schwester aus Würzburg zu Besuch, wo sie mit Mann und Kind lebte. Why meinte, die Kindheit ohne Eltern habe ihre Schwester weniger hart getroffen – sie selbst würde nie eine gute Mutter werden. Trotz Unterschieden in Aussehen und Temperament freute es mich, die Schwestern zusammen zu sehen, sie wirkten so selbstverständlich. Im Jahr nach den Terrorattacken kam die Schwester erneut zu Besuch. An dem Abend hatte ich einen Auftritt mit Jensen, sodass ich sie verpasste. Wäre die Motorradjacke nicht gewesen, die im Publikum auftauchte, ich hätte den Mann nicht erkannt, den der Neid aus meinen Gedanken verbannt hatte. Hinterher hing ich mit dem Dänen an der Bar herum, als Bojan zu uns kam, war es unmöglich, mir nichts anmerken zu lassen. »Lange her, *American.*«

Die Jacke war immer noch dieselbe, aber er hatte sich die Haare schneiden lassen und sich rasiert. Sein Hemdkragen stand offen, der Flaum war zu sehen. Nun, da er sein Leben im Griff zu haben schien, verstand ich, warum Why verlegen geworden war, als ich das Foto ihres Vaters studiert hatte. Die gleichen Zähne, die gleiche virile Brustbehaarung. Offenbar half der Serbe Neuankömmlingen, sich zurechtzufinden – »Papiere, Wohnung und so weiter.« Die Arbeit erschien ehrenwert, widerwillig lud ich ihn zu einem Bier ein und unterhielt mich anschließend weiter mit Jensen. Mehrmals zog Bojan sich zurück; Leute wandten uns flüsternd den Rücken zu, ehe sie ihm etwas gaben. Erst als er gegangen war und Steffen, der Barkeeper mit Tattoos bis zu den Ohrläppchen, die Gesten kommentierte, verstand ich, was sich abgespielt hatte.

»Ende des Monats, Zeit für die Kollekte.« Steffen drückte die Biergläser zweimal in das seifige Becken und einmal in das spiegelblanke daneben. »Herr Deeb vergisst nie.«

Der Makler stand Flüchtlingen in einer Weise zur Seite, die Behörden nicht möglich war. Endlich begriff ich Whys Reaktion. Und wie gut es gewesen war, dass ich mich nicht bei ihm gemeldet hatte.

Vor dem Besuch in der Kinoteka in Skopje testete ich Jensen als Ersatz für Bella. Ich bat ihn, einen beliebigen Film auszuleihen und das Atelier zu besuchen. Why überließ uns den Fernseher, den sie für eine Installation benutzt hatte. Zwanzig Minuten ohne Ton reichten, es klang geschmeidig, einfallsreich, souverän. Trotzdem kam das Tape zurück. Schon möglich, dass wir Töne befreiten, aber Solnicki fand, dass der Soundtrack nicht die Handlung unterstützte, sondern herumwütete. Er erlaubte sich sogar zu fragen, ob ich den Wert künstlerischer Freiheit nicht übertrieb.

Ich verteidigte die Aufnahme, der Däne nahm es ihm jedoch nicht übel. Ich wäre verrückt, wenn ich zuließe, dass er meine einzige regelmäßige Einnahmequelle zunichtemachte. »Hast du Skopje gesagt?« Er versprach, sich bei einigen Mazedoniern umzuhören, die gerade in Deutschland auf Tournee waren.

So lernte ich Darko Dimoff kennen. Ein Jam nach seinem Gig im Tränenpalast reichte aus, um zu wissen, dass es mit dem Mann mit den gepflegten Haaren und Augen wie Oktoberlicht klappen würde. Am Tag vor der Abreise gab die Stiftung uns grünes Licht. Keiner spielte Kontrabass so ruhig schmerzhaft wie Darko, keiner benutzte wie er eine Furla – die serbische Hirtenflöte – als schnellster Weg zu Tränen. Manchmal klingelte eine Glocke, doch nie so, dass das Geräusch die Oberhand gewann. Nur als er am letzten Tag eine Gajda in die Kinoteka mitbrachte, winkte ich ab. Ich ahnte, was die Stiftung von Sackpfeifen vom Balkan halten würde.

In den folgenden Monaten arbeiteten wir in Kiew und Bratislava sowie ein weiteres Mal in Skopje zusammen. Wäre das Leben in dem Stil weitergegangen, ich wäre als Musiker zufrieden gewesen – glücklich war ich mit Why, das reichte. Dann aber traf ich mich mit Darko in Bukarest, wo man eine Kopie vom ältesten Dokumentarfilm der Welt gefunden hatte. Gedreht worden war er nur ein paar Jahre, nachdem die Gebrüder Lumière den ersten Kinoabend mit Publikum veranstaltet hatten. Ich begriff nie, wie der Titel im Original lautete, die englische Version, die Jahre später auf einer Sammel-DVD erschien, hieß jedenfalls *Walking Troubles of Organic Hemiplegy.*

Was wir sahen, als wir im Vorführraum des Arhiva Nationala saßen, der nach Putzmittel stank, waren Patienten, die vor und nach ihrer Behandlung in unterschiedliche Richtungen gingen. Der rumänische Regisseur, der den Konservatoren zufolge Neurologe gewesen war und lange in Paris gearbeitet hatte, wollte den Einfluss nervöser Leiden auf die Motorik des Menschen studieren. Die meisten Patienten waren nackt, manche trugen Unterwäsche, wenige stützten sich auf einen Stock. Der Hintergrund war dunkel, aber alle schleppten sich zu einer Lichtquelle, die von der Seite hereinfiel, was dazu führte, dass sie lange Schatten warfen. Diese grauen Gestalten verzauberten mich.

Der Effekt erinnerte an den Film, den Why für ihre Installation benutzt hatte. Die Patienten schlurften in Richtung einer symbolischen Sonne – das heilende, jedoch ungreifbare Feuer, das Zeuge ihrer ersten Schritte ein langes, verwundetes Leben zuvor geworden war. Ein paar Stunden später hatten Darko und ich für jede Gestalt einen Klang gefunden. Er spielte so spröde, und so schmerzerfüllt, dass ich es vorzog, über manche Schatten keine Melodielinien zu legen, das Knistern aus dem Verstärker war genug. Akustischer Staub. So sah er aus, wenn er Gestalt bekam.

Nach meiner Heimkehr erzählte ich von dem Film. Why wurde unerwartet wortkarg. Anfangs befürchtete ich, dass sie die Nähe zu ihrer Kunst störte, aber es war nicht die Thematik, die ihr missfiel, auch nicht, was ich Staub genannt hatte. Sie wehrte sich dagegen, dass ich meine ganze Seele in die Arbeit für die Stiftung legte. Das waren ihre Worte. »Deine ganze Seele.«

Wir lagen auf dem Bett im Zimmer des Vorarbeiters. Als ich die Neonröhre ausschaltete, verwandelte sich die Decke von hellblau in Nachthimmel. Im Flur unten wartete die Frachtkiste, die sie gerade zugenagelt hatte. »World of Pulses (Adaption)« war endlich an ein Museum in Texas verkauft worden, am nächsten Tag würde die Spedition das Kunstwerk abholen. Ich rauchte und versuchte, den Einwand zu verstehen. Wahrscheinlich fand Why, dass ich Leben und Kunst trennen sollte; doch tat ich das nicht, wenn ich mich an Aufträge für die Stiftung hielt? Und was war mit Jensen & Middler? Sie hatte mehrere unserer Auftritte gesehen. Zählten auch diese Herzschläge, diese Sehnsucht, dieser Nerv nicht?

Als sie nicht antwortete, gab ich zu, dass ich tatsächlich etwas gefunden hatte, womit ich mich neben einzelnen Abenden in Clubs und den Reisen zu Archiven beschäftigen wollte. Ich erzählte, Dad sei zerstreut gewesen, ehe ein Schlaganfall sein Leben beendet habe; als ich den Film im Arhiva Nationala gesehen hatte, fühlte ich mich an meine Versuche erinnert, den richtigen Ton für die störrische Bewegung zu finden, die er häufig mit dem Kinn gemacht hatte. Nach seinem Tod war es mir so vorgekommen, als hätte er sich dagegen gewehrt, aus meinen Gedanken zu verschwinden. War es bei Gesten nicht häufig so? Eigenheiten sorgten dafür, dass ein Mensch in der Erinnerung überlebte. Nun baten fremde Tote um Hilfe; ich durfte nicht noch einmal scheitern.

Wenn Why es wissen wollte, so hatten die Gestalten mein Fühlergespür zum Leben erweckt – das ich brauchte, damit die Musik mehr bedeutete als ich, ja, mehr als sie selbst. Im Zug nach Hause hatte ich im Kopf sogar alte Songs von Transmission gespielt, vor allem »Delivery«, weil die Akkordfolge sich auf eine Weise orientierte, die mich ahnen ließ, dass ich wieder dorthin unterwegs war – abwärts und gleichwohl aufwärts, als lägen die Wurzeln des Menschen im fünften Element.

Why sagte immer noch nichts.

Sie musste mir glauben. Der Phosphor, den ich seit der ersten Single mit Inspiration verbunden hatte, knisterte erneut in den Knöcheln, milde, dennoch merkbar. »Das ist seit einer Ewigkeit nicht mehr passiert.«

Sie presste das Ohr auf meinen Brustkorb. »Vielleicht.«

Während der Nachmittage in Dads Garage sei ich davon überzeugt gewesen, dass ein paar Akkorde reichten, um eine andere Welt zu offenbaren, solange sie kühn und überraschend kombiniert wurden. Plötzlich neigten Töne auf der Schwelle zum Krach zu einer unerwarteten Dimension. Auch wenn ich Platten gehört oder später das Autoradio eingeschaltet hatte, hoffte ich auf diese unerbittlich mitreißende Kraft. Seltsam war, dass die Klänge etwas verdeutlichten, das ich ahnte, aber nie vorhersehen konnte. Die Jahre in der Rockmusik hatten das Gefühl getrübt; nun musste ich Jensen dankbar dafür sein, dass er mir geholfen hatte, die kommerzielle Musik einzumotten. Wenn ich nach unseren Jams in einem nicht gänzlich irdischen Zustand heimging, war ich nicht mehr ich selbst und gleichzeitig mehr Ache Middler als je zuvor, erfüllt von sanfter, mächtiger Energie.

In mehreren Archiven gab es bewegte Bilder von traumatisierten Soldaten aus dem Ersten Weltkrieg, auch in Berlin. Ohne Hilfe waren die Männer unfähig, aufrecht zu stehen. Sie kämpften, schwankten und brachen zusammen. Ich wollte etwas mit diesen Sequenzen machen, in denen das Dasein darum rang, etwas Neues zu beginnen. Vielleicht als ein spätes Requiem für verlorene Seelen. Why verstand sicher. Hatte Yezda nicht über die Geschichten gesprochen, die Kurden gern von den Mühen vergangener Generationen erzählten? Hier ging es um das Gleiche. Solange die Mühen überliefert wurden, existierten die Menschen noch – in einer eigentümlichen Verlängerung dessen, was im Leben zählte.

Wenn das Material nicht ausreichte, beabsichtigte ich, Dinge zu untersuchen, die sich neben der eigentlichen Handlung in Filmen abspielten. Ereignisse außerhalb des Fokus, Vorgänge ohne Auswirkungen auf die Handlung. Zum Beispiel eine Frau, die im Hintergrund Fußböden schrubbte, ein Mann, der in einem Café Zeitung las, ein Kind, das mit einem Drachen durch einen Park lief. Die Aktivitäten gehörten zu Welten, die nicht bemerkt, in den Filmen dennoch gezeigt wurden. Auch sie hatten es verdient, gerettet, nein, geschützt zu werden, sonst waren sie dazu verurteilt, ein ums andere Mal übersehen zu werden, wenn die Werke gezeigt wurden. In meinen Augen bildete bestätigtes Vergessen die wahre Verdammnis. Ich wusste nicht, wie das Ergebnis klingen würde, nur, dass ich Statuen aus lebendigem Staub erschaffen wollte.

»Endlich.«

Als ich das Projekt Solnicki erläuterte, ließ er mir freie Hand, solange ich zusätzliche Kosten selbst übernahm. Er wusste, dass die Filmkunst nicht nur mit Faxen begonnen hatte – eine Reise zum Mond mithilfe einer Kanone; ein Schlauch, der einem verwirrten Gärtner Wasser ins Gesicht spritzt –, sondern auch mit Studien zur Körpermotorik. Warum also nicht die anonymen Wesen vertonen, die gegangen und gelaufen waren, gesessen und geruht hatten, damit Physiologen um die Jahrhundertwende eine Bewegung in ihre Elemente zergliedern konnten? Er persönlich sei nicht sicher, ob das Zelluloid, das ich fand, einen kommerziellen Wert haben werde, sei aber bereit, seinen Standpunkt zu revidieren. Wenn ich mich dazu bereit fühle, wolle er hören, was ich zustande gebracht hatte. Erfüllte es die Erwartungen, versprach er, sich an der Finanzierung einer DVD zu beteiligen.

Why mischte sich nicht einmal in das Projekt ein, wenn sie merkte, dass es stockte, was häufig der Fall war. Wenn sie den Alten im Pflegeheim half, lieh ich mir ihren Computer. An manchen Tagen suchte ich im Netz nach Ideen, an anderen Referenzliteratur in Antiquariaten, ich schrieb sogar einem britischen Sammler von sogenannter Knochenmusik – sowjetische Bootlegs westlicher Musik, die auf ausgediente Röntgenplatten gepresst worden war. Ich wollte nicht mehr Töne erlösen. Oder: Das wollte ich. Aber Jensen hatte mich gelehrt, tiefer in das Material einzusinken, an der Stummheit vorbei. Ich würde nicht aufgeben, bis die Schwingungen zwischen Knochen und Haut wiedererschaffen waren, dieses brennende Volumen des Phosphors.

Seit ich in das Atelier umgezogen war, zahlte ich die Miete. Why gefiel es, mich dort zu haben; wenn sie die schwere Metalltür aufschließe und ihr der Geruch von Kaffee oder Thainudeln entgegenschlage, habe sie das Gefühl, nach Hause zu kommen, behauptete sie. Meine alten Platten warfen kaum noch Tantiemen ab und als Bella fragte, ob ich den Mietvertrag für die Wohnung im Village verkaufen wolle – als junger, erfolgreicher Artdirector konnte ihr Sohn es sich leisten, die Wohnung zu übernehmen –, einigten wir uns auf einen Preis. Mit fast sechzig Jahren brauchte ich Geld. Ich erwähnte den Verkauf Why gegenüber nie – gegenseitige Unabhängigkeit war für sie genauso wichtig wie Nähe –, hoffte jedoch, dass die Einnahme für eine Eigentumswohnung genutzt werden konnte, wenn sie sich dazu bereit fühlte, mit mir zusammenzuziehen. So oder so störte es keinen von uns, sparsam zu leben. Solange wir unsere Kräfte dem widmen durften, was wir selbst wollten, genügten uns Fahrradausflüge als Urlaub. An ein paar Wochenenden lud Neuman uns in sein Landhaus ein, in einem Sommer kümmerten wir uns um Gemmas Schrebergarten am Stadtrand.

Die Zeit verging, das Projekt blieb eine warme Gegenwart an meiner Seite. Dann erhielt Why das Angebot, an einer Kunstmanifestation im P.S.I in Queens teilzunehmen. Das Monster hatte die Ausstellung als Protest gegen die Invasion des Iraks organisiert. Ich ahnte, dass Why sich wünschte, dass ich sie begleitete, und sah deshalb zu, rechtzeitig erkältet zu sein. Bis ich ihr erzählt hatte, dass der Vertrag verkauft war, hatte ich keine Lust zurückzukehren.

»Ache, du bist doch auch da zu Hause.«

»Nur Gespenster auf den Straßen.« Mit verstopfter Nase hielt ich den Stadtplan hoch, auf dem ich Mulry Square und andere graue Stellen markiert hatte.

Und Koehler?

Ich zuckte fieberträge mit den Schultern. »Kommt schon klar.«

Als Why eine Woche später zurückkehrte, erzählte sie mir von der

Stimmung am Ground Zero. Und dass sie meine Straße besucht hatte. Alles habe friedlich gewirkt. Ein Kürbis mit geschnitztem Gesicht habe in einem Fenster gelegen, in einem anderen hätten Kerzen gebrannt. Sie habe sogar im Cairo zu Mittag gegessen. Das schmierige Wandgemälde existierte noch; das Monster hatte ihr erzählt, was ich darüber gesagt hatte. »Was machen die Knochen?« Sie meinte die DVD, die den Titel *Sounds for Celluloid* tragen sollte, als sie einige Jahre später veröffentlicht wurde.

»Musste Jensen bei ein paar Sachen helfen.«

»Ache …«

»Deine Sorge ist meine.« Ich zog die Jacke an. Why hatte einen sechsten Sinn dafür, wenn ich in der eigenen Arbeit nicht weiterkam.

Jensens Studio lag in der Nähe von Am Urban, dem großen Klinikum in Kreuzberg. Einen Häuserblock entfernt, neben einem der letzten Gebäude, die in der Stadt noch besetzt waren, stand ein Gasometer aus dem neunzehnten Jahrhundert. Im Krieg hatte man ihn zu einem Mutter-und-Kind-Bunker umgebaut. Seither wurden die ursprünglichen Wände von drei Meter dickem Beton umschlossen. In den letzten Kriegsmonaten waren dort dreißigtausend Menschen auf sechs Stockwerken zusammengepfercht gewesen.

Anlässlich einer Ausstellung ein paar Jahre zuvor war Jensen in dem Bunker gewesen. Es gab dort Treppenhäuser und Flure, die von uralten Armaturen beleuchtet wurden. Manche Räume enthielten medizinische Ausrüstung – Betten, Waagen, Schränke –, andere Schreibtische oder Bänke, die auf Büros und Kapellen hindeuteten. In den Schlafräumen standen Etagenbetten mit drei Ebenen, auf mehreren lagen Koffer. Noch hingen Prominente der vierziger Jahre, ausgeschnitten aus Illustrierten, an den Wänden: Sänger, Filmstars, Eiskunstläufer. Es gab dort eine verglaste Registratur, Badezimmer und Toiletten, Gemeinschaftsräume und Kantinen. Die Vorratsschränke in der Küche enthielten uralte Konserven.

»Holz, Filz, Kabel, Kacheln. Stell dir die Klänge vor, die dort einge-
lagert worden sind. Sie rufen danach, befreit zu werden.« Jensens Brille
glänzte, das Gesicht bewegte sich nicht.

Ich hatte gehofft, dass die Umgebung inspirierend sein würde;
die Krankenhausdokumentationen, die ich aufgetrieben hatte, waren
schön, aber ohne Raumgefühl. Als ich Why am Abend vom Plan des
Dänen erzählte, lautete ihr schroffes Urteil allerdings: »Tu das nicht.«
Ich verteidigte ihn, während sie spülte. Als sie sich die Hände abgetrocknet hatte, schaltete sie die Musik aus, die wir gehört hatten – ein
Crossover aus türkischem Volkslied und Electronica. Ihre Augen betrachteten mich metallblau ruhig. »Wenn du es nicht begreifst, kann
ich dir nicht helfen.«

Wollte Why mich davon abhalten, mich in Projekten zu verlieren?
Störten sie Ausländer, die aus der deutschen Geschichte Kunst machten? Als ich sie schließlich fragte, sagte sie, es liege an dem Mann, den
ich verdrängt hätte.

Die Ausstellung, die Jensen offenbar gesehen hatte, sei Bojans Idee
gewesen. Zusammen mit einigen Schülern der Akademie hatte ihr
Exfreund die Bezirksverwaltung überredet, den Bunker im letzten Semester, in dem er Zugang zur Werkstatt der Hochschule hatte, zu öffnen. Für ein Wochenende hatten Wächter Besucher daran gehindert,
sich zu verirren, Papierschnipsel hatten den Weg zur Kunst gewiesen.
Die Künstler hatten sich Räume aussuchen dürfen. Dem Serben hatten
es die Damentoiletten angetan, weil sie der einzige Ort waren, den
Männer nie betreten hatten. Er zwängte seine krummen Skulpturen
aus Eisenstangen und Beton in die Ecken. So mussten sich die Mütter
und Kinder im belagerten Sarajewo fühlen. Die Besucher hatten seine
Verzweiflung jedoch nicht begriffen, sich stattdessen über Spekulationen in deutscher Klaustrophobie beschwert. »Er hätte es weit bringen
können. Nur, dass du es weißt. Es wurden sogar komplizierte Artikel
über ihn geschrieben.«

Why schilderte andere Einfälle Bojans, Materialien, die er hatte benutzen wollen. Er war nicht wie so viele andere an der Akademie, die immer ein Auge auf den Markt gerichtet hielten. Die ihre Ideen aus *Artforum* bezogen und die Entsprechung des Kunstbetriebs zu Esperanto sprachen. Das hatte ihr Freund nie getan. »Du dagegen vielleicht.«

Wie meinte sie das?

»Du arbeitest für die Stiftung oder spielst mit dem Dänen. Schön und gut, dem Einzigen, was etwas bedeutet, weichst du dagegen aus. Sicher, manchmal leihst du dir den Computer. Aber lohnt es sich zu glauben, dass du Seelen rettest? Oder an deine Unabhängigkeit?« Zwei Fragezeichen hintereinander; Why meinte es ernst.

Obwohl sie recht hatte, reizten mich ihre Fragen. Das Letzte, was ich mir wünschte, war, mit Bojan verglichen zu werden. Dennoch wusste ich, seit *Chimera* hatte ich nichts von Wert zustande gebracht. Ich war weder offen für die verwirrende Vielfalt der Welt noch für Schatten und Staub, womit ich mir schmeichelte, sondern vertrieb mir die Zeit mit stimmungsvollen Begleitungen. Als Jensen sich bei mir meldete, antwortete ich vage. Vielleicht fehle mir das Gefühl für die Spannung des Bunkers. Wir müssten darüber sprechen, wenn ich aus Calais zurückgekommen sei.

Raff rief an, als ich mich den vierten Tag an der nordfranzösischen Küste herumtrieb, frustriert über das, was Why gesagt hatte, bedrückt angesichts meiner Unfähigkeit, ihr recht zu geben. Nach drei gemeinsamen Jahren kam es manchmal vor, dass wir uns stritten. Wie bei den meisten Paaren gab es Tage, an denen wir lieber allein waren, aber es war nicht so, dass wir einander an den Haaren von Zimmer zu Zimmer zerrten. Fast immer war die Arbeit der Grund für das Missvergnügen. Oder, wie jetzt, dass der andere seine Vorsätze nicht in die Tat umsetzte.

Why war mein Salz, wenn ich vor eigenen Kompositionen zurückscheute, wurde ich dennoch ausweichend. Ich sah, dass mein Verhalten sie verletzte, war trotzdem unfähig, mich zu ändern. Am Abend vor meiner Abreise war ich den ich weiß nicht wievielten Tag oder die wievielte Woche hintereinander schlecht gelaunt gewesen. Sie war es leid gewesen, mich aufzumuntern, hatte sich jedoch zusammengerissen. »Weißt du, worauf du wartest.« Als ich nicht antwortete, fuhr sie fort: »Erlösung.«

Ich wusste, dass sie recht hatte. »Ist das so verkehrt?« Aber der Tonfall gefiel mir nicht.

»Liebling, hör zu …«

»Wenn du ohne erhobenen Zeigefinger in der Stimme reden kannst.«

Why ließ mich wortlos stehen.

Die Dünung trieb in Wellen heran, die sich kräuselten, ehe sie angespült wurden und durch den Tang rauschten. Ich verleitete mich zu glauben, dass sich mein DVD-Projekt entwickelte, während ich mich in Wahrheit rückwärts tastete wie eine Krabbe, dem evolutionären Urschlamm entgegen, in dem komplexe Organismen undenkbar waren. Der Wind legte eine Haut aus feuchtem Salz auf die Sonnenbrille, die ich in der Stadt in einer Fußgängerzone gekauft hatte. Die Füße sanken im schweren Sand ein, ich fühlte mich blind und bedrückt, fast schon belagert. Warum reagierte ich so starrsinnig, wenn Menschen aus Fürsorglichkeit die Wahrheit sagten?

Die Stiftung hatte mich gebeten, restaurierte Wochenschaufilme über die Befestigungswerke entlang der Côte d'Opale zu vertonen. Die meisten enthielten Ton, was die Aufgabe erschwerte. Egal, was ich machte, ich fand keine passende Haltung, das Voiceover verwandelte jeden Zusatz in eine Illustration. Die Filme stammten aus den vierziger Jahren, was eigentlich ein Ausschlusskriterium war, doch in letzter Zeit hatte Solnicki expandiert. Ständig tauchte neues Material über den Zweiten Weltkrieg auf, häufig handelte es sich dabei um Schmalfilme, einige waren sogar in Farbe – von Soldaten, die Fronturlaub hatten, oder Kindern, die in den Ruinen spielten, von Morgen in absurd sorglosen Dörfern oder Flüchtlingen, die mit ihrer gesamten Habe in Säcken und Laken vorbeizogen. Es wäre ein schlechtes Geschäft, diesen Fundstücken keine erneuerte Relevanz zu schenken. Außerdem sammelte die Stiftung bereits Werke mit minimalem Dialog. Man führte sie unter der Bezeichnung *ps*, was für *practically silent* stand. So fühlte ich mich während der Spaziergänge entlang der Küste – wie ein *p. s.* zu Ache Middler.

Seit 9/11 hatte ich nicht mehr mit Raff gesprochen – mir auch nicht die Single angehört, die Transmission einen Monat nach den Angriffen veröffentlicht hatte. Seiten im Netz nach zu urteilen, hatte das Lied Anstoß erregt, Fans hatten sogar zum Boykott aufgerufen. Es hieß, die Band geißele die Opfer in Zeilen wie:

> *Idle youth*
> *By vain things enthralled.*
> *Here's the truth:*
> *Your lives were stalled.*

Da keiner die Paraphrase auf Rimbaud erkannte, warf man Raff Lästerung vor. »Song of the Highest Towers« erdreistete sich, Menschen zu schmähen, die sich vor Verzweiflung aus den Wolkenkratzern gestürzt hatten. Dass er »WTF, *no*, WTC« auf *ecstasy* reimte, machte die Sache nicht unbedingt besser.

Die Plattenfirma hatte die Band fallen gelassen wie eine heiße Kartoffel. Als sich die Stimmung beruhigt hatte, erkannten viele, dass der Song eher kritisch als blasphemisch war. Er handelte von einer atomisierten Generation, die nicht radikal lebte, die sich mit digitalen Anzeigentafeln und Foren für Spezialinteressen zufriedengab und nicht dafür interessierte, was Menschen wirklich verband. Aber da hatte man Transmission bereits als gealterte Provokateure abgestempelt. Was wusste die Band schon von den Schmerzen und Bedürfnissen junger Menschen? Oder gegenwärtigen Formen der Verzückung?

Raff gestand, die Gruppe habe erwogen, sich aufzulösen, ein Jahr lang habe man kaum geprobt. Endlich hätten sie Kontakt zu einer neuen Firma bekommen – diesmal Decca Records. Zunächst wollten sie ein paar Konzerte in Amsterdam geben, danach hofften sie, ins Studio zu gehen. Die seit der Single entstandenen Songs seien »bärenstark«.

Noch hatte er mir nicht erklärt, warum er anrief.

Am Tag vor der Abreise habe Moglia sich allerdings den Arm gebrochen.

»Wahnsinn! Wir haben neue Lieder, bald auch eine tolle Plattenfirma, endlich eine Tournee – und dann fällt er von der Leiter.« Um die Situation zu retten, hatte Raff eine Wiedervereinigung der alten Bandbesetzung vorgeschlagen. Der Besitzer des Club Eden, der sich an unsere Auslandstournee 1977 erinnerte, hatte sich bereit erklärt, die Reise- und Hotelkosten für mich zu übernehmen. Das Honorar musste von der Gage der Band abgezweigt werden, aber Raff war bereit, auf vorteilhafte Weise zu teilen. »Du kannst den Vertrag sofort haben.«

Das Nokia brannte in meiner Hand.

»Wenn du nichts sagst, deute ich das als ein ›Ja‹.«

Ich gab zu, dass ich in letzter Zeit einzelne Lieder im Kopf gespielt hatte, an die Texte konnte ich mich allerdings kaum erinnern. »Nur altes Material?«

»Ich spreche mit Will und Robbie.« Raff klang verzweifelt. Vermutlich hatte er schon gesagt, dass ich kommen würde.

Wäre das Vertrauen in mein Projekt größer gewesen, ich hätte abgelehnt. Als der Vertrag eine Stunde später an die Cinémathèque du Nord-Pas de Calais gefaxt wurde, unterschrieb ich jedoch. Es fühlte sich nackt und überstürzt an, als zeichnete man seinen Namen nach einer Welle in den nassen Sand. Meine Frustration wuchs, als ich Why anrief und es ihr erzählte.

Steif. Ihre Stimme klang steif.

Am nächsten Abend saß ich im Zug nach Amsterdam. Es dauerte nicht mehr als fünf Stunden, um in ein Leben zurückzureisen, das ein Vierteljahrhundert hinter mir lag. Im Halbschlaf unter der Jacke, die an einem Haken baumelte, erkannte ich, dass ich die Jazzmaster im Archiv vergessen hatte.

FUCK ROCK 'N' ROLL

Von den Personen, die in der Hotelbar herumhingen, erkannte ich nur Will. Halb auf einem Barhocker sitzend – gestreiftes Shirt und Sneakers, graumelierte Locken –, hielt er sich wie die meisten Schlagzeuger fit. Schmale Hüften, drahtige Bewegungen. Wahrscheinlich lief er immer noch über die Williamsburg Bridge und durch den Park am anderen Ufer, ehe er zurückkehrte, mager und smart wie eine Straßenkatze.

Robbie war immer der Schöne in der Band gewesen. Nun waren die hungrigen Posen, die er auf der Bühne eingenommen, aber an der 53rd Street gelernt hatte, von hängenden Schultern und Beinen wie Stelzen ersetzt worden. Erst als Will ihm das bestellte Mineralwasser reichte, begriff ich, wer das war. Robbie setzte sich schwer. Sein Körper war ein Block, die Wangen rot angelaufen. Die Gesichtszüge sahen, eingebettet in Wülste, allerdings genauso rein und ebenmäßig aus wie die einer antiken Statue. »Ache, *my man.*« Er ließ den Strohhalm zwischen den Eiswürfeln kreisen.

»Silberjunge.« Ich trat einen Schritt zurück, damit er sein Glas abstellen konnte. Mit einer Hand in Wills und der anderen in Robbies schaute ich mich um. »Raff?«

»Hinter dir.« Der Mann, an dem ich in dem Glauben vorbeigegangen war, dass er zu einer anderen Gesellschaft gehörte, steckte sein Handy ein. Mein ältester Freund hatte lange, zurückgekämmte Haare und trug eine schwarze Designerbrille. Das schmale Kinn wurde von einem Ziegenbärtchen geschmückt, im linken Ohr saß ein Ohrring von der Größe eines Schlüsselrings. Er glich einem modernen Piraten. Man merkte, dass er Gewichte stemmte: Der Brustkorb war breit, seine Haltung so entspannt sicher, wie Muskeln sie Männern bescheren.

Trotz Sonnenbräune sah man den Jetlag. Rot unterlaufener Blick, die Cargohose, in der das Telefon gelandet war, musste gewaschen werden. Raff stellte mich den Männern vor, mit denen er gesprochen hatte. Es waren der Tourmanager und ein Vertreter der Plattenfirma. Beide hießen Jones mit Nachnamen, sodass der Manager Jonsey genannt wurde. Ich lehnte einen Drink ab. »Ein Tee wäre gut.«

»Marlboro statt Gauloises.« Raff schob mir den Aschenbecher zu; ich war kürzlich auf Menthol umgestiegen, um meine Lunge zu schonen. »Immerhin grüne.«

Vierzig Jahre lang hatte ich Instrumente kreuz und quer durch die Welt geschleppt, kein einziges hatte ich vergessen oder verlegt. Bis Amsterdam. Es war nicht schwer zu verstehen, woran es lag. Der Mann, mit dem ich mit kaum mehr als Shirt, Zahnbürste und Buch im Rucksack ausgerissen war, lachte, als ich ihm erzählte, dass ich mit leeren Händen gekommen sei. Robbie schnitt eine Grimasse, Will sagte etwas zu Jonsey, der versprach, für Ersatz zu sorgen.

Nur zwei der drei Gigs würden wir in der Stadt spielen, die ich zuletzt ein Vierteljahrhundert zuvor besucht hatte, dazwischen sollten wir in Rotterdam auftreten. Raff hatte das Festival am Telefon nicht erwähnt, wahrscheinlich weil er befürchtete, dass ich ablehnen würde, was ich getan hätte. Clubs waren eine Sache, Massenzusammenkünfte im Freien etwas anderes.

Wir hatten zwei Tage Zeit zurückzufinden. Raff glättete einige Thermopapierblätter auf der Theke, die sich sofort wieder zusammenrollten. Es waren die Texte zu *Lookout Luna*, falls ich sie vergessen haben sollte. Der Faxnummer ließ sich entnehmen, dass sie aus New York geschickt worden waren. Ohne dass wir darüber gesprochen hatten, schienen alle davon auszugehen, dass wir nur Titel vom ersten Album spielen würden. Als *Escapade* erschien, war ich nicht mehr in der Band gewesen, und wenn wir das gleiche Material spielten wie auf der

Liveplatte, wäre es keine echte Wiedervereinigung. Ich fragte mich, ob die anderen »Satisfaction« oder »Psychotic Reaction« als Zugabe wählen wollten, ich selbst bevorzugte den Song von Count Five.

Die Musik beunruhigte mich nicht. Sobald ich die ersten Takte hörte, würden sich die Finger erinnern. Im Gegensatz zu Robbie, dessen Soli mathematisch genau waren, improvisierte ich außerdem in meinen. Zufälliges bestimmte – ein verpasster Taktwechsel, Verzerrung –, während seine so präzise waren, dass er auf *Escapade* mehrere Phrasen verdoppelt hatte, indem er die exakt gleichen Töne auf die exakt gleiche Art spielte. Um den Bruchteil einer Sekunde verschoben, hatten sie den paillettenglitzernden Sound entstehen lassen, den die Kritiker »golden« genannt hatten.

Bei den Texten war ich mir weniger sicher. Es machte nichts, wenn ich einzelne Wörter verschluderte, den anderen würde es egal sein und das Publikum nichts merken. Aber was war, wenn Zeilen, die vor fünfundzwanzig Jahren eine präzise Bedeutung hatten, nicht mehr die richtigen Gefühle zum Leben erweckten? Oder schlimmer noch: es taten?

Am nächsten Morgen klopfte es an der Tür. »Scheiß drauf, was Jonsey auftreibt, nimm die hier.« Robbie legte seine alte Stratocaster auf den Sessel – es war eine '61er. Er hatte sie auf *Lookout Luna* gespielt, aber auf Tourneen bevorzugte er inzwischen die Neuausgabe aus dem Jahr darauf. Wenn ich lieber die nehmen wolle, könnten wir tauschen.

»Kein Problem.« Ich wusste nicht, was ich sagen sollte.

»Erinnerst du dich?« Robbie meinte das Muster auf dem schwarzen Korpus: Die Blitze, einander rorschachmäßig zugewandt und gesprenkelt wie Frost, waren nach unserer ersten Single appliziert worden. Sie glichen Augen. »Ich müsste mal was an den Stimmwirbeln machen.«

Ich setzte mich auf die Bettkante, das Instrument ruhte wie ein mageres Tier auf dem Schenkel. Am liebsten spielte ich mit dicken Saiten, die hier würden wimmern und stechen. »Die Gitarre gehört dir, Silberjunge. Bist du sicher, dass du sie mir leihen willst?«

Robbie schien mich nicht zu hören. Er ließ sich in den Sessel fallen, die Stirn glänzte, der Bauch hob und senkte sich. »Schwer zu fassen.«

Während ich Passagen aus Liedern testete, die ich seit vielen Jahren nicht mehr gespielt hatte, warf ich gelegentlich einen Blick auf ihn. Nicht einmal öffnete er die Augen. Manchmal testete ich einen anderen Weg in ein Solo, ab und zu blieb ich bei einer Bridge hängen und blätterte in den Thermopapierblättern auf dem Bett – die Worte halfen den Fingern, sich zu entsinnen. Ohne Verstärker hörte man nur metallisches Zupfen und dieses glitschende Geräusch, das mich immer an Blitzeis denken ließ. Aber Robbie ließ sich nicht täuschen. »Du spielst anders. Offener. Reifer.«

Gegen zwölf kam die Putzfrau. Der Silberjunge stand auf. Vorgebeugt, die Beine weit gespreizt, suchte er in der Tasche. »Hier, nimm die.« Er suchte nach Worten, fand aber keine. In der Hand lagen drei Plektren. Ich nahm eins aus Horn, das wie Bernstein schimmerte. »Verdammt, Ache. Du bist zurück.«

Club Eden lag in einer früheren Kirche. Seit der Laden ein Jahrzehnt vor unserem ersten Besuch als Cosmic Recreation Center Eden eröffnet worden war, hatte er mehrfach die Ausrichtung geändert. Jetzt hatte man nicht nur einen Konzertsaal und einen Nachtclub zu bieten, sondern auch Bühnen für das meiste von politischen Debatten bis hin zu Modenschauen. Wills Schlagzeug war aufgebaut, die Ausrüstung stand bereit. Die Verstärker waren gemietet. Ich sah, dass Robbie immer noch Supro Thunderbolt mochte.

Um Diskussionen aus dem Weg zu gehen, schloss ich die Gitarre an und setzte mich auf einen Hocker. In den folgenden Stunden probten wir, als hätten wir es zuletzt vor einer Woche getan. Die Lieder fanden ihren Platz wie staubige Puzzleteile, selbst die Soli klangen akzeptabel. Eine merkwürdige Schüchternheit sorgte allerdings dafür, dass ich mich in einigen Partien zurückhielt, manchmal sang Raff Verse, die meine waren. Dann lachten wir und fingen wieder von vorne an, obwohl es bedeutete, dass die Band auf Konzerten offensichtlich alte Stücke gespielt hatte. Ich wusste nicht mehr, ob ich den Agenten, der vor dem Sanatorium für mich arbeitete, gebeten hatte, mit einer Klage zu drohen; es hätte ohnehin nichts gebracht und nun fand ich, es spielte keine Rolle mehr.

Auch wenn man merkte, dass die anderen auf mich eingehen wollten, schienen sie nicht zu befürchten, dass es schiefgehen könnte. Will behielt mich im Auge, Robbie kam mir zur Hilfe, wenn ich den Faden verlor. Offenbar wirkte ich zerbrechlicher, als ich geglaubt hatte.

Das erste Konzert lief besser als erwartet. Der Saal war vollgepackt, die Stimmung erwartungsvoll. Viele ältere Besucher hatten uns bei der alten Tournee gesehen, sie trugen Buttons auf den Revers wie Orden für treue Dienste. Die Ärmel waren bis zu den Ellbogen hochgeschoben, manche waren so umgeschlagen, dass man das Futter sah.

Als wir auf die Bühne gingen, ich als Letzter, stellten Raff und Robbie sich an die Mikrofone zu beiden Seiten. Ohne dass wir die Positionen abgesprochen hatten, war ich wieder der Mann in der Mitte. Die Leute pfiffen, während wir die Instrumente stimmten. Will schlug auf die Seite des Beckens, Raff zupfte zerstreut am Bass, was Fingerübungen waren, verwandelte sich sachte in ein Intro. Als ich schließlich das Anfangsriff von »Three Monkeys« anschlug, fiel Robbie hinter mir ein. Es dauerte nur Sekunden, bis wir auf einer Welle aus Silber davongetragen wurden. Bald brannte der Phosphor in uns allen. Den einleitenden Zeilen fehlte Kraft, und meine Stimme zitterte, als müsste sie erst lernen, stabil zu stehen, trotz der Unruhe in der Kehle hielten die Worte jedoch. Die restliche Strophe lief besser und als ich zum Refrain kam, war es, als hätte sich jegliche Scheu und jegliche Unsicherheit aufgelöst. Raff stimmte ein, dann Robbie. Will lachte, als ich mich umdrehte. Sorglos segelten wir durch die Luft, getragen von Elektrizität.

Die Songs versetzten uns einen so straffen Kick, dass die Energie während des ganzen Konzerts anhielt. »Traction«, »Lookout Luna«,

»Ascent« … Die Lieder klangen wie früher und dennoch anders. Ich hatte vergessen, wie lüstern »Traction« stammelte, wenn das Tempo gesenkt wurde, und war überrascht vom neonglänzenden Sound in »Lookout Luna«. Raffs Bass schlängelte sich sicherer und gefährlicher als früher, wand sich wie eine fette Schlange in einem Sack. Robbie bremste und wechselte die Richtung, so frech wie ein Teenager in einem gestohlenen Auto, während Will mit der gleichen selbstvergessenen Energie spielte wie in unserer Garage in der Coleridge Road. Ich verwechselte die letzten beiden Stücke, sodass wir zum Abschluss »Show Me« spielten, aber das Publikum reagierte nicht. Vielleicht passte es sogar besser, das Ganze mit einer Zeile abzurunden wie *This case is closed.*

Als wir wieder auf die Bühne gerufen wurden, platzierte ich den Zeigefinger am zweiten Bund und wollte die A-Saite anschlagen. Stattdessen grollte Raff – wüst, fast unwirsch, als könnte er jeden Moment stolpern. Ich wandte mich Will zu, unsicher, was der Bass da trieb, doch er schlug lachend auf die Becken, sofort fiel Robbie ein. Und dann erkannte ich das Lied. Sie hatten sich für ein Cover von »Knockin' on Heaven's Door« entschieden. Ich verpasste mehrere Takte und war alles andere als textsicher, gegen Ende schwebte unsere Version trotzdem so friedvoll in den Saal, dass es dem Geist des Originals entsprechen musste. Die Zugabe zeigte, dass die Ausbrecher aus dem Himmel zu alt waren für Streit. Mit ihrer Wahl begruben die anderen das Kriegsbeil.

Weil der Akku leer war, musste ich bis zum nächsten Morgen warten, ehe ich Why anrufen konnte. Wolle sie nicht kommen? Sie müsse die Band treffen. Bei unserem Auftritt am Vortag seien wir im Inneren eines Feuerwerks gewesen. Wenn sie sich beeile, könne sie uns in Rotterdam sehen, wo die Musik sicher in großen, funkensprühenden Eisblumen explodieren würde, ich hätte vor, als Letztes »Satisfaction« zu spielen, das sie nie gehört hatte. Nach dem letzten Konzert könnten wir noch ein paar Tage bleiben – uns ausruhen, vielleicht schwimmen und spazieren gehen.

Why meldete sich nicht, also hinterließ ich eine Nachricht.

Das »Recharge«-Festival fand am ersten Wochenende im Juni statt. Viele Jahre zuvor hatten Jefferson Airplane und Soft Machine in dem lauschigen Park am Stadtrand von Rotterdam gespielt. Damals war es das erste Open-Air-Festival in Europa gewesen, inspiriert von dem, was sich zwei Jahre zuvor in Upstate New York ereignet hatte. Auch wenn die Leute heute Markenkleider trugen, wurden noch Batikhemden und Haarbänder mit Aufschriften wie *Psychedelic Halo* verkauft. Der letzte Buchstabe war durch einen Smiley ersetzt worden.

Die Leute zelteten nicht mehr einen Katzensprung von den Hochhäusern entfernt, auf den Rasenflächen drängelten sich auch keine barfüßigen Kinder und Obdachlosen, aber die Arrangeure rechneten mit dreißigtausend zahlenden Zuschauern, viele mit eigenen Klappstühlen. Als sie begriffen, dass ich Moglia ersetzen und die ursprüngliche Besetzung der Band auftreten würde, wurde unser Auftritt von halb vier am Sonntag auf zehn Uhr am Samstagabend verlegt, vor der letzten Band.

Als wir auf die Bühne gingen, waren sowohl die Sonne als auch der Mond zu sehen. Der Wind war mild, der Abend lau, das Publikum dagegen aufgekratzt, als wäre es 1977. Das PA-System machte Probleme, sodass ich Raff kaum hören konnte, Raff kaum Robbie. Will zählte ein, dann glitten wir trotz des Krachs wie durch flammendes Eis – tight, entbrannt, unversehrt. Obwohl der Bass dumpf brummte, waren die Lieder gebändigte Apollogebete, rein und hell. Ich bezweifelte, dass wir jemals mit solcher Gewissheit und Entsagung gespielt hatten. Da gab es keine Irritation, keine bemühten Freiheiten, die Energie häufte sich von Song zu Song an, reifte und spitzte sich zu. Wir waren flüssiges Metall, wir waren stromführende Kristalle. Die Jahre, die vergangen waren, hatten uns erwachsen gemacht.

Nach der Hälfte des Gigs wusste ich nicht mehr zu sagen, wo ich mich befand. Ich schob die Sonnenbrille hoch, die auf der verschwitzten Nase rutschte. Wo lag das Haus der aufgehenden Sonne, wo Alaska? In welcher Richtung konnte Kühle, in welcher Hitze angenommen werden? Es war dunkel, die Sonne war verschwunden, der Mond hatte sich hinter Wolken geschoben, aber die Bühne glitzerte so grell, dass es mir vorkam, als atmete ich in einer Discokugel. Alles, was sich normalerweise anfassen ließ, schien ausgelöscht – Boden, Boxen, das Podium, auf dem Will thronte. Die Welt war in etwas Nicht- ... etwas Nicht-Hartes, Nicht-Greifbares ausgelaufen. Dennoch verloren wir nicht einen Hauch von Sinnlichkeit. Ich merkte es in dem Körper, den ich nicht mehr besaß, in den Fingern, die mir fehlten, in der Gitarre, die sich in Luft verwandelt hatte. Alles war Puls und Rhythmus und Flirren.

Ich weiß, es klingt wie einer der euphorischen Kritiker von früher, Tatsache ist jedoch, dass die Musik mitten im letzten Lied innehielt und stehenblieb – wie die Blitze auf Robbies Stratocaster. Wir spielten weiter, auch das weiß ich, aber sogar Wills und Raffs rhythmischer Drive verwandelten sich in einen gedehnten, schwerelosen Augenblick. Auf einmal standen die Klänge wie Statuen im Raum, platziert in einer schwebenden Konstellation. »Split Screen« hörte sich nicht an, als sei es von einem Siebenundzwanzigjährigen geschrieben worden, sondern von einem Priester einer uralten Religion. Sein namenloses Geheimnis war nicht zu hören, gleichwohl existierte es in allem, was erschallte. Jeder Ton entstammte der Ewigkeit, es gab keine Melodie mehr, die drängte und einen höheren Sinn erreichen musste, Flirren war alles, was war. Ich hatte mich auf der Bühne nie so rein, nie so vertikal gefühlt.

Als eine Zugabe gefordert wurde, war es selbstverständlich, mit »Psychotic Reaction« zu schließen. Raff streckte die Zunge heraus, über das ganze Gesicht verzerrt grinsend, dann trat er ans Mikrofon und brüllte:

I feel depressed, I feel so bad
'Cause you're the best girl that I've ever had

Als ich unmittelbar darauf die ersten Akkorde anschlug, reagierte das Publikum, als wären tausend Volt durch einen einzigen Körper gesandt worden. Das Areal vor der Bühne verwandelte sich in eine Grube aus Gliedmaßen. Die Scheinwerfer ließen Halsketten und Brillen aufblitzen, die schockartige Begeisterung wogte in Sturzwellen durch das Meer von Menschen. Viele ahmten Raff nach und tanzten mit herausgestreckter Zunge – angestachelt, gefährlich wie Patienten, die der Zwangsjacke entkommen waren. Andere schienen drei Köpfe oder acht Arme zu haben. Ich überließ es ihm zu singen und ging bebend in der Raserei auf. Dies war sein Element.

Nach dem Konzert rief ich erneut Why an; wieder erreichte ich nur die Mailbox.

Ein Großraumtaxi brachte uns – matt, jedoch blendend gelaunt – nach Amsterdam zurück. Will wühlte eine Möhre aus der Stofftasche, in der er Trommelstöcke und Ohrstöpsel verwahrte. Im Dunkeln war er kaum zu sehen, kaute aber friedlich. Einige Sekunden vergingen, dann lachten alle schallend.

Der letzte Auftritt sollte erst am Dienstag sein. Die Pause kam uns wie gerufen. Die Anspannung hatte Kraft gekostet, die Gigs waren Entladungen gewesen. Will und ich besuchten Museen, Robbie ruhte sich im Hotel aus. Raff sah ich erst wieder am Montag. Seine neue Freundin war aus New York eingetroffen, jemand erzählte, sie seien mit Bekannten in der Stadt unterwegs. Als ich den Aufzug in die Wellnessabteilung des Hotels nahm – am Vormittag, in der Hoffnung, dass keiner da war –, saß er jedoch auf einem Hometrainer. Handtuch um den Nacken, massiver Kopfhörer auf dem Schädel. Ich machte kehrt, aber er winkte durch die Glaswand.

Der Brustkorb hob sich wie eine Rüstung, als er sich abtrocknete.

Nachdem er den iPod ausgestellt und den Rest eines Proteinshakes aufgesaugt hatte, erklärte er, er habe grünes Licht bekommen. Die Band werde nicht nur wieder ins Studio gehen, sondern Decca habe beschlossen, auch die Rechte für unseren Backkatalog zu erwerben. Raff verstand, wenn ich keine Wiedervereinigung wollte, mittlerweile war Transmission allerdings ein Teil der Rockgeschichte. Es war nicht undenkbar, dass man uns in die Hall of Fame wählen würde; sowohl Trish Kelly Co. als auch die Ramones waren ein paar Jahre zuvor darin aufgenommen worden. Konnte ich mir vorstellen, unsere erste Platte wieder zu veröffentlichen, wenn sie neugemischt und das alte Hennot-Material als Bonustracks hinzugefügt wurde? »Du hast gesehen, was auf dem Festival los war. Die Leute dürsten nach pathologischer Unschuld.«

Ich versprach, es mir zu überlegen.

»Die Plattenfirma kann dir den Vertrag im Handumdrehen faxen.« Er schnippte mit den Fingern.

»Ich habe gesagt, dass ich es mir überlege.« Ich wusste, dass die Antwort Ja lauten würde, wollte aber nicht eifrig wirken, deshalb starrte ich auf den Fußboden. Die Frotteepantoffeln des Hotels waren mir peinlich.

Als ich nach einem langen Spaziergang entlang der Grachten zurückkehrte, lag der Vertrag auf dem Teppich hinter der Tür. Aus London gefaxt und in einen Umschlag des Hotels gestopft. Ich legte ihn auf den Tisch. Das Geld konnte ich gut gebrauchen, doch wenn ich ihn unterschrieb, wollte ich es nicht wegen des Geldes oder der Band tun. Meine Lieder hatten es verdient, so abgemischt zu werden, dass sie den heutigen Ansprüchen an Klangqualität genügten.

Auf eine CD passten mehr Titel als auf Vinyl, trotzdem störte es mich, dass unsere alten Demos veröffentlicht werden sollten. Auch wenn Moglia kein Keyboard ergänzte, wusste ich, die Aufnahmen waren nicht gut genug. Außerdem wollte Raff mit Sicherheit das Stück dabeihaben, dass er abgemischt hatte, als er mit Hennot allein im Studio war. »Rock'n'Roll Damnation« … Schon der Titel verstimmte mich. Das Lied war so lärmend unkonzentriert wie alles, was Raff gefallen hatte, bevor er beschloss, kommerziell zu werden. Das Gleichgewicht in der Produktion der Band würde erschüttert werden. Um zwei perfekt komponierte Alben spross plötzlich Unkraut. Ich hatte nichts gegen dionysischen Lärm oder Unfertiges, darum ging es nicht, doch wenn Transmission ein Meilenstein in der Rockgeschichte werden sollte, erschien es mir klüger, maßvoll zu bleiben. Die Leute liebten unsere Musik nicht inniger, wenn wir sie verwässerten.

Vor dem Soundcheck am nächsten Tag wurde ein neuer Umschlag unter der Tür hindurchgeschoben, diesmal war er dicker. Ich nahm an, dass Decca Publishing das Honorar erhöht hatte, als ich nicht antwortete, sodass ich das Fax liegen ließ. Als Robbie mich abholte, wollte ich wissen, was er dachte. Ich meinte den Remix, aber er verstand mich falsch und stöhnte auf dem Weg zum Aufzug: »Vivitrol, *man* …«

Es war schwer zu verstehen, wie es diesem kompakten Stück Mensch, in dem ein Junge mit wackelnden Hüften eingesperrt war, immer noch gelang, den Saiten solch ziehenden Schmerz zu entlocken. Irgendwie ging es, auch wenn Robbie gegen die gleiche Krankheit ankämpfte, unter der Jim gelitten hatte. Um Kraft zu sparen, bewegte er sich auf der Bühne kaum und sang in den Refrains nur selten mit. Statt die Gitarre zwischen den Liedern zu stimmen, trank er Tee aus der Thermoskanne, die auf einer Box vibrierte. Manchmal schluckte er unbekannte Tabletten.

Der Silberjunge keuchte, während wir auf den Aufzug warteten. Es tat einem weh, die verschwitzten, ein wenig zu langen Haare unter dem Hut im Nacken heraustippen zu sehen. Etwas sagte mir, dass es das letzte Mal sein könnte, dass wir zusammen spielten. »Sekunde, ich habe etwas vergessen.« Der Teppichboden schluckte meine Schritte, als ich zurückeilte. Nachdem ich den neuen Vertrag überflogen hatte – es war zu umständlich, mir alles gründlich durchzulesen –, unterzeichnete ich und kritzelte meine Initialen an Stellen, die mit länglich schmalen Post-its markiert waren, die das Faxgerät zusammengedrückt hatte.

Als wir nach unten kamen, saß Raff mit Leuten in der Lobby. Die Freundin hing an seiner Seite, süß und dünn bekleidet. Sie wirkte mindestens dreißig Jahre jünger als er und kompensierte schlechtes Selbstvertrauen mit aufreizenden Gesten. Ihre Hand kreiste ständig unter seinem halboffenen Hemd, sie nannte ihn mit ebenso katzensamtener wie kandierter Stimme *daddy*. Die Gruppe lachte gerade über etwas, das eine Bekannte Raffs gesagt hatte. Die Frau stellte sich als Dichterin vor, sah aber aus wie eine Musikerin. Doppelte Shirts, das eine weiß, das andere schwarz, nachlässig hochgesteckte Haare, enge Jeans. Will saß am Nebentisch, wo er dem Vertreter der Plattenfirma das Frühstücksbüfett beschrieb. Ich wartete, bis Robbie nicht in der Nähe war, ehe ich Raff den Umschlag gab. Der Alchemist der Band sollte nicht erfahren, dass ich das Angebot seinetwegen angenommen hatte. Wenn Geld für die Reha erforderlich war, bildeten Neuveröffentlichungen der alten Platten im Anschluss an die kommende CD den schnellsten Weg dazu. Raff streckte die Faust aus, sodass wir die Knöchel gegeneinander pressen konnten wie alt gewordene Gladiatoren, anschließend reichte er den Umschlag an Jones weiter.

Das Konzert begann um acht. Auf dem Weg zum Eden erfuhr ich, dass man nicht nur das Honorar erhöht, sondern auch einige Paragrafen ergänzt hatte. Jonsey freute sich, dass ich einer Revivaltournee im nächsten Frühjahr oder spätestens darauffolgenden Herbst zugestimmt hatte. Ob Moglia mitwirken würde, musste man abwarten, pro Konzert sollten jedenfalls mindestens zwei von Raffs Songs gespielt werden.

»Der Vorschuss kommt in den nächsten Tagen.«

Der letzte Gig war das Gegenteil von unserem Auftritt in Rotterdam. Zeitweise schepperten die Instrumente unkontrolliert, die Arrangements waren bockig, keiner hörte richtig zu. Raff schien trotzdem in Form zu sein, denn mehrfach hob er die Arme über den Kopf und klatschte, bis das Publikum mitmachte und Transmission sich in deutsche Stadionrocker verwandelte.

Mit jedem neuen Lied kam es mir vor, als würden die Saiten der Stratocaster noch etwas mehr nachgeben. Zwischendurch merkte ich, dass ich durch meine Soli schlenderte, ängstlich, an die heilige Energie zu rühren, die uns in Rotterdam erfüllt hatte. Bei ein paar Liedern murmelte ich sogar so gedankenverloren, dass Raff dazu kam, als wären die Verse Refrains. Robbie blieb jedoch bei seiner Linie und rettete uns mit seinen Goldmacherfingern. Will merkte, dass ich nicht mehr bei der Sache war. Von früher wusste er, dass ich manchmal die Lust verlor. Wenn wir uns mitten in einem Set befanden, galt es, die Sache über die Bühne zu bringen, danach war es das Beste, mich in Ruhe meine Wunden lecken zu lassen.

Als wir nach dem letzten Song auf die Bühne zurückkehrten, war es erst halb zehn. Raff nickte Robbie zu, mit dem er in der Loge gesprochen hatte. Im nächsten Moment ertönte das aufgeblasene Intro zu »(I Can't Get No) Satisfaction«. Wenn meine Lunge etwas anderes als Staub gewesen wäre, ich hätte gelacht.

Das Konzert machte mich traurig, der Vertrag, den ich unterschrieben hatte, ohnmächtig. Ich hatte keine Lust, mit den anderen zu feiern, wusste allerdings nicht, wie ich mich aus der Affäre ziehen sollte, ohne dass geredet wurde. Raffs Dichterfreundin löste das Problem.

»Wir sind uns schon einmal begegnet.«

Ich starrte in das Glas, das ich gerade geleert hatte. Trotz fünf Nachrichten hatte Why nicht zurückgerufen. Stimmte mit ihr oder mir etwas nicht? »Ich bin mir ziemlich sicher, dass du dich irrst.« Ich bat den Barkeeper um einen neuen Whiskey.

»Ach ja?« Die Frau wirkte nicht unsympathisch oder glatt, sie erinnerte mich sogar an Trish. Die gleichen schulterlangen Haare, das gleiche quecksilbrige Lachen und etwas Intensives in den Bewegungen. Aber ich war in Gedanken weit weg – in Calais, wo ich am Strand spazieren gegangen war, auf dem man Holzzäune in Winkeln errichtet hatte, die ich nicht verstand; in Berlin, wo Why entweder schlief oder nicht schlief, Gras rauchte oder auf andere Weise wütend auf mich war. Die Frau richtete ihr Haar, indem sie den Haargummi in verschiedene Richtungen zog. »Theresita? Raff hat mir erzählt, dass ihr Gedichte über mich geschrieben habt.«

Sie lachte – leicht, heiser, magnetisch. Theresa Stern war die Tochter der Puerto-Ricanerin, die meinen Freund gelehrt hatte, dass eine halbe Stunde zunächst 13,50, später dann drei Dollar mehr kostete. Ihre Mutter war viele Jahre zuvor gestorben, clean, aber gezeichnet von ihrer Zeit auf der Straße. Außerdem erfuhr ich, dass der deutschstämmige Vater noch vor ihrem zweiten Geburtstag verschwunden war – was zu der Zeit gewesen sein musste, als sie in einen Kinderwagen gepinkelt hatte. Mit Ausnahme von Alkohol mied sie Drogen. Nach einem Aufenthalt bei Bikern in Oakland, war sie an die Ostküste zurückgekehrt. Jetzt unterrichtete sie an Abendschulen Astrologie und Literarisches Schreiben. Sie war nie zuvor in Europa gewesen, wohnte nun aber bis Juli in einer Wohnung über einem nepalesischen Restaurant, dessen Lüftung mehr lärmte, als sie sollte. Ein Jahr zuvor hatte sie ihren ersten Gedichtband veröffentlicht und Freunden versprochen, sich vor ihrem fünfunddreißigsten Geburtstag als Romanautorin zu outen. »Der ist in weniger als vier Monaten. Hier bin ich also.«

Düster leerte ich das Glas. »»Outen‹?«

Theresa gab dem Barkeeper ein Zeichen, nachzuschenken, diesmal beiden. »Sei nicht so. Ich bin interessant, unterhalte dich richtig mit mir.« Sie fingerte an einer zerknitterten Schachtel Caballero herum. Als ich ihr Feuer gab, glitt die Blechmarke, die sie um den Hals trug, zwischen den Hemden hin und her. Mit ihren Löchern sah sie aus wie eine afrikanische Maske. Oder ein stilisierter Totenschädel. »Schreibst du noch?«

Wir merkten kaum, dass die anderen gingen. Als Raff rief und ich mich umdrehte, sah ich Robbies steifen Rücken und Will, der ihm die Tür aufhielt. Mein ältester Freund grüßte, indem er beide Hände hob. Die Daumen berührten einander, die übrigen Finger gruppierten sich in Paaren; er segnete deine Mutter und mich so wie einst die Kühe unterhalb der Sanford School.

Wir blieben noch ein paar Stunden. Ich war betrunkener als seit Langem. Obwohl die Gedanken stolperten, passierte etwas Eigenartiges: Es fiel mir leichter zu reden – verworren, aber offen. Vielleicht, weil Theresa sich nicht mit nichtssagender Plauderei zufriedengab, vielleicht, weil sie mich immer mehr an Why erinnerte. Als ich ihr von der Platte erzählte, die Virgin nicht veröffentlichen wollte, und etwas über John Donne erzählte, fragte sie, ob es nicht unterschiedliche Arten der Expansion gebe. Als ich ein Glas später von meinem Traum erzählte, mich in Musik aufzulösen, zugleich verloren und mehr als ich selbst, »oxidiert« war wohl das Wort, das ich verwendete, fand sie allerdings, das klinge pompös. Nach einer weiteren Runde trug ich im Sprechgesang das Lied vor, das den Gedichten, die sie rezitiert hatte, am nächsten kam.

»Delivery« brachte das Gespräch auf Himmelskörper. Theresa wies darauf hin, dass es eine besondere Nacht war, warum, verstand ich nicht, merkte jedoch, dass wir uns entschieden hatten, obwohl es keiner zeigen wollte. Der Alkohol lieferte das Alibi, dankbar verschwand ich in seinem dichten, verantwortungslosen Nebel. »Warte, warte, das hört sich gut an.« Sie streckte sich nach einem Bierdeckel, um sich notieren zu können, was ich als Erwiderung auf das Phänomen gesagt hatte, wenn ein Planet zwischen Erde und Sonne vorbeizog und sich für Stunden eine dunkle Scheibe über die brennende Oberfläche bewegte. »Schwarzer Spiegel, das gefällt mir.«

Offenbar hatte ich das Plakat in dem Horrorfilm als Deckmantel dafür erwähnt, was, wie ich ahnte, passieren würde.

Wir fuhren fort zu trinken, zu reden, unser Urteilsvermögen zu verlieren. Bevor wir aufbrachen, wollte Theresa wissen, warum ich den Vertrag unterschrieben hatte, wenn ich mich als Solokünstler bezeichnete. Erst als ich murmelte, ich hätte möglicherweise einen Fehler gemacht, ich sei eigentlich gar kein Rockmusiker mehr, merkte ich, dass sie ihre Hand auf meine gelegt hatte. Die Finger mit dem dunklen Nagellack strichen sanft über meine Knöchel. Kleine polierte Kohlestücke.

»Fuck Rock'n'Roll.«

FLAMME

Am Schiphol kaufte ich Parfüm, aber als ich bezahlte – der schön geformte Flakon schien in Asphalt getaucht zu sein –, kam mir das auf einmal überhastet vor. Why und ich schenkten uns normalerweise nichts, erst recht keine Luxusartikel, und so stopfte ich das Geschenk in die Tüte mit englischen Zeitungen. Vielleicht konnte sie es in ein paar Tagen bekommen, ohne Grund, einfach so.

Der Flug verlief ereignislos. Klarer Himmel, keine Turbulenzen.

Das Archiv in Calais hatte versprochen, die Jazzmaster zu schicken, vermutlich wartete bei Why schon ein Abholschein. Die Zeitungen waren vom Vortag. In mehreren wurde »die nahende Sensation«, eine »planetarische Passage« erwähnt, die sich in acht Jahren, danach allerdings erst im zweiundzwanzigsten Jahrhundert wiederholen würde – jenem fernen Jahrhundert, fiel mir ein, das laut Raff der Stimmung in meinen Gedichten entsprochen hatte. Ich hatte keine Lust nachzulesen, was ich alles verpasst hatte, schloss deshalb mit aufgezogener Sonnenbrille die Augen. Luft schlucken und nichts denken, ich musste Luft schlucken und nichts denken. Why würde verstehen, dass ich müde war und nach dem letzten Auftritt einen erheblichen Kater hatte, aber nicht, wenn ich mich schuldbewusst verhielt. Trotzdem ging ich auf die Toilette, ehe die Maschine den Landeanflug begann. Roch an den Händen, wusch sie zum hundertsten Mal. Das Gesicht in dem getönten Spiegel war aufgedunsen. Ich erkannte, dass ich lange nicht an Jim gedacht hatte und niemals, dass er keine grauen Haare bekommen würde.

Auf dem Weg zum Hotel hatte die Sonne in den Fenstern an der Gracht geblinzelt wie irre Folie. So sahen meine Augen aus.

Zwei Stücke Stanniol.

Erst im Taxi entschied ich mich. Das Atelier lag letztlich näher. Als ich die Metalltür aufschloss, war es dort stickig und düster, man merkte, dass länger keiner da gewesen war. Ich legte das Buch ab, das Theresa mir geschenkt hatte, und steckte saubere Kleider in eine Tüte, dann rief ich ein neues Taxi. Wenn Why nicht zu Hause war, was ich hoffte und zugleich fürchtete, konnte ich es auf den Abholschein schieben. Als das Auto in ihre Straße einbog, bat ich den Fahrer, an der Bäckerei zu halten. Ich hatte das Hotelfrühstück verpasst.

Es war Nachmittag, trotzdem schien Why zu schlafen: Die Füße lugten unter der Decke hervor. Leise zog ich mich aus. Obwohl ich im Hotel geduscht hatte, wollte ich noch einmal duschen. Die Kleider landeten zuunterst im Wäschekorb, nichts durfte riechen. Als ich aus dem Badezimmer trippelte, saß sie aufrecht im Bett, die alte Strickjacke ihres Vaters um die Schultern gelegt. Ich ging mit der Brottüte in die Küche. Sie grüßte nicht, folgte aber meinen Bewegungen. Irgendetwas sagte mir, dass sie auf eine Reaktion wartete. Auch wenn keiner von uns penibel war, mochten weder sie noch ich Unordnung. Normalerweise putzten wir abwechselnd – zwei Wochen sie, eine Woche ich; im Atelier war das Verhältnis umgekehrt. Weil Why in der Wohnung lebte, litt sie am meisten. Jetzt lagen Kleider auf dem Fußboden, der Aschenbecher war nicht geleert worden und ich sah, dass sie sich einen Joint gedreht hatte, ein Teller mit schmutzigem Besteck balancierte auf dem Sofakissen. Entweder hatte sie die Wohnung nur für schnelle Kleiderwechsel benutzt oder seit meiner Abreise nicht mehr verlassen.

»Du sagst, dass ich dein Salz bin. So können wir aber nicht weitermachen.« Sie sprach mit schmalen Armen um die Knie.

Ich schnitt eine Scheibe Brot ab. Die Milch im Kühlschrank war alt, der Käse roch nach Gummi. »Ich bin todmüde, Why ...«

Ihre Augen glänzten. »Du hast gehört, was ich gesagt habe.« Auch ihre Stimme klang schmal, kurz davor zu brechen.

Die Gedanken schossen – träge – durch den Kopf, während ich das Brot mit Butter bestrich. Warum hatte sie nicht zurückgerufen? Musste sie um diese Uhrzeit nicht arbeiten? Statt etwas zu sagen, zog ich das Fenster und die Vorhänge zu. Wie es Why gelang, bei diesem Sommer in üppiger Blüte zu schlafen, war mir ein Rätsel. Als ich aß, schuldbewusst angesichts meiner Ausweichmanöver, schluchzte sie. Es war zu spüren, dass sie sich aus Gründen nicht gemeldet hatte, die ich befürchtet hatte. Ihr Gesicht war blass, die Nase lief.

Ich legte mich ins Bett. »Bitte, können wir schlafen?«

Why machte mir Platz. Ihre Hand glitt über die Taille und legte sich um die andere Hüfte. Noch hatten wir eine Chance.

Ich schlief tief und animalisch, in einem Abgrund. Als ich erwachte, war es später Abend. Wir aßen, sagten nichts Besonderes; bevor wir weiterschliefen, putzten wir.

Als TNT am nächsten Tag die Jazzmaster geliefert hatte – der Bote mit Dreadlocks wollte wissen, welches Modell sich in dem Koffer verbarg, aber ich hatte keine Lust, über Musik zu sprechen –, schlug ich eine Pizza in dem Laden vor, den Why mochte. Wir verließen die Wohnung auf diese wache Art, die den Körper fühlen lässt, dass es das erste Mal in der Weltgeschichte sein könnte. Why hatte sich geschminkt. Lider wie dunkle Blütenblätter, ein Mund wie ein Filmstar. Sie roch nicht mehr nach Tränen und Bürgerkrieg. Die Ellbogen waren spitz, die Hüften kantig. Sie versicherte mir, sie habe nicht viel Gras geraucht, auch wenn sie sich versucht gefühlt habe, meine Nachrichten hätten jedoch Löcher in ihr Herz gerissen, sie habe nicht glauben können, dass wir uns auf demselben Planeten befanden. Sollte sie nach Amsterdam fahren, um Groupie oder Muse zu spielen, oder was immer ich mir wünschte, wenn wir kaum die Sprache verstanden, die der andere sprach? »So kann ich nicht sein. Tut mir leid, Ache. Ich habe gedacht, du kapierst das.«

Sie klang stoisch, fast überlegen, aber auf eine zerbrechliche Art, und ich stolperte innerlich. Ich wollte ihr erzählen, was passiert war, wollte sagen, dass ich etwas unerhört, unwahrscheinlich Unnötiges getan hatte und nur Why fähig war zu erklären, warum, ich selbst war hundertmal zu dumm, um es zu verstehen; ich wollte mein Gesicht in ihren Haaren verbergen und den Duft von Seegras zum schönsten nach Henna erklären. Wider Erwarten erwies sich das Gehirn jedoch als älter als das Herz; sachlich flüsterte es, Zärtlichkeiten würden verletzen, Geständnisse uns vernichten. Einmal war keinmal.

»Ich brauche eine Revanche, kapierst du.« Why strich die Haare hinters Ohr. Ihre Lippen waren Sonnenschein und Blut. Sie meinte: Weil sie immer mehr gab, als sie nahm. »Mit unseren Anatomien stimmt anscheinend etwas nicht. Meine Hand findet Platz in deiner, aber deine nicht in meiner. Ich ertrage es nicht, dass es so ist.«

Wir spazierten in Richtung Kreuzberg, zunächst durch den Park am Gleisdreieck, dann am Kanal entlang. Vor dem Krankenhaus saßen Leute im Gras, Räder rollten vorbei. Ein übrig gebliebener Punk – strähniger Pferdeschwanz, Hemd mit *Hazmat* auf der Brust – warf einen Ast, den sein Schäferhund im Maul umdrehte, ehe er mit seiner Beute zum Herrchen zurückkehrte. Auf dem Kiesweg standen die Doc Martens des Mannes mit den Strümpfen hineingesteckt und eine halbierte Plastikflasche, in der Münzen in der Nachmittagssonne blinkten.

Ich wartete darauf, dass Why weitersprechen würde. Sie war furchtlos und direkt, dennoch sagte sie nicht so oft, was sie dachte, wie sie glaubte. Wenn es etwas gab, was sie sich wirklich wünschte, schlug sie lieber das denkbar Schlimmste vor – als gäbe es ihr Sicherheit, niedere Mächte herauszufordern. Das geschah auch jetzt. Als sie einen Euro in die Plastikflasche geworfen hatte, erklärte sie, sie werde mir keine Vorwürfe machen, wenn ich sie verließe. »Ich fühle mich wie Scheiße, Ache. Ich *benehme* mich wie Scheiße.« Sie strich mit dem Finger unter ihren Augen entlang. »Tut mir leid. Aber du siehst es ja.«

Statt den Spaziergang in der Pizzeria zu beenden, entschieden wir uns für das Bierhaus Urban. Die Biersorten waren gut und es gab immer freie Tische – selbst wenn deutsche Indiebands, deren Mitglieder hinten hängende Jeans und Trainingsanzugjacken aus den Siebzigern trugen, das Lokal mit ihren Freunden füllten.

In Sand- und Aprikosenfarben gekleidete Menschen strömten aus der buddhistischen Gemeinde. Why hatte gehört, der Mann, den ich ins Vergessen verbannt hatte, sei dorthin gegangen, als er clean war, die Meditation habe ihm geholfen. Nun brachte mich der Gedanke an Bojan dazu, über Amsterdam zu sprechen. Als sie nicht zurückrief, hatte sie sich nicht streiten wollen, das verstand ich, sondern nur klarstellen wollen, dass sie es nicht mit jemandem aushielt, der seine Möglichkeiten nicht ausschöpfte. Wie der Serbe. Sie hatte meine Ausflüchte mit Schweigen bestraft, oder nicht?

»Ausflüchte, Schweigen …« Why hatte die Hände seitlich angelegt, ihre Bewegungen waren so straff, dass sie Handgranaten in ihnen hätte halten können. Aber, ja, das stimmte. Was bedeutete Unabhängigkeit, wenn alles, womit ich mich beschäftigte, als Entschuldigung dafür diente, nichts Eigenes zu machen?

Der gleiche Einwand wie früher, wie immer.

Ich müsste mein Leben ändern.

Während die Buddhisten sich zerstreuten, blieben wir an einem Springbrunnen stehen. Die Figuren am Sockel symbolisierten die vier Flüsse Preußens – drei Frauen und ein Mann, weil einer der Ströme maskulin war. Why zeigte auf die Attribute. Ruder, Dampfschiffrad und Stadttor passten nur mäßig zu halbnackten Frauen mit Lorbeerkränzen, das Schwert etwas besser zu dem Mann mit breiter Brust und üppigem Bart. Über den Granitgestalten sah man Putten, ganz oben sprudelte Wasser aus einem bronzenen Zapfen.

Hätte dieses Denkmal den früheren Frontmann von Transmission und die drei Lieben seines Lebens symbolisiert, es hätte anders ausgesehen. Die erste Frau hätte Fäden abgeschnitten, die andere Stoffenden als Gewinne verteilt, die dritte sie zusammengesponnen. Die Reihenfolge wäre umgekehrt und dennoch richtig gewesen.

»Was für ein Nonsens.« Why, die meine Gedanken nicht hörte, fand, dass es Zeit wurde für andere Denkmäler – nicht für Fortschritte, sondern Verluste. Sie hatte Kunst satt, die nach den Misserfolgen sprach, wenn Prüfungen überstanden und Schwierigkeiten gemeistert worden waren. Das konnte jeder; dagegen erforderte es Mut, Rückschläge ohne das Wissen um eine Besserung zu schildern. Wenn die Kunst ein Ziel hatte, war es dann nicht das Unfertige? »Ich kann verstehen, dass du nichts von ihm hören willst, aber weißt du, die Rechtfertigungen machten ihn krank.« Sie meinte Bojan. Als Freunde in seinem Heimatland die Regierung verteidigten, war er daran verzweifelt. Die Ausstellung im wenige hundert Meter entfernten Bunker war ein Hilferuf gewesen. Hinter den dicken Mauern, in den Toiletten, wo keiner an sie herankam, hatten in die Ecken geklemmt gespreizte Skulpturen gestanden. Mehr Schutz und größere Hilflosigkeit gab es nicht. Der Serbe hatte zeigen wollen, was Belagerung bedeutete: kein Weg hinaus.

Ich wusste, dass die Drogen Linderung geboten hatten, auch Why. Wenn das Pulver seine kranke Ruhe verbreitet hatte, waren sie einander nahe gewesen wie in der ersten Zeit. Die Welt wurde angehalten, da war eine Ruhe, die allein für sie gedacht war. Ich wusste außerdem, dass sie sich des Trügerischen daran bewusst gewesen war – eigentlich waren sie wie Senklote in Wasser gesunken, stetig abwärts, ohne den Grund zu erreichen. Oder eher: Der Grund hatte sich aufgelöst und war zu allem geworden, was es gegeben hatte. Schwebend waren sie von einem siechen Schlamm, mild wie Sonnendunst, umgeben gewesen.

Ehe ich die Tür zur Kneipe aufzog, überprüfte Why im Fenster ihren Lippenstift. »Ich würde niemals zu ihm zurückkehren, selbst wenn ich die Königin von Kreuzberg wäre. Aber das heißt nicht, dass er mir egal ist. Also hör bitte auf mit dem Neid. Und hüte dich davor, keine Hilfe anzunehmen.«

Ein paar Abende später schenkte ich ihr das Parfüm. Ich hatte es in Zeitungspapier eingeschlagen und eine schöne Kordel gefunden. Why wog das Geschenk in der Hand, als wollte sie das Gewicht meiner Verehrung aufs Gramm genau schätzen, dann zerriss sie das Papier eifrig wie ein Kind.»Aber Ache. Woher wusstest du.« Sie drehte den schwarzen, rauen Flakon, es war das Parfüm, das sie benutzt hatte, um ihr altes Atelier erträglich zu machen. Zufrieden sprühte sie es in die Luft. »Rosen, Apfel, Pfeffer …« Wieder schnupperte sie.»Mm, und Jasmin.« Sie sah mich an.»Plus hundert Sachen, auf die ich nicht komme.« Als sie es auf ihre Handgelenke gesprüht hatte, rieb sie diese aneinander, ehe sie es mit einem pochenden Puls an die Nase führte.»Natürlich: Vanille. Riech mal!« Der Duft hatte eine dunkle und sensuelle, fast erotische Schwere. Ich war mir nicht sicher, ob er passte, aber Why kniff die Augen zu.»Du bist so gut. Jetzt bin ich unschlagbar.«

Jedes Mal, wenn sie das Parfüm später benutzte, wurde ich an Amsterdam erinnert. Unwissend trug sie meine Scham.

Ich war feige, ich war verlogen, ich war alles, was ein Mensch nicht sein sollte. Lieber als zu erzählen, was geschehen war, und den Schaden zu riskieren, schwieg ich. Warum, stöhnte ich innerlich, belagert von meiner eigenen Unfähigkeit. Es gab nur einen Ausweg: Die Nacht mit Theresa musste aus dem Kalender gestrichen werden. Was geschehen war, als die Batterie aus dem Wecker fiel, hatte sich außerhalb der Zeit ereignet.

Während ich mich in Verantwortungslosigkeit übte, war Why sowohl stark als auch schwach, oft beides zugleich. Lief die Arbeit nicht wie gewünscht, gestand sie ohne Umschweife: »Ich bin eine Seifenoper. Wenn du eine Hochstaplerin sehen willst, such nicht weiter.« Oder sie erklärte:»Mein Blut tut so weh, dass ich mich frage, wie ich es aus den Venen bekommen soll. Vielleicht mit einem Schraubenzieher. Verfluchtes Video.« Lief die Arbeit dagegen gut, wurde sie zärtlich, sogar sentimental.»Heute waren wir weich wie Watte.« Sie meinte die

Kunst und sich selbst. »Keine Schlägereien. Nur das hier.« Sie wusste nicht, wie der blaue Fleck auf dem Oberarm entstanden war.

Why, die große Gesten verachtete, hatte eine Schwäche für Kitsch – Porzellanfiguren in den asiatischen Läden, in die wir gingen, wo wir aber selten etwas kauften; Gemälde aus Streichhölzern zwischen dem Krempel auf Trödelmärkten; gehäkelte Wandbilder mit Rehen, die vor Antikläden Abgase sammelten. Die Welt war es wert, in jeder Hinsicht ernst genommen zu werden; das Engagement ihrer Mutter, bewundernswert, aber in alten Kämpfen gefangen, hatte sie jedoch gelehrt, dass Pathos Gift war. Kam ein neues Werk Lars von Triers in die Kinos, seufzte sie sich durch den Film, während sie Science-Fiction-Abenteuer, deren Dialoge mit Hammer und Nagel gezimmert worden waren, gern mehrmals sah.

So erfuhr ich, dass *Latitude Zero* auch der Titel eines japanischen Films von 1969 war – der Raff zum Namen seiner Zeitschrift inspiriert hatte. Eine Gruppe von Wissenschaftlern, die nach einem Erdbeben in einer Taucherglocke festsitzt, ist in die Tiefen des Ozeans geschleudert worden. Dort werden sie vom U-Boot Alpha gerettet, dessen Besatzung inzwischen zweihundert Jahre alt ist. Die Forscher werden zum Breitengrad null gebracht, einer unbekannten Zivilisation, gelegen tief unter der Meeresoberfläche, an dem Punkt, wo sich Äquator und Datumlinie kreuzen. Dort leben Menschen, die während vergangener Jahrhunderte Schiffbruch erlitten haben. In diesem Atlantis für Überlebende wird nie einer krank oder stirbt. Jetzt wird die Gesellschaft allerdings von Dr. Malic bedroht. Der böse Genius des Films hat seinen Stützpunkt auf der Insel Blood Rock, wo er Superwaffen und Monster erschafft – ein schwarzes U-Boot mit Laserkanonen, gigantische Ratten, Kreaturen zwischen Fledermaus und Mensch ...

Ich hatte nichts gegen galaktische Abenteuer, aber das trotzte jeglicher Vernunft. Blood Rock? Unsterblichkeit? Auch Zukunftsvisionen erforderten Glaubwürdigkeit.

»Erzähl mehr, dann mache ich mir Notizen.« Trocken wies Why

darauf hin, dass Kompasse sich nach dem magnetischen Nordpol richteten, christliche Gräber wandten sich Jerusalem zu, Muslime beteten gen Mekka. Alles, was im Leben von Bedeutung war, hatte eine Orientierung. Auch wenn die Richtung auf Unwissen basierte, bedeutete sie, dass etwas es wert war, daran zu glauben. Die magische Höhle, die in *Melancholia* die Hauptperson vor dem Planeten schützen sollte, der auf die Erde zuraste, war das Lächerlichste, was sie diesseits von *Mary Poppins* gesehen hatte. Sich vor der Umwelt zu verschanzen, war die denkbar schlechteste Strategie. Eine funktionierende Gemeinschaft am Grund des Ozeans war dagegen eine konkrete Utopie.

»Halleluja.«

Whys Miene verfinsterte sich. Als die Zeit mit Ich-wusste-Wem am schlimmsten war, hatten sie sich mindestens einmal in der Woche den Film ausgeliehen. Breitengrad null wurde zum Namen für die begnadeten Augenblicke, in denen die Qual und die Streitigkeiten und die Unzuverlässigkeit Frieden schlossen und sie endlich existiert hatten, ohne zu sein. Ihr war bewusst, dass das Gefühl von Kontrolle eine Illusion, dass das Leben schlimmer geworden und der goldene Schlamm auf dem Meeresgrund ein Gefängnis gewesen war. Aber sag das einem Junkie, der unfähig ist, eine Abhängigkeit von einer anderen zu unterscheiden.

Abgesehen von Religionen verhieß einzig die Kunst eine Existenz frei von Qual. Selbst Bojan wusste das. Auf sie zu zählen, war jedoch genauso naiv, wie um Unsterblichkeit zu bitten. Das ahnte jeder Mensch, der mehr als einen Tag in einem Atelier verbracht hatte.

»Und warum gehst du dann hin?«

»Aus dem gleichen Grund, aus dem du Musik machst.« Why wirkte ehrlich erstaunt. »Um beschädigtes Gut zu pflegen.«

Im September verließ ich das alte Büro des Vorarbeiters. Als Jensens Freund mit seinem Partner zusammenzog, konnte ich seine Einzimmerwohnung in Kreuzberg mieten. Zum ersten Mal seit New York hatte ich ein eigenes Zuhause. Ich übernahm ein paar Möbel und kaufte in einem der asiatischen Importläden Porzellan. Why arbeitete noch im Pflegeheim, verkaufte aber mehr als früher. Wenn die Mieten nicht erhöht wurden, konnte sie sich zwei leisten. Ich beteiligte mich nach Kräften.

Wir hatten uns aneinander im Atelier gewöhnt, wenn ihr die Gitarrenklänge fehlten, legte sie sich deshalb in das frühere Büro und starrte, verloren in all dem Himmelblau, an die Decke. An einem Wochenende strich ich die Decke über dem Bett in meiner Wohnung in der gleichen Farbe. Die ovale Form, zwei Meter lang und halb so breit, glich von unten einem Schiffsrumpf. Es war kindisch, doch Meer oder Himmel: Wenn wir nicht zusammen schliefen, wollte ich im gleichen Raum unterwegs sein.

Zwar reiste ich noch im Auftrag der Stiftung, nach knapp zwei Jahrzehnten war es allerdings zur Routine geworden. Manchmal ertappte ich mich dabei, ohne Rücksicht auf die Leinwand zu spielen. Darko, der es merkte, sagte nichts. Vielleicht machte mich auch Transmissions Doppel-CD unschlüssig. Decca plante, die Box im Februar herauszugeben, ein gutes Vierteljahrhundert nach unserem Debüt. Bald würde die Firma sich bei mir melden; ich ahnte, dass sie mich für den Remix in London haben wollten. Die Vorstellung, mit dem breitschultrigen Raff im Studio eng zusammenzusitzen, erfüllte mich mit Unbehagen. Die Bonustracks, denen ich zugestimmt hatte, würden die Integrität der Platten zerstören.

Der Vorschuss hatte die gestiegenen Ausgaben im Herbst abgedeckt, aber ich wusste nicht, was passieren würde, wenn ich die Tournee absagte. Why glaubte nicht, dass die Firma das Geld zurückfordern konnte, ich war da nicht so sicher. Eine Weile zog ich in Erwägung, mit eigenen Liedern als Vorband aufzutreten. Sollten die anderen doch spielen, was sie wollten mit Moglia, der gellend durch die Lieder glitt, keiner würde auf die Idee kommen, dass es sich um eine Reinkarnation der Ur-Transmission handelte. Why lachte nur.

Sie wusste, dass ich lieber taub würde, als eigenen Liedern »von außen« zu lauschen.

Es wurde Winter – dunkel und feucht. Wenn Why den Computer nicht benutzte, arbeitete ich am DVD-Projekt. Der Ton in ihren Kopfhörern war erstaunlich gut, die Software so preiswert, dass ich Ergänzungen einfügen konnte, die im Studio ein Vermögen gekostet hätten. Während ich Dateien bearbeitete, verarbeitete sie die Fotos in Siebdrucken. Manchmal nahm ich den Duft von Tee wahr und hob den Blick. Why stand mit einer Tasse in der Kochnische, zu dem verglasten Raum nickend. Wenn wir uns unter freiem Himmel hingelegt hatten, tranken wir und redeten über nichts Besonderes. Bei anderen Gelegenheiten zog sie die Kopfhörer auseinander und flüsterte mir ins Ohr: »Ich bin geil.«

Die Doppel-CD erschien zeitgleich mit der neuen Platte der Band. Ein paar Tage später holte ich meine Exemplare in der Post ab; die Spirale, die auf der Innenhülle unseres ersten Albums abgedruckt gewesen war, zierte nun die Vorderseite der Box. Nirgendwo wurde erwähnt, wer die Songs abgemischt hatte, sie klangen jedoch erstaunlich gut. Klare, scharfe Gitarren, ein schwerer Bass, der nie zu dominant wurde. An manchen Stellen hörte sich das Schlagzeug reichlich lyrisch an, aber ich schätzte, dass Will es so haben wollte – er schien auf einem Feld zu sitzen, sorglos trommelnd, umgeben von Korn, das unter einem hohen Himmel schwankte.

Der Remix erhielt kaum Aufmerksamkeit, fast alle Zeitungsspalten waren der neuen Scheibe gewidmet. Eine Fachzeitschrift erklärte immerhin, »die schlanken Jungen« seien wiederauferstanden, »nur älter und weniger schlank«, eine andere, dass die Bonustracks »die Geburt der Schönheit aus dem Geist des Krachs« zeigten. Außerdem kursierten im Netz Spekulationen über die bevorstehende Tournee. Alte Fans meinten, die Band sei nach den ersten Platten zu einer unter vielen geworden, jüngere feierten Moglia, dessen poppige Orgel eine neue Ordnung gesichert habe. Das Rätsel lautete, wie Transmission I und II den Schlund zwischen damals und heute überbrücken sollten. Auf der einen Seite standen die früheren Apolloadepten, fadendünn und kompromisslos, auf der anderen eine Band mittleren Alters, deren stabile Keyboardklänge das Erbe von The Doors auch auf Ravepartys einsetzbar machten. Als ich das las, beschloss ich, dass ich in Amsterdam das letzte Mal auf der Bühne gestanden hatte. Wenn das Display eine britische Nummer anzeigte, meldete ich mich nicht; nach ein paar Wochen wurden die Nachrichten automatisch gelöscht.

Im Frühjahr kam allerdings neue Post von Decca. Ich wusste nicht, was der Brief, den ich aus dem Briefkasten gezerrt hatte, enthielt, aber er verhieß nichts Gutes, weshalb er in der Schublade des Flurtisches landete. An einem späten Morgen im April, als Why bei mir übernachtet hatte, hob sie den Umschlag statt des Schuhlöffels heraus. »Schieb die Sache nicht auf die lange Bank, Ache. Sonst erfährst du nie, was du ihnen schuldest.« Sie drehte ihn. »Für eine Mahnung scheint er mir nicht dick genug zu sein.«

Als sie gegangen war, schlitzte ich den Umschlag schließlich auf. Eine Postkarte, abgestempelt in Hoboken, glitt mir aus den Fingern. Ich ließ sie liegen, sank aber herab. Blumen explodierten im Schädel, die Netzhäute pochten diesig rot.

Theresa wollte nichts, nur dass ich es wusste.

Venus. Du heißt Venus.

Unfähig, Gefühle zu sammeln, die zu groß für einen Körper waren, marschierte ich in der Wohnung auf und ab. Rauchte ungeduldig, drückte aus, zündete mir eine neue Zigarette an. Draußen nieselte es, die Sonne machte die Tropfen selbstleuchtend. Regelmäßig zogen Schauer aus meinen Fußsohlen hoch und hielten nicht inne, bis sie das Scheitelbein trafen. Die Kopfhaut juckte, etwas riss in meiner Brust. Schließlich gaben die Rippen nach und ich erkannte: Auch ein Kind war eine Expansion.

Um meine Nerven zu bezähmen, suchte ich Theresas Gedichtband heraus. Aus der dunklen Furcht heraus, angesteckt zu werden, hatte ich es vermieden, ihn zu lesen. Nun hatte ich jedoch das Bedürfnis zu erfahren, wer der Mensch hinter der Postkarte jenseits einer trunkenen Nacht war, die ich aus der Erinnerung verbannt hatte.

Der Titel klang lässig. *Wanna Go Out?* war etwas, was Raff in jungen Jahren hätte einfallen können. Unter der Collage auf der Vorderseite folgte der Name deiner Mutter, in der oberen Ecke formte das Verlagslogo einen Winkel von neunzig Grad mit einem fetten Punkt als Origo zwischen den Wörtern: PERIOD · PRESS. Das Schwarzweißfoto zeigte die Silhouette Manhattans, gesehen vom anderen Ufer des Hudson River. Über den Wolkenkratzern schwebte ein ausgeschnittenes Gesicht, geschminkt, aber unscharf wie ein Phantombild, am unteren Rand ragten blassrosafarbene Blätter hoch. Das Ganze erinnerte an die abblätternden Plakate von kurdischen Märtyrern, die in Kreuzberg noch vereinzelt an den Wänden hingen. Die Rückseite des Buchs wurde vollständig von der gleichen Blume eingenommen, die ich für eine Mohnblüte hielt. Sowie von einem Zitat: »Wie ich ist meine Poesie so lebendig, dass sie stinkt.«

Siebzehn Gedichte und ein Prosatext. Da waren der gleiche freche Ton und der gleiche unsentimentale Blick, an die ich mich aus der Bar erinnerte. Ein Gedicht listete Begriffe auf – Dolch, Kniebeuge, Hemikranie –, die behandelt wurden, als wären sie Gegenstände in einem unbekannten Ritual. Andere sangen Wiegenlieder für Einsame. Manche brannten wie Batterieflüssigkeit, einige zog es zu Orten, die Schatten nicht erreichten. Auch wenn die Bildsprache stellenweise bemüht wirkte, waren die Rhythmen kontrolliert.

Die Aussagen strebten allerdings in unterschiedliche Richtungen. Manches las sich sogar, als hätten mehrere Personen den Stift gehalten. So hörten sich Leute an, die in Zungen sprachen wie die Alten in Whys Pflegeheim. Obwohl die Lobreden auf »dieses 3D-Nichts« und die »Zauberei des Neons« ätzender waren als die in *Nocturnes*, schien weder die Unverständlichkeit von allem noch die nächtliche Dimension eine wirkliche Verlockung darzustellen. Allerdings fand ich auch keine andere. Der Titel blieb eine kaputte Stimmgabel – auf seine provokative Frage folgten Effekte so grell und bunt wie die Lichter eines fernen Tivolis.

Das Gedicht, das mir am besten gefiel, beschrieb das Bedürfnis von Abstand:

Die Autos sausen am Fenster vorbei.
Sie wollen, dass der Mondschein auf dem Chrom
mit zärtlichem Sinn betrachtet wird.
Sie sind Scheidungen leid,
betrunkene Wracks, sie würden *lieber*
gar nicht fahren,
auf die gleiche Art wie Seelen auf dem astralen Planeten
es vorziehen, nicht in Körper einzudringen, und Metaphern,
nicht in der Sprache vorzukommen.

Die Zeilen berührten mich – vor allem, glaube ich, weil sie mich an Nanas unsichtbare Gestalten erinnerten. Im Gegensatz zu den restlichen Gedichten senkte dieses außerdem den Puls und suchte so etwas wie Frieden. In dem Text, der das Herzstück des Buchs zu sein schien, einem halluzinatorischen Selbstporträt in Prosa mit dem Titel »Halbblut«, hob Theresa hervor:

Endlich wurde ich geboren, die erste Dichterin geholt aus Geweben, älter als die des Menschen. Ein Halbblut! Ich sage es mit Kiefern starr davon zu vermissen: Das Gefühl, von diesen Gebeten gelesen zu werden, soll die glühenden Visionen ersetzen, die vor mir das beste Gedicht schenken konnten. Gasartiger Rauch wird durch Häute fahren, Nacht für Nacht für Nacht. So reden solche wie wir.

Auch wenn die Sätze für meinen Geschmack etwas zu gehetzt waren, gefiel mir die Vorstellung, dass es etwas im Menschen gab, das ihn nicht nur mit anderen Menschen, sondern auch mit einer anderen Sphäre verband. Und dass das Gebet den las, der betete. So wirkte auch das Fühlergespür: Die Musik spielte mich genauso wie ich jemals sie. Wenn Theresa sich nur den grandiosen Ton gespart hätte. Er erinnerte an Raffs lärmendes Bedürfnis, auch dann bemerkt zu werden, wenn er sich blank genannt hatte.

Ich legte die Postkarte in das Buch und schob es dort hinein, wo es hingehörte: zwischen den Plan von New York und einen Anatomieatlas, den ich in einem Antiquariat gefunden hatte. Der Gruß auf der Rückseite erschien definitiv, auch meine Kiefer konnten steif bleiben.

Still fragte ich mich, was es für dich bedeuten würde, eine Herkunft, aber keinen Vater zu haben.

Der Konzertveranstalter gab auf, bald darauf auch die Plattenfirma. Nach dem fünften oder sechsten Versuch war man es leid anzurufen. Wahrscheinlich war der Vorschuss nicht groß genug, um Anwälte zu rechtfertigen, stattdessen senkten sie meine Tantiemen. Bis ausgebliebene Einnahmen kompensiert waren, musste ich mich mit einem niedrigeren fünfstelligen Betrag begnügen. Ich bezweifelte nicht, dass Decca mehr behielt, als der Firma zustand, aber was hätte es gebracht, sich zu beschweren.

Mm, auch ich konnte ohne Fragezeichen reden.

»Unabhängigkeit kostet.« Why schnitt mir die Haare, als wir über die Situation sprachen. Die Strähnen fielen auf das Handtuch über den Schultern, einige auf den Badezimmerboden. Mittlerweile waren nicht nur die Schläfen grau. Als ich sie im Spiegel ansah – abgezehrt und sehnig, auch sie war älter geworden –, wurde ich von Zärtlichkeit überwältigt. Ich wollte ihr sagen, dass ich mich ganz an sie richtete, ich liebte diesen Menschen weit jenseits von Worten –, doch es war unmöglich; ohne Schweigen würde es nie bedeuten, was ich wollte. Bevor

Why mir die Haare wusch, zeigte sie auf das kleine Fenster im Warmwasserbereiter. Offenbar fand sie, dass ich wehmütig wirkte, vielleicht deutete sie mein Schweigen als Sorge. »Geld ist gut«, erklärte sie, »aber eine Zündflamme ist alles, was wir brauchen.« Solange das Vertrauen nicht erlosch, bildeten wir füreinander Sicherheit.

Das Gas fauchte kurz, als sie die Hähne aufdrehte. Die blaue Flamme entzündete eine unsichtbare Dimension, und ich fragte mich, ob ich noch ein Recht auf sie hatte.

DAS IST ALLES,
WAS ICH WEISS
(IM MOMENT)

Die Postkarte machte es leichter zu vergessen. Ich brauchte wegen dem, was geschehen war, als an einer holländischen Gracht ein Wecker zu Boden fiel, nicht mit einem schlechten Gewissen zu leben. Der Himmelskörper, den deine Mutter auf der Vorderseite eingekreist hatte, wurde Abend- und Morgenstern genannt, für mich würde das Lebewesen gleichen Namens allein der Nacht angehören.

Nach dem wattierten Umschlag mit Zeichnungen, der vor ein paar Wochen eintraf, schäme ich mich, aber vor elf Jahren dachte ich, du wärst ohne Morgendämmerung.

Bevor ich aus dem Atelier auszog, hatte Why mich am Kragen gepackt und erklärt, sie verbiete mir weiterzumachen wie bisher. Ich bräuchte sie, sie bräuchte mich, keiner wolle jedoch so leben, wie wir es allzu lange getan hätten. »Die einzige Lösung ist, vorwärts zurückzukehren.« Sie zeigte und lachte. »Dahin.«

Was wir taten. Sie begann neben den Ashtanga-Kursen zu joggen, ich gab das Rauchen auf. Zwei Schachteln am Tag während des größeren Teils meines Lebens hatten Spuren hinterlassen. Obwohl ich mich in letzter Zeit an Filterzigaretten gehalten hatte, waren die Innenseiten des rechten Zeige- und Mittelfingers immer noch gelb, genau wie meine Zähne. An den letzten Besuch bei einem Zahnarzt konnte ich mich nicht mehr erinnern, aber im nächsten Sommer schwoll die Wange an, als hätte ich eine rechte Gerade eingesteckt, und es wurde Karies gefunden. Während der Kieferchirurg einen Weisheitszahn zog, nachdem er das halbe Gesicht betäubt hatte, spritzte ein dicker Strahl

Eiter aus dem Mund. Er schmeckte nach nichts, doch der Geruch war der eines Kadavers. Stechend, unrein. Ich redete mir ein, dass es das letzte Amsterdamgift war, das meine schweigenden Kiefer verließ. Als die Betäubung nachließ, lallte ich, das Kinn habe geknackt wie morsches Holz. Ich sei ein beschädigter Mensch. Statt mich zu bemitleiden, strahlte Why. »Du bist nicht beschädigt, Ache. Du wirst nur umgebaut.«

In sieben Monaten ohne Zigaretten hatte ich ebenso viele Kilos zugenommen. Wenig erfreut nahm ich an, es würde mit einem weiteren pro Monat weitergehen, jedenfalls weigerte ich mich, in den Parks zu joggen oder im Studio Gewichte zu stemmen. Am nächsten Tag überreichte Why mir eine Rolle. »Yoga ist die beste Renovierung.«

Die Übungen wurden meine Rettung. Als ich die Kunststoffmatte ausgerollt hatte, gelb auf der Ober-, grau auf der Unterseite, zeigte sich, dass sie eine Querhand kürzer war als ich, aber breit genug, um den Schultern Platz zu bieten. Früher hatte ich geglaubt, die Orte, die mir Geborgenheit schenkten – wie Alaska, wie Mulry Square –, müssten einen bestimmten Punkt in der Geografie markieren, nun begriff ich, dass sie ebenso gut mobil sein konnten. Meine Glieder schrien vor Anstrengung in dem Zentrum, für das ich eine Zehnerkarte erworben hatte, dennoch dehnte und streckte ich mich mit an Manie grenzender Entschlossenheit. Meistens ging ich morgens hin, bevor der Schlaf den Körper verlassen hatte. Das Erlebnis, Übung für Übung zu erwachen, Glied für Glied, war neu, aber vertraut. So hatte es sich angefühlt, in der Coleridge Road aufzustehen und zum Fischmarkt zu gehen, wankend war mir bewusst, wie ein Arm oder Fuß zum Leben erweckt und allmählich mein eigener wurde. Jeden Morgen dachte ich an Jim.

You are here.

Why überredete mich sogar, von Kaffee auf Tee umzusteigen. Nach dem Yoga über das dampfende Getränk gebeugt sitzend, wanderten die Schmerzen, von Genuss nicht zu unterscheiden, von Körperteil zu Körperteil. Konzentrierte ich mich auf den Rücken, pochte der Schmerz dumpf entlang der Wirbel, streckte ich die Beine, lastete er prallvoll mit Milchsäure auf den Schenkeln. Das Zentrum hieß *Wurzeln & Flügel*, was so esoterisch klang, dass weder Why noch ich den Namen aussprechen konnten, ohne zu lachen. Gleichwohl gefiel er mir. Nach den Übungen ruhend, mit schlaffen Gliedern und nach oben gekehrten Handflächen, erschien es mir möglich, Wurzeln zu schlagen und dennoch abzuheben.

Als die Rechnung für eine Krone und zwei Brücken kam, musste ich um ein Darlehen bitten. Trotz des Vorschusses, den ich behalten hätte, seien meine Einnahmen gesunken, inzwischen überlebte ich von dem Geld für die Wohnung. Was? Ja, das hätte ich möglicherweise nie erwähnt. Es tue mir leid, aber es sei doch offensichtlich, dass ich Berlin als mein Zuhause betrachte? Es sei die einzige Lösung gewesen, den Mietvertrag für die Wohnung im Village zu verkaufen. Taxi fahren? Vor vierzig Jahren hatte ich das letzte Mal Geld mit etwas anderem als Musik verdient. Ich hatte nicht vor, jetzt damit anzufangen, grauhaarig und aus der Zeit gefallen. Außerdem war mein Deutsch zu schlecht.

»Ache ...«

»Du bekommst es zurück.«

Obwohl ich hoffte, dass Why mit mir zusammenziehen wollte, wurde daraus nichts. Wir hatten eine gemeinsame Form von Unabhängigkeit erschaffen, die sie nicht gefährden wollte. Wir schliefen jedoch beim anderen und wenn weder sie noch ich arbeiten musste, waren wir zusammen. Als man anfing, in internationalen Zeitschriften über sie zu schreiben, wurde das Interesse ausländischer Sammler stärker. Sie wurde zu Messen und Biennalen eingeladen, in der Regel begleitete ich sie. Die Kunstwelt wirkte wenn möglich noch flüchtiger als die, aus der ich kam. An einem Abend begrüßten einen die Leute überschwänglich, am nächsten würdigten sie dich keines Blickes. Das Verhalten wurde von Fluktuationen an einer Börse diktiert, die für

Gerüchte so sensibel war wie für Kapital. Oder ich verstand einfach das Geheimnis von Smalltalk nicht.

Mehrere Künstler arbeiteten mit Klängen, andere spielten in Bands oder ließen sich von Musik inspirieren. Als das Monster einem französischen Magazin mit den Schwerpunkten Kunst, Mode und Sex den Tipp gab, wer mit Why zusammen war, ließen sie mich von einer jungen skandinavischen Künstlerin über die »sonischen Skulpturen« interviewen, die ich, wie es hieß, mit Jensen erschuf. Wir trafen uns in Basel. Die Frau trug ein T-Shirt mit *I Don't Agree* in Silber auf der Brust.

Hinterher war ich mir nicht sicher, ob sie einen einzigen Satz ohne das Wort »ich« ausgesprochen hatte. Die Unterhaltung sprang von Thema zu Thema wie eine Fliege, wir blieben bei keinem lang genug, um die Gedanken zu vertiefen. Die Sprunghaftigkeit führte dazu, dass ich mich träge, uralt, missverstanden fühlte. Warum hatte ich meinen Stil verändert? Was hatte Un-Laut mit Rock zu tun? Wie würde ich mein »Image« definieren? Ich sah die Frau an; hatte sie kein Wort verstanden? Matt murmelte ich, Image sei etwas unfassbar Langweiliges. Auch wenn meine Soloplatten von eigenen Erfahrungen ausgingen, richteten sie die Aufmerksamkeit nicht auf den Urheber. Am wohlsten fühlte ich mich im Gegenteil, wenn ich nicht gesehen würde. Als die Frau es immer noch nicht begriff, erklärte ich, das sei es, wovon die Musik wegwollte.

»Das Letzte habe ich nicht gehört.«

»Vom Ich.«

»Vom Ich?«

»Wurzeln sind gut, aber Flügel sind besser.«

Die letzten Worte wurden als Überschrift ausgewählt. Als ich sie gedruckt sah, klangen sie auf so veraltete Weise lyrisch, dass die Leute denken mussten, ich würde Laute spielen. Bevor wir aufbrachen, bestand die Frau darauf, ein Foto von mir zu machen, während ich so tun sollte, als machte ich eins von ihr. Es spielte keine Rolle, dass mein Nokia keine Kamera hatte. Auf dem Bild zu ihrem Artikel lächelte ich einfältig über den Rand meines Handys hinweg, eine Urzeitechse mit Zähnen wie Splitter.

Raff hätte sich besser geschlagen.

Die Stücke für die DVD wurden fertig, Solnicki war einverstanden, die Produktion zu finanzieren, die Zeit verging. Inzwischen stand ich so wenig in der Öffentlichkeit, dass ich als Künstler im Grunde aufgehört hatte zu existieren.

Während der ersten Jahre in New York war ich häufig erkältet gewesen. Es hatte irgendwie dazu gehört. Die Wohnungen waren schlecht geheizt, für eine Miete um die dreißig Dollar konnte man nichts anderes erwarten. Als ich im zweiten Herbst nach der Postkarte von einer Erkältung ans Bett gefesselt wurde, war das also nichts Neues für mich. Wieder lag ich unter Decken wie früher in der East 11th Street; zehn, zwölf Tage mit Fieber und unruhigem Brustkorb, dann würde sich der Sturm legen. Außerdem war meine Berliner Wohnung warm, und Why ging für mich einkaufen. Die Stunden, nachdem sie gegangen war, wenn das Paracetamol den Nebel auflöste und die Lust zu leben zurückkehrte, wurden besonders kostbar. Matt, aber ganz Ohr zupfte ich auf der Fender. Die Saiten bekamen einen verträumten Klang, gewebt aus Fieber und Dämmerung.

Jenseits der winterlichen Feiertage kehrte die Erkältung allerdings zurück. Diesmal fand Why, ich solle zum Arzt gehen; es gebe nur ein Exemplar von mir und ich müsse auf meine Gesundheit achten. Ich winkte ab. Ich hätte mich bestimmt im Yogazentrum angesteckt. Keiner könne verlangen, dass sechs Jahrzehnte auf der Erde spurlos an einem vorbeigingen; wenn ich zwei Wochen zu Hause bliebe, würden die Kräfte zurückkehren. Why schien da weniger überzeugt, sorgte aber dafür, dass zusätzlich Knoblauch und afrikanische Extrakte in der Speisekammer waren. Sie kochte Ingwertee, mit Honig gesüßt, sie rieb mich feucht ab und wechselte die Bettwäsche.

Auch jetzt überstand ich den Sturm.

Als der gleiche hartnäckige Husten im Jahr darauf wiederkehrte, kamen auch mir Zweifel. Dreimal war einmal zu viel. Handelte es sich um etwas anderes als einen grippalen Infekt, spielten fünfundvierzig Jahre als Raucher eine Rolle? Seit dem Besuch in Alaska hatte ich meine Lunge als gegeben hingenommen, nun erlebte ich sie zum ersten Mal als Belastung. Ich verlor den Appetit, war lustlos, konnte mich zu kaum etwas aufraffen. An ein paar qualvollen Februartagen fiel es mir sogar schwer, das Gleichgewicht zu halten. Die Kunststoffmatte lag zusammengerollt im Flur, die Müllbeutel wurden aufgereiht, bis mehrere gleichzeitig hinuntergetragen werden konnten. Obwohl ich annahm, dass es sich um ein ungewöhnlich schleppendes Leiden handelte, spürte Why meine Sorge. Falls es mir nicht besser gehe, wenn sie von der Ausstellung zurückkomme, die in einer früheren Raketenstation bei Neuss eröffnet werden sollte, habe sie vor, mich zu einer Untersuchung zu zwingen.

Ich durfte die Werke sehen, bevor die Spedition sie abholte, fiebrig, aber bei einigermaßen klarem Verstand, doch als sie in der Woche nach der Eröffnung zurückkehrte, hatte ich Schüttelfrost. »Jetzt reicht es.« Ein Taxi brachte uns zur nächstgelegenen Ambulanz. Die Temperatur lag bei 39,8°, der Puls war federleicht. Der Arzt steckte mir einen Spatel in den Mund, bewegte das Stethoskop über Brust und Schultern, brummte mit gerunzelter Stirn. Why übersetzte seine Fragen nach Krankheitsgeschichte und eventuellen Allergien. Ich bekam Hustensaft und Penicillin gegen den zähen Schleim, der die Lunge nicht verlassen wollte. Die Behandlung werde neun Tage dauern. Ich müsse viel trinken. Es dürfte schlechter werden, ehe es besser wurde. Der Arzt lächelte unbeholfen. »*My English not so good.*«

Wie aufdringlich dieses Fieber war. Trotz des Medikaments erreichte das Quecksilber am ersten Morgen 39,0°, am nächsten 39,3°. Nach einer kurzen Delle kletterte das Metall am vierten Morgen auf 39,6°.

Ich stellte mir die Spitzen wie Flammen vor, eine stacheliger als die andere. Dazwischen erstreckten sich Nächte voller Selbstmitleid. In Oberbett und doppelte Decken gewickelt, mit Strickjacke und Wollsocken, schüttelte ich mich wie ein kochendes Ei. Anschließend schlug, nach ein paar Stunden verschwitzter Kälte, das Thermostat um. Dann verwandelte sich der Brustkorb in eine Esse, die Stirn glühte wie eine Herdplatte.

Why kam normalerweise mittags. Meistens war mein Gesicht von perlendem Schweiß bedeckt, der den Nacken hinabgelaufen und vom Laken aufgesogen worden war, nur die Unterseite des Kissens war trocken. Sie half mir hoch und riss allen Stoff herunter. Nach der Dusche aß ich, so viel ich konnte – die Suppen, die sie kochte, Zwieback, Obst. Die sauberen Betttücher schenkten eine steife, sachliche Ruhe. Zwölf Stunden später wurde die nächste Runde gegen den Reaktor in meinem Inneren eingeläutet.

Es gab nichts Milderndes, nichts Nobles an diesem Zustand. Das Letzte, was ich mir wünschte, war, in einem Körper zu bleiben, der einem schlafenden Vulkan glich. Die Augen schwammen schlaff, der Husten wechselte von verschleimt zu verhärtet. Als ich in der Kindheit geröntgt wurde, hatten sich auf den Platten mandarinengroße Fäuste abgezeichnet. Seither konnte ich die kleinen orangefarbenen Kugeln nicht sehen, ohne daran zu denken, dass ich einst aufgehört hatte zu sein, ohne zu sterben. Wenn ich in die Küche torkelte, erinnerten mich die Clementinen, die Why gekauft hatte, an die Fäuste, die in meiner Jungenbrust gehämmert hatten.

Nachdem sie sich mit der schmutzigen Wäsche unter dem Arm verabschiedet hatte, machte ich mich bereit für die Nacht. Tag sechs und sieben waren weniger qualvoll, deshalb beschloss ich, die herzzerreißenden Szenen niederzuschreiben, die in meinem Schädel wüteten, während ich im Bett fantasierte. Ich ähnelte den Wesen in den Filmen, die ich vertont hatte, mehr, als ich hatte glauben wollen; das Erlebnis, keine Macht über seinen Körper zu haben, ließ sich jedenfalls für ein

Lied verwenden. Aber wenn der Husten losbrach, dachte ich jedes Mal nur: Luft! Wenn die Lunge sich endlich beruhigte, war ich zu matt, um etwas anderes zu tun, als sie für jede filterlose Sünde um Verzeihung zu bitten.

Neun Tage verstrichen so, dann sank die Temperatur auf fügsame 37,5°. Der Husten wich, ich war auf eine neugeborene Art zerbrechlich. Zwar musste ich mich nach Anstrengungen – Essenszubereitung, Toilettenbesuche – ausruhen, dafür eröffnete die Ruhe Perspektiven. Jede Handlung, die ich ausführte, hätte meine letzte sein können. Wenn ich die Musik ernst nahm, die seit dem Interview mit dem französischen Magazin brachgelegen hatte, musste ich mich zusammenreißen.

Auf dem Sofa liegend fantasierte ich darüber, der DVD ein Abschiedsalbum folgen zu lassen, komponiert in einem kalten, konzentrierten Schwung, bevor der Brustkorb kollabierte und mein Körper etwas anderes wurde als denkendes Fleisch. Inzwischen gehörte auch Ache Middler zu den Beschädigten. Ich erinnerte mich daran, wie ich über die Tundra im Rockwood Park gestapft war, zu einem Ort, an dem vor mir noch keiner gewesen war. Jeder Schritt der erste und der letzte. Sollte mein Abschied von der Musik nicht aus ähnlichen Atemzügen bestehen, letzterer herrlicher, aber endgültiger als ersterer? Eine Eloge auf die widerspenstigen Mächte, die über mich gewacht hatten, bis nichts mehr geholfen hatte, ohne dass ich einer von ihnen geworden war?

Mitte März war ich endlich fieberfrei. Etwas löste sich knapp unter der Haut und verließ mich wie ein Phantom. Nach dem Duschen vor dem Spiegel stehend dachte ich an die Silbergelatinedrucke, die Trish und ich ein halbes Leben zuvor in der Fourth Avenue studiert hatten. Sie hatte sich gefragt, wohin die Seele verschwinden würde, die über den Köpfen der Trauernden flatterte, deren Hände feierlich gefaltet im Schoss lagen, ich hatte vermutet, zu den Kellerhellseherinnen am St. Mark's Place. Mein Unwille, ihre Frage ernst zu nehmen, hatte sie geärgert. Nach unserer Trennung schrieb sie ein Lied über das Foto, das sie sich mit dem Geld von ihrer ersten Single kaufte, auf dem ein Paiute-Indianer soeben einen Geistertanz begann. Jetzt verstand ich Trish besser. Und Nana, ja sogar Whys Mutter, die von den betenden Frauen in Tunceli erzählt hatte – oder Dersim, wie sie die Stadt lieber nannte, in der sie in einem sozialistischen Kinderheim aufgewachsen war. Der Tanz, den Trish beschworen hatte, rührte die Vorfahren aus der Erde auf, und sie nahmen von Neuem Gestalt an. Das Ritual ließ die Geister wie Staub in der Luft wirbeln. Füll die Lunge mit grauen Molekülen und die Toten würden wieder leben, nun aber als »wir«.

»Nur Fakten«, hustete ich dermaßen, dass der Spiegel beschlug.

Die ersten gesunden Tage waren ungefähr. So mussten sich die Patienten in den Medizinfilmen nach abgeschlossener Behandlung gefühlt haben. Auch ich suchte das Licht und konnte stundenlang am Fenster zur Straße sitzen, regungslos, aber aufmerksam, bis die bleiche Scheibe hinter die Satellitenschüsseln sank und mit der Dämmerung die Kälte zurückkehrte.

Ende des Monats fuhr Why zurück, um die Ausstellung abzubauen. Von der Raketenstation ging es nach Düsseldorf, da man sie gebeten hatte, einen Workshop an der Kunstakademie abzuhalten. Als sie mich anrief, um zu hören, wie es mir ging, erzählte ich ihr nichts von den Stunden im Sessel. Oder dass mir die Kraft fehlte, Gitarre zu spielen. »Basis an Alpha: alles unter Kontrolle. Wir sehen uns Ostern.«

Was wir auch taten.

Doch nicht wie gedacht.

Ein paar Tage nach Whys Abreise begann ich wieder zu schwitzen. Ich keuchte und war bemüht, Ruhe zu bewahren, früher oder später waren die Atemwege jedoch so gereizt, dass meine Lunge explodierte. Ich hielt die Luft an, ich hämmerte mir auf die Brust, ich öffnete das Fenster und sog kalte Luft ein – alles, um der Glut zu entrinnen, die nicht aufhörte, in meinen Bronchien zu brennen.

Diesmal kamen mir die Anfälle nicht so heftig vor und im Gegensatz zum letzten Mal stieg die Temperatur nie über 38°. Dennoch machte mir der Husten Sorgen. Trotz der Behandlung mit Penicillin war die Lava nicht erstarrt, entscheidend war also, den Vulkan nicht unnötig zu provozieren. Wenn ich daheimblieb, möglichst viel schlief und aß, wenn ich mich dazu aufraffte, würde sein Inneres zur Ruhe kommen, ehe Why heimkehrte. Hinter zugezogenen Vorhängen ruhte und schwitzte ich abwechselnd. Es gab ausreichend Zwieback und Konserven im Vorratsschrank, auch Tee und Honig. Da es mir nun erspart blieb, Stärke zu zeigen, mussten die Laken auch nicht jeden Morgen gewechselt werden.

Nach ein paar Tagen stabilisierte sich die Lage. Überzeugt, dass die Lava endlich erstarrt war, nahm ich das Angebot an, als Jensen wegen eines Donnerstagsauftritts im Bierhaus Urban anrief. Das Geld kam mir gelegen, ich wollte spüren, dass ich mehr war als siebzig Kilo Fieber. Auf dem Weg zum Lokal stellte ich jedoch fest, dass ich meine Kräfte falsch eingeschätzt hatte. Ich benötigte eine Dreiviertelstunde für eine Strecke, die ich sonst in einem Drittel der Zeit ging. Anscheinend hatte jemand den Gitarrenkoffer zudem mit Kies gefüllt. Erstaunt über das Gewicht, fragte ich mich, ob es nicht klüger wäre heimzukehren.

Ich traf so spät ein, dass wir sofort auf die Bühne geführt wurden. Jensen folgte mir einfühlsam, während ich nach einem Weg suchte, die Erschöpfung in dringliche Elektrizität umzudeuten. Jensens wischendes Wispern erlaubte es dem Publikum, sich mehr zu konzentrieren als sonst. Angenehme Ruhe senkte sich herab, die Klänge ertönten ohne Gläserklirren oder Stühlerücken. Aber der Rauch stach und wegen der dampfenden Jacken und Mäntel war die Luft schwer zu atmen. Wenn ich die Stimme erhob, versagte sie, am Ende begnügte ich mich damit zu summen. Nur Jensen merkte, dass es nicht anders ging.

Als das Konzert vorbei war, bestellte er ein Taxi. Kein Wenn und Aber. Am nächsten Morgen rief er an. Als ich den Schüttelfrost beschrieb, bat er mich, zum Arzt zu gehen, sonst müsse er mit Why sprechen. Eine halbe Stunde später rief er wieder an: Das Taxi, das er bestellt habe, warte auf der Straße. Auf Beinen aus Glas stolperte ich nach unten. Im Krankenhaus wurde ich sofort zum Röntgen geschickt. Die Aufnahmen von vorn waren kein Problem, aber als ich seitlich durchleuchtet werden sollte, bat die Krankenschwester mich, die Hände zu heben und auf die Handgriffe zu legen. Schon diese Anstrengung führte dazu, dass ich mich übergab. In kalten Schweiß gebadet, würgte ich über dem Becken, ehe es ihr gelang, die letzte Aufnahme zu machen.

Der Arzt, der die Bilder musterte, wirkte unzufrieden. Er kontrollierte Puls und Blutdruck, dann verordnete er Sauerstoff und eine Infusion. Zwei Tage lag ich auf der Intensivstation, weil das Penicillin die Lunge nicht beruhigt hatte. Fragen wurden gestellt, Blutproben entnommen. Nach dem Wochenende wurde ich auf Station verlegt, wo neue Fragen gestellt und weitere Blutproben entnommen wurden. Die Ärzte wechselten, man behandelte mich stets mit der gleichen besorgten Fürsorglichkeit. Nein, soweit ich wusste, war ich nicht resistent gegen Antibiotika. Ja, in den letzten Jahren hatte ich grippale Infekte gehabt, aber angesichts meines Alters war das doch nicht seltsam? Ansonsten hatte ich mir nur als Kind eine Lungenentzündung geholt.

Irgendwie genügten weder meine Antworten noch die Ergebnisse der Blutproben. Weil eine Infektion nicht ausgeschlossen werden konnte, verlegte man mich in ein Einzelzimmer. Weitere Tests wurden durchgeführt, diesmal von Personal in Schutzkleidung. Nach dem Mittagessen am Montag klopfte die letzte Ärztin an. Mittlerweile war ich fieberfrei und schlief wie ein Baby, also nahm ich an, dass sie mich entlassen wollte. Why würde am Wochenende zurückkommen, ich hatte Zeit zu putzen und einzukaufen.

Die junge, seriös wirkende Ärztin lispelte nicht, als sie das *th* aussprach. »Das sieht nicht gut aus, Mr. Middler.« Sie strich verlegen mit den Handflächen über ihre weißen Oberschenkel, dann sprach sie die hässlichste Buchstabenkombination des Alphabets aus.

Vermutlich erreichte Jensen Why. Ich wusste es nicht, und es spielte auch keine Rolle; als sie am Abend anrief, hatte sie gehört, dass ich in Behandlung war. Ich erklärte, man habe mich vor ein paar Stunden in ein neues Krankenhaus verlegt – ja, im Krankenwagen –, aber sie brauche sich keine Sorgen zu machen. Es handele sich um eine Vorsichtsmaßnahme. Die Klinik lag in Schöneberg, was für sie näher war; außerdem war die Ausstattung besser, was auch half. »Wir sehen uns Sonntag.«

»Welche Station.«

Ich gab ihr die Nummer, erzählte jedoch nicht, worauf das Zentrum für Infektiologie spezialisiert war.

Die Tage vor Whys Rückkehr waren zäh. Ich atmete mühevoll, schlief verwirrt, weinte. Das Zimmer befand sich auf Breitengrad null, in der kärgsten aller Welten. Funktionale Möbel mit Kunstlederpolstern, Infusionsständer, ein einsames Poster an der Wand. Hier gedieh allein die Zerstörung des Positiven.

Theresa hatte mir mehr gegeben als nur eine Tochter. Den Ärzten zufolge war mein Immunsystem so geschwächt, dass sich hefeartige Pilze in der Lunge eingenistet hatten. Das Antibiotikum wurde gegen antibakterielle Medikamente ausgetauscht. Da weiterhin das Risiko einer Tuberkulose bestand, wurde ich isoliert. Mit ihren Hauben, Masken und Handschuhen glich das Pflegepersonal Verwandten von Darth Vader in Gelb und Weiß. Die doppelten Schutzanzüge machten ihre Bewegungen plump, die Gummihandschuhe verwandelten mich in ein Ding. Unablässig fuhr das Ventil vor dem Mund rein und raus.

Ich schlummerte, stocherte im Essen, schlief wieder ein. Manchmal wurden Proben entnommen, regelmäßig der Infusionsbeutel gewechselt. Der Fernseher lief ohne Ton. Wenn ich nachts erwachte, starrte ich auf den Bildschirm. So war das Blut in meinem Körper. Ein wildes Flimmern.

Gründonnerstag kam der Oberarzt mit dem Kittel auf den Schultern. An der Tür stehend, ohne Handschuhe oder Mundschutz, erläuterte er die Natur des Virus, berichtete, dass die Computertomografie ein klassisches Krankheitsbild gezeigt habe und versicherte mir, dass das Risiko einer Tuberkulose bei weniger als ein Promille liege. Letztere müsse jedoch völlig ausgeschlossen werden, ehe die Behandlung kalibriert werde. Wegen des bevorstehenden Osterfests konnte ich nicht damit rechnen, vor den Feiertagen entlassen zu werden. Ich schien auf mich zu achten, was bei Weitem nicht alle Männer in meinem Alter taten, ich besaß offenbar die intellektuelle Kapazität, mit einer Krankheit zu leben, die mich für den Rest meines Lebens begleiten würde. Insgesamt waren die Aussichten trotz allem gut.

Als ich fragte, wie nahe ich dem Nullpunkt gekommen war, antwortete der Oberarzt mir nicht. Ich weiß nicht warum, vielleicht machte die Frage ihn verlegen. »Ihr Status kann sich verbessern. Das ist alles, was ich weiß.« Er rückte den Kittel gerade, dann ergänzte er wie in Klammern: »Im Moment.«

In der Nacht rief ich eine Schwester. Unter den Decken bibbernd bat ich sie, etwas gegen die Kälte in meinem Skelett zu tun. Mein Deutsch war so verständlich, dass sie eine Tasse Tee holte, anschließend saß sie in Schutzkleidung im Sessel, still und streng, aber aufmerksam. Als sie annahm, dass ich eingeschlafen war, stand sie auf, ohne die Tasse mitzunehmen. Sobald sich die Tür schloss, öffnete ich die Augen. Worauf war Verlass in einem Körper, der selten Mühe gemacht hatte? Kalk und Phosphor vielleicht, doch der Rest bestand aus krankem Material. Die Sporen, die ich immer gefürchtet hatte, jetzt befanden sie sich in mir. Keine Mütze, kein rechtschaffener Doktor würde mich retten. Diese Krankheit ließ sich nicht heilen, nur hemmen. Ich war zu einer mit bösem Gewebe gefüllten Samenkapsel geworden.

Als sich das Morgengrauen ankündigte, fragte ich mich, ob ich beten sollte.

Ich wusste nicht zu wem.

Why hatte Blumen dabei, als sie am Sonntag kam. Man sah, dass ihr die Wochen im Rheinland gutgetan hatten. Der Workshop war besser gelaufen als erwartet, die Akademie wollte über eine regelmäßige Zusammenarbeit sprechen. Sie war über das Risiko einer Tuberkulose informiert worden, aber nicht darüber, warum man mich in das Auguste-Viktoria-Klinikum verlegt hatte. Im gelben Schutzkittel flatternd rückte sie die Haube mit birnenfarbigen Gummihandschuhen gerade. Sie stellte die Tulpen ins Fenster, der Kittel hob sich wie ein Ballon, als sie in den Sessel sank. »Ich sehe, du hast es gut hier.« Sie meinte den Fernseher oder vielleicht auch die Aussicht auf den Park. Drei Bilder und eine Videoinstallation waren am letzten Ausstellungstag verkauft worden. »Wir feiern, wenn du zu Hause bist.«

»Why …«

Sie merkte, dass es mir schwerfiel, ihre Freude zu teilen, es war jedoch unmöglich, ihr Gesicht hinter dem Mundschutz zu deuten. »Was ist, Ache.« Die Gummihände strichen mir linkisch über den Arm.

Die Tränen waren hinderlich, doch am Ende gelang es mir zu erzählen, warum ich trotz des Penicillins nicht genesen war.

Why saß regungslos, in gestaute Luft gegossen. Nur das Ventil auf dem Mundschutz zitterte. »Aber … Aber …«

Es tue mir unendlich leid. Ich wisse nicht, was ich sagen solle, ich könne verstehen, wenn …

Sie schaute sich um, als hätte sie die Richtung verloren. »Ich glaube. Ich will. Ich muss mich testen lassen.« Ihre Augen glänzten panisch.

Trotz des Feiertagwochenendes entnahm man eine Blutprobe, danach ging Why. Ihr Abschied war hart wie festgezurrtes Gepäck. Das Testergebnis würde frühestens am Dienstag vorliegen. Als die Nachtschwester vorbeischaute, bat ich um richtige Schlaftabletten. Ich wollte schlafen, bis es kein Gestern mehr gab.

Als Why einige Tage später zurückkehrte, wirkte sie gefasst. Nein, sie wolle nicht über die Krankheit sprechen, bevor sie Bescheid wisse; ja, es sei besser, ihre Mutter und ihre Schwester herauszuhalten. Dann saß sie im Sessel, angespannt und stumm, während ich innerlich taumelte. Kurz vor Mittag kam der Oberarzt. Er schien in Eile zu sein, denn er trug keinen Mundschutz. »Negativ. Bei beiden Blutproben.«

Keine Tuberkulose. Und Why blieb erspart, mein Schicksal zu teilen.

Zittrig streifte sie die Schutzausrüstung ab, vergaß aber die Handschuhe, unbeholfen schaute sie sich um. Die Knöchel färbten das Gummi weiß, als sich ihre Fäuste schlossen und öffneten. Geistesabwesend starrte sie erst aus dem Fenster, danach auf das Poster und schließlich auf mich. »Dann – wissen – wir – *das*.« Als sie die Worte aussprach, wurden gleichzeitig unsichtbare Fäden abgeschnitten und sie flennte wie ein Kind.

»Why …« Ich wollte sie trösten, doch als sie die quietschenden Handschuhe ausgezogen hatte, lächelte sie leer mit nassen Augen. »Erst wirst du gesund, dann sehen wir weiter.«

Während des restlichen Krankenhausaufenthalts und der folgenden Monate, bis ich wieder so zu Kräften gekommen war, dass ich eine Reise nach Marrakesch planen konnte, während dieser ganzen Zeit dachte ich daran, was Why nach Amsterdam gesagt hatte. Darüber, eine Hand in einer anderen zu halten. Dies sei der einzige Weg, vorwärts zurückzukehren.

Sie war tapfer, sie war zärtlich, sie war so aufmerksam wie immer. Als Yezda anrief, log sie, ich hätte eine Lungenentzündung, werde aber bald wieder gesund sein; ja, ich hätte seit meiner Jugend geraucht, trotzdem gebe es keinen Grund zur Besorgnis. Wenn wir in der näheren Umgebung des Krankenhauses spazieren gingen, schob sie ihren

Arm unter meinen – ebenso sehr, um mir nahe zu sein, wie um mir beim Gehen zu helfen. Als die Ärzte uns erklärten, wie T-Zellen im Knochenmark gebildet wurden, nickte sie und stellte Fragen. Sie kaufte Schokolade in der Cafeteria und leerte die Urinflasche. Wie immer war sie ruhig und durchdacht, aber jetzt war es, als könnte sie nichts aus der Fassung bringen. Why mit ihrer Abhängigkeitsproblematik, wie sie es nannte, wurde mein Fels, mein Versteck und ich merkte, wie willig ich zu diesem Menschen hinüberlief, dankbar dafür, wie im Gebet einen Schwerpunkt außerhalb meiner selbst zu besitzen.

»Wie kannst du nur so heilig sein?« Es klang spöttisch, ich suchte jedoch nur einen ungezwungenen Ton. Wir saßen im Krankenhauspark. Matte Strahlen schossen aus dem Teich hoch, unmittelbar darauf fielen sie wie welkende Blütenblätter wieder hinab.

»Im Sommer muss es hier schön sein.« Why streckte die Beine aus. »Wie ruhig alles ist.«

Auch ich streckte meine Beine aus. Ohne es zu wollen, hatte ich sie in Gefahr gebracht. Wenn sie lieber nicht über meinen Zustand sprechen wollte, hatte ich nicht vor, darauf zu bestehen. Ich betrachtete unsere Schuhe, dann rutschte es mir doch heraus: »Vielleicht sollten wir zusammenziehen…« Das letzte Wort blieb in der Schwebe, wodurch es sich eher wie eine Frage, weniger wie eine Feststellung anhörte. Auch wenn mir der Gedanke erst in dem Moment gekommen war, musste ich in den Nächten mit flimmerndem Fernsehen auf die benebelte Weise nachgedacht haben, in der man überlegt, bis eine Schlussfolgerung kristallklar wirkt. Mein Körper war in Aufruhr, auf nichts war Verlass. Zum ersten Mal seit Edie fühlte ich mich auf diese hässliche, unausweichliche Art verlassen. Damals war ich zum Mulry Square geflohen, jetzt brauchte ich Why mehr als meine Gesundheit.

Auf eine Reaktion wartend, wagte ich nicht, mich zu bewegen, am Ende ahnte ich, wie sich ein gelähmter Schmetterling fühlen musste. Was für eine selbstbezogene Idiotie. Es war der falsche Zeitpunkt, um über die Zukunft zu sprechen. Sie hörte nichts als Qual, Furcht, Panik. Schließlich hatte ich nicht aus Leidenschaft, sondern aus Not gesprochen. Wenn wir noch etwas länger schwiegen, würde sich das Echo hoffentlich auflösen, und sie abtun, was ich nicht als Bitte, sondern aus Verzweiflung gesagt hatte.

Die Wasserstrahlen aus dem Springbrunnen waren wirklich trostlos.

»Ich habe das Gefühl, du willst, dass ich etwas Bestimmtes zum Ausdruck bringe.« Why zog mit dem Absatz eine Rinne in den Kies.

»Was willst du, was soll ich zum Ausdruck bringen.« Kein Fragezeichen.

»Normale Dinge. Schock, Erleichterung. Trauer.«

Der Kies knirschte. »Wir werden sehen, Ache.«

Als die Ärzte die richtige Kombination von Medikamenten fanden, kam ich nach und nach wieder zu Kräften. Obwohl ich weitere Kilos verloren hatte und schwach war, ließ man mich am Wochenende nach Ostern heimfahren. Der Oberarzt wollte mich noch nicht entlassen, aber wenn ich die Anweisungen befolgte, würde er schauen, wie die Ergebnisse der Blutprobe aussahen, wenn ich zurückkam; die eigenen vier Wände besaßen bekanntlich heilende Kräfte, es würde bestimmt gutgehen. Ich nickte matt. Alles war besser als dieses Zimmer, in dem ein Foto des Hafens von Rostock die einzige Zukunftsvision war.

Als ich mit dem Taxi ankam, half Why mir die Treppe hinauf. Es dauerte, ging jedoch besser als befürchtet. Sie hatte geputzt, den Kühlschrank gefüllt, Blumen gekauft. Als ich wissen wollte, was sie zu Mittag essen wollte, trat sie an das Fenster zur Straße. Nachdem sie es geschlossen hatte, zog sie die Vorhänge zu und dann wieder auf. »Ich bleibe nicht, Ache. Aber ich helfe dir am Montag zurück.«

Ich fragte nicht warum.

Schmetterling.

Die folgenden Nächte, die eine war schlimmer als die andere. Ich schlief schlotterig – nicht nur abgehackt, sondern als wehrten sich Teile des Gehirns. Statt im Schlaf zu versinken, kämpfte das Bewusstsein ständig darum aufzuwachen. Nach einer unruhigen Stunde gelang es mir, wieder an die Oberfläche zu kommen, kurz bevor das Schlaf-Ich überzeugt worden war zu ertrinken. Jedes Mal wurde ich etwas kraftloser, jedes Mal verlor ich etwas mehr den Mut. Die Dunkelheit verwandelte meine Wohnung in einen Sarg ohne Wände.

Seit Jim und ich neben Vater gesessen hatten, als er das Kaddisch für Nana las, betrachtete ich den Tod als eine Grenze, hinter die man unmöglich gelangen konnte. An Großmutters Haut hörte das Leben auf, unter ihr war es dunkel. Als man meinen Bruder auf der Bahre herausgezogen hatte, erlebte ich das Gleiche. So sahen Fakten aus: Die Haut bildete eine Mauer. Aber jetzt war der Tod in mich eingezogen. Im Moment war er weniger eine Mauer als eine Wolke. Die Zerstörung, die wütete, zwang mich zu handeln; wollte ich gesund werden, musste ich lernen, mit dieser Invasion zu leben. Mit der Zeit würden die Medikamente das Blut unter Kontrolle bekommen und eines fernen Tages würde der Sturm abflauen. Dann war die Viruslast auf einem Niveau, das der Oberarzt nicht detektierbar genannt hatte. In einem Jahr? In einem anderen Leben? Unmöglich zu sagen. Auch wenn ich für den Rest meiner Zeit unter einem unbegreiflichen Himmel Tabletten nahm, würde ich jedoch niemals eine Gesundheit zurückerhalten, die nicht nur genesen, sondern unangefochten war. Der Tod bildete keine Grenze mehr, er war zu einem Ort geworden, den es zu bewohnen galt.

Ich schlief, ich hörte Malakoff Kowalski. Gelegentlich suchte ich das neue Telefon heraus, das Why mir nach der Farce mit dem französischen Magazin geschenkt hatte – es war ein iPhone mit Kamera, Mail und Browser; außerdem wurde die verbliebene Batterieladung in Prozent angegeben, sodass mein Handy nicht plötzlich ausging, was mein altes Nokia in der letzten Zeit getan hatte. Allerdings hatte Why so abwesend gewirkt, dass jeder Versuch eines Gesprächs es schwieriger machen würde, wenn wir uns endlich aussprachen. In den ersten Jahren war sie wild, unerwartet, schutzlos gewesen. Während der folgenden auch verletzlich, aber sicher, und manchmal aus Gründen verschlossen, die ich selten verstand. Nun ...

Wenn der böse Sturm der Zellen nicht ihr letztes Vertrauen zerstören sollte, reichte es nicht, mich zu erholen. Der Gedanke hatte mich seit dem Sanatorium in den Catskills beschäftigt, ohne dass ich ihn ernst genug genommen hatte: Ein Mensch, der nicht nur aus Kalk und Phosphor, sondern auch aus Salz bestand, existierte durch andere. Ich durfte nicht fürchten, dass Why sich abwandte. Ihre Traurigkeit und Wut, ihr betrogener Hunger, der Zweifel – auch all das Schmerzhafte musste uns stark machen.

Am Montag schaffte ich die Treppe ohne Hilfe. Why musste nur die Tasche tragen.

Unsere Arme berührten sich im Taxi, ohne dass sich einer von uns zurückzog. Auf dem Weg zum Krankenhaus erklärte sie dennoch, sie wolle zum Atelier. Ich erwiderte nichts. Ehe das Auto hielt, flüsterte sie:»Ich brauche dich so. Unfertig.« Sie kniff die Augen zusammen, wie immer, wenn sie verbindlich wirken wollte.»Heute glaube ich, dass es gehen kann.«

Drei Tage später durfte ich das Krankenhaus verlassen. Das Wetter war so schön, dass ich unter hellgrünen Baumwipfeln zur nächstgelegenen S-Bahn-Station flanierte. Es war früher Nachmittag, die Mittagskunden hatten den Imbiss vor dem Gebäude verlassen. Ich kaufte mir einen Kebab, den ich nach ein paar Bissen wegwarf. Der Geschmack von Fleisch und öligem Joghurt reichte, ich hatte vergessen, wie einfach das Dasein sein konnte. Die Coca-Cola explodierte schluckweise in der Kehle.

Nach mehreren Stationen stieg ich in die U-Bahn um. In dem ruckenden Waggon sitzend, wurde ich unerwartet unsicher. Sahen die

Studenten mir gegenüber, dass ich krank war? Ahnte die ältere Frau, was meine mühsamen Bewegungen bedeuteten? Konnten die Handwerker an den Türen die Medikamente in der Plastiktüte sehen? Ich stopfte sie in die Tasche, wohlwissend, welches Glück ich hatte. Im Unterschied zu den USA übernahm die Krankenversicherung in Deutschland fast alle Kosten. Und in der Apotheke gab es Medikamente, die in Amerika noch gar nicht im Handel waren. In der ersten Zeit musste ich jeden Monat zur Kontrolle, danach würde jeder zweite reichen. Zum Jahreswechsel rechnete der Oberarzt damit, dass die Werte nur noch zweimal im Jahr kontrolliert werden mussten. Das reduzierte die Gelegenheiten für die Scham, die in dem Moment aufgeflammt war, als ich die Klinik verlassen hatte, und jetzt in der U-Bahn. Ich handelte kindisch, das entging mir nicht, aber ich wollte nicht, dass auch nur eine einzige Seele begriff, woran ich litt.

In den ersten Tagen verhielten sich die Tabletten störrisch. Meine Eingeweide waren aus dem Gleichgewicht, Übelkeit kam und ging. Mit dem Schwindel umzugehen, war schwierig, gegen die Albträume konnte ich mich unmöglich wehren. Nach einer Woche verschwand der Brechreiz jedoch, nach einer weiteren der Schwindel, danach blieben nur die schlechten Träume. Und all das, worüber Why und ich zu sprechen vermieden.

Es würde nur gehen, wenn wir unser Schweigen brachen. Versuchte ich es, würde sie sich unter Druck gesetzt fühlen und sich verschließen. Manchmal, wenn sie wortkarg war, glaubte ich, es wäre so weit – in der Ecke eines Straßencafés, weil es dort am ruhigsten war, oder wenn sie den Kopf an meine Schulter lehnte, während der Abspann über die Kinoleinwand rollte. Statt zu erwähnen, was ich nicht von den nächtlichen Albträumen trennen konnte, schob sie es jedoch auf Müdigkeit oder Arbeit oder wollte wissen, wie ich den Film fand, den wir gesehen hatten.

Die Abrechnung kam nie, und allmählich hegte ich den Verdacht, dies entsprach Whys Absicht. Ihre abwesende Art bedeutete keine Bestrafung. Solange wir uns nicht aussprachen, beherrschte sie ihre Gefühle und nicht umgekehrt. Die Sorgen angesichts der Krankheit waren schon belastend genug; sie wartete nur auf den Tag, an dem der Grund seine Sprengkraft verloren und sich in trägen Strom verwandelt hatte. Da würde es mehr schaden, Wunden aufzureißen, als die Narben verblassen zu lassen.

Im Sommer machten wir Ausflüge, besuchten Ausstellungen, halfen Gemma im Schrebergarten. Schliefen wir zusammen, verbrachten wir die Nächte auf der jeweiligen Seite des Betts. Entweder legte Why sich früher hin oder löste noch Kreuzworträtsel, wenn ich die Lampe auf meinem Nachttisch ausgeschaltet hatte.

Wir lebten nicht mit-, sondern nebeneinander – wie Dad und Mom vor hundert Jahren. Im Gegensatz dazu, wie es für meine Eltern gewesen war, wuchs allerdings die Vertrautheit zwischen uns; ich merkte es an unzähligen Handlungen, in denen Scheu und Sorge Rücksicht ersetzten. Außerdem herrschte unterhalb der Haut noch Krieg. Ich war eigentlich dankbar, dass es Zeit brauchte, sich wieder anzunähern.

Eines Nachts, als von draußen Stimmengewirr hereindrang, führte Why meine Hand zu sich. Sie lag still und zitterte nur am Schluss. Obwohl mir bei der Berührung vor Sehnsucht schwindlig wurde, hatte ich Sorge, dass sie etwas tun wollte. Stattdessen schloss sie das Fenster, danach ruhten wir, die Arme umeinandergeschlungen. Keiner zog sich zurück.

Ich irrte mich.

An einem Abend im August radelte ich nach Schöneberg. Wir hätten uns zu früherer Stunde treffen sollen, aber das Pflegeheim, in dem Why nur noch sporadisch arbeitete, hatte angerufen. Sie wisse nicht, wann sie nach Hause komme, es sei besser, wir verschöben unsere Pläne auf nach dem Wochenende.

Ich beschloss, trotzdem bei ihr vorbeizuschauen, unterwegs kaufte ich Sushi. In der Jackeninnentasche lag eine Buchungsbestätigung des

Riads, in dem ich Zimmer reserviert hatte; wir hatten vierundzwanzig Stunden Zeit, die Tickets nach Marrakesch zu kaufen, die ich zusätzlich gebucht hatte und mit denen ich sie überraschen wollte. Ich klopfte mehrmals an, keine Reaktion. Auch das Handy schien aus zu sein, nicht einmal die Mailbox sprang an. Auf halbem Weg nach unten hörte ich die Tür knarren. Als ich wieder hochkam, lächelte Why puppenartig und ging mit dem Essen, das ich draußen abgestellt hatte, hinein. Während ich meine Schuhe abstreifte, kauerte sie sich auf die Couch und schlang die Strickjacke um sich. Ihre Arme ruhten auf Knien und Bauch. Hätte die Rolle Alufolie nicht unter dem Tisch geglänzt, ich hätte nicht so schnell begriffen, was der Grund für ihre Abwesenheit war.

Als sie verstand, dass Proteste sinnlos waren, bat sie zerstreut um eine Zigarette. »Stimmt ja. Du hast aufgehört.« Stattdessen trank sie einen Schluck kalten Tee. »Ich habe Böses im Blut, Ache.« Ihr Blick war blank, die Stimme kraftlos. »Ich weiß nicht, wie ich es loswerden soll.«

Statt etwas zu sagen, umarmte ich sie, obwohl sie starr blieb. Und ging, als sie eingeschlafen war.

Am nächsten Tag kam Why zu mir. Das Kleid war elfenbeinweiß, die Haare rochen nach Shampoo. Sie schaltete die CD mit Musik aus Homs und Aleppo aus, die Kairos Four kürzlich veröffentlicht hatte. Keine Oud, keine Qanun, sie musste ungestört reden. Unsicher, ob sie sitzen oder stehen sollte, schaute sie sich um. Ich musste blind gewesen sein, denn da ich nun wusste, wie sie ihre Sorge betäubte, sah ich, wie sehr sie abgemagert war. Knochige Knie, Vogelaussehen.

Tag für Tag, Woche für Woche habe sie mir geholfen. Der Kunststoffmatte nach zu urteilen, die ich wieder ausgerollt hatte, käme ich zurecht. Wenn ich weiter auf meine Gesundheit achtete, nicht rauchte und meine Medikamente nähme, würde mich bald nur eine Dreckstablette am Tag an die Krankheit erinnern. Bei ihr sei das anders. Sie habe sich abhängig gemacht, kapierte ich das? Die Sucht, die ihr die Afrikaner anboten, sei der einzige Weg, mich loszuwerden.

Ja, Afrikaner. Flüchtlinge vor dem Irrsinn in Somalia. Oder vielleicht auch der Elfenbeinküste. Was ging es Ache Middler an, bei wem sie das Pulver kaufte. Glaubte er, sie scherte sich darum? Wieso wagte er zu hoffen, dass wir weitermachen konnten, als wäre nichts passiert? Marrakesch? Sie sollte sich die Ohren abschrauben. Ich war in ihr Herz eingebrochen, hatte alles von Wert geplündert. Oder meinte ich, dass ich einfach so krank geworden war? Wie wenn man die Mütze vergessen hat und die Krankheit einem zufällig ins Haar regnet?

Die Fragezeichen waren unnötig, wir wussten beide, wie ich mich angesteckt hatte. Bis Why begriff, warum ich nie etwas gesagt hatte, gab es nichts, was sie fühlen wollte. »Tut mir leid, Betrüger. Ab. So. Lut. Nichts.« Sie nickte, statt den Kopf zu schütteln. »Fehlt nur noch, dass du deiner Freundin ein Kind gemacht hast. Dann hast du nicht einmal mein Mitleid verdient.«

Ich saß am Küchentisch, aber als ich auf den freien Stuhl zeigte, ballte Why schweigend die Fäuste. Ich war dankbar, unendlich dankbar für die Postkarte deiner Mutter, die es mir leichter machte, dich nicht zu erwähnen. Es gebe keine andere, stöhnte ich, beunruhigt darüber, wie unnachgiebig Why wirkte. Es habe nie eine andere gegeben, sie sei mein Warum. Hatte ich ihr nicht erzählt, dass es Robbie schlecht ging? Und dass ich den Vertrag ihm zuliebe unterschrieben hatte? Am letzten Abend mit der Band war ich betrunken gewesen. Auch das hatte ich erzählt. Das Einzige, was ich nicht erwähnt hatte, war, dass ich mich nach Nähe, Trost, Vertrautheit gesehnt hatte. Ich war Theresa Stern nur in dieser einen Nacht begegnet. War einmal nicht keinmal? Sie stammte aus Hoboken, New Jersey. Schrieb Gedichte. Aber ob sie verheiratet war? Wer ihre Freunde waren? Woher sollte ich das wissen? Ihr Vater war deutschstämmig, glaubte ich, die Mutter Puerto-Ricanerin. »Sie bedeutet nichts.«

Why hob den Deckel von einem Topf ab, faltete die Zeitung zusammen, öffnete und schloss den Vorratsschrank. Die Ohnmacht raste. »Ich verstehe es nicht. Ich verstehe es einfach nicht. Meinst du, du schläfst mit einem Menschen, der dir nichts bedeutet.«

Wenn die Nacht in Amsterdam einen Wert gehabt hätte, wäre sie bereit gewesen, mich ernst zu nehmen. Aber jetzt. Noch ehe ich dazu kam, das Fragezeichen hinzuzudenken, fuhr sie fort: »Niemals.«

IMMER

Danach verschwand Why. Machte mir nicht auf, wenn ich vorbeikam, ging nicht ans Telefon. Freunde konnten oder wollten nicht helfen; ich verzichtete darauf, Yezda anzurufen, und ihre Schwester kannte ich nicht gut genug. Als ich mit den Typen sprach, die neben dem Atelier T-Shirts bedruckten – inzwischen prangten Runenschrift und Wikingersymbole darauf –, zuckten sie mit den Schultern. Wenn es bei der Künstlerin still war, war sie wohl woanders. Der Hausmeister hatte einen Schlüssel, weigerte sich aber, mir ohne Grund aufzuschließen.

Wochen vergingen, auch Monate. Gelegentlich besuchte ich die Galerie. Die ersten Male waren weder Neuman noch Riedenhauer da, dann hatten sie eine Vernissage für einen noch jungen Amerikaner. Ständig kamen Menschen, um sie zu begrüßen, es war nicht möglich, offen zu reden. Ich verstand nur, dass Why es »schwer« hatte, dass sie »kämpfte«, aber »produzierte«. Das Interesse sei gestiegen, dennoch sei sie klüger als der Markt. Keine Überproduktion. Lieber eine abgesagte Ausstellung, wie die für November geplante, als Werke ohne »es«. Für Galeristen war es schwierig, mit solchen Künstlern umzugehen, es erschien angemessen, den Bedürfnissen entgegenzukommen. Riedenhauer hatte gelernt, dass der beste Handel langfristig angelegt war. Wenn die Kunst den Takt vorgab, blieb die Nachfrage größer als das Angebot.

Die Besuche führten zu nichts. Die Nachrichten, die ich in der Galerie hinterließ, blieben unbeantwortet. Als ich Gemma zum dritten oder vierzehnten Mal anrief, seufzte sie in den Hörer. »Weißt du, Ache, die Antwort ist die gleiche wie gestern. Copy/paste morgen.«

Ab und zu ging ich in Bars, die wir regelmäßig besucht hatten. Ein paar Stunden später kehrte ich stets mit dem Gefühl heim, Why sei noch etwas mehr aus meinem Leben verschwunden.

Was hatte ich getan? Bald würde ich Rentner sein, meine Angst, verletzt zu werden, hatte zu Fehlern geführt. Auch wenn ich Transmission aus Protest verlassen hatte, war mir bewusst, dass Raff nicht allein die Schuld daran trug, was passiert war. Die Gründe dafür, dass die Firmen Demos abgelehnt hatten oder dass die Platten, die ich trotz allem veröffentlichte, sich so bescheiden verkauften, waren auch nicht darin zu suchen, dass die Welt keine Ohren hatte. Und das waren nur ein paar meiner Fehler als Musiker. Schlimmer war das, was ich Why angetan hatte. Doch hatte Irrsinn mich veranlasst, zwölftausend Meter über dem Meer New York verlassen zu wollen? So weit meine Erinnerung zurückreichte, hatte ich so gehandelt, wie es mir in dem Moment richtig erschienen war. Auch ein Anfänger auf der Blockflöte wusste, dass die Musik seine Kunstform war. Die Gitarre konnte sich in eisig gleitenden Bewegungen verlieren oder Wolken aus gebändigter Unruhe bilden, die mich mal verrückt, mal selig machten – jeder einzelne Ton existierte im Jetzt. Und sie allein führten in die wilde Welt hinaus, dabei gleichzeitig eine Sicherheit bietend, die größer war als alles. Ich wurde nicht schlau aus diesem Widerspruch, ahnte nur, er bedeutete Unabhängigkeit.

Nun fragte ich mich, ob das nicht mein schlimmster Irrtum gewesen war. Zu glauben, dass Unabhängigkeit nicht mit, sondern ohne andere erreicht wurde.

Ein paar Abende, bevor Whys Werke zu der Raketenstation bei Neuss transportiert wurden, hatte sie mich gebeten, sie zu kommentieren. Sie benötigte einen fremden Blick, der das Gefühl bekräftigte, die Arbeiten seien bereit, das Atelier zu verlassen. Trotz meines Fiebers, das ich noch für eine Folge der Grippe hielt, nahm ich ein Taxi.

Im Sessel sitzend, den sie heruntergetragen hatte, betrachtete ich die Bilder. Why hatte Fotos aus wissenschaftlichen Publikationen als

Siebdrucke auf die Rückseite grüngetönter Glasscheiben gebracht. Alle zeigten Quallen von unten, die pulsierenden Fallschirmen ähnelten. Das Wasser war hell und trüb, eigenartige Formen trieben in den Wirbeln umher – Holzspäne oder Seegras, vielleicht Kleingetier. Der Winkel machte es unmöglich, die Größe einzuschätzen. Waren diese Quallen riesig oder kaum größer als Münzen? Die Bilder wirkten annähernd schwarzweiß, aber mit endlosen Schattierungen. Auf manchen ging die Schicht an den Rändern in einen grünspanfarbigen Ton über, im Inneren mancher Nesseltiere nahm man eine rostige Röte wahr. Den wehenden Fäden nach zu urteilen, trieben sie folgsam, jedoch richtungslos. Im Nachhinein fiel es mir nicht schwer zu verstehen, dass ihr Thema Orientierungslosigkeit gewesen war.

Die Tentakel erinnerten an das Reißen von Saiten. Plötzlich knallte es, das Nylon kräuselte sich zusammen und hing, schwerelos, an den Stimmwirbeln. Whys Bilder erschreckten auf die gleiche euphorische Art. Sie hatte das Gefühl eines Hinterher eingefangen, diese grandiose Zerrissenheit, in der sich Trauer seltsamerweise nicht von Erleichterung unterscheiden lässt. Ich fragte mich, was Apollo darüber gedacht hätte. Und antwortete, als sie müde lächelte, den Gott der Kunst hätten gliederlose Tiere, die ihre Umgebung schluckten und ausstießen, begeistert, aber beunruhigt.

»Ich versuche nur, ich selbst zu sein, Ache. Dann gibt es die Kunst.« Why holte einen Plastiksack. »Ich esse niemanden auf, ich bin Vegetarierin. Es ist die Kunst, die Fleisch isst.« Sie häufte blonde Holzwolle in die Frachtkiste. »Wenn du sie lässt, schluckt sie alles.«

Das Fieber hatte eine weitere Diskussion verhindert. Jetzt wünschte ich, dass ich sie gefragt hätte, ob die Werke vielleicht mit dem Taucher auf dem Foto neben ihrem Bett zusammenhingen. Und hätte darauf hingewiesen, dass Quallen nicht nur den Strömungen folgen, hierhin und dorthin treibend, sondern Fleischfresser waren, ob man es glaubte oder nicht. Die Tentakel enthielten ein Gift, das ihre Beute lähmte. Auch das Fehlen von Richtung konnte verzehren.

Dieser idiotische Wille zur Unabhängigkeit. Why beherrschte die Kunst zu teilen, aber ich … Warum hatte es so lange gedauert zu merken, dass die Musik, die ich gewählt hatte, mich von innen verschlissen hatte? Vierzig Jahre hatte sie gewirkt wie das Virus, das meinen weißen Blutkörperchen den Garaus machte, sie hatte Zellen in Brand gesetzt und würde auf die gleiche Weise wie die Seuche alles zwischen Knochen und Haut verwüsten, wenn ich weiter handelte, als käme ich allein zurecht. Schöner, bleicher Apollo … Viel zu lange war er mein Vorbild gewesen. Der Jüngling mit der Leier schickte jedoch nicht nur zarte Töne durch den Äther, mit seinem Bogen sandte er auch pestgespickte Pfeile aus. Apollo war der Gott der Seuche.

Es ist sicherlich gut, dass es zu diesen Briefen keinen Soundtrack gibt, unbekannte Tochter, aber hier müsste Darko auf seiner Hirtenflöte eine Fanfare spielen. Niemals hätte ich damit gerechnet, dass uns der Mann, den ich aus meinen Gedanken gestrichen hatte, wie mein Bruder mich aus seinem Zimmer verbannt hatte, helfen würde. Viele Jahre zuvor hatte Why ihn ebenso abrupt verlassen wie mich. Als ich ihn mit einer unbekannten Frau in einem der Lokale entdeckte, in denen ich zu viel trank, schlenderte ich zu ihm. Ein Joint wäre nicht verkehrt.

Der Serbe trug Jackett. Er war schlanker als in meiner Erinnerung, und schien auf seine Gesundheit zu achten, auch wenn die Haare schütter geworden waren. »*American* …«

Ich wusste nicht, ob er noch für den Makler arbeitete. Oder Gras rauchte. »Noch eins?« Verlegen nickte ich zu ihren halbvollen Gläsern und bestellte für alle.

Um etwas sagen zu können, erkundigte ich mich, ob er jemals nach New York gekommen sei. Bojan erzählte, ein Bekannter habe ihn in zwei Clubs mitgenommen, doch 9/11 habe ihn daran gehindert, das CBGB zu besuchen. Dann verstanden wir uns falsch. Noch ehe ich dazu kam, ihm zu erklären, warum Berlin ein besseres Leben zu bieten hatte, nicht zuletzt Exilanten, schüttelte er den Kopf. »Nicht leicht.«

»Die Flüchtlinge?« Ich war mir nicht sicher, was er meinte.

Er sprach von Why. Offenbar trieb sie sich in der Nähe des Bunkers herum, den Jensen mir gezeigt hatte. Bojan beschrieb den Kasten, der ein paar Jahre zuvor Schauplatz einer seiner Performances gewesen war; ich erinnerte mich an die Serviette mit der Adresse. »Ist besser, du erzählst ihr nicht, dass ich etwas gesagt habe.« Das klang, als verstünde er meine Verzweiflung. Oder vielleicht meine Reue.

Am nächsten Vormittag – es war Frühling geworden, die Beete rochen nach nasser Erde und Kot – radelte ich hin. Die Gegend hatte sich innerhalb weniger Jahre verändert. Mehrere Gebäude waren frisch verputzt, unter den lichten Bäumen parkten teure Autos, der Bunker wurde zu Wohnungen umgebaut. Laut der Plane, die vor der Fassade hing, sollten unter dem Gewölbe aus Stahlbalken ganz oben Wohnungen mit Gärten gebaut werden.

Das Haus, das in den Siebzigern besetzt worden war, wirkte leergeräumt; die meisten Fenster waren zugenagelt, die Transparente fort. Wahrscheinlich sollte es auch saniert, vielleicht sogar abgerissen werden. Jemand hatte ein Sperrgitter in die Toreinfahrt gestellt. Die Wände waren mit Graffiti bedeckt, in einem Einkaufswagen saßen die Reste einer Schaufensterpuppe. Dem hellhäutigen Körper fehlte der Kopf, ein Arm war abgegangen, das Treppenhaus stank nach Urin. In der ersten Etage stand auf einer Tür in Druckbuchstaben PROJECT SPACE, auf der Treppe zur nächsten lag der andere Arm der Puppe. Weiter oben jaulte ein Hund, jemand hörte Musik, die nach Jimi Hendrix klang. Ich fühlte mich tausend Jahre alt.

Die Musik kam aus dem dritten Stock. Ich klopfte an, wartete, klopfte. Der Mann, der mir öffnete, hatte geweint. Er kratzte sich, suchte in den Taschen und kehrte in den Raum zurück. »*Fucked up, man, is fucked, fucked up.*« Es klang, als sei er Spanier. In der Küche wimmerte eine Frau. Ratlos schüttelte sie einen Gasbrenner, es roch nach verbrannten Haaren. Ich ging in Richtung der Musik. Definitiv *Electric Ladyland*. Vielleicht war das Gebäude doch nicht ohne Strom.

Das große Zimmer mitten in der Wohnung war leer bis auf einen Hund, der auf einer Matratze in der Ecke kläglich sein Fell leckte, sowie eine riesige Wasserpfeife. »Still Raining, Still Dreaming« schepperte aus einem Ghettoblaster aus Plastik; CDs lagen verstreut, mehrere ohne Hülle. Ich nahm an, der Apparat lief mit Batterien.

Als ich in den Zimmern entlang des Flurs nachsehen wollte, kam Why gerade aus der Toilette. »Ache ...« Sie glich einem Gebet ohne Inhalt. Lange Haare, rote Cowboystiefel. Wortlos presste sie die Handflächen auf meine Stirn, meine Wangen, meine Brust. Trat einen Schritt zurück, lehnte sich vor. Der Blick blieb glanzlos. »Ja, er ist es.«

Es war und war doch nicht Why. Stramm und gefügig, zäh und hager, aber abwesend, abwesend. Als sie ging, folgte ich ihr. Das Zimmer am Ende des Flurs war erstaunlich sauber. Schlafsack auf einer Matratze, Duftkerzen. Die Sonne schien durch das Laken vor dem Fenster. Sie wühlte in einer Tüte, dann setzte sie so ausgeklügelt langsam die Spiegelbrille auf, dass die Nachgiebigkeit wie eine neue Form des Widerstands wirkte. Bevor wir gingen, umarmte sie die Frau, die in der Küche aufgehört hatte zu jammern, dann strich sie dem Mann über die Wange. »Er ist hier.« Sie streckte den Rücken, als ginge es zu ihrer eigenen Hinrichtung.

Ich wusste nicht, wer die anderen waren; ich vermochte nicht zu sagen, wie lange Why sich in dem Haus aufgehalten oder was sie während der Monate getan hatte, in denen wir uns nicht gesehen hatten. Etwas in ihr musste jedoch auf diesen Augenblick gewartet haben – vielleicht nicht auf mich, aber auf einen Stoß in eine andere Richtung. Als wir zu ihr nach Hause kamen, streifte sie die Stiefel ab. Sie saß auf dem Bett, die Tränen liefen. »Ich weiß nur, was du willst.«

»Was will ich?«

»Mich retten.«

»Geht das?«

»Ohne Richtung bin ich tot.«

»Du bist nicht tot.«

»Kannst du mir sagen, was ich tun soll.«

Die Striche an den Wänden waren noch da. Der obere grüne, der die Zahl der Tage symbolisierte, an denen Why clean geblieben war, war am längsten und endete erst, als er sich nach einigen Runden fast selbst in den Schwanz biss. Auch der rote war länger geworden, aber nicht so viel; schließlich fragte ich sie, was er bedeutete.

»Willst du das wirklich wissen.«

»Wir sind jenseits von Geheimnissen.«

»Sind wir das.« Why presste die Handflächen aufs Bett. »Und jetzt.«

Und jetzt? Ohne Gemma würde es nicht gehen, mit der sie den Stiefeln nach zu urteilen in Verbindung stand. Während wir auf die Freundin warteten, suchte ich in den Platten, die Stereoanlage war jedoch fort. Why saß starr wie eine Jungfrau. Die Entzugserscheinungen hatten noch nicht eingesetzt, sie zwirbelte eine Haarsträhne. Als Gemma endlich kam, musterte sie die Absätze ihrer Boots, dann bat sich mich, etwas zu essen und zu trinken einzukaufen. Wenn ich an einer Apotheke vorbeikäme, solle ich auch Kohletabletten kaufen, sie wolle eine Ärztin anrufen, die sie kannte.

Als ich eine Stunde später zurückkehrte, wimmerte Why. Anscheinend hatte sie geduscht, denn die Haare waren feucht, und sie hatte sich umgezogen. Die Füße waren nackt, ihre Zehennägel gelb lackiert. Gemma hatte gespült, der Rest der Wohnung wirkte so unordentlich wie zuvor. Als sie die Einkäufe einräumte, flüsterte sie so, dass Why es nicht hörte. »Weißt du, ob es Ersatzschlüssel gibt?« Ich wusste, wo sie lagen. Gemma hatte die Ärztin erreicht; es war besser, wenn niemand die Wohnung verlassen konnte, solange sie fort war. Nachdem sie abgeschlossen hatte, stampften die Absätze die Treppen hinunter.

Jetzt schwitzte Why. »Lasst die Hyänen kommen.«

In der ersten Nacht schrie und flehte sie abwechselnd. Die Pupillen waren weit wie Säcke, sie fror und zitterte. Mal stachen tausend Nadeln von innen in die Haut, mal wollte sie sich die Eingeweide aus dem

Leib kotzen. Gemma und ich hatten verabredet, uns abzuwechseln, aber Why wirkte so unberechenbar, dass es keiner von uns wagte, nach Hause zu gehen. Wir waren Engel, wir waren Schweine, wir waren das kranke Salz der Erde. Kaum war sie eingeschlafen, als sie schon wieder hochschoss, eine böse Puppe, bereit, jeden niederzuschlagen, der sie daran hinderte, die Wohnung oder das Leben zu verlassen – das lief aufs Gleiche hinaus. Die Schlaftabletten, die Gemma im Tee auflöste, machten sie unberechenbar. Trotzdem war die Furie besser als das flatterige Wesen, das morgens um halb vier Uhr, die Knie an die Brust angezogen, darum bettelte, sterben zu dürfen.

Der zweite und der dritte Tag waren am schlimmsten. Trotz der Kohletabletten wurde der Durchfall stärker, immer wieder mussten wir das Betttuch wechseln. In kurzen, übernatürlich ruhigen Momenten zitterte Why im Korbstuhl und dankte uns dafür, dass wir nicht nachgaben. Sie aß Zwieback und murmelte mit Krümeln auf den Lippen: »Ich werde sie neu besohlen lassen, das verspreche ich, ich werde sie neu besohlen lassen.« Anschließend wallte die kranke Sehnsucht durch ihren Körper. Sie zog die Nase hoch und schluchzte und begriff nicht, warum es nicht möglich sein sollte, verdorbene Flüssigkeit aus dem Körper abzulassen, obwohl es wehtun würde, das sei ihr doch klar?

Ich dachte an Jim, der auch eine Qualle gewesen sein musste. Aufgeschwemmt von Heroin, ohne Richtung.

Sicherheitshalber versteckte Gemma scharfe Gegenstände. Doch Why kratzte sich die Haut mit den Fingernägeln auf – an den Unterarmen und am Bauch, um den Hals und entlang der Schienbeine. Die Abstinenz war eine Hündin, sie zerrte und scharrte in inneren Organen. Als sie versuchte, an das Porzellan heranzukommen, das wir weggestellt hatten, um mit einem zerbrochenen Glas oder einem zerschlagenen Teller endlich die brennenden Adern aus sich herausritzen zu können, gab ich ihr eine Ohrfeige. Das schockierte sie – bis es das nicht mehr tat und sie mir stattdessen in gieriger Panik in die Schulter biss.

Zu Hause konnte ich nur schlafen. Als ich Gemma am nächsten Morgen ablöste, wurde mir klar, dass auch sie mit Why gerungen hatte. Beide hatten blaue Flecken, beide waren verquollen von Tränen. Gemma wies dazu Bissspuren am Oberarm auf, die tief genug waren, um Kränze aus dunkelblauen Strichen zu hinterlassen. Niemand hatte vorgehabt, Why zu fesseln, aber als ich am vierten Morgen zurückkehrte, waren um ihre Handgelenke Schürfwunden zu sehen. Gemma hatte ihren Freund André angerufen, gemeinsam hatten sie das Raubtier an die Bettpfosten gebunden. Jetzt schlief es zusammengekauert, die Hände wie flehend gefaltet.

Nach der fünften Nacht schien das Schlimmste überstanden zu sein. Der kranke Sog der Droge verließ Why wie eine Welle den Strand, es war möglich, sich mit ihr zu unterhalten, ohne dass sie jammerte oder wütete. Sie war noch nicht außer Gefahr und würde sich in Behandlung begeben müssen; die Haare glichen verschwitzter Marmelade, ihr Blick flackerte jedoch nicht mehr glasig.

Am sechsten Morgen ruckte es an meinem Ärmel. Ich war im Korbstuhl eingeschlafen und wischte mir den Mund ab. Why roch nach Kokosshampoo. »Du darfst dich nicht an meine Verfinsterung erinnern. Du musst dich so an mich erinnern.«

Der Schüttelfrost, das ständige Übergeben, das tierische Knurren in der Nacht, wenn sie im Bett kniete, den Kopf vorgeschoben wie ein zerzauster Puma und die Augen selbstleuchtend von Hass … Nichts war leicht, doch alles ließ sich vergessen. Schlimmer war die Unordnung im Herzen und das Gefühl von Verlust. Am siebten Tag schwoll Why an, prall gefüllt mit Selbstverachtung. Ich müsse sie verlassen oder umbringen, ich hätte die Wahl. Als ich schwieg, bespuckte sie mich; der Speichel war weiß und kraftlos.

Solange es etwas Konkretes zu tun gab, verlor ich nicht die Hoffnung. Why hatte mich gelehrt, dass die Rettung darin lag, eine Richtung zu haben. Manchmal war es sogar ein gutes Gefühl, ihre Handgelenke zu packen, bis etwas in ihr aufbrach. »Ja, nimm mir alles. Nimm es einfach.« Ich wusste nicht, wie ich mit ihrer Verzweiflung umgehen sollte. Sie brannte in ihr wie Gift und als ich nach der letzten Nacht eine Duftkerze anzündete, Gemma aber verkündete, alle hätten ein Recht auf frische Luft, beschloss ich mich nur an das zu erinnern, was Why auf der Treppe nach unten gesagt hatte.

»Jetzt müssen wir auf das vertrauen, was kommt.«

Ein paar Wochen später, voller Tränen und Gespräche, irrte ich im westlichen Teil der Stadt herum. Ich kannte das Viertel, war allerdings aus einem anderen U-Bahn-Aufgang gekommen als dem üblichen. Plötzlich vibrierte mein Handy. Why hatte Gemma zu Andrés Haus auf dem Land begleitet, ich wollte auf dem Bahnsteig warten, wenn sie Ende der Woche zurückkam. »Wo bist du.« Ihre Stimme klang zerbrechlich ausgelassen, im Hintergrund hörte man Schläge und Rufe.

»Was macht ihr?«

»Wir spielen Krocket. Wo bist du.«

»Irgendwo. Auf dem Weg irgendwohin. Aus dieser Stadt wird man einfach nicht schlau.«

»Ich glaube nicht, dass ich das erwähnt habe, Ache. Manchmal machst du mich hungrig. Was ist, wenn ich keine Vegetarierin bin.«

»Hast du getrunken?«

»Hungrig, nicht durstig.«

Die Baumwipfel schwankten, der Sommer hatte die Stadt in Lethargie versenkt. Kühl und aufgeräumt sahen die Straßen zum Verwechseln gleich aus, am Ende fand ich dennoch den Weg. Ich hatte es unterlassen, mich vorher anzumelden, vielleicht aus Misstrauen, vermutlich aus Verlegenheit, sodass ich nicht wusste, ob es offen war. Kurz darauf machte ich durch das Schaufenster jedoch eine bekannte Gestalt aus. Kurzärmliges Frottéhemd, Loafers, Leinenblazer, der über dem Stuhlrücken hing. Dem gemessenen Gruß nach zu urteilen, als ich die Tür aufdrückte, erinnerte sich der Makler nicht an mich. Doch bevor ich ihm mein Anliegen erläutern konnte, bemerkte er: »Sie sind der Amerikaner, der nie angerufen hat. Der … Aber Ihr Name?«

Verlegen sagte ich ihm, wie ich hieß, dann erklärte ich, damals sei die Wohnung eines Freundes frei geworden. Nun wolle ich allerdings mit meiner Partnerin zusammenziehen. Wir wohnten beide beengt. Ich hätte etwas Geld zur Seite gelegt, wenn auch nicht genug. Ja, es sei dumm gewesen, nicht zu investieren, als die Preise niedrig waren. Glaubte er, dass es möglich war, Whys kleine Mietwohnung irgendwie zu benutzen? Ich war bereit, die Differenz zu bezahlen. Ich sprach das Wort so sorgsam aus, dass man die Anführungszeichen hörte. »In Dollar, wenn es recht ist.«

»Warum kommen Sie zu mir?« Deebs Kopf war wirklich klein.

Ich hätte zwar meinen Wohnsitz in Deutschland, aber ohne feste Anstellung sei es unmöglich, einen Kredit zu bekommen. Als ein gemeinsamer Freund seinen Namen genannt habe, sei mir das wie ein Wink des Schicksals erschienen.

»Ein gemeinsamer Freund?«

Ein serbischer Künstler. Wir bewegten uns in den gleichen Kreisen, improvisierte ich, würden uns ein wenig kennen. Der Kunstwissenschaftler, der im Haus des Maklers wohnte, hatte über seine Skulpturen geschrieben; das hatte ich erfahren, als ich dem Serben vor einer Weile zufällig begegnet war.

Deeb betrachtete mich amüsiert. Statt Bojan beim Namen zu nennen, rückte er die Prospekte gerade. »Ich beschäftige mich nicht auf die Art mit Wohnungen. Was wollen Sie denn ausgeben?«

Ich nannte ihm einen Betrag.

Sein Lächeln deutete an, dass es nicht genug war, die Preise seien stärker gestiegen, als ich offenbar glaubte. Der Makler sah auf die Uhr, das Gespräch schien vorbei zu sein. Dann sagte er: »Vielleicht können wir Folgendes machen?« Nachdenklich strich er mit den Fingern über die Mundwinkel. »Ich verwalte Gebäude. Wenn ich euch in einem von ihnen wohnen lasse, hilfst du mir dann, falls es irgendwann nötig sein sollte?« Wir sprachen Englisch, aber es klang nicht mehr, als würde er mich siezen. »Manchmal müssen Situationen auf ungewöhnliche Art gelöst werden. Dann ist es gut, Leute aus unterschiedlichen Branchen zu kennen.« Jetzt lächelte er wieder. Auch seine Zähne waren klein und ungewöhnlich weiß.

Im Bus nach Hause betrachtete ich meine rechte Hand, als gehörte sie einem Fremden. Noch spürte ich den vagen Druck in den Handknöcheln. Möglicherweise war das Risiko, das ich eingegangen war, größer als befürchtet. Deeb war nicht auf Bojan eingegangen, was nicht hieß, dass er nicht wusste, wer er war, sondern nur, dass seine Geschäfte mich nichts angingen. Trotzdem entschied ich mich, bevor ich ausstieg. Solange Why aus dem Spiel blieb, würde ich tun, worum er mich bat.

Im August bot man uns eine Dreizimmerwohnung in einem Haus an, das gerade saniert wurde. Als ich die Schlüssel abholte, fragte ich ihn, ob es allen gut gehe. Der Makler sah mich fragend an, weshalb ich seine Schwiegereltern erwähnte. Er erzählte kurz, der Vater seiner Frau sei nach der Rückkehr nach Homs gestorben; trotz einer neuen Niere habe sich sein Zustand verschlechtert. Deeb schien es allerdings unangenehm zu sein, über seine Familie zu sprechen. Oder seine Herkunft. Ich hatte ähnliche Reaktionen bei anderen gesehen, die lieber im Lichte dessen betrachtet wurden, was sie machten, und nicht, woher sie kamen. Statt die Platte zu erwähnen, die Kairos Four mir geschickt hatte, bat ich ihn, den Kunstwissenschaftler von mir zu grüßen, wenn er ihn sah. Der Makler begleitete mich zur Tür. Offenbar bereute er seine schroffe Art, denn nun erzählte er, meine früheren Vermieter hätten kürzlich ein zweites Kind bekommen, das ältere sei gerade in die Schule gekommen.

Als Why wissen wollte, wie ich die Wohnung gefunden hatte, erwähnte ich nur die Firma, hinter der sich Deeb verbarg. Vor einiger Zeit sei ich dem Kunstwissenschaftler begegnet, fantasierte ich. Inzwischen habe er zwei Kinder. Als ich den Wohnungsmarkt erwähnte, hatte er mir die Quabban Group genannt, die sich um Gebäude kümmerte, offenbar kannte er den Chef. Ich hatte angerufen und …

Why hörte nur mit einem Ohr zu. Die Häuserblocks, durch die wir gingen, erinnerten sie an die Gegend, in der ich wohnte, aber sie waren kommerzieller. An einem Ende der langen Straße lag das größte Verlagshaus der Boulevardpresse, am anderen der Park, in dem sie die Afrikaner mit ihrer Stereoanlage bezahlt hatte. Wir kamen an einem Solarium, einer Sportkneipe und einer Videothek vorbei, näher der Wohnung gab es ein türkisches Vereinslokal und ein Zentrum für Physiotherapie, an der Ecke einen Matratzenladen. Vor den Gerüsten am Hauseingang stand ein Container, schräg gegenüber lag eine Gaststätte, in der wir mehrmals mit Yezda gegessen hatten.

Als ich aufgeschlossen hatte, rieb Why die Handflächen aneinander. Zwar müsse etwas mit den Wänden gemacht werden, Rauputz sei für sie das Hässlichste überhaupt, es könne auch nicht schaden, wenn eine Badewanne eingebaut wurde. Doch die Wohnung hatte hohe Decken und erhaltenen Stuck, die Fußböden würden glänzen, sobald sie gebohnert waren. Besonders begeistert war sie darüber, dass die Küche einen Balkon zum Hof bekommen hatte. Es war nicht schwer zu verstehen, was die Hitzewallungen bedeuteten, unter denen sie ab und zu litt, sonst wäre das kleine Zimmer perfekt gewesen als … »Reicht dir das.«

Der Verstärker benötigte kaum Platz, ein Schreibtisch und der alte Computer, den sie mir geschenkt hatte, passten bestimmt hinein. Nickend inspizierte ich die Kabel, die aus einem Loch in der Wand ragten. Der Makler hatte mir versichert, dass wir dort so lange wohnen bleiben konnten, wie wir wollten. Die Miete war hoch, vielleicht deshalb. Im nächsten Monat zogen wir ein.

Da weder Why noch ich die alten Betten behalten wollten, kauften wir in dem Geschäft an der Ecke eine große Matratze. Das Gestell fanden wir auf einem Trödelmarkt; der schwarze Metallrahmen quietschte, die Pfosten wurden von polierten Messingknäufen geziert. Ein Fernseher konnte warten, für das Geld, das sie bei der Übergabe ihrer Wohnung bekam, schafften wir uns jedoch eine Anlage inklusive Plattenspieler an. Es war ein Rätsel, warum wir nicht früher zusammengezogen waren.

»Bist du noch da.« Why ruhte sich aus, ich suchte nach einem Plektrum, das zwischen den Zeitungen verschwunden war, die ich aufbewahrte; auch vierzig Jahre nach dem Artikel über den Zimmermann aus Snowflake, Arizona, suchte ich in ihnen blätternd nach Ideen. Ich hatte noch nicht ernsthaft angefangen zu komponieren. Aber es machte mir Spaß, Saiten zu testen, die Frequenz umzustimmen, die Mikrofone zu kontrollieren. Wieder rief Why. Es hörte sich an, als wollte sie, dass ich kam.

Das Fenster stand offen, sie lag in eine Decke gewickelt wie in einen Kokon. Es war Herbst geworden, die Autos rollten auf Kleister, bis ich zumachte und zuzog. Der Mond leuchtete durch den Vorhang. Why lachte, weil er mir einen Glorienschein verlieh. »Timothy Ray*mond* Middler …«

Ich wickelte sie aus, die Augen waren feucht. »Mm.«

»Willst du es hören.«

»Wenn du willst.«

»Ich will. Wir werden in dieser Wohnung dick und dement werden. Wir werden jede einzelne Falte lieben und jedes neue Kilo. Du bist krank, ich bin krank, trotzdem ist es wie bei doppelten Verneinungen: Zusammen sind wir gesund.« Why wollte die Hündin in sich erwürgen, ich würde das Fühlergespür zurückerhalten. »Meine Werke werden für Millionen weggehen, du feierst dein Comeback. Wir werden niemals ohne Richtung sein.«

»Wenn du es sagst.«

»Ich sage es.«

»Keine Quallen?«

»Keine Quallen. Jetzt finden die Hände Platz ineinander.«

Diesmal waren wir gewissenhaft. Gemma hatte eine Psychotherapeutin empfohlen, Why ging aber lieber zum Misfit. Zu ihrer Verteidigung verdrehte sie eine Zeile von Bowie; was benötigt wurde, war nicht mehr Wissen, sondern Struktur.

Das Zentrum für Suchthilfe lag zehn Minuten entfernt. In den ersten Monaten gingen wir zusammen hin. Der Sozialarbeiter, der uns empfing, unterstrich die Bedeutung von festen Abläufen. Mein Deutsch war mittlerweile gut genug, um seine Ratschläge zu verstehen. Wir müssten alles aus unserem Alltag entfernen, was an Drogen erinnerte. Why werde ihre Beziehungen zu anderen durchdenken. Und immer um Hilfe bitten. Das Leben sei eine Lehre über Bindungen. Später ging sie allein, meistens vor dem Yoga. Neues kam dabei nicht heraus, trotzdem schätzte sie die Klarheit, die sie durch die Gespräche erlangte. Sie begriff natürlich, warum ihre Mutter sich so verhielt, wie sie es tat, und warum sie ihren Vater vermisste; die Regeln, die sie lernte, waren besser als tausend Stunden Familientherapie.

Die Gruppensitzungen hatten einen anderen Charakter. Why besuchte sie dienstags und donnerstags, meist kamen acht bis zehn Teilnehmer. Es stand einem frei, anonym zu bleiben, was alle wollten. Sie erkannte eine der Frauen aus ihrer alten U-Bahn-Station, wo sie im Kiosk auf dem Bahnsteig arbeitete; Why ließ sich nichts anmerken. »Wenn sie erzählt, höre ich meine eigene Finsternis.« Es sei vielleicht schwer zu glauben, aber zuzuhören biete die beste Seelsorge.

An einem der ersten lauen Tage im nächsten Frühling hielt ich auf dem Balkon einen Joint hoch. Why zuckte mit den Schultern, sie war so gefestigt, dass es sie nicht störte. Während sie weiter an den Pflanzen hantierte, füllte ich die Lunge mit öligem Rauch und dachte, sie hatte nicht mehr das Bedürfnis zu existieren, ohne zu sein. Auch wenn wir gnadenhalber darin lebten, war die Wohnung das Beste, was uns passiert war. Es hallte im Hinterhof, als ich hustend den Rauch ausblies, klang es hohler, als es sollte.

Why gefiel das Geräusch nicht, aber ich vermied es, mich in meine Lunge zu vertiefen. Stattdessen erzählte ich ihr von dem Film, den ich an einem Nachmittag in der Vergangenheit gesehen hatte. Zwanzig Jahre nachdem ich von *Die Dämonischen* gehört hatte, hätte ich endlich die Wesen erlebt, die Menschen Atom für Atom besetzten. Als ich mich von Jim verabschiedete, hatte ich einen Blick in den Spiegel geworfen, von dem das Plakat in dem Billardzimmer gesprochen hatte. Ich hatte nicht gewusst, was ich sah. Oder eher: nicht sah. Nach dem Abschied war ich jedoch aus dem gleichen Material gemacht. Der einzige Unterschied war, dass ich aufrecht stand wie ein abgebranntes Streichholz.

»Abgebrannt.« Why klang fragend.

»Mm.« Oder finster wie die Kioskfrau, falls das verständlicher war. Ich hielt den Joint hoch. Das Gras beruhigte mich.

Why fächelte den Rauch fort, dann fragte sie nach dem Wesen auf dem Billardtisch.

Obwohl der Mann erwachsen gewesen sei, was man an den Kleidern sah, habe er ungeboren gewirkt. Es hätten Fingerabdrücke gefehlt, das Gesicht sei glatt wie Wachs gewesen. Dem Psychiater des Films zufolge, der schon verwandelt gewesen sei, eroberten die Sporen einen Menschen Zelle für Zelle – bis er mit Labyrinthen als Fingerballen und normalen Gesichtszügen, aber ohne Gefühle wiedergeboren wurde. »Wie diese Scheißkrankheit.«

»Nur, wenn du sie lässt.«

Da war ich mir nicht so sicher. Zwar war der Husten zurückgekehrt – nicht als Besatzungsmacht, eher wie ein fernes Unwetter, es konnte also genauso gut die Jahreszeit sein, die mich labil machte. Fingen sich nicht auch positive Menschen eine Frühjahrserkältung ein? Außerdem beobachteten die Ärzte die Entwicklung.

»Die Tabletten helfen, oder.« Why, die mein Wunschdenken nicht hörte, drückte auf die Erde in den Töpfen, rieb die Finger aneinander und goss in manche noch etwas Wasser.

»Und darüber bin ich froh.« Ich senkte die Stimme, damit die Nachbarn nicht eingeweiht wurden. Aber die tägliche Pille verhinderte nur, dass ich krank wurde. Wenn sie die Wahrheit hören wollte, schlummerte der Tod seit fast sechs Jahren in meinen Geweben, untrennbar von dem, der ich geworden war. So war die Dunkelheit heute.

»Babe, es reicht.« Why, die nach ihrer eigenen Verfinsterung beschlossen hatte, mir zu vertrauen, stellte die Kanne so nachdrücklich ab, dass sie überschwappte. Auf einmal war ihr Gesicht an meinem, der Atem warm. Ich sah die blauen Blumen der Iris, den Puls in den Augäpfeln pochen, die Tränenkanäle glänzen. Ein Atemzug, zwei Atemzüge, drei ... »Du hast überlebt, Ache. Ich auch.« Das sei mehr, als man über die Samenkapseln des Films sagen könne. Sollten wir der Dunkelheit des anderen nicht etwas Aufmerksamkeit schenken?

Lachend folgte ich ihr ins Zimmer hinein. Ihrem Rücken erzählte ich, dass ich versehentlich Jims Pass verlängert hatte. Seitdem hätte ich es als meine Aufgabe betrachtet, ihn am Leben zu erhalten. Das sei illegal, trotzdem sei es mir wichtig, fast heilig, das Dokument nicht verfallen zu lassen. Heute schmerze es, ihn zu vermissen, ohne wehzutun. So sollte sich das Konzeptalbum, über das ich nachdachte, anhören. Ich wollte etwas huldigen, das weiterlebte, obwohl es geendet hatte, dank Kräften, die größer waren als meine eigenen. Seit Nana mir damals von ihren Schutzgeistern erzählt hatte, versuchte ich, Räume für solche Wesen zu erschaffen. War ein Album nicht ein ebenso natürlicher Sammelplatz wie ein Tempel oder ein Buch? »Was hältst du von ›Die dünnen Götter‹? Als Titel, meine ich?« Why streifte sich das Shirt über den Kopf. »Komm, Verbrecher, wir haben noch Zeit.«

Ich könnte weitere Regalmeter über das Wesen schreiben, das sich auf das Bett legte, als Mensch war sie alles, was ich zu sein wünschte, aber deine Mutter hat mich gebeten, mich auf das Leben »von innen nach außen« zu konzentrieren, deshalb geht es nur so: indirekt. In einem Winter atmete ich Dampf auf die Fenster, die Why filmte und in einer

Installation benutzte, in einem anderen tauschten wir die Duschkabine gegen eine Badewanne aus, weil sie zum Nachbar unter uns geleckt hatte. Auch die Wanne tauchte in einem Kunstwerk auf – diesmal machte sie Bilder von den im Wasser treibenden Haaren auf meinen Armen. Ich war erleichtert, in der Kunst einer anderen aufzugehen. Als ich auf den Schaum blies und beklagte, ich hätte die Musik mit dem Leben verwechselt, legte Why allerdings die Kamera weg. Es gebe eine Vergänglichkeit, die nie ausgesprochen, nur geliebt werden solle. Im Übrigen überlebten Menschen nicht, indem sie die Dinge auf die Spitze trieben, das sei die Aufgabe der Kunst. Menschen überlebten durch andere Menschen. Das sei die »Bindungslehre«.

Nach mehreren viel besprochenen Ausstellungen konnte Why davon leben, was neumanriedenhauer verkauften. War sie ausnahmsweise knapp bei Kasse, sprang sie im Pflegeheim ein, während ich meine Dienste auf einer Website anbot, die André entworfen hatte. Mehrfach war ich kurz davor, Deeb anzurufen, aber irgendetwas hielt mich immer wieder davon ab. Als ich mich schließlich doch bei ihm meldete – an einem Vorsommertag mit goldenen Pollen in der Luft –, einigten wir uns darauf, dass er die Miete erhöhte, statt meine Hilfe in Anspruch zu nehmen. Zwar fehlte ein Vertrag, nach so langer Zeit in der Wohnung verließ ich mich jedoch auf den Makler. Die Aufträge der Stiftung versiegten allmählich, bis sie ganz aufhörten, als Solnicki starb – einen Tag bevor auf dem World Trade Center die Spitze montiert wurde. Seine Kinder luden uns zum Trauergottesdienst ein. Die Tickets waren teuer, außerdem verspürte ich kein Bedürfnis, New York wiederzusehen, sodass ich stattdessen ein Klavierstück komponierte, »So High (Eight-Eighty)«, in dem die Klänge sämtlicher Tasten in zwei Loops gelagert wurden, die sich mit jeder neuen Wiederholung steigerten. Als ich die Datei in meine Dropbox hochgeladen hatte, schickte ich dem ältesten Sohn den Link. Bella berichtete, das Stück sei während der Zeremonie gespielt worden und die Leute hätten gemeint, die Musik habe Solnicki »verewigt«.

Ich könnte auch von den wiederkehrenden Besuchen im Krankenhaus erzählen, weil das Medikament immer schlechter wirkte; von der
Platte, die 2014 erschien und nicht die war, die ich mir vorgestellt hatte,
sondern die alte *Expansion;* von den unerwarteten Erfolgen, die dazu
führten, dass die Plattenfirma nicht nur Andrés Website durch eine
ersetzte, die Pressebilder und Kaufmöglichkeiten anbot, sondern auch
mein übriges unveröffentlichtes Material in einer Box mit einer von
Whys Quallen auf der Vorderseite herausgab; von Raff, der eine Lob-
rede auf ein halbjahrhundertelanges »Lebenswerk« mailte und eine
neue Zusammenarbeit vorschlug, nur er und ich, »wie früher«; von der
Stimmung in Deutschland, als die Flüchtlinge im Sommer darauf abwechselnd herzlich empfangen und verflucht wurden und von dem
Chaos in der Unterkunft, wo Yezda nach ihrer Pensionierung ehren-
amtlich arbeitete (»Die Leute lassen sich lieber illegal helfen, als auf
das Risiko zu warten, ausgewiesen zu werden, wohnen teuer ohne Vertrag«); von Jensen & Middler, die im Rahmen eines »Festival der Fremden« auftraten, was im Herbst zu einer ausverkauften Tournee führte;
oder von der Arbeit an der neuen Platte, die ich wieder aufnahm und
die …

Aber der rote Strich in Whys alter Wohnung reicht.

Wenn der Däne nicht gewesen wäre, hätte ich nie wieder gefragt.

Nach der Tournee erkundigte ich mich, ob er auf der nächsten
Platte mitwirken wolle. Ich hätte mich mit dem Konzeptalbum als
Genre ausgesöhnt und stellte mir Lieder so leicht und stabil wie At-
mung vor, Gebete, vertikal von Sehnsucht, vielfältige Arten von Luft …
Wir würden einen Tabernakel für fremde Wesen errichten. Er hatte
mich gelehrt, dass Volumen nicht nur eine Frage der Lautstärke war,
sondern auch eine gegebene Menge Raum innerhalb geschlossener
Grenzen. Auch ein Buch konnte ein »Volumen« sein, genau wie ein
Album. Hatte er passendes Material?

Jensen war ein paar Jahre älter als ich, aber im Gegensatz zu mir
kerngesund. So produktiv wie immer besaß er eine untrügliche Neu-

gier auf perkussives Material. Auf den Regalbrettern in seinem Studio lagen Kacheln aus der U-Bahn, ein Feuerlöscher, Beutel mit Sand von der Ostsee und Kies von Hinterhöfen, sogar Ventilatoren wie einst auf Dads Werkbank. Während der Tournee hatte er an einer Komposition gebastelt, die auf einem alten Kinderlied basierte. Wollten wir die vielleicht testen? Als er in seiner Muttersprache sang, stimmte ich mit entsprechenden Reimen auf Englisch ein – *spout, out, rain, again* … Gleichzeitig versuchte ich, auf der Gitarre der Melodie zu folgen, was schwerer war als gedacht. Jensen änderte durch überraschende Einfälle ständig die Richtung, die Rhythmen wurden auf eine Art ineinander gezwirnt, die eher den vielen Beinen einer Spinne als den Fäden folgte, die von der Melodie geflochten wurden. In dem Stück gab es nicht einen, sondern mehrere Wege zu klettern, und zu fallen, blinkend wie Spinnweben im Gegenlicht. Ich nahm an, das Stück sollte an frühere Klänge im Leben eines Menschen erinnern, die als Folge der Bearbeitung durch das Gedächtnis ihre Gestalt wechselten. Als wir jammten, erkannte ich jedenfalls, dass ich wichtige Ereignisse in der Vergangenheit nicht mehr so betrachtete wie zehn, fünfzehn Jahre zuvor. Die Sporen, vor denen ich mich als Kind gefürchtet hatte, heute trug ich ein Retrovirus in mir, das mich um ein Vielfaches gründlicher verändert hatte. Das Licht, das sich über das Wasser in Maine erstreckt hatte, vom Horizont zum Schaukelstuhl, es war nicht so beständig wie das Gold auf den Lanzen der Heiligen oder den Laserstrahlen der Physiker. Es wechselte den Charakter abhängig von Winkeln und Wellenlängen und tausend anderen Faktoren, die mir unbekannt waren. Nichts auf der Welt lebte isoliert, alles setzte Zusammenhänge voraus, die die Bedingungen veränderten.

Obwohl wir das Stück sieben-, achtmal spielten, war Jensen unzufrieden. Er hatte gehofft, es mit mir an der Gitarre zu entwickeln, nun merkte er, dass alles so klang, wie es sollte. Es gab nichts hinzuzufügen, was das Schlimmste war, was man über Musik sagen konnte. Erleichtert, eine Komposition nicht ablehnen zu müssen, weil ich den Verdacht hegte, dass sie mein Konzept gestört hätte, schaute ich mich um. Was war denn mit den Sachen auf dem obersten Regalbrett? Jensen zog an den Manschetten. Warum nicht. Er habe schon für Windkraftwerke und Turbinen komponiert, aber noch nie für Ventilatoren. Die Apparate, die wir aufstellten, stammten aus DDR-Zeiten. Die meisten sahen aus wie Autolenker, montiert auf einen dreibeinigen Ständer, und verfügten über zwei oder drei Geschwindigkeiten, doch es gab auch einen Handventilator aus rosafarbenem Duroplast mit weißen, erstaunlich scharfen Blättern. Der Däne winkelte die Geräte so an, dass die Luft in verschiedene Richtungen getrieben wurde, bald waren wir so in die Musik vertieft, dass wir die Zeit vergaßen.

Jensen spielte ruhig, aber aufmerksam auf Tomtom und Becken, ich glitt über die Saiten, wenn die Apparate ruckten und die Richtung änderten. Die Intervalle erschufen einen natürlichen Rhythmus, regelmäßig, dennoch ruckartig; das Knarren hatte den gleichen zuverlässigen Drive wie ein Bass. Die Instrumente wurden mit dem Wabern und dem ebenso plötzlichen wie methodischen Vibrieren verwoben, das entstand, wenn Luftzüge kollidierten. Nun, kollidierten. Es war eher so, dass der Wind von Ventilatoren, die aufeinander gerichtet waren, eine dritte Art von Luft bildete, die sich nicht horizontal ausbreitete, sondern nach oben schoss wie dünne Wände, unsichtbar für das Auge, aber hörbar.

Um doch noch ein Element der Unsicherheit einzuführen – eine diskrete Störung in den ansonsten perfekten Rhythmen –, streckte ich mich nach dem batteriebetriebenen Handventilator. Jensen fuhr fort, über die Pauke zu wischen, während ich damit wie mit einem Modellflugzeug durch die Turbulenz fuhr. Die Interferenzen erschufen ein sanftes, jedoch widerspenstiges Zittern, als spräche die Luft plötzlich mit sich selbst. Überwältigt tat ich so, als dirigierte ich die Tischventilatoren – und dabei passierte es: Das scharfe Blatt schlug gegen den Zeigefinger meiner freien Hand. Der Schnitt war so tief, dass Blut tropfte. Jensen stand auf, unsicher, ob er Verbandszeug holen sollte, ich saugte an der Wunde, bis nur noch ein roter Spalt zurückblieb.»Sicher? Kein Pflaster?«

Als ich ihm den kleinen Ventilator reichte, hustete ich hohl. Darauf wartend, dass der Anfall vorüberging, schaltete er die Ventilatoren aus. Schließlich kam die Luft zur Ruhe; offenbar hatte sie meine Lunge provoziert.»Wie geht es dir eigentlich?«

Der Däne hatte gehört, dass die Brust mir auf der Tournee Probleme bereitet hatte, er ahnte, dass ich mich nicht an irgendetwas verschluckt hatte. Als die Bronchien aufhörten, Ärger zu machen, ließ ich mich auf einen Hocker sinken. Auf einmal war ich es leid, die Krankheit zu verschweigen.»Ich ... Also ... Ich bin positiv.«

Jensen stellte die Apparate zurück. Nachdem er den Handventilator abgewischt hatte, blieb er nachdenklich stehen. Dieses Schweigen war alles, was ich brauchte. Es und das Einvernehmen darin. In dem Moment wusste ich, das Album würde mit Flattern beginnen und enden. Es war wie mit der Welt zwischen Knochen und Haut: Etwas Äußeres musste hinzukommen, damit ein Volumen lebte.

Vielleicht lag es an dem Kinderlied, das mein Freund modifiziert hatte, schwer zu sagen, jedenfalls kehrte auf dem Heimweg am Abend – nasse Bürgersteige, kahle Bäume – die Vergangenheit zurück. Wie ich als Kind für mich geblieben war, aus Schüchternheit oder Verletzlichkeit; wie schwer es mir gefallen war, anderen zu vertrauen, aus Angst oder Verletzlichkeit; wie wichtig es gewesen war, sich nicht zu entblößen, aus Not oder Verletzlichkeit. Ähnlich hatte ich mich Freundinnen gegenüber und während meiner Jahre in der Band benommen. Statt mich anzuvertrauen, schwieg ich oder erfand etwas oder zog mich zurück. Ich tat es, um nicht verletzt zu werden, verschlimmerte die Situation so aber nur.

Die Musik hatte mir schwerelose Geborgenheit ohne Ruhe geschenkt. Auch als ich mir dessen nicht bewusst gewesen war, hatte ich diesen zweideutigen Zustand angestrebt – in den Gliedern, im Geist, in den Arrangements. Vielleicht, weil das Gefühl mich beweglich, jedoch schwer zu fassen machte, vielleicht nur, weil es zu meinem Temperament passte. Der Ort, nach dem ich mich sehnte, diese zitternde, wabernde Wohnstatt in der Luft, bildete einen geschützten und dennoch offenen Raum. Dort hatte ich versucht, Kontakt herzustellen. Der Handventilator bewies allerdings, was Nana gesagt hatte. Wesen andere als Menschen ließen sich möglicherweise beschwören, aber niemals erweichen. Wenn man sich in ihre Angelegenheiten einmischte, schlugen sie schlimmstenfalls zurück, bestenfalls gelang es einem, ein Gebetshaus zu errichten. Der Rest stand nicht in unserer Macht.

Während Jensen niedrige Materialien wie Kacheln und Kies untersuchte, hatte ich in meinen Jahren als Musiker Neon und Phosphoreszenz vertont. Außerdem Leuchten, Wellenschaum, Wasserringe gemocht. Jetzt machte mich diese Spiritualität verlegen, über die Raff sich lustig gemacht und die ich beschämt auf St. Mary's geschoben hatte. Vor allem anderen hatte es mich gleichwohl zum Feuer hingezogen, und das war bei Weitem nicht immer kirchlich. Die Lieder, die zwischen Dads Garage und dem Studio des Dänen entstanden waren, bildeten Kostproben des meisten zwischen Albernheit und Schmachten, alle hatten die befreiende Leichtigkeit angestrebt, die Flammen besaßen. Meine Nationalhymne »The Blaze« sagte das Einzige, was die Leute wissen mussten:

> *Praise emptiness*
> *Everything scattered, nothing was missed*
> *We took our house in the fire*

Why verstand das. Sie, die früher existieren wollte, ohne zu sein, hatte mich wieder auf die Beine bekommen, war aber selbst gefallen. Nun, da sie das baufällige Haus verlassen hatte, nun, da wir zusammengezogen waren und uns vertrauten, konnten wir endlich sein und dennoch Leichtigkeit empfinden. Das war unerhört. Das war mehr, als man mit Recht verlangen konnte. Ich würde das Salz beschädigen, das uns zusammenband, wenn ich erwähnte, dass ich eine Tochter hatte, so unbekannt wie die Rückseite des Monds.

Die Frau, die wichtiger geworden war als meine Gesundheit, erwachte, als ich heimkam. Im Bett liegend lauschte ich unseren Atemzügen, die sich ineinanderflochten. Den Blick in die Dunkelheit über uns gerichtet, fragte ich schließlich nach dem roten Strich in ihrer Wohnung. Die Matratze knarrte. »Das habe ich dir doch gesagt.« Jeden Tag, an dem sie nicht darum gebeten habe zu sterben, sei er um einen Zentimeter gewachsen.

Und ich hatte mir eingebildet, dass die Linie etwas mit dem Serben zu tun hatte. Doch sie hatte Why nicht geholfen, aus einer zerstörerischen Beziehung herauszufinden. Sie hatte nicht gepocht wie der Schnitt in meinem Finger. Sie hatte nur eine Erleichterung mit der nächsten verknüpft, und der danach. So kehrte man vorwärts zurück. Ruckend, ohne Illusionen, vertrauensvoll.

Jeder neue Zentimeter ein Ausatmen.

Ein paar Tage später erklärte ich, der A & R der Plattenfirma sei in der Stadt. Da ich Jensen und die Ventilatoren engagieren wolle, müsse er über das Konzept informiert und ein Studio gebucht werden, vielleicht im nächsten Monat. Der Yogakurs begann bald; als Why ihre Sportkleider angezogen hatte, verließen wir die Wohnung.

Eigentlich wollte ich in die entgegengesetzte Richtung, aber die Lüge machte mich unschlüssig. Als wir den Park erreichten, in dem sie Pulver gekauft hatte, sah er so unwirtlich aus wie immer im Winter. Wir gingen zunächst einige Meter auf glattem Kopfsteinpflaster, danach an den Pfützen auf dem Kiesweg vorbei. Die Afrikaner hatten zwischen zwei Bäumen Plastik aufgespannt, in dem einen hingen an einem Ast alte Sneakers. Mit der Zeit hatten Blätter und Regenwasser in der Plane einen Sack gebildet. Das Wasser sah giftig aus, wie von nassen Zigaretten. Wochen zuvor, als wir diese Abkürzung zu der Unterkunft genommen hatten, in der Yezda neueingetroffenen Flüchtlingen half, hatte ein Mann ein Brett hochgedrückt. Das Wasser schlug klatschend herunter; als sein Freund nass geworden war, hatten sie sich gezankt, ohne es ernst zu meinen. Jetzt grüßten sie Why. Sie wussten, dass sie clean war.

Wir trennten uns vor dem Yogastudio. Statt durch den Park zurückzugehen und die U-Bahn von der üblichen Station aus zu nehmen, lief ich zur nächsten, im Moment traute ich mir selbst nicht. Gras verströmte Faulheit und seit die Lunge wieder Probleme bereitete, war das Bedürfnis nach Vergessen groß, aber es wäre verrückt gewesen, mir einen Joint zu kaufen. Die Gedanken mussten scharf wie Messer bleiben.

Eine Stunde später befand ich mich auf der anderen Seite der Stadt. Mein Entschluss war im Verborgenen gereift und nach Whys Worten über den roten Strich gefasst worden. Die letzte Kontrolle vor Weihnachten hatte gezeigt, dass meine T-Zellen nicht im gewünschten Tempo neugebildet wurden; auch wenn die Viruslast niedrig war, ließ sie sich inzwischen detektieren. Der Arzt glaubte nicht, dass ich eine Arzneimittelresistenz entwickelte, erwog jedoch, Bactrim einzusetzen; die Tabletten, die ich in der ersten Zeit genommen hatte, verhinderten die Zunahme von Pilzen. Da ich früher geraucht hatte, befürchtete er außerdem »altersbedingte Schwäche«.

Ich war mir nicht sicher, was Letzteres bedeuten sollte, aber seit ich den Impala an einer Tankstelle in New Jersey verkauft hatte, hatte ich gelebt, wie ich es wünschte, eines Tages hoffte ich ohne Reue und gern wie Dad zu sterben – durch einen Blitzeinschlag im Gehirn. Das Gefühl von Scham, das mich so häufig überkommen hatte, weil ich die Welt enttäuscht hatte und unfähig gewesen war, es zu ändern, musste endlich ein Ende haben. Bevor sich mein Zustand weiter verschlechterte, wollte ich mit Deeb sprechen. Das mindeste, was Why verdiente, war ein roter Strich so lang wie ein Breitengrad. »Denn ich weiß nicht, was ich tue«, hieß es in dem Brief an die Römer, Kapitel 7, den Mom zitiert hatte: »Denn ich tue nicht, was ich will; sondern was ich hasse, das tue ich.« Die Worte passten eher dazu, wie ich mich fast siebzig Jahre lang verhalten hatte als zu meinem Bruder während weniger als der Hälfte.

Der Makler unterhielt sich gerade mit einem älteren Paar. Nachdem der Mann jede Frage wiederholt hatte, die seine Frau stellte, gingen sie mit einem Prospekt. Deeb trug dieselbe Krawatte wie bei unserer ersten Begegnung, diesmal ohne Spange. Während er sie glattstrich, erklärte ich, ich wolle meinen Teil unserer ursprünglichen Abmachung erfüllen.

Er legte den Zettel beiseite, auf dem er sich die Wünsche der Besucher notiert hatte. »Und das bedeutet?«

Der Gefallen, von dem er gesprochen hatte. Ich suchte nach mehr – und den richtigen – Worten. Wenn er uns einen richtigen Vertrag besorge, gebe es nichts, wozu ich nicht bereit sei. Why sei es in letzter Zeit nicht gut gegangen, mir auch nicht. Auch wir würden allmählich alt (entschuldigend nickte ich zu dem Paar hin, das gegangen war) und hätten nichts gegen Sicherheit. Wer wisse schon, was …

Der Makler hörte zu, ohne mich zu unterbrechen. Nach einer kleineren Ewigkeit wurden seine Augen schmaler. Wie sah es aus, konnte ich mich frei bewegen? Ich wollte antworten, dass ich mich im Leben oft unsichtbar gefühlt hatte, in gewisser Weise war es meine Lieblingsbeschäftigung gewesen, hielt mich aber zurück. Wahrscheinlich wollte er wissen, ob meine Nächsten mich daran hinderten, Aufträge im Stile Bojans auszuführen, Geld von illegalen Migranten einzutreiben, vielleicht in einer anderen Stadt; so sagte ich stattdessen, ich sei häufig für eine Stiftung gereist. Für einen Amerikaner hätte ich ungewöhnlich viel von der Welt gesehen – »ich habe sogar zwei Pässe …« Wahrscheinlich hatte ich das Bedürfnis, meine Erfahrung zu unterstreichen, Letzteres hatte ich allerdings nur ergänzt, um mich wichtig zu machen.

Bisher hatte Deeb pflichtschuldig interessiert gewirkt, aber jetzt sah man, wie die Zahnräder hinter der schmalen Stirn anfingen, sich zu drehen. Nachdem er diverse geheime Operationen durchgerechnet hatte, erklärte er, wenn das so sei, gebe es tatsächlich etwas zu tun. Es gehe um eine Reise an … »An einen Ort, den nicht viele besuchen wollen.« Im Gegenzug könnten wir die Wohnungsfrage klären. Auch wenn es sich nur um eine Formalität handele, verstehe er meinen Wunsch.

Ich nickte beherrscht. Und wenn Why in dem Vertrag stünde? »Der Name spielt keine Rolle.« Lächelnd, vielleicht erleichtert, stand er auf. »Danke, dass Sie gekommen sind.« Jetzt klang er wieder, als würde er mich siezen. Es seien jedoch Vorbereitungen erforderlich. In der Zwischenzeit sei es gut, wenn ich die Sache nicht erwähnte; Diskretion schade nie.

Ich wusste nicht, was für den Makler Vorsicht bedeutete. Für mich hieß es, mir noch eine Entschuldigung für die Frau auszudenken, der ich versprochen hatte, nichts mehr zu verheimlichen.

Eine Woche später hinterließ Deeb Anweisungen zu der Reise in meiner Mailbox. Da hatte ich gerade den wattierten Umschlag aus dem Briefkasten gezerrt, so orange wie du weißt was, also rief ich nicht zurück. Nach wie vor war ich wohl zu unsicher über das Reiseziel. Diesmal war der Stempel deutlich zu erkennen. *Hoboken, N. J., Feb. 14.*

Seither ist mehr als ein Monat vergangen. Je länger ich dir erzählt habe, je länger die Stummheit aus meinem Leben gewichen ist, desto wichtiger ist mir der Auftrag erschienen. Letzte Woche hinterließ der Makler zwei Nachrichten am selben Tag, eine schroffer als die andere, auch wenn es mehr zu sagen gibt, wird es deshalb Zeit, zum Ende zu kommen.

Wenn das letzte Wort das verlorene ist, wie Transmission vor vielen Jahren sang, hoffe ich, dass alles, was nun geschehen wird, zeigen kann, wie es lautet. Heute Morgen fragte Why, ob ich nicht ins Studio wolle. Ich schob es auf Jensen, mit der Frequenz der Ventilatoren stimme etwas nicht, aber ich weiß nicht, ob sie mir geglaubt hat. Gleich werde ich die Dateien an mein Handy mailen und sie anschließend von der Festplatte löschen. Why schaut selten in den Computer, trotzdem finde ich es unnötig, das Risiko einzugehen. Ich weiß nicht, was ich deiner Mutter schreiben soll, wenn sie den Ordner mit den Briefen bekommt, das wird sich wohl ergeben. Auch im Tal der Schatten gibt es sicher WLAN.

Hier hast du meinen Kalk, Venus, hier hast du meinen Phosphor. All das andere, aus dem ein Mensch laut Theresa besteht – »etc.« –, gehört zum Geheimnis der kommenden Tage.

HAUT

Wie es endete? Mit Herrn Deebs Auftrag.

Als Ache die Dateien gelöscht hatte, suchte er die Postsendung aus Hoboken heraus; der Umschlag lag noch unter den Zeitungen. Er mochte die Luftpolsterfolie – kleine Atemzüge, versiegelt, schützten den Inhalt. Die Handschrift war dieselbe wie auf der Postkarte elf Jahre zuvor. Mit dem Finger folgte er der Tinte, als wollte er in die Bewegungen schlüpfen, aber eigentlich zeichnete er seinen Namen, als geschähe es zum letzten Mal. Am deutlichsten erinnerte er sich an Theresas Nägel. Als er die Kohlestücke vor sich sah, fiel ihm auch der Eifer ihrer Hände ein. Und dass sie ihn auf eine Weise berührt hatten, die mehr haben als geben wollte. Am nächsten Morgen war ein Fleck über die Sonne geglitten. Die Presse hatte berichtet, einem Artikel zufolge war er »schwarz wie geronnenes Blut«. Als er das las, hatte er sich ein Einschussloch vorgestellt.

Theresa hatte im Internet wohl seine alte Website gefunden. Ache, der geglaubt hatte, die Plattenfirma hätte sie gelöscht, als sie durch die neue ersetzt wurde, schaute nach. Da war sie. Ohne Bilder, aber trotzdem. Unter KONTAKT war die Adresse des Administrators sowie sein Postfach angegeben. André meldete sich nicht, sodass er eine Nachricht hinterließ und ihn bat, alles zu löschen. 404 Error. Er wusste, dass er irrational handelte, nach den letzten Zeilen an seine Tochter erschien ihm jedoch das Leben mit Why bedrohter als je zuvor.

Der Absender war durchkreuzt, der Poststempel deutlich wie ein Kupferstich. Die Sendung hatte erstaunlich wenig Zeit benötigt, um nach Berlin zu gelangen. In den vergangenen Jahren hatte er häufig an sein Kind gedacht, doch erst als er …

Nein, wir werden später mehr über den Inhalt erzählen.

Ache brauchte frische Luft, deshalb nahm er seine Jacke und steckte das Handy ein. Das Treppenhaus war feucht, die Straße lag verwaist. Um diese Jahreszeit fühlte sich die Luft spröde an, als könnte sie zerbrechen, wenn er zu heftig atmete. Er sog den Sauerstoff ein, bis die Lunge schmerzte. Das gab ihm Kraft, wenn anderes es nicht tat.

Die Orient Lounge war leer. Von den Lokalen, die er häufiger besuchte, gefiel es ihm dort am besten, vermutlich wegen ihres ersten Dates. Am liebsten saß er an einem der Ecktische; dann war er von der Straße kaum zu sehen, hatte aber eine gute Aussicht. Halil stellte ihm einen Tee hin. Er fragte mit dem Blick, war daran gewöhnt, dass der Amerikaner nicht viel sagte. Ache schüttelte den Kopf, nichts Süßes. Der Löffel auf dem Unterteller war schlecht gespült, Schleier schlierten auf der konkaven Löffelschale.

Im Regal über dem Heizkörper standen Plastikpflanzen, die Poster zeigten türkische Sänger aus den Achtzigern. Ab und an tauschte Halil noch Piratkopien von Platten mit Why, mit den Jahren kam es dazu immer seltener, durch die Vierteltöne auf der letzten waren Ache mehrere Ideen für das neue Album gekommen. Als er den Tee an die Lippen hob, bekam er Lust, sich zu verbrennen, etwas so Schmerzhaftes zu erfahren, dass es seine Sorgen vertrieb. So unwohl hatte er sich nicht mehr gefühlt, seit Jim und seine Bande ihn im Garten gefesselt hatten. Ja, er würde den Makler anrufen. Er musste sich nur sammeln.

Obwohl die Erde sich von der Sonne entfernte, wurde es wärmer. Am Wochenende hatte Ache die Uhren auf Sommerzeit umgestellt, doch die in der Küche vergessen, woraufhin Why am Montag ihren Yogakurs verpasst hatte. Dennoch war die Kühle nachtragend, fast gehässig, erst recht, wenn es regnete und windig war. Der Winter in Berlin erinnerte an einen Straßenköter, der das Stöckchen nicht loslassen wollte, so sehr man auch daran zerrte.

Tropfen schlugen schräg auf die Scheibe, liefen sie herab und verschwanden. Menschen hasteten mit hochgeschobenen Schultern vorbei. Eine Frau senkte ihren Regenschirm, schüttelte das Wasser ab und wollte schon die Tür aufdrücken, als sie es sich anders überlegte und weiterging. Ache gab dem Wetter noch zwei, drei Wochen. Dann würde das Harte in der Luft weich werden und sich auflösen wie ein Muskel, der nachgab. Altersbedingte Schwäche … Er hustete und fragte sich, ob mit ihm das Gleiche passierte wie mit seinem Vater. Erst als es dämmerte, zog er das Telefon heraus. Noch fünfzehn Prozent. So fühlte er sich: auf dem Weg zur Entladung. Deeb meldete sich beim dritten Klingelton. Er klang nicht abweisend, aber bedrückt. Als er begriff, mit wem er sprach, hörte man dennoch etwas Neues – Wohlwollen, möglicherweise Dankbarkeit. Oder war es beherrschter Ärger? Ache hatte so lange gezögert, sich zu melden, dass der Makler vielleicht einen anderen für den Auftrag gefunden hatte.

»Ich bin bereit.«

»Bereit?«

»Ja.«

»Ja?« Nach einer Pause fuhr Deeb fort: »Dann sagen wir um neun.« Während er sprach, schien er etwas zu kontrollieren, was seine Sätze kurz angebunden machte. Ache solle »wenig einpacken«, als Nächstes nannte der Makler eine Adresse. Aus seinem Mund klang es, als ginge es um eine Wohnungsbesichtigung – wahrscheinlich eine Vorsichtsmaßnahme, wurde Ache klar; vermutlich hatte er gerade Kunden. Nach steifen Grüßen legten sie auf.

Ache, der das Gespräch zwar wie üblich hinausgeschoben, aber dennoch nicht damit gerechnet hatte, so schnell aufbrechen zu müssen, fragte sich, wozu er Ja gesagt hatte. Ein wenig später wollte er es nicht mehr wissen.

Wieder daheim kochte er Wasser, das er in die Badewanne goss, das aus dem Hahn wurde nicht heiß genug, dann glitt er mit zittrigem Po in den Schaum hinab. Nach dem Telefonat hatte er darüber nachgedacht, was er Why sagen sollte. Und sich für die sicherste Alternative entschieden. Ihm brach im Haar und in den Achselhöhlen der Schweiß

447

aus, es kam ihm vor, als weinte der ganze Körper, obwohl keine Tränen flossen.

Im Dezember war der Mann, der soeben den letzten Brief an seine Tochter beendet hatte, sechsundsechzig geworden, trotzdem war er noch so rockmusikerschlank wie immer. Why, die etwas über nordische Sitten gelesen hatte, backte eine Torte mit dreizehn Kerzen – eine für jeden Tag des Monats bis zu seinem Geburtstag. Sie fand, er habe »benebelt« ausgesehen, als sie über Alter und Gesundheit gesprochen hatten, und solle wissen, wer er trotz der Gebrechen war: ihr Lichtträger. Dann sang sie den alten Bowiesong »Kingdom Come«. Ache wurde verlegen, aber als sie zur dritten Strophe kam, glänzten beider Augen:

> *The river's so muddy, but it may come clear*
> *And I know too well what's keeping me here*
> *I'm just a slave of a burning ray*

Why wusste, dass er nach seinem jüngsten Onkel Raymond benannt war und Jim eine Anzeige für Sonnenbrillen an seine Tür geklebt hatte. Aber »brennender Strahl«, »Lichtträger«? Ache fühlte sich wieder wie in der Coleridge Road. Der Verbannte, das war er.

Als die Wohnungstür ging, schnitt er sich am Computer die Zehennägel. Die Füße waren rot und weich, die Haut unter dem Badetuch erhitzt. Als er darauf antwortete, woran er den ganzen Tag gearbeitet hatte, wusste er, welche Entschuldigung er auftischen würde, aber noch nicht, wie sie präsentiert werden sollte.

»Ich bin hundemüde.« Why, die in die alte Strickjacke ihres Vaters geschlüpft war, verschwand ins Schlafzimmer. »Kommst du?« Nach langen Tagen – erst im Pflegeheim, danach im Atelier – hatte sie es gern, wenn er sich auf sie legte. Obgleich Ache für seine Körpergröße zu wenig wog, beruhigte sie das; alles kehrte an die richtige Stelle zurück. Nach wenigen Minuten schlief sie ausnahmslos ein.

Eine Stunde später wurde sie von Düften geweckt – Curry, Jasmin, Sultaninen. Als sie gegessen hatten, legte Ache die Fender in den Koffer. An dem Tag, als er das Postfach leerte, hatte er ein Plektrum zwischen den Saiten vergessen, seither steckte es dort. Auf einmal hatte alles auf knarzige Weise streng geklungen. Als er den Verstärker ausgeschaltet hatte, waren die Töne kaum zu hören. Die Saiten quengelten, dies war unerlöste Musik.

»Willst du ihn nicht aufmachen?« Why hatte zu dem Umschlag genickt. Nach dem unerwarteten Erfolg von *Expansion* war sie daran gewöhnt, dass er Fanpost bekam. Als er ihn aufgeschlitzt und eine Grimasse geschnitten hatte – nur Kinderzeichnungen –, hatte sie die Augen zusammengekniffen. »Apollojunge, Anerkennung ist nicht ansteckend.« Und ihn lächelnd verlassen.

Ansteckend? Nein. Aber seit er getan hatte, worum Theresa ihn gebeten hatte, verspürte er Lust, den Verstärker einzuschalten und den verzerrtesten Donner der Musikgeschichte zu erschaffen – jede Zelle im Körper bestätigte, dass das, was in Amsterdam passiert war, niemals vorübergehen würde. Stattdessen lag er eine Weile bei Why, die ins Bett zurückgekehrt war. Obwohl sie ihre Stelle im Heim aufgegeben hatte, sprang sie ein, wenn Personal fehlte, inzwischen eher als Freundin, denn als Pflegerin. »Ich frage mich nur, ob die alten Leute sich erinnern, wer ich bin.«

Die Frau, an der sie am meisten hing – die Wolgadeutsche, die früher, als sie noch klar im Kopf war, für Bojan geschwärmt hatte –, regte sich schnell auf und wurde hysterisch, wenn ihr keiner zuhörte. Dann redete sie in unterschiedlichen Sprachen und Dialekten, »als gäbe es mehrere Menschen in ihr«. Das meiste, was das Personal verstand, betraf Banalitäten. Sie sollten wissen, dass Fisch für anständige Leute sei. Die Tür zum Schuppen stehe offen. Warum kümmere sich keiner um den Traktor, der immer noch im Straßengraben lag? Und die Kühe müssten gemolken werden, gemolken werden ... sonst ... Irgendjemand. Hörten sie? Sonst!

Ihre Litanei sei eine unselige Mischung aus Russisch, Deutsch, etwas, das wie Jiddisch klang und einem Kauderwelsch, von dem Gott allein wisse, wo es daheim war. »Sie hat mindestens drei Kehlen. Am Ende sprechen alle gleichzeitig.« Verständliche Sätze seien untergegangen, keiner habe die Frau verstanden, die zu stottern begann. »Ich habe die Ärmste umarmt, bis der Krampf nachließ.«

Ache unterdrückte einen Hustenanfall. »Why, ich muss verreisen …« Er lag mit der Nase in ihrem frisch hennagefärbten Haar, der Brustkorb bebte.

»Was.«

»Die Stiftung hat angerufen. Sie brauchen einen Ersatzmann.«

»Die Stiftung? Ersatzmann?« Jetzt hörte man die Fragezeichen.

»Nur übers Wochenende. München.« Die Lüge machte seine Zunge schlüpfrig. »Darko ist schon da.«

»Aha. Und was soll ich Mutter sagen.« Sie hatten versprochen, Yezda zum Essen einzuladen.

»Sag ihr, wie es ist.« Die Atemwege beruhigten sich, aber es fiel ihm schwer, sich aus dem Duft von Henna zu lösen. »Tut mir leid.«

Why hob den Kopf, musterte sein Gesicht. »Wie es ist?« Ihre Augen waren wirklich bodenlos. »Darling, was ist los?« Noch zwei.

»Nichts, nichts. Ich rufe dich an, wenn ich da bin.« Ache fühlte sich nicht wie er selbst, als er dies sagte.

Deeb wohnte nach wie vor in der eleganten Straße, wo Ache seine erste Zeit in der Stadt verbracht hatte. Es fiel ihm jedoch schwer zu glauben, dass die Klienten in dem gegenüberliegenden Büro etwas von der anderen Tätigkeit ahnten, gefragt, aber lichtscheu, der ihr Makler mehrere Stadtteile entfernt in einem Hinterhof nachging.

Diesmal kein Kind, keine Schwiegermutter, die rückwärts aus dem Raum ging. Nur zwei Männer in Lederjacken vor dem Hinterhaus. Der ältere verschwand, der jüngere führte Ache zwei Treppen hinauf. Das Gebäude wurde offenbar renoviert, alles war mit Malerfilz und

Plastikfolie ausgekleidet. Der Flur in der Wohnung, die sie betraten, hatte einen Marmorboden und goldene Kleiderhaken bekommen, Küche und Bad würden sicher genauso edel gestaltet werden. Die Wände waren noch nicht verputzt, stellenweise sah man Tapetenreste. Im Wohnzimmer trieb Staub über den Fußboden, die rote Samtcouch an einer Wand glich einem Theaterrequisit.

Deeb arbeitete im Zimmer dahinter. Irgendetwas stimmte mit den Proportionen nicht. Es hatte eine ungewöhnlich niedrige Decke, das Fenster, das sich hinter den Vorhängen abzeichnete, hätte ebenso gut ein Alkoven sein können. Rechts von den Sesseln sah man eine schmale Tür mit einem Rahmen aus weißlackiertem Gusseisen. Ache, der in einer solchen Umgebung nie zuvor ein digitales Schloss gesehen hatte, fragte sich, ob er einen Raum in einem anderen betreten hatte.

Der Makler fuhr den Computer herunter, ehe er grüßte, sein Besucher wartete wie ein ungehorsamer Schüler. Es war eine Ewigkeit her, dass Ache die Schule beendet hatte, dennoch streckte er sich. Deeb wandte sich kurz an die Lederjacke an der Tür, danach an ihn: »Wir brauchen ein Foto.« Als der Mann mit seinem Samsung ein paar Bilder gemacht hatte, zeigte der Makler auf die Sitzgruppe. »Tee?« Auf dem Tisch stand ein Bronzetablett mit Gläsern in farbigen Mustern.

Die schnellste Art, den Auftrag aus der Welt zu schaffen, bestand darin, Ja zu sagen. Als sie Platz genommen hatten, drehte Ache das Glas. Honig glänzte in einer Schale, Löffel lagen auf einer Serviette. Die Teeblätter drehten sich in Zeitlupe.

Deeb rührte seins nicht an. »Sie fliegen morgen früh.« Danach würde Ache einen Mietwagen fahren müssen. Nachdem er erklärt hatte, was auf dem Spiel stand, gab Deeb ihm einen Umschlag und ergänzte, der Schlüssel werde auf dem linken Vorderreifen liegen. Der Wagen stehe auf dem Parkplatz, Karte und anderes lägen im Handschuhfach. Wenn er richtig informiert sei, handle es sich um einen Audi.

Es fiel Ache nicht schwer zu verstehen, warum der Makler erfolgreich war. Die Dienste, die er anbot, waren zwar illegal, aber gefragt; auch wenn er augenscheinlich unter Druck stand, strahlte er Fürsorglichkeit aus. Die Bewegungen blieben sachlich, er schien an alles zu denken. Wer es nicht besser wusste, hatte das Gefühl, dass einem geholfen wurde. Erst wenn er die Probleme gelöst hatte, erkannte man, eine Schuld musste beglichen werden.

Das Foto, das die Lederjacke gemacht hatte, sollte für einen Ausweis benutzt werden. Nachdem Deeb ihm den Zweck der Reise erläutert hatte, begriff Ache, warum er am Telefon angespannt geklungen hatte. Jeder verstrichene Tag hatte wertvolle Zeit gekostet, Komplikationen waren nicht bloß denkbar, sondern wahrscheinlich. Sobald der Auftrag ausgeführt war, würde er dagegen aufatmen können. Leise wies Ache darauf hin, dass Why sich wundern würde, wenn er am Montag nicht zurückkehrte. »Im Kofferraum liegen Kissen und Decken.« Der Makler schien ihn nicht gehört zu haben.

Reden war nicht unbedingt Aches Stärke, statt seine Worte zu wiederholen, betrachtete er deshalb den vom Tee aufsteigenden Dampf. Mittlerweile war er fast unsichtbar. Einzig am Rand, wo das Glas aus seinem Blickwinkel in das Bronzetablett überging, sah man Schattierungen, als hätte jemand schnell, jedoch nachlässig in der Wirklichkeit radiert. Er wusste nicht, woher er diese Neigung hatte, Zufälle als Zeichen von oben zu deuten. Vermutlich von Nana, eventuell mit Beistand von St. Mary's. Schließlich war er kein Dampf im Übergang von einem Ich zu einem anderen. Nur ein gealterter Musiker, der alles Belastende hinter sich lassen wollte, ehe es zu spät war.

Deeb stand auf. Die Lederjacke würde Ache zeigen, wo er ruhen konnte. Leider müsse er in den nächsten Tagen mit weniger Schlaf auskommen als sonst. Es galt zu handeln, solange es noch ging. Der Makler hatte versucht, die Situation zu lösen; Ache, der besaß, was anderen fehlte, war seine letzte Chance. »Am Wochenende können Sie zu Hause anrufen und sagen, dass Sie sich verspäten.« Er hatte ihn also doch gehört. »Ladekabel?« Er meinte das iPhone.

Ache nickte. Da er seine Gitarre mitgenommen hatte, gab es für Why keinen Grund zu glauben, dass er nicht nach München gefahren war. Das Instrument würde bis zu seiner Rückkehr dortbleiben. »Und?« Er strich mit der Hand über den Koffer.

»Und?«

»Danach, meine ich.« Deeb hatte noch nicht bestätigt, dass er den Vertrag auf Whys Namen ausstellen würde. »Machen wir es wie besprochen?«

»Wie besprochen.«

Ein paar Tage später, als Ache wieder auf dem Weg nach Norden war, über alle Meere und Berge hinweg, fragte er sich dennoch, ob der Makler nicht lediglich seine Frage wiederholt hatte.

Die Wohnung, in der er die Nacht verbrachte, bestand aus zwei Zimmern und Küche, alle ausgekühlt. Es fehlten Herd und Kühlschrank sowie Schranktüren. Im Schlafzimmer konnte man zwischen drei Betten wählen. Die Kissen waren feucht, die Synthetikdecken von IKEA. Neben dem Kleiderschrank lagen Schuhe. Man merkte, dass sie in einer Reihe gestanden hatten, ehe jemand sie zusammengeschoben hatte. Die meisten waren Sneakers ungefähr in Aches Größe – Adidas, Nike, New Balance ... Außerdem gab es Plastiksandalen und einen Stiefel ohne Schnürsenkel.

Bevor sie auseinandergegangen waren, hatte er nach der Quabban Group gefragt, aber Deeb hatte nur gesagt: »Wir tun, was wir können.« Jetzt betrachtete Ache die Kleidungsstücke im Schrank: Jacken, Hemden und Kleider, die nach Schweiß rochen, ohne dass er sie an die Nase halten musste, Jeans mit Gürteln aus Kunstleder, kurze Hosen, eine Steppjacke. Es waren Kleider, die man lieber weghängte, als anzog, trotzdem war er versucht, sich umzuziehen. Die Toilette war verstopft, sodass er ins Waschbecken pinkelte. Es gab Seife, aber kein Handtuch.

Der provisorische Charakter der Wohnung erinnerte an den Kasten, in dem Transmission in einer fernen Vergangenheit übernachtet hatte; als sie am Morgen nach New York zurückkehren wollten, hatte ein Autounfall alles verändert. Der große Unterschied zu heute waren die Geräusche. Junge Männer wurden mit Lärm im Körper geboren, auch Ache. In Cleveland hatten sie getrunken, über Lieder und andere Bands geredet, über Freundinnen. Hier bildete die Stille weniger einen Mangel als ihren eigenen Stoff.

Die Zeit im Abseits hatte begonnen. Auch sie erinnerte an früher. Als Ache die Band verließ, hatte er zu Hause gehockt, auf dem Klavier geklimpert, bis der Morgen graute, dann bis zum späten Nachmittag geschlafen. Später war er nach Maine geflohen, wo er in einem Schaukelstuhl gedöst hatte oder am Meer entlanggelaufen war – und hatte erst im Tosen der Wellen den Mund geöffnet, ja, aus vollem Hals gesungen. Heute verstand er, warum die Musikpresse ihn den Eiskönig genannt hatte. Der Dünnhäutige wäre allerdings zutreffender gewesen.

Dem Makler zufolge sollte er in einer Woche zurück sein, vielleicht auch früher. Ein gewisses Unbehagen würde sicherlich zurückbleiben, nicht zuletzt Why gegenüber, die sich mit seiner Untreue ausgesöhnt hatte, aber keine weiteren Geheimnisse ertrug. Doch mit der Zeit würde auch das verblassen und nur das Gefühl einer Befreiung zurückbleiben.

Die Decken waren dünn, die Nacht unruhig. Ache träumte von der Wolgadeutschen. Als er aufstand, um seine Blase zu leeren, schienen sich mehrere Personen in seinem Schädel zu drängeln. Vergeblich versuchte er, sich an die Zeile zu erinnern, die ihm in Theresas delirierendem Selbstporträt aufgefallen war.

Wir erinnern uns an sie: »So reden solche wie wir.«

Es war noch dunkel, als ihn ein Klopfen weckte. Er nahm an, dass die beiden Lederjacken Flüchtlinge waren, die vorübergehend in dem Haus wohnten, dagegen fiel es ihm schwer, sich vorzustellen, dass Deeb auf der Couch übernachtet hatte. Als er hinausstolperte, nickte der Mann, der sich am Vorabend in die Nachbarwohnung zurückgezogen hatte, ihre Tür stand offen. Auf dem Küchentisch lag ein laminierter Ausweis. Sein Gesicht sah abgekämpft, fast resigniert aus. Jemand war einkaufen gewesen, wo auch immer, denn das Brot war frisch. Keine Butter, nur eine ungeöffnete Packung Käsescheiben und Kirschtomaten. Ache wusch einige Tomaten, die Espressokanne auf dem Herd war heiß. An dem Regal über der Spüle hing ein Netz mit Milchverpackungen von der Sorte, die jahrelang hält. Er kaute ausgiebig. Es war Freitag, der 1. April; als er den Ausweis betrachtete, dachte er, dass sein Besitzer passenderweise eintausendundzwanzig Sekunden älter geworden war. Angesichts der Dunkelheit konnte es nicht später als fünf Uhr morgens sein. Er warf einen prüfenden Blick auf das Telefon: 4:43.

Eine Stunde später stand Ache am Gate. Direktflug mit Ankunft am späten Vormittag. Die Frau am Schalter, in brauner Uniform und mit orangefarbenem Halstuch, plauderte auf Deutsch mit einzelnen Wörtern auf Türkisch. Die meisten Reisenden schienen Südeuropäer zu sein. Müde Gesichter, matte Gespräche. Ein Mann, der eine Apfelsine schälte, nahm seine Tasche von der Bank, damit Ache sich setzen konnte.

Der Bus zum Flugzeug roch schlecht. Ache stieg als Letzter ein und als Erster aus. Nachdem er die Flugbegleiterinnen gegrüßt hatte, setzte er sich in die zweite Reihe und hatte kein Interesse, die Fluggäste zu mustern, mit denen er unter Umständen umkommen würde. Er wusste so manches über Unglücke, dagegen nichts über das Land, in das er unterwegs war.

Als die Maschine ihre Reiseflughöhe erreicht hatte, schlummerte er an das Kabinenfenster gelehnt ein. Die vergangenen Wochen hatten die Tochter in seinen Gedanken lebendig werden lassen, nun kehrte sie zurück. Brabbelte, spielte, redete Babysprache, aber in vollständigen Sätzen. Eine Stunde später wühlte er im Gepäckfach, dann blieb der Umschlag in seinem Schoß liegen, bis er einen klaren Kopf hatte.

Wenn ihm der Inhalt doch die gleiche Ruhe geschenkt hätte, die Why empfand, sobald er auf ihr lag.

Als die Postsendung eintraf, hatte er sich als Erstes die Zeichnungen angesehen. Sie lagen geordnet, was bedeutete, dass seine Tochter mit jedem Bild älter wurde. Außerdem enthielt der Umschlag eine Reihe von Fotos und Theresas Brief, aber der musste warten.

Ache wusste nicht zu sagen, wie alt das Mädchen war, als sie die erste Zeichnung gemacht hatte. Der Kopf war rund, der Kreis jedoch nicht geschlossen, die Beine dünn wie Nähfäden. Kein Auge hielt sich innerhalb der Form. Das eine ging in Gekritzel über, das wohl Haare darstellen sollte, das andere hätte genauso gut ein Mund sein können, so breit, dass das Lachen aus dem Gesicht glitt. Nannte man solche Wesen Kopffüßler?

Bei ihrem Anblick spürte er ein Ziehen an den Schläfen. Während er die Figur studierte, suchte er nach einem tieferen Grund als dem offensichtlichen. Es lag nicht daran, dass er das vielleicht früheste Selbstporträt seines Kinds in der Hand hielt, oder daran, dass ihn die Gestalt mit dem schlierigen Mund an die Wolgadeutsche denken ließ, sondern dass er mit den Augen seiner unbekannten Tochter sah. Um den Puls zu beruhigen, zählte er die Punkte im Hintergrund. Er verzählte sich, und fing noch einmal von vorn an. Das Mädchen hatte mit Wachsmalstiften gehämmert. Wahrscheinlich hatte das Geräusch sie angespornt, denn die Abdrücke glichen Einschlägen. Die meisten waren gelb, einige braun wie das Gewirr, das möglicherweise Haare darstellte. Ache nahm an, dass sie Sterne gezeichnet hatte, aber am ehesten ähnelten sie Rissen. Den Stiften war gelungen, wozu er selbst nie fähig gewesen war: Löcher in den Himmel zu schlagen.

»Verstehst du denn nicht?« Die Worte kamen ohne Vorwarnung. Unsicher, ob er sie an seine Tochter oder sich selbst richtete, murmelte er weiter: »Blitze sind kein Licht. Sondern Risse, die das Licht hinter dem Himmel zeigen. Nein, in seinem Inneren.« Er hob den Blick; weder die Crew noch die Sitznachbarn schienen ihn gehört zu haben.

»Und was ist der Donner?« Ache ahnte die Antwort, ohne sie aussprechen zu müssen: der Schmerz, wenn der Himmel sich wieder schließt. Auch die zweite Zeichnung stellte einen Kopffüßler dar, diesmal bestand der Schädel jedoch aus zwei Ringen, beide hellblau. Es war schwer zu entscheiden, welcher im Vorder- beziehungsweise Hintergrund lag, wahrscheinlich waren die Dimensionen für ein Kind gleich gegenwärtig. Der Effekt erinnerte an ein Vibrato – prall, aber stillstehend. Durch die Ringe zitterte das Wesen, die rosafarbenen Augen gehörten mal zum einen, mal zum anderen Kopf. Die Haare standen ab, es gab Arme und drei Finger pro Hand. Seine Tochter hatte ein Zwillingswesen porträtiert, rund und ruckelnd wie ... ein Ventilator.

Plötzlich sank die Maschine und schwenkte. Laues Vormittagslicht fiel rechts zu den Fenstern herein – durch eins nach dem anderen, als würde jemand über die weißen Tasten wischen. Als das *Fasten-seatbelt*-Zeichen plingte, legte Ache den Umschlag zurück. Die Zeichnungen aus späteren Jahren – von Hochhäusern und Bäumen in Tusche, von Menschen mit Rümpfen und Gesichtszügen – mussten warten. Genau wie Theresas Zeilen.

Während der Pilot zur Landung ansetzte, dachte er an die Figuren der Tochter. Sie stammten aus der frühesten Ära der Evolution, als Sterne noch gezeigt hatten, was es im Himmel gab. Diese großen, simplen Wesen waren durch die Welt gerollt und geflattert, bebend vor Energie. Als ihm einfiel, dass der Umschlag nicht nur Fotos, die an wichtige Ereignisse im Leben des Kindes erinnerten – seine ersten Zähne, ein namenloser Hamster, Ausflüge zur Freiheitsstatue –, sondern auch ihre ersten Schreibversuche enthielt, konnte er sich die Person, an die sie sich gewandt hatte, nicht als etwas anderes als einen Kopffüßler vorstellen.

Als sie das Flugzeug verließen, war die Wärme mild, alles glänzte. Eine knapp dreistündige Reise und die Erde hatte sich genug gedreht, um den Tag zu einem anderen werden zu lassen. Eine Maschine schoss mit stetig anschwellendem Donnern die Startbahn hinab, dann hob sie aus der Wolke aus flirrendem Flugbenzin ab. Bald darauf war sie nur noch ein Strich am Himmel, nicht einmal das.

Ache setzte die Sonnenbrille auf. Das Terminal lag so nah, dass ihnen erlaubt wurde zu gehen, Kegel wiesen den Weg. An den Türen wartete Bodenpersonal in grellen Westen über kurzärmeligen Hemden. Obwohl die Buchstaben auf den riesigen Fensterfassaden lateinische waren, stolperte er über die Wörter: THESSALONIKI AIRPORT MAKEDONIA. Er war seltsam erleichtert, als er begriff, dass es Englisch und die Welt wieder verständlich war. Der Parkplatz befand sich vor dem Hauptgebäude, hinter den Taxis. Ache wusste in etwa, wie ein Audi aussah, aber nicht, was einen A3 Sportback kennzeichnete. Schließlich entdeckte er einen gelben Wagen mit dem diskreten Aufkleber des Autovermieters auf der Heckscheibe und tastete unter dem Blech über den Reifen. Ein Schlüssel fiel herab, der keine Gemeinsamkeiten mit den Schlüsseln zu der Zeit hatte, als er selbst noch ein Auto besaß. Er schloss auf und zog die Jacke aus. Auch die Tasche landete auf dem Rücksitz. Das Ticket auf dem Armaturenbrett zeigte, das Fahrzeug stand schon seit Wochen auf dem Parkplatz.

Es wurde still. Der Audi war nicht neu, jedoch untadelig sauber. Das Zählwerk zeigte zwölftausend Kilometer an, auf dem Boden lag eine große Flasche Wasser, die erzitterte, als er den Strom einschaltete. Voller Tank. Er saß eine Weile mit den Händen auf dem Lenkrad und überlegte, ob der Sitz zurückgeschoben werden sollte. Der Rückspiegel stand fast richtig. Als er ihn einstellte, sah er kurz seinen Bruder, wie Jim ausgesehen hätte, wenn er außerhalb seines Passes gelebt hätte. Ache setzte die Sonnenbrille ab, auch unsicher, was sie betraf, dann kontrollierte er das Handschuhfach.

Außer den Papieren befanden sich darin wie von Deeb versprochen eine Karte und ein Fahrplan. Er wühlte in der Tasche und legte das Ladekabel und den Umschlag, den er bekommen hatte, in das Fach. In Letzterem lagen ein Ausweis und ein paar tausend – mehr als genug für Essen und Benzin; wenn nichts Unvorhergesehenes passierte, würde Geld übrig bleiben. Statt einer Adresse stand auf dem Umschlag T 1333.

Die Karte bedeutete, dass die Route nicht im Navi gespeichert werden sollte. Als Ache sie ausbreitete, stellte er allerdings fest, dass eine größere gut gewesen wäre. Das Straßennetz erstreckte sich nur über das nordöstliche Griechenland und angrenzende Teile der Nachbarländer. Der Flughafen war nicht markiert, dagegen eine Stadt weiter östlich umkringelt worden. Laut Fahrplan ging die nächste Fähre Samstagabend um halb zehn. Ankunft um 5:25 am folgenden Morgen. Laut Karte würde es höchstens ein paar Stunden dauern, den Fähranleger zu erreichen.

Deeb, der lange genug auf Ache warten musste, hatte gewünscht, dass er sich möglichst schnell auf den Weg machte. Aber er hatte wohl kaum gewollt, dass Ache volle vierundzwanzig Stunden Däumchen drehte; wahrscheinlich hätte es am nächsten Tag keine Direktflüge gegeben, wenn man die späte Abfahrtszeit der Fähre bedachte, hätte Ache allerdings praktisch überall zwischenlanden können und trotzdem genügend Zeit gehabt, wenn er einen Tag später gefahren wäre. Er fand keine Musik, die ihm gefiel, und schaltete das Radio aus. Trotzdem war es die beste Lösung. Wenn er im Filmmuseum in München arbeitete, hatte er stets den Bus am Donnerstagabend genommen und war in der Nacht zum Montag zurückgekehrt. Why hätte sich gewundert, wenn er später abgereist wäre.

Schlimmer war die Rückreise. Laut Fahrplan ging die erste Fähre zurück am Dienstag um halb neun. Ankunft 16:05. Der Makler wollte, dass er nach erfülltem Auftrag von Athen zurückflog. Sixt hatte eine Filiale am Flughafen, das Auto sollte mit steckendem Schlüssel auf dem Parkplatz abgestellt werden. Die Fahrt würde mindestens sieben oder acht, eher zehn, elf Stunden dauern. Wenn er keine Umwege machen musste, schaffte er hundert Kilometer in der Stunde, fuhr er schneller, lief er Gefahr, Aufmerksamkeit zu erregen. Ache war zu alt, um im Dunkeln zu fahren, außerdem musste er Pausen für Mahlzeiten und Benzin einrechnen. Hinzu kam, dass sich der Verkehr im Umkreis von Städten immer verdichtete. Rechnete er die Stunden zwischen Mitternacht und Morgen ab, in denen er irgendwo im Niemandsland hielt, würde er also nicht vor Mittwochmittag ankommen. Das bedeutete, er konnte frühestens am Abend fliegen, vermutlich erst am nächsten Tag. Wenn es Tickets gab.

Die Scheibe war kaum zu hören, als sie herunterglitt und er das Parkticket in den Automaten steckte. Die Parkgebühr für die letzten Wochen kostete ein kleineres Vermögen. Nach ein paar Kilometern tauchte das erste Schild auf. 171 Kilometer. Fünf Minuten später fuhr er auf der so gut wie leeren A 2 gen Osten.

Als sich die ersten Wellenkämme abzeichneten, ließ Ache das Seitenfenster herunter und schaltete das Radio wieder ein. Es dauerte ein paar Sekunden, dann glitzerte eine Bouzouki aus den Lautsprechern. Die Haare wirbelten, Europa roch anders im Süden – trocken und frischer, ein wenig verbrannt. Die Landschaft wechselte zwischen rotbraun und schmutzig grün, ab und zu sah man Heidekraut. Leuchtend gelbe Zitronen schimmerten in den Obstplantagen, Apfelsinen brannten groß wie Krocketkugeln. In den Sträuchern entlang der Straße hing zerrissenes Plastik, Müll hatte sich zu Füßen der Reklameschilder angehäuft, die sogar noch rostiger waren als die in Alabama. Hinter den Felsen breitete sich das Meer aus. Ein spiegelverkehrter Himmel.

Zwei Stunden später – die Sonne verschwand gerade hinter Wolken – fuhr Ache nach Kavala hinein. Outlets, Gebäude mit abstehenden Armierungseisen, landwirtschaftliche Maschinen. Er fand den Weg zum Hafen und rollte an der Promenade entlang. Dies war nicht Maine mit seinen Flaggen und nassen Netzen und Booten aus Metall. Am Kai schaukelten blau-weiße Holzkutter. Die Masten schwankten still, Möwen kreischten. Die Cafés waren geöffnet, die Blicke einiger Gäste in einer Taverne folgten dem Wagen. Er bog zum Pier ab, an den

Sattelschleppern vorbei, und parkte. An der Kopfseite einer Lagerhalle standen zwei fabrikneue PKWs, beide mit Aufklebern auf der Windschutzscheibe und den Motorhauben in Richtung Wasser. Die Frau im Büro hatte sich eine Jacke über die Schultern gelegt. Hinter dem Schalter brannte ein Heizelement wie ein gehäuteter Toaster. Die Stangen glühten wütend, auf dem Kabel klebte ein Zettel. Sie rauchte und hielt die Zigarette dabei in der Hand, mit der sie tippte. Ohne vom Bildschirm aufzublicken, bat sie um Ausweis und Fahrzeugpapiere. Ache erläuterte, ein Freund habe den Audi gemietet. Als sie begriff, dass er kein Europäer war, zog sie seinen Pass dem Führerschein vor, was ihn erleichterte. Manchmal rief sie jemandem im Nebenraum etwas zu. Deeb wollte, dass Ache ein einfaches Ticket löste, also bat er auf Englisch darum.

Umständlich buchstabierte die Frau den Namen in den Feldern des Tickets. J, A, M, E …» *You are set to go, Mr. Middler.*«

Ache ging zu dem Kai, an dem die Fähre anlegte. Wahrscheinlich waren die Autos auf dem Weg zur Insel. Weiter entfernt wurde die Ladung eines Frachters gelöscht, etwas näher saßen drei Jungen auf einer Bank über etwas gebeugt, das wahrscheinlich ein Handy war. Sie sahen arabisch oder auch afghanisch aus – er riet, kannte den Unterschied nicht. Gut möglich, dass sie mit einem der überfüllten Schlauchboote gekommen waren, über die Yezda sich empörte. Einer der Jungen entdeckte ihn und rief gellend: » *Mister, mister!*« Die anderen hoben den Blick, verloren aber das Interesse, als Ache zur Landzunge weiterging.

Siebzig Meter weiter ging der Kai in eine von Steinblöcken gesäumte Mole über. Die Konstruktion glich einem Winkelmaß: Innerhalb ruhte das Meer friedlich wie Öl, außerhalb war es windig. Er kletterte über die Barriere, auf den Kai folgte ein Strand. Nun ja, Strand. Die Radspuren deuteten darauf hin, dass es sich um einen Wendeplatz handelte; die Furchen führten zu der Stelle zurück, an der die Autos standen, und daran vorbei.

Ache sah auf sein iPhone. Viertel nach zwei.

Das Wasser war erstaunlich kalt. Als eine größere Welle heranrollte, wich er mehrere Schritte zurück. Es zischte, dann sank der Schaum durch den Sand. Als der Schleier verschwunden war, zog er die Stiefel aus und stopfte die Strümpfe in den Schaft. Mit hochgeschlagenen Hosenbeinen watete er hinaus, bis der Sand in Steine überging und das Wasser abrupt tiefer wurde. Es war eine Ewigkeit her, dass er im Freien schwimmen gegangen war, noch länger, seit es in einem Meer geschehen war. Es musste in Blackpool gewesen sein, denn bei ihrem Besuch an der Ostsee waren Why und er nur am Strand spazieren gegangen. Das Wasser plätscherte angenehm, er folgte der Oberfläche bis zum Horizont.

»*What you do, mister?*«

Der Sand in der Senke, die Ache gefunden hatte, war so platt, als hätte Gott mit seiner Hand auf diese Stelle gedrückt und sie für einen achten Tag reserviert. Das Geräusch der Wellen ging in die Atmung über, seine Gedanken verzweigten und verloren sich. Er nahm den Flüchtlingsjungen erst wahr, als der Schatten auf sein Gesicht fiel. Zusammengewachsene Augenbrauen und schlechte Zähne, er schien elf, zwölf zu sein, suchte seinen Blick.

»*Nothing.*« Ache schob die Ellbogen hoch, ihm war bewusst, dass sein Handy und die Sonnenbrille bei den Schuhen lagen.

Das Kind strich sich die Haare aus dem Gesicht, die Augen erinnerten an die einer Echse; die älteren Kameraden stießen sich hinter seinem Rücken an. »*Why you here?*«

»*Sightseeing.*« Was glaubte er denn?

Der Junge dachte über das Wort nach. »*American?*« Der schmutzige Adidas-Trainingsanzug hatte verschiedenfarbige Revers.

Ache fegte den Sand von den Füßen und zog die Strümpfe an. »*German …*«, log er, während er das Telefon einsteckte.

»*German? We go German!*« Der Junge nickte zu seinen Freunden hin, dann grimassierte er. »*But always wait. Papers.*« Er bekam eine Zigarette von einem seiner Kameraden und blickte philosophisch aufs Meer hinaus. »*Fuck Greece.*«

Hüstelnd pustete Ache den Sand von der Sonnenbrille.

»*You take us?*« Der Älteste spielte leichtsinnig mit einem Nagel.

Ache murmelte, wohin er wollte.

»*You crazy.*« Piepsend aufgebracht wandte sich der Langhaarige an seine Kameraden. »*German crazy!*« Alle lachten, auch Ache. Dann zog der Junge – komisch cool – weiter an der Zigarette. »*Why go to hell, mister? People not go to hell. People go from hell.*«

Als Ache zum Auto zurückkehrte, zog der Junge ihn an der Seite. »*German ...*« Ache erhöhte das Tempo, aber das Kind blieb an ihm dran. »*Hey, German, you have money, German?*«

Ache wühlte in den Taschen, endlich ließ der Junge los. Während die Älteren sich um den Geldschein zankten, den er bekommen hatte, setzte sich der Deutsche ans Lenkrad. Verriegelte die Türen, versuchte, dorthin zurückzufinden, wo er kürzlich gewesen war. Als der Audi gewendet hatte, verschwanden die Kinder aus dem Rückspiegel. Ache fielen die Welpen ein, die er als Kind gefunden hatte, aber das Bild der schäbigen, fast durchsichtigen Tiere an der Benzintonne in der Miller Road löste sich ebenso schnell wieder auf – nur eine Fehlschaltung in einem malträtierten Gehirn.

Deeb hatte ihm von Hotels abgeraten. Ache solle möglichst kein Aufsehen erregen und bar zahlen. Mit anderen Worten: nicht unnötige Spuren hinterlassen. Aber Flug und Fähre zeigten, wohin James Middler unterwegs war; wer sich bemühte, zum Beispiel die Polizei, würde ihm problemlos folgen können. Dennoch wollte Ache kein Risiko eingehen und unter seinem eigenen Namen in einem Hotel einchecken. Er musste an seine Gesundheit denken, die Nächte, die er ohnehin im Auto verbringen würde, reichten ihm völlig. Die erste Unterkunft, die er fand, schien in Ordnung zu sein, also parkte er. Das Esperia Hotel hatte drei Sterne und eine Fassade aus Glas und Stahl. Das Interieur war in Teak und Marmor gehalten und ebenso nichtssagend. An den

Wänden hingen vergrößerte Fotos von Monroe, Ali, Astaire. Anonymer konnte niemand übernachten.

Von seinem Doppelzimmer in einer der oberen Etagen aus sah er zwischen Bäumen den Hafen. Die Mole endete in der Mitte des Balkongeländers. Ein Schritt nach links und Aches Blick fiel auf ruhiges Wasser, einer nach rechts und er wanderte aufs Meer hinaus, zu dem Trüben, das genauso gut ein herabgerutschtes Firmament sein konnte. Er zog die Vorhänge mit kunststoffbeschichteter Rückseite zu, die Minibar erzitterte. Er hatte für ein Bett bezahlt, ließ deshalb die Kissen des zweiten liegen, obwohl er mit Vorliebe auf vielen schlief, wenn sie weich waren. Die Matratze gab nach, etwas später zog er sich aus. Das erste Bier, kalt wie Schnee, trank er in Unterhose im Stehen, das zweite im Liegen, nachdem er den Nachttisch durchgesehen hatte. Das Neue Testament in vier Sprachen; er hatte keine Lust, den Brief an die Römer aufzuschlagen. Die Laken waren gestärkt, das Bett wurde rasch warm.

Als Ache wieder erwachte, wusste er nicht, wo er sich befand. Erneut hatten Fremde seinen Kopf bevölkert, diesmal waren sie jung und aus Afghanistan gewesen. Und welpenhaft. Er tastete nach der Lampe, die nicht am üblichen Platz stand, schließlich fand er sein Telefon. 5:55. In einer Reihe sahen die Zahlen lustig aus. Als die Fünfen eine weniger geworden waren, wich seine Verwirrung etwas Vagem und Metallischem, wie Blut im Speichel.

War es Morgen oder Abend? In dieser Verfassung – mit Augen schmal wie Bleistiftstriche – konnte er nicht erkennen, ob der Zeitangabe AM oder PM folgte. Die Müdigkeit machte ihn schutzlos, nun fehlte ihm die Kraft weiterzulügen. Why war zäh wie eine Kiefer, eine Kriegerin, aber seit ihrem Rückfall verlangte sie, dass sie alles teilten. Sie akzeptierte sein Bedürfnis nach Einsamkeit, darum ging es nicht; sie benötigte genauso viel Zeit für sich im Atelier. Aber als Paar mussten sie vorbehaltlos leben. »Keine Geheimnisse mehr.« Nur dann hatte sie die Kraft, ihren wilden Venen zu widerstehen.

Der Auftrag war Irrsinn. Auch wenn Ache davor zurückschreckte, ihr von der Abmachung mit Deeb zu erzählen, fürchtete er sich noch mehr davor, seine Tochter zu erwähnen. Eine Reise in die Hölle würde Why akzeptieren, aber wohl kaum, zweimal hintergangen zu werden. Eine Zeitlang mochte sie sich nachgiebig geben, ihr Vertrauen würde jedoch ausgehöhlt werden – bis all die beklemmenden Maßnahmen ausgereizt waren, mit denen Menschen das Zerbrechliche in ihrer Verbindung leugneten, und sie gezwungen waren zu gestehen: Die Vergänglichkeit gewann. Bald würde sie aufhören, sich zu waschen, und glauben, dass er es nicht merkte, weil sie ihre Haare in Zöpfen trug. Sie würde den Tag auf den Kopf stellen und im Atelier »schuften«, er würde seine Zuflucht im Arbeitszimmer suchen und es zu Alaska II ernennen, sie würde Ausstellungen verschieben und keinen Hunger haben, wenn sie nach Hause kam ... Und so weiter und so fort.

404 Error.

Dann würde der Tag kommen, an dem er einen Zipper-Beutel im Müll fand. Why würde bereuen, aber jammern. Warum hatte er das nie erzählt? Sie hatten einander doch versprochen, sich nichts zu verschweigen – keine Zweifel und keine Peinlichkeiten. Nach so vielen Jahren trennte man sich jedoch nicht von einem Tag auf den anderen. Wider besseres Wissen würde Ache glauben, dass sich die Beziehung retten ließ. Schließlich hatte er ihr geholfen, clean zu werden und konnte ...

Nein, jetzt reichte es. Die Gedanken drehten sich im Kreis, es war nur die Angst, die sprach. Wenn er zurück war, musste er diese Reise vergessen, wie man einen Atemzug vergaß. Den Makler in einer fernen Zelle im Gehirn einsperren und jede Andeutung einer Tochter ausstampfen. Auch wenn er wusste, wie zerstörerisch Stummheit sein konnte, wurde sie hier gebraucht. Bis er zurück war, zählte allein das Hier und Jetzt. Ache warf wieder einen Blick in die Minibar. Nur Wein und diese schmalen Coladosen, aus denen sie widerwärtig schmeckte.

Er zog die Vorhänge auf. Bald Abend.

»*Housekeeping*.«

Als Ache erwachte, war es nach zwölf. Er hatte in einer Taverne am Hafen zu Abend gegessen, aber nicht einschlafen können. Die Putzfrau wartete, bis er das Zimmer verließ. In der Lobby ließ man ihn für eine Nacht bezahlen, konnte ihm als Frühstück jedoch nur Äpfel anbieten. Die Tasche landete auf dem Rücksitz, das Auto ließ er stehen. Er ging an zwei Cafés vorbei und kaufte im dritten ein.

Auf der Mole wütete Wind. Das Wasser spritzte, die Gicht verteilte sich in zerrissenen Sträußen. Während das Meer arbeitete, nahm Ache direkt aus der Tüte ein verspätetes Frühstück zu sich. Der Blätterteig war dünn und fettig, die Vanillefüllung lauwarm. Die Süße stieg ihm direkt ins Gehirn, schaudernd, drängend – es fühlte sich an, als würden die Haarwurzeln jeden Moment Feuer fangen. Als er in den Apfel aus dem Hotel biss, kitzelte das Fruchtfleisch säuerlich zwischen den Zähnen.

Die Fähre ging erst in neun Stunden. Er kehrte zum Hafen zurück und lief am Kai entlang. Die Kutter, an die er in der Taverne sitzend gedacht hatte, lagen noch da. Es sah nicht so aus, als hätte jemand in der Nacht gefischt. Obwohl Samstagnachmittag, waren nur wenige Menschen zu sehen. Ein Mann fuhr mit Plastiktüten vorbei, die an den Griffen seines Mopeds hingen. Die Knie ragten seitlich nach außen, mit der linken Hand hielt er einen Metallkanister hinter dem Sitz fest. Als er die Kreuzung erreichte, drehte er den Kopf, konnte aber nicht anzeigen, dass er abbiegen wollte. Ein entgegenkommendes Auto bremste ab und ließ ihn nach rechts fahren, dort hinauf, wo Ache Wohnviertel vermutete.

Zwei Frauen kamen ihm entgegen, auch sie mit Tüten in den Händen. Die Schwere deutete auf Zwiebeln und Kartoffeln, Apfelsinen, Zitronen hin … Die eine war älter, die andere eventuell ihre Tochter. Beide lächelten unsicher, ohne ihr Gespräch zu unterbrechen. Ihrem Tonfall hörte man an, dass sie das Thema wechselten; Ache nahm an, dass sie den Ausländer kommentierten. Als er sich umdrehte, wechselte die Jüngere gerade die Tüten zwischen den Händen. Ache lächelte düster. Genau solche bedeutungslosen Ereignisse hatte er vertonen wollen, um sie vor einem Vergessen zu retten, das, wenn sie in Filmen übersehen wurde, das Unglück wiedererschuf. Nun war er unterwegs zum Schauplatz eines wirklichen.

Er bog zur Stadt hinauf ab. Schaufenster mit billigen Kleidern und Schuhen, ein Friseur. Der Besitzer eines Kiosks hatte die aktuellen Zeitungen mit Wäscheklammern an die Markisen gehängt. Ache verstand die Schlagzeilen nicht und erkannte, dass ihm das Weltgeschehen in den nächsten Tagen entgehen würde. Beim Anblick der Zigarettenschachteln, die in dem Verschlag gestapelt lagen, zeigte er auf einen Stapel und hob zwei Finger. Seine Nerven mussten beruhigt werden, Zigaretten waren der billigste Weg. Der Kioskbesitzer, der erriet, dass er kein Grieche war, fragte etwas mit spitzer Zunge – das letzte Wort klang wie *matses*. Ache nahm an, dass dies Englisch war und nickte.

Das Nikotin erfüllte ihn mit Befriedigung, nach jahrelanger Abstinenz schmerzte die Lunge schuldbewusst selig. Ein paar Kreuzungen weiter erreichte er den Markt, auf dem die Leute, denen er begegnet war, eingekauft hatten. Karren waren mit Planen abgedeckt, kleine Jungen kauten Sonnenblumenkerne neben Säcken mit getrockneten Feigen und Walnüssen. Sobald sie den Kern im Mund hatten, warfen sie die Schale weg – es geschah im Sekundentakt. Ab und zu spuckten sie Splitter aus, machten aber keine Anstalten, irgendetwas zu verkaufen. In der Tür zu einer Metzgerei spülte ein Mann in einem weißen Kittel den Boden von Blut und Schmutz rein, weiter hinten hingen an Haken gehäutete Lammköpfe. Die Striemen über den Knochen wirkten aufgemalt.

Als Ache betreten wollte, was er für die Markthalle hielt, wurde er von dem Metzger aufgehalten. »*Closed, mister.*« Während er sprach, hielt er den Schlauch abgeknickt. Als er glaubte, dass der Ausländer ihn nicht verstand, schlug er mit dem Zeigefinger gegen das andere

Handgelenk. Den restlichen Nachmittag verbrachte Ache in einem Lokal. Trank Tee, ein Bier, dann wieder Tee. Regelmäßig fragte der Junge, der ihn bediente, ob er noch etwas wünsche. Um nicht gehen zu müssen, bestellte er einen Toast, den er kaum anrührte.

Die Frau im Café, möglicherweise die Mutter des Jungen, trug einen grünen Mundschutz, den sie unter das Kinn gezogen hatte. Vielleicht war sie erkältet, selbst als ein älterer Herr am späten Nachmittag etwas kaufte, zog sie ihn jedoch nicht richtig auf. Der Kunde ging mit einem Karton hinaus, der an goldenen Geschenkkordeln hing; er sah den Fremden an, als wollte er sich sein Aussehen einprägen. Als Ache zahlte, war die Sonne hinter den Häuserdächern verschwunden. Der Toast landete in der Jackentasche, in Servietten gewickelt.

Auf dem Weg zu seinem Auto entdeckte er die Jungen vom Vortag. Zwei von ihnen schaukelten auf einem Spielplatz unweit der Stelle, an der er geparkt hatte, die Ketten, die den Reifen am Gestell hielten, knarrten. Der dritte sprang auf die niedrige Mauer, umfasste zwei Gitterstäbe und grinste breit. Damit Ache verstand, dass ihm nichts entging, drückte er Zeige- und Mittelfinger auf die Augen und richtete sie anschließend auf den Fremden. Er hatte sicher nichts zu befürchten, trotzdem fuhr Ache zum Hafen hinunter. Die letzten Stunden konnte er genauso gut am Kai verbringen. In der Abenddämmerung trafen weitere Autos ein, nicht viele. Als die Flutlichter eingeschaltet wurden und der Fähranleger in Licht getaucht war, näherten sich die Reisenden zu Fuß. Einige Paare und Familien mit Kindern, auch zwei Männer in Arbeitskleidung. Vermutlich hatten sie den Nachmittag in Cafés verbracht. Alle setzten sich in ihre Fahrzeuge; die Männer in den fabrikneuen Wagen ließen die Scheiben herunter und unterhielten sich weiter. Ache aß den Toast, dann döste er auf dem zurückgelehnten Sitz ein. Auch wenn das Lenkrad störte, war es erstaunlich bequem.

Erst als die Fähre angelegt hatte, richtete er sich wieder auf. Die Passagiere, die nicht mit Auto oder Motorrad unterwegs waren, gingen an Bord. Ein Steuermann in weißer Uniform riss die Tickets ab. Er ging um den Audi herum und sah nach, ob weitere Personen darin saßen, dann sagte er etwas und nickte gleichzeitig zur rechten Fahrzeugseite. Als Ache im Bauch der Fähre geparkt hatte, verstand er, was der Mann gemeint hatte. Über dem Benzindeckel hatte jemand krakelige Buchstaben in den Lack geritzt, bis er unterbrochen worden war. Vielleicht mit einem Schlüssel, vermutlich mit einem Nagel.

Go to Hel

Der Angestellte, der ihm die Türkarte gab, sprach in ein Telefon, das zwischen Schulter und Ohr klemmte. Als Ache nach Karten fragte, zeigte er stumm auf die Wand. Seinen roten Augen zu begegnen, fiel schwer.

Als sie abgelegt hatten, zog Ache Decke und Betttuch, die man unter die Matratze geschlagen hatte, heraus. Es reichte, dass die Kabine eng war, er brauchte kein Bettzeug, das ihn einschnürte. Die Fähre bebte, das Glas am Waschbecken zitterte. Im Flur sprach eine Stimme aus den Lautsprechern, sie schien aus Blech gemacht. Als alles auf Englisch wiederholt wurde, verstand er jedes fünfte oder siebte Wort. *Welcome ... open til ... port ...* Er hörte nicht mehr hin, noch ehe die Stimme von Hintergrundmusik ersetzt wurde. Das Bett war unbequem, das Kissen knarrte. Er kontrollierte das Handy; kein Empfang auf See. Er schlief unruhig. Diesmal hatten die Traumgestalten den blutunterlaufenen Blick des Mannes am Empfang.

Am nächsten Morgen nieselte es. Während der letzten Stunde rauchte der einzige Ausländer auf der Fähre an Deck und sah die Küste im Nebel näher kommen. Der Teer war schlecht für die Bronchien, tat aber gut. »Wir hatten eine schöne Zeit«, murmelte Ache, nicht ohne Wehmut. In der Nacht waren sie weit draußen gewesen, wo die See das Land vergisst, nun fuhren sie um die Insel herum, zu der Deeb ihn geschickt hatte, in der Ferne zeichnete sich eine weitere Landmasse ab. Als die Blechstimme ertönte, ging er zum Auto hinunter.

Die Karte in der Lobby hatte ihm gezeigt, dass die Insel die Form eines Hufeisens hatte. Eine weitere, etwas kleinere Bucht lag im Südosten, aber als sie die Landzunge passierten, war es ihm nicht gelungen, die Einfahrt zu erspähen. Der Hafen, in dem sie eine halbe Stunde später als fahrplanmäßig anlegten, wirkte verwaist. Hier und da brannte Licht in Fenstern, ein paar Lastwagen standen mit eingeschalteten Scheinwerfern. Am Kai warteten Menschen. Dunkle Kleider, kaum Bewegungen. Als er von der Rampe herabrollte, wurde es gerade hell.

Es hatte keinen Sinn, irgendwohin zu fahren, bevor die Leute wach waren, weshalb Ache hinter einem Busbahnhof parkte. Eine Viertelstunde später ging die Sonne auf, man merkte es am Übergang von Kohle- zu Betonhimmel. Regen trommelte auf die Windschutzscheibe. Als er mit steifen Gliedern, aber ohne Träume erwachte, war es 10:54. Drei Striche, wieder Empfang. Jetzt schien die Sonne im schmerzenden Blau.

Ache fand am Busbahnhof ein Café, in dem er lernte, dass das vanillegefüllte Teilchen, das er am Vortag gegessen hatte, *bougátsa* genannt wurde. Er bat um eins und einen Energydrink. Außerdem bestellte er einen Espresso, vor allem, um genügend Zeit zu haben, auf die Toilette zu gehen. Als er zurückkehrte, stand die Tasse auf dem Tisch am Fenster. Der Kaffee war heiß und süß, raue Körnchen klebten an der Zunge. Es war sicher kein Espresso, aber das machte nichts. Bevor er ging, fragte er nach Souvenirläden. Der Mann meinte, sie seien noch nicht geöffnet; die Leute würden erst Ostern kommen, das in diesem Jahr spät liege. Einige Straßen entfernt, mit Ausblick auf den Hafen, gebe es jedoch einen Kiosk, der Ansichtskarten und Reiseführer verkaufe. Mit etwas Glück sei er offen.

»NGO?« Der Mann sah Ache an, während er die Tische abwischte. »Lasst uns in Ruhe, dann werden wir das Ungeziefer schon los. Letzte Woche waren sie wieder hier, haben protestiert, dabei sollten sie eigentlich dankbar sein.« Seit zehn Tagen galten neue Regeln: Flüchtlinge, die vor dem zwanzigsten März angekommen waren, als das Abkommen der EU mit der Türkei in Kraft trat, durften sich frei bewegen, die Insel allerdings nicht verlassen. Wer später angekommen war, blieb eingesperrt und musste warten, bis der Anspruch auf Asyl geklärt war. »Sie stehlen unser Land, belegen Betten in den Krankenhäusern, vertreiben die Touristen. Für uns interessiert sich keiner.« Der Mann sprach ausgezeichnet Englisch. Ache dachte, dass seine Tochter an diesem Tag elf geworden war.

Zehn Minuten später hatte er sich einen Autoatlas mit sonnenvergilbtem Umschlag besorgt, der ihm nach Athen helfen sollte – und in der Hauptstadt, die sich über vier Seiten erstreckte. Bis auf ein paar Fischerboote war der Hafen leer. Der Kai schien neu und gleichzeitig als Promenade zu dienen. Schwarzgekleidete Aktivisten saßen auf einer Treppe, aßen Brot und tranken Milch direkt aus dem Karton. Ein junges Paar ging mit einem Kinderwagen vorbei – der Mann blieb stehen, damit die Frau die Decke zurechtrücken konnte. Zwanzig Meter dahinter folgte ein Junge auf einem klappernden Skateboard.

Ache kehrte zum Auto zurück. Eine Frau, die von einem Balkon aus Wäsche aufhing, studierte ihn wortlos. Als er nicht wusste, was er mit der Dose tun sollte, die er in einem durstigen Zug geleert hatte, zeigte sie auf das Haus gegenüber. Um die Ecke stand ein Container. Als er zurückkam, wollte er ihr danken, aber die Frau war hineingegangen. Nachdem er zwischen den Radiosendern gesucht hatte, rollte er durch die Stadt, am Fähranleger und an einer grauen Statue in einem Kreisverkehr vorbei. Als Erstes landete er in einer Kiesgrube am Wasser. Die Räder spritzten Sand in schiefen Federn auf, jemand hatte STOP DETENTION auf eine Zisterne gesprüht. Dann fand er die Landstraße und fuhr am Meer entlang, durch sparsame Bebauung und Gewerbegebiete, an Olivenhainen auf versengter Erde vorbei.

Nach mehreren Kilometern führte die Straße landeinwärts. Niedrige Feldmauern, einzelne Häuser. Ache kam an einer Kapelle vorbei, die so neu aussah, dass er sich fragte, ob sie schon eingeweiht war, danach an Verschlägen mit Wellblechdächern. Hinter einem Zaun standen lehmbraune Öfen im Freien, an einer Wand lehnten Marmorplatten. Laut Kilometerzähler war er acht Kilometer gefahren, trotzdem war er keinem einzigen Auto begegnet. Und hatte das Dorf auf der Karte noch nicht erreicht. Kurz darauf passierte er eine Garage mit Lastwagen und einem Bagger davor, danach zwei Gebäude mit Schiebetoren. Dem Schild nach zu urteilen, veredelte man Oliven zu Öl oder Trauben zu Wein. Weitere Gebäude folgten, aber kein Dorf.

Die Straße stieg an. Ache wollte nicht in die Berge und warf gerade einen prüfenden Blick auf die Karte, als er ein schmutzig braunes Schild mit weißer Schrift entdeckte. Darunter hatte jemand auf Englisch ergänzt: PHOTOGRAPHS ARE PROHIBITED. Kurze Zeit später folgte eine Abzweigung. Die Landstraße schien in die Berge hinaufzuführen, die kleinere führte nach rechts. Sicherheitshalber bog er ab.

Hundert Meter weiter endete der Asphalt, der Kiesweg verschmälerte sich zu zwei tiefen Furchen. Ache schaltete herunter und schlängelte sich durch hügeliges Gelände, zwischen Olivenhainen hindurch. Die Sonne wurde durch die krummen Bäume gesiebt, die Erde war lange nicht mehr umgegraben worden. Nach weiteren fünfzig Metern beschloss er zu parken, er durfte nicht riskieren, sich festzufahren. Nichts deutete darauf hin, dass er richtig war, obwohl das Schild mit der Kamera in diese Richtung gezeigt hatte. Vielleicht war es so gedacht, dass *Hel* einem so schwer zu erreichen schien, dass man, wenn man einmal davon überzeugt war, erkannte, man befand sich längst darin.

Kurz vor einem Zaun stellte er den Wagen unter ein paar Bäumen ab. Die Tür plingte anachronistisch. Er ließ die Karte liegen, steckte die geöffnete Zigarettenschachtel jedoch ein. Obwohl das meiste auf Griechisch war, war der Name mit verschnörkelten lateinischen Buchstaben geschrieben. *Zante Filter.* Auf dem Bild in der Mitte neigte eine Blondine den Kopf nach hinten; sie sah aus wie die Filmstars, als Ache ein Kind war. Als er abschloss, hörte er im gleichen Moment das leise, stete Stimmengewirr. Es kam über den Hügel, durch die Bäume, mit der Luft, schien aber vor allem aus dem Boden aufzusteigen. Dumpf und beständig wie Bewegungen weit unter seinen Füßen. Manchmal lösten sich rhythmische Laute heraus. Es klang, als schlüge jemand mit einem Holzlöffel gegen einen Blechtopf. Auch einzelnes Pfeifen war zu hören, vogelflink und auffordernd.

Ache ging auf die Geräusche zu. Insekten surrten, zerbeulte Plastikflaschen glänzten zwischen den Bäumen. Als er die Kuppe erreichte, begriff er, dass er besser der Landstraße gefolgt wäre. In dem Tal unter ihm lagen verstreut Zelte und weiße Container. Hier und da waren Planen aufgespannt worden, in der Mitte sah man Gebäude umgeben von Müll. Zum Schutz waren die meisten Zelte mit Plastikfolie bedeckt, die von Steinen festgehalten wurde. Wäsche hing an Leinen, Rauch stieg von Feuerstellen auf. Überall bewegten sich Menschen. Dunkelhäutige Männer, Frauen mit Tüchern um den Kopf, Kinder mit schwarzen Strähnen oder zerzausten Zöpfen. Die meisten trugen Turnschuhe, manche Crocs. Die Erde zwischen den Bäumen war lehmbraun und plattgetrampelt, in den Sträuchern waren Tüten hängen geblieben. Das Ganze glich nicht so sehr einem Lager, eher einer lebenden Müllkippe.

Keiner beachtete ihn. Drei Jungs zwängten sich an ihm vorbei, sie schienen es eilig zu haben und feuerten einander an; eine Frau trug ein in einen Schal gewickeltes Kind und zog gleichzeitig einen Wagen hinter sich her, die Räder schlugen gegen Steine und Wurzeln. Der Hang war steil, wer abwärts unterwegs war, ging schneller als sonst, während sich alle, die ihn hinaufwollten, vorlehnen mussten. Neben dem Pfad lief Regenwasser über Zweige und PET-Flaschen. Ache befand sich im oberen Teil dessen, was, wie er bald hören sollte, der Dschungel genannt wurde, Heimstatt all jener Flüchtlinge, für die in Camp Moria kein Platz war.

Das eigentliche Lager breitete sich entlang der Landstraße aus. Obwohl es halbwegs in den Bergen lag, war es Europas innerster Kreis. Nun sah er, dass auf den Containern innerhalb des Zauns ISOBOX stand. Offenbar hatte man sie auf Zementblöcke gestellt, wahrscheinlich, damit das Wasser bei Regen abfließen konnte. Das Gedränge machte es einem schwer, den Jungen auf dem Festland nicht zuzustimmen. Hyänen lebten besser.

Deeb, der ihm vom Lager erzählt hatte, wollte, dass Ache sich als Helfer ausgab, beim Anblick des Chaos war er sich jedoch nicht sicher, ob das nötig war. Außerdem wusste er nichts darüber, Flüchtlingen beizustehen; wenn sie Yezda in der Unterkunft besuchten, beklagte sie sich vor allem über die Bürokratie. Unter dem Foto auf seinem Ausweis stand in roter Schrift *Parting Waters*. Das Logo bestand aus einem Dachgiebel mit Wellen zu beiden Seiten. Ache nahm an, dass es zwei der Leitworte darunter illustrierte: *Shelter* und *Water*. Das Letzte erhielt man, wenn die beiden ersten gekreuzt wurden: *Sanitation*. Auf der Rückseite stand: PARTNER OF THE QUABBAN GROUP. Die Adresse, die er in Athen aufsuchen sollte, war eine Art lokale Vertretung, aber er bezweifelte, dass Deeb die NGO bei den Behörden angemeldet hatte.

Dem Makler zufolge war es kein Problem, Englisch zu sprechen. Unter keinen Umständen durfte Ache sagen, dass er Journalist war. Nach den Unruhen der letzten Wochen hatte man das Lager für die Medien gesperrt. Länder, die bislang die Bedürftigsten aufgenommen hatten – Alte, unbegleitete Kinder, chronisch Kranke –, verloren angesichts des neuen Abkommens die Lust. Mittlerweile war es niemandem erlaubt, die Insel zu verlassen. Was der Grund für seine Reise war. Die amerikanische Staatsbürgerschaft schadete nicht, zwei Pässe erst recht nicht.

Das Lager war von einem Zaun umgeben, der auf dem gleichen ungestrichenen Beton montiert war, den Ache am Flughafen, im Hafen, rund um die Olivenhaine gesehen hatte … Die Leute hingen Wäsche auf, oben wickelte sich Klingendraht in Spiralen. Er folgte der Umzäunung um die Ecke herum zum Eingang. Dort ging der Pfad in einen

Weg über, der so uneben war wie ein Waschbrett. Alles wirkte geordnet und trotzdem chaotisch. Die meisten, denen er begegnete, schienen Araber zu sein, aber er sah auch Schwarze. Viele trugen Schals, einige einen Mundschutz wegen des Gestanks. Nach den letzten Zelten folgte eine Lichtung, dahinter ein Falafelkiosk. Er kam auch an einer Art Spielplatz und an Friseuren vorbei, die Kunden im Freien bedienten. Auf den letzten Metern folgte ihm ein bellender Hund, bis er das Interesse verlor.

An der Landstraße standen die Autos eng geparkt. Ein Bus hupte und fuhr davon. Blaugekleidete Polizisten mit Walkie-Talkies bewegten sich zwischen den Flüchtlingen. Der Eingang lag an der hinteren Ecke. Auf der einen Seite türmte sich Müll auf, die Container reichten nicht aus. Auf der anderen verkaufte ein Mann Bananen und Kohlköpfe, er saß hinter einem aus Plastikkisten gebauten Tisch. Zu seinen Füßen lagen Kartoffelsäcke. Menschen gingen ein und aus, vor allem Männer. Manche wechselten ein paar Worte, andere feilschten mit dem Verkäufer, die meisten drängelten sich in der Schleuse. Ache sah auf sein Telefon – schon 1:23 – und war erleichtert, als er den Akkustand prüfte.

Mehrere Hilfsorganisationen hatten Empfangsräume eingerichtet, in denen die Menschen medizinische Hilfe und Unterstützung erhielten. Er sah sowohl Schilder von MÉDECINS SANS FRONTIÈRES als auch BOAT REFUGEE FOUNDATION, aber keinen von Wellen umgebenen Dachgiebel. Zwei Ärztinnen oder vielleicht auch Krankenschwestern hoben Kartons aus einem kanariengelben Transporter. Auf ihren Windjacken sah er einen blauen und einen roten geschwungenen Schnörkel, beide ähnelten Delfinen. Der obere wölbte sich so, dass der Raum zwischen beiden die Silhouette einer Frau bildete. Darunter stand in Blockbuchstaben SAO.

Ache ergriff die Chance, die Frauen wollten offensichtlich ins Lager. »*Need a hand?*«

Ohne zu antworten, gab die Ältere ihm den Karton, den sie hielt und entlastete ihre Kollegin, die gerade versuchte, zwei anzuheben. Der Wachposten winkte sie durch. Sie liefen einen der Hauptwege hinauf, der große Zaun zur Linken und Baracken zur Rechten. Überall wurden Waren verkauft: Obst, Gemüse und Zigaretten, Windeln und Toilettenpapier, sogar CDs. Kinder schleppten Tüten, Männer trugen eingeschweißte Wasserflaschen auf der Schulter, zwei Frauen hielten einen großen Topf zwischen sich, eine dritte hatte Decken unter dem Arm. Vor einer unfassbar schmutzigen Isobox, deren Funktion sich Ache nicht erschloss, standen Männer Schlange, alle finster, auf dem Absatz hinter ihnen ragten Zisternen auf. Neben den Behältern luden die Leute ihre Telefone auf einem Balken mit einer langen Reihe von Steckdosen.

Die Frauen gingen schnell, es war schwierig, mit ihnen ins Gespräch zu kommen. Manchmal mussten sie die Kartons vor Männern schützen, die hineinschauen wollten. An einer Kreuzung studierten sie eine große Karte über das Gebiet, weiter entfernt waren über Arbeitsplatten Wasserhähne montiert worden. Zu beiden Seiten wuschen die Leute Kleider oder ihren Kindern die Haare. Die bunten Plastikgefäße waren voller Seifenschaum.

Den müden, aber zielstrebigen Bewegungen nach zu urteilen folgten die Bewohner bekannten, jedoch unausgesprochenen Regeln. Das Gedränge zwang einen zur Vorsicht. Die Stimmung war zugleich umtriebig und gelangweilt. Ache vermutete, dass es nachts nicht leicht war, sich unbehelligt zu bewegen, zumindest nicht als Frau oder Minderjähriger. Weiter voraus standen im Gewimmel zwei Personen mit dem Rücken zueinander, als wären sie Verkehrspolizisten. Sie trugen hellblaue Westen und gaben den Bewohnern Anweisungen, unklar wozu.

Die jüngere Frau nickte zu einer neuen Schleuse hin. Diesmal waren die Wachposten penibel. Als der eine begriff, dass Ache zu den Frauen gehörte, bat er um einen »Ausweis«. Das deutsche Wort schien der gängige Begriff zu sein, denn sein Kollege bat die Frauen um das Gleiche. Ache schob das Kinn über dem Karton vor. »New?« Er zog die

Lippen zurück und brachte einen bejahenden Laut heraus. Er hatte sich den Ausweis zwischen die Zähne gesteckt.

Das Schild am Eingang gab an, dass sie sich in Zone zwei befanden. Die Frauen suchten sich ihren Weg an Wäsche und Behausungen vorbei. Manchmal wurde der Pfad zwischen den Containern so schmal, dass sie seitlich gehen mussten. Das Lager wurde immer labyrinthischer, nachdem sie um mehrere Ecken gebogen waren, wusste Ache nicht mehr, woher sie kamen, schließlich erreichten sie einen geschützten Platz. Die Isoboxen waren mit Hilfe von Brettern und Planen so ausgebaut worden, dass es nur einen Weg hinein und heraus gab. Auf einigen Wänden prangten schwarz aufgesprüht arabische Wörter. Ein älterer Mann saß im Schatten, ein Teenager bereitete auf der Treppe zu einer Wohnbox Tee zu.

Die jüngere Frau sagte etwas, das Ache für einen Gruß hielt, dann fuhr sie auf Englisch fort. »*Here's what you asked for. Now will you do what you promised?*«

Der Mann schob die Hände in die Taschen der Daunenweste, die er über dem Kaftan trug. Ehe er antwortete, begutachtete er die Gruppe vor ihm. Die ältere Frau – schlank, dunkelhaarig, drahtig – verstand den Wink und dankte Ache. Als sie den Karton übernahm, las er auf dem Ausweis, der um ihren Hals hing, *Petrou*.

Es war leichter gewesen hineinzukommen, als er geglaubt hatte, nun musste er T 1333 finden. Nach wenigen Containern verlor er jedoch die Orientierung. Die Schleuse konnte nicht weit weg sein, aber nicht einmal die Geräusche wiesen einem den Weg. Hinter den weißen Blechwänden weinten Kinder, aus einer Tür waren erregte Stimmen zu hören, sogar die futuristischen Ratata-Töne eines Computerspiels drangen aus einem Zelt. Als er Bewegungen an den Betonblöcken unter einer der Boxen wahrnahm, wurde ihm klar, dass auch Mäuse – oder waren es Ratten – im Lager lebten.

Schließlich fand er hinaus. Vor der Karte über das Gelände stehend, rauchte er eine Zante, überwältigt von den Eindrücken und betäubt vom Gestank. Ein paar Minuten später kehrten die Frauen zurück. Die Blonde sprach kurz mit den Wachposten, ehe sie im Menschengewimmel verschwanden. Nicht wissend, was er tun sollte, folgte Ache ihnen. Die Karte diente der Orientierung, was er sah, stimmte mit ihrer luftigen Ordnung jedoch nicht überein. Die frühere Kaserne stand noch wie eine versunkene Zivilisation, aber wo es möglich war, gingen von ihr Anbauten aus. Menschen saßen auf Brettern unter Planen, Verkäufer boten Waren neben Müll feil, Erwachsene standen Schlange – für ärztliche Hilfe, Essen, Beratung. Kinder spielten, wo Platz war. Die Unübersichtlichkeit machte es schwer zu entscheiden, ob die Behörden den Flüchtlingen noch halfen oder schon dazu übergegangen waren, sie zu verwahren.

Jetzt entdeckte Ache, dass auf allem, was ein Dach trug, ein aufgesprühter Buchstabe, gefolgt von einer Ziffernfolge stand. So war die Ordnung gewahrt worden, als die sorgsam markierten Felder auf der Karte nicht mehr ausreichten. Obwohl er sich große Mühe gab, fand er kein System. Es wäre logisch gewesen, das Areal mit Hilfe von Buchstaben in Sektionen einzuteilen und im Anschluss die einzelnen Unterkünfte zu nummerieren. Dennoch wies eine Plane ein aufgesprühtes E auf, während der Unterschlupf daneben ein Z hatte. Wer fand sich in diesem stinkenden Wirrwarr zurecht?

Plötzlich stöhnten die Menschen auf. Der Strom war ausgefallen. Die Glühbirnen in der Baracke neben ihm hingen weiß und nutzlos, an dem Mast mit dem Zeichen für WLAN breiteten die Leute die Arme aus. Ache sah weiter vorn kurz die gelben Windjacken und eilte ihnen hinterher. Die Frauen schienen auf dem Weg in eine andere Zone zu sein, denn als er die Schleuse erreichte, zeigten sie ihre Ausweise. Als er an der Reihe war, schüttelte der Wachposten den Kopf, ohne auf den Ausweis zu schauen. »*No men.*« Die neueingerichtete Umzäunung war für Frauen und unbegleitete Kinder reserviert.

Die Sonne verschwand hinter Wolken. Man merkte, dass es Frühling wurde, aber die Temperatur fiel sofort. Als Ache einen Blick auf das Handy warf, unschlüssig, was er tun sollte, sah er, dass es später war als gedacht. Vor einigen mit Stacheldraht umzäunten Containern standen Kranke Schlange; viele hielten Kinder im Arm, die Älteren stützten sich auf Begleiter. Der Gestank von Abfall vermischte sich mit dem Geruch des Abendessens. Wenn er sich nicht wie ein Helfer verhielt, würde das Sicherheitspersonal in ihm bald einen recherchierenden Journalisten sehen, und dann würde es schwierig werden, erneut hineinzukommen. Außerdem konnte er nicht über Nacht bleiben, deshalb hob Ache einen der leeren Kartons auf, die man vor der Ambulanz weggeworfen hatte, faltete die Klappen zu und tat so, als enthielte er notwendige Hilfsgüter. Als ein älterer Mann ihn etwas fragte, lächelte er entschuldigend. Mit dem Logo auf der Seite – fünf Handflächen in unterschiedlichen Farben bildeten eine Sonne – wirkte er beschäftigt und konnte gleichzeitig nach T 1333 suchen. Noch blieb ihm eine Weile, bis es dunkel wurde, wenn er die Bezeichnung nicht fand, würde er am nächsten Morgen zurückkehren müssen.

Einige Schritte entfernt hockte ein Jugendlicher und grillte Gemüse über einem Feuer, das kaum glühte. Die absurd weiße Jeans wirkte neu, er fächelte Luft mit einem Stück Karton. »*Two euros, you want? You want?*«

Ache konnte die Paprika auf dem Rost identifizieren, das übrige Gemüse dagegen nicht. Der Rauch ließ ihn jedoch husten, was ihn an das Medikament erinnerte, das er nehmen musste. »*Water?*«

»*You want water? Mister want water!*« Der Bursche pfiff. Der Freund, den er herbeirief, verschwand nach knappen Anweisungen, kurz darauf kehrte er mit zwanzig quietschenden Flaschen zurück. »*Five euros. For you, my friend, four. Four euros.*« Der Jüngling hielt die entsprechende Zahl von Fingern hoch.

Ache schüttelte den Kopf. Der Preis schien übertrieben, aber der wahre Grund war, dass er keine kleinen Geldscheine hatte.

Der Bursche wühlte in den Taschen. »*What you want?*« Jetzt klang sein Ton drohender, der Freund, der die Palette abgestellt hatte, kam näher. Auch das Interesse anderer war geweckt worden. Ache sah, wie sie Blicke wechselten.

»*Here, take this.*« Er gab dem Verkäufer den Geldschein mit dem geringsten Wert. »*The bottle, please.*« Ohne Wechselgeld abzuwarten, zerrte er eine Flasche heraus und eilte mit dem Karton unter dem Arm zum Ausgang, ohne zu wissen, was ihm Angst gemacht hatte.

Auf einmal war ihm das Lager fremd. Die Geräusche, die Gerüche, die Menschen – obwohl der Strom zurück war, verängstigte ihn alles, ohne wirklich zu drohen. Ache wusste, dass er irrational reagierte, er war von Menschen mit normalen menschlichen Bedürfnissen umgeben, trotzdem wollte er nichts mehr berühren, am liebsten nicht angestoßen werden, hätte wenn möglich gerne vermieden, die Luft einzuatmen. Als er endlich auf die Straße hinauskam, warf er den Karton von sich und brach die Versiegelung der Flasche. Er trank in gierigen Schlucken, das Medikament glitt ohne Abdruck in der Kehle hinunter. Die Zigarette, die er an die Lippen hob, zitterte.

»*First time, huh?*« Ein schwarzer Mann mit Strickmütze blieb stehen. Er hielt eine Tüte in der Hand, machte aber keine Anstalten näher zu kommen. »*It's a zoo. Wait and see tonight.*«

Ache hielt ihm die Schachtel hin. Der Fremde roch an einer Zante, als hätte er noch nie Zigaretten gesehen, ehe er sie in die Brusttasche schob. Als Ache ihn aufforderte, sich noch eine zu nehmen, steckte er sie in den Mund.

Nachdem er Feuer bekommen hatte, erklärte der Mann, das Stromnetz im Hotspot – so nannten alle die Hölle – sei überlastet. Als Ingenieur ahne er, was zu tun sei, ihn frage jedoch keiner. Tausende Menschen benutzten Lampen, Wasserkocher, Computer … In einigen Containern habe er sogar Kühlschränke gesehen.

Ache erkundigte sich, was Leute machten, die ins Krankenhaus mussten, der Mann erzählte, nicht alle Taxifahrer nähmen Migranten mit, erst recht nicht nach der Panik vor einem Monat, als es in einer Isobox gebrannt habe. Sie hatte auf einer anderen gestanden, innerhalb weniger Minuten hatten beide Feuer gefangen. Es war windig gewesen, die Flammen konnten sich ausbreiten. Die Menschen waren zum Ausgang gerannt, viele in der Schleuse niedergetrampelt worden. In den Tagen danach hatte die Polizei Tränengas gegen protestierende Flüchtlinge eingesetzt. Inzwischen wurden nur noch Mitarbeiter von NGOs in das Lager gelassen. Es kam vor, dass Journalisten, die sich vor der Umzäunung aufhielten, schikaniert wurden, weil viele Polizisten sie eher als Teil des Problems und nicht der Lösung betrachteten. »Warte, bis die neue Übereinkunft gebrochen wird. Dann ist die Zeit reif für die nächste Katastrophe.«

Etwas entfernt standen Taxis. Anscheinend trafen sie gegen fünf Uhr ein, wenn die Arztpraxen nach der Siesta öffneten. Die Kranken warteten stundenlang. Bis man gegen neun zumachte, bekamen die Wagen Fahrten zum Krankenhaus. Ein Teil der Helfer fuhr mit dem Taxi in die Stadt, wo sie wohnten. Dann verwandelte sich auch der Zoo in einen Dschungel.

Am liebsten hätte Ache die Nacht im Audi verschlafen, in Decken gehüllt, aber er wusste, dass er etwas essen musste. Vor der Rückfahrt wäre es außerdem klug einzukaufen. Vielleicht auch, sich einen Pullover zu besorgen. Außer den Kleidern, die er am Leib trug, hatte er nur ein Flanellhemd und Unterwäsche eingepackt. Sonst hätte sich Why gewundert.

Am wichtigsten war jedoch zu begreifen, wie das Lager organisiert war, damit er am nächsten Tag T 1333 fand. Wahrscheinlich sollte er eher mit Migranten als mit Helfern sprechen, die schnell Unrat witterten. Als der Afrikaner fragte, für wen er arbeitete, wurde Ache dennoch vorsichtig. Der Mann warf sich die Tüte über die Schulter, die Konservendosen schlugen gegeneinander. »*No problem. Later.*«

Als er die Zigarette geraucht hatte, entschied Ache sich. Es dämmerte, er hatte nichts zu verlieren. Für weitere Zigaretten würde er vielleicht erfahren, was er wissen wollte. Die Strickmütze entfernte sich entlang des großen Zauns den Anstieg hinauf, an dem Wäsche hing, also eilte er hinterher. Auf dieser Seite gab es viele Zelte, hier und da stieg von Feuern Rauch auf. Die meisten Flüchtlinge waren dunkelhäutig. Wahrscheinlich hatten die Behörden sie mit Rücksicht auf unterschiedliche Kulturen aufgeteilt, aber vor allem anhand von politischen oder religiösen Überzeugungen. Die Konflikte in den Regionen, aus denen sie kamen, verschwanden ja nicht, nur weil es ihnen gelungen war, dem Krieg zu entkommen. Yezda hatte auch von Streitigkeiten in der Unterkunft berichtet.

Der Mann grüßte jemanden, der wahrscheinlich ein Landsmann war. Keiner blieb stehen; als sie einander passierten, entdeckte er jedoch Ache und wurde langsamer. Bald gingen sie Seite an Seite, als wäre es von Anfang an so geplant gewesen. Vielleicht wollte er sehen, ob Ache an ihm vorbeiging, als er merkte, dass sie im Gleichschritt blieben, lachte er. »*Dinner*.« Er hob als Erklärung die Tüte. »Gerbe.«

Ache nahm an, dass Letzteres nicht Konserven bedeutete. »Jim.«

Wenige Minuten später stieg Gerbe zwischen den Schuhen vor einem großen Zelt aus seinen Crocs. Er lächelte fragend, als er die Tuchbahn aufhielt. Der Boden war mithilfe von Paletten angehoben worden. Ache ergriff die Chance und schnürte seine Stiefel auf, hatte aber Angst, sie könnten gestohlen werden. Der Mann nickte in Richtung einer Frau am Eingang. Erst nahm sie die Tüte, danach die Schuhe des Gasts entgegen. Der Gaskocher fauchte unter einem Topf, als sie die Stiefel weggestellt hatte, bohrte sie ein Loch in die Konserven und goss Kokosmilch in den Topf.

Erwachsene und Kinder drängelten sich auf Decken, die man auf der Plane ausgebreitet hatte, alle verstummten, als sie Ache sahen. Die Frauen trugen Tücher, die Männer sahen einander an. Keiner grüßte, dennoch rückten sie so zusammen, dass er sich setzen konnte. Sofort bekam er eine Flasche Wasser und einen Brotfladen, der noch warm war.

Die Stimmung war weder bedrohlich noch freundlich, nur abwartend. Ache nickte den Erwachsenen zu, dann fingerte er an dem Brot herum. Das älteste Kind, ein Mädchen von siebzehn oder achtzehn Jahren, hielt sich ihr Tuch vor den Mund, doch man sah, dass sie lächelte. Ein weißer Mann zum Essen? Gerbe stellte ihm die Kinder vor. Als er zu dem Mädchen kam, sagte er »Jamila« und legte die Hand auf ihre Schulter.

Es war schwer zu sagen, ob die Erwachsenen Englisch sprachen. Ebenso wenig wusste Ache, ob sie Verwandte, Freunde, Bekannte waren. Er schätzte, dass sie sich erst im Lager kennengelernt hatten. Während das Essen vorbereitet wurde, erfuhr er, dass Gerbes Familie registriert worden war, der Antrag auf Asyl aber noch nicht eingereicht werden konnte. Im Moment herrschte Chaos. Alle wollten aufs Festland, keiner wusste wie.

Einige der Männer murmelten, was bedeutete, dass sie verstanden, was der Gastgeber sagte. Als Gerbe fertig war, räusperte sich einer von ihnen; ehe er die Stimme erhob, sah er den Fremden fragend an. Gerbe begnügte sich mit »*Friend*«, danach wechselte er zu einer Sprache, die Ache noch nie gehört hatte. Er schnappte *jeremeninya* auf; vielleicht bedeutete das »deutsch«.

Wahrscheinlich hatte Gerbe ihm seine Situation aus Höflichkeit erklärt. Jetzt schwieg er, während die Männer redeten. Manchmal lächelte er und wenn er etwas einwarf, geschah es in der gemeinsamen Sprache der Versammelten. Offenbar gab es dialektale Varianten, denn einzelne Laute klangen unterschiedlich, je nachdem, wer sie aussprach. Die Unterschiede behinderten jedoch nicht das Verständnis. Als das Essen serviert wurde, dankten alle demselben Gott.

Die Männer schienen sich zu beraten. Sie wägten ihre Worte ab und redeten zögernd. Wenn einer fertig war, murmelten alle, ehe Kommentare folgten. Letzteres ließ Ache glauben, dass sie sich nicht besonders gut kannten. Während er zuhörte, fragte er sich auch, warum Gerbe ihn eingeladen hatte. Erwartete er Hilfe oder symbolisierte Ache etwas, das er den anderen zeigen wollte?

Es gab nicht genug Platz, sodass Frauen und Kinder nicht für sich sitzen konnten, der Abstand zwischen den Männern und der Frau, die er für Gerbes Ehefrau hielt, war so klein, dass sie sich nur strecken musste, um zu servieren. Wäre die Situation anders gewesen, sie hätte bestimmt in einem separaten Raum gesessen, dennoch gelang es ihr, durch Bewegungen zu verdeutlichen, dass sie nicht zur Welt der Männer gehörte. Die beiden anderen Frauen sprachen mit niemandem und sahen keinen an. Nur Jamila schielte zu dem Abendländer hinüber, als er mit einem Stück Brot versuchte, die Kichererbsen aufzuschaufeln, die mit der Milch eingekocht worden waren. Sie lächelte, aber nicht mit dem Mund.

Eine Stunde verging ohne weitere Wörter auf Englisch. Ache wollte nicht nachsehen, schätzte jedoch, dass es ungefähr zehn war, vielleicht auch schon elf. Jetzt war es zu spät, um noch zum Dorf zu fahren. Er wusste nicht einmal, wie er das Auto finden sollte. Als er gerade beschlossen hatte aufzubrechen, waren die Männer fertig. Während sie aufstanden, legte Gerbe die Hand auf seinen Arm. Als die Männer ihre Schuhe angezogen hatten, sah Ache, dass die Lampen, die man zwischen den Bäumen sehen konnte, erloschen waren. Wieder ein Ausfall oder der Strom wurde nachts abgeschaltet. Die Besucher verschwanden wie Schatten zwischen den Stämmen, sofort aufgelöst.

Laut Gerbe fiel der Strom häufig aus. Vor allem abends und morgens, wenn die Leute Wasser erhitzten, brach das System zusammen. Die Scheinwerfer, die man ringsum im Lager aufgestellt hatte, wurden von anderen Generatoren versorgt, selbst sie funktionierten allerdings nicht zuverlässig. Er nickte zu der Lampe an der Decke, ohne zu erklären, wie es kam, dass sie glühte. Stattdessen bat er Jamila um etwas. Das Mädchen stellte ihm einen Teller mit gepuderten Pralinen hin. Die, für die Ache sich entschied, roch nach Rosenwasser, die klebrige Masse zog übel zwischen den Zähnen. Die Kinder flüsterten, Gerbe klang jedoch streng. Nur der Gast bekam eine.

Als die Platte weggestellt worden war, streckte sich der Gastgeber. Jamila saß mit dem kleinsten Kind zusammen. Sie hielt sich nicht mehr das Tuch vor den Mund, lächelte auch nicht. »Was machst du hier?« Gerbes Frage war schlicht und ernst und so direkt, dass er ihr nicht ausweichen konnte.

Ache antwortete ehrlicher, als es dem Makler vermutlich recht gewesen wäre. »Schwierig, aber nicht unmöglich.« Gerbe hatte zugehört, ohne ihn zu unterbrechen. Nun reichte er seinem Gast die Schuhe und erklärte, er habe vor, ihn zu seinem Auto zu führen. Als er eine batteriegetriebene LED-Lampe blinken ließ und Jamila etwas sagte, beschlich Ache das Gefühl, dass sie vielleicht doch nicht seine Tochter war.

Zwischen den Fetzen am Himmel tauchte immer wieder der Mond auf, in ein, zwei Tagen würde er völlig verschwinden. Ache verzog finster die Lippen bei dem Gedanken, dass der Himmelskörper auf Deutsch *Mond* hieß; bald war nur noch Ray da … Den Blick auf den Lichtkegel vor ihnen gerichtet, erkannte er, dass er den Weg niemals allein gefunden hätte. Aus den Zelten drang Flüstern, auch der Klang von Gefäßen, die aneinanderschlugen. Am Auto erklärte Gerbe, es bestehe keine Gefahr, wenn er ungestört schlafen wolle, sei es allerdings sicherer, weiter weg zu parken. »Die Leute hier sind gut, aber es gibt wilde Tiere.«

Ache lehnte sich in den Wagen hinein und gab ihm die zweite Schachtel Zigaretten. Das Plingen der Tür brachte beide zum Lachen.

Wir sollten etwas mehr über den gasartigen Rauch sagen, der laut Theresas Prosagedicht durch Häute fährt. In dieser ersten, fast mondlosen Nacht auf der Insel lag Ache jedoch wach, bis der Himmel heller wurde, beunruhigt über die Wesen, die seine Träume bevölkert hatten. Es muss also warten.

Als Gerbe gegangen war, rollte Ache den Hang hinunter und parkte kurz vor dem Schild an der großen Straße. Er brauchte frustrierend lange, um zu begreifen, wie die Ambientebeleuchtung ausging. Noch immer leuchtete eine schmale Leiste unten entlang der Türen, milchig wie Dampf, sodass es aussah, als schwebte er ein Stück über der Erde. Es war zu kompliziert, auf der Rückbank zu liegen, und es kam ihm falsch vor, neben dem Fahrersitz zu schlafen – verdreht, irgendwie kraftlos. Nachdem er Kissen und Decke aus dem Kofferraum gehoben hatte, kippte er die Rückenlehne nach hinten und machte es sich am Lenkrad gemütlich.

Während seiner Jahre in der Band hatte Ache sich auf der Bühne kaum bewegt. Sich einzufühlen war ihm stets wichtiger erschienen als sich auszuleben; die Musik sollte aufwärts streben, zitternd zwischen Unterwelt und Himmel. In den besten Momenten hatte Transmission diese elektrische Sphäre erschaffen, geschützt und dennoch ekstatisch, die er intuitiv in allem gesucht hatte, was er machte. Nur halb im Spaß hatte er gesagt, sie hätten die dreizehnte Etage erreicht, die in Aufzügen nie markiert war, aber nachweislich existierte – ein Niveau des Daseins, das sich nur zufällig oder, wie in ihrem Fall, durch Hingabe erreichen ließ.

Nun dachte er, die Füße an den Pedalen und das Lenkrad über den Leisten, schief liegend, mit einem Kissen im Nacken, an das Album, das er in seiner Jugend bis ins kleinste Detail studiert hatte. Die texanische Gruppe hatte nicht das zeitlose Streben nach Wissen verworfen, nur, dass dieses seit Aristoteles gemäß unterschiedlicher Niveaus organisiert wurde – »Wissenschaft, Religion, Sexualität, Freizeit, Arbeit etc.« –, wobei die Aufmerksamkeit dem einzelnen Gegenstand statt der Beziehung zwischen ihnen gegolten hatte. Die perfekte Vernunft, von der die Band sprach, ließ sich nur erreichen, wenn die Perspektive so geändert wurde, dass die Gegenstände des Wissens auf der gleichen Ebene blieben und Erkenntnis durch horizontale Verbindungen erworben wurde.

Für Ache klang die Argumentation heute noch genauso abgedreht wie vor fünfzig Jahren. Die Gruppe war das Kind einer Zeit gewesen, in der es hieß, psychoaktive Substanzen erweiterten das Bewusstsein zu solch kristalliner Wachheit – reiner, starrer Sauerstoff –, dass der

Mensch die Welt nicht mehr mit eigenen Augen erblickte, sondern mit dem dritten Sehorgan, von dem man sagte, es sitze in der Stirn und sei gleichzeitig grundverschieden und allen gemeinsam. Schon vor dem Verlust seines Bruders hatte er für drogenromantische Erlösungsbotschaften wenig übriggehabt, auch wenn Transmission den gleichen flammenden Scharfblick gesucht hatte, in dem sich Schmerz nicht von Seligkeit unterscheiden ließ. Denn was waren Will am Schlagzeug, Raff mit seinem schwankenden Bass und Robbie und er selbst an vibrierenden Gitarren, der eine mit der Zunge im Mundwinkel, der andere mit geschlossenen Augen, was waren sie gewesen, wenn nicht eine waagerechte Ordnung?

Die Platte, die Aches Begierde entfachte, hatte ihn dazu verlockt, mit kantigen Riffs Löcher in den Himmel zu schlagen und kalten, klaren Äther einzuatmen. Auf dem zweiten Album der Band, das er nach der Beerdigung in Jims Plattensammlung gefunden hatte, sangen sie von einer Ahnung, die nichts zu wünschen übriggelassen hatte:

> *True conception, knowing why*
> *Brings even more than meets the eye*
> *Slip inside this house as you pass by*

Er lächelte schief, natürlich drehte sich alles um das Warum, am wichtigsten war dennoch, jenseits dessen zu gelangen, was mit bloßem Auge zu sehen war. Es galt, diese besondere Dimension mit vorhandenen Mitteln zu erreichen – und solange es ging. Was bedeutete: während die Musik erklang. »Dieses Haus« war nur einer von vielen Namen für den leeren Ort, den die Elevators auf ihrer ersten Platte gefeiert hatten. Den einzigen, den Menschen mit dünnen Göttern teilen konnten.

Dennoch. Dennoch fragte sich Ache, ob es nicht eine Alternative gab.

Er war zu unruhig, um zu schlafen, deshalb drehte er den Strom an und ließ das Fenster herunter. Das Auto füllte sich mit schwerfälliger

Nachtluft. Übermüdet zündete er sich eine Zante an und nahm einen tiefen Zug. Ab und zu hörte man Geräusche aus dem Lager – Rufe, Kinder, Kreischen, als bliebe eine Säge in Holz stecken –, ansonsten hatte sich Stille auf die Berge gelegt. Bis zum Morgen würde nicht viel passieren. Auf der Uhr am Armaturenbrett war es eine knappe Minute über Pi, 3:15.

Als Ache sie mit seinem Handy verglich, erkannte er, dass er vergessen hatte, Why anzurufen. Er schrieb eine kurze SMS – »Nur noch 9 %, *Darling*. Muss ein paar Tage bleiben, rufe morgen an« – und erinnerte sich selbst daran, dass er das Telefon im Hotspot aufladen musste.

Hatte es etwas zu bedeuten, dass Why einen grünen Stift für jeden Tag benutzt hatte, den sie clean geblieben war, einen roten Stift für diejenigen, an denen sie nicht hatte verschwinden wollen? Oder dass die gleichen Farben auf der Rückseite des Albums zu finden waren, ohne das er ziemlich sicher kein Rockmusiker geworden wäre? Eher nicht. Auch wenn es wichtig war, den Zusammenhang zwischen Dingen zu ergründen, ließen sich nicht überall im Leben Verbindungen erkennen. Meistens steuerten Zufälle, und wenn höhere Mächte doch einen Wink geben wollten, sorgten sie schon dafür, dass man es merkte. Die Zeiten, in denen er so sehr in seinem Kopf gelebt hatte, dass er auf Roky Ericksons geschäftige Art zerbrechlich geworden war, lagen hinter ihm. Die einzige Verbindung zwischen den Strichen in Whys alter Wohnung und einem Plattencover von 1966 war er selbst.

Auf ähnliche Weise hatte ihn der Zufall mit Theresa zusammengeführt. Bevor Ache doch noch einnickte, bedrückt von dem, was geschehen war und kurz bevor der Morgen graute, sah er sich weitere Fotos und die Aufnahme an, die ihm am besten gefiel. Seine Tochter war auf dem Bild kaum älter als vier oder fünf. Lächelnd, mit einer Lücke im Kiefer, an der weiße Stachel herausdrangen, hielt sie einen honigfarbigen Hamster hoch. Das Licht kam von der Seite, die Augen leuchteten. So stellte er sich Glück vor. Vertrauensvoll.

Dann las er das Begleitschreiben. Die Behandlung sei so ausbalanciert gewesen, dass Theresa sich nicht genötigt gefühlt hatte, ihm zu erzählen, dass sie HIV hatte. Ihre Tochter habe die Schwangerschaft gut überstanden, was der Beweis dafür sei, dass die Medikamente funktionierten; nach der Entbindung habe sie dennoch Muttermilchersatz bekommen, um das Risiko einer Übertragung zu minimieren.

Theresa war sicher, dass Ache sich nicht angesteckt hatte, schämte sich aber, dass sie kein Kondom benutzt hatten. Der Alkohol hatte sie leichtsinnig werden lassen, eine andere Erklärung gab es nicht. Gleichwohl hatte sie, als ihre Tochter geboren wurde, für seinen »Kalk, Phosphor etc. gebetet – 4434 Tage lang, um genau zu sein«. Jetzt hatte sie nur noch Wochen zu leben, bestenfalls ein paar Monate, und musste sich um eine Zukunft kümmern, zu der sie selbst nicht mehr gehören würde. Sie verschonte ihn lieber mit weiteren Details. »Es reicht, dass Zysten entdeckt wurden.« Angesichts versagender Nieren und eines erschöpften Immunsystems bestand wenig Hoffnung.

Ache musste sich keine Sorgen machen, seine Tochter würde in gute Hände kommen. Es war einiger bürokratischer Aufwand erforderlich gewesen, endlich waren sämtliche Formulare unterzeichnet. Freunde würden die Verantwortung übernehmen, bis das Mädchen alt genug war, um selbst zu bestimmen. »Sie muss wissen, wer ihr Vater ist, sonst ertrage ich es nicht zu verschwinden. Versprich mir, dass sie dich von innen nach außen kennenlernt – dein ganzes maskulines Material. Du kannst von Musik erzählen, wenn du magst, erspar ihr aber die Drogen und die Groupies.« Theresa würde die Adoptiveltern bitten, den Bericht aufzubewahren. Es war wohl besser, dass sie nicht sagte, wie sie hießen oder wo sie wohnten. Wenn ihre Tochter achtzehn war, konnte sie selbst lesen und entscheiden, ob sie Kontakt aufnehmen wollte oder nicht. »Bis dahin sind es nur 2140 Tage.«

Fünfzig waren vergangen, seit sie das Päckchen aufgegeben hatte. Während Ache ihrem Wunsch nachgekommen war, hatte er mehr als einmal das Gefühl gehabt, sich um eine Stelle als er selbst zu bewerben. Obwohl er die Krankheit hasste, von der er hatte erzählen müssen, war seine Erleichterung größer. Indem er sich an eine unbekannte Zukunft wandte, war es ihm möglich gewesen, sich ohne das Risiko zu öffnen, verletzt zu werden. Jetzt war der Ordner mit den zwanzig Briefen im Handy gespeichert, ein Volumen aus eigenem Recht. Noch hatte er nicht entschieden, was er der Frau ausrichten würde, die ihn aufgefordert hatte, sich selbst zu ergründen, doch er konnte sich morgen etwas ausdenken. Die Worte mussten sorgsam gewählt werden, was einfacher sein würde, nachdem er Deebs Bitte erfüllt hatte.

Als es dämmerte und einer der Sterne den Namen wechselte, drückte Ache das Fenster hoch. Umschlossen von Stille schlief er ein. Der Tabak füllte seinen Mund wie eine herbe Wolke.

Ein paar Stunden später marschierte ein ehemaliger Rockmusiker zum Lager hinunter. Aus unserer höheren Perspektive betrachtet war er von vager Form. Dunst hing in der Luft, oder Rauch, je länger Ache daran dachte, desto unsicherer wurde er allerdings, ob der Schleier sich außerhalb oder innerhalb seines Stirnbeins befand. Wie eigenartig. Er ging noch ein paar Schritte und dachte wieder: Wie eigenartig!

Wenn es Raff möglich gewesen wäre, hätte er an die Stimme erinnert, die unerwartet in dem Text ertönt, in dem er nach Künstlernamen für sie alle gesucht hatte. »Schwäche oder Kraft: Du bist da, das ist die Kraft. Du weißt nicht, wo du hingehst, noch warum du gehst: Tritt überall ein, gib auf alles Antwort. Man wird dich nicht töten: Als wärst du bereits ein Kadaver.« Aber mittlerweile war es lange her, dass Ache den französischen Dichter gelesen hatte, und hätte er ihn doch gelesen, er hätte sich höchstens in den Zeilen wiedererkannt, die folgten: »Am Morgen war mein Blick so verloren und mein Gebaren so leblos, dass jene, denen ich begegnete, mich vielleicht nicht gesehen haben.«

Er musste diesen murmelnden Dunst abschütteln, er machte ihn unsicher und porös, deshalb konzentrierte er sich darauf, was er durch die Schlitze seiner Augen wahrnahm. Olivenbäume, nichts als Olivenbäume. Ein fliegender Schmetterling. Hühnerdraht. Es hatte geregnet, hier und da leuchteten Pfützen. Das Unkraut war schäbig, der Lehm braunschwarz, das Fundament rund um den Hotspot aschgrau. Es war Montagvormittag, auch dessen war er sich bewusst, aber er wusste nicht, ob es dort eine Arbeitswoche gab. Vielleicht wurden die Kinder unterrichtet, was sollten die Erwachsenen allerdings mehr tun, als zu überleben? Seit ein paar Wochen hielten sich die Flüchtlinge in dem Kreis auf, den der Pfarrer in St. Mary's Limbus genannt hatte. Während ihr Status geprüft und ihr Recht auf Asyl untersucht wurde, mussten sie zurechtkommen, so gut es ging – ebenso unerwünscht in den Augen der Inselbewohner wie die Seuche, die er in sich trug.

»Status«: welch mephitisches Wort.

Je näher Ache dem großen Eingang kam, desto stärker war die Luft von Staub und Lärm erfüllt. Das musste er wahrgenommen haben, dieses wabernde Murmeln, das er hinter seinem Stirnbein wähnte. Die Menschen hämmerten, klapperten, kochten. Kinder schrien, auf der Straße waren Autos zu hören. Er hatte nur diesen einen Tag, es war wichtig, sich nicht zu verirren. Die Fähre fuhr um halb zehn am nächsten Morgen, was bedeutete, dass er spätestens eine Stunde vorher dort sein sollte, wegen des Tickets am besten früher. Das Wissen darum, wie wenig Zeit ihm blieb, ließ ihn den Rücken durchdrücken und schneller ausschreiten.

Als Ache die Schleuse erreichte, versuchte gerade ein Fernsehteam hineinzugelangen. Die Stimmung war aggressiv. Eine Reporterin gab ihr Bestes, die Wachposten auf Englisch davon zu überzeugen, dass sie eine Dreherlaubnis besaßen, und wies den Kameramann gleichzeitig auf Französisch an weiterzufilmen. Ständig schlugen die Griechen die Kamera weg, was zu neuen Protesten führte, gleichzeitig telefonierte ihr Kollege im Wachhäuschen. Ache hielt seinen Ausweis hoch. Keiner beachtete ihn, nicht einmal die jungen Araber, die den Aufstand mit rätselhafter Neugier betrachteten. Mit seinen ungefähren Bewegungen war er vielleicht unsichtbar geworden.

Das Gedränge im Lager war, wenn möglich, noch schlimmer als am Vortag, an dem sich auch Helfer ausgeruht hatten – aber nicht die Frauen, denen er zur Hand gegangen war und die er finden wollte, sobald das Telefon aufgeladen war. Er lief an den Verkäufern an der westlichen Seite vorbei (Gefrierbeutel mit Reis, gebrauchte Kugelschreiber, Pantoffeln mit abgetretenen Sohlen, miteinander verschnürt: Es gab nichts, was sich nicht verkaufen ließ), dann erreichte er das Areal, auf dem das Büro von Frontex lag und die Registrierung stattfand. Hinter den Wassertanks, gegenüber der, wie er nun wusste, zentralen medizinischen Einrichtung, erblickte er den Balken mit Steckdosen. Vodafone stellte den Service bereit, unter der Plane drängten sich die Leute. Ache reihte sich in die Schlange ein, es schien keinen zu interessieren, dass er nicht wie ein Migrant aussah.

Eine Stunde später war der Akku geladen. Jetzt musste er SAO finden. In der Krankenstation wusste man nicht, von wem er sprach, aber im gegenüberliegenden Informationszentrum glaubte eine Frau, die eine weiße Kappe mit blauem Logo trug, dass es sich um eine der neuen Organisationen handelte, die nach den Krisen des Winters entstanden waren. Die meisten hätten sich noch nicht eingerichtet; das Personal übernachte in der Stadt, man tue, was man könne, mit Autos und einfacher Ausrüstung. Sie sei sich ziemlich sicher, dass sich die Hilfe von SAO an Frauen richtete. »Fragen Sie mal bei Oxfam, wenn die noch da sind, ich glaube, sie arbeiten zusammen.«

»Noch da sind?«

Seit das neue Abkommen in Kraft getreten sei, protestiere Oxfam dagegen, dass die EU Menschen, die ihr Leben für eine sicherere Zukunft riskiert hätten, wie Kriminelle behandele. Momentan werde die Errichtung von Toilettenstationen im Dschungel noch zu Ende geführt, sonstige Aktivitäten seien jedoch eingestellt worden. Die SAO war zu klein, ihren Protest würde keiner bemerken, vielleicht hatten sie bis zum nächsten Schachzug der Behörden die Aufgaben Oxfams übernommen. »Das Schild sieht man an der großen Straße.« Die Frau sprach britisches Englisch mit einem ausgeprägten Dialekt. Bevor er dazu kam, sie nach den Bezeichnungen für die Behausungen zu fragen, hatte sie sich einem Mann im Thawb zugewandt, der sich den Arm gebrochen und seine Dokumente in die Mitella gesteckt hatte.

Es war nach zwölf, als Ache zum Eingang zurückkehrte. Mit Ausnahme des allgegenwärtigen UNHCR hatten die meisten Organisationen ihre Zelte außerhalb des Lagers aufgeschlagen. Er ging an Trauben junger Männer vorbei, die von Polizisten mit Sonnenbrillen, die sich dicht um ihre Gesichter schlossen, beaufsichtigt wurden. Am Straßenrand parkten Autos, manche waren so schmutzig, dass der Fahrer nur durch die Felder sehen konnte, die von den Scheibenwischern freigehalten wurden. Ein Junge hielt eine Bananenkiste, in die ein Mann Brotfladen legte. Ein Mädchen, vermutlich die Schwester, folgte dem früheren Rockstar mit Puppen im Arm, die Ache an seine Großmutter auf Ellis Island denken ließen, einem anderen Limbus. Das Fernsehteam aß gerade aus Plastiktüten zu Mittag, die sie auf die Kühlerhaube ihres Mietwagens gelegt hatten. Die Mineralwasserdosen blinkten in der Sonne.

An der Landstraße hatten mehrere NGOs Schilder aufgestellt, Oxfam jedoch nicht. Der Transporter vom Vortag stand allerdings etwas weiter entfernt neben einem geräumigen Zelt. Man konnte nicht anklopfen, deshalb hustete Ache, bevor er eintrat. In einer Ecke waren Plastikeimer aufgestapelt worden, in einer anderen lagen Kleider. Die Frauen sortierten gerade Schuhe. »Ja?« Die Jüngere strich sich die Haare aus dem Gesicht. Jetzt drehte sich auch die Ältere um. Beide grüßten; sie erkannten ihn.

Ache erklärte, er sei gerade erst angekommen, es sei nicht leicht, sich einen Überblick über die Situation zu verschaffen. Im Hotspot könne er der Karte folgen, auch wenn an die frühere Kaserne angebaut worden sei und die Verdoppelung der Einwohnerzahl es erschwerte, sich zu orientieren. Aber draußen in den Olivenhainen herrsche Chaos. In ein paar Tagen würden seine Kollegen mit Lastwagen kommen, bis dahin müsse er dafür sorgen, dass die Papiere fertig waren und einen Platz für Parting Waters gefunden haben. »Wie diesen hier.« Er betrachtete den Lehm, den er hineingetragen hatte. Jetzt, da er improvisierte, durfte er nicht unsicher wirken. Seit das neue Abkommen in Kraft getreten sei, schien keiner zu wissen, was passieren würde, die Bedürfnisse wurden deshalb jedoch nicht kleiner. »Wie macht ihr das?«

»Kannst du, Mary?« Die jüngere Frau suchte nach ihrem Handy. Während sie ihre Kontakte durchging, blies sie die Haarsträhne weg, die ihr immer wieder ins Gesicht fiel. Sie erinnerte an Zantes Filmstar, die gleichen flachsblonden Haare mit dunklen Augenbrauen. Man merkte, dass sie die Chefin war. Als sie eine Nummer gewählt hatte, sprach sie in einem Wortschwall auf Schweizerdeutsch, von dem Ache nur die Lehnworte verstand – *team, worst case, supplies* … Die Ältere machte eine Geste zur Zeltöffnung hin. »*What would you like to know?*« Ihr Akzent klang griechisch, aber sie sprach ausgezeichnetes Englisch.

Um Zeit zu gewinnen, bot er Petrou eine Zigarette an. Es war klüger, nicht sofort zu fragen, was er wissen wollte, nachdem sie beide Feuer bekommen hatten, erkundigte er sich deshalb, welche dringenden Maßnahmen erforderlich waren und woran Parting Waters ihrer Meinung nach denken sollte.

Es lag etwas Einnehmendes in der Selbstverständlichkeit, mit der die Frau das Elend beschrieb. Gegenstände des täglichen Bedarfs seien immer willkommen – Zelte, Betten, Gaskocher. Auch medizinische Hilfe und digitale Ressourcen, ja, simple Artikel wie Binden und Toilettenpapier. Viele Flüchtlinge benötigten sprachliche Hilfe, alle juristischen Beistand. Wenn sie auf der Insel bleiben müssten, wonach es seit dem neuen Abkommen aussehe, müssten Kindergärten eingerichtet und der Schulunterricht organisiert werden. Die Kinder hätten nicht nur alles verloren, was sie besaßen, sie riskierten auch ihre Zukunft.

Trotz der neuen Umstände seien zielgerichtete Einsätze noch möglich. Vor allem Frauen hätten darunter gelitten, dass die Zahl der

Bewohner gestiegen sei und die Konflikte zugenommen hatten. Viele hätten Kinder, andere seien schwanger. Inzwischen hielten die Behörden die Gruppen auseinander und kürzlich war eine Sektion eingerichtet worden, zu der nur Frauen und unbegleitete Kinder Zutritt hatten. Immer mehr Frauen verließen ihre Isoboxen nur noch in Begleitung männlicher Verwandter, manche weigerten sich zu duschen und mieden jeden Kontakt mit der Außenwelt. Die meisten hörten abends auf zu trinken, um nachts nicht die Toiletten benutzen zu müssen. Wenn sie ihre Tage hatten, bekamen viele Infektionen; nicht nur Kinder trugen Windeln. Außerdem gab es immer häufiger Gewalt innerhalb der Familie, auch sexuelle Übergriffe. »Hier ist Asyl bloß ein Wort.«

Oft war die Grenze zwischen Haushalten und Menschenhandel fließend. Die Männer, die Ache am Vortag gesehen hatte, nutzten die Situation aus. Es hatte keinen Sinn, ihnen mit juristischen Konsequenzen zu drohen, nicht einmal die Frauen, die sie in ihren Containern festhielten, würden aussagen. Nur Kuhhandel half. »Wir kaufen die jüngsten mit Medikamenten oder Telefonen frei, manchmal auch mit Geld.«

Ache dachte an das Mädchen, das möglicherweise Gerbes Ehefrau war. »Gestern war ich auf der nordöstlichen Seite. Vor allem Afrikaner?«

Weil das Lager überfüllt war, wurden Neuankömmlinge in die Umgebung gezwungen, wo es schwieriger war, sich zu schützen. Arabischsprachige Flüchtlinge lebten westlich des Hotspots, Personen aus anderen Sprachgebieten auf der Ostseite, aber wenn es Nacht wurde, herrschte das Gesetz des Dschungels. Menschen wurden überfallen, Ausrüstung gestohlen. Die Polizei begab sich nur ungern zwischen die Zelte, sodass die Flüchtlinge gezwungen waren, ihre Sicherheit selbst zu organisieren. Telefone waren ein hohes Gut, Messer Gold wert.

Ache nahm an, dass er und Petrou in etwa gleichaltrig waren. Sie hatte wie viele Frauen ihrer Generation eine zwar zugewandte, jedoch nie einschmeichelnde Art. Nachdem er sich für ihre Ratschläge bedankt hatte, erkundigte er sich, wie sie sich orientierte. Nummern wurden auf die Zelte gesprüht, aber wer wurde schlau aus dem System? »Nehmen wir zum Beispiel T …«

»Das Lager folgt dem griechischen Alphabet.« Petrou lächelte, als wäre das selbstverständlich. »T? Ich glaube, das ist auf der arabischen Seite.« Sie zeigte. Die Augenbrauen waren breite Pinselstriche, das Gesicht war abgezehrt, als sie die Zigarette ausdrückte. Sie musste zurück. »*What do you plan to do?*«

Erst verstand Ache die Frage falsch, dann antwortete er vage: »Decken, wir kommen mit Decken, Schlafsäcken, Spielzeug …« Er machte eine hilflose Geste. »Der Rest wird sich ergeben.«

Der Himmel war weiß gesprenkelt, es war wärmer geworden. Ein Auto fuhr sich im Matsch fest, als es zwischen Bäumen zurücksetzte, dann fand es Halt und entfernte sich hupend, sodass die Leute ihm ausweichen mussten. Ache hatte alle Wertsachen in den Kofferraum des Audis gelegt. Sollte er lieber nach ihm sehen? Er hatte nicht kontrolliert, ob sich der Benzindeckel abschließen ließ, ging aber davon aus. Wenn jemand die Reifen abzog, würde es allerdings schwierig werden zurückzukommen. Bisher hatte er sich auf Zufälle verlassen; das ging nicht, wenn er mit heiler Haut heimkehren wollte.

Auf dem Weg zum Auto kam er an zwei Männern vorbei, die versuchten, einige knorrige Äste anzuzünden. Einer von ihnen goss Spiritus oder vielleicht auch Benzin auf die Zweige, die der andere zusammengestellt hatte. Als Tabernakel machte das nicht viel her, als die Flammen schwächer wurden, knisterten immerhin die Zweige und die größeren Äste, die die Männer vermutlich in den Olivenhainen abgesägt hatten, begannen zu glühen. Auf die Tür der Isobox hinter ihnen hatte jemand LIBERTÉ LIBERTÉ LET WE GO LET WE GO FREEDOM OPEN BORDER geschrieben.

Die Aufforderung erinnerte an Theresas Prosagedicht.

Eine Viertelstunde später machte Ache den Audi zwischen Baumstämmen aus. Er war nicht angerührt worden, sicherheitshalber fuhr er ihn dennoch tiefer zwischen die Bäume. Der Tankdeckel ließ sich nur von innen öffnen, der Tank war noch zu etwa zwei Dritteln gefüllt. Jetzt bereute er, dass er nichts zu essen gekauft hatte, die lauwarmen Schlucke aus der Flasche, die im Auto gelegen hatte, machten ihn bloß noch hungriger. Er hatte jedoch nur bis zum Abend Zeit, T 1333 zu finden. Jede Stunde zählte. Als er das Ladekabel ins Handschuhfach zurücklegte, erkannte er, dass er vergessen hatte, sein Medikament zu nehmen; er spülte eine Tablette hinunter. Selbst wenn sie nutzlos war, schadete sie nicht.

Endlich wusste Ache, wo er suchen musste, und folgte dem Zaun am nördlichen Teil des Lagers entlang zur arabischen Seite. Der Boden in den Olivenhainen war nass. Die meisten Zelte trugen das blaue Logo auf weißem Grund des UNHCR, aber mancherorts sah man auch Campingzelte in schrillen Farben. Alle schienen auf Paletten zu stehen, die man auf Betonblöcke gelegt hatte, viele waren mit Plastikfolie bedeckt. Wem es nicht gelungen war, sich ein Zelt zu besorgen, hatte provisorische Behausungen aus Brettern und Planen errichtet. Wäsche hing auf Leinen, es gab kaum einen Quadratmeter ohne Müll.

Ache balancierte über ein paar glatte Bretter, die einen Graben überbrückten, Wasser rieselte an aufgequollenen Windeln und Verpackungen vorbei. Ein Junge hockte an einem Zaun, den man in die Erde getrampelt hatte. Anscheinend durchsuchte er den Abfall, doch was sollte man davon wiederverwenden können? Jemand pfiff, in den Zelten unterhielten sich Leute. Die Menschen auf dem Pfad sagten nichts, eine ältere Frau wandte das Gesicht ab, als sie ihn näher kommen sah. Er versuchte, unauffällig die Bezeichnungen zu lesen, die auf die Zelte gesprüht waren. Die Flüchtlinge mochten annehmen, dass er irgendwohin unterwegs war, trotzdem war es besser, wenn sie nicht auf die Idee kamen, dass er ihre Behausungen studierte. Die Decke, die er mitgenommen hatte, war so zusammengerollt, dass es aussah, als enthielte sie Ausrüstung.

T 1333 lag hinter einem Wirrwarr aus Planen, die alle Bezeichnungen mit dem gleichen Buchstaben aufwiesen. Ache, der gerade einen Hustenanfall hatte, hätte das Zelt beinahe verpasst; die Ziffern waren so schlampig ausgeführt, dass sie auch Zeichen in einem unbekannten Alphabet hätten sein können. Es kam ihm unwirklich vor, plötzlich nicht mehr suchen zu müssen. Hier war es, er war da. Abrupt hatte er den Endpunkt seiner Reise erreicht, dies war für ihn der letzte Kreis.

Bei dem Gedanken an die Rückreise pochte sein Herz fester, die Haut fühlte sich auf einmal beunruhigend dünn an. Um niemanden zu erschrecken, räusperte er sich, als er um das große Zelt herumging; das Plastik, das vor der Öffnung hing, machte die Gestalten schemenhaft. Eine Frau näherte sich – mit jeder Bewegung wurde sie deutlicher, als würde die Schärfe einer Kamera eingestellt. Bevor sie die Plane zur Seite strich, schlang sie sich ein Tuch um den Kopf, man sah, dass sie keinen Europäer erwartet hatte. Sie war zwanzig, vielleicht zweiundzwanzig.

»Fakhri, Mrs. Fakhri?« Ache fiel es leicht, sich an den Namen zu erinnern, den ihm der Makler genannt hatte, er erinnerte ihn an Wills.

Die Frau ließ ihn wortlos herein. Sie trug Adiletten ohne Strümpfe, die Füße waren trotz des Orts, an dem sie sich befand, auffallend sauber. Unter der abgenutzten Plane, die über plattgefaltete Kartons gelegt worden war, gaben die Paletten nach, es roch nach Blumenkohl und Kampfer. Die Person, die Ache auf Deebs Wunsch aus dem Lager retten sollte, lag auf einer Luftmatratze, die quietschte, als sie sich bewegte. Eine jüngere Frau saß neben ihr in einem Rollstuhl, der Löffel in ihrer Hand ließ darauf schließen, dass sie gerade zu Mittag aßen. Ache blieb stehen, vorgebeugt und wankend.

»*Vous parlez français?*« Die Frau, die ihn hereingelassen hatte, richtete ihr Kopftuch.

»*Sorry. English?*«

»*No English.*« Sie sagte etwas zu den anderen, vermutlich auf Arabisch. Es klang fragend, aber sie bekam keine Antwort.

Als Ache merkte, wie schwer es der Frau auf der Matratze fiel, sich zu bewegen, verstand er, für wen der Rollstuhl bestimmt war, und dass er ihr ohne Beistand unmöglich helfen konnte. Die jüngere Frau war sicher in der Lage, ihn zu schieben, aber ihn zu tragen? Frau Fakhri würde es niemals zum Auto schaffen, wenn sie nicht über Pfützen und Gräben getragen wurde. Vorsichtig legte er die Hand an die Wange der Frau, die er zuletzt gesehen hatte, als sie in der Wohnung des Maklers rückwärtsgegangen war, und versprach, am Abend wiederzukommen. Bis dahin solle sie sich ausruhen, sie habe eine lange Reise vor sich. »*Here, take this.*« Er gab ihr die Decke, dann reichte er ihr auch den Ausweis, den Deeb hatte anfertigen lassen. Ab jetzt arbeitete sie für Parting Waters. »*You and me, we go to the mainland.*«

Ache wusste nicht, was Frau Fakhri verstand, aber bevor er das Zelt verließ, sagte die jüngste Frau: »*Merci.*« Die Ältere murmelte etwas, das sich wie ein arabischer Segen anhörte.

Auf den Abend wartend kaufte er an der Landstraße Brot und Feigen. Er aß das meiste und spülte es mit Cola hinunter, ehe er zum Auto zurückkehrte. Das Wasser in der Flasche im Audi reichte zum Händewaschen; sobald er abgeschlossen hatte, fielen ihm die Augen zu.

Es dämmerte, als Ache fröstelnd erwachte. Seine Glieder waren steif, die Blase voll. Als er die letzten Tropfen abschüttelte, entdeckte er eine Eule. Sie saß auf einem Ast, dunkel und gesprenkelt, wie aus uraltem Lehm geformt. Erst glaubte er, dass sie schlief, dann, als er den Wagen abschloss und die Lichter kurz blinkten, fuhr sie hoch. *Ku-witt, ku-witt, ku-witt* ... Heiser und nasal verschwand der Vogel über den Bäumen, obwohl sein Ruf ins Falsett aufstieg, schien er ständig zu fallen.

Wenn es dunkel war, würde er Gerbes Zelt niemals finden, also ging er schnell. Worum Deeb gebeten hatte, war unmöglich, unmöglich. Bestenfalls würde es ihm gelingen, sechs-, siebenhundert Kilometer mit der kranken Schwiegermutter des Maklers zu fahren. Wahrscheinlicher war, dass er von der Polizei geschnappt wurde – am Fähranleger oder auf der Autobahn, das lief aufs Gleiche hinaus. Wenn die Botschaft eingeschaltet worden war, würde sie zurückgeschickt und er verhaftet werden. Selbst wenn er seinen eigenen Pass benutzte, würde das die Sache nicht besser machen. Ache begriff, warum Deeb ihn gebeten hatte, die Ausweise zu zerstören, sobald sie das Lager verlassen hatten.

Gerbe wiegte das kleinste Kind. Seine Frau – falls Jamila seine Frau war –, war nicht zu sehen, aber die Frau, die Essen zubereitet hatte, saß weiterhin am Gaskocher. Bohnen köchelten in einem Topf, sie lächelte statt zu grüßen. Gerbe legte das Kind auf ein dickes Stück Schaumgummi, murmelte etwas und schob die Füße in seine Latschen. Sie gingen um das Zelt herum zum Feuer, an dem ein paar Männer saßen. Er bat sie, die Plastikstühle zu verlassen, die Männer setzten ihr Gespräch tiefer zwischen den Bäumen fort. Ache sagte ihm, wie es war, er fühle sich nicht gut und sei bereit, für Gerbes Hilfe zu bezahlen. Je weniger er darüber wissen wolle, warum er gekommen war, desto reicher werde er sein.

»*Hun-… two hundred dollars.*«

Das war mehr, als Ache erwartet hatte. »*I only have euros.*« Sollte er handeln?

»*Is okay.*«

Nein, kein Feilschen. Ache wollte sofort aufbrechen, doch Gerbe bat ihn um eine Zigarette. Er nahm sich zwei, obwohl er bereits eine ganze Schachtel bekommen hatte. Die eine landete wie beim letzten Mal in der Brusttasche, die andere zündete er sich mit einem glühenden Zweig an. Nach ein paar Zügen verkündete er: »*First eat, then wait.*« Es sei sicherer, erst zu gehen, wenn der Strom abgestellt war und die Leute sich hinlegten. »*Relax, Mr. Nobody.*«

Auf die Bohnen folgte gezuckerter Kaffee. Manchmal legte Gerbe Äste aufs Feuer. Ache, der fror, war sich nicht sicher, ob die Bauern es zu schätzen wussten, dass Bäume gefällt wurden. Manchmal knisterte ein Zweig und bewegte sich wie in Todeszuckungen, trotz der Kälte fiel es ihm immer schwerer, die Augen offen zu halten. So oft hatte er sich zum Feuer hingezogen gefühlt, zu seiner Hitze und seinen Wurzeln aus Rauch, jetzt machte er sich nur Sorgen. Um die Frau, der sie zum Auto helfen mussten. Um die Fahrt zum Festland und die Reise zur Hauptstadt. Um den Brand, der unter seiner Haut wütete und um das, was Why sagen würde, wenn er so tat, als hätte er die Woche in München verbracht, mit fiktiven Stummfilmen beschäftigt und auf seine Gesundheit achtend.

Why.

Er hatte vergessen anzurufen. Ache schaute auf das Display, sie war bestimmt noch nicht im Bett. Auch wenn in der Dunkelheit Rufe ertönten, waren die Worte zu weit weg, um verstanden zu werden. Wenn sie ihn trotzdem fragte, wo er war, konnte er immer noch sagen, dass er sich auf dem Weg zum Hotel befand; ausländische Touristen lärmten auf der anderen Straßenseite.

Die Klingelzeichen gingen durch wie langes Ausatmen, eins nach dem anderen.

»Ache.« Why klang schläfrig.

»Habe ich dich geweckt?« Er flüsterte.

»Ich glaube, ich bin eingeschlafen. Nicht schlimm.« Sie gähnte.

»Wann kommst du.«

»Schwer zu sagen, wir sind mittendrin. Ich muss noch bleiben. Donnerstag, glaube ich. Donnerstag bin ich wieder zu Hause.«

»Mutter hat das Essen verschoben. Dann kann Asli dich auch treffen. Sie schlagen Freitag vor.« Asli war ihre Schwester. Anscheinend hatte sie vor, nach Berlin zu kommen.

Ache wollte ihr von seiner Liebe, seinem Schwindel, von allem Möglichen, er wusste nicht was erzählen, solange es das Blut beruhigte und Kraft spendete, Worte so fürsorglich wie Medizin, Wahrheiten, Vertrauliches. Doch über seine Lippen brachte er nur: »Das passt.«

Why gähnte wieder, wahrscheinlich hatte sie ihn nicht gehört. »Tut mir leid, Baby. Ich bin so müde. Komm bald nach Hause.«

Während das Feuer in der Frühlingsnacht flatterte, überraschend kühl dafür, dass er so weit südlich war, wurde Ache unsicher, ob er Why noch einmal treffen oder auch nur sprechen würde. Sein Verstand sagte ihm, dass es dazu kommen und er sie natürlich wiedersehen und bald ihre Stimme hören würde – dieses schleppend Warme, das er liebte, das Vertrauen darin. Selbst wenn er gezwungen sein sollte, länger zu bleiben als geplant, konnte er sie ja anrufen. Aber mit einem unerbittlicheren Teil seines Gehirns merkte er, dass ihm langsam die Kontrolle entglitt. Seit ein paar Tagen befand er sich irgendwie höher als in sich selbst und blickte auf einen Körper herab, der nicht mehr kompakt, sondern lose war. Der Anblick machte ihm Angst – nicht vor dem, was er über all das wusste, was die Haut umschloss, sondern vor dem, was er noch nicht über ihn gelernt hatte.

Ache begriff nicht wie, die Initiative schien sich irgendwie von ihm auf die Umstände verlagert zu haben. Wäre es um Musik gegangen, hätte er das bejaht, er liebte es, wenn die Töne von selbst kamen – dann schien die Musik aus dem Innersten des Körpers aufzusteigen, den Knochen, und sich an der Haut aufzulösen, wo sie in andere überging. In solchen Momenten hatte sich das Jetzt mit Vergangenheit und Zukunft verschworen, jeder Ton eine Öffnung zum Ungewissen gebildet. Für jemanden, der diese Insel verlassen wollte, war Improvisation jedoch sicher nicht die beste Methode. Ache konnte nicht wissen, wie weit Frau Fakhris Kräfte reichten, oder was er selbst schaffte, und nun hatte er ihr Schicksal noch dazu in die Hände eines unbekannten Ingenieurs gelegt. Schlimmstenfalls schafften sie es nicht einmal aus der Hölle heraus.

An den Rand gedrängt und trotzdem mittendrin – so fühlte sich Ache. Als Künstler hatte es ihn immer zu den Rändern hingezogen. Etwas strebte unablässig zur Grenze des Möglichen, er wollte über bisher bekannte Klänge hinaus. Da war sie, die Erklärung dafür, warum die Plattenfirmen so umgehend das Interesse verloren hatten. Für einen kurzen Zeitraum hatte Transmission im Mittelpunkt gestanden. Die Gruppe war das heimliche Epizentrum des jungen New Yorks gewesen, hierher, zu diesem Sound hatte es Menschen mit Ohren hingezogen. Aber bald darauf: nicht mehr. Und in seinem Fall: erst spät im Leben wieder.

Als Moglia hinzukam und die Orgel der Band die kommerzielle Sicherheit schenkte, von der Raff geträumt hatte, ohne es zuzugeben, war der Sound austauschbar geworden gegen den hundert anderer Gruppen. Die Musikindustrie, über die sich jeder Künstler, den Ache ernst nahm, beschwerte, wenngleich selten einer zugab, ihr unterlegen zu sein, suchte das Wiedererkennbare, stets das, was in der Mitte lag. Wenn sie viel beachteten Künstler an den Rändern Aufmerksamkeit schenkte, die über die Grenze des Gewohnten hinausgingen, oder wie Ache neue, nie zuvor gehörte Ausdrucksformen suchten, hervorgelockt aus dem unbekannten Inneren der Musik, geschah dies allein, um sie auf Dauer zum neuen Zentrum von allem auszurufen. Das lag in der Natur des Kommerzes; es war naiv von ihm gewesen, etwas anderes zu glauben. Wozu sollte ein Image, dieses fixierte Bild von etwas, das sich nicht festhalten ließ, sonst gut sein? Erst als er bei Stummfilmen Zuflucht gesucht hatte und zunächst mit Bellas und später mit Darkos Hilfe das Streben nach Tönen aufgegeben hatte, die sich nicht mit anderen verwechseln ließen, war das Fühlergespür zurückgekehrt. Der Erfolg von *Expansion* hatte viele überrascht, am meisten ihn selbst.

Die Platte, mit der Ache in die Öffentlichkeit zurückgekehrt war, hatte jemand produziert, der mehr gemeinsam hatte mit Jim und Edie als mit ihm selbst. Klänge, die Liebe und Verlust vereinten, hatten die Menschen berührt. Banale Worte waren kein Hindernis, im Gegenteil. Zwar sang er von *gold to airy thinness beat*, aber eigentlich waren diese Lieder kein funkelndes Erz, sondern Salzsäulen, Volumen sprühend von einer Sehnsucht, die sich so sehr erweitert hatte, dass sie nicht nur die Trauer um seinen Zwillingsbruder in sich trug, oder die Liebe zu einer Freundin, sondern auch eine unfassbar begierige Welt pries. In den Saiten, im Innersten, zitterte der Stoff, der die Töne heraufbeschwor. Er konnte klumpen und hart werden, zerbröseln und sich verflüchtigen, durfte in der Musik dennoch niemals fehlen. Seltsamerweise klang sie dann, wie es nur das Gefühl konnte, jemanden zu vermissen, das es in jedem Menschen gab.

»Jetzt«, murmelte Ache halb schlafend, halb etwas anderes, und wiederholte die Worte, die Why nach ihrer Verfinsterung ausgesprochen hatte, »jetzt müssen wir auf das vertrauen, was kommen wird.«

Gerbe rüttelte die Schulter des Fremden. Als sie aufbrachen, wirkte er kraftlos und verwirrt, sein Husten flößte einem kein Vertrauen ein. Der Mann hatte breite Schultern und benötigte nur Hilfe bei einer kranken Frau, aber die Bewegungen, mit denen er sich aus dem Stuhl erhob, ließen einen verstehen, dass auch kleinere Belastungen Konsequenzen haben konnten. Zum Glück übertünchte er seine angeschlagene Gesundheit nicht. »Wer Krankheiten verbirgt, kann nicht damit rechnen, gesund zu werden«, lautete ein Sprichwort der Äthiopier. Sicherheitshalber hatte Gerbe außer der LED-Lampe ein Tafelmesser eingesteckt, das Jamila nach ihrer Ankunft im Lager vor ein paar Wochen provisorisch zu einer Waffe geschliffen hatte.

Das Feuer war verglüht, der Strom im Hotspot abgeschaltet worden. Jetzt leuchteten nur die Scheinwerfer am Rand des Lagers, kalt und wahllos. Der Mond war fort, Sterne gab es unzählige, als sie durch die Haine und auf der anderen Seite hinabgingen, zu dem Bereich, in dem die Araber wohnten. Selbst tagsüber bewegte Gerbe sich dort nur ungern. Er war kein Moslem, er tat nur so, weil es hieß, dann sei es leichter, Asyl zu bekommen, und auch wenn es schwarze Araber gab, brauchte es nicht viel, damit die Leute auf der Hut waren, und bedrohlich. Der Fremde wirkte nicht ahnungslos, als Europäer hatte er jedoch nichts zu befürchten, falls sie entdeckt werden sollten. Ein Tag in Haft vielleicht, dann würde man ihn nach Hause schicken.

Sie erreichten das Zelt ohne Probleme. Die Frauen grüßten kaum; vielleicht waren sie von Gerbes Hautfarbe überrascht. Flüsternd, mit einem Zipfel des Kopftuchs vor dem Mund, packten sie fertig. Er konnte nicht heraushören, in welcher Sprache sie sich unterhielten. Die Dame, die Hilfe benötigte, saß im Rollstuhl. Sie betrachtete ihn träge lächelnd, so als passte ein schwarzer Mann nicht in ihre Version der Wirklichkeit. Die Haare waren hochgesteckt, die Lippen geschminkt, was Gerbe nicht mehr gesehen hatte, seit sie sich in das Schlauchboot hinübergerettet hatten und Jamila vor den Vernehmungen erwachsen wirken musste. Die Stimmung war angespannt, und dennoch erleichtert – endlich würde geschehen, worauf die Frauen gewartet hatten.

Als der Fremde den Stuhl über den nachgebenden Boden schob und die jüngeren Araberinnen ihre Jacken zuknöpften, bereit mitzukommen, hielt Gerbe sie jedoch auf. »*Only lady is deal.*«

Der Deutsche oder Amerikaner – vermutlich Amerikaner – wechselte ein paar bemühte Gesten mit den Frauen, ehe die Jüngeren nachgaben, die Hände der Älteren küssten, die gleiche Phrase aussprachen. Die Alte kniff sie in die Wangen, zitternd und mit tomatenroten Lippen, schließlich sah sie die Männer an. Ihre Augen waren genauso blank wie zuvor, die Botschaft jedoch eindeutig.

Als sie den Pfad erreichten, war es erstaunlich leicht, den Stuhl zu rollen. Der Fremde ging vor, die Lampe auf die Erde gerichtet, er selbst schob. Die Räder holperten sanft über Wurzeln und Steine. Als sie den Graben erreichten, einigten die Männer sich darauf, ihn an den Armlehnen anzuheben, aber kaum hatte Mr. Nobody die rechte gegriffen, als sie auch schon abging. Hätte Gerbe die Frau nicht gepackt, als der Stuhl seitlich abrutschte, wäre sie mitten in den stinkenden Windeln gelandet. Halb hängend, halb klammernd ließ sie ihn nicht los, bis er ihr zu einem Baum geholfen hatte. Schief an den Stamm gelehnt, stöhnte sie, während sie den Stuhl hochzogen und die Lehne festschraubten. Anschließend schleifte der Ausländer ihn eher über die Bretter als ihn zu rollen, Lehm war in den Lenkrollen hängen geblieben und die Fußstütze hatte sich gelöst, woraufhin Gerbe die Frau wie ein kleines Kind hinübertrug.

Das schlimmste Hindernis hatten sie überwunden. Wenn sie niemandem begegneten, war er bald zweihundert Euro reicher. Als die Waffe gegen seine Leiste drückte, fragte Gerbe sich, ob er mehr verlangen sollte, bezweifelte aber, dass es sich lohnte, das Risiko einzugehen. Wenn der Fremde außerhalb des Lagers oder im Hafen verhaftet wurde, wohin die beiden bestimmt unterwegs waren, wollte er mit ihnen nicht in Verbindung gebracht werden. Wenn er mehr verlangte, würde der Mann wahrscheinlich nicht mehr die gleiche Dankbarkeit empfinden und ihn unter Umständen verraten. Beim kleinsten Anzeichen von jemandem in der Nähe – Taschenlampen, Flüstern – hatte er jedenfalls vor zu verschwinden.

Plötzlich blinkte das Auto und Schlösser klickten. Die Magensäure pochte in der Kehle, der Wald schien auf einmal angespannt zu sein. Jetzt konnte alles Mögliche passieren. Aber es geschah nichts, und so ließ Gerbe das Messer los und rollte die Frau zu der Tür, der Fremde geöffnet hatte. Es dauerte, sie hineinzubugsieren, Decken mussten herausgesucht, der Beifahrersitz eingestellt werden. Am Ende lag sie eher, als dass sie saß; sobald er die Tür geschlossen hatte, rutschte ihr Kopf herunter, sodass sich ihre Lippen gegen die Scheibe pressten. Sie war lehmbeschmiert. Der Amerikaner – Gerbe hatte beschlossen, dass er Amerikaner war – schob sich auf der anderen Seite hustend hinein und klemmte ein Kissen zwischen Glas und Gesicht. Die Stellung sah unnatürlich aus. Als Gerbe den gröbsten Dreck von den Rädern entfernt und den Stuhl im Kofferraum zusammengeklappt hatte, rauchte er die Zigarette, die ihm der Mann anbot. Er wollte nicht wissen, wer die Frau war oder was geplant war. Nach der Hochzeit hatte Jamilas Schwester geglaubt, er würde nicht hören, was sie der Braut sagte: Wie der Schwanz kommt die Reue immer am Schluss.

»*I thought we'd never make it ...*« Der Amerikaner hielt ihm zwei steife Geldscheine hin, dann klopfte er sich auf die Jackentaschen und gab ihm auch noch seine letzten Zigaretten. »*Bad for my lungs.*« Er versuchte zu lächeln, diesmal sah es so dünnhäutig aus, dass es wehtat. Nie und nimmer hatte er das Schlimmste hinter sich.

»*Hundred more?*« Gerbe rutschte in seinen lehmigen Crocs herum. »*Difficult, you know.*« Der Fremde musste verstehen, dass er es ohne Hilfe nicht einmal bis hierher geschafft hätte.

Zu seinem Erstaunen bekam er einen weiteren grünen Schein. Das Messer blieb in der Tasche, man sollte sein Glück nicht zu sehr herausfordern. Es war kaum zu hören, als der Amerikaner den Zündschlüssel drehte. Erst als der Wagen auf die Landstraße bog, schaltete er das Licht an.

Ache fühlte sich nicht … Was war das Wort, nach dem er suchte? Zurechnungsfähig. Nicht genug, um seinem Urteilsvermögen zu vertrauen. Es wäre am sichersten gewesen, an der Landstraße stehen zu bleiben, bis es hell wurde, wenn etwas passierte, hätte er Gerbe oder die jüngeren Frauen holen können, er wollte jedoch so schnell wie möglich weg vom Lager. Bald war es Mitternacht und wenn er nicht ein paar Stunden traumlos schlafen durfte, würden sie die Reise niemals schaffen. Zurechnungsfähig, sagte man das nicht über Menschen, auf die man sich verlassen konnte? Normale Menschen, Leute, die … Wie hieß das noch? Im Vollbesitz ihrer geistigen Kräfte waren. Er besaß vielleicht noch ein knappes Viertel, der Rest gehörte nicht mehr zu dieser Welt. Aber Frau Fakhri durfte nicht sehen, wie schwach er geworden war, nicht jetzt, fast flatternd.

Er fuhr langsam, zunächst durch Wald und sporadische Bebauung, danach an einem schwarzen Meer mit gekräuselten Silberborten entlang. Weit vor ihnen zitterten zwei rote Flecken, bis sie in die geräumige Dunkelheit abbogen. Als die ersten Straßenlaternen auftauchten und sie sich dem Hauptort der Insel näherten, hoffte Ache, dass die Frau schlief. Das würde ihr zumindest etwas Kraft für die bevorstehende Reise geben. Die Schilder waren schwer zu sehen, doch als die Scheinwerfer über eine graue Gestalt schwenkten, die auf einem Sockel stand und einer Freiheitsstatue mit Fackel in der Hand ähnelte, wusste er, dass er auf dem richtigen Weg war. Die Statue war ihm bei seiner Ankunft aufgefallen.

Nachdem er dem Zaun am Fähranleger gefolgt war, bog der Audi auf das Hafengelände ein. Alles wirkte tot. Scheinwerfer beaufsichtigten einen Zementmischer und ein paar Sattelschlepper. Weiter entfernt sah man zwei, drei PKWs. Ache parkte etwas abseits, war nicht sicher, ob er richtig stand. Als Erstes wollte er sich ausruhen. Sobald das Büro öffnete, würde er das Ticket lösen und sich in die Spur zur Fähre stellen. Es war eine Binnenreise, er benötigte also nur die Papiere im Handschuhfach. Er musste angeben, dass er in Begleitung reiste, aber der Name des Fahrers würde hoffentlich reichen. Niemand musste mit Frau Fakhri sprechen. Klug von ihr, keinen Hijab zu tragen. Wollte die Hafenpolizei ihr doch eine Frage stellen, konnte sie auf Französisch stöhnen. Oder verlegen auf ihren Kehlkopf zeigen. Sollte es so kommen, hatte er vor, es auf eine schlimme Erkältung zu schieben, oder auf ein Geschwür. Ja, sie waren gezwungen, ihren Aufenthalt vorzeitig abzubrechen und zur Klinik auf dem Festland zurückzukehren. Mm, Kehlkopfkrebs. Schrecklich.

Ehrlich gesagt wusste Ache nicht, was er sagen sollte, falls die Polizei nach ihren Ausweisen fragen sollte. Die Frau rührte sich nicht, also redete er sich ein, dass sie schlief, das machte die Reise leichter. Noch 17 %. Jetzt, da alles fast vorbei war, hatte er große Lust, Why zu simsen, er wusste jedoch, dass die Nachrichten ihn daran hindern würden, sich zu konzentrieren. Wenn er aufwachte, musste er sich überlegen, was er Theresa schreiben sollte. Vielleicht reichte es, ihr dafür zu danken, wie fürsorglich sie sich um ihre Tochter gekümmert hatte. Sollte er hinzufügen, dass das Mädchen in ein paar Jahren in Berlin willkommen war? Why und er hatten ein Gästezimmer.

Ache schloss die Augen. Es glitzerte verschwitzt am Haaransatz. Und flatterte an den Schläfen.

Nur wir.

Ein paar Stunden später wurde er von Klopfen geweckt, leisem und hartnäckigem. Nun war es hell. Verwirrt betrachtete Ache die Passagierin, die mit dem Kinn auf der Brust neben ihm saß. Seine Träume waren von Stimmen bevölkert gewesen. Frau Fakhri atmete, aber nichts deutete darauf hin, dass sie etwas gesagt hatte. Oder wach war. Als es erneut klopfte, ließ er die Scheibe herunter. Die Zunge klebte, der Hals war trocken. »*Wha*-…«

Draußen stand die Frau von SAO. Petrou. Mary Petrou. Sie hatte direkt neben ihm geparkt. Der Transporter versperrte die Aussicht, dennoch nahm Ache ferne Geräusche und Bewegungen wahr. Er stieg aus und schloss möglichst leise die Tür. Die Fähre, mit der er angekommen war, würde bald anlegen und Fahrzeuge an Land lassen. Ihm war schwindlig, fast übel, sodass er sich vorbeugte und sich sein Kopf mit Blut füllte. Statt zu beantworten, ob das Büro geöffnet war, stützte Petrou ihn, als er nach dem Auto tastete und auf dem nassen Blech abrutschte. Sie hatte gesehen, dass sie zu zweit waren. Als sie fragte: »Sie arbeiten gar nicht für eine Hilfsorganisation, oder?«, stöhnte Ache.

»Journalist?«

Er wimmerte. Der Kopf tat ihm erstaunlicherweise nicht weh; im Gegenteil, er empfand eine sanfte, jedoch unverständliche Freude, obwohl der Schädel auf dem besten Weg zu sein schien, sich aufzulösen. Er fühlte sich luftig und ein paar Größen geräumiger als sonst. Auch die Hände wirkten locker, und die Schlüsselbeine, und die Schläfen, deshalb erzählte er schließlich – vielleicht, um es zu tun, ehe auch Füße und Kniescheiben flüchtig wurden und sich Zunge und Lippen in dem Wirbel aus Molekülen auflösten, der das Einzige war, was eines Tages von jedem Menschen übrig blieb. So lose zusammengefügt war ihm sein Köper nicht mehr erschienen, seit er, elf Jahre alt und von Blitzen umgeben, im strömenden Regen gestanden hatte. Das Gleichgewicht war ungefähr, die Kräfte theoretisch. *Be flung into space into another kind of grace* … Trish hatte so zärtlich über die Geister auf den alten Drucken gesungen. *Be flung into space … into another kind of grace* …

Endlich ahnte Ache, wie es sich anfühlen würde, mehr als ein Ich zu sein, zerstreut in der Luft als viele erlöst zu werden. Und erkannte, mit dem letzten Rest an Zurechnungsfähigkeit, dass er Hilfe benötigte. Petrou gab sich Mühe zu begreifen. Was mäßig lief. Als der Amerikaner mit einem bemühten Grinsen und der Handfläche auf der Brust verstummte, als schwörte er einen Eid, tat sie das einzig Richtige. Er war weder gesund noch im Vollbesitz seiner geistigen Kräfte; nach dem zu urteilen, was sie vor dem Anklopfen gesehen hatte – er hatte Minuten gebraucht, um aufzuwachen –, war auch seine Begleiterin nicht in bester Verfassung. Sie zog die Tür zu ihrem Auto auf. »Wir legen sie hier hinein, ich fahre so oft, dass mich keiner kontrolliert. Dann sehen wir weiter.«

Sie meinte, was auf der anderen Seite des Meeres geschehen würde.

Ache wollte ihr Geld geben, aber sie faltete seine Finger um die Scheine. Nachdem sie Frau Fakhri hinübergeholfen hatten – matt überreichte die kranke Frau ihm den Ausweis in ihrer Hand –, bat er um Petrous Autopapiere und stolperte zum Büro. Sie ging ein großes Risiko ein, irgendwie wollte er sich revanchieren. Die Schlange war nicht lang, der Mann am Schalter unterhielt sich mit Fernfahrern, die Kaffee aus Plastikbechern schlürften. Zehn Minuten später kehrte er mit den Tickets zurück. Der Mitarbeiter der Reederei hatte darauf verzichtet, die Papiere der Griechin zu kontrollieren, ein Blick aus dem Fenster hatte ihm genügt.

Die Überfahrt würde acht Stunden dauern. Nachdem sie an Bord gefahren waren, setzte die Erleichterung bei Ache neue Kräfte frei, deshalb bot er an ... Petrou stoppte ihn. Nicht ein Wort mehr. Es war verboten, sich auf dem Autodeck aufzuhalten, sollten sie entdeckt werden, war es besser, wenn sie die Situation erklärte. Außerdem war es nicht das erste Mal, dass sie in ihrem Wagen blieb. Dankbar fragte Ache nicht, was das bedeutete, stattdessen versprach er, mit Essen und etwas zu trinken zurückzukommen. Kaum hatte er sich in einer Ecke der Cafeteria hingelegt, so weit vom Fernseher entfernt, wie es ging, als er jedoch schon in einen Dämmerzustand fiel.

Die Sendung verwirrte ihn. Ache verstand die Sprache nicht, die gesprochen wurde – wo? – im Nebel – im Kopf –, glaubte allerdings zu verstehen. Aber was hieß hier verstehen. Er begriff eher, was die Menschen sich wünschten, als was sie sagten. Die Männer übertönten sich gegenseitig, die Frauen benutzten ihre Ellbogen, um etwas einzuwerfen, und die Person, die sich im Namen einer Regierung äußerte, vielleicht der Weltgemeinschaft, kommentierte alles mit erhabener Ruhe. Die Nachrichtensprecher wechselten sich auf die gleiche mechanische Art ab wie ihre amerikanischen Pendants – mit einem Vornamen und einer kurzen Hebung am Ende des Satzes. Während die Stimmen kreuz und quer redeten, überwältigte ihn die Gewissheit, dass es so klingen würde, wenn sich die Schädeldecke tatsächlich entfernen ließe wie der Deckel auf einem Glas, und der Nebel darunter gesprochene Form annähme. Ja, ein Mensch bestand aus zahlreichen anderen.

Ache war es leid. Nicht Menschen oder Gedanken, die Gestalt annahmen, ob er wollte oder nicht, oder die Träume, die er immer noch hegte, und die Lust, die er verspürte, jetzt mehr als je zuvor, oder die Klänge, die in seinem Inneren aufgingen wie brennende Blumen, oder die Zärtlichkeit und Traurigkeit und Verletzlichkeit, die ihn ebenfalls erfassten, trotz der Erschöpfung und immer so selbstverständlich gleichzeitig, dass es ihm ein Rätsel war, wie jemand glauben konnte, dass solche Gefühle separat existierten, oder die Kohlensäure, die um seine Handgelenke gekitzelt hatte, als er darauf wartete, an Bord zu fahren, und den Körper, der vage, aber vor Anspannung spürbar elektrisch geworden war, oder die milde, dennoch beharrliche Begierde, die er auf der Kunstledercouch liegend, unglaublicherweise erlebte, vielleicht, weil die Vorsicht von ihm abgefallen war, als die Fähre ablegte, und die ihn an die späten Nachmittage erinnerte, als weder Why noch er etwas anderes gewollt hatten als einander, oder auch die Angst vor Sporen, die ihn überkam, als die Lautsprecher rauschend Unverständliches mitteilten und die er wohl niemals loswerden würde, obwohl er wusste, dass Blütenstaub ausschließlich in Schwarzweißfilmen vom Himmel fiel, an die kein vernünftiger Mensch glaubte. Was Ache, schwindlig, aber erleichtert, leid war, war das Eingesperrtsein. Er dachte an die Aufforderung, die jemand im Lager auf eine Isobox gesprüht hatte. LET WE GO ... Und lächelte sphinxgleich. Die mangelhafte Grammatik gehörte zu einer weiträumigeren Sprache. »Wir« waren so viel mehr als die Menschen, die zufällig Englisch als Muttersprache hatten.

Why, und vor ihr andere, Raff, Will, Trish und Bella, Edie mit rot unterlaufenen Augen und benzinschimmerndem Teint, die saufende Nancy und Jensen, der so gut wie nie mit dem Mund lächelte, so komisch etwas auch erscheinen mochte, ganz zu schweigen von Darko, die Haare in einem hübschen Dutt auf dem Kopf und mit allen möglichen Instrumenten, ja, auf seine Art auch der umtriebige Deeb – jeder Einzelne von ihnen hatte Ache aus seinem Dasein zwischen Knochen und Haut herausgelockt, alle hatten gezeigt, dass die Welt weiter wurde, wenn man sie teilte. Trotzdem war er unfähig gewesen zu leben wie andere Menschen – mit diesem unbeschwerten Vertrauen in ein Wir. Irgendetwas hatte ihn immer veranlasst, sich zurückzuziehen, als wäre er nur sicher, wo ihn keiner erreichte. Er lachte knapp; es erschien ihm vollkommen logisch, dass sein Handy auf der Fahrt über das Meer keinen Empfang hatte. Er hatte das Leben bejaht, er hatte über unendlich viel gejubelt, späte Winternachmittage mit Eiskristallen, die in der Luft rotierten, eine starke und teerige Zigarette, den herben Duft von Henna, aber mit Ausnahme weniger Momente, die meisten im Scheinwerferlicht und mit einer silberfarbigen Jazzmaster, die auf der Hüfte blinkte, war ihm nie gelungen, was für die Menschen um ihn herum selbstverständlich gewirkt hatte.

Auf der Bank dösend, umgeben von Menschen, deren Sprache er nicht verstand, verspürte Ache nicht die geringste Lust, sich zu rechtfertigen. Er fragte sich, ob ihm gelingen würde, was der Makler wollte, und stellte fest, dass es so oder so hundert Jahre zu spät war, den Auftrag zu bereuen. Er war weder sentimental noch reumütig und wusste nicht einmal, ob es eine Rolle spielte, dass ihn momentan niemand erreichen konnte. Als er sich an den Titel von Theresas Buch erinnerte, *Wanna Go Out?*, ahnte er nur, dass die Freude, die ihn füllte wie das erwärmte Blut, das einst in seine Adern zurückgepumpt worden war, und von der er wusste, dass sie an einer Reise über alle Meere und Berge hinweg lag, und vielleicht daran, dass seine Gesundheit nicht mehr die beste war, sein Weg hinaus sein würde. Wie hatte Why es genannt?

Oxidation.

Als die Lautsprecher krachten und sie kurz nach vier anlegten, folgte Ache Petrou aus der Fähre hinaus, die Rampe hinab. Wegen der Farbe des Transporters empfand er den Audi als dessen Verlängerung. Die Griechin winkte einer Frau in weißer Uniform mit dunkelblauen Schulterklappen zu, ehe sie aus dem Hafen rollte. Vor jeder Kreuzung, bei der sie nicht geradeaus fuhr, blinkte sie frühzeitig. Die Stadt schien Siesta zu halten. Sie fuhren in die Viertel oberhalb des Jachthafens, in die Nähe des Hotels, in dem Ache in einem früheren Leben übernachtet hatte, und parkten an einem Spielplatz. Hier waren sie sicher.

Die Schiebetür quietschte. Die Frau auf den Decken atmete schwer und müde, die Abgase in der Fähre waren nicht hilfreich gewesen. Der Kopf rollte zur Seite, der Lippenstift war ein schiefes Grinsen, aber ihre Haare waren noch hochgesteckt. Petrou versuchte, ihr etwas Wasser einzuflößen, die Flasche rutschte ab und nässte die Bluse. »*Laissez-moi, laissez-moi . . .*«

Ache hatte keine Wahl. Sobald sie Frau Fakhri hinübergeschafft hatten, musste er weiter. Deeb hatte alles getan, um seine Schwiegermutter aus dem Lager zu retten, Ache war seine letzte Chance gewesen, und jetzt musste sie nach Athen, wo Hilfe wartete. Als die Griechin den Rollstuhl aus dem Audi hob, spürte er allerdings die Stärke in ihr, zäh und unbestechlich, als wäre sie ein Baum. Offenbar hatte sie schon vor langer Zeit aufgehört, auf Kosten von Dingen, die richtig waren, nur das zu tun, was erlaubt war. »Männer … Keine Heldentaten, bitte. Sie bleibt hier.«

»Es dauert nur einen Tag.« Ache meinte den Rest der Reise, lächelte jedoch dankbar, weil er Petrous Erwiderung ahnte.

»Das ist mehr, als sie verkraftet.«

Die warme, schwerelose Erleichterung, die Ache empfand, als er auf dem Fahrersitz, die Füße auf der Bordsteinkante, die falschen Ausweise auseinanderbog und die Splitter in den Rinnstein fielen, diese Erleichterung machte ihn nicht ungefährer, sondern deutlich. Er war hager und zerbrechlich, aber gleichzeitig klar wie Glas. Nein, die Götter, auf die er seit seinen Gesprächen mit Nana gehofft hatte, kommunizierten niemals direkt, zumindest nicht mit jemandem wie ihm. Sie sorgten bloß dafür, dass es, wenn erforderlich, Beistand gab. Es war seine Entscheidung, war immer seine Entscheidung gewesen, Hilfe anzunehmen.

Das Handy lag im Handschuhfach, der Akku war leer, Petrou hatte ihm jedoch ihres geliehen und bevor der Transporter verschwunden war, hatte er die Nummer eingetippt, die nur im Notfall angerufen werden durfte. Es meldete sich keiner. In Sorge, einen Fehler zu machen, hinterließ er eine kurze Nachricht – »Unsere … Unsere Freundin ist in guten Händen« – anschließend nannte er sicherheitshalber die Nummer, von der aus er anrief. Als die Griechin das Telefon eingesteckt hatte, erkundigte sie sich, wohin er wolle. »Nach Alaska«, hatte er geantwortet, ohne zu wissen warum. »Oder Weitvonhier.« Petrou hatte gelächelt, als hätte er etwas gesagt, dessen Wahrheit nur sie kannte.

Nun schloss er die Hände um das Lenkrad. Alaska? Was war bloß in ihn gefahren? Und was an den Lenkrädern moderner Autos sorgte dafür, dass die Handflächen klebten? Hätte die Möglichkeit dazu bestanden, er wäre an einen ganz anderen Ort als Athen gefahren. Vielleicht hatte er deshalb vom westlichsten Bundesstaat der USA fantasiert. Der Makler musste verstehen, dass alles besser war als der Ort, den sie gerade verlassen konnten.

Sobald Ache sein iPhone geladen hatte, wollte er den Ordner mit Briefen an Theresa abschicken, danach würde er Why anrufen und ihr gestehen, was er getan hatte. Er hatte eine Tochter, ja und? Nichts durfte mehr verschwiegen werden. Auch wenn das Mädchen ein Teil von ihm war, wie so vieles andere in der Vergangenheit, gehörte sie zur Zukunft. Der Abendstern war auch ein Morgenstern, nicht wahr? Außerdem war es nicht einmal sicher, dass sie sich begegnen würden, doch er freute sich darauf, das wollte er nicht leugnen, und er hoffte, dass Why sich vorstellen konnte, sie gemeinsam mit ihm zu treffen. Vielleicht würde er sie von dem Hotel aus anrufen, zu dem er zurückzukehren beabsichtigte, wie auch immer es hieß, vielleicht auf dem Weg zur Hauptstadt. Erst musste er sich allerdings ausruhen, am liebsten mehrere Lebensspannen. Er fror und schwitzte abwechselnd. Die Gedanken überholten einander, in dieser Verfassung würde er nur übereilt handeln.

Hätte Ache nicht gleichzeitig schmerzliche Sehnsucht empfunden, nicht Ängstlichkeit oder Selbstmitleid, sondern das Gefühl zu vermissen, tief, anhaltend, unbestreitbar, wäre es einfach gewesen, dem Schwindel nachzugeben. Aber zu vermissen, rettete ihn. Versunken hinter dem Lenkrad, aufgekratzt, wenn auch mitgenommen, schloss er die Augen und wartete, dass die Sonne, die hinter mehreren Häusern verschwunden war, sich wieder zeigte. »Sonnenmatsch«, murmelte er vor sich hin, ohne sich zu erinnern, wo er das Wort gehört hatte. Oder was es bedeutete. Er vermisste unendlich viel. Als Kind waren es Spielkameraden gewesen, als Jugendlicher Freunde. Je älter er wurde und je mehr er an Menschen hing und sie sogar zu lieben gelernt hatte, desto deutlicher hatte er jedoch gemerkt, dass dieses Gefühl keinen Mangel bildete – an Gesellschaft oder Vertrautheit, an Intimität –, der durch Schüchternheit oder Angst oder die Unfähigkeit, dauerhafte Bande zu knüpfen, entstanden war, und der ebenso leicht, oder mühevoll, aufgehoben werden konnte, wenn er sich umgekehrt verhielt. Im Gegenteil, dieser Mangel war auf die gleiche Weise ursprünglich wie Kalk und Phosphor.

Wie sollte er erklären, dass etwas auf die Art zu vermissen, die ihn nun erfüllte, natürlich war? So wie sich gewisse Klänge aus einem Grundton ergaben, lebte es weiter, zögernd, aber zwingend, friedlich wartend, auch wenn er zufällig von Moll zu Dur wechselte. Etwas oder jemand zu vermissen war keine Abwesenheit, sondern das einzig Beständige im Leben. Es deutete auf dort, dort, dort. Und dennoch war es hier, hier, hier. Die Musik war zu Aches Weg geworden, es kurzzeitig einzufangen – nein, nicht einzufangen: ihm Kontur zu geben. Denn so wie es in dieser Welt kein Loch ohne Ränder gab, sollte dieses Gefühl nicht ohne Gestalt existieren.

Alles, was er seit den Nachmittagen zwischen Werkzeugen und Ersatzteilen in der Garage seines Vaters getan hatte, war, stromführende Linien um dieses vage und gewaltige, störrische und dumpf schmerzende, ständig changierende Volumen zu zeichnen. »Phosphorescence«, »Delivery« und »Ascent«, und natürlich »Cairo« sowie »Ether«, ganz zu schweigen von den späteren Versuchen mit Jensen am Schlagzeug – all seine Kompositionen hatten den vibrierenden Zustand angestrebt, den Astronomen Libration nannten und der bedeutete, dass der Mond so an die Erde gebunden war, dass seine Rückseite nie mehr als minimal zu erkennen war. So war es zu vermissen. Nicht sichtbar, aber immer da.

Ache versuchte, an seine unbekannte Tochter zu denken, sie glitt ihm jedoch aus den Händen. Nur Why blieb.

Jetzt, da er lächelnd wie ein verirrter Heiliger ein kaum noch nennenswertes Gewicht zu haben schien, jetzt, da er tatsächlich unsichtbar war, in einem Auto in einer Stichstraße in einem gottvergessenen Kaff in einem Land dösend, über das er nichts wusste, jetzt, da er von großer Leere erfüllt war, in gewisser Weise wie Hunger, aber einer

Leere, die schmerzte und schmerzte und alles andere als stumm war, träumte er davon, darin aufzugehen zu vermissen. Wenn die Götter, die er zu erweichen versucht hatte, seit Nana von ihren Puppen erzählt hatte, irgendwo daheim waren, dann dort. Er fühlte den Jubel durch den Körper aufsteigen, als er die Zweige im Tabernakel in den Catskills vor sich sah, und den Müll, der im Eingang zur Grace Church kreiste, er war hingerissen bei den Erinnerungen an das Radio, das nach seinem Unfall mit dem VW-Bus geknistert hatte, und an die Laubmassen, die sich im unergründlichen Teich unterhalb des Sanatoriums gespiegelt hatten. Jetzt atmete er leicht, aber regelmäßig, rau und etwas heiser, als loderte die Luftröhre, und er wusste, dass diese Atmung, die alles durchströmte und untrüglich auch den leeren Platz aufspannte, den er Brustkorb nannte, bevor die Rippen wieder zusammensanken, sanft, aber matt, dass sie sein lodernder Anker in der Welt war.

Allzu lange hatte Ache den Wunsch nach Schwerelosigkeit für Unabhängigkeit gehalten. Wenn es tatsächlich Götter gab, ja, wenn sie einen Sinn haben sollten, wünschten sie, dass man Luft, Ansprüche und unendlich viel mehr teilte, sich zerstreute und in gewisser Weise niemals aufhörte. Der Besuch im Hotspot hatte ihm gezeigt, dass jeder Faden, den Menschen zwirnten, irgendwann endete, dann aber andere übernahmen. Nichts anderes bedeutete »etc.«.

Die Sonne, die nicht herausgekommen, sondern hinter einer Wolkendecke verschwunden war, schimmerte dunstig ungefähr in der Mitte des Himmels, als Ache die Augen wieder aufschlug, als könnte auch das Grau strahlen, und so ließ er den Blick stattdessen über den Sandkasten und die Schaukeln wandern, über einen vergessenen Plastikspaten auf einer Mauer, übersät mit Graffiti, und die Papierkörbe weiter weg. Als er die Gestalten an der Bank erreichte, wusste er, das Hotel und der Flughafen mussten warten.

Eine halbe Stunde später saßen die Kinder im Auto. Sie hatten nur wenige Minuten gebraucht, um ihre Sachen zu holen. Jetzt lagen die

Rucksäcke im Kofferraum. Ache hatte nicht richtig gehört, wie sie hießen, obwohl er überzeugt war, sie mehrfach danach gefragt zu haben, deshalb taufte er sie nach den Revers am Overall des Jüngsten. Der älteste Junge war Grün, Nummer zwei wurde Rot genannt und der mit den langen Haaren und der schrillen Stimme, der obwohl am jüngsten, ihr Anführer zu sein schien, hieß Gelb. Gelb war übrigens gar kein Junge, sondern ein Mädchen, was Ache gemerkt hatte, als sie ihre Haare, schwarz wie Teer, mit einem Gummiband gesammelt hatte und er sich Gedanken über die schlanke Kinnlinie und ein echsengleiches Auge im Profil gemacht hatte. Ja, sie erinnerte an einen Salamander. Wahrscheinlich waren die Kinder aus Afghanistan geflohen. Er hatte sie gefragt, aber auch darauf keine Antwort bekommen. Keine Ahnung, wie sie auf der Straße überlebten. Vermutlich schliefen sie in einer Unterkunft oder einem Schuppen und hatten beschlossen, ihn zu verlassen.

Sie fuhren wie in einem Traum. Ache schaltete herunter und hielt an Ampeln, er gab Gas und überholte, doch alles geschah von selbst, ohne Einmischung von etwas anderem als den Mächten, die, davon war er überzeugt, über das Auto wachten, sodass es ihm unmöglich erschien, von ihnen nicht als »wir« zu sprechen. Nana hätte zufrieden gehustet, wenn sie ihn mit seinen Passagieren gesehen hätte. Salz, alles drehte sich um Salz. Der Audi rollte sicher und still; selbst als das Mädchen, das trotz der Proteste der Älteren vorne saß, das Radio anstellte, wurde Ache nicht aus seiner Ruhe gerissen. Das Auto war ein beweglicher Tabernakel. Jedes Glied schmerzte, er wusste nicht, wie lange er noch zu leben hatte, nichts konnte ihn jedoch aus der Fassung bringen.

Das waren nur Fakten.

Der Mann am Steuer hatte vor langer Zeit eine Welt verlassen, in der perfekte Vernunft herrschte. Er war eher Flirren als Bewusstsein, von dem »Kalk, Phosphor etc.«, worüber Theresa gesprochen hatte, blieb bald nur noch die Hülle. Sowie die eigentümliche Lust zu werden, was er niemals gewesen war. Ache tankte und kaufte im Imbiss neben der Tankstelle etwas zu essen – trockene Stücke Spinatquiche und Pepsi Cola. Um keine Aufmerksamkeit auf seine Mitfahrer zu lenken, bat er die Frau hinter dem Tresen, das Essen in die Plastikbehälter mit Salat zu legen, den er auch kaufte.

Eine Stunde später senkte sich die Dunkelheit herab – bleiern, unnachgiebig. Schwer zu sagen, wo das Auto sich da befand. Wahrscheinlich nördlich von Polýkastro, vielleicht auch schon in Évzoni, ein paar Minuten von der Grenze zu FYROM. Jedenfalls nicht auf dem Weg nach Athen. Vor dem letzten Ort auf griechischer Seite wurden Straßenarbeiten durchgeführt; als sie das Dorf erreichten, wurde gerade der Verkehr von der E75 auf eine alte Landstraße umgeleitet, an grauen Feldern und düsteren Olivenhainen vorbei. Das Mädchen, das die Jungen Orakel nannten, weil sie zu allem eine Meinung hatte, auch zu Dingen, von denen sie gar nichts wissen wollten, hatte die Sneakers gegen das Handschuhfach gestemmt und rauchte. Sie kommentierte für ihre Kameraden, was sie sah, ab und zu fragte sie den Mann nach *Germany*, wo Kinder mehr als sechs Jahre verteilt auf die doppelte Zeit zur Schule gingen. Das Mädchen hatte einen Traum, deshalb fragte sie auch danach: War Deutsch schwer zu lernen? Aber sie verstand nicht, warum er darauf beharrte, sie Yellow zu nennen, auch nicht, was er mit »wir« meinte oder wie er über die Grenze kommen wollte.

Letzteres beunruhigte die Kinder. Bis der Deutsche erzählt hatte, was er plante, hatten sie nicht vor, unter die Scheinwerfer zu rollen. Als er auf die Einwände des Mädchens nicht zu hören schien, obwohl sie ruhig und gefasst gesprochen hatte, setzte sie sich auf und legte die Hand auf seinen Oberschenkel. Sie musste ihn dazu bringen anzuhalten. Als auch das nicht half, bewegte sie die Hand zu seinem Arm. Der Mann sah sie an, als wären sie Verschworene, eine geheime Einheit auf dem Weg durch unbekanntes Terrain, dann begann er mit eigenartiger Ausgelassenheit zu sprechen – über das Salz, das den Menschen zum

Menschen machte, das hart werden oder verstreut werden konnte, ihn aber immer mit anderen verband und außerdem einen Weg zurück zu einem Ursprung bot, den er nie erlebt hatte, zu dem Äther, in dem Bindungen unzerstörbar waren.

Das Mädchen verstand höchstens einzelne Worte von dieser Suada, viel schlimmer als ihre eigene, in der es auch um einen gastfreundlichen Mazedonier ging, bei dem sie anscheinend in Skopje übernachten würden, und um letzte Kräfte, die einem Menschen beistanden, wenn er unfähig war, sich selbst zu helfen, doch es lag auf der Hand, dass der Mann alles verloren hatte, was ihn an menschliche Maße knüpfte. Er hustete und schlug sich auf die Brust, er schnappte gierig nach Luft und zischte, jetzt bekam er kein Wort mehr über die Lippen, nur dieses fürchterliche Zischen, und sie wusste, wusste es einfach, als sie hörte, wie heiser er geworden war, als atmete er nicht Sauerstoff, sondern etwas Reineres, vielleicht Gas ein, er würde auch sie in sein privates Verderben hinunterziehen. So klang es, wenn einer die Lunge mit dem Gefühl zu vermissen gefüllt hatte, aber die Kraft fehlte, es auszuatmen.

Es konnte nicht mehr weit sein, ihr Englisch war gut genug, um die Schilder zu lesen, bevor die Baustelle sie in diese nichtige Landschaft geführt hatte. Wesentlich besser wäre es gewesen, wenn sie im letzten Dorf angehalten und diskutiert hätten, was zu tun war. Doch jetzt waren sie in einer scharfen Kurve, gleich würden sie durch eine enge Unterführung fahren und dahinter wieder auf die E 75, danach gab es ganz sicher keine Chance mehr zu drehen. Dann würde sie sich in eine einzige Richtung bewegen, auf die wartenden Kontrollen zu – Zoll, Pass, Polizei, all das Zwingende in der Zukunft, von dem sie genug hatte.

»*German, wait!*« Das Mädchen schloss die Finger um sein Handgelenk.

Der Deutsche wurde überrascht, vielleicht erinnerte ihn ihr warmer, leicht klebriger Griff an etwas, möglicherweise an eine Handschelle aus Fleisch, jedenfalls riss er mit einer unnötig jähen Bewegung den Arm an sich, als gehörte das Lenkrad ihm und niemand sonst. Das reichte, um das Auto nach links driften zu lassen, über die durchgezogene Linie. Reifen kreischten, Blech vibrierte, Funken schlugen am Kühler hoch. Wenn er nicht so stur gewesen wäre, hätte er das Fahrzeug unter Kontrolle bringen können. Stattdessen rutschten sie scheuernd am Beton entlang – der Blinker wurde zersplittert, gleich darauf der Scheinwerfer. Die Kühlerhaube wurde eingedrückt, die Radachse verbogen, die Belastung auf dem linken Vorderrad musste unerhört sein, denn der Reifen klappte um und die Felge löste sich mit einem grauenvollen Scheppern, als die Karosse wie ein großes, angeschossenes Tier weiterrutschte. Das Mädchen befürchtete Gegenverkehr, aber bevor das Auto die Unterführung mit ihren gesprühten Tags und Parolen verließ, hatte sich die Welt in ein rotierendes Gewirr aus Flimmern und Schmerz verwandelt.

Eine Minute verging, eine Ewigkeit verging.

Als das Mädchen schließlich erwachte, atmete sie kaum. Der Airbag hatte die Luft aus ihrer Brust gepresst, nun ruhte sie mit ihrem Gesicht auf dem Nylon. Es gab keinen Kubikzentimeter Körper, der ihr nicht wehtat. Die Rippen schrien, die Stirn pochte, das Gesicht war ein Brei aus Haaren und Blut und Speichel. Mit Ausnahme des linken Ellbogens, der abscheulich schmerzte, waren ihre Glieder jedoch offenbar heil geblieben. Kaum zu glauben. Sie löste den Gurt, streckte und testete die Glieder – und drehte sich um. Alles geschah mit Verzögerung, wie in zähem, loderndem Sirup, doch als sie schrie und schauderte und schrie, reagierten ihre Kameraden nicht. Obwohl sie angeschnallt gewesen waren, lagen sie in grotesken Stellungen, Statisten einer kranken Geometrie. Aref hing mit einem Arm über der Schaltung, der andere lag um die Schulter des Deutschen, als hätte er versucht, ihn daran zu hindern abzubiegen oder was immer der Mann zu tun geglaubt hatte, als er das Lenkrad drehte. Firooz, der hinter ihr zusammengesunken war, hatte den Kopf unter dem Arm eingekeilt, ein

Bein hing halb aus der offenen Tür. Er blutete am Fuß, schwere Tropfen fielen ins Gras.

Als das Mädchen sich hinausgearbeitet hatte, kontrollierte sie bei beiden den Puls. Gott sei Dank. Sie hatte die Jungen gerade hinausgeschleift, in die langsam wieder Leben kam, benommen und vor Schmerzen weinend, als sie schweres und brüchiges Röcheln hörte. Der Deutsche bewegte den Kopf; über dem Lenkrad hängend lebte er irgendwie weiter. Sie ging um das Auto herum, das mit dem Kühler im Graben stand – der Abstand zum Tunnel deutete darauf hin, dass sie sich mindestens einmal überschlagen hatten, der Lack hatte einen langen Strich auf dem Beton hinterlassen, der an der Mündung abbrach. Die Tür knarrte im unteren Scharnier, die Ambientebeleuchtung funktionierte noch. Sie begriff nicht, woher das fürchterliche Geräusch kam, wie verletzte Vögel in Käfigen, bis sie erkannte, es musste die defekte Klimaanlage des Wagens sein.

Der Mann atmete schwach, aber beharrlich. Sie versuchte ihm zu helfen; obwohl er schlank war, wog er mindestens tausend Kilo. Es würde niemals funktionieren, er saß fest wie in einem Schraubstock. Als sie seine Wange berührte, öffnete er zumindest die Augen. Mühsam. Mit dem Ohr auf dem Airbag lächelte er – unerwartet glücklich, als gehörte er einer besseren Welt an. »Go ...«, stöhnte er. »Let we go ...« Sie weigerte sich. Wenn die Monate auf der Flucht sie etwas gelehrt hatten, dann, dass einen selbst Hass oder Wahnsinn nicht davon abhalten durften, anderen Menschen zu helfen, solange es ging. Die Dorfbewohner hatte den Unfall bestimmt gehört, ansonsten würde bald ein Auto vorbeikommen, und dann musste der Mann so in Sicherheit sein, dass man ihn ins Krankenhaus bringen konnte. Sie selbst hatte vor nachzusehen, ob es etwas Wertvolles gab, und mit den Jungen abzuhauen.

Eine Viertelstunde später – keine Sirenen, kein Verkehr – hatte sie den Deutschen mit Arefs Hilfe hinausgeschafft. Nun lag er im Gras zwischen dem Asphalt und der Betonwand, die nach der Tunnelmündung abknickte. Hustete und murmelte Unverständliches. Das Mädchen glaubte nicht, dass der Audi, der weit genug weg stand, noch mehr brennen würde, als er es schon tat, aber der Rauch stieg erstickend in den Nachthimmel auf. Der Kühler zischte, das Blech dampfte. Firooz hatte ihr Gepäck herausgeholt, systematisch zerriss er das Flanellhemd, das in der Tasche des Deutschen gelegen hatte, und band die Streifen um seinen Fuß. Hätte der Mann nicht die Hand gehoben und zittrig auf das Wrack gedeutet, das Mädchen hätte vergessen, im Handschuhfach nachzusehen, so hatten sie nun ein iPhone. Und mehr Geld als je zuvor.

Kurz bevor die Kinder aufbrachen – beide Jungen hinkten; der Trainingsanzug des Mädchens war so schmutzig, dass er aussah, als wäre er in Asche gewälzt worden, dennoch fühlte sich ihr Körper stark an, das Inferno aus Blech und Hitze hatte ihm nichts ausgemacht –, röchelte der Deutsche. Das Orakel beugte sich herab, um zu hören, was er zu sagen versuchte. Anschließend folgten die Kinder dem gelben, unebenen Strich zurück durch den Tunnel, vorbei an den Graffiti, die politische Parolen und den Namen einer lokalen Fußballmannschaft enthielten, von der Aref behauptete, sie sei nach einem Kriegsgott benannt worden; obwohl das Land eigene Schriftzeichen hatte, war der Name mit lateinischen Buchstaben gesprüht worden. Sie hatten mehr als genug, um es bis nach Thessaloniki zu schaffen, wo die Mannschaft herkam und wohin sie wollten. Hätte Firooz' Fuß nicht so wehgetan, er hätte seinen Rucksack tragen können. Als sie am anderen Ende aus dem Tunnel traten, packte das Mädchen um und legte seine Sachen in ihren. Die Zukunft lag ungewiss, aber vielversprechend vor ihnen.

Sie begriff nicht, was der Deutsche gemeint hatte, bevor sie gegangen waren. »Tabernakel«, hatte er gezischt, wirr, jedoch selig, als bete er etwas an. Und Worte, die sich anhörten wie »Lasst wir gehen«. Und dann: »Warum.« Ja, warum? Warum hatte er sie mitgenommen? Warum hatte er geglaubt, sie könnten es über die Grenze schaffen? Warum hatte er das Lenkrad gedreht, als dürfe sie es auf keinen Fall berühren?

Jetzt lag er an einer verlassenen Stelle am Straßenrand, verborgen und doch nicht. Als große Flammen in die mondlose Dunkelheit hochschlugen, unten gelb, weiter oben rot, befürchtete sie, dass er Feuer gefangen hatte. Der Rauch verschwand in die Nacht hinauf. Es erschien ihr jedoch zu riskant, zurückzugehen und nachzusehen. Seltsam. Trotz des Unfalls hatte der Deutsche heiter gewirkt.

Sie wurde das Gefühl nicht los, es würde sein letztes Wort sein. Warum.

ANMERKUNG

Einige Kapitel sind von der Musikszene der siebziger Jahre in Manhattan inspiriert. Einzelne Figuren können an bekannte Persönlichkeiten erinnern, trotzdem sind sie frei erfunden. Eigenschaften und Interessen, sogar Krankheiten, wurden erdichtet, Umstände geändert, wo die Handlung dies erforderte.

Es werden Lieder unterschiedlicher Bands zitiert, nicht immer mit klaren Angaben. So stimmen beispielsweise manche Songtexte und Gedichte mit denen von Tom Verlaine, Television oder Patti Smith überein.

Arthur Rimbaud wird zitiert in Übersetzungen von Thomas Eichhorn in *Sämtliche Dichtungen* (dtv, 1997) und Walter Küchler, *Sämtliche Dichtungen* (Wissenschaftliche Buchgesellschaft, 1992). Wenn nötig, wurden die Zitate leicht abgewandelt

INHALT